U0421297

國家古籍整理出版專項經費資助項目

吴潛全集

上

〔宋〕吴　潛◎撰　湯華泉◎編校

北京师范大学出版集团
BEIJING NORMAL UNIVERSITY PUBLISHING GROUP
安徽大学出版社

圖書在版編目(CIP)數據

吴潛全集 /〔宋〕吴潛撰;湯華泉編校. —合肥:安徽大學出版社,2020.7

ISBN 978-7-5664-2009-1

Ⅰ. ①吴… Ⅱ. ①吴… ②湯… Ⅲ. ①吴潛(1195—1262)—全集 Ⅳ. ①I214.42

中國版本圖書館 CIP 資料核字(2020)第 029302 號

吴潛全集

Wu Qian Quanji

〔宋〕吴　潛　撰
湯華泉 編校

出版發行:北京師範大學出版集團
安徽大學出版社
(安徽省合肥市肥西路 3 號 郵編 230039)
www.bnupg.com.cn
www.ahupress.com.cn

印　　刷:合肥遠東印務有限責任公司
經　　銷:全國新華書店
開　　本:148mm×210mm
印　　張:34
字　　數:749 千字
版　　次:2020 年 7 月第 1 版
印　　次:2020 年 7 月第 1 次印刷
定　　價:168.00 圓(全二册)
ISBN 978-7-5664-2009-1

策劃編輯:王　黎　李　晴　李　君
裝幀設計:李　軍
責任編輯:汪　君　李　君
美術編輯:李　軍
責任校對:王　晶
責任印製:陳　如　孟獻輝

吴潜像
采自《寧東茭笋塘吴氏宗譜》

端平二年冬潛以右文殿修撰知太平州
時
文靖魏公繇樞筦督視江淮京湖軍馬其
始辟幕府領袖之士每極天下選然卒以
時好向背違不就潛於
公能文游知舊亦縣辱披引為上客或謂
潛曰盍審諸潛曰
鶴山文集後序
公善類之宗也可無從乎乃疋馬追
公於滄浦之上雖玉帳黄籌書務戎而
暇日尊俎笑談獲見
公高文大冊及閲
公崇論宏議日充然有所得也嘗曰學必
本六經之謂正學道必本堯舜禹湯文武
周公孔孟之謂正道彼邪說詖行是乃荊
一

《鶴山先生大全文集》吴潛《後序》手迹
中華再造善本影宋本

榛闢而通之公理到文醇矣至於天文地
理禮樂律曆官制兵法典章文物莫不究
極纖鉅綜白黑而一二潛益信
公根柢學問枝葉文章落落暐曄華拔
實天出神入不可覊控此豈得其文之故哉
後二年
公殁潛哭之流涕曰天喪斯文矣又十有
五年
鶴山文集後序
公之子近思克愚相與蒐遺閱軼有正集
外集奏議凡一百卷將鋟梓行于世覔屬
時氏序其首又俾潛曰子為我申言之潛
竊謂
渡江以來文脈與
國脉同其盛衰自
二

《鶴山先生大全文集》吴潛《後序》手迹
中華再造善本影宋本

高宗喜司馬文正公資治通鑑
謂有益治道可爲諫書自
孝宗爲蘇文忠公文集
御製一贊
謂忠言讜論不顧身害洋洋
聖謨風動四方於是人文大興上足以接
慶曆　元祐之盛至
乾　淳間大儒輩出朱文公倡於建張宣
公倡於潭呂成公倡於婺皆著書立言自
爲一家凡仁義之要道德之奧性理之精
微所以明天理而正人心立人極而扶世
教使天下曉然知人之所以異於禽獸中
國之所以異於夷狄吾道之所以異於佛
老有君臣有父子而不蝕其綱常之正者

鶴山文集後序　三

《鶴山先生大全文集》吴潛《後序》手迹
中華再造善本影宋本

功用弘矣永嘉諸老如陳止齋葉水心之
徒則又創爲制度器數之學名曰實用以
博洽相夸雖未之以頡頏二三大儒然亦
有元稽者寥寥四五十載我
公嗣之識照古今而不自以爲高忠貫日
月而不自以爲異德望在生民名望在
四夷文章之望在天下後世蓋所謂兼
精粗一本末集
乾淳之大成者也惜其位不稱德命不待
時不及相
明天子以興禮樂致太平而斯文之澤
所見俾止於此悲夫
公諱了翁字華父邛之鶴山人天下士所
尊之曰鶴山先生云淳祐辛亥四月哉

鶴山文集後序　四

《鶴山先生大全文集》吴潛《後序》手迹
中華再造善本影宋本

生明太中大夫新除參知政事同提舉

編修敕令同提舉編修經武要略金陵

郡開國侯食邑一千七百戶食實封二

百戶吳潛後序

鶴山大全集後序

五

《鶴山先生大全文集》吳潛《後序》手迹

中華再造善本影宋本

平橋水則遺迹（吴潛原建）
今在浙江省寧波市海曙區

平橋水則遺迹（吴潛原建）
今在浙江省寧波市海曙區

凡例

一、本書彙集今存吴潛所有詩、詞、文，共十五卷，詩四卷、詞三卷、文八卷，細心校點，廣搜遺佚，期成定本。

二、鑒於吴潛絶大多數詩、詞、文先已收入《全宋詩》《全宋詞》《全宋文》（簡稱『三全本』），且三部總集都較通行，爲便對照使用，本書即以『三全本』爲工作底本。

三、經檢視查考，《全宋詩》底本爲《四庫全書》本《履齋遺集》、《四明六志》本《開慶四明續志·吟稿》；《全宋詞》底本爲《彊村叢書》本《履齋先生詩餘》《履齋先生詩餘别集》，其底本前者爲清中葉傳鈔本，後者爲晚近《開慶四明續志·詩餘》過録本；《全宋文》底本爲《四庫全書》本《履齋遺集》、《叢書集成初編》本《許國公奏議》。『三全本』原底本都不是吴潛詩、詞、文較早較善之本。

四、此次校理幸獲吴潛詩、詞、文早期善本如次：明刊《履齋遺集》、明鈔《百家詞》本《履齋先生詩餘》、明刊《許國公奏議》、宋刊《開慶四明續志》，皆爲傳世孤本。以諸善本對校

『三全本』，很大程度上恢復了吴潛詩、詞、文的早期面貌。

五、校理中充分運用本校、他校、理校，凡爲他書選録、徵引之作，都進行了比對，也廣泛參校吴潛詩、詞、文各傳本。備録異文，寫出校記五百餘條。依據版本、出處、事實、文理對一些異文是非作出了判斷。

六、由『三全本』録入的文字都重新審定了標點，改動之處數以百計。本書文字使用規範的繁體字。由於漢字繁體字國家標準迄未頒布，給繁體出版帶來了一定的困擾，有鑒於此，本書用字依據《新華字典》及教育部、國家語言文字工作委員會制定的《通用規範漢字表》，但也保留個別異體。

七、《全宋詩》輯得吴潛佚詩十七首四句，《全宋文》輯得吴潛佚文一卷十六篇，本書又新輯佚詩九首一句、文一卷十八篇，依次編入，并對《全宋詩》《全宋文》所輯進行了校勘、辨證。

八、爲深化對吴潛詩、詞、文，對吴潛生平功業的了解、研究、評價，本書附錄文本四件：《吴潛評傳》《吴潛年譜新編》《吴潛資料彙編》《許國公年譜目録》。前三件爲編者所撰，後一件爲安徽宣城高生元先生在寧國吴氏舊譜中發現，乃明代《許國公年譜》的節本，洵爲珍貴，特予刊布。

目録

卷一　詩一

卷二　詩二

卷三　詩三

卷四　詩四

卷五 詞一

卷六　詞二

卷七　詞三

卷八　文一

卷九　文二

卷一〇　文三

卷一一　文四

卷一二　文五

卷一三　文六

卷一四　文七

卷一五　文八

卷一　詩一

喜雨歌

南州六月天不雨，千里川原成赤土。禾黍盈疇强半枯，桔槔遍野民勞苦。望雲仰見日在天，旱魃肆虐如焚煎。馮夷匿淵恐波竭，夸娥走海愁山然。天外悠然片雲起，倏忽走騰八埏裏。猛風驚電白晝昏，霹靂一聲蛟蜃起。馬上誰把天瓢傾，須臾陸地波濤生。禾黍芃芃復故秀，群黎載道生歡聲。秋來尚見時豐阜，會須售粲三錢斗。官家燮理當有人，太史還看書大有。

宿省

袱被趨省宿，披襟對晚凉。古心知老樹，生意見新篁。鐘鼓鳴將合，蜩蟬咽更長。静中觀物化，誰與共平章？

睡起行北園

睡起卸冠簪，園行獨自吟。山昏知雨到，樹密覺春深。竹外童相報，門前客見尋。歸來即敗意，誰者是知心？

郡城晚望

秋老逢天晚〔一〕，孤城倚碧空。升沉當此際，悵望與誰同？遠樹没歸鳥，寒莎泣候蟲〔二〕。所懷無晤處〔三〕，彈指向西風。

〔一〕老：《宣城右集》卷二六作『眺』。
〔二〕莎：《宣城右集》作『荄』。
〔三〕晤：《宣城右集》作『悟』。

寧川道中

十日爲山客，今朝問水程。沙横疑港斷，灘迅覺舟輕。遠近村春合，高低漁火明。回頭忽蒼莽，一望一關情。

此詩又見影印《詩淵》册三頁二〇一二，作潘獻可詩。

幽居

竹院秋逾静，柴門晝不開。病先携老去，懶漸逐衰來。莫遣新緣結，都將舊念灰。川魚與雲鳥，從此莫驚猜。

此詩又見影印《詩淵》册三頁三〇二一，作潘獻可詩。

送何錫汝

風雨一樽酒，此懷誰得知。三春花老後，千里客歸時。浩浩人間事，悠悠身外思。君能祛物役〔一〕，林下早相期。

宋山掃墓書所見

松楸長夜夢〔二〕，風露作晨征。山近却無色，葉枯偏有聲。架禾知歲熟，種麥得天晴。到底農桑好，營營誤此生〔三〕。

〔一〕此句《宛陵群英集》卷五作「君如能擺脱」。
〔二〕長：《宛陵群英集》卷五作「生」。
〔三〕誤：《宛陵群英集》卷五作「愧」。

山樓枕上

山近寒偏早，愁多夢不濃。鴉啼半夜月，鶴唳五更風。曉接殘燈裏，吟成落葉中。塵埃今已厭，懶聽上方鐘。

桐川道中

伊軋籃輿拂面風，桃花倚路笑相逢〔一〕。鶯鶯交囀春榆密〔二〕，燕燕于飛烟樹濃〔三〕。日午暫休欹客枕，年饑忽喜聽村舂。鄉音到耳知家近〔四〕，尚及鋤犁伴老農〔五〕。

〔一〕相：《宛陵群英集》卷七作『迎』。
〔二〕此句《宛陵群英集》卷七作『黄鸝囀處風篁密』。
〔三〕此句《宛陵群英集》卷七作『白鳥飛邊烟樹濃』。
〔四〕到耳：《宛陵群英集》卷七作『接續』。
〔五〕鋤：《宛陵群英集》卷七作『舂』。

送曾阿宜往戍

幾年西戍暫歸田，又向澄江買去船。劍閣山巒雄蔽日，昆明池水闊浮天。故園此際同明月，蠻域明朝隔瘴烟。此去須期剿胡虜，丈夫勳業在安邊。

和章子美閱武見貽

事業諸公鬥長雄，謭才惟願課田功[一]。誰知弦管江南地，漸有弓刀塞北風。大獮未須搜猛獸，先驅聊用習驕驄。還知武備資文事，要在人心可即戎。

〔一〕謭：《宛陵群英集》卷七作「非」。惟：《宛陵群英集》卷七作「衹」。

走馬燈賡張樞副韻

半勺蘭膏暖焰生，恍疑赤壁夜鏖兵。騎乘猛燎奔馳疾，人運長槍轉戰輕。旗影静移雲母帳，劍鋩微掣水晶營。何人幻此圓機妙，獨向元宵策美名。

古劍

何年神物爲堙幽，時見虹光射斗牛。出匣試來霜刃暗，倚天立處土花浮。鷉膏新淬冰泉潔，錦帶横懸鬼魅愁。不是張華能博物，黄塵滿眼欲何求？

春日雜咏

門前春水滑，柳外夕陽斜。欲識春風面，滿城桃李花。

偶題〔一〕

濃淡烟村碧，淺深霜葉紅。篷窗今夜客〔二〕，蘆岸晚來風。

游白紵山

信馬來游白紵山，僧窗容我片時閑。人生自古少行樂，試爲春風一解顏。

〔一〕偶題：《宛雅·初編》卷一作《舟中》。
〔二〕篷：原作『蓬』，據《宛雅·初編》改。

即事[一]

春陰漠漠護輕寒[二]，春晝無聊午夢閑[三]。幽鳥不知人意改，銜花飛傍小闌干。

陪陳立道中書泛湖二首

幽幽池館鎖蒼苔，萬朵芙蓉取次開。却似昭陽舊宫女，含嬌祇待翠華來。

弦管叢中畫舫行，都人一一賀升平[四]。飛鴻不識人間事，猶作窮邊腸斷聲。

[一] 此詩《宛陵群英集》卷一二題作《京廨即事》。

[二] 陰：《宛雅·初編》卷一作「雲」。

[三] 閑：《宛陵群英集》卷一二作「闌」，依韵當是。

[四] 賀：明刊本《履齋遺集》卷一、《宛陵群英集》卷一二、《宛雅·初編》卷一作「荷」。

送崒翁歸狼山

孤雲住處是狼山，雲本無心山自閑。老崒似雲雲似崒，等閑飛去又飛還。

吴波亭二首

吴波亭下繫扁舟，輕雨輕烟又麥秋〔一〕。烏兔銜將日月去，江山管定古今愁。

雲收烟斂遠山明，時有漁歌度晚晴。緑葉青枝生意思，白鷗蒼鳥野心情。

〔一〕《全芳備祖集》後集卷二一録前二句，「輕烟」作「輕寒」。

謝世頌三首

夫子曳杖逍遥，曾子易簀兢戰〔一〕。聖賢樂天畏天，吴子中通一綫。

生於霅川，死於龍水〔二〕。大帶深衣，緇冠素履。藉以紙衾，覆以布被。一物不將，斂形而已。

其人伊誰〔三〕，履齋居士。

生在湖州新市上〔四〕，死在循州貢院中。一場雜劇也好笑，來時無物去時空。

《履齋遺集》卷一

〔一〕兢：明刊本作『驚』。按此詩見《吴興備志》卷一二引《德清新志》，此字作『兢』。下『畏天』作『知天』、『中通』作『中庸』。

〔二〕此首原見劉一清《錢塘遺事》卷四『履齋在循州，自銘其棺云』，前多『生於霅川，死於龍水』二句，據補。

〔三〕誰：原作『何』，據《錢塘遺事》改。

〔四〕上：《吴興備志》作『鎮』。

愛山臺

湖州郡治西北隅，郡丞汪泰亨建，取蘇軾『尚愛此山看不足』之義命名。登臺則城外諸山，一覽在目

直殿風流間世才，乞恩監郡築高臺。杖游便覺開懷抱，石甃何須闢草萊。奎壁九重文運焕，烟巒千里畫圖開。愛山必欲斯民愛，沛澤行看早晚來。

同上書補遺。明刊本置於正編最後一首。

卷二 詩二

登鎮海樓

鄮山深處古明州，新有江南客倚樓。鳳闕天連便望日，蛟門海晏不驚秋。頭顱已迫殘年景，身口聊爲卒歲謀。蕭颯西風吹敗葉，滿眶清淚自難收。

對黄花

當年脱却戲衫回，又被官差喚出來。疾惡念輕緣練歷，好名心懶爲衰摧。莫愁白髮家千里，且對黄花酒一杯。信美江山非我土，倚空凝佇更徘徊。

呈蕭山知縣

丙辰九月旦日，絶江抵蕭山，老懷萬感，偶成唐律一首，呈邑大夫

八年兩喚浙江船，吴越青山相對妍。長愧主恩難報答，不知人事幾推遷。香浮菊桂秋將暮，景迫桑榆歲可憐。荒縣今宵孤館夢，四千里外楚雲邊。

分定

丁年曾授此東州，懇懇箋天得罷休。七上八下忽九閏，十洲三島終一游。人言官貴體當重，自笑兒痴病未瘳。祇爲君恩深莫報，明年春盡得歸不？

自嘆

門槌拍板久收藏，又向棚頭弄一場。束縛冠裳新上舍，經營粥飯舊街方。亂鴉啼處客

回首，落雁聲邊人斷腸。堆案文書銷永日，誰云燕寢凝清香？

曉兒輩

諸兒憐我太焦熬，我把真機告汝曹。外白内黄常抱守，出朱入墨任紛撓。治齊固有曹參逸，理蜀寧無諸葛勞？畢竟食焉而怠事，天刑人禍恐難逃。

閱城壁

内江外海四周圍，正是綢繆户牖時。北瞰登萊山不礙，東漸倭麗汛難期。未須鷁鶂增威勢，已覺狴豻受指麾。敢謂虚名彈壓得，多應一念老天知。

歲晏無聊收叔氏訊

豢成凋郡力難任，雪上加霜兩鬢侵。四五更頭猿鶴夢，數千里外鶺鴒心。老來倍覺光陰促，休去方知意味深休去，禪家話〔一〕。陶白邵詩消遣具，晚窗無事且微吟。

朝謁歸省文書

面擁旌旗鼓樂隨，誰知錦被裹瘡痍〔二〕。吏那秋斂充春賦〔三〕，兵待朝輸作暮炊。縮手判支窮措大，攢眉書準老沙彌。此是履翁新活計，雁書多報故人知。

喜雪二首〔四〕

黃竹歌中百姓歡，去天近處雪花乾。蔡洄事業方歸度，剡曲風流欲訪安。便覺光輝生

〔一〕《開慶四明續志》詩夾注、《全宋詩》皆加「自注」二字，此不加。以下版本校用《續修四庫全書》影印本《開慶四明續志》，簡稱「影印本」，詞、文同。

〔二〕裹：影印本作「裏」，誤，依《全宋詩》校改。

〔三〕那：《四明吟稿》摘句作「挪」。

〔四〕二首：原組詩皆無計量數字，《全宋詩》加，爲保持體例前後一致，予以保留。

萬里，定知潤澤被三韓。衰頽老守煨殘芋，白戰猶堪上將壇。

元冥去歲失其官，今歲誰云補過難。謝院撒鹽飛瑣瑣，隋堤翦帛散戔戔。檐儲宿肉喧山鵲，路没遺踪走野豻。管取明年書大有，飽抄雲子飯加餐。

再賦喜雪二首

黑風翦水作瑰琦，散落人間賤似泥。萬象直教還朴素，千歧何幸盡平夷。征人奔路昏投店，戍士乘城夜守陴。不識艱難惟党二，銷金帳底飲羔兒。

夜深如水潑衣衾，曉看皚皚冒碧岑。以潔藏污窺物理，由仁行義見天心。但教南畝多呈瑞，何必東夷屢獻琛。麥熟吾時歸印綬，不能者止念周任。

喜雨二首

雷使巡行遍五方，夾秋不怕旱爲殃。人間祥瑞三伏雨，枕上吟哦終夕凉。已卜晚青催出穗，且將早赤急舂糧。有司不損應言損，隨分蠲租助蓋藏。

莫嫌暴涷勢如噴，此是家家老飯盆。雨足蛟龍應得謝，秋登鷄犬亦蒙恩。頻年已喜稼無賊，今歲尤欣禾有孫。回首江南田谷口，西風颯颯倍消魂。

再用前韻二首

行雨龍公屢易方，魃妖誰敢扇餘殃？田疇接得三年熟，枕簟供來幾夜凉。更喜征夫無減竈，定應行旅不賫糧。寄聲鄞士黄承事，有粟何須更窖藏？

不假焦仙把酒噴，須臾澍雨若翻盆。官應可了劭農事，天豈終慳及物恩？無復絶糧憂魯叟，何須進食念王孫？只愁撩得秋聲動，老客他鄉易斷魂。

再用前韻各賦三解

九天膏澤沛群方〔一〕，盡掃螟蝗蝥蟦殃。即刻焦煩成爽塏，何時繁富換荒凉？滌場定是

〔一〕方：影印本原誤作『生』，《全宋詩》據原唱用韻改。

多遺秉，栖畝爰知有剩糧。却笑華門窮措大，瓶罍脱粟正深藏。

神虬捲水向空噴，溝澮充盈到盎盆。天上祇消些小力〔一〕，人間知受幾多恩。江沱樂意魚夫婦，淇澳生涯龍子孫。無限槁枯皆被澤，阿香一擊尚驚魂。

密雲能雨自西方，不假巫尫解息殃。地产固應滋物产，天凉那更挾心凉。未憂懸釜供蘇爨，何事量沙作糗糧。臨得顔公乞米帖，從今歲歲祇珍藏。

赤米炊香兩鼻噴，白鹽不用置牢盆。家家已了收藏計，物物何知造化恩。衣褐寬來姑喚婦，垣墉補處祖將孫。江鄉此際鷄豚社，俚舞村歌入夢魂。

先生粗有辟邪方，不怕鱄魚解降殃。今雨收功真溥博，早秋得勢已凄凉。豳場栗栗方登穀，漢甬陳陳可峙糧。此是邊籌居第一，賈生表餌且韜藏。

床頭酒熟氣烝噴，嘉飯何妨置瓦盆。醉飽不知身世事，思量難報后皇恩。垂髫牧子行牽父，戴白山翁坐擁孫。却笑東征西討客，龍堆萬里欲飛魂。

〔一〕些小：原作「些少」，據影印本改。

喜雨三首

古佛爐前一炷香，神龍夭矯挂空蒼。人間祥瑞六月雨，枕上吟哦終夕凉。不待白渠紛畚鍤，俄驚赤鹵屹倉箱。自慚太守無功德，帝力惟知荷聖皇。

西抹東塗老不禁，芙蓉洲畔更浮沉。數莖半黑半絲髮，一寸憂晴憂雨心〔一〕。烏糤且欣將淅玉，紅蓮何翅已抽簪。小臣獻穀秋嘗了，深密山林可訪尋。

晚上危樓望碧岑，雲烟開闔弄晴陰。見前鷗鷺移心法，何處鵂梟過耳音。好雨十分催暑駕，凉風一宿動秋砧。誰憐老子思鄉淚，滴向鄞江未是深。

再用喜雨韵三首

古説雲香雨亦香，天工豈是色蒼蒼。寸瓢假手何煩靖，斗酒開眉不换凉。穲稏已欣登

〔一〕寸：影印本卷八《祈禱》引作『片』。

杵臼，紒絺漸可納巾箱。擬賡周雅魚麗什，堆案文書未暇皇。

熱惱煩蒸正不禁，火輪忽向半空沉。屯中信有雲雷象，復處方知天地心。便擬新秋先上印，何須晚歲始投簪。江山信美非吾土，栗里時從蝶夢尋。

雨脚如奔冒遠岑，須臾六合變層陰。坐回物物昭蘇意，想見村村喜笑音。翁詫稻粱營米棧，婦思裘褐拂衣砧。定知一熟酬諸願，擊壤歌中此感深。

三用喜雨韵三首

雨缶雲瓶剖阿香，瀰漫何處辨玄蒼。衰翁憔悴憂三伏，古佛慈悲賜一凉。但願有緣乘款段，豈應無夢駕偏箱。西風谷口秋田熟，休問奇章與贊皇。

虬龍未必要呵禁，久暍無緣便陸沉。未遂明農歸老計，且寬憂國願豐心。披襟雅稱琉璃簟，散髮何銷玳瑁簪。祇怕門前多襏襫，文書銜袖苦相尋。

電掣金蛇跨列岑，秋陽翕忽轉秋陰。俄驚石鼓無停響，坐聽檐花不斷音。玉秫已堪供瓮釀，紫螯漸可付庖砧。一年好處相將近，分外鄉情此際深。

四用喜雨韵三首

園林過雨宿荷香，猶挂輕綀佩水蒼。老去衹應休去好，秋來方是晚來凉。倦翎網已離三面，病顙車難服兩箱。多幸時和歲豐美，衹將心念報虚皇。

背人歲月苦難禁，烏兔相追互起沉。點檢平生如夢事，保全晚節是真心。圍腰減削那勝帶，種髮蕭疏不上簪。久悟盈虚消息理，香山蓮社擬追尋。

北岑飛雨過南岑，遠嶂晴明近嶂陰。老檜婆娑方午色，孤桐摇落忽秋音。庭稀雁鶩飛符檄，海絶鯨鯢伏斧砧。此是老臣聊報國，仁聲敢謂入人深。

五用喜雨韵三首

暗雲潑雨土生香，不假琮黄與璧蒼。天道從來關感應，人間此際换炎凉。青燈可近聊憑案，緗帙堪翻謾啓箱。窗外候蟲聲更急，坐看斜月照堂皇。

痴風盲雨驟難禁，撼壁掀窗夜向沉。百種已灰當世念，一團都是故鄉心。伏駕撲墮床頭幔，飢鼠銜翻鏡上簪。閑打無爲坐空寂，譙樓五鼓已侵尋。家家穫稻積如岑，不問山椒與谷陰。沽去村醪醽醁味，吹來隴笛管絃音。餔兒喜笑迎郎罷，饁婦歡欣就稾砧。雨玉雨珠無此景，須知造物用情深。

六用喜雨韵三首

午窗隨分理殘香，掃地關門付小蒼。連夜月無昨夜色，今朝雨有幾朝凉。白頭凝望家千里，黄耳寄歸書一箱。遍問西疇全熟否，還鄉百口免憂皇。

毋煩符祝不祥禁，并遣商羊旱魃沉。自詭何關太守力，誰知最切老婆心。苦身見説湯誅髮，沾體曾聞禹墮簪。乾溢兩無年大有，君王德澤海千尋。

雲霾幾日障危岑，户牖綢繆要背陰。又是撩空孤雁唳，那堪穴壁亂蛩音。潘郎寂寞嗟輕箑，楚女凄凉起斷砧。大抵人生嫌老大，一回秋思一回深。

七用喜雨韵三首

鼻觀初聞九里香，小山幽桂老尤蒼。縱然有少殘零熱，自是無緣頓段涼。似覺衣襦嫌楚葛，便教床榻卷巴箱。虬龍雨足當休謝，誰與飛箋叩玉皇？

頹年寒暑不能禁，休較玄枵與實沉。自古難銷兒輩口，從來幸契老天心。農登稼穡多儲寶，盗息萑蒲罕竊簪。持此效君强曝背，庶幾三徑許歸尋。

闌干小倚望遥岑，曉霽朝朝换午陰。越鷲已收天外影，吴鳩尚帶雨中音。海瀕客子秋銜袖，塞上征人夜拊砧。都是一般無意緒，閔勞争奈主恩深。

八用喜雨韵三首

飯抄雲子得能香，秋賽村村答上蒼。雀集田疇營宿飽，牛閑籬落卧新涼。棲棲底用干鄰粟，翼翼惟應咏我箱。一稔居然寬百慮，不須禹稷更皇皇。

殘暑如烝尚不禁，坐鄰三鼓斗杓沉。雨調可是月離畢，時熟元來歲在心。筋力不堪憑几案，頭顱惟便卸冠簪。呼童火燎焦冥種，投隙藏虛未易尋。

礫石何分埠與岑，神功且幸景多陰。願聞慶義空中語，喜聽子期岩下音。南圃壁懸居士杖，西鄰床撼女郎砧。消磨鄉思憑杯酒，力不能任莫放深。

九用喜雨韵三首

何消黍稷薦馨香，三尺抬頭即昊蒼。雨缶決來如此溢，風車輪與自然涼。問他金玉堆成塢，更使珠璣積在箱。逢却年饑堪煮否，移民移粟定旁皇。

倒瓮翻盆勢莫禁，旱灘焦磧盡低沉。定知此喜非常喜，衹是將心去比心。人樂和豐方賣劍，誰貪遺滯忽亡簪。村翁曳杖前山去，丁祝孫來酒户尋。

家鄉千里隔千岑，想見飛鳴鶴在陰。留滯又煩山寄檄，平安且幸竹傳音。謾誇齋静香凝寢，但覺檐高響發砧。若把悲愁情緒較，早秋不似暮秋深。

十用喜雨韵三首

江南九月菊花香，獵子牽黄與臂蒼。歲幸豐登連楚越，地非磽薄比渠凉。雨收甘澤歸三印，雷斂神功入五箱。作解工夫都了畢，不須赤子更回皇。

喜極夫何恨不禁，五更霜角夜聲沉。滴殘塞北征夫淚，點碎江南游子心。久客情懷愁似織，休官時候夢非簪。寶陀老子相憐否，苦海應援綆萬尋。

覽輝儀鳳下高岑，有道朝廷夬决陰。宣室禮成熙洽象，明堂樂奏治安音。嘉祥已慶連金穎，盛事還祈獻石砧。祇道太平無以報，誰知堯德舜功深？

劭農三首

朝廷差下勸農官，同向郊原點檢看。場圃事興杷扒冗，田疇功畢桔槔殘。上租郎主丘丘定，輸米官司粒粒乾。雖是太平今有象，願陳七月述艱難。

因見他鄉黍稷收，令人鄉思轉悠悠。新篘白酒鷄豚社，旋摘絲蓴鱸雁洲。好處光陰長是客，老來情緒更逢秋。堯夫六十三休致，前輩風流可繼不？

名園乘興小留連，洛社風光在眼前。突兀樓臺多占水，陰翳花竹小窺天。建封已去悲春燕，樊素何之咽暮蟬。人事廢興渾若此，憑欄對景一凄然。

出郊用劭農韵三首

連檣載米去輸官，衹得將爲樂土看。餉互豚蹄秋願了，飽均鷄犬午春殘。門前掃刮犁鋤净，屋上鋪添稿秸乾。識字田夫充長吏，了知圖易在思難。

水光山色盡兜收，老子穿林興尚悠。眼底有詩皆錦野，心頭無事即瀛洲。鷗鳩豈較物和我，蟪蛄何知春與秋。所謂人生行樂耳，如斯逝者可追不？

怕見書空雁字連，可堪清淚落樽前。謾因上澣休閑日，出見初秋瑩净天。人正慕羶争似蟻，誰能换骨蜕如蟬。細思回客吾徒爾，而我何爲獨不然？

聞同官會碧沚用出郊韵三首

碧沚堂前瞰水官，祗應唤作玉壺看。頗聞秩秩玳筵展，莫遣匆匆銀燭殘。酒付別腸寧怕窄，詩由廣舌不憂乾。老夫孤坐三更月，欲往從之良獨難。

萬頃蟾光浩不收，花汀竹嶼思悠悠。黄公所隱知何地，賀監宜歸乞此洲。良夜最佳惟午夜，今秋偏好是中秋。舉杯酒露月同吸，仰面青天可問不？

暝色偏宜水色連，横陳好景向樽前。是人享用無遮月，誰子裝褫不染天。細閲人生幻泡影，了知世事雀螗蟬。賞心樂事休空擲，邂逅相逢不偶然。

出郊再用韵賦三解

此時尉候迭專官，木落郊空最好看。海檜不爲時節改，岩花未覺色香殘。明堂柱下捐槼散，清廟籩中薦豆乾。天地無私能物物，飛蚊終是負山難[一]。

山朋水友訊頻收，怪我明農事轉悠。南墅麋猿專一壑，東溪鳧鷲據三洲。人間顛倒舟移夜，客裏凄凉坐閲秋。六十餘翁何所戀，金鷄赦了可歸不？

見説蓬瀛上界連，誰知祇在眼睛前。但須牢踏脚根地，更要放開心裏天。世事可憐旋磨蟻，人情争慕集冠蟬。若教禁臠曾知味，不似魚羹飯泰然。

平生慣作牧民官，不作朱幡畫戟看。惟有寸心存惻隱，誰憐隻手補創殘。樹蔬人要畦畦潤，種麥農便隴隴乾。乍雨乍晴都恰好，老天誰道叫呼難。

空綃圖畫幾曾收，樓外蒼林遠更悠。日暮群烏投櫟社，天長數雁落蘆洲。爲諳世上空花景，最喜山中落葉秋。官事漸稀農事了，携壺挈榼可容不？

水聚山環旺氣連，榮華富貴各攙前。劫從無始認爲我，數到有終還是天。曉月園林空唳鶴，晚風亭樹謾鳴蟬。寄言世上躭迷者，所美當知非美然。

老大頭皮捉出官，轉頭重九又看看。莫愁客裏黄花負，祇恐樽前白日殘。喜得賜封天燧息，願他入塞帝巴乾。聞韃酋有送死淮堧之報，故云。豐年喜色眉尖上，一笑相携肯作難？

[一] 是：影印本作『自』。

午香一縷篆烟收，欹枕方床此景悠。便覺夢尋桃葉渡，不知身在菊花洲。簿書堆裏挨排日，砧杵聲中斷送秋。壞户蟄蟲猶識候，人生知覺似渠不？

窗草池蓮樂意連，一帆直到太虚前。拈來瓦礫無非道，觸處鳶魚共此天。鶉固珍羞元是鼠，蜣雖穢物却爲蟬。神奇臭腐相更禪，妙理誰知所以然。

再用出郊韵似延慶老三首

菩提祇在攝心官，日觀元同月觀看。萬種因緣都是結，一花根蒂幾曾殘。祖師曾誓瘡膿壞，講主能參屎橛乾。百碩麻油攤樹上，得來元不見難難。

工夫全在放時收，鷂過新羅路太悠。世網愛河千渤泡，人寰苦海一浮洲。要知坐卧并行住，祇在春冬與夏秋。昨日亭前柏樹子，分明説法聽聞不？

普殊難葉一鈎連，勘到釋迦文佛前。口裏巴巴緣十地，眼中眄眄是諸天〔一〕。泥塗爛處藏頭鱉，高樹梢頭脱殼蟬。各自身軀各自性，誰知各自本同然。

〔一〕眄眄：原作『盼盼』，據影印本改。

登延慶佛閣用出郊韵三首

東西南北幸同官，休作班荆解后看。一笑喜逢粳秫賤，相攀莫待菊茱殘。沙鷗點點投波没，檐鵲聲聲帶日乾。美景良辰同賞樂，四并誰道古來難。

高閣都將萬象收，憑欄睇望興何悠。張郎遁世誰家谷，孫子成仙何處洲？風雨喜無臨九日，江山幸有答三秋。年豐市井多歡笑，老子婆娑亦可不〔一〕？

遠峰近嶂似環連，擁翠排青到面前。可聖可賢桑落酒，不寒不暖菊花天。吐吞湖海酎金兕〔二〕，批判烟雲揮玉蟬。此客坐中應不欠，逢場何惜一翛然？

〔一〕婆娑：影印本作『婆婆』，後一『婆』字，《全宋詩》校云：『疑當作「娑」。』按《四庫全書》本《開慶四明續志》載此，已改作『娑』。

〔二〕酎：《全宋詩》校云：『疑當作「酹」。』

再用出郊韵三首

父老休驚作長官，衹將田畯一般看。汝應西墅功將畢，我亦南柯夢向殘。夕照拖雲楓影亂，秋風掃地葉聲乾。瀛仙島客知何處，策杖相從正不難。

遠山空處斷雲收，一段秋光野思悠。鷹隼不妨侵碧落，魚凫自覺得滄洲。桑榆晚景能多日，桂菊他鄉又一秋。聊把清樽澆旺矂，茲游還可再尋不？

屈曲蜂房蟻户連，秦箏羯鼓緑窗前。盡教迫窄無餘地，誰道虚空有剩天。是處畫堂餘燕雀，幾家高屋畫貂蟬。閑階細草蛩聲急，極目烟波正渺然。

三用出郊韵三首

從來此地出高官，綺屋連雲畫裏看。十里湖光多樣好，百年人事幾回殘。菰蒲帶露枝猶濕，穲稏逢晴把便乾。樂歲何妨歌樂職，簿書纏縛敢辭難？

高橋第一戰功收，從此江沱歲月悠。顧我壯懷成槁木，令人老淚落荒洲。西風何處鷄豚社，東里此時魚蟹秋。一笑回頭便今古，賞心樂事可重不？

金屋無人喚阿連，碧桐依舊緑階前。境瞞眼處非關物，事換頭時即是天。秋水岸邊凝鵠鷺，晚風枝上沸蜩蟬。静中閲動渾如此，描畫何須倩巨然？

四用出郊韵三首

慚愧曾尸一品官，如今已作倒盆看。但干馳逐心都歇，祇有登臨興未殘。欲掃雲烟憂筆秃，擬澆塵土怕壺乾。傍人莫把衰翁笑，追趁躋攀尚不難。

四望青山宿霧收，白鷗浩蕩意悠悠。紅旗不用穿三市，畫舸何妨訪十洲。臺榭裝成多樣景，水雲占却幾分秋。洛陽耆舊名園記，般入明州志可不？

一望平湖萬頃連，恍如身在鷲峰前。築塗成宅能移地，叠石爲山欲奪天。緑萼枝方停曉鳳，白楊樹已咽寒蟬。達人大觀緣如此，萬事都來付且然。

五用出郊韵三首

寄語頭銜水利官，堤防莫作等閑看。田疇雖幸收成早，溝澮猶疑灌溉殘。勸課農桑心獨苦，丁寧父老吻應乾。米從布袋痴兒事，我輩須知稼穡難。

看他南畝十分收，歸去來兮事尚悠。夢裏便尋青櫟社，生來幾過白蘋洲。向前七秩無多歲，更後三朝即半秋。如電如陰如幻境，還知生熟路頭不？

冥鴻本擬與鷄連，一笑西風沆瀣前。放步退來元有地，從頭算去莫非天。可憐高舉摶風翮，争似低飛飲露蟬？若使危機能徹底，盈虚消息豈其然。

劭農翠山賦唐律二首己未

小隊旌旗上翠岩，松風十里鎖禪關。水深水淺高低澗，春淡春濃遠近山。鄉思猛隨蒼鳥去，客心暫與白雲閑。天公已是多情殺去聲，特把淋頭雨放慳〔一〕。

老守憂民若己傷，三回奉詔勸耕桑。周家綿遠農開國，漢室興隆穀腐倉。麥緣少地鋤山種，水怕多流纍石防。田里熙熙知樂土，更祈四表共平康。

梅花小吟

難喚林逋伴客游，占春亭畔獨夷猶。一花兩蕊意方遠，三島十洲香已浮。清曉園林霜似練，黄昏欄檻月如鈎。若還説着和羹事，衹恐渠儂笑不休。

占春亭即事三首

桃花幾片隔墻飛，獨自危樓徙倚時。目送斷鴻雲外没，東風吹淚落天涯。

見他門户插垂楊，懊恨江南客子腸。春夢誰云無準托，連宵合眼是家鄉。

〔一〕特：此詩《兩宋名賢小集·四明吟稿》收，此字作『時』。

薄霧輕烟柳際浮，階前細草緑初抽。年年春事年年恨，一擔擔來是白頭。

鄉舉鹿鳴勸駕戊午

上苑春光已探來，諸公逸駕莫遲回。點頭定有文驚坐，燒尾何妨酒吸杯。自是功名難躲避，須知氣節要壅培。老夫親手傳衣鉢，來歲圖經用再開。

諸路發解勸駕

東郡衣冠盛，南宫榜帖新。諸科唐取士，數路漢得人。鳴鹿殷勤意，攀龍變化身。若爲明主獻，忠讜要披陳。

和景回胡計院數字韵就送其行

與君托鄉閭，東野連西墅。誰知俯仰間，各各歲年暮。當時同隊魚，十已九捐故。君抱珪璧姿，方獲展寸步。梁楝須群材，榱桷共支拄。生從匠石園，一一居王所。何必效鷗鳧，江湖任來去。但須飽讀易，細玩奇耦數。問之何將迎，終然抱璞素。砥柱三門津，波瀾自流注。

窺園

後園梅樹老槎牙，初放枝頭一兩花。便是春光先漏泄，其如暮景已横斜。西湖處士吟情在，東里先生心事賒。清足亭前無限好，五更魂夢定還家。

小至三詩呈景回制幹并簡同官

六十三餘七十翁，頗從静裏得些工。陰陽理向塵塵見，天地心於物物同。荔挺生來元不死，葭灰塞處自能通。古今宇宙渾如此，康節何煩企下風？

莫嫌一點稚陽微，化育工夫自此推。履襪已無親可獻，黍羔猶與俗相宜。數千里外縈心事，四五更頭欹枕時。懇懇對天香一炷，定知人願必天隨。

勸君莫望楚雲飛，一片雲飛兩淚垂。去歲尚傳鴻雁信，今年空念鶺鴒詩〔一〕。大刀折處心尤苦，半臂添來體更羸。鼓笛謾將廳事聒，誰知裏面有人悲。

喜雪用禁物體二首 丁巳十二月六日

傍海風痴翦水難，偷他瑞葉散雲端。可須滕巽同宣力，坐使顓冥不曠官。衣去聲。被麥苗攙臘到，裝褫花樹借春看。明年定賽今年熟，野老心腴更體胖。

一帳誰將罩太虛，但憐雁字不堪書。江山盡在光華裏，宇宙真成渾沌初。險地豈容呈坎壈，荒林無復露空疏。休將入蔡功名詫，思播新聞却衆狙。

再用前韻二首

翦水工夫入細難，篩塵屑末粲豪端。司寒便合修年譜，凌室何妨踐世官。惠可立時師

〔一〕此二句亦見《四明吟稿》摘句，注云：『公兄淵，亦相國。』

受記，焦先卧處衆争看。衹緣一竅丹成熟，四體那拘瘠與胖？

中夜懷歸夢趁虚，奈無黄耳寄家書。高人不問閉門後，征士應思遣戍初。壓棟排檐能拉朽，穿簾入隙解乘疏。遥知山谷皆封路，食絶腸飢有怒狙。

三用喜雪韵呈同官諸丈不敢輟禁物之令也二首

不用憂他道路難，渾淪宇宙杳無端。齊腰若未能逃佛，滅迹何妨且弃官。節士挺身松柏比，田翁滿眼稻粱看。明年飽吃宣州飯，管取便便此腹胖。

光浮暗室不因虚，凍筆難呵且罷書。可是羞明宜夜後，何妨等伴到春初。累茵合念閭閻苦，返棹非於故舊疏。堪笑老禪功用狹，但能分食飼猿狙。

四五用喜雪韵四首

不數玄真與木難，也休翦彩綴林端。五車自有神朝闕，萬寶非因賈送官。老大已殘洄曲夢，推敲且作灞陵看。忍寒袖手青燈畔，解字閑書胖去聲。與胖。

富貴家家遺五虚，不須乞米效顔書。垢除與物重更始，朴散於今暫復初。狡兔迷藏罝謾設，游魚潛伏網應疏。此恩個個當沾被，莫逐林間竊芋狙。

戰退妖狐是不難，飛毛散羽息争端。瓮眠但願爲逋客，靴没何須慕大官。化化形形隨物付，平平坦坦與人看。閉門獨有袁夫子，窮餓難磨氣象胖。

覆蓋無分實與虚，太平有象史官書。園林底用誇未至，山水惟應訪遂初。潤到青蔬尤脆美，老添蒼檜更扶疏。是中廣莫天同大，□□何妨有傲狙。

六用喜雪韵二首

白戰從來號令難，不知此令孰抽端？開倉自有齊相國，排户何煩漢縣官。坐覺閻浮塵世隔，便同佛度化成看。遥思蘇武囚深窖，氣力雖微志自胖。

梵宫樓閣正横虚，俯瞰平疇一幅書。宿鳥投林迷所自，野貛尋穴失其初。茅柴熟處功非細，榾柮燒來計未疏。回首少年觀校獵，忽飛一騎射山狙。

七八用喜雪韵四首

不持寸鐵事應難，何止空空竭兩端。遠麓遮藏山被檄，輕冰裁翦水能官。將梁兔苑瀛洲比，把蔡鵞池臺閣看。獨羨當年灰袋客，雪埋氣宇更充胖。

鏖戰邪川正瞰虛，庚牌裹雪發軍書。光摇鬭角更傳後，色眩觚棱月上初。大抵衣袽須早戒，莫教户牖有時疏。喜聞庸蜀群尨吠，辟易何分玃與狙？

也知天女散花難，束帛戔戔幾匹端。富貴何妨還白屋，繁華亦欲傲蒼官。梁山操裹聲愁聽，湘水圖中景喜看。争似寒爐煨芋者，身心何處不休胖？

有年呈瑞厭入聲。孤虛，不用東封更獻書。雁背嚴凝能備預，鵲搜儲蓄善謀初。并衣左伯情何厚，穿履東方計莫疏。聞説山林皆凍合，徧狙無處覓雄狙。

九十用喜雪韵四首

不用韓非騁説難，異同堅白謾多端。恍迷千界現梵國，駢集萬妃驅女官。要得烏生將罯没，恐他鼉怪作城看。道人宴坐蒲團上，外景常如内景胖。

臘中三白瑞非虚，不慮無冰魯史書。薹長新蔬蒙賜後，根舒宿麥受恩初。憑陵敗絮寒能重，撲蔌斜窗曉漸疏。林杪窮猿應禁口，猢孫乞食向公狙。

今歲鏖寒亦大難，裁裘製褐費無端。旋添酒興嫌工正，旁索詩材喜稗官。見晛未消亭午待，加霜更潔翌朝看。遥憐掃巷歡娱輩，大體何知小體胖？

陳年古屋瓦浮虚，穿漏時將被覆書。集謝曾陪上相後，映孫難忘秀才初。磚花似鏤多奇異，檐柱如排少闊疏。吏卒報衙天未曉，老身牽强類冠狙。

十二用喜雪韵四首

水潑衾裘夜卧難，也休暖足唤端端。平生自是冰爲氏，此際何妨火紀官。無色圖從天地展，有聲畫與古今看。忽思十萬邊兵冷，膚體相關豈獨胖？

片片穿帷解擣虚，夜明細字亦堪書。五車現瑞從今後，一尺呈祥復古初。暖室温軒人起晏，遠坊窮巷客來疏。茅山見説黄精熟，山友迷踪饜黠狙。

長安貧者再炊難，矐肉蒼頭飫舌端。食雪自應還猛將，飲冰祇合付清官。尚興塞外嗚弦想，剩欲江頭把釣看。祇恐逢他吹鐵笛，骨寒股戰失吾胖。

祇堪閉户著潛虚，欲作遨頭畏簡書。乍密乍稀雲凍後，半融半落雨收初。封條正恐觀梅錯，漬穀猶疑學稼疏。却喜明朝春税駕，氣蘇巤巤巤，音翡。與狙狙。

十三四用喜雪韵四首

安西都護肯辭難，不怕亡胡起怨端。節義士知堪作使，神仙人豈戀爲官。寒肩此際如樓聳，眩眼當年似席看。百丈山中誰築室，是中非隘亦非胖。

瑞氣應纏牛女虚，坐令三白歷家書。竹寒不用歌周末，粟腐行將紀漢初。蟠際混同能廣大，方圓成就更通疏。狐猿夜半疑天曉，叫起攀林挂樹狙。

普博誰云仁道難，翦裁妙巧智之端。都將凡物换英物，盡欲熱官成冷官。色即是空隨手滅，恩生於害轉頭看。大千界裏毫光徹，稽首惟應禮屈胖。

雪邊好景説涵虚，欲往從之掣簿書。王道平平須有象，皇風浩浩恐無初。舉遮正恐渠難耐，罷掃緣憂彼作疏。翠浪黄雲來歲事，已應痴望到毚狙。

和史司直韵五首

南方一佛放圓光，散作閻浮薝蔔香。便把此花爲贊祝，更將何物獻休祥。建中聖主平平蕩，錫福明王簡簡穰。共喜太平今有象，新年好上萬年觴。

疑怪虚窗徹夜明，曉看積雪與階平。雖知樂歲無捐瘠，尚恐祁寒有怨情。天地渾淪方返朴，國家霈澤正哀煢。近方創慈幼院。區區甚願祈三白，衹怕人間忌滿盈。

滕翁衹道老非才，不料窮冬雪壯哉。擬撥寒蔬尋早韭，試尋玉樹索寒梅。孤汀錯認鵁爲鷺，四野偏宜牟與來。聞説廣鞮西北走，將軍已自播州回。

空中萬鶴舞盤旋，飛向西天衹樹園。一幅繒綃包宇宙，連城珪璧委郊原。冰筯莫弄兩三曲，鐵甲猶聯百萬屯。痛癢不知惟党二，至今浪有姓名存。

世間傳假不傳真，丞相可曾城换銀。巷掃他家難敵富，氅披之子未爲貧。也知東郡行春守，便作南溪釣雪人。指碱爲瑶慚興寄，恨無一縷引千鈞。

《開慶四明續志》卷九《吟稿》上。原『吟稿』前加『四明』二字，據影印本删。

卷三　詩三

和袁尚書韵

珠琲無煩費斗量，家家潑撒不珍藏。渾疑入臘梅花放，已卜來年稻顆香。萬感固知由氣類，一根元祇自心秧。天憐老子憂民切，將變荒州作富穰。

和袁尚書韵〔一〕蒙需黄芽，且拜名製饋藥，次韵，不敢偏廢也

寂喧相去幾由旬，禽戲何妨小屈伸。退步自應行步穩，識心安用捧心顰。又看桃板迎新歲，定是蒲輪訪舊人。粒粒金丹分二百，祝公丈六現金身。

〔一〕原題作『同前』，據影印本恢復原題。

和趙知録韵三首

黑風吹海屑銀濤，莫辨秦瑰與楚瑶。煮水煎茶還我輩，竈烟文武火須調。

甫能乞得六花飛，又要憂它褐與衣。争似烟江漁釣侣，賣魚沽酒唱歌歸。

造物從來害是恩，由它珪璧委千門。梅梢已露春消息，小向涵虚駐客軒。

再和趙知録韵三首

妖蜃吹城匝海濤，也疑瀛島産琨瑶。老滕解把真成妄，郢曲如今始再調。

祇道梅花已亂飛，何須點綴謝莊衣。獨欣凍死安西虜，載取狐巴馬上歸。

何煩洛令市私恩，有客甘貧自閉門。恰似明州前録事，清高直可傲羲軒。

餞趙物斛三首戊午五月十七日

九折羊腸路險巇，險巇過了始平夷。風霜雨露無非教，菌槿椒蘭各有時。退步元來天地闊，捫心自是鬼神知。莫嫌載月舟如洗，贏得清名滿海涯。

同寅兩載意何傾，不是人間兒女情。嫉惡吾方欠隱忍，鉏奸君亦太分明。是非烈日秋霜勁，利害浮埃抹電輕。臨別一言何所贈，做人須做十分成。

精義無窮在鄰籤，更須於易倍深拈。陽奇陰偶機難測，往屈來伸理可占。有謂宣尼夫乃佞，或云仲子烏能廉。聖賢言行多參考，美疢猶應用石砭。

喜雨和趙右司

車水耕田正閔農，夜來好雨一犁通。相近『相近』讀作『禳祈』。可是須群望，陟降元來即上穹。擊壤何曾知帝力，觀風誰與達天聰？見他東作思南墅，愁殺江南桑苧翁。

喜雨和史司直二首

六丁海面揭封回，天上屯雲撮得來。連月不曾聽澍雨，今年方始見轟雷。定知水畎移秧插，底用泥塗把穀栽？聞説君王勤露禱，固應妖魃不能灾。

檐溜終宵稍慰心，更須三日始爲霖。雲雷尚覺經綸狹，暑雨猶疑咨怨深。不假溟鯤能激水，何須垤鸛解知陰。回頭谷口耕樵侣，辜負盟言愧斷金。

秋思一首寄方君遇

西風黄葉墮階前，秋思撩人已可憐。身漸衰來非一日，心都懶處是今年。愛憎毁譽何關我，消息盈虚要識天。六十四翁凡百足，只祈君相放歸田。

寄丁丞相

今年快活好重陽，君相都俞盡主張。飛語不容輕點污，細書那更極揄揚。無風無雨稻粱熟，有酒有螯棖橘香。祇待防冬平静了，來春衣錦又還鄉。

喜雨預卜淮寇之遁口占小詩呈同官下元節

醜虜逋誅尚不庭，敢驅羊犬瞰邊城。滂沱無此十月雨，攘却過如百萬兵。狗帳縱氈淋易透，馬蹄雖澀滑難行。祇願皇天相佑助，皇天佑助豈人情？

景回兄和篇甚佳信筆再用韵

犁掃終當盡穴庭，將軍夫豈但嬰城。何妨水潦威曹賊，應以風聲慴晋兵。中立運籌飛凱奏，昌黎吮筆草歌行。開年東作吾何在，野老相攜話故情。

昨日連晝夜之雨尤可喜再用前韵

佛貍索死離龍庭，堪笑披猖欲背城。釜爲水懸憂後爨，弓因雨弱失長兵。突三千人如電掃，誅兩萬户若風行。又報廣南騰露布，太平從此慰皇情。

和丁丞相

夷狄爲陰中國陽，豈容羊犬更鴟張。捷書一紙來從廣，凱奏連旗至自揚。盡瘁元臣食放箸，偷安老守寢凝香。但憐此土非吾土，歲晚天寒憶故鄉。

和惠檢閱送胡計院韵

小借園林一餉閑，相携送客上天關。頹齡晚歲凄凉裏，今日明朝聚散間。極目烟雲方渺渺，滿蹊桃李正斑斑。老來尚被冠裳縛，坐對漁舟亦厚顔。

行小圃偶成唐律呈直翁自昭叔夏己未二月二十六日

今年花信已成空，白白紅紅苦雨中。老境摧頽春更好，愁城高聳酒難攻。一生當號知非子，萬事都歸亡是公。巴得新晴天亦笑，東風吹夢過江東。

和劉右司震孫見寄六絶一律

老子誰知密度關，却支笻杖訪荒園。故應我輩鍾情别，佳話真堪詔子孫。

撩我歸心更欲歸，緑英已是换紅菲。分明不似高空鳥，無弋無矰到處飛。

鵲絆晴絲柳絮乾，金沙玉李鬥開顔。此時此景此中意，付與仙翁一餉間。

荼蘼萬玉吐幽香，芍藥千紅護緑裳。好景衹供人借看，尋思百計是歸强。

小兒亦解挽公留，知有人間第一流。老我相思無盡藏，臨風一日幾搔頭。

愁來衹是向無何，浮聖沉賢共一波。若見江南烟釣侶，寄言好與曬漁蓑。

我家碧雲畔，中有最高亭。閲世已頭白，看山猶眼青。誰能環北轍，那更徙南溟。歸計天須許，熉占處士星。

送十二知軍領郡澄江二首

門户喜方興，送兒五馬行。君恩天樣大，家法水能清。但務平平政，何須赫赫名。也休扳汝父，皂白太分明。

老父如汝年，監州尚折旋。後生何聞望，小郡亦藩宣。申浦秋潮落，君山暮靄連。菊時吾去此，訪汝擊群鮮。

古風一首送常明仲還里社

躩軒吾石友，相從三十年。舌本多文獻，胸笥皆簡編。脊梁硬於鐵，雖貧不言錢。古井波愈静，老幹骨尤堅。眊眼七十翁，酡顔映銀髯。辭我歸舊隱，從此將終焉。我懷雖惻楚，君意難弃捐。顧我亦歲徂，華髮蒙其顛。君王念帷蓋，高車會當懸。爾汝一蘧廬，日月雙彈圓。合離與聚散，暮景必復然。以兹强排遣，送君鄞水邊。空江漲夏潦，遠山生夕烟。野鳥投林飛，漁舟銜浦還。萬物各有適，人生且隨緣。江東企西浙，道里無半千。幸及身强健，尚可相周旋。所愧韓魏公，不能官老泉。

明仲小侄歸江浙餞之西渡有感二首

趧軒從此入山深，阿阮同途反舊岑〔一〕。老大分携朋友意，死生契闊弟兄心。碧雲悵望家千里，白髮飄零酒一斟〔二〕。歲晚情懷易感觸，不堪衰淚忽沾襟。

宿秧青碧稚秧黄，長葉抽苗勢已張。田就再耘秋有準，水收積潦旱無傷。老牛引犢挨籬卧，新燕將雛貼水翔。一壑一丘吾亦有，誰憐留滯尚他鄉？

〔一〕舊：原作『奮』，校云：『疑當作舊。』按影印本作『舊』。
〔二〕飄：原作『瓢』，據影印本改。

餞鄭宗丞

烟靄晚將合，湖山景致嘉。誰爲千里別，客負一年花。心事違春事，年華上鬢華。扁舟何日發，回首水雲賒。

天寧長老新齋堂請轉語

慧公幻出一齋堂，巨棟危梁壓十方。更有心堂無量闊，闊中別有好思量。

因藏主持此稽首諸山如有小小寺院保明出世

牛背牽來一牧兒，要從古道去揚輝。莫學當年隻履客，無人秋采却西歸。

代爲大川重説偈言

無流無派亦無源，糲食充飢衲禦寒。直下承當直下了，有何佛祖有何傳？

僧若珪求短偈

黄連甜兮甘草苦，這些滋味許誰知？辛官具足端嚴相，畢竟元無病可醫。

山偈寄無聲老師

聞師遭遇善知識，布衲時聞羅綺香。照管爲他眼景轉，投胎托舍没思量。前輩老古錐多有此等事，醒醒着。

又山偈就寄善知識

傳語當年白侍郎，住行坐卧秖尋常。須彌山子纔翻却，便是人天大法王。

題暗香疏影詞後用潘德久贈姜白石韵

人生浮脆若菰蒲，四十年前此丈夫。擬向西湖酹孤魄，想應風月易招呼。

苦雨吟十首呈同官諸丈己未五月二十七日

舊雨連今雨，南鳩唤北鳩。聲聲腸寸斷，點點淚交流。歷耳風來處，凝眸天盡頭。衷情如此苦，造物亦憐不？

自春爰及夏，多雨少曾晴。積壓兼旬潦，瀰漫四澤盈。稚苗憂冒没，矮岸恐頹傾。急遣洪賓佐，代余省爾氓。

洪穴堤凡九，泄水注之江。荷鍤來如織，奔湍去若撞。雨聲雖斷續，潦勢已賓降。想見魚秧泛，沙汀白鳥雙。

早晚遣長鬚，行田西北隅。稻禾都旺否，廬舍莫淹無？高仰爲何碶，低窪是某都。水痕如退落，分寸要相符。

正直三神列，慈悲一佛尊。須知真實念，是謂吉祥門。巨浸旋歸壑，頑雲漸散屯。更憑驅日馭，揮霍照乾坤。

田官决水歸，喜若潰重圍。晚種禾頭出，新耘稻本肥。已如雲氣勃，祇恨日光稀。安得驅夸父，搪開萬里輝。

海鄉多下田，潢潦易纏綿。雲脚晚希露，天心朝望穿。壤蚯方惡出，穴蟻又憂遷。翻覆陰晴證，愁腸日幾旋。

連朝雨水淹，燕寢似窮閻。無處可就燥，何時得附炎。頻占季主卦，屢乞鮑君籤。千里人知否？ 心香日夜添。

五鼓立中庭，疏星一二明。轉頭雲復合，移步雨還傾。感召雖人事，怨咨奈物情。號空猶未應，隱痛痛無聲。

老守最憂農，往來思慮忡。半時半刻裏，一飯一茶中。飢溺真猶己，恫瘝在厥躬。天高元聽下，一念豈難通。

久雨喜晴檢閲計院紀以春容之篇敬用韵爲謝

夜來坐客有蜀人鄧君莘起，勉余爲全晚節計，故末句云然

樂天何愛咏，堯夫非好吟。愧乏康濟術，粗懷飢溺心。彌旬雨翻屋，耄倪泣蒼旻。微臣職芻牧，瘝痛入肌深。行若負刺芒，坐如隱氈針。再拜告入聲。神明，寸心秉堅金。蠲租還已債，議獄并弛刑。但求講實政，何暇競虚名。天威咫尺臨，昏翳忽開明。宿苗既豐碩，稚秧靡飄淫。阿香亦效靈，排陰吐洪音。推出太陽輝，天外旋收聲。老守寛近憂，濁醪呼客斟。客有勸翁歸，前身豈傅霖。

賡劉自昭出郊佳什

己未六月十七日西郊觀稼

倦聽衙官報兩衙，出門山水即吾家。淺深碧緑湖田稻，濃淡紅黄野岸花。草草人生知有限，悠悠客恨自無涯。凉颸特爲驅袢暑，白鳥青天萬里賒。

出郊偶賦己未六月十七日

聊驅小隊出郊圻，天遣涼風却午曦。雨脚似披千匹練，山容如障數層帷。并岸低疇苗領長，近坡高隴稻頭垂。因他景物思吾土，還是黄鷄白酒時。

高橋舟中二首己未四月初六日

小隊旌旗西郭頭，筍輿緩步看農疇。十分田有九分闢，今歲人無去歲憂。貼水新秧頭欲起，連雲宿麥領都收。天憐老子勤民瘼，賜與豐年不待求。

小麥青青大麥黄，海鄉風物亦江鄉。籃鋪蠶種提歸急，肩夯牛犁出去忙。春漲半篙波瀲灩，曉山一帶色微茫。東風客子思歸切，不待啼鵑也斷腸。

水雲鄉和制機劉自昭韵三首 己未四月六日

不禁歸夢五更長，出見寬閑若故鄉。天外慘舒雲黑白，隴頭大小麥青黄。水雖四澤無蘆葦，地不多山少柘桑。却有一般堪愛賞，虬髯老檜鬱蒼蒼。

問君身世欲如何，付與漁翁欸乃歌。未酩酊時須酩酊，得磨駝處且磨駝。聲名草木知誰是，功業旂常在古多。百尺危樓聊吊往〔一〕，薰風首夏正清和。

水高衹合泛歸舟，老大何須説壯猷。樂事尚堪葵麥候，豐年已兆黍禾秋。西曹久負平平考，東郡今稱上上州。不待子規相勸督，衰翁何止四宜休？

和謝惠計院二首

插種如雲四月頭，代它田畯閱耕疇。意行不敢煩君重，詩到偏能寫我憂。占穀喜看連

〔一〕樓：影印本作『橋』。

歲熟，麗琛聞説十分收。各家官事隨宜了，樽酒相過莫外求。

千林新緑褪萎黄，人在它鄉某水鄉。白鳥閑閑疑冷看，蒼鷹擾擾正乾忙。阿婆塗抹情何在，老子瞢騰視已茫。二頃良田元不欠，一聲布穀斷人腸。

寄楞寮張寺丞[一]

春來物物攪愁腸，排遣惟應闖醉鄉。無奈督郵風味惡，桃花流水願分嘗。

舟檥娥祠敬留一絶 寶祐丁巳夏五中澣前一日

孝娥何意要垂名，重在天倫一命輕。若訂漢家彤史傳，淳于公女尚偷生。

雖然墟墓一拳土，泰華衡常未必侔。感動行人忠孝淚，滄江不斷水東流。

〔一〕此詩《兩宋名賢小集·四明吟稿》收，題作《張學士故居》。按張寺丞爲張即之，咸淳三年卒，吴潛作此詩時健在，《四明吟稿》編選在此時後，但如此改題欠妥。

口占酬翁處静

年來户外故人疏，慚愧新詞解起予。賀監本家明與越，扁舟來訪問何如？

君異鄭兄出示舊詩蓋紹定初所信筆也俯仰三十年矣戲成口占復歸之

彈指江湖三十年，淋漓舊墨尚依然。人生未必堅如紙，心事凄凉雪滿顛。

和翁處静賦木香己未三月二十日四明堂

黄蕊檀心襯緑衣，細成棋架四方齊。衹緣鼻孔撩天去，特遣清香起自低。

喜雨二解呈檢閲同官諸丈己未七月

烏犦新春玉粒堆，齊頭穲穛又相催。高田猶怕夾秋旱[一]，上界俄聞發水雷。幾日雲車停野外，今宵雨旆入城來。須臾檐溜如奔峽，枕上吟哦一快哉。

須知造化自心生，風雨雲雷特踐形。人在兩間元有事，天於萬類豈無情。焦枯蒙潤物蘇醒，昏去聲。悶得涼身泰平。昨夜桃笙時便背，定應收捲向金莖。

中秋無月和曾儀吉制幹

見説瓊樓忒煞寒，雲衣特地護霄端。也應齒髮十分老，自是嫦娥一笑難。此夜不妨留客醉，明年未卜共誰看。歸與丘壑無窮趣，何惜相從樂且盤。

〔一〕夾：原作『來』，據影印本改。

賦惠計院允堂

荆溪惠子鬢鬅鬙，義理鑽研到粹精。允以名堂由意實，漫云從仕但心亨。一窗春草無窮意，四壁秋蛩不斷聲。若向此中能領會，始知持敬造存誠。

謝惠計院分餉新茶

乾坤正氣清且勁，長挾春風作襟韵。不惟散滿詩人脾，還入靈根茁苔穎。顧山仙人曇滞家，帶春蒐摘黄金芽。搗碎雲英琢蒼璧，旋瀉玉瓷浮白花。半甌和露沾喉吻〔一〕，甘潤繞肌香貫頂。孔光賢處不脂韋，長孺直時無苦梗。平生腐儒湯餅腸，不堪八餅分頭綱。多君鄉味裹將送，謂我詩情應得嘗。分無蛾眉捧玉碗，亦乏撑腸五千卷。活火新泉點啜來，儼若少陽人覿面。飲散登臺嗅老香，却憶家山菊徑荒。明朝便作玉川子，兩腋乘風歸故鄉。

《開慶四明續志》卷一〇《吟稿》下。原『吟稿』前加『四明』二字，據影印本删。

〔一〕沾：原作『沾』，據影印本改。

卷四　詩四

秋風嘆四首

長鯨海上來，壯士田間起。登城復何悲，禾稼秋風裏。
誰將訟風伯，謂天懲雨師。天閽幾萬里，瞶瞶安得知？
軍書督戰急，縣吏催租還。力盡將何訴，浮雲深九關。
嘗聞海客談，白浪海風惡。衹是欺舴艋，那見摧蛟鰐？

題舒蓼瞻嘯圃獨吟圖二首

丹厓白雲往來，絶岸流潮吞吐。我所思兮何人？莽悠悠兮太古。
江口寒潮自至，山間明月誰招？自可歸來坐嘯，何須世上折腰。

聽琴客周信民彈秋泉二首

雁湖龍井久知名，總入君家匣裏清。客舍試彈三兩曲，恍疑飛沫濺塵纓。

故里泉聲不可聞，携琴相約鮑參軍。山瓢只繫經行處，落葉空山好覓君。

陸宣公祠[一]

凜凜清規百世師，功名僅見奉天時。忠謀任起奸邪忌，感泣寧無士卒思？落日桑榆存舊迹，西風蘆葦護荒祠。忠宣流落何遺恨[二]，留得良方與後醫。

[一] 此詩又見李曾伯《可齋雜稿》前集卷六，題爲《題宣公祠》，題下自注：『偶記舊作，附於此。』按李曾伯，嘉興人，此首當爲記友朋之作而附載，李曾伯與吴潛有交往。《四明吟稿》所録當據吴潛遺作。

[二] 忠宣：《四明吟稿》作『忠南』，當誤，《全宋詩》改。

錢塘江三首

江頭風雨弄輕寒，小艇輕蓑把釣竿。日暮滄浪歌漸遠，延緣應自避塵冠。

扁舟東下白雲鄉，一水牽愁萬里長。多謝白鷗閑不去，知余機事近來忘。

秋光漠漠草青青，日落江流雁下汀。世路風波今始半，爲余遥謝草堂靈。

《兩宋名賢小集》卷三四九《四明吟稿》

示慧開禪師頌二首

手中拍板袖中槌，贏得逢場弄一回。寄語無門開道者，挑包便好出山來。

黑山心歷歷，金殿口巴巴。不因漁父引，怎得見波查？

宋普敬《無門慧開禪師語録》卷上

竹

編茅爲屋竹爲椽，屋上青山屋下泉。半掩柴門人不見，老牛將犢伴籬眠。

宋陳景沂《全芳備祖集》後集卷一六

真如勸農二首

聖主垂衣坐九重，不才假守勸農功。周家永命由忠厚，湯后存心在困窮。安得田租成歲減，且將人事兆年豐。守宰監州民最近，相期清白紹家風。

百尺高橋鎮古丘，乘閑莫惜小夷猶。新楊受日春無際，宿麥翻雲歲有瘳。鷹隼圖南天外意，江山繞北望中愁。世事難知人易老，一杯聊復寄沉浮。

《至元嘉禾志》卷三一

謝世詩

伶仃七十翁〔一〕，間關四千里。縱非烟瘴窟，自無逃生理。去年三伏中，葉舟溯梅水〔二〕。燥風扇烈日，熱喘乘毒氣。盤回七二灘〔三〕，顛頓常驚悸。肌體若分裂，肝腸如搗碎。支持達循州，荒凉一墟市。托迹貢士闈，古屋已頹圮。地濕暗流泉，風雨上不庇。蛇鼠相交羅，螻蟈聲怪異。短垣逼閭閻，檐楹接尺咫。凡民多死喪，哭聲常四起。妻或哭其夫，父或哭其子。爾哭我傷懷，傷懷那可止。悲愁復悲愁，憔悴更憔悴。陰陽寇乘之，不覺入腠理。雙足先蹣跚，兩股更重腿。擁腫大如椽，何止患蹠盭。淫邪復入腹，喘促妨卧寐。脾神與食仇，入口即嘔噦。膏肓勢日危，和扁何爲計。人生固有終，蓋棺亦旋已。長兒在道塗，不及見吾斃〔四〕。老妻對我啼，數僕環雪涕。綿蕞斂形骸，安能備喪禮。孤柩倚中堂，几筵聊復爾。骨

〔一〕仃：《錢塘遺事》一本作「儜」。
〔二〕梅：《錢塘遺事》一本作「潮」。
〔三〕七二：原作「七十」，據《錢塘遺事》原文改。
〔四〕吾：《錢塘遺事》一本作「其」。

肉遠不知，鄰里各相慰。相慰亦何言，眼眼自相視。龍川水泱泱，敖山雲委委。雲飛何處歸，水流何處止。悠悠旅中魂，雲水兩迢遞。朝廷有至仁，歸骨或可覬。魂兮早還家，毋作異鄉鬼。

元劉一清《錢塘遺事》卷四：潛庚申七月謫建昌，尋徙潮州，辛酉四月安置循州，壬戌五月十八日卒。捐館之夕，作詩云云。初，似道深憾之，遣武人劉宗申爲循守，欲毒潛。一日，宗申開宴，以私忌辭。又宴，又辭。又次日移庖，不得辭，遂得疾卒。

和人賦琴高魚

仙人藥苗化爲魚，身雖纖細味豐腴。土人涉溪如采荇，以布爲網猶恐疏。不比吴王耽嗜鱠，松江千古留腥滓。好似春茶槍與旗，俯視銀條不足數。人生所樂在家鄉，何必定食河之魴？琴高仙游不可躡，自向昆侖朝玉皇。玉皇一笑倚天末，乞與五湖任囊括。扁舟烟雨歸去來，卧聽魚槎聲濊濊。

元吴師道《吴禮部詩話》：宣城涇縣有琴高山、琴高溪，俗傳控鯉而升之所。每歲三月中，有小魚數十萬，一日來集。亦傳以爲投藥滓所化。至今人待此日，盡網之，曝以爲乾，味甚美。吴履齋嘗賦詩和人韵云云。

送林明府

擬續宣城志，難忘令尹賢。庭空無獄訟，齋静有詩篇。心似秋雲遠，政如霜月懸。活人最多處，饑歲作豐年。

元汪澤民《宛陵群英集》卷五。按《宣城右集》卷二六收作吴柔勝，《全宋詩》又據清朱緒曾《金陵詩徵》卷八收作吴柔勝。

泛湖次韵

塵裏光陰夢裏殘，西湖莫厭白時看[一]。落花飛絮將春去，斷雨零雲入暮寒。白髮催人

〔一〕白：應爲「四」之誤。

愁遠道，青山笑我戀微官。浮生要足何緣足，枝上鷦鷯儘自安。

影印《詩淵》册二頁一四九三，按署吴履齋。《全芳備祖集》前集卷一八録頷聯。

太平仙游山神祠

仙游杳不極，山夕景獨殊。丹氣發空翠，天燈照連珠。下有神之宅，何年托蓬壺。想争隋氏鹿，赫赫雄萬夫。提劍起草莽，搴旗護枌榆。奇功未盡賞，靈異終弗渝。祝釐賽田畯，撫節降楚巫。羽人孰可仍，我亦懷英圖。芬薌乍成霧，杯珓若合符。歌此謝冥貺，送迎神以娱。

影印《詩淵》册三頁一五九六。

龍溪道中

潮痕初漲没汀沙，隔岸青簾認酒家。要識江鄉春事晚，東風吹盡野棠花。

影印《詩淵》册三頁二〇〇〇。按此詩列於劉克莊同題詩後，是否吴潛作，存疑。

平山堂

盡日西風捲地狂，衹堪吹雁過瀟湘。黄沙萬里暮天遠，白水一杯秋井香。楊柳年年人老大，江山處處客淒涼。朅來無限興亡事，淚落淮南古戰場。

影印《詩淵》册五頁三一〇三，署吴履齋。按《全芳備祖集》後集卷一七録頸聯。

送魏時中胡才卿還城

歲晏謝紛務，掩關慕幽居。於道良未親，養真聊自娱。孰謂雙彦來，南征千里餘。忻然肯相過，修贄期讀居。愧無一日長，幸與斯文俱。温温石中玉，皎皎淵底珠。至瑶豈易求，欲速非良圖。雨餘浮新緑，風暖勾萌舒。閑齋對泮水，感物懷倚閭。即此悟明德，遠游竟何如？

影印《詩淵》册六頁四四三六。魏時中、胡才卿不詳，所寫情事與吴潛不合，此詩疑非其作。《全宋詩》還據《詩淵》收《邳州》《通州道中》二詩，《邳州》已置疑，《通州道中》所寫風物及用典顯爲北通州，亦非此吳潛能作。

謝世詩二首

股肱十載竭丹心，諫草雖多禍亦深。補衮每思期仲甫，殺人未必是曾參。氈裘浩蕩紅塵滿，風雨淒凉紫殿陰。遥望諸陵荒草隔，不堪老淚灑衣襟。

邊馬南來動北風，屢陳長策矢孤忠。群豺横暴嘉謀遏，儀鳳高飛事業空。愁恨暗消榕樹緑，寸心漫擬荔枝紅。欲知千載英雄氣，盡在風雷一夜中。

康熙《寧國縣志》卷七。《寧國縣志》引《吳氏家譜》：潛卒之日，語人曰：『吾將逝，夜必風雷大作。』因撰遺表，復作詩云云。頌畢而逝。按此詩二首早先已見明趙弼傳奇集《效顰集》卷下《木綿庵記》，謂吳潛南遷題於建寧道上一古寺。吳潛南行未經此道，二詩有些語句也不像出自吳潛其人、其時，當小説家根據傳聞撰擬。

句

故園芳事無人管，到處梅花動客情。梅花

《全芳備祖集》前集卷一

粲粲黄金裾，亭亭白玉膚。極知時好異，擬與歲寒俱。墮地良不忍，抱枝寧自枯。菊花

同上書前集卷一二

可堪收拾歸屏枕，頗欲浮沉付酒杯。荼蘼

同上書前集卷一五

邂逅一杯酒，東風柳絮天。

同上書前集卷一八

以上《全宋詩》收録

題興聖寺竹院

此竹非凡竹，流虹地上根。平安不須問，千億長龍孫。

《至元嘉禾志》卷二七

題太平興國宫

采訪真人坐玉墟，世間淫善不能誣。只今赤子干戈裏，此事還應倒斷無？

題聽雨軒

聽雨軒中借榻眠，世間無味得能甜。朱陵境轉華胥國，取數今朝太不廉。

題留雲閣

一派靈泉漱石頭，萬竿修竹助清幽。闃來便覺吾忘我，身與春雲一樣浮。

題冷翠閣

千峰萬嶂看仙宫，古木喬松亂翠中。風雨烟雲無限景，從今不信畫圖工。

《永樂大典》卷六六九八引《江州志》

贈厲學士

辭禄歸田里，幡然邁等倫。玉壺邀好客，畫舫泛長春。閣筆詩章就，馳心物候新。機權不與并，洞外一仙人。

《宋元四明六志校勘記》卷二引康熙《鄞縣志》卷一三云：厲思明歸鄉，怡情詩酒，吴潛以制相知慶元，每相過訪，其贈詩云云。厲思明生卒不詳，《鄞縣志》載其紹熙四年（一一九三）進士（亦見《寶慶四明志》卷一〇），至吴潛知慶元年至少已在八十歲以上，而《鄞縣志》又云『卒年七十有三』，殊爲抵牾。其人此時是否存世、是否與吴潛有交往，存疑。

九華山天臺峰新晴曉望

一蓮峰簇萬花紅，百里春陰滌曉風。九十蓮華一齊笑，天臺人立寶光中。

光緒《九華山志》卷八。此首是否爲此吴潜作，存疑。

呈妙喜

不是心兮不是佛，通身一串金鎖骨。趙州參見老南泉，解道鎮州出蘿蔔。

《明州阿育王山續志》卷一一。《全宋詩訂補》見録。

文正范公祠

仁誼功忠一片心，兵間招弄更精神。當時老上龍庭種，豈信江南有此人？

長山溪畔蓼莪青，想見當年念母情。顧我遠游營底事，抬頭重感老先生。

長山青陽縣東二十里，文正范仲淹幼鞠於朱氏，讀書其地。紹定二年縣令丁木立祠，朝請大夫丁黼記。

《范文正公集》附録《諸賢詩頌》。楊國宜先生博客見録。

句

朝游保聖暮正覺。題正覺寺。

乾隆《高淳縣志》卷一四寺觀宋胡應發《保聖寺記》引。

以上新補

卷五　詞一

滿江紅　送李御帶珙

紅玉階前，問何事、翩然引去。湖海上、一汀鷗鷺，半帆烟雨。報國無門空自怨，濟時有策從誰吐？過垂虹、亭下繫扁舟，鱸堪煮。　拚一醉，留君住。歌一曲，送君路。遍江南江北，欲歸何處？世事悠悠渾未了，年光冉冉今如許！試舉頭、一笑問青天，天無語。

滿江紅　送陳方伯上襄州幕府

露驛星程，又還控、西風征轡。原自有〔一〕、孔璋書檄，元龍豪氣。蜀道尚驚鼙鼓後，神州

〔一〕原：明《百家詞》鈔本作「元」。

正在干戈裏。佐元戎、一柱穩擎天，襄之水。　功名事，山林計。人易老，時難值。看新絲一髮，甚吾衰矣。轉首從游十五載，關心契闊三千里。便秋空、邊雁落江南，書來未？

滿江紅　齊山綉春臺

十二年前，曾上到、綉春臺頂。雙脚健、不煩筇杖，透岩穿嶺。老去漸消狂氣習，重來依舊佳風景。想牧之、千載尚神游，空山冷。　山之下，江流永。江之外，淮山暝。望中原何處，虎狼猶梗。勾蠡規模非淺近，石苻事業真俄頃。問古今、宇宙竟如何，無人省。

滿江紅　豫章滕王閣

萬里西風，吹我上、滕王高閣。正檻外、楚山雲漲，楚江濤作。何處征帆木末去〔一〕，有時野鳥沙邊落。近簾鈎、暮雨掩空來，今猶昨。　秋漸緊，添離索。天正遠，傷飄泊。嘆十

〔一〕木末：彊村校記云：一本《履齋遺集》、彭本作『林杪』。按明刊《履齋遺集》卷二作『林杪』。

年心事，悠悠莫莫〔一〕。歲月無多人易老，乾坤能大愁難着〔二〕。向黄昏、斷送客魂消，城頭角。

滿江紅 金陵烏衣園

柳帶榆錢，又還過、清明寒食。天一笑、滿園羅綺，滿城簫笛。花樹得晴紅欲染，遠山過雨青如滴。問江南、池館有誰來，江南客。　烏衣巷，今猶昔。烏衣事，今難覓。但年年燕子，晚烟斜日。抖擻一春塵土債，悲凉萬古英雄迹。且芳樽、隨分趁芳時，休虚擲。

〔一〕悠悠：原作『休休』，彊村校記云：一本《履齋遺集》作『悠悠』。按明刊《履齋遺集》、明《百家詞》鈔本皆作『悠悠』，據改。

〔二〕能：原作『雖』，據明刊《履齋遺集》、明《百家詞》鈔本、《陽春白雪》卷六改。

滿江紅　和吕居仁侍郎東里先生韵〔一〕

擬卜三椽，問何處、水迴山曲。朝暮景、清風當户，白雲藏屋。更得四時瓶貯酒，未輸一品腰圍玉。待千章、手種木成陰，周遮緑。　且休殢，陶令菊。也休羡，子猷竹。算百年一夢，誰榮誰辱？唤客烹茶閑話了，呼童取枕佳眠足。但晨香、一炷願天公〔二〕，時豐熟。

滿江紅　寄趙文仲。南仲領淮東帥憲

岳后湘靈，曾孕個、擎天人物。臨古峴、綸巾羽扇，笑驅胡羯。護塞十年高叔子，出師一表儕諸葛。有孤忠、分付與佳兒，真衣鉢。　劉家驥，馳空闊。薛家鳳，飛横絶。比君家兄弟，可能豪杰？草木聲名如電掃，氈裘心膽聞風折。待安排、江漢一篇詩，歸來説。

〔一〕東里先生：明刊《履齋遺集》、明《百家詞》鈔本作『東萊先生』。按『東萊先生』爲吕本中之號，『東里先生』爲吕本中原唱首句，作『東里先生』應是。又，吕本中官終中書舍人，未官侍郎，稱『侍郎』當誤記。

〔二〕願：此詞亦收入《開慶四明續志》，影印本卷一一此字作『謝』。

滿江紅

細閲浮生，爲甚底、區區碌碌。算衹是、信緣隨分，早尋歸宿。造物小兒忺簸弄，翻雲覆雨難撏觸。謾一堆、歲月鬢邊來，跳丸速。　田二頃，非無粟。官四品，非無禄。更不知足後，待何時足？恰好園池原自有〔一〕，近來新創三椽屋。且飢時、吃飯困時眠，平爲福。

滿江紅　送吴叔永尚書

舉世悠悠，何妨任、流行坎止。算是處、鮮魚羹飯，吃來都美。暇日扁舟清霅上，倦時一枕薰風裏。試回頭、堆案省文書，徒勞爾。　南浦路，東溪水。離索恨，飄零意。況星星鬢影，近來如此。萬事儘由天倒斷，三才自有人撑抵。但多吟、康節醉中詩，頻相寄。

〔一〕原：明刊《百家詞》鈔本作「元」。

滿江紅　九日郊行

歲歲登高，算難得、今年美景。盡斂却、雨霾風障〔一〕，霧沉雲暝。遠岫四呈青欲滴，長空一抹明於鏡。更天教、老子放眉頭，邊烽静。　數本菊，香能勁。數朵桂，香尤勝。向樽前一笑，幾多清興。安得便如彭澤去，不妨且作山翁酩。儘古今、成敗共興亡，都休省。

滿江紅　禾興月波樓和友人韵

日薄寒空，正澤國、一汀霜葉。過萬里、西風塞雁，數聲哀咽。耿耿有懷天可訊，悠悠此恨誰能説？倚闌干、老淚落關山，平蕪隔。　提短劍，腰長鋏。昔壯志，今華髮。有江湖征棹，水雲深闊。要斬鼪鼯埋九地，可憐烏兔馳雙轍。羡渠儂、健筆掃磨崖，文章别。

〔一〕霾：明刊《履齋遺集》作「埋」。

滿江紅　和吴季永侍郎見寄

乍雨還晴，正輕暖、輕寒簾幕。時悵望、故人烟水，鷺翻鷗落。老去可堪離恨結，新來轉覺吟情薄。況等閑、客裏送年華，成揮霍。　天一顧，西南角。人萬里，風埃闊。笑長卿歸蜀，錦衣徒着。不是等閑螳臂怒，也休剛道鷄聲惡。但千年、往事誤平凉，今番莫。

滿江紅　劉長翁右司席上

痴靄頑陰，風掃盡、安排今夕。便放出、一輪金鏡，皎然虛碧。照徹肺肝明似水，是中空洞無他物。倚亭皋、搔首問天公，天應識。　人共景，都非昔。君共我，俱成客。且相逢一笑，鼓笙簫笛〔一〕。老去可憐杯酒減，醉來謾把闌干拍。便明朝、烟水挂征帆，還相憶。

〔一〕鼓笙：原作『笙歌』，據《履齋遺集》《百家詞》改。按此詞《永樂大典》卷二〇三五三亦録入，亦作『鼓笙』。

滿江紅　姑蘇靈岩寺涵空閣

客子愁來，閑信馬、到涵空閣。誰爲我、斂雲收霧，青天爲幕。八萬頃湖如鏡静，波神護斷東南角。望孤帆、杳杳度微茫，山邀却。　三塞外，紛狐貉。三徑裏，悲猿鶴。笑鴟夷老子，占他頭着。正使百年能幾許，看來萬事難描摸。問吴王、池館復何如？霜楓落。

滿江紅　梅

試馬東風，且來問、南枝消息。正小墅、幾株斜倚，數花輕拆。自有山中幽態度，誰知世上真顔色。嘆君家、五嶺我雙溪，俱成客。　長塞管，孤城笛。天未曉〔一〕，人猶寂。有幾多心事，霜清月白〔二〕。好把寒英都放了，莫教春訊能占得。問竹籬、茅舍景如何？惟渠識。

〔一〕曉：明刊《履齋遺集》、明《百家詞》鈔本作『晚』。
〔二〕霜：原作『露』，據明刊《履齋遺集》、明《百家詞》鈔本改。

滿江紅　京口鳳凰池和蘆川春水連天韵 池實蘇魏公舊游也〔一〕

借問如何，春能好、客懷偏惡？消遣底、閑言閑語，近都慵作。歲月從今休點檢，江湖自古多流落。倚危亭、目斷野雲邊〔二〕，孤舟泊。　人事改，人情薄。退後步，争先着。且開樽洗盞，爲君斟酌。拂拭鳳凰池上景，凄凉猿鶴山中約。更東陽、憔悴到腰圍，渾如削。

哨遍　括蘭亭記

晋在永和〔三〕，癸丑暮春，初作蘭亭會。集衆賢，臨峻嶺崇山，有茂林修竹流水。暢幽情，縱無管弦絲竹，一觴一咏佳天氣。於宇宙之中，游心騁目，此娱信可樂只。念人生相與放形骸，或一室晤言襟抱開。静躁雖殊，當其可欣，不知老至。　然倦復何之，情隨事改悲相

〔一〕實：此字原無，據明刊《履齋遺集》、明《百家詞》鈔本補。
〔二〕野：明《百家詞》鈔本作『墅』。
〔三〕晋在永和：原作『在晋永和』，據明刊《履齋遺集》、明《百家詞》鈔本改。

係。俯仰間遺迹，往往俱成陳矣。况約境變遷，終期於盡，修齡短景都能幾？謾古换今移，時消物化，痛哉莫大生死。每臨文吊往一興嗟，亦自悼不能喻於懷。算彭殤、妄虚均爾。今之視昔如契，後視今猶昔。故聊叙録時人所述，慨想世殊事異。後之來者覽斯文，將悠然、有感於此。

水調歌頭　焦山

鐵瓮古形勢，相對立金焦。長江萬里東注，曉吹捲驚濤。天際孤雲來去，水際孤帆上下，天共水相邀。遠岫忽明晦，好景畫難描。　混隋陳，分宋魏，戰孫曹。回頭千載陳迹，痴絶倚亭皋。惟有汀邊鷗鷺，不管人間興廢，一抹度青霄。安得身飛去，舉手謝塵囂。

水調歌頭　霅川溪亭

皎月亦常有，今夜獨娟娟。浮雲萬里收盡，人在水晶奩。矯首銀河澄澈，搔首金風浩蕩，毛髪亦泠然。宇宙能空闊，磨蟻正迴旋。　倩漁翁，撑舴艋，柳陰邊。垂綸下餌，須臾釣得兩三鮮。喚客烹魚釃酒，伴我高吟長嘯，爛醉即佳眠。何用驂鸞去，已是地行仙。

水調歌頭　送趙文仲龍學

宛水纔停棹，一舸又澄江。岩花籬蕊開遍，時節正重陽。喚起沙汀漁父，攬取一天秋色，無處不瀟湘。有酒時鯨吸，醉裏是吾鄉。　濟時心，憂國志，問穹蒼。是非得失，成敗何用苦論量。年事飛烏奔兔，世事崩崖驚浪，此別意茫茫。但願身强健，努力報君王。

水調歌頭　送叔永文昌

纔惜季方去，又更別元方。驚心天上雙鳳，接翅下高岡。萬里瞿塘烟浪，一片昭亭雲月，渺渺正相望。夜雨連風壑〔一〕，此意獨凄凉。　杜鵑聲，猶不住，攪離腸。黄鷄白酒，吾

〔一〕風：明《百家詞》鈔本作『聲』。

亦歸興動江鄉〔一〕。人事紛紛難料，世事悠悠難説，何處問穹蒼？肯落兒曹淚，一笑付滄浪。

水調歌頭　江淮一覽

勛業竟何許，日日倚危樓。天風吹動襟袖，身世一輕鷗。山際雲收雲合，沙際舟來舟去，野意已先秋。很石痴頑甚〔二〕，不省古今愁。　郗兵强，韓艦整，説徐州。但憐吾衰久矣，此事恐悠悠。欲破諸公磊塊，且倩一杯澆酹，休要問更籌。星斗闌干角，手摘莫驚不？

沁園春　多景樓

第一江山，無邊境界，壓四百州。正天低雲凍，山寒木落，蕭條楚塞，寂寞吴舟。白鳥孤

〔一〕江鄉：明刊《履齋遺集》作『家鄉』，又校曰：『「家鄉」一作「江鄉」』。《中興以來絶妙詞選》續集卷九、《花草萃編》卷一八作『家鄉』。

〔二〕很石：明刊《履齋遺集》、明《百家詞》作『恨石』。按『恨』通『很』。

飛，暮鴉群注，烟靄微茫鎖戍樓。憑闌久，問匈奴未滅，底事菟裘？　回頭，祖敬何劉〔一〕，曾解把功名談笑收。算當時多少，英雄氣概，到今惟有，廢壟荒丘。夢裏光陰，眼前風景，一片今愁共古愁。人間事，儘悠悠且且，莫莫休休。

沁園春　江西道中

落雁横空，亂鴉投樹，孤村暮烟。有漁翁掩網，牧童戴笠〔二〕，行從水畔，唱過山前。雨閣還垂，雲低欲墮，何處行人喚渡船。蕭蕭處，更柴門草店，竹外松邊。　凄然，倚馬停鞭，嘆客袂征衫歲月遷。既不緣富貴，功名繫絆，非因妻子〔三〕，田宅縈牽。祇有寸心，難忘斯世，磊塊輪囷知者天。愁無奈，且三杯濁酒，一枕酣眠。

〔一〕敬：明刊《履齋遺集》此字闕。

〔二〕童：原作「兒」，據明刊《履齋遺集》、明《百家詞》鈔本改。彊村本《履齋詩餘》亦作「童」。

〔三〕明刊《履齋遺集》、明《百家詞》鈔本此句「非」字前有一「也」字。

賀新郎　送吴季永侍郎〔一〕

説着成凄楚。正塵飛、岷峨灩澦，兔嘷狐舞。頗牧禁中留不住，彈壓征西幕府。便一舸、月汀烟渚。四塞三關天樣險，問何人、自闢豗䨓路。成敗事，幾今古？　荼蘼芍藥春將暮。最無情、飄零柳絮，攪人離緒。屈指秋風吹雁訊〔二〕，應憶西湖夜雨。謾歲月、消磨如許！上下四方男子志，肯臨歧、昵昵兒曹語。呼大白，爲君舉。

賀新郎　吴中韓氏滄浪亭和吴夢窗韵

撲盡征衫氣。小夷猶、樽罍杖屨，踏開花事。邂逅山翁行樂處，何似烏衣舊里？　嘆

〔一〕吴季永：名昌裔，字季永，嘉熙元年春以權工部侍郎出參贊四川宣撫司軍事，詞當作於此時。四庫本《履齋遺集》作吴叔永，明《百家詞》鈔本、《中興以來絶妙詞選》續集卷九作吴叔季，均誤。

〔二〕訊：原作「信」，據《履齋遺集》《中興以來絶妙詞選》改。

荒草〔一〕、舞臺歌地。百歲光陰如夢斷，算古今、興廢都如此。何用灑，兒曹淚。　江南自有漁樵隊。想家山、猿愁鶴怨，問人歸未？寄語寒梅休放盡，留取三花兩蕊。待老子、領些春意。皎皎風流心自許，儘何妨、瘦影横斜水。煩翠羽，伴醒醉。

賀新郎　寓言〔二〕

可意人如玉。小簾櫳、輕勻淡竚〔三〕，道家裝束。長恨春歸無尋處，全在波明黛緑。看冶葉、倡條渾俗。比似江梅清有韵，更臨風、對月斜依竹。看不足，咏不足。　曲屏半掩青山簇。正輕寒、夜永花睡〔四〕，半欹殘燭。縹緲九霞光裏夢，香在衣裳剩馥。又祇恐、銅壺聲促。試問送人歸去後〔五〕，對一奩、花影垂金粟。腸易斷，倩誰續？

〔一〕荒：原作『芳』，據明《百家詞》鈔本、《中興以來絶妙詞選》續集卷九、《履齋遺集》改。

〔二〕明刊《履齋遺集》題下注：『《詞林萬選》載，云《贈建寧妓》。』

〔三〕竚：原作『泞』，據明刊《履齋遺集》、明《百家詞》鈔本、《詞林萬選》卷三改。

〔四〕永：原作『來』，據明刊《履齋遺集》、明《百家詞》鈔本、《花草萃編》卷一四、《詞林萬選》改。彊村校記云：彭本作『永』。

〔五〕送人：明《百家詞》鈔本作『道人』。

賀新郎　用趙用父左司韵送鄭宗丞

又是春殘去。倚東風、寒雲淡日，墮紅飄絮。燕社鴻秋人不問，儘管吴笙越鼓。但短髮、星星無數。萬事惟消彭澤醉，也何妨、袖卷長沙舞。身與世，衹如許！　闌干拍手閑情緒。便明朝、蒼鷗白鷺，北山南浦。笑指午橋橋畔路，簾幕深深院宇。尚趁得、柳烟花霧。我亦故山猿鶴怨，問何時、歸棹雙溪渚？歌一曲，恨千縷。

賀新郎　寄趙南仲端明

烟樹瓜洲岸。望旌旗、獵獵摇空，故人天遠。不似沙鷗飛得渡，直到雕鞍側畔。但徙倚、危闌目斷。自古鍾情須我輩，况人間、萬事思量遍。濤似雪，風如箭。　揚州十里朱簾捲。想桃根桃葉，依稀舊家庭院。誰把青紅吹到眼，知有醉翁局段。便回首、舟移帆轉。渺渺江波愁未了，正淮山、日暮雲撩亂。閣酒盞，倚歌扇。

賀新郎　春感

笑口開能幾？把年年、芳情冶思，總抛閑裏。桃杏枝頭春纔半，寒食清明又是。但歲月、飆飛川逝。回首秦樓雙燕語，到如今、目斷斜陽外。將往事，試重記。　香羅尚有相思淚。算人生、新愁易積，舊歡難繼。水上流紅無覓處，還隔關山萬里。但贏得、新來憔悴。昨夜東風顛狂後，想餘芳、盡是飄零底。詞寫就，倩誰寄？

滿庭芳　春感

漠漠春陰，疏疏春雨，鵓鳩唤起春眠。小園人静，獨自倚鞦韆。又見飄紅墮雪，芳徑裏、都是花鈿。年年事，閑愁閑悶，挂在緑楊邊。　尋思，都遍了，功名竹帛，富貴貂蟬。但身爲利鎖，心被名牽。争似依山傍水，數椽外、二頃良田。無縈絆，炊粳釀秫，長是好花天。

滿庭芳　西湖〔一〕

春水溶溶，春山漠漠，淡烟淺罩輕籠〔二〕。危樓闌檻，掠面小東風。又是飛花落絮，芳草暗、萬緑成叢。閑徙倚，百年人事，都在畫船中。　故園，無恙否，一溪翠竹，兩徑蒼松。更有魚堪釣，有秫堪舂。底事塵驅物役，空回首、社燕秋鴻。功名已，蕭騷短鬢〔三〕，分付與青銅。

〔一〕彊村校記云：一本《履齋遺集》、彭本『西湖』下有『宣城園池』四字。按諸本皆無此四字，《陽春白雪》卷六、《永樂大典》卷二二六五載録此詞，亦無此四字。

〔二〕罩：原作『草』，《陽春白雪》卷六亦作『草』。《全宋詞》校云：『「罩」原作「草」，據《永樂大典》卷二二六五「湖」字韵改。』明刊《履齋遺集》、明《百家詞》鈔本亦作『罩』。

〔三〕騷：明刊《履齋遺集》、明《百家詞》鈔本、《永樂大典》作『搔』。

酹江月　瓜洲會趙南仲端明

紅塵飛騎，報元戎小隊，踏青南陌。雪浪堆邊呼曉渡，吴楚半江分坼。歲月驚心，風埃眯目，相對頭俱白。楊花撩亂，可憐如此春色。　誰道燕燕鶯鶯，多情猶自，認得年時客。重唱江南腸斷句，爲我滿傾雲液。畫鼓舟移，金鞍人遠，一餉烟波隔。斜陽冉冉，依然無限凄惻。

酹江月　梅

曉來窗外，正南枝初放，兩花三蕊。千古春風頭上立，羞退穠桃繁李。姑射神游，壽陽妝褪，色界塵都洗。竹扉松户，平生所寄聊耳。　堪笑强説和羹，此君心事，指高山流水。隴驛凄凉，却怕被、哀角城頭吹起。此處關情，爲他凝佇，淡月清霜裏。巡檐何事，歲寒相誓而已。

酹江月

暇日登新樓，望揚州於雲烟縹緲之間，寄趙南仲端明

半空樓閣，把江山圖畫，一時收拾。白鳥孤飛飛盡處，最好暮天秋碧。萬里西風，百年人事，謾倚闌干拍。凝眸何許？揚州烟樹歷歷。　應念老子年來，浮名浮利，已作虚空擲。三徑纔尋歸活計，又是飄零爲客。回首平生，驚心雙鬢，客易成凄惻。樽前一笑，且由醉帽欹側。

八聲甘州　和魏鶴山韵

任渠儂、造物自兒嬉，安能止吾歸？有秋來竹徑，春時花塢，夏裏荷漪。何事東塗西抹，空遺鬢毛稀。矯首看鴻鵠，遠舉高飛。　點檢人間今古，問誰爲贏局，底是輸棋？謾區區成敗，蟻陣與蝸圍。便掀天捲地勛業，怕山中、拍手笑希夷。如何是，一樽相屬，萬事休知。

八聲甘州　壽吴叔永文昌季永侍郎

記高岡、兩鳳攬朝暉，翩翻萬里來。向槐廳深處，松廳緊裏，却立徘徊。一舸風帆烟浪，擬竪錦江桅。聊爲玄暉老，共拂塵埃。　我亦歸來岩壑，正不妨散誕，笑口頻開。算人間成敗，何用苦驚猜？便江南、求田問舍，把歲寒、三友一園栽〔一〕。今宵酒，祇消鯨吸，不要論杯。

二郎神

小樓向晚，正柳鎖、一城烟雨。記十里吴山，綉簾朱户，曾學宫詞内舞。浪逐東風無人管，但脉脉、歲移年度。嗟往事未塵，新愁還織，恁堪重訴〔二〕？　凝佇。問春何事，飛紅

〔一〕園：原作「圈」，明《百家詞》鈔本亦作「圈」，失律；明刊《履齋遺集》《百家詞》排印本作「園」，是。彊村校記云：彭本作「園」。

〔二〕恁：原作「怎」，據明刊《履齋遺集》、明《百家詞》鈔本改。

飄絮。縱杜曲秦川，舊家都在，誰寄音書説與？野草凄迷，暮雲深黯[一]，渾自替人無緒。珠淚滴，應把寸腸萬結，夜帷深處。

解連環

彩橈芳苑[二]。嗟東風夢斷，燕殘鶯懶。謾記得、標格精神，正雲漲暮天，雨荒閑館。嫩緑殷紅，但回首、一川波暖。想嬌情慧態，倚褪淡妝，畫樓簾捲。　　吴歌數聲冉冉。料移商變羽，人共天遠。須信道、飛絮游絲，儘春去春來，景色偷换。掃罷鸞箋，難寄我、濃愁深怨。且如今，問龜問卜，望伊意轉。

[一] 深：明刊《履齋遺集》作「沉」。

[二] 橈：彊村校記云：彭本「橈」作「樓」。

漢宫春　吴中齊雲樓

樓觀齊雲，正霜明天净，一雁高飛。江南倦客徙倚，目斷雙溪。憑闌自語，算從來、總是兒痴。青鏡裏，數絲點鬢，問渠何事忘歸？　幸有三椽茅屋，更小園隨分，秋實春菲。幾多清風皎月[一]，美景良時。陶賢樂聖，儘由他、歧路危機。須信道，功名富貴，大都磨蟻醯鷄。

祝英臺近　和吴叔永文昌韵[二]

碧雲開，紅日麗，宫柳碎繁影。猶記朝回，馬兀夢頻醒。天教一舸江湖，數椽澗壑，漸擺脱、世間塵境。　已深省。添買竹塢千畦，荷漪兩三頃。鶴引禽伸，日月嶠壺永。不須瓮

[一] 皎：明刊《履齋遺集》、《百家詞》排印本作『皓』。

[二] 和：《全宋詞》校云：『原作「送」，從吴訥本《履齋詩餘》（即《百家詞》本）。』按明刊《履齋遺集》亦作『和』。

裏思量，隙中馳鶩，也莫管、玉關風景。

祝英臺近　和辛稼軒寶釵分韵

霧霏霏，雲漠漠，新綠漲幽浦。夢裏家山，春透一犁雨。傷心塞雁回來，問人歸未，怎知道、蝸名留住。　鏡中覰。近年短髮難簪，絲絲不禁數。蕙帳塵侵，淒切共誰語？被他輕暖輕寒，將人憔悴，正悶裏、梅花殘去。

祝英臺近

旋安排，新捻合，鶯谷共鴛浦〔一〕。好處偏慳，一向風和雨。今朝挨得晴明，拖條藜杖，一齊把、春光黏住。　且閑覰。水邊行過幽亭，修竹净堪數。百舌僂羅〔二〕，漸次般言語。從

〔一〕鴛浦：原作『烟浦』，據明刊《履齋遺集》、明《百家詞》鈔本改。
〔二〕僂羅：原作『樓羅』，據明刊《履齋遺集》、明《百家詞》鈔本改。

今排日追游，留連光景，但管取、籠燈歸去。

摸魚兒

滿園林、瘦紅肥緑，休休春事無幾。杜鵑唤醒三更夢〔一〕，窗外露澄風細。渾不寐。但目看、一簾夜月移花未？推衾自起。念歲月如流，容顔不駐，鏡裏留無計。　人間事，休説賤貧富貴。天公長把人戲。蕭裴曹郭今何在，空有舊聞千紙。君謾試、數青史榮名，到底三無二。浮生似寄。争似得江湖，烟蓑雨笠，不被蝸蠅繫。

喜遷鶯

良辰佳節。問底事，十番九番爲客？景物春妍，鶯花日鬧，自是情懷今别。祇有思歸

〔一〕醒：原作「起」，據明刊《履齋遺集》、明《百家詞》鈔本改。

魂夢，却怕杜鵑啼歇。消凝處，正緑楊冉冉[一]，寸腸千折。　謾説。臨曲水，修竹茂林，人境成雙絶[二]。俯仰俱陳，彭殤等幻，何計世殊時隔。倚樓碧雲日暮，漠漠遠山千疊。沉醉好，又城頭畫角，一聲聲咽。

千秋歲

水晶宫裏，有客閑游戲。溪漾緑，山横翠。柳紆陰不斷[三]，荷遞香能細。撑小艇，受風多處披襟睡。　回首看朝市，名利人方醉。蝸角上，争榮悴。大都由命分，枉了勞心計。歸去也，白雲一片秋空外。

[一] 緑：原作「絲」，據明刊《履齋遺集》、明《百家詞》鈔本改。
[二] 雙：明刊《履齋遺集》作「悠」。
[三] 紆：原作「紓」，據明刊《履齋遺集》、明《百家詞》鈔本改。

聲聲慢　和吴夢窗賦梅

挨晴拶暖，載酒呼朋，夷猶東圃西園〔一〕。緑萼枝頭，兩三初破輕寒。平生自甘寂寞，占冷妝、不爲人妍。林逋去，問影疏香暗，誰賦其間？　空想故山奇事，正烟横嶺曲，月浸溪灣。杏錯桃訛，那時青子都圓。惟饒夢窗知處〔二〕，對翠禽、依約神仙。休引角，怕征人、淚落塞邊〔三〕。

青玉案

黄昏先自無情緒。更幾陣、風和雨。閑把樓頭更點數。挑殘燈燼，裝成香縷，此際憑誰

〔一〕夷猶：《全宋詞》校云：『「夷猶」原作「猶夷」，據《中興以來絶妙詞選》續集卷九改。』按明刊《履齋遺集》、明《百家詞》鈔本、《全芳備祖集》前集卷一、《花草萃編》卷一八均作『夷猶』，與前《賀新郎·吴中韓氏滄浪亭和吴夢窗韵》用字同。

〔二〕饒：明《百家詞》鈔本作『繞』。

〔三〕塞：明刊《履齋遺集》、《花草萃編》卷一八作『腮』。

訴。新詞舊曲歌還住，欲説相思渺無處。圍定寒爐人不語。暗蛩啾唧，征鴻嘹唳，憔悴都如許！

青玉案　和劉長翁右司韵

人生南北如歧路，惆悵方回斷腸句。四野碧雲秋日暮。葦汀蘆岸，落霞殘照，時有鷗來去。一杯渺渺懷今古，萬事悠悠付寒暑。青箬緑蓑便野處。有山堪采，有溪堪釣，歸計聊如許！

江城子　示表侄劉國華

家園十畝屋頭邊。正春妍，釀花天。楊柳多情，拂拂帶輕烟。别館閑亭隨分有，時策杖，小盤旋。采山釣水美而鮮。飲中仙，醉中禪。閑處光陰，贏得日高眠。一品高官人道好，多少事，碎心田。

鷓鴣天　和古樂府韵送游景仁將漕夔門

去日春山淡翠眉，到家恰好整寒衣。人歸玉壘天應惜，舟過松江月半垂〔一〕。　千萬緒，兩三巵，送君不忍與君違。書來頻寄西邊訊，是我江南腸斷時。

南柯子

池水凝新碧，闌花駐老紅。有人獨立畫橋東。手把一枝楊柳、繫春風。　鵲絆游絲墜，蜂拈落蕊空。鞦韆庭院小簾櫳。多少閑情閑緒、雨聲中。

〔一〕松江：原作「吴江」，據明刊《履齋遺集》、明《百家詞》鈔本改。

踏莎行

紅藥將殘，緑荷初展，森森竹裏閑庭院。一爐香燼一甌茶，隔墻聽得黄鸝囀。　陌上春歸，水邊人遠，盡將前事思量遍。流光冉冉爲誰忙？小橋佇立斜陽晚。

糖多令　湖口道中

白鷺立孤汀，行人長短亭。正垂楊、芳草青青。歲月盡抛塵土裏，又隔日、是清明。　日暮碧雲生，魂傷老淚横。算浮生、較甚浮名？萬事不禁雙鬢改，誰念我、此時情？

謁金門　雩上秀邸溪亭

溪邊屋，不淺不深團簇。野樹平蕪秋滿目，有人閑意足。　旋唤一樽醽醁，菱芡煮來新熟。歸去來辭歌數曲，醉時無檢束。

謁金門

東風惡，一片梅花吹落。獨上小樓閑濩索，雲垂天四角。　春自於人如昨，人自於春難托。惆悵光陰虚過却，情懷無處着。

謁金門

庭垂箔，數點楊花飛落。倚遍闌干人寂寞，閑鋪棋一角。　客裏春寒偏覺，睡起春衫偏薄。想得故山猿共鶴，笑人身計錯。

鵲橋仙

扁舟昨泊，危亭孤嘯，目斷閑雲千里。前山急雨過溪來，盡洗却、人間暑氣。　暮鴉木末，落鳧天際，都是一團秋意。痴兒騃女賀新凉，也不道、西風又起。

更漏子

柳初眠，花正好，又被雨催風惱。紅滿甸[一]，緑垂堤，杜鵑和恨啼。　對殘春，消永晝，乍暖乍寒時候。人獨自，倚危樓，夕陽多少愁。

海棠春　郊行

天涯芳草迷征路，還又是、匆匆春去。烏兔裏光陰，鶯燕邊情緒。　雲梢霧末，溪橋野渡，盡是春愁落處。把酒勸斜陽，小向花間駐。

[一]甸：原作『地』，據明刊《履齋遺集》、明《百家詞》鈔本改。

卜算子〔一〕

春事到西湖，處處梅花笑。抖擻長安車馬塵，眼底青山好。　身世兩悠悠，歲月閑中老。極目烟波萬頃愁，此意誰知道？

卜算子

苕霅水能清，更有人如水。秋水横邊簇遠山，相對盈盈裏。　溪上有鴛鴦，艇子頻驚起。何似收歸碧玉池，長在闌干底。

〔一〕此詞《永樂大典》卷二二六五録入，有題，作『游西湖』。

憶秦娥

嬌滴滴，嬋娟影裏曾横笛。曾横笛，一聲腸斷，一番愁織。　隔墻頻聽無消息，龍吟海底難重覓。難重覓〔二〕，梅花殘了，杏花消得？

長相思

要相逢，恰相逢，畫舫朱簾脉脉中。霎時烟靄重。　怨東風，笑東風，落花飛絮兩無踪。分付與眉峰。

〔二〕難重覓：此句明刊《履齋遺集》、明《百家詞》鈔本皆無。

長相思

燕高飛，燕低飛，正是黄梅青杏時。榴花開數枝。　夢歸期，數歸期，想見畫樓天四垂。有人攢黛眉。

長相思

上簾鈎，下簾鈎，夜半天街燈火收。有人曾倚樓。　思悠悠，恨悠悠，祇有西湖明月秋。知人如許愁〔一〕。

〔一〕愁：原作「悠」，據明刊《履齋遺集》、明《百家詞》鈔本改。

柳梢青

襯步花茵，穿簾柳絮，堆地榆錢。乍暖仍寒，欲晴還雨，春事都圓。午窗睡起厭厭。屋角外、初啼杜鵑。百種凄涼，幾般煩惱，没個人憐。

柳梢青

斷續殘虹，飛翩去鳥〔一〕，别岸孤村。傍水樓臺，滿城鐘鼓，又是黄昏。悠悠歲月如奔。正目斷、邊塵塞氛〔二〕。兩鬢秋風，百年人事，無限消魂。

〔一〕飛翩：原作『翩飛』，據明刊《履齋遺集》、明《百家詞》鈔本改乙。

〔二〕氛：原作『雲』，據明刊《履齋遺集》、明《百家詞》鈔本改。彊村校記：彭本作『氛』。

阮郎歸

軟風輕靄弄晴暉，鶺鴒相應啼。畫堂人静晝簾垂，闌干獨倚時。　閑拾句，困尋棋，沉吟心事非〔一〕。荼蘼開遍柳花飛，惜春春不知。

訴衷情

幾回相見見還休，説着淚雙流。又聽畫角嗚咽，都和作、一團愁。　雲似絮，月如鈎，憶憑樓。蕙蘭情性，梅竹精神，長在心頭。

〔一〕事：原作『是』，據明刊《履齋遺集》、明《百家詞》鈔本改。

霜天曉角

雲收霧闢，萬里天空碧。舟過蛾眉亭下，景似舊、人非昔。　年事如梭擲，世事如棋弈。撫掌扣舷一笑，今古恨、問誰得？

點絳唇

禁鼓三敲，參旗初挂闌干角。淺屏疏箔。夜氣侵衣薄。　欸乃吴歌，艇子當溪泊。休休莫。五湖烟浪，不是鴟夷錯。

蝶戀花　吴中趙園

野樹梅花香似撲，小徑穿幽，樂意天然足。回首人間名利局，大都一覺黄粱熟。　别墅誰家屏簇簇。綺户疏窗，尚有藏春屋。鏡斷釵分何處續？傷心芳草庭前緑。

蝶戀花

客枕夢回聞二鼓，冷落青燈，點滴空階雨。一寸愁腸千萬縷，更聽切切寒蛩語。　世事翻來還覆去。造物兒嬉，自古無憑據。利鎖名繮空自苦，星星鬢影今如許！

天仙子　舟行阻風

百舌搬春春已透，長驛短亭芳草晝。家山腸斷欲歸人，風宿留〔一〕，船津候，一夜朱顔煩惱瘦。　不用尋思閑宇宙，倦鳥入林雲返岫。小園自有四時花，鋪錦綉，鍾醇酎，儘勝纍纍懸印綬。

〔一〕宿留：明刊《履齋遺集》、明《百家詞》鈔本注此二字「去聲」。

如夢令〔一〕

插遍門前楊柳，又是清明時候。歲月不饒人，鬢影星星知否。知否，知否，且盡一杯春酒。

如夢令

昨日春衫初試，今日春寒猶殢。待得晚風收，獨上危樓閑倚。閑倚，閑倚，目斷半空烟水。

〔一〕明刊《履齋遺集》、《百家詞》排印本題上有『十首』二字。

如夢令

江上緑楊芳草，想見故園春好。一樹海棠花〔一〕，昨夜夢魂飛繞。驚曉，驚曉，窗外一聲啼鳥。

如夢令

樓外殘陽將暮，江上孤帆何處？搔首立東風，猶是少年情緒〔二〕。凝伫，凝伫，一抹淡烟輕霧。

〔一〕樹：明刊《履齋遺集》、明《百家詞》鈔本作『洞』。

〔二〕猶：原作『又』，據明刊《履齋遺集》、明《百家詞》鈔本改。

如夢令

枝上蝶紛蜂鬧，幾樹杏花殘了。幽鳥亦多情，片片銜歸芳草。休掃，休掃，管甚落英還好。

如夢令

鎮日春陰漠漠，新燕乍穿簾幕。睡起不勝情，閑拾瑞香花萼。寂寞，寂寞，没個人人如昨。

如夢令

庭院深深春寂，還是他鄉寒食。閑利與閑名，謾把光陰虛擲。虛擲，虛擲，知道幾時歸得？

如夢令

閑向園林點檢，又見小桃開遍。切莫便飄零，且爲春光留戀。留戀，留戀，待我持杯深勸。

如夢令

一餉園林緑就，柳外鶯聲初透〔一〕。輕暖與輕寒，又是牡丹花候〔二〕。花候，花候，歲歲年年人瘦。

〔一〕此句《全芳備祖集》前集卷二作「柳色鶯聲遠透」。
〔二〕此處和下兩處「花」字《全芳備祖集》作「時」。

如夢令

雨過遠山如洗，雲散落霞如綺。嫩緑與殘紅，又是一般春意。春意，春意，衹怕杜鵑催裏。

望江南[一]

家山好，好處是三春。白白紅紅花面貌，絲絲裊裊柳腰身，錦綉底園林。　　行樂事，都付與閑人。挈榼携壺從笑傲，踏青挑菜恣追尋，贏得個天真。

〔一〕明刊《履齋遺集》、明《百家詞》鈔本題上有「十四首」三字。

望江南

家山好，好是夏初時。習習薰風回竹院，疏疏細雨灑荷漪，萬緑結成帷。　呼社友，長日共追隨。瀹茗空時還酌酒，投壺罷了却圍棋，多少得便宜。

望江南

家山好，好處是秋來。緑橘黄橙隨市有，岩花籬菊逐時開，管領付樽罍。　新築就，别館共閑臺。摇手出離名利窟，掉頭擺脱簿書堆，祇在念頭灰。

望江南

家山好，好處是三冬。梨栗甘鮮輸地客，鱘鯿肥美獻溪翁〔一〕，醉滴小槽紅。識破了，不用計窮通。下澤車安如駟馬，市門卒穩似王公〔二〕，一笑等鷄蟲。

望江南

家山好，結屋在山椒。無事琴書爲伴侣，有時風月可招邀，安樂更相饒。伸脚睡，一枕日頭高〔三〕。不怕兩衙催判事，那愁五鼓趣趨朝，此福要人消。

〔一〕鱘：即鱖魚。原作『魴』，據明刊《履齋遺集》、明《百家詞》鈔本改。彊村校記云：彭本作『鱘』。
〔二〕穩：諸本皆作『穩』，似爲『隱』之誤。
〔三〕頭：明刊《履齋遺集》、明《百家詞》鈔本作『齊』。

望江南

家山好，底事尚忘歸？但我辭榮還避辱，從渠把是却成非，跳出世關機。將五十，老相已相催[一]。争得氣來有甚底，更加官後亦何爲？奉勸莫痴迷。

望江南

家山好，一室白雲中。時喚道人談命蒂，也呼和尚説禪宗，孔佛老和同。淘渲盡[二]，八面總玲瓏。欲把捉時無把捉，道虚空後不虚空，且問主人公。

[一] 相催：明刊《履齋遺集》、明《百家詞》鈔本皆作『難摧』。《百家詞》排印本作『難推』，彊村校記云：彭本作『難推』。

[二] 渲：原作『汰』，據明刊《履齋遺集》、明《百家詞》鈔本改。彊村校記云：彭本作『渲』。

望江南

家山好，負郭有田園。蠶可充衣天賜予，耕能足食地周旋，骨肉盡團圓。　旋五福，歲歲樂豐年。自養鷄豚烹臘裹，新抽韭薺薦春前，活計不須添。

望江南

家山好，有底尚縈牽？馬後樂聽餘十載，眼前赤看也多年〔一〕，滋味祇如然。　身外事，不用强探拈。自古幾番成與敗，從來百種醜和妍，細算不由賢。

〔一〕赤：明刊《履齋遺集》作「赤」，四庫本《履齋遺集》作「幟」。

望江南

家山好，好處是安居。無事不須干郡縣，有餘但管濟鄉閭，及早了王租。　隨日力，也著幾般書。静裏精神偏爽快，閑中光景越舒徐，臘月盡工夫。

望江南

家山好，無事挂心懷。早課畦丁勤種菜，晚科園户漫澆花，祇此是生涯。　塵世裏，擾擾正如麻。散復聚來膻上蟻，左還右旋壁間蝸，祇爲那紛華。

望江南

家山好，百事儘如如。渴飲飢餐都屬我，倒横直立總由渠，更不要貪圖。　三徑裏，恰好小茅廬。種竹梅松爲老伴，養龜猿鶴助清娱，扣户有樵漁。

望江南

家山好，不是撰虛名。世上盛衰常倚伏，天家日月也虧盈，退步是前程。　且恁地，捲索了收繩。六字五胡生口面〔一〕，三言兩語費顔情，贏得鬢星星。

望江南

家山好，凡事看來輕〔二〕。一壑儘由儂飽飣，三才不欠你稱停〔三〕，有耳莫閑聽。　静地裏，點檢這平生。着甚來由爲皎皎，好無巴鼻弄醒醒，背後有人憎。

〔一〕胡：四庫本《履齋遺集》作「湖」，當以違礙改。

〔二〕看來：明刊《履齋遺集》、明《百家詞》鈔本作「身且」，四庫本《履齋遺集》、《百家詞》排印本作「且身」。彊村校記云：彭本作「且身」。

〔三〕稱：明刊《履齋遺集》、明《百家詞》鈔本作「秤」。

浪淘沙　和吴夢窗席上贈别

家在敬亭東，老檜蒼楓。浮生何必寄萍蓬？得似滿庭芳一曲，美酒千鍾。萬事轉頭空，聚散匆匆。片帆穩挂曉來風。别後平安真信息，付與飛鴻。

浪淘沙

長記去年時，雪滿征衣。佳人携手畫樓西。今日關山千里外，此恨誰知？想見緑窗低，依舊空閨。惜春還是惜花飛。縱有游蜂偷得去，争似簾帷？

小重山

溪上秋來晚更宜。夕陽西下處，碧雲堆。誰家舟子采蓮歸。雙白鷺，驚起背人飛。烟水漸凄迷。漁燈三數點，乍明時。西風一陣白蘋湄。凝伫久，心事有誰知？

昭君怨

小雨霏微如綫，人在暮秋庭院。衣袂帶輕寒，睡初殘。　脉脉此情何限〔一〕，惆悵光陰偷換。身世兩沉浮，淚空流。

南鄉子

去歲牡丹時，幾遍西湖把酒卮。一種姚黄偏韵雅，相宜。薄薄梳妝淡淡眉。　回首緑楊堤，依舊黄鸝紫燕飛。人在天涯春在眼，凄迷，不比巫山尚有期。

〔一〕此：此字明刊《履齋遺集》、明《百家詞》鈔本闕。

虞美人

美人一舸横秋水，冉冉烟波裏。緑楊也解識離愁〔一〕，故向東風摇曳、不能休。　是非得失都休計，衹有抽身是。橙黄蟹熟正當時〔二〕，想見雙溪風月、待人歸。

生查子

誰家白面郎，畫舫朱簾挂。十二列金釵，一局文楸罷〔三〕。　歌舞不知休，醉倒荷花下。歸棹踏烟波，燈火蕪城夜。

〔一〕識：原作『織』，據明刊《履齋遺集》、明《百家詞》鈔本改。
〔二〕黄：明刊《履齋遺集》、明《百家詞》鈔本作『肥』。
〔三〕局：明刊《履齋遺集》、明《百家詞》鈔本作『召』。

武陵春

慘慘凄凄秋漸緊，風雨更瀟瀟。强把爐薰寄寂寥，無語立亭皋。　客路十年成底事，水國更停橈。蒼鳥横飛過野橋，人不似、汝逍遥。

彊村叢書本《履齋先生詩餘》

二郎神

小亭徙倚，慢一步、立鞦韆影。漸夕照林梢，晚風池上，緝緝輕寒嫩冷。又是將他春僝僽，釀一種、花愁花病。空客鬢歲遷，征衫人老，倚樓看鏡。　還省。故園多少，紫殷紅凝。窗外曉鶯啼，拂墻金縷，烟柳慵眠乍醒。挑菜踏青，趁蜂隨蝶，長負清明時景。凝佇久，驀聽棋邊落子，一聲聲静。

滿江紅

爲問人生，要足時〔一〕、何時是足？這個底、蝸名蠅利，但添拘束。便使積官居鼎鼐，假饒累富堆金玉。似浮埃、抹電轉頭空，休迷局。分已定，心能服〔二〕。宛句畔，昭亭曲。有水多於竹，竹多於屋。閑看白雲歸岫去，静觀倦鳥投林宿。那借來、拍板與門槌，休掀撲。

瑞鶴仙

小亭山半枕。又一番、園林春事整整。微陰護輕冷。早蜂狂蝶浪，褪黄消粉。闌干日永。數花飛、殘崖斷井。仗何人、説與東風，莫把老紅吹盡。休省。烟江雲嶂，楚尾吴頭，自來多景。愁高悵遠，身世事，但難準。况禁他、東兔西烏相逐，古古今今不問。算鴟

〔一〕要足時：原作『囗要足』，明《百家詞》鈔本作『要足囗』，據明刊《履齋遺集》乙正補足。

〔二〕服：四庫本《履齋遺集》作『卜』。

夷、辨却扁舟，個中煞穩。

賀新郎

一笑春無語。但園林、陰陰緑樹，老紅三數。底事東風猶自妒，片片狂飛亂舞。便燕懶、鶯殘初暑[一]。芍藥荼蘼還又是，仗何人、説與司花女。將歲月，浪如許。悠悠倦客停江渚。倚扁舟[二]、浮雲蕩月，棹烟帆雨。留得閑言閑語在，可是卿卿記取，待盡把、愁腸説與。泛梗浮萍無定準，怕吴鱗、楚雁成離阻。歌未了，恨如縷。

水調歌頭

每懷天下士，要與共艱危。誰知暗裏摸索，得此世間奇。却笑當年坡老，過眼翻迷五

[一] 暑：原作『起』，出韵，據明刊《履齋遺集》、明《百家詞》鈔本改。
[二] 倚：原作『寄』，據明刊《履齋遺集》、明《百家詞》鈔本改。

色，遇合古難之。訪我鴛湖上，真足慰心期。　醉談兵，愁論世，夜闌時。自憐磊塊，近來鬢底兩三絲。目送雲帆西去，腸斷風塵北起，老淚欲垂垂。騏驥思長阪，好鳥擇高枝。

青玉案

十年三過蘇臺路。還又是、匆匆去。迅景流光容易度。鷺洲鷗渚，葦汀蘆岸，總是消魂處。　蒼烟欲合斜陽暮，付與愁人砌愁句。爲問新愁愁底許？酒邊成醉，醉邊成夢，夢斷前山雨。

彊村叢書本《履齋先生詩餘續集》

水調歌頭　聞子規〔一〕

榆塞脱憂責，蘭徑遂游嬉。吾年逾六望七，休退已稱遲。日日登山臨水，夜夜早眠晏

〔一〕明刊《履齋遺集》題上注：『此首集并不載，見《吴氏家譜》。』彊村本、《全宋詞》俱脱注。

起，豈得不便宜？有酒數杯酒，無事一枰棋。　休更迷〔一〕，世途惡，宦久羈。山深林密，去處人物兩忘機，昨日既盟鷗鷺，今日又盟猿鶴，終久以爲期。蜀魄不知我，猶道不如歸。

水調歌頭　題烟雨樓

有客抱幽獨，高立萬人頭。東湖千頃烟雨，占斷幾春秋。自有茂林修竹，不用買花沽酒，此樂若爲酬？秋到天空闊，浩氣與雲浮。　嘆吾曹，緣五斗，尚遲留。練江亭下，長憶閑了釣魚舟。矧更飄摇身世，又更奔騰歲月，辛苦復何求？咫尺桃源隔，他日擬重游。

滿江紅　烏衣園

喚出山來，把鷗鷺盟言輕食。依舊是、江濤如許，雨帆烟笛。歌斷莫愁檀板緩〔二〕，杯傾

〔一〕「休更迷」四句：彊村本、《全宋詞》皆作「休更□，仕途惡，宦久羈。□深林密」，一、四兩句各闕一字，明刊《履齋遺集》作「休更□，仕途惡，宦久羈。迷山深林密」，第一句闕一字，第四句多一「迷」字，此字當在第一句闕字位，據此乙正。

〔二〕歌斷：原作「歌罷」，據《景定建康志》卷二二改。

白墮瓊酥滴。但驚心、十六載重來，征埃客。　秋風鬢，應非昔。夜雨約，聊相覓。嘆主恩未報，無多來日。故國千年龍虎勢，神州萬里鼪鼯迹。笑謝兒、出手便呼盧，樗蒱擲。

滿江紅　雨花臺用前韵

瑪瑙岡頭，右釃酒〔一〕、左持螯食。懷舊處，磨東冶劍，弄青溪笛〔二〕。望裏尚嫌山是障，醉中要捲江無滴。這一堆、心事總成灰，蒼波客。　嘆俯仰，成今昔。愁易攬〔三〕，歡難覓。正平蕪遠樹，落霞殘日。自笑頻招猿鶴怨，相期早混漁樵迹。把是非、得失與榮枯，虚空擲。

彊村叢書本《履齋先生詩餘續集補遺》

〔一〕此句「右」與下「左」原互倒，據《景定建康志》卷二二、《永樂大典》卷二二六〇三乙正。

〔二〕青溪：原作「清溪」，據《景定建康志》《永樂大典》改。

〔三〕攬：原作「攬」，據《景定建康志》《永樂大典》改。

卷六　詞二

沁園春　丙辰十月十日

夜雨三更，有人欹枕，曉檐報晴。算頑雲痴霧，不難掃蕩；青天白日，元自分明。權植油幢，聊張皂纛，坐聽前騶鼓角鳴。君休詫，豈宣申南翰，成旦東征？　鴻冥，哽噎秋聲。正萬里榆關未罷兵。幸揚州上督，爲吾石友；荆州元帥，是我梅兄。約束鯨鯢，奠安鼪鼠，更使嵎夷海晏清。連宵看，怕天狼隱耀，太白沉槍[一]。

[一] 槍：《開慶四明續志》影印本誤作『搶』。

沁園春　戊午自壽

笑指頹齡，循環雌甲，卦數已圓。嘆蜀公高潔，休官去歲；温公耆舊，入社今年。底事崎嶇，蒼顔白髮，猶擁貔貅護海堧。君恩重，算何能報國，未許歸田。　遥憐，宛句山前，正水漲溪肥繫釣船。縱葵榴花鬧，菖蒲酒美；都成客裏，争似家邊？寄語兒曹，若爲翁壽，祇把鷗盟更要堅。翁還祝，願欃槍日静，穲稏雲連。

沁園春　己未翠山勸農

二十年前，君王東顧，詔牧此州。念昔時豪杰，猶難闞闟；如今老大，却更遲留。四載相望〔一〕，三春又半，邂逅劭農得縱游〔二〕。田疇事，是桑條正長，麥含初抽〔三〕。　悠悠，身世

〔一〕望：此字影印本注『平聲』。
〔二〕劭：此字影印本注『音翹』。
〔三〕含：此字影印本注『音汗』。

何求。算七十迎頭合罷休〔一〕。謾繞堤旌纛，牽連鷁棹；喧天鼓吹，斷送龍舟。翠巘層邊，碧雲堆處，一擔擔來天外愁。如何好，且同斟緑醑，自課清謳。

寶鼎現　和韵己未元夕

晚風微動，净掃天際，雲裾霞綺。將海外、銀蟾推上，相映華燈輝萬砌。看舞隊、向梅梢燃晝〔二〕，丹焰玲瓏玉蕊。漸陸地、金蓮吐遍，恰似樓臺臨水。　老子歡意隨人意。引紅裙、釵寶鈿翠。穿夜市、珠筵玳席，多少吴謳聯越吹。綉幕捲、散繽紛香霧，籠定團圓錦里。認一點、星毬挂也，士女桃源洞裏。　聞説舊日京華，般百戲、燈棚如履。待端門排宴，三五傳宣禁侍。願樂事、這回重見，喜慶新開起。瞻聖主、齊壽南山，勢拱東南百二。

〔一〕罷：此字影印本注『音敗』。
〔二〕燃：原作『然』，據影印本改。

晝錦堂　己未元夕

綺縠團成，珠璣搊就，極目燈火樓臺。七子八仙三教，耍隊相挨。管簫笙簧相間鬥，遠如聲韵碧霄來。環千炬，寶栅絳紗〔一〕，雲毬霧衮交加。　千里人笑樂，游妓合、脂塵香靄籠街。盡道今宵節物，天與安排。晚來風陣全收了，夜闌還放月兒些。休辭醉，長願每年時候，一樣情懷。

賀新郎〔二〕　丁巳歲壽叔氏

未是全衰暮。但相思、昭亭數曲，水村烟墅。衹比兒兒額上壽，尚有時光如許。况坎子、常交離午。須信火龍能陸戰，更驅他、水虎蟠滄浦。崑崙頂，時飛度。　東皇驀向昆

〔一〕栅：影印本作「珊」，按詞律，此字應仄，彊村本從江韵秋校改，是。
〔二〕《賀新郎》詞牌别稱《賀新凉》，吴潜明州詞《四明續志》俱作《賀新凉》，彊村本俱改爲《賀新郎》，以與明州外詞牌用字一致，是。

龠遇。道如今、金階玉陛，待卿闊步。猶恐荆人攀戀切，未放征帆高舉。怕公去、狐狸嗥舞。江漢一詩誰作者[一]，想聲聲、贊祝明良聚。天下久，望霖雨。

賀新郎　和翁處静桃源洞韵

拍手闌干外。想回頭、人非物是，不知何世？萬事情知都是夢，聊復推遷夢裏。也幻出、雲山烟水。白白紅紅雖褪盡，儘倡條[二]、浪蕊皆春意。時可醉，醉扶起。瀛洲舊説神仙地。奈江南、猿啼鶴唳，怨懷如此。三五阿婆塗抹遍，多少殘櫻剩李。又過雨、亭皋初霽。慚愧故人相問訊，但一回、一見蒼顔耳。誰念我，鷦鷯志？

[一] 詩：原誤作「時」，影印本、彊村本作本字。

[二] 倡：影印本作「昌」。彊村本從江韵秋校，改爲「倡」。

賀新郎　再和

宇宙元無外〔一〕。問當年、渠緣底事，强逃人世。争似劉郎栽種後，長恁玄都觀裏。何用羨、武陵溪水。一見桃花還一笑，領春工、千古無窮意。兒女恨，且收起。　洞中空闊多閑地〔二〕，但人間、羊腸九折，未能知此。我已衰翁君漸老，那復顛張醉李。看翻覆、雨陰風霽。睚得清和時候了〔三〕，艤扁舟、衹待歸來耳。惟處静，解吾志。

賀新郎　三和

了却兒痴外。撰園林、亭臺館榭，謾當吾世。紅楯朱橋相映帶，人在百花叢裏。更依

〔一〕元：原作「原」，據影印本改。
〔二〕空：此字下影印本注「去聲」。
〔三〕睚：同「捱」。彊村本從江韵秋改作「捱」。

約、垂楊襯水。檜柏芙蓉棖桂菊〔一〕，也還須、收拾秋冬意。閑坐久，忽驚起。　繁華寂寞千年地。便淵明、桃源記在，幾人知此。雙手上還銀菟印，趁得東風行李。看鄮嶺、鄞江澄霽。從此歸歟無一欠，但君恩、天大難酬耳。嗟倦鳥，投林志。

賀新郎　和趙丞相見壽

雪鬢難重緑。但儵然、黄庭境界，抱藏龜六。也向無何鄉裏去，白墮舟邊漾淥。算種種、塵緣都足。争那名繮猶繫絆，儘辜他、猿鶴雙溪曲。時又夏，暑將溽。　虛舟飄瓦何煩歜。奈羊腸、千歧萬折，近來純熟。悵望老仙烟水外，惟把江雲送目。想裴墅、碧梧金竹。安得結廬相近傍，買閑田、數畝躬耕築。已夢斷，大槐國。

〔一〕棖：同『橙』。彊村本改作『橙』。

賀新郎

夜來夢游一所，園林臺榭甚飾，數羽流在焉。余與語，相酬酢，有言詩者，有言詞者。須臾，以酒見酌。中有一人舉令云：『各和古詞一首。』且目余云：『相公和葉石林「睡起流鶯語」。』余素熟此詞成誦，遂援筆賡之，擲筆而寤。枕上記憶，不遺一字，亦異矣。以詞意詳之，余三上丐歸之疏，君父其從欲乎？因録呈同官諸丈，恐可爲他時一段佳話云

燕子呢喃語。小園林、殘紅剩紫，已無三數。緑葉青枝成步障，空有蜂旋蝶舞。又寶扇、輕摇初暑。芳沼拳荷舒展盡，便回頭、亂擁宫妝女。驚歲月，能多許！　家山古斷梟鷗渚。最相宜、嵐烟水月，霧雲霏雨。三島十洲雖鐵鑄，難把歸舟繫取。且放我、漁樵爲與。從此細斟昌歜酒，况神仙洞府無邀阻。何待結，長生縷？

賀新郎

因夢中和石林《賀新郎》，并戲和東坡『乳燕飛華屋』

碧沼横梅屋。水平堤、雙雙翠羽，引雛偷浴。倚户無人深院静，猶憶棋敲嫩玉。還又是、朱櫻初熟。手綰提爐香一炷[一]，黯消魂、伫立闌干曲。閑轉步，數修竹。新來有個眉峰蹙。自王姚、后魏都褪，祇成愁獨。鳳帶鸞釵宫樣巧，争奈腰圈倦束。謾困倚、雲鬟堆緑。淡月簾櫳黄昏後，把燈花、印約休輕觸。花燼落，淚珠簌。

賀新郎　和劉自昭俾壽之詞

寶扇驅纖暑。又凄凉、蒲觴菰黍，異鄉重午。巧索從來無人繫，惟對榴花自語。也何用、謳秦舞楚。生愧孟嘗纔一日，嘆三千、客汗揮成雨。如伯始，謾台傅[二]。循環浩劫無終古。但坤牛、乾馬抽换，是長生譜。安得箋天天便許，歸煉金翁木父。問海運、争如穴處？一笑流行還坎止，算陳陳、往事俱灰土。南墅鶴，想思主[三]。田文、胡廣皆生於五日。

[一] 綰：影印本作「掐」，彊村本從江韵秋校改。
[二] 傅：影印本此字形似「傳」，彊村本録作「傳」，《全宋詞》校云：「原作『傳』，不叶。疑與『傅』形近之誤。」按《四明六志》本《開慶四明續志》此字即改作「傅」，是。
[三] 想：原作「相」，據影印本改。

暗香

猶記己卯、庚辰之間，初識堯章於惟揚〔一〕。至己丑嘉興再會，自此契闊。聞堯章死西湖，嘗助諸丈爲殯之，今又不知幾年矣。自昭忽録示堯章《暗香》《疏影》二詞，因信手酬酢，并賡潘德久之詩云

曉霜一色。正恁時隴上，征人横笛。驛使不來，借問孤芳爲誰折？休説和羹未晚，都付與、逋仙吟筆。算衹是，野店疏籬，樵子共争席。　寒圃，衆籟寂。想暗裏度香，萬斛堆積。惱他鼻觀，巡索還無最堪憶。萼緑堂前一笑，封老幹、苔青莓碧。春漏也，應念我、要歸未得。

疏影

佳人步玉。待月來弄影，天挂參宿。冷透屏幃，清入肌膚，風敲又聽檐竹。前村不管深

〔一〕惟揚：原作『維揚』，據影印本改。

雪閉，猶自繞、枝南枝北。算平生、此段幽奇，占壓百花曾獨。　閑想羅浮舊恨，有人正醉裏，姝翠蛾緑。夢斷魂驚，幾許凄凉，却是千林梅屋。鷄聲野渡溪橋滑，又角引、戍樓悲曲。怎得知、清足亭邊，自在杖藜巾幅。梅聖俞詩云：『十分清意足。』余别墅有梅亭，扁曰『清足』。

暗香　再和

雪來比色。對淡然一笑，休喧笙笛。莫怪廣平，鐵石心腸爲伊折。偏是三花兩蕊，消萬古、才人騷筆。尚記得，醉卧東園，天幕地爲席。　回首，往事寂。正雨暗霧昏，萬種愁積。錦江路悄，媒聘音沉兩空憶。終是茅檐竹户，難指望、凌烟金碧〔一〕。憔悴了、羌管裏，怨誰始得？

〔一〕金：影印本作『全』，當形誤，彊村本改作『金』。

疏影

寒梢砌玉。把膽瓶頓了，相伴孤宿。寂寞幽窗，篩影横斜，宜松更自宜竹。殘更蝶夢知何處，□祇在〔一〕、昭亭山北。問平生、雪壓霜欺，得似老枝孳獨。　何事胭脂點染，認桃與辨杏，枝葉青緑。莫是冰姿，改换紅妝，要近金門朱屋？繁華艷麗如飛電，但宛轉、斷歌零曲。且不如、藏白收香，旋學世間邊幅。

暗香

儀真去城三數里東園，梅花之盛甲天下。嘉定庚辰、辛巳之交，余猶及歌酒其下，今荒矣。園乃歐公記、君謨書，古今稱二絶。猶憶其詞云：『高甍巨桷，水光日景〔二〕，動摇而下上，其寬閑深靚〔三〕，可以答遠

〔一〕□：依律闕一字，影印本無空格。

〔二〕景：原作『影』，據影印本和歐陽修《真州東園記》改。按『景』爲『影』本字。

〔三〕閑：《全宋詞》原誤作『間』。

響而生清風，此前日之頹垣斷塹而荒墟也；嘉時令節，州人士女，嘯歌而管弦，此前日之晦冥風雨、鼪鼯鳥獸之嗥音也。』令人慨然

淡然絕色。記故園月下，吹殘龍笛。悵望楚雲，日日歸心大刀折。猶怕冰條冷蕊，輕點污、丹青凡筆。可怪底，屈子離騷，蘭蕙獨前席。　院宇，深更寂〔一〕。正目斷古邗〔二〕，暮靄凝積。何郎舊夢，四十餘年尚能憶。須索梅兄一笑，但矯首、層霄空碧。春在手、人在遠，倩誰寄得？末段懷故人。

疏影

嗤瓊笑玉。向畫堂可肯，風露邊宿。耐凍禁寒，便瘦宜枯，前身莫是孤竹〔三〕？從來不上春工譜，夢不到、沉香亭北。算衹消、淡影疏香，伴個幽栖人獨。　莫待痴蜂騃蝶，倩青

〔一〕此二句影印本作『深院，宇更寂』，彊村本從江韵秋校改。
〔二〕目：影印本作『月』，彊村本從江韵秋校改。
〔三〕前身：原作『前生』，據影印本改。

女捺住，多少紅緑。落雁寒蘆，翠鳥冰枝，近傍三間茅屋。□□□□□□□〔一〕，□□□、□□□曲。想這般，夷曠襟懷，眇視乾員坤幅。

暗香　用韵賦雪

九垓共色。想洛濱劍客，吹呼長笛。貏豸老松〔二〕，別樹平欺爛柯折。應是千官鶴舞，騰賀表、誰家椽筆？賜宴也，内勸宣來，真個是瑶席。　休怪，巷陌寂。有一種可人，掃了還積。悲飢閉户，僵卧袁安我偏憶。凝望天童列嶂，誰大膽、偷藏遥碧。待問信〔三〕、清友看，怕難認得。

〔一〕以下十四字闕文從影印本看是鏟板所致，不知何故。最後一『曲』字據詞韵補。
〔二〕貏：影印本作『猙』，彊村本從江韵秋校改。
〔三〕信：原作『訊』，據影印本改。

疏影

千門委玉。是個人富貴，纔隔今宿。冒棟摧檐，都未商量，呼童且伴庭竹。千蹊萬徑行踪滅，杳不認〔一〕、溪南溪北。問白鷗，此際誰來，短艇釣魚翁獨。　偏愛山茶雪裏，放紅艷數朵，衣素裳綠。獸炭金爐，羔酒金鍾，正好笙歌華屋。敲冰煮茗風流襯，念不到、有人洄曲。但老農、歡笑相呼，麥被喜添全幅。

水龍吟　戊午元夕

十洲三島蓬壺，是花錦、一團裝就。輕車細輦，綺羅香裏，夜光如晝。朱户笙簫，畫樓簾幕，有人回首。想金蓮燦爛，星毬縹緲，那風景、年時舊。　應念白頭太守。怎紅旗、六街

〔一〕杳：原作『渺』，據影印本改。

穿透？鋪排玳席，追陪珠履，且釃春酎[一]。楚舞秦謳，半慵鶯舌，疊翻鴛袖。把千門喜色，萬家和氣，祝君王壽。

永遇樂　己未元夕

和氣薰來，這般光景，管無風雨。畫棟朱甍，錦坊綉巷，娘子將嫫母。星毬高挂，燈樓趲出，良夜正消增五。遨頭事，牙旗鐵馬，且還那時鄞府。　甘泉見説，捷書頻奏，漸次不煩鼙鼓。雙鳳雲間，六鼇海上，祝贊齊手舞。三呼聲裏，君王萬壽，歲歲傳柑笑語。便都把，升平舊曲，腔兒旋補。

永遇樂　再和

天上人間，這般光景，管無風雨。綉户珠簾，錦坊花巷，戲隊將嫫母。月扇團圓，星毬粲

[一] 酎：彊村本誤作『耐』，《全宋詞》作『酎』，校云：『原作「耐」，疑形近之誤。』按影印本作『酎』。

爛，路遍市三街五。升平事，牙旗鐵馬，且還舊家藩府。三陲見説，凱歌頻奏，漸次不煩鼙鼓。雙鳳雲間，六鼇塵外，想見都人歡舞〔一〕。火城春近，金蓮地匝，消夜果邊曾語。如今但，梅花紙帳，睡魔欠補。元宵，宰執賜消夜果。

永遇樂　三和〔二〕

祝告天公，放燈時節，且收今雨。萬户千門，六街三市，綻水晶雲母。香車寶馬，珠簾翠幕，不怕禁更敲五。霓裳曲，驚回好夢，誤游紫宫朱府。沉思舊日京華，風景逗曉，猶聽戲鼓。分鏡圓時，斷釵合處，倩笑歌與舞。如今閑院，蜂殘蛾褪，消夜果邊自語。虧人殺〔三〕，梅花紙帳，權將睡補。

〔一〕依律，此句五字，当有一襯字。
〔二〕三和：此二字影印本無，彊村本補。
〔三〕殺：影印本此字下注『去聲』。

隔浦蓮　和葉編修士則韵

蘭橈環城數叠，霧雨侵簾箔。翠竹交加蒼樹〔一〕，幽鳥聲聲如答。葦岸游緑鴨。暮山合，天際濃雲罨，水周匝。　提携一醉，濁賢清聖歡洽。瀛洲美景，盡道東南都壓。今日愁顔回笑頰。飛屧，且將萱草歸插。

隔浦蓮　會老香堂和美成

扇荷偷换羽葆，院宇人聲窈。獨步亭皋下，闌干并栖幽鳥。新雨抽嫩草。檐花鬧，一片萍鋪沼，燕雛小。　書空底事，那堪手版持倒。今來古往，幾見北邙人曉。鄉號亡何但日到〔二〕。休覺，陶然身世塵表。

〔一〕加：此字原漏，據影印本補。依詞律，此句五字，此字應爲襯字。
〔二〕亡：原作『無』，據影印本改。

水調歌頭　出郊玩水

小隊旌旗出，畫鷁倚篙行。青秧白水無際，中有一犁耕。聽得田翁相語，今歲時年恰好，眨眼是秋成。老守何能解，持此報皇明。　望家山，千里外，楚雲平。良田二頃，非村非郭枕柴扃。况有蒼林香透，更有楊堤陰合，魂夢每宵征。巴得西風起，吾亦問前程。

水調歌頭　小憩袁氏園用前韵

老圃無關鎖，放客意中行。頗欣天地開闊，烟釣與雲耕。荷長亭亭翠蓋，竹長森森翠葆，景致鬧裝成。幾樹榴花發，映水色偏明。　綺樓空，金屋静，恨難平。鼓笙簫笛，誰憐冷落暗塵扃。回首百年人事，轉眼幾番今古，日邁月俱征。且盡一杯酒，退步是前程。

水調歌頭

夜來月佳甚，呈景回、自昭二兄。戊午八月十八日

過了中秋後，今夜月方佳。看來前夜圓滿，纔自闕些些。掃盡烏雲黑霧，放出青霄碧落，恰似我情懷。把酒自斟酌，脱略到形骸。　問渠儂，分玉鏡，斷金釵。少年心事，不知容易鬢邊華。千古天同此月，千古人同此興，不是旋安排。安得高飛去，長以月爲家。

水調歌頭

戊午九月，偕同官延慶閣過碧沚

重九先三日〔一〕，領客上危樓。滿城風雨都住，天亦相遨頭〔二〕。右手持杯滿泛，左手持螯

〔一〕先：影印本此字下注『去聲』。

〔二〕遨：原作『邀』，誤，據影印本改。

大嚼，莧菊互相酬。徙倚闌干角，一笑與雲浮。　望平疇，千萬頃，稻粱收。江澄海晏無事，贏得小遲留。但恨流光抹電，假使年華七十，衹有六番秋。戲馬臺休問，破帽已颼颼。

水調歌頭　再用前韵

天宇正高爽，更躡最高樓。長風爲我驅駕，極目海山頭。不用牛山孟浩，不用齊山杜牧，人景自堪酬。舉酒酹空闊，汗漫與爲游〔一〕。　捻黄花，憐白首，恨難收。頹齡使汝能制，何待更封留。眼底朱甍畫棟，往往人非物是，蟋蟀自鳴秋。萬里一搔首，無處着蕭颼。

水調歌頭　喜晴賦

屯結海雲陣，奮擊藉雷公。忽然天宇軒豁，杲日正當空。照出榴花丹艷，映出梔花玉色，生意與人同。閉縱一翻手，造化不言功。　想平疇，禾穟穟，黍芃芃。老農拍手相問，

〔一〕此句影印本作『汗與漫爲游』，彊村本從江韵秋校改作此。

相勞笑聲中[一]。辦取黄鷄白酒，演了山歌村舞[二]，等得慶年豐。此際蒓鱸客，倚楫待西風。

二郎神　己未自壽

古希近也，是六十五翁生日。恰就得端陽，艾人當户，朱筆書符大吉。卦氣周來從新起[三]，怕白髮、蒼顏難必。隨見定信緣[四]，餐飢眠困，喜無啾唧。　盈溢，書生做到，能高官秩。况碌碌兒曹，望郎名郡，叨冒差除不一。積世主恩，滿家天禄，婚嫁近來將畢。還自祝，願早懸車里社，始爲收拾。

[一] 勞：此字影印本注『去聲』。
[二] 演：影印本作『戭』，彊村本從江韵秋校改。按二字通假。
[三] 從：影印本作『重』。
[四] 信：原作『性』，據影印本改。按，《滿江紅（細閲浮生）》有『信緣隨分，早尋歸宿』語。

二郎神　再和

近時厭雨，喜午日、放開天日。不用辟兵符，從今去也，管定千祥萬吉。已報甘泉新捷到，況更是、豐年堪必〔一〕。任景物換來，蛙鳴蟬噪，耳邊喞喞。　洋溢〔二〕。儘教願乞，兵厨閑秩。看恰好園池，隨宜亭榭，人道瀛洲壓一。且恁浮沉，奈何衰悴，惟怕牧之名畢。安得去，占却三神絶頂，瑞芝同拾。

傳言玉女　己未元夕

衆樂亭前〔三〕，都是鬱葱佳氣。越姬吴媛，粲珠鈿翠珥。紅銷粉褪，幾許粗桃凡李。連珠

〔一〕豐年：原作「年豐」，據影印本改乙。
〔二〕洋：影印本作「陽」，彊村本據江韵秋校改。
〔三〕衆樂亭：原作「衆緑庭」，據影印本改。衆樂亭，見《四明續志》卷二《郡圃》，在逸老堂之北。

寶炬，兩行緹騎。自笑衰翁，又行春，錦綉里。禁肴宫醖，記當年宣賜。休嫌拖逗[一]，且向畫堂頻醉。從今開慶，萬歡千喜。

滿江紅　戊午二月十七日四明窗賦

芳景無多，又還是、亂紅飛墜。空悵望、昭亭深處，家山桃李。柳眼花心都脱换，蜂鬚蝶翅難沾綴。謾相携、一笑競良辰，春醪美。　金獸爇，香風細。金鳳拍，歌雲膩。儘秦簫燕管，但逢場爾。祇恐思鄉情味惡，怎禁寒食清明裏。問此翁、不止四宜休，翁歸未？

滿江紅　再和

聊把芳尊，殷勤勸、斜陽休墜。吾老矣，難從仙客，采丹丘李。且趁風光一百五，園林尚有殘紅綴。更忉忉、百舌對般春，聲能美。　鸞釵絆，游絲細。鴛袖惹，香塵膩。想吴姬

[一] 拖：影印本作「駞」，彊村本從江韵秋校改。

越女，踏青纔爾。争似江南㮙櫪社，俚歌聲拂行雲裏。又枝頭、梅子正酸時，鶯知未？

滿江紅　戊午二月二十四日會碧沚三用韵〔一〕

樓觀峥嶸，渾疑是、天風吹墜。金屋窈，幾時曾貯，粗桃凡李？鏡斷釵分人去後，畫欄文砌蒼苔綴。想當年、日日醉芳叢，侯鯖美。　春水漲，鱗鱗細。春草暗，茸茸膩。算留連光景〔二〕，古猶今爾。椿菌鳩鵬休較計，倚空一笑東風裏。喜知時、好雨夜來稠，秧青未？

滿江紅　碧沚月湖四用韵

一笑相携，且休管、兔升烏墜。那更是，可人賓客，未饒崔李。金叵羅中醹醁瑩，玉玲瓏畔歌珠綴。望湖光、一片浸韶光，真雙美。　雲絮㲊，能纖細。雲彩聚，能黏膩。料出山

〔一〕三用韵：此三字影印本無，彊村本補。

〔二〕留連：原作『流連』，據影印本改。

歸岫，等閑間爾。碧沚風流人去後，石窗景物春深裏。算邯鄲、客夢幾驚殘，炊猶未？

滿江紅　一園花卉僅有海棠未謝五用韵

問海棠花，誰留戀、未教飄墜。真個好，一般標格，聘梅奴李。怯冷擬將蘇幕護，怕驚莫把金鈴綴。望銅梁、玉壘正春深，花空美。　非粉飾，肌膚細。非塗澤，胭脂膩。恐人間天上，少其倫爾。西子顰收初雨後，太真浴罷微暄裏。又明朝、楊柳插清明，鵑歸未？

滿江紅

景回計院行有日，約同官數公，酌酒於西園，取吕居仁《滿江紅》詞「對一川平野，數間茅屋」九字分韵，以餞行色，蓋反騷也。余得「對」字，就賦

把手西園，有山色、波光相對。金馬客，明朝飛棹，水肥帆駛。問我年華句并七，異鄉時景春巴二。最堪憐、游子送行人，垂楊外。　聊小小，旌旗隊。聊且且，笙歌載。正冥濛烟雨，許多情態。南北枝頭猶點綴，東西玉畔休辭避。待蒓鱸、歸思動西風，相携未？

滿江紅

蒼雲堂後有桂樹，爲冬青遮蔽，低垂將隕矣。戊午八月，呼梓人爲伐而去之，賦〔一〕

斫却凡柯，放岩桂、出些頭地。從此去，引風披露，暢條昌蕊。待得清香千萬斛，且饒老子爲知己。趁今宵、新月駕空來，浮觴裏。　劉安笑，淹留耳。吴猛約，何時是？想故山深處，翠垂金綴。須信人生歸去好，他鄉未必江山美。問釵頭、十二意如何，非吾事。

滿江紅

戊午秋半，偕胡景回、劉自昭二兄小飲待月

試問平生，幾番見、中秋明月。今老矣，一年緊似，一年時節。底事層陰生障礙，不教玉界冰壺徹。莫姮娥、嫌此白頭翁，心腸别？　風動處，浮雲揭。雲綻處，清光

〔一〕賦：此字下，彊村本、《全宋詞》作一空圍闕字，《開慶四明續志》無。

泄。倩何人掃蕩，大家澄澈。且掉悲歡離合事，相逢祇怕樽中竭。放兒曹〔一〕、今夜上青霄，探蟾穴。

滿江紅　戊午八月二十七日進思堂賞第二木樨〔二〕

丹桂重開，向此際、十分香足。最好處，雲爲幕護，雨爲膏沐。樹杪層層如寶蓋，枝頭點點猶金粟。算人間、天上更無花，風流獨。　玉壇畔，仙娥簇。玉梁上，仙翁掬。嘆吾今老矣，兩難追逐。休把淹留成感慨，時間賞玩時間福。怕今宵、芳景便凋零，高燒燭。

滿江紅

戊午九月七日，碧沚和制幾韵

〔一〕曹：原作「童」，影印本、彊村本俱作「曹」。

〔二〕樨：影印本作「栖」，當爲「樨」的俗寫，彊村録作「穉」，誤。《四明六志》本《開慶四明續志》改爲「犀」。「木犀」同「木樨」，桂花的别稱。

歲歲重陽，何曾是、兩般時景。人自有、悲歡離合，晦明朝暝。日月湖邊來往艇，樓臺水底參差影。又何妨、時暫狎滄波，輕鷗并。閑頓放，朱門静。新結裹，朱簾整。盡百年人事，移場换境。欲插黄花身已老，强傾緑醑心先醒。羡游魚、有釣不能收，鈎空餅。

滿江紅　鄭園看梅

安晚堂前，梅開盡、都無留萼。依舊是、鐵心老子，故情堪托。長恐壽陽脂粉污，肯教摩詰丹青摸。縱沉香、爲榭彩爲園，難安着。高節聳，清名邈。繁李俗，粗桃惡。但山礬輩行〔一〕，可來參錯？六出不妨添羽翼，百花豈願當頭角。儘暗香、疏影了平生，何其樂。

滿江紅　再用韵懷安晚

猶記長安，共攀折、瓊林仙萼。人已去，年年梅放，怨懷誰托？和靖吟魂應未醒，補之

〔一〕輩行：原作『行輩』，據影印本改乙。

畫手何能摸。更堪憐、老子此時來，愁難着。　雲晝晚，烟宵邈。春欲近，風偏惡。早闌干片片，飄零相錯。邂逅聊拼花底醉，遲留莫管城頭角。且起居、魏衛國夫人，聞安樂。

滿江紅　戊午十二月八日賦後圃早梅〔一〕

問訊江梅〔二〕，漸推出、紅苞緑萼。堪愛處，平生懷抱，歲寒爲托。瘦骨皺皮猶老硬，孤標獨韵難描摸。怕東君、壓住等春來，鞭先着。　止渴事，風烟邈。和羹事，風波惡。想翠禽啁哳，笑他都錯。争似花開頽醉玉，月天更引霜天角。便一年、强作十年人，山中樂。

滿江紅　上巳後日即事

寒食清明，嘆人在、天涯海角。饒錦綉，十洲裝就，祇成離索。歲去已空鶯燕侶，年來儘

〔一〕十二月八日：原誤作『八月十二日』，據影印本改。
〔二〕訊：原作『信』，據影印本改。

負鷗鳧約。想南溪、溪水一篙深，孤舟泊。　天向晚，東風惡。春向晚，花容薄。又荼蘼架底，緑陰成幄。舴艋也聞鉦鼓鬧，鍬䦆半當笙歌樂。問山公、倒載接䍠無[一]，都休却。

滿江紅　己未四月九日會四明窗

飣餖殘花，也隨分、紅紅白白。緣底事，春纔好處，又成輕别。芳草萋迷歸路遠[二]，子規更叫黄昏月。倚闌干、觸處是濃愁，憑誰説？　我不厭，樽罍挈。君莫放，笙歌徹。自河南丞相，有兹賓客？一笑何曾千古换，半醺便覺乾坤窄。怕轉頭、天際望歸舟，江山隔。

滿江紅　己未賡李制參直翁俾壽之詞

午枕神游，曉鷄唱、城闉偷度。俄頃裏、笄輿伊軋，征夫前路。路入江南天地闊，黄雲翠

[一] 接䍠：影印本作『接籬』。
[二] 萋迷：原作『凄迷』，據影印本改。

浪千千畝。有皤翁、三五喜相迎，鄰田父。　旋策杖，尋幽圃。旋挈榼，陳高俎。疑此身歸去，朱陵丹府。布穀數聲驚夢斷，紗窗小陣梅黄雨。把人間、萬事一般看，投芳醑。

滿江紅　和劉右司長翁俾壽之詞

回首家園，竹多屋、水還多竹。那更是，千峰凝翠，一溪凝緑。多謝故人相問訊，奚奴步步收珠玉。嘆暮林、飛鳥也知還，尋歸宿。　遍歷了，岳與牧。亨過了，官與禄。算平生萬事，儘無不足。争奈乞身猶未可，衹緣欠種清閑福。想瞿硎、仙子亦相思，山之隩〔一〕。

念奴嬌　咏白蓮用寶月韵

一般妙質，笑樂天、誇詫小蠻樊素。萬柄參差羅翠扇，全隊西方靚女〔二〕。不假施朱，也

〔一〕隩：影印本作『奥』，彊村本從江韵秋校改。按『奥』通『澳（yù）』，當亦可通『隩』。

〔二〕全：影印本作『金』。

非塗碧，所樂惟幽浦〔一〕。神仙姑射，算來合共游處。一任冶妓穠姬，採蓮歌裏，盡是相思苦。花氣荷馨清入骨，長傍銀河東注。月澹風輕，霧晞烟細，忽灑霏微雨。此時心事，美人澤畔停佇。

念奴嬌　再和

爲嫌塗抹，向萬紅叢裏，澹然凝素。非粉非酥能樣別，衹是凌波仙女。隋沼濃妝，漢池冶態，争似滄浪浦。净鷗潔鷺，有時飛到佳處。　夢繞太華峰巔，與天一笑，不覺躋攀苦。十丈藕船游汗漫，何惜浮生孤注？午鼓驚回，依然塵世，撲簌疏窗雨。起來寂寞，倚欄一餉愁佇。

〔一〕樂：影印本此字下注『去聲』。

念奴嬌　三和

白蘋影裏，向何人可話，平生心素。月魄冰魂凝結就，猶薄湘妃洛女。吴沼芙蓉，陳陂菡萏，散入玄珠浦。采花蜂蝶，霧深都忘歸處〔一〕。　堪笑并蒂霞冠，雙頭酡臉，衹爲多情苦。空遺隔江游冶子，撩亂心飛目注。同出泥塗，獨標玉質，不是曼陀雨。風清露冷，有人長自遲佇。

念奴嬌　四和

天然皜質，想當年此種，來從太素。一點紅塵都不染，羅列蟾宫玉女。色壓薝林，香欺蘭畹，肯向聞箏浦？靈龜千歲，有時游漾其處。　應念社結廬山，翻嗤靖節，底事攢眉苦。紐葉爲盤花當盞，有酒何妨頻注。太液波邊，昆明池上，豈必沾金雨。從教同輩，爲他

〔一〕忘：影印本此字下注『去聲』。處：原作『去』，據影印本改。

噭噭凝伫[一]。太素，國名，出荷花。

念奴嬌

戲和仲殊，己未四月二十七日

午飆褪暑，向緑陰深處，引杯孤酌。啼鳥一聲庭院悄，日影偷移朱箔。杏落金丸，荷抽碧筩，景物挨排却。虛檐長嘯，世緣菌蕈箕籜[二]。　休問雪藕絲蒲，佩蘭鈿艾，舊夢都高閣。惟有流鶯當此際，舌弄笙簧如約。短棹雙溪，幺鋤三徑，歸計猶難托。料應猿鶴，近來多怨離索。

[一] 凝：影印本作『疑』，彊村本從江韵秋校改。
[二] 菌：影印本作『茵』，彊村本從江韵秋校改。

八聲甘州　賡葉編修俾壽之詞

向鄞江、面熟是薰風，吹燕麥凫葵。賴君王洪福，河清海晏，物阜人熙。想見搴帷使者，隨處采聲詩。羨高禽矰弋〔一〕，離貼天飛〔二〕。　飛到蒼雲深處，便斂收毛羽，望暮林歸。可以人不若〔三〕，剗地挂征衣？且招呼、麴生爲友，對槐陰、時唱兩三卮。今宵好，如鈎佳月，放出光輝。

感皇恩　和廣德知軍韵

老去最難禁，流光如水。甲子從頭試□指〔四〕。年年生日，怕被旁人拈起。若攀兒額，頹

〔一〕此句「高禽矰弋」中當省略一「避」字。

〔二〕這裏「離」下當省略一「地」字。影印本「離」字下注「去聲」。

〔三〕可：似爲「何」之誤。

〔四〕□：影印本無闕，依詞律此句應爲七字，彊村本補「□」。

齡猶未。方丈瀛洲，藍溪碧沚。轉眼鱸蒓便秋意。君王定許，整頓江頭行李。角巾歸去也，休里第。

謁金門　枕上聞鵑賦

紗窗曉，杜宇數聲聲悄。真個不如歸去好，天涯人已老。　欹枕欲眠還覺，猶有青燈殘照。謾道惜花春起早，家山千里杳。

謁金門　和趙參謀

停畫鷁，天外水澄烟碧。莫看遨頭人似織，今年都老色。　最苦今朝離夕，未卜今年歸日。生怕晚風銷酒力，愁城難借一。

謁金門　和劉制幾

山客野，新把朝銜書寫。應想江南㮏櫪下，踏歌雞黍社。　休問坤牛乾馬，大率人生且且。聊喚玉人斟玉斝，莫辭沉醉也。

謁金門　和自昭木香

風韵徹，滿架平平鋪雪。賈女何郎盟共結，睡濃香更冽。　春去情懷怎説，却喜不聞啼鴂。月夜時來閑蹀屧，故園三載别。

彊村叢書本《履齋先生詩餘别集》卷一、《開慶四明續志》卷一一《詩餘上》

卷七　詞三

浣溪沙　己未元夕

慶賞元宵衹願晴〔一〕，天公每事秤能平。管教檐溜便收聲。　三市海巡那惜夜，九街社火亦争名。權將歌酒作工程。

浣溪沙　和謙山

春岸春風荻已芽，推排春事到蘆花。衹應推上鬢邊華。　投老未歸真左計，久陰得霽且舒懷。紅紅白白有殘葩。

〔一〕晴：原作『情』，《全宋詞》校云：『疑是「晴」字之誤。』按影印本正作『晴』，據改。

浣溪沙　再用韵

海棠已綻牡丹芽，猶有東君向上花。不須惆悵怨春華。　裝綴園林新景物，推敲風月舊情懷。也饒浪蕊與浮葩。

浣溪沙　三用韵

正好江鄉笋蕨芽，他鄉却看擔頭花。衹將蝶夢付南華。　萬事紛紜都入幻，一杯邂逅且忘懷。年年秋卉與春葩。

浣溪沙　四用韵

雨過池塘水長芽，放開晴日正宜花。十洲三島撰繁華。　水畔麗人唐客恨，山陰佳客晋人懷。可憐雲蕊與風葩。

浣溪沙　己未三月二十五日賞荼蘼

最好荼蘼白間黄，消他蜂蝶采花忙。春殘紅粉厭梳妝。　畢卓正思身夜瓮，劉章底用令秋霜。今宵幃枕十分香。

浣溪沙　再賦

宫額新塗一半黄，薔薇空自效顰忙。澹然風韵道家妝。　可惜今宵無皓月，尚憐向曉有繁霜。何妨手捻一枝香。

海棠春　己未清明對海棠有賦

海棠亭午沾疏雨，便一餉、胭脂盡吐。老去惜花心，相對花無語。羽書萬里飛來處，報掃蕩、狐嗥兔舞。濯錦古江頭，風景還如許〔一〕！

海棠春　再用韵

嫩晴還更宜輕雨，最好處、欲開未吐。一點聘梅心，千古憑誰語？臉霞暈錦嬌人處，肯浪逐、紅圍翠舞？銀燭莫高燒，春夢無多許。

〔一〕風：諸本皆作『飛』，當爲『風』字之誤。

海棠春　三用韵

蒼龍夭矯停今雨，正不待、雲吞霧吐。絶笑大夫松，今古閑言語。　清光冷艷侵人處，漏月影、婆娑自舞。擬作歲寒人，此願天應許。

霜天曉角　和葉檢閲仁叔韵

倚花傍月，花底歌聲徹。最好月篩花影，花月浸、香奇絶。　雙溪秋月潔，桂棹何時發？客裏明朝送客，多少事、且休説。

霜天曉角

此花此月，一段風流徹。更好參横斗轉，更漏斷、人聲絶。　有誰秋共潔，籬菊相將發。留取歲寒心事，待此際、向君説。

霜天曉角　和劉架閣自昭韵

杯中吸月，桂樹飛瓊屑。莫道胡床老子，怕風露、向凄洌。　回首雲娥折〔一〕，老大成痴絶。且醉今宵光景，莫容易、向人説。

霜天曉角

爲花問月，誰把金瑰屑？猶有殘英剩蕊，秋向老、香逾洌。　且莫都攀折，有個人愁絶。縱使姮娥念舊，星星鬢、如何説？

〔一〕娥：影印本作『蛾』，彊村本改作『娥』。

霜天曉角　和趙教授韵

新詞唱徹，字字珠璣屑。更有張顛草聖，何止是、成雙絶。　金粟如韮雪〔一〕，掃地爲芳席。且領諸公一笑〔二〕，怕明夜、無此月。

霜天曉角

小山幽徹，遍地堆香屑〔三〕。祇恐今宵入夢，夢到處、魂孤絶。　八公頭已雪，淮南分半席。莫道淹留何事，且長嘯、對佳月。

〔一〕韮：原作「霏」，據影印本改。
〔二〕領：原作「令」，據影印本改。
〔三〕屑：原作「雪」，誤。影印本作「屑」，與前詞同韵。

霜天曉角　戊午十二月望安晚園賦梅上銀燭

梅花一簇，花上千枝燭。照出靚妝恣態，看不足、咏不足。　便欲和花宿，却被官身局。借問江南歸未，今夜夢、難拘束。

霜天曉角

己未五月九日〔一〕，老香堂送監簿侄歸，和自昭韵。

秋涼佳月，掃盡輕衫熱。便欲乘風歸去，冰玉界、瓊林闕。　不須持寸鐵，孤吟風惜別〔二〕。且唱東坡水調，清露下、滿襟雪。

〔一〕五月：詞寫秋涼，「五」當爲「八」字之誤。
〔二〕惜：影印本、彊村本、《全宋詞》作「措」，《四庫全書》本《四明續志》改作「惜」，應是，據改。

霜天曉角　再和

舉杯吸月，一洗煩襟熱。相見摩訶池上，星斗轉、挂銀闕。　金吾傳漏鐵，此時滋味別。階砌寒蛩聲細，携手處、人如雪。

蝶戀花　和處静木香

澹白輕黄純雅素，一段風流，欹枕疏窗户。夜半香魂飛欲去，伴他月裏霓裳舞。　消得留春春且住，不比楊花，輕作沾泥絮。况是環陰成幄處，不愁更被紅妝妒。

朝中措　和自昭韵〔一〕

春空一鳥落雲干，衹遺客心酸。芍藥牡丹時候，午窗輕暖輕寒。流光冉冉，清樽易倒，清鏡難看〔二〕。謾道華堂深院，誰憐鳳隻鴛單？

朝中措　再用韵

可人想見倚庭干，嚼句有甘酸。休問沈腰潘鬢，何妨島瘦郊寒。時光轉眼，兔葵燕麥，又是看看。誰念衰翁衰處，春衫晚際尤單。

〔一〕自昭：影印本作『劉自昭』。
〔二〕清：原作『青』，據影印本改。

朝中措　三用韵

楊花撩亂與雲干，春事可悲酸。况是雨荒院落，江南但有春寒。　鶯殘燕懶，蜂慵蝶褪，謾等閑看。不是無情描貌〔一〕，奚奴且放安單。

朝中措　四用韵

夜來夢繞宛溪干，啼鴂夢中酸。過了他鄉寒食，白鷗剗地盟寒。　雲溪雨壑，月臺風榭，借與人看。得似野僧無繫，孤藤杖底挑單。

〔一〕貌：影印本作『藐』。

朝中措　五用韵戲呈

蘭皋徹夜樹旄干，戰渴望梅酸。想有歌姬半臂，更深自可禦寒。　敲門寄曲，驚回蝶夢，旋篝燈看〔一〕。壇下已收降將，火牛不用田單。

朝中措　老香堂和劉自昭韵

衰翁老大脚猶輕，行到净凉亭。近日方憂多雨，連朝且喜長晴。　謾尋歡笑，翠濤杯滿，金縷歌清。况有蘭朋竹友，柳詞賀句争鳴。

〔一〕篝：影印本此字下注『去聲』。

虞美人　和劉制幾舟中送監簿韵

東風催客呼前渡，宿鳥投林暮。欲歸人送得歸人。萬叠青山羅列、是愁城。　誰家臺榭當年築，芳草垂楊緑。雲深霧暗不須悲，衹緣盈虚消息、少人知。

秋霽　己未六月九日雨後賦

階砌吟蛩，正竹外蕭蕭，雨驟風駛。凉浸桃笙，暑銷葵扇，借伊一些秋意。枕邊茉莉。滿廛奩〔一〕、貯香能膩。也不用，玉骨冰肌，人伴佳眠爾。　誰信此境，漸入華胥，曠然不知，莊蝶誰是？笑邯鄲、羈魂客夢，貪他榮貴暫時裏。飛鼠撲燈還自墜。展轉驚寤，纔聽禁鼓三敲〔二〕，夜聲寥闃，又般滋味。

〔一〕滿：影印本作『漏』。
〔二〕聽：影印本此字下注『平聲』。

秋霽〔一〕　再和

洞仙歌〔二〕　二用韵

□□□□，□□□□瘦。□□□□□酒。□□深碎蕊，殘萼都收，歸簟枕，誰道梔橐敢就。　月邊偏愛惜，冰玉肌膚，應對姮娥共搔首。疑怪得中原，訛道天花，胡塵後、可堪懷舊？且海國、浮沉醉花心，喜近日烽烟，漸消亭候。

〔一〕《全宋詞》據底本彊村本校云：『按以下原闕《秋霽》一首、《洞仙歌》一首。』彊村本依據的底本之底本即今《續修四庫全書》影印之宋刊本《四明續志》，此本闕一頁兩面二十行。

〔二〕下首詞題《同前·三用韵》，依詞律應爲《洞仙歌》。原底本佚脱一頁，前接《秋霽·再和》，參前條校語。已知空闕頁二十行，又知闕《秋霽》一首、《洞仙歌》一首、殘一首，按此本行格，需用版面十四行，尚有六行，不知是正文還是題目、注語所占。此首殘十八字，《全宋詞》據下首格式補叶韵字二。

洞仙歌　三用韻

冠兒遍簇，那時人銷瘦。玉斝瓊卮勸君酒。是清凉境界，露濕烟凝，香更重，非是沉檀合就。

四窗花滿砌，爭似家山，橙蟹將肥重回首[一]。花亦爲君憐，草木禽魚，相思處、莫如鄉舊。更西風、溪蒓與江鱸，想別墅樵漁，費他偵候。

小重山　己未六月十四日老香堂前月臺玩月

碧霄如水月如鉦。今宵知爲我，特分明。冰壺玉界兩三星。清露下，漸覺濕衣輕。

高樹點流螢。秋聲還又動，客心驚。吾家水月寄昭亭。歸去也，天豈太無情？

〔一〕橙：影印本作『棖』。『棖』同『橙』。

醉桃源

東風欄檻兩三亭，游人步晚晴。蜂回蝶轉得能輕，忽然春意生。　花未老，酒須傾，勸君休獨醒。古來我輩最鍾情，舉頭百舌聲。

青玉案　己未三月六日四明窗會客

流芳衹怕春無幾。拼夜飲、更纔二。不用追他歡樂事。綺窗朱户，燕帷鶯館，多少人憔悴〔一〕。　踏歌夢想江南市。管春盡、扁舟放行李。寒食休傾游子淚。歸去來兮，不如歸去，鐵定知今是。

〔一〕憔：影印本作『雙』。

點絳唇　己未三月末浣木香亭賦

岸艤扁舟，江南有個人歸老。簇新亭沼，分付還他了。　凝佇晴空，一抹天邊鳥。嗟潦倒。去多來少，莫問鐘昏曉。

清平樂　和劉制幾

輕輕却暑，衹是些兒雨。喜看新抽麻與苎，他家烟水墅〔一〕。　晚山放出青青，是誰簸弄陰晴？老子何時去也，衹應露濕金莖。

〔一〕原校：『此句闕一字。』

漁家傲　和劉制幾

每日困慵當午晝，出來便解雙眉皺。一帶矇朧烟雨岫，山翁瘦，林泉縱好他園囿。一見此君如話舊，玉版老師呼唤候。萬立琅玕争勸酒，躊躇久，清風收拾歸懷袖。

漁家傲　再用前韵

遍閲芳園閑半晝，殘花尚有榴裙皺。倦鳥投林雲返岫，人影瘦，可憐身世爲他囿。燕子飛來還憶舊，回頭又是梅黄候。且盡一杯昌歜酒，凝睇久，晚風細雨沾衫袖。

柳梢青　戊午十二月十五日安晚園和劉自昭

緑野平泉，古來人事，空裏飛花。月榭風亭，荷漪蘚石，説鄭公家。老梅傍水茶牙，人那得〔一〕、光陰似他。萬種思量，百年倒斷，付與殘霞。

柳梢青　己未元夕

好把元宵，良辰美景，暮暮朝朝。萬盞華燈，一輪明月，燕管秦簫。何人帕墜鮫綃，有玉鳳、金鸞綉字雕〔二〕。目下歡娱，眼前煩惱，祇在今宵。

賀聖朝　己未三月六日

捷書夜半甘泉去，報天驕膏斧。摩空銅壘，聞流瞿灩，掃清雲霧。樓蘭飛馘，焉耆授首，謾誇稱前古。須知開慶，太平千載，方從今數。

〔一〕那：影印本此字下注『去聲』。
〔二〕字：見影印本，彊村本據江韵秋校删。按詞律此爲四字句，『字』應爲添加襯字。

浪淘沙　戊午中秋和劉自昭

望月眼穿東，雲幕千重〔一〕。有時推出賴他風。恰似玉環猶未寳，得恁玲瓏。　誰在華山峰，一半天中。君逾五十我成翁。未必明年如此夜，笑口難逢。

賀新郎　玩月

汲水驅炎熱，晚些兒、披衣露坐，待他涼月。俄頃銀盤從海際，推上璇霄璧闕。盡散作、滿懷冰雪。萬里河潢收捲去，掩長庚、弧矢光都滅。一大片〔二〕，琉璃揭。　玉鵵搗藥何時歇。幾千年、陰晴隱現，團圓虧闕。月闕還圓人但老，重换朱顔無訣。想舊日、嫦娥心別。且吸瓊漿斟北斗，儘今來、古往俱休説。香茉莉，正清絶。

〔一〕重：影印本誤作『里』，彊村本改。
〔二〕大：影印本此字下注『音馱』。

賀新郎

月綻浮雲裏，未須臾、長風掃蕩，碧空如水。誰在冰壺玉界上，眇視征蠻戰蟻。便弃擲、塵寰脱屣。絺葛清泠襟袖冷，露華濃、暗襲人肌理。和酷暑，争些氣。　譙樓漏轉三更二。夜沉沉、經星緯宿〔一〕，换垣移市。萬籟漸生秋意思，時節那堪屈指。奈投老、未酬歸計。矯首高天天不應，忽林梢、睡鵲驚飛起。同一夢，我與爾。

鵲橋仙　己未七夕

銀河半隱，玉蟾高挂，已覺炎光向後。穿針樓上未眠人，應自把、荷花挼揉。　雙星縹緲，霎時聚散，肯向鵲橋回首。元來一歲一番期〔二〕，却睚得〔三〕、天長地久。

〔一〕宿：影印本此字下注『音秀』。
〔二〕元：原作『原』，據影印本改。
〔三〕睚：同『捱』，影印本作『睚』，彊村本從江韵秋校改作『捱』。

鵲橋仙

馨香餅餌，新鮮瓜果，乞巧千門萬户。到頭人事控摶難，與拙底、無多來去。　　痴兒妄想，夜看銀漢，要待雲車飛度。誰知牛女已尊年，又那得、歡娱意緒。

秋夜雨

和韵。劉制機立秋夜觀月喜雨〔一〕

不嫌天上雲遮月，雨來正是雙絶。雷公驅電母，盡收捲、十分袢熱。　　三更又報初秋了，少待他、西風凄洌。靈悟話頭莫説。且唱飲、劉郎一闋。靈悟，四明日者自號，衆推其術。

〔一〕制機：同『制幾』。原作『制幾』，影印本作『制機』。

秋夜雨

客有道《秋夜雨》古詞，因用其韵，而不知『角』之爲『閣』也，并付一笑

雲頭電掣如金索，須臾天盡幃幕。一凉恩到骨，正驟雨、盆傾檐角。桃笙今夜難禁也，賴醉鄉、情分非薄。清夢何處托。又祇是、故園籬落。

秋夜雨　再和

單于繫頸須長索，捷書新上油幕。盡沉邊柝也，更底問、悲笳哀角。衰翁七十迎頭了，先自來〔一〕、聲利都薄。歸計猶未托。又一葉、西風吹落。

〔一〕先：影印本此字下注『去聲』。

秋夜雨　己未八月二日新桃源和韵

吴翁里第還巾角，不妨天地席幕。家僮歸報道，快釀酒、休教醨薄。　相逢聚散應搔首，且趁時、一笑爲樂。人世大都濩落，更莫問、是非今昨。

秋夜雨

西風半入孤城角，人生歸燕巢幕。倦翁衰甚也，又不是、官卑禄薄。　收繩捲索今番穩，儘一丘一壑足樂。還是遠空雁落，報宛句、溪光猶昨。

秋夜雨

晚來小雨鳴檐角，又還烟障雲幕。四明窗透蕩，漸夜永、練衫輕薄。　候蟲但要吟教苦〔一〕，不管人、老欠歡樂。閑看燭花燼落，浮世事、轉頭成昨。

生查子　己未八月二日四明窗和韵

坐臨芳沼邊，荷氣侵衣濕。唧唧暗蛩鳴，點點流螢入。　人生歧路中，底用楊朱泣。一笑倚欄干，頳玉當風立。

〔一〕苦：原作「老」，下又有「老」，非宜，據影印本改。

生查子

夜來雲氣浮〔一〕，帶得香烟濕。萬籟本無情，一一秋聲入。　須臾離合間，應笑兒曹泣。新雨漲鄞江，明日桅檣立。

西河　和舊韵

都會地，東南盛府堪記。蓬萊縹緲十洲中，雉城擁起。憑高一眄大江横〔二〕，遥連滄海無際。　壁衙衆山翠倚，赤龍白鷁争繫。風帆指顧便青齊，勢雄萬壘。越栖吴沼古難憑，興亡都付流水。　畫堂綺屋錦綉市，是洛陽、耆舊州里，富貴榮華當世。問昔年、賀老疏狂，何事輕寄平生、烟波裏。

〔一〕夜來：原作『夜夜』，據影印本改。
〔二〕眄：顧視。原作『盼』，據影印本改。

桂枝香

三年海國，又荏苒素秋，天浄如沐。凄砌寒蛩暗語，杵聲相續。梧桐一葉西風裏，對斜陽、好個團簇[一]。老香堂畔，蒼然古檜，無限心曲。　嘆石室、棋方半局。便時换人非，光景能蹙。千古鴟夷，尚恐欠些歸宿。倚空笑把輪雲事，付坤牛、乾馬征逐。且巴重九，昭亭句溪，杖藜巾幅。

南鄉子

和韻。己未八月十日郊行

野思浩難收，坐看漁舟度遠洲。蘆葦已凋荷已敗，風飀，桂子飄香八月頭。　歸計這回酬，猶及家山一半秋。雖則家山元是客，浮休，有底歡娱有底愁？

〔一〕團簇：影印本作『圖簇』，彊村本從江韵秋校改。

南鄉子

野景有誰收，祇在蒼鷗白鷺洲。風樹飄摇雲樹暗，衣颼，目斷青天天際頭。　壯志世難酬，丹桂紅蕖又晚秋。多少心情多少事，都休，載取江湖一片愁。

行香子

開慶己未八月十夜，同官小飲逸老堂，李直翁制參出示東坡題釣臺《行香子》，走筆和韵

世事塵輕，寵辱何驚。□不須〔一〕、更問君平。一帆客棹，幾曲漁汀。正年華晚，露華濇，月華明。　休論烟閣，莫説雲屏。算惟堪、瓜種東陵。駒陰短景，蝸角浮名。但歲難留，身難健，鬢難青。

〔一〕□：影印本無，彊村本當依律補。

秋夜雨　依韵戲賦傀儡

腰棚傀儡曾懸索，粗瞞憑一層幕。施呈精妙處，解幻出、蛟龍頭角。　誰知鮑老從旁笑，更郭郎、摇手消薄。歧路難準托。田稻熟、衹宜村落。

糖多令　答和梅府教

鷗鷺水中洲，夕陽天際流。倚西風、底處危樓？若使中秋無好月，虚過了、一年秋。　舉眼望雲頭，蟾光一綫否〔一〕？想孀娥、自古多愁。安得仙師呼鶴駕，將我去、廣寒游。

〔一〕否：原作『不』，通『否』，據影印本改。

南鄉子　答和惠計院

黄耳訊初收，爲説鷗汀與鷺洲。争問主人歸近遠，颼颼，定是登高九月頭。　有酒且相酬，莫管西風滿鬢秋。今日是今明日古，休休，轉首鄞江總别愁。

訴衷情　和韵

今宵分破鶻淪秋[一]，孤客興何悠。要向雲中邀月，真個是呆頭。　風陣緊，電光流，雨聲颼。嫦娥應道，未卜明年，是樂還愁。

[一] 鶻淪：影印本作『鶻論』。

水調歌頭　己未中秋無月

今歲月和桂，不肯作中秋。一年惟此佳節，底事白教休。我已侵尋七秩，况復輪囷萬感，合恨更分愁。先自無聊賴，雨意得能稠？　天柱峰，知何處，老難游。痴雲如妒，不知弦管可吹不？安得風姨掃蕩，推出團圓月姊，便遣桂香浮。世事十常九，不使展眉頭。

水調歌頭

和晦翁韵預賦山中樂〔一〕，己未中秋中澣書於老香堂

已是三堪樂，更是百無憂。山朋溪友呼酒，互勸復争酬。釣水肥鮮鯿鱖，采樹甘鮮梨栗，穲稏一齊收。樹底飛輕蓋，溪上放輕舟。　笑鴟夷，名已謝，利還謀。蝸蠅些小頭角，何事被渠鈎？春際鷺翻蝶舞，秋際猿啼鶴唳，物我共悠悠。倚棹明當發，歸夢落三洲。

〔一〕晦翁：原作『梅翁』，誤，據影印本改。晦翁，朱熹，此詞即和朱熹《水調歌頭（富貴有餘樂）》。

水調歌頭

老子百般足，無事可閑憂。幾年思返林壑，今日願方酬。潦倒戲衫舞袖，郎講門槌拍板，端的這回收。日月兩浮轂，身世一虚舟。　想鷦鷯，與鴻鵠，不相謀。鷩鱗萬里深逝，誰肯更吞鈎？醉則北窗高卧，醒則南園行樂，莫莫更悠悠。雲在山中谷，月在水中洲。

水調歌頭

若説故園景，何止可消憂。買鄰誰欲來住，須把萬金酬。屋外泓澄是水，水外陰森是竹，風月盡兜收。柳徑荷漪畔，燈火繫漁舟。　且東皋，田二頃，稻粱謀。竹籬茅舍，窗户不用玉爲鈎。新擘黄鷄肉嫩，新斫紫螯膏美，一醉自悠悠。巴得春來到，蘆笋長沙洲。

水調歌頭

且盡一杯酒，莫問百年憂。胸中多少磊塊，老去已難酬。見説旄頭星落，半夜天驕隕墜，玉壘陣雲收。世運回如此，穩泛輞川舟。　鷗鷺侣，猿鶴伴，爲吾謀。主人歸也，正是重九月如鈎。便把三程爲兩，更趲兩程爲一，尚恐是悠悠。傍有漁翁道，肯負白蘋洲？

水調歌頭

處處羊腸路，歸路是安便。從頭點檢身世，今日豈非天？未論分封邦國，未論分符鄉國，晚節且圓全。但覺君恩重，老淚忽潸然。　謝東山，裴緑野，李平泉。從今許我，攀附諸老與齊肩。更得十年安樂，便了百年光景，不是謾歸田。謹勿傷離别，聊共醉觥船。

浣溪沙　和桃源韵

半餉西風暖換凉，岩花月魄襯雲裳。一杯旋擘翠橙香。　舊醖不妨排日醉，新篘尚可去時嘗。無何鄉裏是吾鄉。

謁金門　老香堂和韵

秋已老，又是敗荷衰草。客子安排歸棹了，回頭烟樹渺。　檀板休教歌杳，金獸且教香繞。一醉秋堂秋夜悄，從他霜漏曉。

謁金門　和韵賦茶

湯怕老，緩煮龍芽鳳草。七碗徐徐撑腹了，盧家詩興渺。　君豈荆溪路杳，我已涇川夢繞。酒興茶酣人語悄[一]，莫教鷄聒曉。

謁金門

休怨老，更替北邙荒草。勘破人生都已了，江湖歸興渺。　盤谷深深杳杳，曲水彎彎繞繞。啼鳥空山山更悄，鐘昏鐘又曉。

水調歌頭　開慶己未秋社維舟逸老堂口占

倚舵秋江滸，明日片帆輕。從頭點檢身世，百事已圓成。及第曾攀龍首，仕宦曾居鵷閣，衣錦更光榮。若又不知止，天道恐虧盈。　借稱呼，遮俗眼，便歸耕。但餘心願，朝暮香火告神明。一願君王萬壽，次願干戈永息，三願歲豐登。四願老安樂，疾病免相縈。

[一] 酒興：影印本作『酒與』，彊村本從江韵秋校改。

水調歌頭　奉别諸同官

便作陽關别，烟雨暗孤汀。浮屠三宿桑下，猶自不忘情。何况情鍾我輩，聚散匆匆草草，真個是雲萍。上下四方客，後會渺難憑。　願諸公，皆衮衮，喜通津。老夫從此歸隱，耕釣了餘生。若見江南蒼駟，更遇江東黄耳，莫惜寄音聲。强閣兒女淚，有酒且頻傾。

賀新郎　和惠檢閲惜别

晚打西江渡，便抬頭、嚴城鼓角，亂烟深處。無限珠璣雙手接，頗覺奚囊暴富。强載月、空舟回去。勸子不須憂百草，四周維、自着靈鼉柱。亘今古，衹如許！　杭州直北還鄉路。想山中、猿呼鹿嘯，鷺翔鷗舞。盡道翁歸真個也，衹怕顔容非故。願從此、耕雲釣雨。盤谷幽深空谷杳，但書來、時寄相思句。千里外，鎮延佇。

彊村叢書本《履齋先生詩餘别集》卷二、《開慶四明續志》卷一二《詩餘下》

以上《全宋詞》收録

卷八　文一

宣城總集序

問宣之山，孰不知屹者爲昭亭，崒者爲文脊，崔巍者爲叠嶂；問宣之水，孰不知淵淪者爲江，浩渼者爲湖，演迤者爲雙溪；問宣之文章，或知退之書與序而已，或知聖俞、少隱有集而已，其他奥篇隱帙，皆罔聞知。

宋宗正丞李公兼，吾先君子正肅公心交也，世有令德，居鄉恂恂，博雅好修，老不厭學，自晋、宋、齊、梁而後迄今皇朝渡江之初，上下一千年，前後三百家，居者、仕者、游者、寄者，苟有片言隻字及於吾宣，往往漁獵而網羅之。凡得詩千餘首，賦、頌、雜文二百篇，分爲二十有三門，合爲二十有八卷，名曰《宣城總集》，而世變之盛衰，人物之賢否，風俗之美惡，山川、園林、亭堂、樓閣之景，花草、果木、鳥獸、蟲魚之名，莫不會萃於斯。噫！公之心亦勤矣，力亦勞矣。

公之子後軒居士蒙善繼先志，手自讎校，願鋟梓以廣其傳。前守檢詳楊侯伯嵒、今守司業孫侯夢觀嘉書之成，悉捐金以佐工費，吾兄退翁臨長本道，亦助給焉。後軒乞吾文以冠集首，此吾宣盛典也，吾又奚辭？因爲之説曰：『使宣之山而産金玉，宣之水而産珠璣，聚於此必散於彼。山水之秀不産金玉、珠璣而産文章也，雖散於彼復聚於此，然則文章之貴於金玉、珠璣萬萬不侔矣！繼今以往，甲乙名集，將不一書，高於山，深於水，遞遞續筆，抑亦公家來昆雲仍之望也。』後軒曰：『唯。』故序之。覽者其毋曰：『子宣人也，知宣之詩文而已。』

魏鶴山文集後序

端平二年冬，潛以右文殿修撰知太平州，時文靖魏公由樞管督視江淮京湖軍馬，其始辟幕府領袖之士，每極天下選，然率以時好向背違不就。潛於公非交游知舊，亦驟辱拔引爲上客。或謂潛曰：『盍審諸？』潛曰：『公善類之宗也，可無從乎？』乃匹馬追公於溢浦之上，雖玉帳贊籌，專務戎事，而暇日樽俎笑談，獲見公高文大册，及聞公崇論宏議，日充然有所得也。嘗曰：『學必本六經，之謂正學，道必本堯舜、禹湯、文武、周公、孔孟，之謂正道。彼邪説詖行，是乃荆榛。闢而通之，則理到文醇矣。至於天文、地理、禮樂、律曆、官制、兵法、典章、文物，莫不究極〔一〕，纚纚如辨白黑而數一二。』潛益信公根柢學問，枝葉文章，落陳啓新，翼華抵實，天出神入，不可羈控，此豈偶然之故哉！

後二年公殁，潛哭之流涕曰：『天喪斯文矣！』又十有五年，公之子近思、克愚相與蒐遺罔軼，有正集、外集、奏議凡一百卷〔二〕，將鋟梓行於世，既屬叔氏序其首，又俾潛曰：『子爲我申言之。』〔三〕潛竊謂：渡江以來文脉與國脉同其壽，蓋自高宗喜司馬文正公《資治通鑒》〔四〕，謂『有益治道，可爲諫書』，自孝宗爲《蘇文忠公文集》御製一贊，謂『忠言讜論，不顧身害』〔五〕。洋洋聖謨，風動四方。於是人文大興，上足以接慶曆、元祐之盛。至乾、淳間大儒輩出，朱文公倡於建，張宣公倡於潭，吕成公倡於婺，皆著書立言，自爲一家，凡仁義之要、道德之奥、性理之精微，所以明天理而正人心、立人極而扶世教，使天下曉然知人之所以異於禽獸，中國

〔一〕究：原闕。《魏鶴山文集後序》今存《四部叢刊》影印宋本《鶴山先生大全文集》卷末，爲吴潛手迹，此句中間有『究』字，據補。

〔二〕凡：原無，據手迹補。

〔三〕我：原無，據手迹補。

〔四〕自：原無，據手迹補。喜：原作『於』，據手迹改。

〔五〕此句原作『不顧一身利害』，據手迹删二字。

之所以異於夷狄〔一〕，吾道之所以異於佛老，聖經賢傳之務息邪説〔二〕，有君臣，有父子，而不蝕其綱常之正者，功用弘矣。永嘉諸老如陳止齋〔三〕、葉水心之徒，則又創爲制度、器數之學，名曰實用，以博洽相誇，雖未足以頡頏二三大儒，然亦有足稽者。寥寥然四五十載，我公嗣之，識照古今而不自以爲高，忠貫日月而不自以爲異，德望在生民，名望在四夷，文章之望在天下，後世蓋所謂兼精粗、一本末、集乾、淳之大成者也。惜其位不稱德，命不待時，不及相明天子以興禮樂、致太平，而斯文之澤所見僅止於此〔四〕，悲夫！

公諱了翁，字華父，卬之鶴山人，天下士師尊之曰鶴山先生云〔五〕。

〔一〕此句原無，當爲四庫館臣避忌妄刪，據手迹和明刊《履齋遺集》補。

〔二〕此句手迹無。

〔三〕陳止齋：原作「陳心齋」，誤。按「止齋」爲永嘉學派代表人物陳傅良之號，手迹「止」字爲行草，與「心」近，當因此誤録爲「心」。

〔四〕僅：手迹作「俾」。

〔五〕《魏鶴山文集後序》手迹文末原署：「淳祐辛亥四月哉生明，太中大夫、新除參知政事、同提舉編修敕令、同提舉編修《經武要略》、金陵郡開國侯、食邑一千七百户、食實封二百户吴潛後序。」下鈐有「潛」「履齋」二方小印。

忠節廟記

寶祐戊午九月，虜大舉入寇淮東〔一〕，圍廣陵，蹂通泰，躪儀真，驅略人畜而北歸。淮西總管智原策其過淮必取五湖渡，請以舟師剿之。既而賊知有備，遂轉由安豐，智原以節制司命提兵往援，至則合諸將會議，約蹙賊於城下，彼此緩急，必速救應。衆曰：『諾。』遂引兵往西門嚴陣以俟。午後，賊擁衆至安豐南門，智原激厲將士，奮入賊陣，自未至酉，戰數十合，手刃賊首數人，横尸蔽野。賊大懼，遂悉兵夾擊我師。智原奮呼，復鏖殺數百，適虜後軍至，其勢愈張，智原戰愈急。會素與智原有隙者嫉其成功，擁兵自衛，坐視不救。智原軍力屈勢窮，猶勉勵餘卒，戰久之，援絶而没。事聞，贈武翼大夫、忠州刺史，廟祀於安豐，賜額忠節，以旌其功。新廟落成，且葬有日，其兄智春等以書來求文爲記。

其兄弟昔予部曲也，迹其事而有感焉：夫忠孝一本也，君親一道也，家國一機也。能孝

〔一〕虜：原作『敵』，據明刊《履齋遺集》改。明刻本此文原『賊』字、『虜』字均爲四庫館臣改爲『敵』字，下面六『賊』字、三『虜』字皆是『敵』之回改。

於親必能忠於君，能宜於家必能宜於國。智原平日事親以孝聞，庭闈之間，怡聲下氣，非學曾、閔而有肅謹之風。籲天刲股，雖未中理，而情則真實。别母臨官，盡忠自誓，懼作親羞，且以未能官封大人，無以荅劬勞爲辭，懇惻丁寧，類非武夫之所能爲者。《記》曰：戰陣無勇，非孝也；莅官不忠，非孝也。智原平日臨陣，必欲死於敵；臨官，必欲忠於君。烈烈一命，勇往直前，寧殺其身，不敢虧爲臣之道。英風義概，嚴於秋霜，使未死奸雄，膽寒肝裂，豈非推事親之孝而致之歟？方智原與虜搏戰之時，甚於睢陽之急也，使同事者無賀蘭擁兵不救之奸，則虜必不能專力以向智原。乃懷私憾，遂不復救。嗚呼！私憾可釋也，國事不可不勉也。彼非人子耶？不信於友，必不忠於君；不忠於君，必不孝其親。忠孝本心既已俱亡，其去禽獸不遠矣！然而此時武夫悍卒，嗜利無耻，乃其素心尚未足多咎；世固有以禮法自將，以忠孝自負，平居暇日，慷慨議論，無非捐軀徇國之言，一旦臨事，小有齟齬，則全身遠害，往往嫁其禍於他人者，其視不援智原者尤其靡也！故因智原之事而極言之，以爲來者之戒云。

二仙堂記

宗正亞卿陳公作屏於宣，居無何，政平訟理，乃以其暇日，憑高送目，顧客而言曰：『宣爲清爽之邦，雄甲江左。吾東北而望，清溪灣環，波光滉瀁，孤帆隱見，白鳥出没，若有若無，恍然畫圖，豈非玄暉之詩「澄江净如練」乎〔一〕？吾又西北而望，千林競妍，萬山呈技，中有一峰，巍然獨尊，朝暮晦暝，變態難狀，豈非太白之詩「相看兩不厭，惟有敬亭山」乎〔二〕？此二公者，以神仙中人物，爲溪山主，徽音逸韵，浸漬薰蒸，草木泉石，尚出光怪，而况人耶？故詞華之士，派接踵見，若唐之許棠、張喬、駱用錫，我朝之高中舍、梅都官、張曲肱、周竹坡，善五言者得玄暉之清麗，善歌行者得太白之豪放，風流騷雅，至今不絶，抽扃啓鑰，緊誰之功？矧玄暉嘗爲郡守，懇懇福民，去不忍與吏民别，至今稱謝宣城；太白往來斗牛分，遇勝境輒終年不移，尤愛宣，遂終焉，故題咏比他爲多。二公之靈爽戀戀如在，祠而祀之，蓋不特慰邦

〔一〕澄江净如練：見謝朓《晚登三山還望京邑》，『净』通行本作『静』。
〔二〕惟有敬亭山：見李白《獨坐敬亭山》，『惟』通行本作『祇』。

人士之思而已也。今玄暉像雖龕郡樓，隘陋塵壒，香火弗肅，而太白祠留青山，自分當塗爲郡，青山不隸宣二百年，宣無他祠，非闕歟？昔白傅守杭，歷五代至我宋，和靖處士始以詩名西湖，後之人合而尸之。二公獨不可耶？」

於是薙後圃，築新堂，敞中侈外，繪事儼然，所以振既往之流芳，昌斯文於方來也。太白有云：『我家敬亭下，輒繼謝公作。相去數百年，風期宛如昨。』異世同調，宜其可以并祠。亞卿公立朝、作牧咸有聲，游戲篇翰，氣劘謝李，又宜其能作是祠也。太白揮斥八極，因號謫仙，若玄暉之風神襟度，散悟空曠，當其擺脱華轍，徜徉高齋，世我兩忘，飄飄丹霄，其謂之仙亦宜。

亞卿名卓，字立道，莆田人，文懿公之嗣。年月，郡人吴潛記。

養濟院記〔一〕

本朝聖聖相承〔二〕，深仁厚澤，滲漉宇宙。我主上嗣無疆大曆服〔三〕，仁培而愈積〔四〕，澤浚而愈流〔五〕，用能延洪有宋億萬年之基，雖遭世之難〔六〕，三邊用兵，久不解甲，而本根不摇，其所扶持憑藉遠矣。某服勞中外〔七〕，歲垂三紀，事主上最久，熟知德意志慮，無宵旰不在赤子，故鞠躬受任，歷符節者十二三〔八〕，惟以撫摩愛養爲主，既不敢鄙夷其齊民〔九〕，而尤不敢鄙夷

〔一〕此文亦載《開慶四明續志》卷四，作《廣惠院記》。兹以宋刊影印本對校，下有文出此本者亦如是對校。
〔二〕此句前影印本有『恭惟』二字。
〔三〕此句前影印本多一『肆』字。
〔四〕積：此字影印本作『厚』字。
〔五〕流：此字影印本作『深』字。
〔六〕世：此字影印本作『時』字。
〔七〕某：此字影印本作『潛』字。
〔八〕歷：影印本無此字。
〔九〕既：影印本作『忱』字。齊：影印本無。

下民也〔一〕。且古言治〔二〕，莫盛於帝王。其在堯舜，則曰『不虐無告〔三〕，不廢困窮』，在禹則曰『予視天下愚夫愚婦，一能勝予』，在湯則曰『子惠困窮』，在文王則曰『懷保小民，惠鮮鰥寡』，在武王則曰『無虐煢獨』〔四〕，在成王則曰『其丕能諴於小民』〔五〕，又曰『以小民受天永命』。帝王爲治之綱領〔六〕，概具於此〔七〕，而豈高明威福云乎哉？

四明爲浙左大都會〔八〕，城邑井市人物阜繁，則夫鰥寡孤獨與瘖聾跛躃之民宜不能免焉。自强大之家豪奴黠隷極智術以牟利，而齊民之生理血脉日蹙以至於竭〔九〕，齊民困則窮民益困，於是鰥寡孤獨、瘖聾跛躃之民，得其生者鮮矣。自淳祐初柄國者立爲厲禁，常平、義廩之

〔一〕此句影印本作『而於窮苦廢疾者尤不敢忽也』。
〔二〕此句『古』前影印本有一『自』字。
〔三〕虐：原作『虚』，據影印本改。
〔四〕虐：原作『虚』，據影印本改。
〔五〕其：原作『某』，據影印本改。以上三處正誤皆復校《尚書》原文。
〔六〕爲治：影印本作『治法』。
〔七〕概：影印本作『蓋』。
〔八〕浙左：原作『浙右』，據影印本改。
〔九〕此句影印本無『血脉』二字，『蹙』前有一『迫』字。

儲，有司不得擅發，凡窮民遇歲晏始一濟，所發者微而受濟者狹〔一〕，於是鰥寡孤獨、瘖聾跛躃之民得其養者又鮮矣。此固長民之官所當視猶飢渴者也。

屬初莅郡，核遍浮淫之蠹〔二〕，并省酒務，得敝屋一區，亟加繕葺，且增創新楹，合前後共一百餘五間〔三〕，聚城内外鰥寡孤獨、瘖聾跛躃之將溝壑者，使居焉。以三百人爲額，大口月給米六斗，錢十千，中口四斗、七千，小口三斗、五千〔四〕，所費皆不取於郡之經常，庶幾其可以久也。前輩有言：士夫苟有意於及物，由一命以上皆可行志，天下安有不可爲之郡哉？爲之者疾，用之者舒，正義明利〔五〕，禁民爲非，毋以寵賂相尚，毋以膏辛自肥，而又能窒罅漏而絶蔽欺，則財常足矣。以餘財而及民物，詎非行志中之一樂哉？或曰城邑井市之民固幸矣，如田里何！乃復損羨錢一百四十七萬三千八百五貫文〔六〕，預爲六縣人户代輸寶祐六年折帛，以寬布縷之徵，仿補助之義焉。若本院田畝之數，金穀之入，規畫之詳，具刻左方，後

〔一〕此句影印本作：「所濟者狹而受濟者寡」。
〔二〕核遍：影印本作「遍核」。
〔三〕餘：影印本無此字。
〔四〕五千：原無，據影印本補。
〔五〕此句影印本作「正辭明義」。
〔六〕損：影印本作「捐」。五：影印本作「五十五」。

之君子其相與增益之〔一〕，以廣德意於無窮云〔二〕。寶祐五年良月朔，觀文殿大學士、光禄大夫、沿海制置大使、判慶元軍府事，兼管内勸農使、金陵郡開國公、食邑五千八百户、食實封一千六百户吴潛記。

陶隱君墓志銘〔三〕

陶世雄，字伯英。曾祖安，妣奚氏。祖甄，妣崔氏、江氏、吴氏，吴即予之姑也。父允升，妣劉氏、魏氏〔四〕。俱隱德弗仕。世雄五歲喪母，未幾又喪父，繼母毓之有恩，劉死，世雄執喪有禮，鄉人兩稱之。養孀姑惟謹。雅重好書，善治生。早貧，晚歲優游，治家教子，俱有法度。寶祐丁巳四月十有一日以疾卒，得年五十有一，以九月壬申葬於昆山白楊之原。娶劉氏，繼以劉氏、高氏，子男三人，九臯、九雲、九功，女四人，長適進士張俊民，次適進士陳宏

〔一〕增：影印本作「附」。
〔二〕此句影印本作「以克廣聖天子德意志慮於無窮云」。下署名題款《履齋遺集》原無，《全宋文》補。
〔三〕原題下有「寶祐五年九月」小注，爲《全宋文》所加，删。
〔四〕此處「劉氏、魏氏」次序或顛倒，下文言繼母爲劉氏。

中，餘尚幼。陶氏世居姑熟，先君子正肅公篤友于之愛，俾遷於宣之慈溪，以便歲時叙集。予兄弟時相與周旋九皋父子兄弟之間，别幾年而九皋以縗絰請予銘墓矣。爲之銘曰：宋正肅吴公甥孫陶世雄伯英之墓。積施有食，其在子孫乎？

梅和甫税院墓志銘〔一〕

梅爲宣城著姓，國史有傳者給事中諱詢，席殊寵於咸平，都官員外郎堯臣，扇盛名於嘉祐，自時厥後，遺響不傳。予居是邦，嘗物色其裔胄。至紹定癸巳護餉金陵，一日吏白有里中子梅姓者入謁，曰給事都官來昆行也。予油然喜躍，迎則美鬚髯，豐下魁梧，談天下事孰而有大志，沉毅而善謀。遹懷前修，尚幸有後，桑梓敬心油油然。將明試事功，則君以内艱去。回首離逖，垂十五年，百不一施，屬予銘墓矣。嗚呼！

君諱應奇，字和甫，弱冠通六藝，游鄉校，有雋聲。試太常輒不中，有勸以勇弁媒科第者，遂調武進校尉，再試江東轉運司議事官，以邊賞，轉承信郎。已而嘆曰：『吾本儒家子，

〔一〕原題下有『淳祐七年』小注，爲《全宋文》所加，删。

何以鷊冠爲哉？與其聞金鼓之聲，孰若課子孫以弦誦；與其見干戈之擾，孰若娱賓客以豆觴？』浩然歸歟，使者不能奪其志。於是漁於石港，有魚有蟹。田於車浦，有稻有粱。覃及鄉鄰，凍者衣，餒者食，貧者賙恤，無一毫鄙吝意。雖抱負蘊藉，迄不獲伸，而幅巾杖屨，自適其適。或憂時憤世，無以寄興，則擔風而長嘯，握月而浩歌，間亦假詩文以宣泄其不平。嘗曰：『隱之有味哉！』淳祐丙午正月乙未以疾卒，得年若干歲。曾祖考某、妣某，祖考某、妣某，考某、妣某，妻夏氏，男某，孫某。將以明年己酉葬於縣之章務里清遠石澗之原[一]，子某等拜予而泣曰：『孤不天，願丐銘志，光賁幽壤。』予論其世，奇其才，惜其不庸於時，姑志其族望歲月之大概，而繫以銘曰：天降爾才，亦孔之厚。灌而養之，益暢以茂。而厄於期，害其不偶。生不有以亢厥先，死必有以鴻厥後。

孫守叔墓志銘

嘉熙丁酉，余以工部侍郎領吴牧，適常平使者闕，被旨攝事，始與鄞人孫守叔爲同僚。

[一] 章務里：《履齋遺集》原作『章務理』，誤。按章務里在宣城西青弋江畔，爲梅氏世聚地。

即之久，見其人温純肅潔，心異之。未幾，守叔果拾級而上青雲矣。其在朝廷，則靖共之度、正直之節，人尊而仰之〔二〕；其在郡國，則廉平之譽、愷悌之風，民歌而誦之。然年未六十，遽弃明時，其命也夫，其可悲也夫！

君諱夢觀，守叔其字，雪窗其號也。曾大父俊乂，故登仕郎、泗州招信縣主簿，妣嚴氏，繼張氏。大父才冠，故承信郎、監臨安府於潜縣税，妣劉氏。考參，贈奉直大夫，妣陸氏，贈令人。君登丙戌進士第，與兄囦俱占南宫龜列，授迪功郎，調桂陽軍教授、浙西提舉司幹辦公事，差主管吏部架閣文字，除武學諭，添差通判嚴州、台州崇道觀。復除武學博士、太常寺簿，諸王宫大小學教授、宗正丞兼屯田郎官、將作少監，知嘉興府。仍舊班兼右曹郎官、將作監，國子司業，知泉州，兼提舉市舶事，改知寧國府。除司農少卿兼資善堂贊讀、太府卿，充御試編排官，宗正少卿兼給事中、起居舍人、起居郎，直龍圖閣，予祠，慈溪縣開國男，食邑三百户，秘閣修撰，江淮等路提點鑄錢公事。復除起居郎兼右侍郎，給事中兼贊讀，兼國子祭酒，權吏部侍郎，集英殿修撰，知建寧府。積官至宣奉大夫。

君世居郡之慈溪，奉直公質直而好義，以善人稱於鄉，慈湖先生楊文元公嘗志其墓，積

〔二〕仰：《履齋遺集》作「抑」，據《雪窗集》附録《孫守叔墓志銘》改。

厚報豐，遂生君爲聞人。初與二兄因、困白爲師友，既中第，益留意古學，爲郡博士，專以考亭之書淑諸生。州境有蠻寇，帥廉君宜於士而習其俗，越次命君攝事，寇即定。浙右鹽筴最浩繁，爲幕官者諸場歲時例有饋，君皆却絶，户庭如水。王侍郎遂以侍從典州，以其學行才美薦於朝。甫登畿，輪當面對，首論『人主聽言不容有所憚，尤不容有所玩。憚則有言而不能容，玩則雖容其言而不能用』。切中千古之病。時鄉衮執國柄，咸謂美官可券取，君力請員外治中以去，旋引疾歸。逾年復召[一]，横經朱邸，皇弟太傅嗣王嘉其三益之助[二]，愛敬彌篤。復當陛對，援《周書》『撫后虐讎』及《文中子》『戎狄之德，黎民懷之』之説，懇懇爲上陳之。尋以戎監轉對[三]，極言『風憲之地，未聞有十人疏攻一竦者；封駁之司，未聞有三舍人不肯草制者』。且論『道揆不明[四]，法守滋亂，天下之權將有所寄，而倒持之患作』。當路者浸不悦，出守泉州，旋易宣，蠲逋減賦，不計緡石，凡有泛入，盡籍於公。蔬食布衣，如苦行僧衲。時雖供億甚繁，而郡不告匱。版曹專官督賦如星火急，闔郡皇駭，莫知爲計，君曰：『吾

[一] 年：原作『季』，乃『季』字誤寫。按『季』爲『年』之異體，據《雪窗集》改正。
[二] 王：《雪窗集》作『正』。
[三] 戎：《雪窗集》作『少』。
[四] 論：《雪窗集》作『謂』。

寧委官以去，毋寧病民以留。』力丐祠，且將以郡印牒專官，專官聞之夜遁。宣人至今言之，尚流涕也。

董丞相槐以樞密召還，上問江東廉吏，首以君對。上悦，除司農少卿。適資善講官闕員，上遴選端良之士，亟命君兼贊讀。輪當陛對，奏謂：『國家必有所恃而後立，今内外之臣恃陛下以各遂其私，而陛下獨一無可恃，可爲寒心。』次論：『郡國當爲斯民計，朝廷當爲郡國計。乞命大臣應自前主計之臣奪州縣之利而歸版曹者，復歸所屬，庶幾郡國蒙一分之寬，則斯民亦受一分之賜。』其言一一如蓍龜。上首肯，且奉玉音：『卿在資善，更煩盡心。』先是有以越職言事削秩者，逾年黄猶在牘〔一〕，君曰：『此非法也。』即日塗歸，且乞叙用其人。時有爲公論所指目者除職予郡，君奏謂：『王安石欲去熙寧之君子，則名以流俗；京卞欲去元祐之君子，則名爲邪黨；秦檜欲去紹興之君子，則名以異議；李沐、陳賈欲去慶元之君子，則名以僞學；某人復倡爲虚議論，以盡去更化以來所收召之君子，非所以爲世道計。』四月以資善堂滿歲遷，制詞有曰：『雖含章從事〔二〕，有闇闇侃侃似不能言之風；及批敕塗黄，乃

〔一〕年：原作『季』，乃『秊』字誤寫。『秊』爲『年』之異體，據《雪窗集》改正。
〔二〕含：原作『舍』，據《雪窗集》改。

謇謇諤諤有凛不可犯之色。』蓋上意也。當國者惡之，是月免兼瑣闥，進右螭，八上章引退。乙卯正月，進左螭，免牘三四上。憸人吴燧擠而擊之，除直龍圖閣予祠。十月升秘撰，提泉諸道。丙辰正月甫抵司存，復以舊班召。公聞命，凡泉司供帳悉付之護印者，歸裝蕭然。抵門奏事，抗論益切，大概以『寵賂彰、仁賢逝、貨財偏聚』爲言，且謂未易相之前弊政固不少，既易相之後弊政亦自若。在廷之士皆危之。君曰：『吾以一布衣蒙上恩至此，雖捐軀無以報，利鈍非所計也。』未幾，進侍郎右選，仍兼瑣闥，贊讀如故。皇子忠王聞君再爲講官，喜甚。君每入講，必援先儒格言，反覆開陳，王亦多所諮問。七月進大司成，旋真除二卿，升翊善。

君親被主知，屢膺天獎，兩地可以拾級而升，然雅志恬淡，入從僅三月即三疏祈閑，辭甚苦，至上留之不可。二月以殿撰宅牧武夷，夏五領事，首以考亭先生絜矩之義諭郡人，蠲絲縠之積逋不翅以萬計〔一〕，不遣一卒下屬邑，兩造在庭，决以公是，雖麗於罰者無怨言，布衣蔬食之操，視守宣有加焉。建多君子，其達官顯人徐知院清叟、蔡參政抗皆相推〔二〕，以爲有古

〔一〕翅：原作『翅』，據《雪窗集》改。
〔二〕蔡參政抗：《全宋文》録爲『蔡參政杭』，誤。

循吏風。君每謂諸邑月解，自鹽運不續，鑿空取辨〔一〕，展轉病民，方欲爲千里赤子祈哀於上，圖所以變而通之者，遽以微疢至大故。未屬纊前，猶攬衣危坐，曰：『吾荷上奇遇，忠言無不售，雖屢爲柄臣所排，獨主上保全以至於此。今疾〔二〕，不可爲論報，已矣。』口授遺表，忱實懇惻，不出於《大學》末章人才、貨財之二事。草畢，凝然而逝，七月十二日也，享年五十有八。訃聞，上悼惜久之，貤恩如律，加賻贈三百匹兩。制詞有曰：『貳銓省以掄材，其清如水；登瑣闥而批敕，有力回天。』深悼遺忠，再加襚飾。嗚呼！君之報主未終而上之眷君益厚，君有遺憾而上則無遺憾矣。君未薨前三日，郡人有夢從者甚都，迎祠山神，自郡治出，視之則公也。俄而君不吊，闔郡士民相與驚異，多至泣下。

君娶葉氏，平庵項公宣撫之親甥，躬務勤儉，克相其夫，先君十八年卒，贈令人。子男六人，五人皆幼亡，從孫將以公致仕澤補承務郎。女二人，在室。從孫九月辛酉葬君於邑之郎官坪之原，并徙葉氏令人合隧。潛嘗謂孔子才難之嘆，以爲唐虞之際，於斯爲盛。際者，接也，言自唐虞下至於周，而人才之盛方見於斯。意者自皋陶九德之目至周之九人而始備乎，

〔一〕辨：原作『辦』，據《雪窗集》改。
〔二〕疾：原作『病』，據《雪窗集》、明刊《履齋遺集》改。

故曰才難，不其然乎？後世之才固未易與盛周時比，然如君者，亦幾於寬栗、柔立、願恭、亂敬、擾毅、直温、簡廉、剛塞、强義之大致矣。其爲人退然若不勝衣，然義所當爲，奮往直前，雖賁育之勇不能過。故其立朝之節，光明俊偉，與嚴霜烈日争光。至其治郡，則純以寬大奉行詔令。在宣時，教條簡便，刑罰寢息，日未晡，吏散，庭垂簾闃然〔一〕，人不知其爲太守治所也。古所謂循吏非耶？乃若居家孝友，居鄉退遜，處趙魏之鄉，争以陶朱、猗頓相雄長，而泊然自好，視貨財如糞土。入都法從，出領藩符，不過敗屋數間，人不堪其憂，而君處之裕如也，可謂清風高節，遠追董孝而逼慈湖矣。瞻衆鳥之翔飛，悵祥鳳之孤逝，得不重爲世道惜耶！

潛與君交雖澹而意甚真，其死也不克臨其棺，其藏也不克臨其穴，從孫以狀來請志其墓，不忍辭而爲之銘曰：

有德之人，默默循循。内不足者，驕誇矜盈。彼美雪窗，抱德懷節。退然無能，厥聞四達。越三十載，中外薦更。不急不徐，維義之行。淳祐中年，風憲消弭。亂匪自他，權貴所使。誰能抗疏，排雲敷陳？君於是時，王吉賈生。寶祐之初，朋引儉慝。邪焰欲熾，正理幾

〔一〕垂：原作「宣」，據《雪窗集》改。

蝕。誰遏其萌，罔俾復然？君於是時，富弼李藩。方在邸僚，里人當路。頃步要津〔一〕，掉頭引去。强禦横行，誰敢侮予？直唾怒虎，折箠奮呼。身在南邦，心在王室。方徯東歸，妖夢隨入。名山大川，舒歛英靈。明則爲人，幽復爲神。不以存存，不以亡壞。亦理之常，無足怪者。千載而下，川陵變遷。視諸斯文，敬心油然。

孫守叔像贊

神氣完固，胸次灑落。雲鶴游空，冰蘗在壑。以敬義爲執持，以經史爲該博。引君當道也，則天開日明；爲國除暴也，若風驅電却。可托孤而寄命，誠先憂而後樂。惜乎年甫六十而令終，失此北門之鎖鑰也。噫！

〔一〕頃：原作「䪼」，據《雪窗集》、明刊《履齋遺集》改。

吾吴氏宗譜跋

維吴氏系昉於周泰伯，故潛之祖府君佐爲姑蘇人，漢番君吴文王芮之裔胄也。當後唐之中世，睹國政不綱，念蘇爲湖海之衝且多盜，乃徙其族自蘇之宣，卜築於郡東南、距城六十里許母夫人皇甫氏墓所之白馬山，人號其鄉曰來蘇，言自蘇而來也。於時有曰少微者徙歙之新安，曰毗陵者，徙廬江鎮之姥山。佐之後又有曰好問者〔一〕，徙洪之瑞陽，姑蘇之族始散蔓於天下矣。但世系遼遠，難以詮次。《傳》曰『豈無他人，不如我同姓』，况同所自出乎？敬跋之而歸諸譜〔二〕。

〔一〕好問：民國《宣城吴府族譜》載録此跋作『待問』。（江西）《新畬吴氏十一修族譜》載吴宗周《宣城遷徙記》亦作『待問』。

〔二〕民國《宣城吴府族譜》文末署：宋端平二年歲次乙未孟秋，朝散大夫、秘閣修撰、江南西路計度轉運使兼權知隆興府太常少卿、嗣孫潛百拜謹書。『轉運使』署銜稍誤，應爲『轉運副使』。按吴潛此文亦載《新畬吴氏十一修族譜》，署『轉運副使』。吴潛此時任職江西，此跋很可能是爲《新畬族譜》作。

平橋水則記〔一〕

四明郡阻山控海〔二〕，水自高而卑，盡納於海〔三〕，則田無所灌注〔四〕。於是限以碶閘，水溢則啓，涸則閉，其啓閉之則曰平水尺〔五〕，往往以入水三尺爲平。夫地形在水之下者不能皆平，水面在地之上者未嘗不平，執三尺以平水，水無不平矣〔六〕。余三年積勞於諸碶，至洪水灣一役，大略盡矣。己未劭農翠山，自林村由西門泛舟以歸，暇日又自月湖沿竹洲艤城南，遍度水勢，其平於田塍下者，刻篙志之，歸而驗諸平橋下伐石爲準，榜曰『水則』，而大書『平』

〔一〕此文亦載《開慶四明續志》卷三，題下有『開慶元年春三月戊辰』署時。
〔二〕此句下影印本多『海派於江，其勢卑，山達於湖，其勢高』。
〔三〕盡：影印本作『復』。納：《履齋遺集》誤作『衲』。
〔四〕此句『所』字下影印本有一『乎』字。
〔五〕此句前影印本有『是故碶閘者，四明水利之命脉，而時其啓閉者，四明碶閘之精神。異時加意於碶者，至今猶有遺論，此未暇問也。而考』，此句第一字『其』下還有一『爲』字。
〔六〕影印本無此句，爲『嗟乎，異哉』四字。

字於上方〔一〕。暴雨漲，水没『平』字〔二〕，戒吏卒請於郡，亟啓鑰。若四澤適均，水沾『平』字，鑰如故。平橋距郡治巷語可達也〔三〕，都鄙旱澇之宜，求其平於此而已矣〔四〕。後之來者，勿替於兹哉〔五〕。寶祐年丞相吴潛記〔六〕。

重建逸老堂記〔七〕

逸老堂者，紹興十四年郡守莫侯將所創，并爲文以記之者也，其義蓋摘李太白所云『四明逸老賀知章』之語。按賀公字季真，唐開元十三年爲禮部侍郎、集賢院學士，肅宗正儲副〔八〕，授秘書監、太子賓客。天寶初移疾請爲道士還鄉里，詔賜剡川居焉。剡隸越，鄞故越

〔一〕上：影印本作『下』。

〔二〕此句『暴雨』下影印本多一『急』字。

〔三〕巷語：《全宋文》誤録作『恭語』。

〔四〕此句下影印本有：『余數祈歸老，行且得請，然於此郡之豐歉不能忘，故置「水則」於平橋下，而以「平」字準之。』

〔五〕此句『替』下影印本無『於』字。

〔六〕此句影印本無，當爲《履齋遺集》編者或後來刻石所加，署時應以原題注爲是。

〔七〕此文亦載《開慶四明續志》卷二，《全宋文》已據四庫本作了校補，兹再以影印本覆校。

〔八〕正：影印本作『升』。

封部，公亦自號四明狂客，故侯締堂妥靈於是邦之月湖，且合太白而祀之〔一〕，謂二公皆抱氣識之全者也〔二〕。然以予觀之〔三〕，太白初見明皇倨傲鮮腆，待高力士輩若奴僕，其氣真可以揮斥八極，驅役群動。而其末也，乃陷於永王璘之黨，毋亦氣有餘而識未足耶〔四〕！季真遭時遇主，彈指可睹顯位〔五〕，忽飄然引去，人知其爲高而不知其所以高也〔六〕，蓋肅宗之人品已瞭於季真胸中矣〔七〕。使相與終始〔八〕，則靈武之事犯父子之大倫，季真亦將不能逃萬世之責。《易》曰『知幾其神』〔九〕，季真有焉，又豈止於蟣蠓富貴、涕唾卿相而已哉！此之謂真識，而非徒氣之所能爲也〔一〇〕。

〔一〕祀：影印本作『紀』。
〔二〕此句據影印本補。
〔三〕此句『以予觀之』四字據影印本補。
〔四〕此句據影印本補。
〔五〕睹：《履齋遺集》作『都』。
〔六〕此句據影印本補。
〔七〕蓋：影印本作『於是』二字。
〔八〕相與：影印本作『與相』。
〔九〕神：影印本此字下有一『乎』字。
〔一〇〕此二句據影印本補。

是堂之建殆今一百十五年矣，屋老圮壞〔一〕，屢葺屢頹，片瓦尺椽幾無存者。予領郡之三年，始克鼎新之，規模宏敞，視昔稍異，乃求季真之像於越，繪而龕之，且誄以詞、述以贊，用詔永久，俾邦之人士景清風而企芳躅，或少裨於風教云〔二〕。嗚呼，自有天地以來，上下數千百年，其間據權位，擅勢利，呼吸禍福，顧眄榮辱，以狂走盲趨一世之人者，不知其幾矣。未幾聲消迹滅，影響無聞，甚者流腥遺臭，有孝子慈孫百世莫之能改。乃若孤標勁節之士，身没而名愈彰，千載之下，雖漁人樵子亦爲之興起，不以時遷世換而二其心也。爲士者宜知所擇矣。堂既成，面對涵虚館，表裏及東西兩橋并繕治之，輪奐丹雘，皆燦然華美，要不可無以叙歲月，於是乎書。開慶元年秋七月癸卯朔，觀文殿大學士、銀青光禄大夫、沿海制置大使、判慶元軍府事兼管内勸農使、金陵郡開國公、食邑五千九百户、食實封一千七百户吴潜撰，中散大夫、直秘閣致仕張即之書，朝散大夫、直寶章閣趙汝楳題蓋。〔三〕

《履齋遺集》卷三

〔一〕此句下『屢葺屢頹，片瓦尺椽』八字，據影印本補。
〔二〕以下二十餘句、一百五十九字據影印本補。
〔三〕《履齋遺集》原署銜爲『開慶元年，觀文殿大學士、判慶元軍府事吴潜記』，兹據影印本改。

卷九　文二

以變生同氣丐祠〔一〕寶祐五年三月十二日

臣輒瀝危衷，仰干聖聽：臣去歲仰蒙聖恩，起之山林，付以藩閫。服勤半載，凋弊之郡漸無捉襟見肘之形，奪攘之民粗著賣劍買牛之習。誓免竭於分寸，圖報效於萬分。而臣福分滿盈，變生同氣，身殁異鄉，憂慮薰心〔二〕，神情惚恍，雖强加於鞭策，懼難免於曠瘝。欲望皇帝陛下軫文王哀煢獨之心，推《中庸》體群臣之意，俯垂矜惻，改畀真祠，俾得亟還里社，少盡殁存之誼，實戴君父隆天厚地之恩。臣干冒宸嚴，無任祈天望聖、激切屏營之至！

〔一〕題上原有『札子』二字，爲《全宋文》所加，删。下五篇題同有『札子』二字，俱删。下五札題目均見《許國公年譜目録》，年月日前置。

〔二〕薰：原作『董』，據明刊《履齋遺集》改。

再乞祠四月二十三日

臣比緣迫切之情，僭上退閑之請，恭膺明詔，未拜俞旨，愈跼地以回皇，復仰天而祈籲。載念臣兹叨委使，猥玷旬宣，所期殫積日累月之勤，以少課御衆牧人之效。雖微如垤蟻，義敢廢於君臣？然急若原鴒，念難忘於兄弟。欲望皇帝陛下俯垂睿鑒，深察臣衷。儻俾賦祠，固出曲成之造；或加予告，尤爲特異之恩。臣疊冒宸嚴，無任瞻天望聖、激切屏營之至！

乞休致九月二十六日

臣昨具札子，仰瀆宸嚴，乞歸田里，恭拜詔書不允者。伏以消息盈虚，皆本好謙之理；出處進退，當明知止之宜。捧讀訓詞，愈增感涕。載念臣猥由疏遠，積誤柬知，自鼎覆於當年，宜遁藏以没世。復忝四國于蕃之寄，敢貪九命作牧之榮？惟對越於主威，以勤勞於王事。然福分已過，寵辱常驚。天運不停，晝忽夜其相禪；時至則化，精與神而自知。浸迫負薪之憂，但覺投林之便。欲望皇帝陛下，特容歸老，或俾祝厘。歲并赤符，儻苟延於視息；心堅丹府，猶願效於糜捐。取進止。

以兩考乞休致 八月初一日

臣伏以代匱海垣，倏歲成之再考；循環天運，已卦氣之一周。理粗識於盈虛，分當知於止足。仰瞻蠖濩，俯瀝蟻忱，伏念臣孑爾孤蕘，枵然大匏[一]。思寧考延集英之對，龍頭凡擢於十人；自慶元數進士之題，鮐背僅餘於一老。陛下繼有邰之存[二]，録豐芑之遺。雨露滋生，培植於根荄之日；天地覆載，扶持於條達之時。莫名頂踵之大恩，迄被股肱之重寄。自慚鼎覆，求合遁藏，皇明不弃於蓋帷，青冥復下於斧鉞。光陰易擲，績效蔑聞。而臣徒以弊精神於簿書獄訟蹇淺之間，增疢疾於筋骸齒髮衰遲之際。況值甲庚之數，適臨己午之辰。聚并叠衡，還刑互剋。粤固形於宇宙，宜致寇於陰陽。覺暮景之難憑，恐長夜之忽至。欲望

〔一〕匏：明刊《履齋遺集》作「瓠」。
〔二〕有邰：明刊《履齋遺集》作「有臺」。

皇帝陛下憐臣膂力之既竭，察臣悃愊之非欺，錫以安存，許其休謝。或仍賦漢祠之禄，俾退尋堯野之耕。熊禽亦愛身，儻少逭西日桑榆之迫；犬馬知戀主，但虔仲南山松柏之祈。臣無任瞻天望聖、激切懇祈之至！

再乞休致 八月十七日

臣近嘗具疏聞奏，乞畀祠官，恭奉詔書不允者。焕攽温詔，猶儼對於威顏；震惕危衷，合祇承於休命。尚儲丹悃，仰扣皇慈。載念臣夙被鴻恩，未殫蟻報，徒以涉歷更嘗之久，凛乎憂患疢疾之多。心剿神疲，敢謂勤勞之故；氣衰膽薄〔一〕，良由遲暮而然。比肅觀湘弼醴泉之詞，具恭睹歙相洞霄之制，莫不嘉其恬退，於是錫以優閑。如臣素懼於盈滿，寧獨不思於止足？况閱官成之再考，靡聞郡最之一書。其視具僚，尤虞不績。伏望皇帝陛下俯加從欲，仍俾祝釐。病顙長鳴，雖難忘於閑廐；驚禽却顧，終願返於山林。臣疊冒宸嚴，無任瞻天望聖、激切屏營之至！

〔一〕膽：《四庫全書》本《履齋遺集》作『贍』，明刊《履齋遺集》作『瞻』，當皆誤。

乞休歸 開慶元年八月十三日〔一〕

臣比緣負薪之憂，嘗上乞骸之請，恭承温詔，未拜俞音。伸再瀆以籲天〔二〕，望九霄而蹐地。竊惟臣子之事上，在明進退之宜；聖主之御臣，務存終始之義〔三〕。顧臣濩落，久備使令。每當雪霜推剥之時，獨賴乾坤覆載之力。宦高禄厚〔四〕，毫髮之報蔑聞；福過灾生，膏肓之疢浸劇。自量謭陋，積誤柬知〔五〕。不惟委寄之隆，尚策於駑駘；抑且拔擢之峻，遍及於豚犬。一門何飾，舉世莫京。消息盈虚，與時偕行。《易》昭明訓，陳力就列。不能者止，聖著格言。敢以衰殘之踪，猶冒旬宣之寵。况復平生之多難，凛乎晚節之有虧。數蜀范鎮謝事之期，已逾兩載；誦歐陽修告老之疏，何待來年？恭祈日月之明，曲賜膽肝之照。垂憐狗

〔一〕此文題下原有署時，《全宋文》録漏。亦收入《許國公奏議》卷四，題爲《十三日再具奏乞歸》。
〔二〕瀆：《許國公奏議》作「櫝」。
〔三〕終始：《許國公奏議》作「始終」。
〔四〕宦：《許國公奏議》作「官」。
〔五〕柬：《許國公奏議》作「未」。

馬，常結戀於蓋帷；特俾翛翹〔一〕，獲退安於飲啄。雖桑榆之景迫，但葵藿之心傾。臣干冒宸聰，無任瞻天望聖、激切懇祈之至！取進止〔二〕。

循州上謝恩〔三〕

臣某言：伏以生有同於晝夜，定數難逃；義莫重於君臣，孤忠彌切。雖神氣之已索，尚心聲之未離。親稿遺章，遠塵淵聽。臣某哽戀頓首。

伏念臣迂愚寡偶，凉薄多奇。方先皇策之嘉定之中，濫叨首選；逮陛下賜之寶慶之始〔四〕，猥預旁招。被三紀之寵榮，爲一時之歆艷。風波摇兀，不知幾賴於扶持；雨露沾濡，肯使僅成於拱把？迄備股肱之列，悉由頂踵之恩。而臣命與仇謀，福隨德謝。裴度浮沉於既老，乃攘臂以冥行；富弼畏忌於重來，反師心而妄作。積爲尤戾，合抵誅夷。仰聖度之寬

〔一〕翛：《履齋遺集》《許國公奏議》俱作『肖』。
〔二〕此句據《許國公奏議》補。
〔三〕此文亦載《許國公奏議》卷四，題爲《上謝恩表》，《全宋文》改題《循州上遺表》。
〔四〕賜：《許國公奏議》作『録』。

洪，酌人情而斷制[一]。長流遠服，曲貸餘生。緣臣蒲柳之質早衰，桑榆之景浸迫。憂危既極，疾病交侵。縱秦緩何救於膏肓，若曾參將啓於手足。自傷末路，永别明時。伏願皇帝陛下有道之長，無爲而治。歷變履險，已垂四十載之憂勤；持盈守成，宜底億萬年之安樂。與天同久，如日方升。一堂載賡載歌，内寧外謐；四海來王來享，大畏小懷。臣飲痛號旻[二]，包羞入地。百骸將散，傾葵之念愈堅；一性長存，結草之衷敢二？臣無任瞻天戀聖、傍徨哽噎之至！謹奉遺表以聞。臣某哽戀頓首，謹言。

上史相書史彌遠當國，火後上六事

竊見鬱攸挺災，變起不測，大丞相憂國憂民之心，伏計不能寧處。今歲距辛酉整整三十年，而辛酉爲先帝即位之八年，今歲爲主上即位之八年，似若有數。但辛酉之火止及於民居，而今及於宗廟、朝廷，辛酉之時公私優裕，而今則公私赤立，此所以不同也。然事已爾，

[一] 情：《許國公奏議》作「言」。
[二] 旻：《許國公奏議》作「昊」。

徒憂無益。惟有君臣上下修實德實政，以漸經理。更願丞相少寬鈞抱，尊安尹躬，求所以慰天心、愜人望者。某偶有管見一二，僭用伸聞，仰乞鈞覽。

一曰格君心。竊見先帝在位三十年，中間不無患難，然乍起乍消，有小驚而無大變，端由先帝節儉仁慈，嚴恭寅畏，終始如一，所以天心眷顧，人心愛戴，而弭灾消禍於冥冥之中。今道路所傳，主上聖德似少損於即位之初，旨酒美色，未免過差，小人無知，怨汝詈汝，此非小故。自執政而下，以至侍從、經筵之上，皆主上踐祚以來所擢用者，不惟君臣分嚴，未必敢於犯顔逆鱗，抑恐主上亦未必嚴憚聽信，其可以正救納誨者，惟丞相耳。越王之於孝廟，止是一時際遇爲王講。後居相位，每事盡言，始之以啓沃，繼之以諫諍，雖逢孝廟之怒，有所不憚。況丞相擁立主上，勛德被於社稷，主上豈不知之？正使繩愆糾謬，稍近切直，主上將敬信容納之不暇，且益足以彰丞相格心之事業，固不在於以順適爲悦也。丞相盡言，則執政、侍從、經筵之人方敢盡言；丞相不盡言，則執政、侍從、經筵之人決未必能盡言。消天變，回人心，其端本在主上；而夾輔主德，格正君心，其機括在丞相。惟丞相深念之！

二曰節俸級〔一〕。朝廷財計既蕩於火，當經費方殷之時，委難措置。竊見晋宋間國家有

〔一〕俸級：《宋史·吴潜傳》（下簡稱『本傳』）引作『奉給』。

軍旅之事，則百官減俸禄之半，或三之一。開禧用兵，執政亦曾減俸。若更自内廷、后妃而下以至州郡，其數不少。欲丞相試入鈞慮，密啓主上，作一指揮，或諭臺諫，作一陳請。仍分爲等級，如后妃、嬪御、宦寺、宰執、侍從、臺諫、監司、守倅，則權減一半，其百執事以及州縣文臣，則減三分之一，武臣不在此限。積小成大，不爲無補於國。試乞鈞慈斟酌施行。

三曰賑恤都民。都城民庶，失業無歸，已蒙朝廷優散錢米，此誠收拾人心之第一義。竊惟財貨謂之泉布，言其如泉之流，散布天下，聚則生妖。丞相素不以官職財物爲心，人皆知之。妄意以爲乘此機會，少捐私帑，濟給都民一次，又啓主上〔一〕，稍出内帑之儲，并行賑恤。則君臣一德，感動人心，捷於影響，機括所在，惟丞相留意。

四曰用老成廉潔之人。竊見嘉定五六年間，丞相收用老成，如汪逵、黄度、劉鑰、蔡幼學、陳武、楊簡、袁燮、柴中行、趙方、儲用、陳剛、廖德明、錢文子、楊方、楊楫諸君子，布滿中外，一時氣象，人以爲小慶曆、元祐，此更化之盛際也。十餘年來，人物凋落，後進之士不復知有前輩典型〔二〕，多以利口詖行詆竊朝廷官職，故州縣之間，略無善政，浸成盗賊之變，可爲

〔一〕主上：《四庫全書》本《履齋遺集》作『主人』，明刊《履齋遺集》作『主上』。
〔二〕典型：明刊《履齋遺集》作『典刑』。

寒心。近者朝廷牽復謫籍之人，官職、宫祠，一時并命，有識之士，無不贊嘆，其間二三人雖於王沂公所謂純意國事未免有欠，然頗負時望，人亦惜其久閑。欲望丞相更加録用，起之家食，其他老成廉潔、忠信愷悌之人，或尚有閑廢者，并願丞相收拭而用之，亦所以慰士心而厚風俗。惟丞相留意。

五曰用良將以禦外患。京師爲天下根本，緩急之際，全在人才。而某泛觀殿步帥而下以至諸軍制領，皆非智勇臨難不二之義，又多掊剋，不得士心，設有變故，彼且不能自保，何暇爲君相計？區區之愚，欲望丞相亟於京淮、江池諸軍偏裨間，收拾良將十數輩，分置殿步司，厚加恩遇，以爲緩急之備。此等人物，某粗知其一二，如丞相采用鄙言，續當以其名聞。惟丞相念之。

六曰革吏弊以新治道。今日天變流行，人心涣散，大要起於州縣之間，貪利縱横，無所顧忌，往往以苞苴爲名，而實則盡歸於囊橐，此非具文空言之所可轉移。欲望丞相申嚴此禁，榜之朝堂，自今日以後，與士大夫更始，庶幾觀聽聳重〔一〕，貪風少革。消民愁而息天怒，莫大於此，惟丞相留意。

〔一〕聳重：明刊《履齋遺集》作「聳動」。

再上史相書論救火賞罰未當

某等輒有管見，上干鈞聽。伏見鬱攸爲變，君相焦勞，誅賞未頒，正欲審重。近忽睹殿帥馮榯按馬振遠等不能防護太廟，或鐫，或斥，及觀兩浙運判趙汝憚所申許安世等救火有勞，等第遷官，一則移過以逃罪，一則駕妄以邀功，衆聽謬眙[一]，咸謂未允。

切惟殿、步司之設，所以扈皇居、衛宗廟、安都邑，當火勢逼近太室之時，馮榯、王虎方命酒獻酬，坐視弗顧，略不肯捐軀爲士卒先，以致焚蕩，驚及乘輿，揆之彝典，合即顯戮。夫以平日之椎剥，不能用士於一旦，及其敗闕，顧乃歸咎部曲，欲逭憲章，情之可誅，莫甚於此！趙汝憚觀風兩道，權位事力與京尹等，竭忠盡力，救焚止燎，乃其職分。既燔宗廟、燔朝堂、燔百司庶府，其罪亦與京尹等。今乃指背風不燎之地，侈然自詫，以爲宣勞撲滅之力。聞之都人，如炭橋以北，自是隅下將兵救撲，如太常寺等處，自是臺諫親自督責救撲，如張循王府，自是其家以私財用私僕救撲，初非汝憚指麾兵將奔輳之力。就使其果有絲髮之勞，胡不

[一] 眙：原作『貽』，誤，據明刊《履齋遺集》改。

用之於宗廟、用之於朝堂、用之於百司庶府，適足以彰其避事於風勢不及之地而已。况近日之火，專以兩司兵將端坐不救，遂至蔓延。汝惲乃鑿空造僞，多裝地段，强生詞説，其意不過欲借此妄張己能，陰以傾取京尹之位，又以傍解三衙失職之愆耳。以君相爲可欺，以通國之人爲可欺，所謂小人而無忌憚者也，情之可惡，莫甚於此！

某等妄謂巨變之餘，萬目睽睽，以觀朝廷政刑。廟堂虚心無我，言當罰者即罰，言當賞者即賞，亦當以信必慰中外之望，豈料憸壬畏罪貪功，肆爲誣罔。自馬振遠等之罰，檷、虎安意肆志，自謂必無解罷兵職之事；自許安世等之賞，汝惲足高志揚，自謂行有晋尹京邑之寵。刑賞失宜，詭詐得計，萬口籍籍，謗讟滋深，遂使廟堂勸懲之美意，反以便或者之私。某等載惟欺瞞誕謾，此曹之常，何苦出位指陳，以召仇怨？實以朝廷消變弭灾之機，兹爲發軔，施行小誤，關係不輕，是用冒昧控陳，欲望鈞慈特賜敷奏，亟行檷、虎之罰，以正首罪，亟收許安世等之賞，以止奸謀，其於國政，實非小補。某等下情無任激切震慄之至！

［小貼子］某等切惟灾變之慘，人情易摇，根本之地，亟當培植。培植之道，無過結軍民之心。而爲朝廷結軍心者，殿、步帥也；爲朝廷結民心者，京尹、畿曹也。今采之縉紳、韋布以及於小夫、賤隸之微，則有大不然者。馮檷本無横草之功，朝廷以其久扈殿岩，因仍寵任，徒能囊帛匱金，醉醲飽鮮，擁名姬美妾，以自娱樂，其椎剥士卒之計，窮極竭盡，連營列寨，咸

欲無生。王虎雖本淮人，安於豢養，氣習轉移，掊剋將士，了無藝極。林介、趙汝惲皆自謂小有才者。介昨守吴門，當丁亥震凌之變，以儉爲豐，視民之饑，而不知救，死者無算。巧於竊取，術妙不傳，天奪其孥，人以爲報。汝惲爲霅川，貪污殘忍，載籍所無，雖孝宗皇帝之枝葉，孤兒嫠婦，亦遭逮辱，得賂而後止。富家大姓，盡攫無遺。兩州之人，至今切齒。是四人者，軍民之怨氣叢萃盤結於其身，而置之根本之地，恐非所以召休祥而消禍變也。况四人者，取數過多，厚藏相埒，神人共憤，豈止於不能救焚而已！脱有緩急，正恐不能自保其身，豈堪倚仗？儻使佚罰，何以消弭衆怨？欲望朝廷亟爲區處，誅竄廢置，俾各當罪，别選忠良，以綏軍民，以安京國，天下幸甚！

上廟堂書論用兵河南

竊見金人既滅，我遂與韃爲鄰[一]，法當以和爲形，以守爲實，以戰爲應。

[一] 韃：原作『彼』，據明刊《履齋遺集》改。

自京襄首納唐鄧之空城〔一〕，繼與韃合兵攻蔡〔二〕，兵事一開，招納浸廣，調度浸繁，公私之積，遂至掃地。目今湖襄間米石之價，爲湖會五十券，百姓狼狽，死者枕藉。加以征調夫丁，排門盡起，文移程督，急於星火，州縣奉行，驅以重刑。自辦貲糧，自備擔索，暨至信陽軍前，運錢、運米、運攻具，凡往返於蔡者，五六死亡流離，冤聲動地。如科買物件，衹常德一郡，數月之間，敷下牛三百頭，犁三千具，布三千匹，漆二千斤，獺皮五百張，紙甲三千副，布衲、綿襖、綿褲三千副，傘三千柄，紙一千萬張，漆茶盞托一千副，其他項目，不可盡述。所部諸郡，以是爲差。邊城荒凉，從何取辦？不過分科之縣，縣分科之民〔三〕，以此徭人知省民之愁怨，漸有相挺作過者。桃源百姓聞以起夫不均，幾至嘯聚，賊殺縣令。兩道生靈，肝腦塗地，君門萬里，無自徹聞。夫所謂得地，不過荆榛之兩城，所謂獲殍，不過曖昧之灰骨，而吾之內地荼毒如此，邊臣誤國之罪不待言矣！

今又聞有以恢復之畫進者，其説曰：天氣方炎，韃且北去，因其無備，疾取河南，撫其人民，用其豪杰，上自潼關，下至清河，畫河而守，使韃不得渡，則我備禦之勢成，而規恢之略

〔一〕京襄：《宋史》本傳引作「荆襄」。
〔二〕韃：原作「彼」，據明刊《履齋遺集》改。
〔三〕科：原作「料」，據明刊《履齋遺集》改。

定矣。

此其算計可謂俊杰，但揆事必先量力，圖利必先審害。爲目前之謀，河南取之若易；爲後日之慮，河南守之實難。蓋自潼關而至清河，上下二三千里，非精兵十五萬人，其守不固。今吾兵備單弱，不知何所取辦？藉使招河南之强壯，雜以我兵，十五萬衆可以收湊。然兵必資糧，人日食一升有半，則月用米約十二萬石[一]，姑自九月置守，三月罷守，亦計用米八十四萬石，不知何所取給？藉使吾之事力可以趣辦，然糧必須夫運，一人致遠，其力可負七斗，八十四萬石之米，非調一百四十萬夫不可，不知何所取備？藉使戍守之兵可以爲耕屯之舉，然非遲以歲年未易就緒。目前糧種、牛隻、農具，不知何所取用？十五萬衆之屯，必須營寨，必須器甲，凡百征行之具，闕一不可，不知何所取資？淮民自丙寅蕩析，瘡痍未瘳，又自丁丑開邊，逆全俶擾，官吏摧剥，城邑蕭條，田里憔悴，衣不能蓋體、食不能充口者，十室而九。今又重之以征調，萬一民窮不堪，激而爲變，如隋煬末年高麗之役不已，遂有賦『無向遼東浪死歌』者[二]，將内郡率爲盜賊矣。此其大可畏者也！或又謂我將通汴以運糧。夫汴

[一] 月：原作『日』，當誤，徑改。

[二] 賦：《全宋文》誤録作『賊』。

廢百年，溯流而上，水道淺澀，今欲朝開汴而夕通舟，能及事乎？ 且運糧於我地，猶有盜賊中梗、風水失亡之憂，況出入敵境，舳艫數千，相銜而上，近則飢民張啄，遠則狡虜垂涎〔一〕，忽有抄擊襲奪，一塵上飛，吾舟中斷，皆泥沙置之耳，果能保乎？ 且桓温伐燕，袁真能平譙梁，而不能開石門，遂致枋頭之敗。 韓滉自京口運米至關中，是時天下爲唐有，猶以五百弩從之，盜乃不近。 今日能爲袁真者甚少，雖欲效韓滉不可得也，無他，由乎敵境故也。

說者又謂金人南遷，力守潼關及沿河，尚持久一十二年。 夫金人以窮髮北種，筋骨堅鷙，社稷所係，惟在於河。 故集其百戰之兵，盡其死力，如山不退。 每歲之冬，運柴取草，堆積河岸，晝夜燃燒，以防河冰之合，其堅忍勞苦如此，雖中原之人不能也，況南兵乎？

韃非人類，其言曰：『你氣力大，則我投拜你；我氣力大，則你投拜我。』今河南爲彼所殘破，而我瞰其後取之，彼必擁百萬之衆并力於我，萬一一處不牢，使彼得渡大河，則我之人心駭動，勢將南奔，千里歸師，其間可虞之事，何所不有？ 縱使關不失，河不渡，如金之前日，而蜀口有路，覆車甚明，如兔尋窩，如虎尋迹。 今蜀口諸關，蕩爲平地，不可修復，設使修復，非費數百萬緡不可。 趙彦訥雖號時英，得專制其事，然未及三數月，豈能遽復舊觀以塞此孔道哉？

〔一〕狡虜：原作『强敵』，據明刊《履齋遺集》改。

此道不塞，誠使關不失，河不渡，彼反出吾之後，而荆湘先危矣，不特河南不可守也。韃之大兵在河北〔一〕，韃之宣差在河南，我師一出，韃必告急於河北，健馬疾驅，而列城之中爲韃人受韃命者，亦必自守，我後有强敵，前有强城，此危道也，雖李顯忠尚以此取敗，况李虎、王鑒輩乎？若不幸而潰，精甲、利兵、芻糧、牛馬，一切委弃，是又蕭梁洛口之覆轍也。

韃自南向入吾土地，擄吾人民，知吾蓄積，慕吾繁華，盻盻朵頤〔二〕，不過待釁而動。今韃以和款我，我正宜亦以和款之，庶幾少延歲月，急急自治，而乃欲僥幸必不可成之事，以速立至之患，亦左計甚矣。又况襄閫方議和而兩淮乃進兵，鄒伸之輩雖不識事體，冒昧遠使，然以身蹈不測之淵，亦曰國事也，彼獨何辜而遽置之必死之地乎？孝宗初年鋭意恢復，一日奏知高宗，高宗云：『彼有勝負，我有存亡。』孝宗聳然而退。以此聖訓，細加紬繹，則今日之事，豈可輕議哉？列聖金甌之業，儻以孤注一擲，實關宗廟、社稷安危存亡，惟廟堂熟計之！

〔一〕韃：此處《四庫全書》本《履齋遺集》多改作『彼』（亦未改净），下數字據明刊《履齋遺集》改回。
〔二〕盻盻：原作『盼盼』，據明刊《履齋遺集》改。

答蔡樞密書蔡抗寓書勸勉再出

鈞誨諄諄，若訝其恝然於斯世，意欲推而出之，此可以爲愛我而未可以爲知我也〔一〕。疇昔得政時，固常對相公言，宰相有兩種人要做：其一君子要做，要做者，將以安國家、利社稷、拯救生民、攘却夷狄也；其一小人要做，要做者，將以擅權利、報恩儲〔二〕、囊玉帛珠珍、買歌童舞女、驕妻妾、遺子孫也。某於小人之事既不敢爲，而君子之事又不能爲，徒以有限之心爲無窮之思慮，以有限之身爲無窮之應接，雖欲對清風明月與良朋佳友，舉三杯而不可，然則亦何樂於爲宰相乎？今時又非前比矣，國事日艱，邊事日亟，正使長才大智，豈易插手？天既予之以全名保節，而自弃於天，稍有識知者，决不爲也！况坐山林，月享俸錢萬餘緡，米又三百石，門户既闊，尚費支吾，使再爲宰相，斷無緣受四方盤合，月請正舊楮千餘緡〔三〕，米五十餘石，百物又貴，必須壁畫陪備，以給用度，此尤私計之不便者也。矢心以告，

〔一〕愛：原作「憂」，據明刊《履齋遺集》改。
〔二〕恩儲：當爲「恩讎」之誤。
〔三〕正：《全宋文》作「止」。

願相公勿復言，乃佩久要之誼。

焚告天詞

死生有命，知難苟於逃遁；疾痛則呼，敢妄祈於安愈。一誠所在，衆聖皆知。伏念臣秉法招愆，任公造孽。永作瘴鄉之鬼，固所當然；復爲治世之民，已難忘此。况神明之所啓告，與夢寐之所感通，示以溘然，目於響應。累而陰陽之寇，萃於春夏之交：雙足先浮，兩髀繼腫。漸浸淫於手臂，遂侵犯於心脾。氣喘而夜卧惟艱，胃衰而晝餐盡絶。嘔噦大作，臟腑不舒。度去程不逾於朝夕，雖倉扁莫救於膏肓。惟代謝去來之變，固已處分於平時；恐吟呻楚割之憂，或能轉移於正念。共望上帝昭鑒，大道慈悲：縮以五三日之期，俾之速化；護此六七尺之體，得遂全歸。

《履齋遺集》卷四

卷一〇 文三

奏論都城火灾乞修省以消變異 紹定四年

臣一介疏賤，假守嘉興，蒙恩召置郎省，於故事當對，方齋心服形，思所以告陛下者。乃九月丙戌之夜，鬱攸挻灾，自宗廟百司以至萬姓之廬舍，自典章文物以至公私之貨財〔一〕，等罹煨燼，蕩爲瓦礫。行人迷往來之路，飛鳥無栖宿之林。死者焦灼，生者暴露。臣不勝悲傷痛悼。竊以爲當言之事孰大於此，敬陳愚慮，仰瀆淵聽。

臣聞天人之際，應若影響，灾異之至，斷不虚生。且陛下自甲申履位，越一歲而山陽之變作，又一歲而盱眙之變作，又一歲而蘇秀震凌之變作〔二〕，又一歲而江西、福建之寇與台城

〔一〕文物：原作「文告」，據明刊《許國公奏議》改。下「明刊本」指此本。

〔二〕一歲：原作「二歲」，據明刊本改。按此「又一歲」爲丁亥，正與上卷《再上史相書》所言之「丁亥震凌之變」合。

飄没之變作[一]，又一歲而穆椿之警與逆全之變作[二]，又一歲而西蜀之兵、三衢之寇與今日回禄之變作，愈變愈異，日迫日危。故太室毁則幾於無宗祧矣，都省毁則幾於無政事矣，御史臺毁則幾於無紀綱矣，秘書省毁則幾於無文章矣，庫務毁則幾於無積貯矣，聚廬毁則幾於無人民矣。此浸微浸削之兆，而非適值偶逢之故也。

臣嘗謂水火盜賊干戈之厄，容或可以數言，若乃否而不傾，屯而不喪，有變故而無亂亡，則全在於以德勝。惟我寧考在位三十年，固嘗有火災矣，未聞燔宗廟朝廷也；嘗有水災矣，未聞冒城郭井邑也；嘗有盜賊之患矣，未聞紛擾近輔也；嘗有夷狄之虞矣，未聞陷失連城也；嘗有奸人窺伺矣，未聞一夫竊發於宮掖也；嘗有歸陛反側矣，未聞叛臣飲馬於江滸也。蓋先帝以節儉仁慈，嚴恭寅畏：格於天而天矜之，則天不怒；暴於人而人亮之，則人不怨。是以有灾而旋弭，有變而自消，有艱屯而不至於危亂。今日之事，大非先帝時比矣。淮困於兵，蜀困於兵，江西、福建困於兵，嚴衢之間，又垂困於兵，凡大農、少府之儲，無不盡困於兵。江浙、湖湘、京漢頻困於水，而京城之内又大困於火。軍國空虛，州縣罄竭，加

[一] 與：原作『興』，據明刊本改。
[二] 椿：原作『椿』，據明刊本改。

以貪官污吏虎噬狼吞，苞苴者二三，席捲者八九，耕夫無一勺之食，織婦無一縷之絲，生民熬熬，海内洶洶。天下之勢，譬如以漓膠腐紙粘綴破壞之器而置之几案，稍觸之則應手墮地而碎耳。以前日晝夜之火，察輦轂軍民之情，議論無端，證狀甚異，萬一不幸有甚於火者，臣未知所以爲陛下計也。及今改圖，尚可挽回，儻仍掩護，將安所終！

臣願陛下齋戒修省，恐懼對越。菲惡衣食〔一〕，必使國人信之，毋徒曰減膳而已；疏擯聲色，必使天下孚之，毋徒曰撤樂而已。閹宦之竊弄威福者勿親，女寵之根萌禍患者勿昵。以暗室屋漏爲尊嚴之區，而必敬必戒；以常舞酣歌爲亂亡之宅〔二〕，而不淫不泆。使皇天后土知陛下有畏之之心，使三軍萬姓知陛下有憂之之心。然後明詔二三大臣，相與和衷竭慮，力改弦轍，昭示意向，以孔明之公道平政理，以楊綰之清德勵風俗。收召賢哲，選用忠良。貪殘者屏，回邪者斥。懷奸黨賊者誅，賈怨誤國者黜。毋并進君子、小人以爲包荒，毋兼容邪説正論以爲皇極。自京師以達四方，凡監司、帥守之爲公論指目者，次第罷遣。以培國家一綫之脉，以救生民一旦之命，庶幾天意可回，天灾可息。凡衰微敗壞之證，可以徐徐經理。

〔一〕菲惡衣食：《宋史》本傳引作『菲衣惡食』。
〔二〕常：原作『恒』，據明刊本改。

董仲舒有言：國家將有失道之敗，天乃出災害以譴告之；不知自省，又出怪異以警懼之；尚不知變，而傷敗乃至。今譴告出矣，怪異見矣，目前之事，亦浸浸於傷敗矣。弭灾爲祥，易亂爲治，轉危極而爲安存，是在陛下與二三大臣。

《詩》曰：『心乎愛矣，遐不謂矣。』臣不勝惓惓，惟陛下裁幸。取進止。

奏論重地要區當豫蓄人才以備患事

臣聞《説命》曰『有備無患』，《中庸》曰『事豫則立』，有國有家者格天大訓也。頃者逆全包藏禍心，窺伺東甸，廟算沉深，人莫測識：儲制臣於秣陵，而密爲江海之防；置虎臣於京口、滁陽，而陰爲犄角之備。一旦有警，亟合江淮之閫〔一〕，故其得以撫舊規，叶新畫〔二〕；亟頒帥憲之節，故其得以朝聞命，夕會兵。布置轉移，神機迅速，并謀同志，臂指順隨，而逆全固已膽落矣。迄翦凶殘，肅清淮滸，原其機括，實在於斯。此有備無患、事豫則立之明驗也。

〔一〕閫：原作『間』，據明刊本改。
〔二〕叶：原作『葉』，據明刊本改。

至若閩江、三衢，赤子弄兵，關外四州，裔夷侵軼，計其收效之遲速，每恨儲才之有無。招捕更使則閩寇定，節闃易人則贛寇定。起家食之彦，固足以紓蜀道之難也，然失之遲則搶攘而未定；起草眊之臣，固足以慰衢人之心也，然鄰於窘則撫納而謹定。此可以驗無備則患生，不豫則事廢者。厥今内寇粗消，而鴻雁未集，岳牧之臣，若之何而弗遴也；淮服初平，而杕杜勤歸〔一〕，捍禦之臣，若之何而反闕也：臣竊以爲疏矣。臣願陛下察天下之勢，猶人之居室，不可有一隙漏；察天下之人才，猶造室而擇木，不可以一旦求。如京師，如吴越，如江淮，如湘廣，如京蜀，凡重地要區，與二三大臣是究是圖，必惟其人，且蓄之貳，庶幾臨事無倉卒乏才之嘆，亦無緩慢不及事之憂。取進止。

［貼黄］臣聞之道路，殘金遣使，欲以淮陰、盱眙兩城，求成於我。使其果出於誠，繼好息兵，豈非目前幸事？但臣私憂過計，竊以本朝交金之初，正以幽燕故地，彼以和誤我，我以和自誤，非一日矣。今其衰微喪敗之餘，决無囊時氣勢。然蜂蠆有毒，困獸猶鬥，積其累年絶幣之怨，寧無求快於我之心？萬一姑以和款我，閑費我日力，消沮我士心，寬弛我備禦，而彼得以從容暇豫，醖釀奸謀，乘間窺伺，噬臍何及！又况逆全黨類，尚存餘息，豈容以不

〔一〕勤：原作「勸」，據明刊本改。

可必之和議，而廢吾所當嚴之實備乎！臣愚欲望聖斷戒諭邊臣，精選間諜，察其情僞，修飭守備，防其衝突。和之與否，亟求定論，毋爲遷延兩可，以誤大計。此亦有備無患、事豫則立之誼也，并乞留神省察。

奏論大順之理貫通天人當以此爲致治之本

臣聞天下有大順，貫通於天人，而綱維於君臣上下。自昔帝王，或肇造區宇，或削平禍亂，或垂世立統，或繼志述事，大抵順之則興，逆之則仆，順之則治，逆之則亂，順之則成，逆之則敗，斷斷乎不可易也。《書》曰『惠迪吉，從逆凶』，《易》曰『豫順以動，順以動豫，故天地如之』，《禮》曰『明於順，則能守危』，傳曰『順天者存，逆天者亡』，皆是物也。比者叛賊獗猖，疆場紛擾，瞰江窺海，聞見驚疑。王怒奮張，廟算堅決，更革内地之牧守，責任邊方之閫帥，矢之天而天默契，質之人而人允協，遂殲元惡，旋復堅城，順之爲效，捷於影響。以此一事而推之於萬事，無往而非順，則無往而非吉。厥今外虞粗弭，人情頗舒，近輔小豐，穀直漸減，比故冬邊遽之日與今夏潦降之時，頓寬厥憂，寧不可賀？然警告於天，則星文錯異，百川漲騰；變見於人，則江淮民流，畿甸寇作。東楚雖歸而兩城猶未下，羌韃雖退而西陲猶未安。

忠智懷疑而不肯赴國家之急，憸壬伺間而反欲幸朝廷之灾。察證觀形，尋源溯本，無乃設施布置，猶有未順於天者乎？猶有未順於人者乎？猶有悖理而傷道、干和而召盭者乎？蓋人主端拱於宫闕，必孝於親，必誠於身，必力戒耽樂，必喜聞忠直，必念閭閻之疾苦，必知稼穡之艱難，必疏便僻側媚，必近正士端人，而後謂之順；一二三執政，弼諧於廊廟，必開誠心，必布公道，必與天下均其好惡，必與百姓同其視聽，必進循良忠實之士，必斥險詖暴刻之徒，必崇氣節，必尚廉隅，而後謂之順。内而群有司、百執事，必以公滅私，必以理制欲，必務節儉，必戒奔競〔一〕，必勤勞振職，必蹇諤盡言，必懲吏强官弱之風，必革弃法用例之習，而後謂之順；外而監司、郡守，必拳拳奉國，必孜孜愛民，必視公事如家事，必惜官物如己物，必絶囊橐，必止苞苴，必抑豪奪而矜鰥寡，必先教化而後刑罰，而後謂之順。夫自天子而達之内外小大之臣〔二〕，皆周旋於大順之中，協氣薰蒸，至於磅礴。其應於天，則爲景星，爲甘露，爲大祲，爲屢豐；其應於人，則爲孝弟，爲忠義，爲尊君，爲親上。亦曰順而已矣。一或反此，以吾之不順，格彼之不順，就目前之隱憂顯患，長此將安終窮！臣願陛下念祖宗之洪基大

〔一〕競：原作『兢』，據明刊本改。
〔二〕小大：原作『大小』，據明刊本乙正。

業，積累孔艱，察今日之天意人心，維持匪易，恐懼修省，身以順率之，二三大臣而下，咸以順輔之，謂不基平治、致中興，延洪億萬年無疆之休，臣不信也。惟陛下裁幸。

奏以蠲剩事例并諸司問遺例册錢代納江東一路折帛事 端平元年

照對臣一介疏晚，起自書生，本不閑錢穀之事，誤蒙選擇，俾司餉寄。深惟臣子之誼，不當以劇易爲避就，黽勉祗役，亦既逾年。雖曰以賦爲職，然未嘗不爲根本之慮。粤自交印，即將諸州軍見欠綱米一十七萬有奇、錢一十八萬有奇，并見行監繫押綱官吏、船户，與夫被攤人户〔一〕，不下數十百人〔二〕，并行蠲除釋放。其諸州軍合起綱解錢物，仍與立爲中制，不敢律以祖額〔三〕。竭盡疲駑，除應辦過一年零四個月經常調度，及昨來達寇〔四〕、殘金侵突淮西邊

〔一〕人户：原作「之人」，據明刊本改。
〔二〕人：原作「户」，據明刊本改。
〔三〕祖：原作「租」，據明刊本改。
〔四〕達：同「韃」。

面，非泛支遣外，所有交頭錢米〔一〕，樁管見存，不曾侵動。但臣恪守先訓，内則潔己，外則戢吏，偶有趲剩到錢七十八萬貫文，又自到任以來，應干事例并諸司問去遺例册樁到錢七萬貫文〔二〕，兩項通計八十五萬貫文，臣既不敢以事苞苴、囊橐，又不欲以羨餘上污朝庭。竊見江東一路九州四十三縣，頻年水旱，加以官吏刻剥，民不聊生，田里細民，尤爲憔悴。臣嘗取到各州縣第四、第五等下户每年所納夏税折帛之數，計該八十四萬八百三十貫九百五十四文。臣欲將上項錢代納端平元年兩等人户夏税折帛錢一次，庶幾閭閻畎畝之民稍蘇目睫，或可以上稱明時培植根本、愛養元元之意。其於本所當年分合入錢數，即無移易虧欠。須至奏聞者。

［貼黄］臣區區所陳，如蒙聖慈俯垂開納，欲望睿旨降付三省，速賜施行。緣州縣間夏税多於二三月間使行催理〔三〕，欲得百姓及早通知。臣又恐州縣仍襲舊態，黄放白催，欲乞睿斷，專委提舉司覺察，庶得實惠及民，不至文具。并乞睿照。

［貼黄］臣頃備數史官，伏讀官史，竊見淳熙十六年，有旨截留四川提刑司合解湖廣總領

〔一〕所有：原作『有所』，據明刊傳鈔本改。
〔二〕去：疑衍。
〔三〕使：原作『便』，據明刊本改。

所經總制錢，對減四川鹽課重額。時太府少卿楊輔總領四川財賦〔一〕，委官考核，實各減放錢九十萬貫，除截留經總制錢六十萬貫外〔二〕，總所申奏，乞行抱減三十萬，共湊九十萬貫〔三〕，以蘇蜀民，至今歲爲定例。臣雖駑下，不敢企望前修，然幸遇聖主當陽，有光淳熙之治，是用援引，期少布宣上澤。所有江東一路九州四十三縣第三第四等合納折帛錢細數，恐勤睿覽，不敢縷陳，已開具備申尚書省，并乞睿照。

〔貼黄〕臣再照得前政總領商碩，在任兩年零四個月，嘗攢剩到錢五十萬貫文，申獻朝廷，撥付本所支遣。區區之愚，竊以爲朝廷正不計此瑣瑣，故不若散之百姓，爲朝廷少培根本之爲美。兼臣到任之初，已嘗將朝廷末科還米十六萬石申獻朝廷，不願科降，又將前政總領楊紹雲牒到交割錢内三百六十餘萬貫〔四〕，撥還朝廷，窠名不敢指占。體國愛民之誼，兩不敢不勉。并乞睿照。

〔一〕太府：原作『大府』，據明刊傳鈔本改。
〔二〕經總制：原作『經制總』，據明刊傳鈔本改乙。
〔三〕湊：明刻本作『揍』，通假字。
〔四〕交割：原作『文割』，據明刊傳鈔本、清刊本、影印鈔本改。

奏論今日進取有甚難者三事

臣以報發御前軍馬文字爲職[一]，唯是平日小小疆埸之故，不足以仰塵聖聽。至於事關國論、呼吸安危者，萬一邊閫之吏緩於上聞，利害非輕。所有光州申到本州幹當使臣劉興等，四月初五日申時供申，體探事宜六件，須至奏聞者云云。臣所據光州探報，備録在前，伏乞睿覽。

昨臣進奏院報京湖制司申目，今韃人已去，河南境内即無一人一騎。今來光州報，韃人諸項頭目，各還諸州，分屯養種，事勢叵測。竊聞議者謂韃人已歸[二]，中原空虚，闕亡必克，既克之後，畫河爲守。此雖未得近報以前所見，然今日進取，實有甚難者三：出師守城，必先有糧。陸運則人負七斗，歲百萬石，當用幾夫？又有沿途衛送之兵。水運則汴渠廢已百年，溯流淺澀[三]，又有沿岸抄襲之患。一難也。自潼關至清河三千餘里，須用十五萬兵，又

[一] 御前：明刊本作『御有』。

[二] 韃：原作『鞑』，明刊本亦作『鞑』，應與上文一致作『韃』。以下諸『韃』字皆是如此改定。

[三] 溯：原作『沂』，當『泝』之誤，據明刊本改定。

須百戰堅忍如金人，乃可持久歲月。今南兵及忠義等人，決不能守。二難也。兩淮自平李全之後，京襄自攻蔡州之後，不可再擾，民必爲盜。三難也。以此三難，就使韃兵盡去，猶不可爲，况乍去復來、有自占爲巢穴之計乎？雖云淮西招到陳、潁、亳三州，彼受錢物而去，韃兵至城下，我不能救，則又從韃可知。自淮以北，無非敵境，我師進退不能，萬一驚潰，又墮隆興符離覆轍，狼狽退守。無糧無兵，未取淮北之土疆，已失淮南之守備，雖悔何及！兼聞湖北沅州群蠻大亂，江西建昌殘寇愈張，内地、外地，若皆蠢動，朝廷旰食，帑藏虚殫。陛下更始求治，本欲嘉靖我邦，以及閑暇，明其政刑。今邊吏乃一切不恤，自爲紛紛，以激目前之變，此臣所爲憂懼而流涕也。國家永樂之役，神宗皇帝臨朝宣諭，有『無一人能爲朕言之』之嘆。臣世受國恩，有君如此，其忍仰負！是以冒死言之，惟陛下深思宗社大計，幸甚。干冒宸嚴，臣不勝愛君憂國、戰栗屏營之至！謹録奏聞，伏候指揮。

應詔上封事條陳國家大體治道要務凡九事

［貼黄］奏爲臣應詔上封事，言朝政得失、中外利病奏聞事，伏候敕旨。
［貼黄］臣所奏九事，逾一萬言，繁蕪唐突。蓋以情發於中，理散於事，必使盡而後止。

臣聞孝宗皇帝之時，群臣封事有可行者，率以片紙節録，出示三省。間有御札宣諭〔一〕，乃是翦下白札條子，粘於宸翰之前。如臣今所陳可采，乞依故事降出，取旨施行。

臣伏睹正月一日御札，令内外大小之臣悉上封事，凡朝政得失、中外利病，盡言無隱，須至奏陳者。臣恭惟皇帝陛下親政以來，訓吏如師，愛民如子，薄海内外，咸仰至恩。而臣屬將指攝事，職在奉承德意志慮，不度綿薄，蠲租免算，一再奏聞。然此特使事所及爾。若乃國家大體，治道要務，心竊計之而不得言，口能言之而不得達。忽奉明詔，大開不諱，百辟庶士，悉使盡言，是人有所欲而天從之，子有所懷而父母啓之也。有君如此，感激流涕，謹條爲九事，以備采擇。

一曰顧天命以新立國之意。昔我藝祖皇帝躬擐甲胄，討平僭僞，以造區夏，而不私其子，上帝鑒之。迨丁未而孝宗誕於秀，逾三紀而爲乾道，迨甲子而陛下誕於越，垂三紀而爲端平，此豈偶然也哉！臣請得而極言之。今日有可畏之機三，又有可喜之機一。天難諶，命靡常。自堯舜氏以訖五季，上下三千餘年，惟三代、漢唐，號爲長久，而周室獨得八百餘年。然自宣王中興之後，旋以不振，竟擁虚器而至於赧。大率歷代中葉以後，如人中年，營

〔一〕宣諭：原作「聖諭」，據明刊本改。

衛有限，少失調攝，疾病便生。前代東南運曆正統，不出百年，其間偏霸，又所不論。蓋土薄水淺，氣脉易耗，用之不已，勢固難支。自古南北立國，雖曰殊方，而天地之氣，本相流通，元無間斷，故北方有危亡，則南方亦鮮克安枕。

〔貼黄〕臣謹按孫氏肇開江左，至於宋、齊、梁、陳、南唐，皆以偏霸自立，或五六十，或三四十。唯琅邪王以晋正統，百有餘年。元魏之後〔一〕，無再興者。陳留奪而孫皓降，苻堅滅而桓玄起，姚泓死而劉裕興，拓跋分而侯景來，宇文廢而叔寶入。我國家受命垂三百年，六飛渡江，又逾百載。今乃適當金虜鞬强，中原鼎沸，封豕長蛇，近在疆場，臣所謂可畏之機有三者，此也。柄臣淪亡，權歸上聖：以四十年禄去公室，而一旦威福惟辟；以萬機庶務壅底膠轕之極，而一旦伸縮進退，惟吾所欲；以薄海内外鬱抑憤懣之久，而一旦軒豁舒快，如睹青天。臣所謂可喜之機有一者，此也。可畏者方亟，而可喜者忽新，豈非天佑我宋，將使陛下以藝祖之神孫，紹復藝祖之大業，窮而變，變而通，通而至於無窮不息哉！臣願陛下上稽天命，内立聖心，常自憂勤，力爲恭儉，必如堯舜、成湯、文王之用心，不自滿假，惡旨好善，栗栗危懼，不邇不殖，不盤於游，不遑暇食，精誠上通而天鑒之，實行下孚而人信之。然後卓然

〔一〕元魏：明刊本作『元明』。

以藝祖撥亂爲法，運其神武，深其謀謨，惜其時日，務其功實，期於再造乾坤，重立人極，非但隨宜補綴，因隙扶持，展轉多謀，不出舊轍而已。庶幾延洪景命，扶植丕基，已壞者可全，將仆者可消，欲去者可挽。此則立國之意，惟陛下留神焉。

二曰植國本以廣傳嗣之慶〔一〕。木無根則不蕃，水無源則不遠。帝王之慶，莫過於子孫之繁衍。然必有以爲之根源，使人心繫於下，而天休應於上。國朝故事，甲觀未期則遴養近族，前星已叶則歸奉宗藩。蓋導迎景貺，鎮壓群疑，事體得宜，意慮及遠。此實累聖已行之成憲，非若漢唐叔末諱護牽制之爲也。陛下光臨大寶，十年於兹，聖德日新，簡在上帝，詵詵振振，當自今始。臣深願留聖慮，特采舊章，博立小宗，必有岐嶷，少遲緑車之出，以候朱邸之還，百世本支，萬年基緒，實係於此。

［貼黄］臣謹按真宗皇帝即位六年，適有周王之戚，即取宗室子養於宫中。及仁宗皇帝能就外傅，則宗室子亦歸邸矣，濮安懿王是也。明道元年，章獻太后猶未撤簾，仁宗皇帝聖壽甫二十三〔二〕，而安懿生子，又數年乃養於宫中，故英宗以嘉祐末入爲皇子，年二十餘。當

〔一〕傳嗣：《宋史》本傳引作『傳家』。
〔二〕二十三：後《内引第二札奏乞遴選近族以係屬人心而俟太子之生》作『二十二』，應是。

其未爲皇子之時，實在宣仁坊宅。蓋必其後後宫多就館者，而王子乃還濮邸，用前例也。紹興五年，高宗皇帝謂宰相曰：『朕年已二十九，尚未有子。』且謂國朝自有仁宗故事。蓋謂有養於宫中之事，非遽指末年事也。於是，上在位且十年矣。

三曰篤人倫以爲三綱五常之宗主。堯舜之道，光於萬世，其要匪他，孝弟而已。三綱五常，繫於人主之一身，孝弟積而三綱五常立，三綱五常立而天下定矣。陛下事先后以孝，待諸父昆弟以友悌。三年之喪，必哀必敬，群臣庶民，莫不感動。而親政未幾，近屬之疏恩，王邸之紹爵，尤於親睦之義亹亹焉。然古之人所以大過人者，善推其所爲而已。以陛下躬行孝弟，不得其如宋王成器者而終始之〔一〕，亦既遭人倫之變矣，顧其行不至如淮南厲王之甚，不幸詿誤於倉猝之間，其可終負尺布斗粟之譏乎！伏惟聖人惻怛，遠體夙昔鴒原相與之至心，及此親政之始，比死者一洗之，復爵賜謚，略如秦邸故事，以扶人倫，以建皇極，宗社幸甚。

［貼黄］臣謹按宋文帝以徐羨之、傅亮等擅誅廬陵王義真，首正其罪，非忘功也，蓋爲此事關萬世議論爾。陛下高明之學，過於元嘉遠甚，伏惟少留聖心，早賜處分。

〔一〕其：原作『有』，據明刊本改。

［貼黄］臣竊惟陛下以藝祖之神孫，享藝祖之天下，而又天縱之聖，格於上下，天日之表，冠於群倫，薄海内外，傾心畏愛，本無異詞。巴陵之陷於詿誤，惟當掩匿覆護，以全陛下之至仁。而一時奸邪之臣，如盛章、王塈之在給舍，李知孝、莫澤、梁成大之在臺諫，創爲危言，以恐動陛下，必欲明正典刑，顯加罪罰，謂非是不足以壓天下之心，安陛下之位。蓋小人志在官職，惟知藉此邀功，以固寵禄，而不知陷陛下於日月之蝕。爲臣不忠，其罪莫大。數年以來，火盗并興，水旱交作，夷狄内訌，未必上帝之意、祖宗之靈不以此介介也。方故相當國時，天下固以此事望陛下，而知陛下之志未能以直遂，故不敢有尤陛下之心。今陛下親政四閲月矣，國家之務，大略具舉，而獨此一事，未見施行。臣恐天下將以前日之所以尤故相者而尤陛下〔一〕，則陛下何以諉其責乎！孝弟之至，通於神明，臣以爲慰天人之心，延國家之祚，消夷狄、盗賊諸變，其機端在於此。惟陛下曲留聖心，宗社幸甚。

四曰正學術以還累朝斯文之氣脉〔二〕。成周以禮樂治天下，而禮樂出於王道，王道壞則禮樂亡；國朝以文章治天下，而文章出於學術，學術壞則文章息。故小人欲竊大權，必忌善

〔一〕前日：明刊本作『前具』。
〔二〕累朝：原作『本朝』，據明刊本改。

類；欲空善類，必惡文章；欲滅文章，必反學術〔一〕。斯壞矣：自蔡京以弟卞力攻元祐爲邪説，而崇寧之黨成，其效至於神州爲百餘年腥膻之區；韓侂胄以高文虎力排程氏爲僞學，而慶元之焰成，其效至於長淮爲四十年兵盜之窟。寧考更化，收拾儒學之士，柴中行、楊方、先臣柔勝、廖德明、黄榦□□□□□□□□□□□□□□□□□□參錯怙權〔二〕，陰防正士，借其似是而非可得而制者，尊禮而表異之，以此欺世。而憸薄之徒，口傳家剽，因以媒利而干時。由是雖名曰崇尚學術，而學術實壞，反不若京、卞、侂胄之世，尚有此一種善類，伏於人間，傳其徒而不變也。是以三十年間，朝廷之上，表章儒先，易名録後，光寵倍於前世，而人心無所感動，名教無所扶持，則以本無學術故也。陛下心造聖處，既知信受朱熹之學，當推其學出於程頤，而頤之風旨言論〔三〕，唯《易》《春秋傳》爲成書，願仿陸贄《奏議》、司馬光《通鑒》例，取此二書，列於講讀，使伏羲、文王、孔子開物成務、撥亂反正之道，得以少裨經綸天下之大經。而上之所好，下必有甚，然後庠序之士，真知此學一反之正，不出於彼之所以爲

〔一〕反：原作『及』，據明刊本改。

〔二〕此处十八个墨圍明刊本无，見清鈔本，清刊本亦有。從上下文意看，中间應有不少闕字，應是刊刻時脱漏。清刊本、清鈔本加上墨圍，当有别本依據。

〔三〕風：原作『夙』，據明刊本改。

欺者。學術既歸於一，則文章必趨於古，而中朝之人物可繼，列聖之治化可興矣。此實新政要務，非老生常談也。

［貼黄］臣謹按程頤之學，自南渡後，門弟子之僅存者三人。其一侯師聖，師聖傳之胡安國父子，安國之子宏傳之張栻，此湖湘一支也。其一尹彦明，彦明傳之祁寬，寬之後無傳焉。其一楊時，時傳之羅仲素，仲素傳之李侗，李侗傳之朱熹，此閩中一支也。其後至於孝宗朝，吕祖謙乃得陸九淵於省試，九淵既仕，自名其學，抗衡朱熹，號爲象山，傳之楊簡，號爲慈湖，而行其學於四明矣。臣雖晚出，幼聞先臣之訓，言不敢妄。伏乞睿照。

［貼黄］臣復有愚管。祖宗開設學校，所用教官，多鄉黨經行之士，不拘資格，孫復、胡瑗、徐積是也。近世教官爲差遣，凡以上舍及前名或試中在選者猶有説，爲其習時文耳，若久爲俗吏，乃以規求薦剡，冒授此闕，而吏部以其資歷，亦例與之，其人早去文墨，且但爲身事計，既無以作成士類，反壞學校，招詞訴，甚者爲奸利〔一〕。欲望聖慈特下吏部，除合得教官差遣人外，其餘并須試中，不得泛濫注授。其每歲試教官，却與優數取放，庶幾庠序得人，師道可立。

〔一〕甚者：明刊本作『甚目』，明刊傳鈔本作『甚且』。

五曰廣蓄人才，以待乏絶。積才如積穀，陳未盡而納其新；種才如種木，本未萎而培其櫱。三十年間，柄臣嫉惡善類，遇有善苗，即加鋤治。是以風俗陵夷，氣節不立，人才大壞，每有緩急，彷徨四顧，莫適器使。此既往之咎，不可追之悔矣[一]。故栽接曰廣者善爲圃，耕販交致者善爲生，新故兼收、遠邇畢取者善爲國。此一説也。又有一説，栽接必有候，耕販必有方，新故遠邇必有唱。賢人君子，唱之所在，人以爲方，時以爲候者也。陛下躬攬權綱，收召人物，意向所之，誰敢不應？然而遲而未至，至而未言者有矣，其故何哉？閩一賢而置之福，蜀一賢而置之瀘[二]，潤一賢而置之家食。三賢，善人之唱，而孤外闊遠如此，則其方猶不達，其候且不應矣，夫孰能信之？惟陛下深思獨斷，無失人望，幸甚。

[貼黄]臣謹按祖宗朝，常先用以言去國之人風示天下。章獻上仙，仁宗擢范仲淹爲臺諫，蔡確罷政，宣仁用司馬光爲宰相是也。况真德秀、魏了翁，皆以言事及送胡夢昱，與洪咨夔皆去，陛下既召咨夔爲察官，而二人乃置遠方，是使人猶得以前憾議聖德也。胡夢昱之節，宜有贈典，并乞施行。古者立賢無方，諸葛亮出京襄，周瑜出於淮西，張九齡出於曲江，

[一] 追：明刊本作『追』。

[二] 瀘：原作『廬』，明刊本亦是，當爲『瀘』字之誤。『蜀一賢而置之瀘』，当言魏了翁。魏了翁，蜀人，此时任瀘州知州。

姜公輔出於日南〔一〕。國朝以文取士，雖東南爲盛，而吕夷簡、韓琦、劉摯、馮京諸臣，往往河北、荆襄及淮人也。陛下網羅英雋，一時文章議論、忠亮鯁直之士，亦既并集於朝矣。區區之愚，更願至公四達，搜取實才。才之所在，不拘荆淮、湖廣，不止閩浙、江左，拔十得五，拔五得二，必有杰然而出，堪荷委寄。其未仕者，尤當推本此意。凡以二廣、荆襄、兩淮進士省試，當如祖宗分路法，使一方各有所推之士。每舉在選，就令注授鄰近初官，既使咸慕文儒之風，亦可漸革攝官之弊。惟陛下亟圖之。

［貼黄］臣謹按英宗朝，知封州柳材奏，乞南省將考校諸道舉人試卷，各以逐路糊名下兩制詳定，而司馬光奏言比較兩項，每舉多少得失之數顯然不同。蓋以國家設官分職，以待賢能，大者道德器識，其次明察惠和，其次方略果敢，小者刑獄錢穀，豈可專取文藝之人？欲以備百官，濟萬事，遠方之人，雖於文藝或有所短，而其餘所長者，有益於公家爲多〔二〕。乞依柳材所請，將十八路臨時各以一字爲號，逐號之中，隨其短長，十人取一。不滿十人，六人以上亦取一人。又孝宗朝，廣西率臣張栻援引此説，欲將二廣到省士人，立號考校，登科人未

〔一〕姜公輔：原作「姜國輔」，明刊本亦是，誤。明刊傳鈔本改之，是。姜公輔，兩《唐書》有傳。
〔二〕有：據明刊本補。

改秩以前，祇注本路闕，俟數年後盡罷攝官，以其員歸部之説，後施於陝西五路。栻之奏以他路士人不到而止。臣謂二廣之士，今多能文，而荆淮承平百年，士風不減内地，二臣之議施於今日，尤爲允愜。伏睹御札取會解額，欲望并以臣此請，下禮部詳酌施行，自來年始。遠方幸甚。

［貼黄］臣又聞四蜀省類，每舉率留二名，以待關外之士，此孝宗皇帝所以惠遠方也。關外，四州耳，况兩淮、荆襄數千里，自古人物美俊林所，合參酌前議施行。臣又竊觀御札，特許文武朝臣，各薦監司、守令、將帥一二人，兼收并蓄之意，大如天地，公如四時。顧竊有愚管焉。夫舉仕路而遺里居，采縉紳而失岩穴，其於明揚之道尚狹。蓋三十年來，員多闕少〔一〕，且非炙手不可仕，故其甘心退處，不從調、不求辟者，多在田里之間。若夫未仕之人，抱其古學，躓於時文，與漁樵伍，終身不遇者，又非一士。謂宜特降睿旨，許令所在州軍從公采訪土著官士三兩人〔二〕，并須本人文行、術業委係彰聞，及所著書有補世教，不得泛濫將尋常寄居官員、場屋舉人容私應選。守貳結罪保明申奏，以待審察，旌擢施行。

〔一〕闕：明刊本作『闕』。
〔二〕土著：明刻本、明刊傳鈔本作『士著』，當誤。

六曰實恤民力，以致寬紓。東南自偏霸割據，賦斂無藝，祖宗隨宜罷減，田里少蘇。自蔡京取發運之財，朱勔緣花石之奉，南方監司，率用豺虎。重以陳亨伯、翁彦國，乃於民窮盗起之後，更爲刮毛刺骨之策。紹興講和，兵事少解，又以秦檜粉飾太平，費等宣、靖，無由蠲減。開禧、嘉定，相繼用兵，州郡所蓄，掃地殆盡。柄臣喜用才吏白撰取盈，於是率以劫盗之威，行一切之政，奪民之食，剥民之衣，少應公家，多備苞苴，兼充私橐，又三紀於此矣。蓋東南民力，幾三百年朘削日深，生息無幾，直至近歲，殫窮見底，可爲痛哭。幸於天啓聖明，黜遠貪殘，謹節賦斂，詔旨每下，民欣然若更生。然而治病不對證，則久莫能痊；去草不除根，則後將復熾。今内地之民，窮於秋苗之倍取；邊方之民，窮於和糴之多收。此而不救，墻壁有文，雖勤無補。臣聞五代亂世，苗米每石額外多取三斗，史猶譏之。今自江以南二浙、江東西、湖南、福建諸郡，一石之苗有量至二石五六者，有至二石三四者，少亦不下二石一二，折納之價有一石至二十千者，是曾五代不若也。臣請各路專委清正監司一員，親歷諸郡，面與守貳計算一年苗米若干，上供若干，官吏、兵支請若干，與之勘酌去處〔一〕，量出爲入，

〔一〕勘酌：明刊本亦是，當爲「斟酌」之誤。

立定中制〔一〕，特從朝廷重新給降文思斗斛，仍令百姓自行概量，不許顆粒過取。如此，則納官之外，稍有贏餘，富者可及鄉井，貧者可贍妻孥，持以數年，必有寬紓豐泰之象矣。

［貼黄］如從臣所請，乞從文思院製造五斗斛若干，斗若干，給付所委監司，令依樣騰造〔二〕，雕鐫印記，以某年月日某官姓名『恭奉聖旨給降文思樣製造發下某州受納秋苗使用』爲文。其斗專以待八加七加六之零數〔三〕，若合加八，則兩斛之外，以此量八斗，加七而下如之。若江北、兩淮、京湖諸郡，又有甚者。蓋秋苗者，内外之大莊課也；和糴者，邊郡之大莊課也。惟其各有深利，如根株不可移，如膠漆不可脱。雖有賢吏，心知其非而不能正，自潔其身而止，於民病何暇議！朝廷之斛，不過文思所降而已，兩淮乃有所謂市斛，或一斛而當文思之三，或一斛而當文思之二。州縣散錢不過一斛之價，其量於民則以市斛，其交於朝廷若上司則以文思〔四〕。由此朝廷若上司雖降一百萬緡，州縣但以五十萬緡已得一百萬緡之米，所餘皆歸之官吏。

〔一〕立定中制：原作『立中定制』，據明刊本改。
〔二〕騰：明刊本作『謄』。
〔三〕八：原作『入』，據明刊本改。
〔四〕其：明刻本作『具』。

[貼黄]臣奉使總餉，目擊此事。蓋有淮鄉人家出産之田僅二百四十畝，而縣司明出給由子，科以和糴百四十四石者。納一石既當二石，而石數之外，又有呈樣、罰籌、堆尖、脚剩名目，若公吏而下誅求，更不預焉。是以二百四十畝之田，而欲三四百石米輸官也，然則人家無顆粒入口腹矣。臣嘗謂和買爲内地無窮之苦，和糴爲邊方無窮之苦。然和買尚同二税，且内地樂土猶可。若京淮百姓，日與强敵爲鄰，而比年困於兵革征役，居處服食，幾同狗鼠，僅有米穀，出自力耕，今又奪之，此豈高宗皇帝所以惠恤邊民之本意！由是言之，士大夫之罪不可磨矣。欲望聖慈仁不忘遠，特發睿旨，亦與新給文思正斛，於兩淮、京湖諸郡，明加斛面五升，以爲雀鼠耗折之費，許令入中，百姓照所給斛，自行概量。備札各州，曉示禁約，嚴立罪罰，有敢違戾，以違制論。仍許越訴，官員竄殛，公吏決配。庶幾官員稍知畏憚，不失和糴美意，而邊民自此且樂與官爲市，雖與糴千萬，亦可立辦。實粟塞下，其策莫長於此。

[貼黄]如從臣所請，乞造斛二百隻，雕鎸印記，以『行在文思院准聖旨給降專充兩淮京湖州軍和糴使用』爲文。其斛面五升，亦從文思特造五升量，同斛發下，雕鎸印記如之。然此特州縣所以寬民也，陛下代天子民，專以養民爲職，可徒止於革弊，而無以施惠乎？後世田不井授，既失其養民之方，而困於養兵，惟重有取民之具。故王政不能行，猶可行惠，欲惠

莫如與，欲與莫如節用〔一〕。漢文帝躬行節儉，國用既富，則間賜田租，久則盡除田租。祖宗之世，議者欲大爲省節，久乃計其贏餘擬當經費，時以與民。臣愚欲望陛下充廣此心，服行此事，以祖宗追思甲馬營艱難之時自訓，以祖宗擊碎定瓷，不視首飾訓嬪御，以祖宗七夕賜公主不過數千訓貴戚，以常衮之辭堂封訓宰執〔二〕，以司馬光之不受遺餘訓侍從，以晋宋軍興故事王以下皆減俸訓百官族姓。申命宰臣，大約一歲財計出入之數，始自宫掖，以至於外庭，一切用度，稍從貶損。且以減四分之一爲率，歲所剩餘當不減至百萬，則舉以代納一路之賦，歲代一路，則積十歲可代諸路。

［貼黄］當今東南號爲腹心根本，所當固結者，不過兩浙、福建、江湖數路。而兩浙爲畿内，福建、江東爲近畿，猝有匱乏，可取於民，苟有緩急，可倚以濟事。臣謂節約既久，特旨蠲貸，又始自兩浙，達於諸路。代納有二：代商税而盡免之，則市井行旅之民悦；代四等、五等下户二税及役錢而盡免之，則田里力耕之民悦。使陛下之至心實德，從此霈發，實及細民，民力必寬，民怨必減，盜賊必不作，雖作必不相挻〔三〕。國有緩急，必能效死而不去；上有

〔一〕上二句原作『欲行惠，莫如節用』，據明刊本改。

〔二〕堂：原作『常』，明刊本作『嘗』，明刊傳鈔本作『堂』，是。『常衮辭堂封』見《新唐書》本傳。

〔三〕挻：原作『挺』，據明刊本改。

匱乏，必能樂輸而不恨。夫革弊以醫民生之久傷，施惠以維民心之久散，祈天永命，其本在此。惟陛下與二三大臣亟圖之。

［貼黄］臣嘗契勘江東一路，下四等、五等人户夏税，折帛爲錢，不滿八千餘萬貫，爲絹不滿二十餘萬匹，其他諸路，可準而知。若以陛下刻志爲民，歲月辦此，正自不難。此在陛下以五帝三王爲師，以大本大原爲意，以萬年億世爲圖，則微臣之言，或上當聖心。不然，則指以不識時宜，臣無所措其説矣。

七曰邊事當鑒前轍，以圖新功。養全，前轍也；通韃，新功也。臣觀故相謹守家法，不啓兵端，特以委任非人，措置不善，深居獨運，繆誤相仍，狼狽披猖，至今爲梗。蓋有六失：

一、不知人而好持久。劉倬在盱眙，曾式中在淮右，鄭損在蜀，陳晐在京湖，或十餘年，或七八年，或五六年，非敗非没及以故去不易。

二、不知兵而好分屯。屯江者盡以屯淮，而江上更募市人，以爲防江之兵；屯鄂、江陵者盡以屯漢上，而腹心之地，但加以副使之虚名。又不能擇要地而聚大兵，不過千人，或三百，或五百，蜂屯蟻列，皆不成軍，欲使沿淮、沿漢千里之地寸寸而守〔一〕，得乎？臣聞紹興

〔一〕寸寸：原作『尺寸』，據明刊本改。

間，金人復取陝西，蜀帥胡世將謀於張燾，燾謂川口散漫不可守，不如斂兵保固關隘。從之，而全蜀無虞。

三、不信制閫而好牽制。兩淮、金陵，斷而爲三，鄂與荆襄，裂而爲二。金陵常爲文具，而兩淮各不相通。襄陽既處極邊，不能以力庇鄂荆；鄂州自守江，徒欲以名兼蘄黄。［貼黄］臣謹按紹興、隆興之間，率以重臣開督府宣司於金陵、姑蘇，其他兩淮、荆襄，但以民事付守帥，兵事付軍率，大閫居中，四面禀受，得體知要，氣勢雄渾。比者江淮合一，以建大司，於時逆全在泰〔一〕，聞而色變，未幾授首。蓋以其權重勢尊，指撝輕利，無掣肘不一之患。

四、諱敗不治而軍法弛。泗州之役，死者數萬，不治也；許國之變，諸軍不救，不治也；夏全、張惠之反，京口大軍，不戰而去，不治也。

五、補闕不練而戎伍衰。自嘉定以來，蜀軍四敗，京口之軍三敗，金陵、江池之軍，覆於

〔一〕泰：原作「太」，明刊本如之，徑改。

蘄黄，債於江右。無慮數十敗，乃急補闕以彌縫之。其存者皆在軍久而食錢多，則可以利其所有〔一〕，於是乎蘄汰；其募者皆流離乞丐之子，弱而易制，可以掊刻而無變，於是乎濫刺。由是連營皆老弱，雖欲練而無由。

六、核實不精而邊政壞。朝廷以意向示人，不喜其實而喜其名，不課其事而課其言。州縣并爲城池，而壕塹不治，樓櫓不修；關隘每置寨栅，而支徑可通，旁蹊可入。幕府上功而冒濫太半〔二〕，將帥奏捷而敗亡實多。沿江皆損腐之舟，列淮盡空虚之廩。器械鈍闕，士馬單微，徒有畫圖之整與夫申牘之圓備，畀以信賞，盡成具文。

［貼黄］臣觀襄陽、維揚所築城壁，皆孝宗命郭杲任其事，至今堅固無虞。臣聞之滁人，本州築城奏功，得旨命楊倅立壽邁驗視〔三〕。時守臣急於集事，用糯米糊叠磚砌城，驗視之際，以手揭起，守窘力禱，竟爲保明。當時核實之政類此。以此六失，養成逆全，餘風遺毒，至今未瘥，可不痛懲而力革之乎！今廟謨一變，遣二藎臣分制淮土，聯鄂護昇，首尾相維，足可應猝。儻於此時更留聖慮，大爲自治之計，如前六失，洗刷滌蕩，俾無因循苟且之患，則

〔一〕以：原無，據明刊本補。
〔二〕幕：原作『募』，據明刊本改。太：原作『大』，據明刊本改。
〔三〕楊倅：原作『揚倅』，據明刊本改。

邊聲日振，邊備日充，而紹興、隆興江淮大將數十萬之兵，氣勢赫然復還。以此通韃，雖有狼子野心，將凛凛入其中而不敢肆矣。

然而通韃易，察韃難，要當疑其可疑而爲防，幸其可幸而爲待。其韃能吞十分有九之金，而不能獨取蕞爾一隅之蔡[一]，至求我以共濟，此可疑者一。韃如熊狼，殊非人類。今乃漸殺其前此之暴鷙，師屯至蔡，粗有紀律，此可疑者二。韃縱無仇於我，然中原投拜户以及諸國種類，韃之所不能强，此可疑者三。中原投拜户以及諸國種類，亦縱無仇於我，然賊婦楊氏以至國用安[二]、夏全、鄭衍德之徒，韃之所不能保，此可疑者四。又使其皆不致怨於我，而河南邱墟，民失耕稼，人無所食，飢餓之民所在萬計，韃之所不能收拾，此可疑者五。况夷狄之性，貪而無厭，猶犬嚙骨，不盡不止，猶犬噬人，不擊不退。女真之初，未嘗無并吞江南之心，一敗於韓世忠，再敗於劉錡，三敗於吴玠、吴璘，而後和議成。今韃自辛卯之冬，蹂我西邊，入吾蜀口，而我不能遏，遂由金洋蹈京襄以趨汴，如行無人之境，有輕我心。又自壬辰之冬，偏師由信陽直擣德安，犯黄岡，縱兵大掠，驅人民牛馬，道浮光，渡淮以北，我不能禦，

[一] 獨：原作「得」，據明刊本改。

[二] 國用安：明刊本作「谷用安」。按實爲一人。《金史》有國用安傳，宋載籍有作「谷用安」，「谷」爲「國」音訛。

有輕我心。又自襄閫失謀，合兵攻蔡，韃之酋長，往來無禁，吾將帥之能否，士馬之多少，地里之險易，糧儲之有無，與夫邊備之空虛，邊民之愁嘆，彼無不熟知之，當益有輕我心。挾五疑，負三輕，無一勝，而欲以玉帛與之講信修睦，三尺童子，知其必不然矣。然而有可幸者存焉。知攻者必知守，而韃不知；知取者必知收，而韃不知。向也金類元魏，以夷狄而爲中國；今也韃類赤眉，以夷狄而爲盜賊。其兵力若鋭於金之全盛，其人才實不迨於金之初興。是以三十年間，横行中原，惟務殺戮，惟事剽掠，而不能有其人民土地。然彼固帝王之驅除耳。韃破滅諸國，往往殺其父兄而養其子弟，名之曰投拜户。人誰無父兄之心，特以畏其强暴，姑附首而聽命。今投拜户日繁，多於韃之種類，而韃漸不能制，或有隙可乘，起以斃韃者，未必非投拜户也。韃自殄金蹙夏，吞并諸小國，金帛子女，充滿盈溢，亦頗有安享富貴之心，而漸忘其前日勇往殺伐之習。乘中原之怨，賈吾國之勇，其剛易折，其强易弱，其勝易敗。苻堅不得志於晋，魏太武不得志於宋，何况韃哉！金之方盛，已有蒙古爲北荒之敵國，兀术至謂他日必爲國患。又安知今日之韃，不如所傳聞狗國、大人國諸强，垂涎朵頤而乘其後也！可疑者不可輕，而可幸者不可喜。惟當急修吾武備，急儲吾軍實，急搜吾人才，急收吾民心，閉之玉關，處以門外，待之以虚文謾語，而聽其恍惚，而常示之以重備强形，以壓其驕鶩無禮。謹節而應，舒徐而俟，不使隙開，亦不輕發，以觀其勢之所趣何如而圖之耳。彼如求幣，吾應之曰：『幣非所靳，禮必先定。昔也金人與我爲仇，彼有所挾持，我有所牽制，暫焉勉强，竟以不終。今吾與汝，本無釁釁，以義相求，宜從變通，庶保長久。南土濕熱，北土寒凉，皆非二國信使所宜。我欲交幣於河北，彼可奉禮於漢上。歲不過二，正旦、生辰，一切泛使，彼此勿遣。』

〔貼黄〕臣謹按國朝延安受夏，雄州受遼，或有不時無厭之請，但使州郡以未敢上言爲辭，而徐與之議。今境上之郡，非唐鄧，即光化、棗陽，宜擇一處，精選如何承矩、李允則輩，以任玉帛來往、應接支吾之責。彼如歸地，吾應之曰：『中原遺黎，本皆赤子，彼之豪杰，久固歸心。但汝方有事於剿除，吾不欲遽加於延納〔一〕。今其破滅，悉汝之勞，吾以何名，享其土地？』

〔貼黄〕韃必與我汴，韃必不與我河南。但當俟襄陽小使之回〔二〕，爲假道謁陵之舉可也。蓋法當示之以無所利，不然，必有深慮。夫彼得吾之幣，而吾之執彼之地，彼將心愎而謀沮。而中原之地，必自飆馳雲擾，彼終不能制，將如耶律德光之患山東，勢當北歸，吾徐出

〔一〕加：原作『許』，據明刊本改。
〔二〕回：原作『名』，據明刊本改。

而收之，非吾有乎？

［貼黄］韃性畏熱，春夏之交，勢當北去。若河南之地付之守者而經理之，將圖我也；若河南之地委弃而不守，將誘我也。二者皆非吾利，尤當謹之重之。或有金之舊臣，士之豪杰，以接境州郡若縣鎮來者，惟當密用羈縻之術，以通河南之氣脉，覘韃人之情僞而已。遲則爲福，速則必爲禍，静則有可俟之機。生民休戚之關，决不可輕也，不可躁也，不可苟也，不可貪也。惟陛下與二三大臣熟計之。

［貼黄］臣竊惟神州陸沉，八陵夐隔，天時人事，適在此時。若乘韃人之北歸，因中原之思漢，用師數萬，收復河南，撫其人民，用其豪杰，上自潼關，下至清河，畫河而守。此誠大有爲之規模，不可失之機會也。但量吾事力，實有難言。今姑以淮西論之。朝廷樁積之米不過百萬餘石，往往三分虚數；在籍之兵不滿八萬，往往大半老弱。加以椎剥掊剋之餘，敗亡傷耗之後，人無固志，士有飢腹。三邊事體，大略可知。往年淮安之役，朝廷會諸道之兵至十二三萬人，東總至用米一百二十餘萬石，乃克有濟。若舉師北向，費當十倍，竊計國力，决不能支。蔡謨之言，殷浩之失，不可不深長思也。京襄十年閉境，僅無乏興，一與韃通，公私大困，朝廷至捐平江百萬倉之米，淮東西、湖廣三總所合得上供之米，泝流二三千里而給之。京鄂之間米石，爲湖會六七十券，百姓狼顧，枕籍道途。然則兵豈可易言哉！臣又聞韃既

破蔡，不肯北歸，移兵於息，牧馬淮西，漸逼吾境，其意可見。而山東一項，韃人頭目號阿魯朮大官人課課不花者，國用安輩又挾之以侵迫壽春[一]，淮西勢當與之交兵矣。和於彼而戰於此，朝廷既無堅定之規模，邊臣又無晝一之遵守，悠悠泛泛，莫知所止。夫韃非小敵，和戰非細事，豈可尚同故相時周遮掩護，不公謀之卿士，謀之國人，以爲萬全之策乎！臣又聞壽春以北，强壯之散在對境者，淮西欲有招納，必須錢糧，若源源不已，恐無以繼。又聞襄閫遣人，約降息州，息州守者已弃城而走信陽。夫金虜在河南，我未嘗向北發一矢，今彼以韃政滅，人民無主，我方於是時收之。韃欲殺之，而我顧納之，萬一韃以爲詞，我何以對？謂宜明諭邊臣，悉加禁斷，但力爲自治之計，以觀其勢之所趨可也。

[貼黄]臣又聞蔡城之破，空空無所有，僅存殘兵百姓數百人及僞參政一人而已。蓋其無食無兵，固宜潰散。而邊閫侈然以捷書來上，分骨之奏方騰於朝，而北方乃傳韃人於地窨中獲僞主去矣。息州殘民千餘，方畏韃之暴，而我又招之。彼舍死途而就生路[二]，自應歸我。蓋未嘗有攻擊鬥敵之事也，而邊閫又以捷聞矣。其爲欺罔，大率類此，夷狄聞之，寧不

[一] 國用安：明刊本作『谷用安』。
[二] 死：原作『畏』，據明刊本改。

竊笑！此二十年來邊臣膏肓之疾也，豈可復蹈哉？

［貼黄］臣觀東晋六朝兵屯財計，比於今日，甚爲寡弱。而能北抗胡羯，間掠中原，綽乎有裕，而無急迫艱難之象者，不恃和而常自治也。其於北方往來，不過小臣輕幣，隨行通塞而時其行留，但略以存鄰交而已。而自於彭城以東，南陽以南，建立大藩，或用親王，或用名將，精兵數萬，資實如之。襄陽爲雍州，江陵爲荆州，武昌爲江州，合肥爲豫州，廣陵爲青州，一州如今之路〔一〕，所統或十數郡，文武寮吏，或以千計，其重且專如此。然後天子都於金陵，據江山之固以臨之。此則其自治之規模也〔二〕，豈以和爲恃哉！

八曰楮幣當權新制，以解後憂。朝廷以楮價減落，收换十四、十五兩界，誠爲知務。但金銀之出不能多，多則傷國；度牒、官誥之出不可多，多則傷大家；新會之出不容多，多則人仍賤之。故所賴以收舊楮者，惟商賈品搭鹽鈔而已。然施行有次第，而後商賈急於品搭〔三〕；商賈急於品搭，而後舊楮可盡。今雖有品搭之文，而無期限之節〔四〕，故商賈亦不過以

〔一〕一州：二字原闕，據明刊本補。
〔二〕規模：明刊本作『規摹』。
〔三〕商賈：明刊本作『商方』。
〔四〕無：原作『爲』，據明刊本改。

資次請鹽之鈔，迫期赴務場品搭而已。以通、泰、承三郡之鈔言之，其在民間者二百二十八萬九千餘袋〔一〕，而自降旨揮以來〔二〕，其赴務場品搭者，截日終僅三十餘萬袋。合新舊兩袋之鈔，所得舊楮，爲數三十〔三〕。總十三萬袋計之，則所收舊楮三百九十萬而已。折鈔真鈔，又所未論。若此者非十年品搭不可，安在其爲收舊楮乎？是以商賈所積舊楮，蓋輦以入京而封樁，新楮兑换，爲之不繼。新楮之出既多，人亦視同舊楮，不甚愛惜。自浙以西，率以舊楮一貫三百易新楮之一貫。舊楮之陌，爲錢三十有三，以此展算，則新楮之陌已暗落爲四百二十九矣。是以物價翔踴，愈甚於前，閭閻之民，尤爲狼顧。如病而服藥，藥不對而病愈增，豈不殆哉！目前之策，惟有變通鹽鈔旨揮，以術驅之，於數月之内，使商賈急於品搭，則舊楮自少。舊楮既少，則新楮可通，則官司秤提之政方無窒礙，而百姓危蹙急迫之證可以立寬矣。臣方外小臣，不敢輒議朝廷大政事體。陛下詔二三大臣亟圖之，無使異時功利之徒得以竊起章惇役法之議，幸甚。

[貼黄]臣觀今日國用殫屈，和糴以楮，餉師以楮，一切用度皆以楮。萬一有水旱盜賊、

〔一〕其：原無，據明刊本補。
〔二〕旨揮：原作『指揮』，據明刊本改。
〔三〕三十：或誤，參下頁注〔一〕。

師旅征行之費，又未免以楮，則楮者誠國家之命脈也。去歲未變楮令之時，諸處舊楮，其陌尚有及五百者。今既變楮令之後，新楮錢陌反不逮故歲舊楮之價，則何以一番紛紛爲也？良由無術以收舊楮，而但出新楮，故民不貴而價愈落。且舊之在民間者，爲數不下三百萬，若有術以驅商賈，使之急於品搭，計一袋所入爲舊楮三十〔一〕，則三百萬袋已可以收舊楮九千萬矣。其於一二千萬〔二〕，則以度牒、官誥收其二，金銀收其二，新楮收其六，不出數月，舊楮盡而新楮見行，將自流通，物價將自減落。權之所在，民之趨之，順於流水，特在於使由之而不知爾。今不亟爲區處，新楮甫出，其弊已爾，年歲之後，將甚於昔。官司之所仰者在楮而民不重，官之所倚者在法禁而民不服，楮非吾楮，則國非吾國矣。金人之斃，雖由於韃，亦以楮輕物貴，增創皮幣，或一楮而爲三緡，或一楮而爲五緡，至於爲十爲百，然人終不以爲重。其末也，百緡之楮止可以易一麪，而國斃矣。楮之不可不制於其微如此，并乞睿照。

九曰盜賊當探禍端而圖長策〔三〕。比年以來，緑林之風，遍於内地。汀與南安，盜之祖窟，盱贛軍而盜，衢民而盜。若循梅問今之所未降者，乃其餘支殘裔爾。汀與南安，其端在

〔一〕三十：明刊本作「三千」。
〔二〕一二千：明刊本作「十二千」。
〔三〕長策：《宋史》本傳引作「良策」。

郡貧，盱贛與衢，其端在吏繆。南渡以前，汀、南安號爲樸俗，不聞有盜。比年乃爲大阱，波流四出，王師僅然後克之，何哉！蓋汀爲八郡之最貧，往昔朝家時或裨其郡計；而南安以邑創軍，調度不足，按其圖至一日常欠六十餘緡支遣。況年來官吏養尊習侈，苞苴囊槖，過於上供，不爲無藝之求，何以取給？由是深山窮谷，無不追宿逋，無不食貴鹽矣。此福建之盜所以起於鹽子，江西之盜所以起於峒民也。贛素有齊遬之風，而狂憲乃操刻薄之政，日夜鞭之而不顧；盱能捍金人之寇，而庸守乃處反側之際，視之如平時而無所虞。衢與嚴接，臘寇所熏，村夫野氓，鬥爭自喜，一牛之訟不審，而千里之禍立成。當時守倅之罪，其可逃哉！然則精擇守令，奉宣德澤，以和輯其民，而盜之祖窟，又爲之專條區處，使吏寡於求，而民安於自養，則盜永不作矣。

［貼黄］臣聞所謂鹽子者，皆汀贛間惡少不耕之徒，若不販鹽，即以劫盜自給。與其使之爲盜，寧寬鹽禁？前此鹽子率千百計來往，不以盜聞，民亦習以爲常，且百年矣。祇由無狀之吏乃以江浙間體例，盡行止絶，而州縣却自增鬻官鹽，彼窮且忿，安得不流爲大盜！謂宜行下閩漕，與汀守商議，量助郡計，稍寬鹽禁。仍於寧化等處，選辟廉吏爲令，俾推行之，不爲文具，庶幾公家減去綱數，鹽子有衣食之方。曹參謂齊相無擾獄市，臣亦謂汀守不當擾鹽

子。伏乞睿照。其南安軍財計，衹靠南康一邑所有，上猶、大庾人户無幾〔一〕，若郡計更有不給，必至波及山峒之民，利害明甚。亦乞并詔江西漕臣，一體相度施行。若夫湖湘之盜，又有説焉。蓋此漢長沙、桂陽、零陵故壤，疇者以寇盜書於史相踵也。故其山峒里邑以盜爲俗，農事有暇則爲盜，守令不愜其心則爲盜，俄合俄散，乍服乍離，特在帥府善區畫而郴、衡諸郡有扶持耳。

〔貼黄〕臣竊見湖南帥府從來應接支吾，全在飛虎一軍。近年乃以分戍信陽、武昌。及至捕寇，却要鄂兵來赴。朝廷區處倒置如此，何以責帥府！謂宜札下湖南、京湖，從公相度長久利便之策，免至往來煩擾，且有奔命不及事之患。若自湖以北，號爲五溪，蠻瑶錯居，承平百年，僅幸帖息。而比來貪吏狃其衰懦，亦務侵漁，金砂、材木之産，方舟而下，皆自此出，怨氣滿腹，忽焉一發，鍾相、楊幺，益以盤瓠，其患必大。方江湖、二廣，桴鼓相聞，獨未及湖北，而禍胎所伏，漸不可諱。此在守臣得人，修舉職事，訓閲民兵，檢坐瑶省交通之禁。仍令監司常切覺察，官吏如有收買貨物、騷擾生事者，并計贓劾治。其廣西、瓊管一帶，亦乞准此施行。第惟比年以來，官吏狃於貪殘，殆成痼疾，雖陛下諭之以詔旨，勵之以賞罰，正恐士習

〔一〕上猶：原作『只由』，明刊本作『止猶』，当爲『上猶』之誤。上猶，縣名。

已壞，未易挽回。臣欲仿祖宗故事，於朝臣中選擇公清忠亮之士，分道奉使，布宣德意，訪聞疾苦，舉揚廉白，糾察奸貪，庶幾觀聽聳動，吏道可清。且使遠方百姓知陛下憂之念之之深如此，自然感悦愛戴，不忍復爲盗賊，以梗聖化。

［貼黄］臣謹按高宗皇帝紹興二年九月壬午，手詔選强明廉謹不欺之人，觀風問俗，平反獄訟，宣布德意。三省以監察御史明橐五人爲請，上皆召見，賜以宣諭吏民詔書、御寶手曆、招降盗賊旗榜而遣之，其居他官者仍攝御史。十月己卯，宣五使劉大中、胡蒙、朱異、明橐、薛徽言同班入見，上諭曰：『比所下詔，州縣徒挂墻壁，皆爲虚文。今遣卿等，務令民被實惠。奸贓之吏，必須按察，公正奉法之人，必須薦舉。如山林不仕賢者，亦當具名以聞。平反獄訟，觀風問俗等事，并書於曆，朕一一行之。』此非尋常遣使比也。其後五使多以稱職聞。

［貼黄］臣聞江西盗陳三槍爲害累年，未能招捉，吉贛事力，爲之大困，民死於殺掠，兵死於轉戍，不宜久而不治。謂宜因遣使者，就以黄榜招降，許以不死，或更量與捕官。彼必欣然聽命，是亦高宗皇帝已行之規也。庶幾内地早得平定，不至蔓延，蠹國殘民。并乞睿照。

臣區區孤忠，粗已殫竭，於九事之外，復效其愚。臣伏睹御札，首以聽言用人爲治道之要，言則自近以及遠，人則循名而責實。大哉聖謨，願裨毫末。臣聞聽言用人，非二説也。

蓋聽言以觀其人，則得其邪正真僞之實，若不知言，則亦不知人矣。古者有聽言以興，亦有聽言以衰，有以言用人而得賢，亦有以言用人而得不肖。是故人君不可以慕聽言之名，當求所以知人之實。臣願陛下以湛然至一之心，察紛然不一之論。凡有包藏者，其言必支；內有媢忌者[一]，其言必隘；不公言之而密言之，其言必不正；不禮言之而間言之，其言必不實。

［貼黄］臣所謂聽言之者，以札子、以封章、以彈劾輪對也。元祐初，韓維以口奏臣寮過失，宣仁太后怒而出之，蓋爲此。陛下誠以此察左右之言，使傾側偏詖之説無所容其間，則賢者安，能者勉，而陛下始有可用之人矣。

［貼黄］臣竊見元祐間，諸賢并集於朝，一時氣象，復還太平矣。祇緣各人不能心無適莫，自相攻擊，洛黨、朔黨之屬，紛然角立，以君子而得朋黨之名，遂爲熙、豐間小人所窺，陰拱默伺，及於紹聖，其説得行，一例竄斥，善類爲空。蓋兄弟内鬩於墻，則仇人因以爲利，此前之明鑒也。伏惟陛下獨觀公聽，預察幾微，鑒於前轍，明諭此意。自二三大臣、經筵、臺諫、給舍、侍從以及百執事，下至學校之士，皆當惟是之從，惟中之適，不必以一己愛憎、一事

[一] 媢：原作「媚」，據明刊本改。

順忤而自爲異同，苟爲臧否，以激朋黨之漸，以啓群小窺伺之萌。庶幾公是堅定，治體渾全，不墮紹聖覆轍，宗社幸甚。

臣一介孤迹，素抱苦心，竊睹近年天下之勢日就淪胥，未知所死。忽逢大化更新，不翅瞽者之還明，病者之頓蘇，感激奮勵，莫知所云。第恨學識短淺，不能建萬世之長策，舉明主於三代之隆，勉竭狂愚，少伸臣子報上之誼。儻蒙聖慈俯垂省覽，或有涓埃上裨海岳，臣雖九殞不悔。瞻戀軒墀，臣無任隕越、屏營之至！須至奏聞者。

《許國公奏議》卷一

卷一一　文四

奏以造熟鐵斛斗發下諸郡納苗使用寬恤人户事 端平二年

臣竊惟朝廷自更大化，詔旨之所戒敕，臣工之所建明，惟曰保護邦基，愛惜民力，於是寬恤之目以核二税之中，以減損秋苗斛面爲急，由二浙以及於閩，又及於江之東，百姓蒙惠甚休。獨江右去天遼邈，且有司奉行弗虔，澤不下流。臣猥仍承乏輸將一道〔一〕，深惟此事乃端平親政之第一義，凡在臣子，職當將順布宣，是用不量駑鈍，檢準本司元被受指揮，再加諏度，仍刷到各郡秋苗租額及每歲受納則例，量其豐匱，酌其多寡，或因或革，立爲永制。且從本司用文思院斛較製，創置熟鐵斗斛，雕鐫記號，發下各郡，自端平二年爲始，專充交收秋苗

〔一〕承乏：明刊本作「人乏」，當誤。輸將：明刊本作「將輸」。

使用，并令人户自行概量[一]，不許額外别創名色，多取顆粒。如違，許人户越訴，自守貳以至受納官，并行舉劾問竄。庶幾遠方赤子均被惠澤，少稱聖天子愛養元元之意。須至開具奏聞者：

一、隆興府管催秋苗一十九萬一千七百一十石八斗四升九合五勺，每一石以一石六斗爲準，正耗、義倉等米并在其内。仍給五斗鐵斛十隻，一斗鐵斛十隻。

一、吉州苗鹽米一十六萬石，約收米二十四萬一千六百石，每一石以一石五斗爲準[二]。屯田米四萬石，約收米四萬九千六百石，每一石以一石二斗爲準，正耗、義倉等米并在其内。仍給五斗鐵斛十六隻，二斗鐵斛十六隻。

一、吉州吉水、永豐、太和、萬安、龍泉縣共受領九萬九千二百二十二石一斗六升，同前。仍各給五斗鐵斛四隻，二斗鐵斛四隻。

一、贛州歲催秋苗八萬六千五十七石五斗四升，每一石以一石三斗爲準，正耗、義倉等米并在其内。仍給五斗鐵斛八隻，三斗鐵斛六隻。

[一] 量：明刊本作『盪』。
[二] 五：原作『六』，據明刊本改。

一、袁州歲額催秋苗一十一萬九千四百五石五斗三升五合七勺六抄，每一石以一石五斗爲準，正耗、義倉等米并在其内。仍給五斗鐵斛十隻。

一、瑞州歲額催秋苗九萬七千三百五十七石一斗七升四合一勺四抄，每一石以一石六斗爲準，正耗、義倉等米并在其内。仍給五斗鐵斛八隻，一斗鐵斛六隻。

一、江州歲額催米四萬三千六十九石七斗八升，每一石以一石六斗爲準，正耗、義倉等米并在其内，仍給五斗鐵斛六隻，一斗鐵斛六隻。

一、江州德安縣米一萬一千七百五十二石一斗七升五合，每一石以一石二斗五升爲準，正耗、義倉等米并在其内。仍給五斗鐵斛四隻，二斗五升鐵斛四隻。

一、撫州額管實催臨川等五縣苗屯米一十三萬七千二百七十九石四斗九升，每一石以一石四斗五升爲準，正耗、義倉等米并在其内。仍給五斗鐵斛十隻，四斗五升鐵斛六隻。

一、臨江軍歲額實催四萬九千一百六十七石六斗九升，每一石以一石四斗爲準，正耗、義倉等米并在其内。仍給五斗鐵斛六隻，四斗鐵斛六隻。

一、臨江軍新淦縣額實催苗五萬六千八十四石一斗四升，每一石以一石四斗爲準，仍給五斗鐵斛六隻，四斗鐵斛四隻。

一、建昌軍額管實催四萬九千五百二十五石三斗八升，每一石以一石七斗爲準，正耗、義倉等米并在其内。仍給五斗鐵斛七隻，二斗鐵斛六隻。

一、興國軍實催米二萬八百三十五石八斗四升，每一石以一石五斗爲準，正耗、義倉等米并在其内。仍給五斗鐵斛六隻，二斗五升鐵斛四隻〔二〕。

一、興國軍大冶縣合催米四千一百一十三石三斗九升，每一石以一石四斗爲準，正耗、義倉等米并在其内。仍給五斗鐵斛四隻，四斗鐵斛四隻。

一、南安軍歲催苗米八千七百五十八石二斗三升，每一石以一石七斗爲準，正耗、義倉等米并在其内。仍給五斗鐵斛四隻，二斗鐵斛四隻。

右開具在前。

臣再照得昨來諸路監司遵奉御筆指揮，除減所部州縣秋苗斛面，如浙西州郡有一歲頓減數萬石者，江東州郡有一歲頓減二三萬石者。所在守臣，能仰體九重寬大之澤，通融斡旋，補助支遣，初不見其不足。今臣榷定之數，係據諸郡從實申到數目，量加裁損，於諸郡初無大段虧折，委可行之經久。如蒙聖慈更賜明詔，諸郡確意奉行，其於培植根本之計，誠非小補。伏候敕旨。并申尚書省、御史臺、諫院，伏乞照會。

〔二〕四：原作「六」，據明刊本改。

〔貼黄〕臣再照得本路諸郡所裁減秋苗斛面，爲數不多，儘可通融裨補。惟南安軍舊係兩石納一石，今與除蠲三斗，比之諸郡，其數稍多。却恐本軍地接溪峒，財計素殫，設有非逆支遣，未易支吾，合議貼助，庶可悠久。本司今契勘得本軍南康縣及撫州樂安縣，每歲合解本司代發湖廣總領所米價錢八千八百石，内南康縣五千石，樂安縣三千八百石，本司從例收糴本色米六千四百二十五石，并將合得興國軍首復米一千石，共凑七千四百二十五石，起解赴總領所交卸。今來本司欲於南康縣五千石價錢内〔一〕，撥二千三百七十五石，裨助本軍支遣。所有自餘二千六百二十五石價錢及樂安縣三千八百石價錢，并興國軍首復正米一千石，正撞每歲合解總所七千四百二十五石之數。欲乞睿斷，行下所屬，徑自解赴總所，本司更不拘催收糴代發。仍札下湖廣總領所照會，實爲永遠莫大之利。伏候敕旨。

〔一〕於：原作「與」，據明刊本改。

奏乞廢隆興府進賢縣土坊鎮以免抑納酒税害民之擾〔一〕

竊見本府進賢縣管下有聚落一區，地名土坊，居民不滿數十，商旅稀少，强名曰鎮，而有酒税務一所。所謂税者，考其歲額入於本府者止三千餘緡〔二〕，入於通判廳者止一千三百餘緡，然實解不及三分之二。通一歲而論，官司之所得者不過二千餘緡而已。所謂酒者，初無釀造，亦無發賣，係於鎮户量其家第之高下，抑令納錢，一户或四五十文，或三十文，或七八文，以是爲月解，歲亦不過千數百緡而已〔三〕。合二者而計之，可謂毫末。而本鎮却有酒税官一員，專攔數輩，惡少爪牙數十人，皆蠶食於數十户之市民，甚者羅織村氓，攘奪商旅，又甚者攔截客舟於二三十里之外，以是爲辦官課，而實則爲官吏、專攔等輩囊橐之地，民旅之被擾，非一日矣。

臣竊以爲事有不便於民，雖官有大利，尚當決去，况此無甚利於官，而有害於民，然此爲

〔一〕之擾：原作「滋擾」，據明刊本改，目録亦作「之擾」。
〔二〕三千：原作「三十」，據明刊本改。
〔三〕千：明刊本作「二」。

有司者，何忍以二三千緡之歲入，而使一方赤子永無聚廬托處之安乎！臣除以將本鎮酒稅一面住收外，欲望聖慈軫念民瘼，亟賜允俞，將本鎮酒稅務特行廢罷，下吏部永不作闕，其見任人，令赴部别行注授。庶幾遐陬僻壤之民，鼓舞聖恩，如在殿角，臣無任懇望之至！謹具奏聞，伏候睿旨。并申尚書省，欲望鈞慈更賜敷奏，亟降指揮施行。伏候鈞旨。并申御史臺、諫院照會。

奏江右諸郡兵荒已將隆興府紹定六年以前官物住催乞行下本路一體蠲閣

照對臣猥以菲才，蒙恩將指，嘗懼無以撫摩凋瘵，保護根本，少稱明時臨遣之恩。竊見江右諸郡，仍年寇攘水毁之餘，市井蕭條，田里憔悴，不堪舉目。去歲雖得中熟，譬猶尪羸傷敗之人，僅能飲食，正要扶持。而臣訪聞所部州軍之吏，大率聚斂之政多，寬恤之政少。其見催四年柴料，如端平元年夏稅秋苗、二年夏稅，民間自不應拖欠。若乃紹定五年、六年逋負，例皆細民下户些小奇零，及逃亡倚閣不可催理之數，所在徵取，尚多峻急。公家之所得，其實無幾；奸吏之并緣，其害不貲。臣偶兼權隆興府職事，遂將本府財計考核源流，剔括弊蠹，見得僅可支吾。已將紹定六年以前應於民間未納官物并與住催，仍以隆興府爲準，行下本路州軍，一體蠲閣施行。庶幾寬之一分，民受一分之賜，仰副聖主子惠困窮之意。須至奏聞者。

［貼黄］照得臣所兼管隆興府雖稱都會，財計所入，極爲殫窘。而用度至爲不貲，勉强支撑，尚可少施及物之政，諸郡可以類推。臣所以先自隆興蠲閣，正欲以身率所部。并乞睿照。

奏論計畝官會一貫有九害

據隆興府都廳申，准九月十一日省札，行下兩浙、江東西、福建、湖南等路，應有官之家并寺觀，每田一畝出官會一貫，以助收減。竊詳上件指揮，關係不小，臣叨綴班行，職奉使指，萬民利害，所當講明，一郡施行，又當任責，須至奏聞者。

臣聞利不十者不變法令。略計上件指揮[一]，其害有九，其利有一。且利不十則不爲，况一利而九害乎？官會之多，三十年矣，端平以來，適當其極。始者求快一時，盡收兩界，已

〔一〕上：原作「二」，據明刊本改。

事遄往，無以議爲。今欲使官户、寺觀計畝納會，以目前論之，會價必踴，且可收會，此一利也。然朝廷不過欲秤提官會耳，立國在民，民心一失，民力又窮，雖盡收會子，純用銅錢，能保禍亂之不作乎？請言其害。

且有官之家，除富人外，其他初筮貧儒，粗守先業，偶以入仕，便令出會。出會必用錢，用錢必鬻産。唐德宗間架收稅，猶給軍須，今朝廷計畝出錢，但收故紙，是計出唐下，而人怨則同也。其害一也。簪纓之後，既少見禄，又拙經營，僅有薄田，以給衣食，百畝以上，或未開析，及此身者多，是凡稱官户，皆不免也。雖云百畝以下，本户無人入仕者免，此非計屬不可。將有實滿百畝而得免，亦有不及百畝而勒出者矣。既出官會，又賂鄉胥，何以當此？其害二也。比年以來，朝廷以和糴抛降，以秤提官會，以慶典郊恩，計今江浙、福建之民，蓋校尉連車，而迪功平斗矣。未沾銖金之俸，遽同入仕之科，且既令出會以買此官，又因得官而再出會，臣恐自今以後，人人不特以官會爲戒，尤以有官爲戒矣。未必收秤提之功，已先失鬻爵之利。又况貧乏士人，偶得一解，遭際慶典，本爲親榮，豈料反爲家禍！其害三也。兩浙形勢之家，雖計畝多而出會易，然陛下仁慈，估籍之典，猶不欲行於貪吏，况其父祖非勛舊則宗戚，亦何忍使比閭小吏數其籍而索其貲，爲大不美，若泥中之鬥獸乎！且有官之家既不得免，簪纓之後又不得免，而權貴之家尤不得免，然則天下皆不得免也。以爲不忍有擾於民而施於有官，豈官户非民耶？抑但以商賈、佃户爲民耶？且彼無所從出，不過均諸佃户耳。今又爲之法，許其越訴，是教佃户以訴主家也。其害四也。寺觀所在不同，湖南不如江西，江西不如兩浙，兩浙不如閩中。然比年賄賂盈門，主首類皆席捲，以償所費。閩中僧寺，猶狼狽不如舊，他可知矣。若道觀則所設無幾，且田莫多於寺觀，然欲於田之外責以一錢，實無從出。爲國取民，一至於此，亦太無具，甚矣。有萬畝者當出萬緡，非起債則逃竄，此事未行而其兆已見，不待知者而後知也。行香祝壽，漢官舊儀，一頓蕭條，恐非美事，且爲僧者必少，祠牒愈不可鬻矣。其害五也。一路之田，豈無三數百萬畝，是一路白出三數百萬緡也。一州之田，豈無四五十萬畝，是一州白出四五十萬緡也。向者朝廷已竭帑藏，出數千百萬以收此楮，而此事已無成矣。今州郡已竭閭閻，出數千百萬以收此楮，而此事必有甚焉。安有古今天下，内捐數千百萬，外捐數千百萬，不爲用兵，不爲振民，不爲土木，乃爲區區故紙而費之若此？可謂拙矣。其害六也。今立法而約之曰，折閲吾楮，官吏按劾，百姓徒配。然且不信而日輕，顧乃明示之以截鑿不用，是教之也。臣恐法行之後〔一〕，民間愈不用會，而會子皆無用矣。其害七也。且陛下親政以來，嘗興十萬之師矣，嘗閲殿、步二司之兵

〔一〕法行：原作『行法』，據明刊本改。

矣，而中外騷動，禍變隨之。幸而聖德彰聞，天命鞏固，人心自定，事變自消。今又不戒，輕聽議者之言，遽爲率爾不審思之舉，謗讟由此而興，盜賊由此而起。昔之謗讟，官吏受之，今之謗讟，朝廷受之。昔之盜賊，有罪無辭，今之盜賊，有辭無罪。且姑舍是〔一〕，其目前必可知者，有四患焉：有田畝不整之患，有土産不齊之患，有勢必用刑法之患，有每事行賂之患。何謂有田畝不整之患？蓋官户、寺觀，若一一要見實數，必用追索千照〔二〕。而江浙之間，以詭户走苗税，又多白契，不登簿書，倉猝整會，必落吏手。如此則下户獨受其害，而上户可免，中户亦以計會免矣。獨寺觀可以簿書考，將恐寺觀亦巧計飛走，寄附形勢，而因之以失常住矣。何謂有土産不齊之患？閩中田貴而税輕，然人户田少，五七十畝已充里正，而錢尤難得。江東西又不然，除平野上腴之外，水田多潦，山田多旱，畝直不過一二千，蓋有數年不得收者。若例出一券，爲之奈何？以田售之於人則人不欲，以田歸之於官則官不受，典質則空竭，稱貸則艱難，亦有逃移流移而已〔三〕。二浙之田，獨湖、蘇、秀爲最美，而常、杭則次之，衢、越爲常稔，而嚴、婺、台則不及。且和糴和買，取之悉矣，獨未出會耳。何謂有用刑行

〔一〕舍：原作「舍」，據明刊本改。
〔二〕千照：明刊傳鈔本作「干照」，當是。
〔三〕逃移流移：明刊傳鈔本作「逃移流徙」。

賂之患？二税五賦，豪良且不樂輸，况平白科抑而責以體國乎〔一〕！施行之初，既曰禮諭，必不嚴督，其送納必遲遲，上司未免行下，則追監繼之，不集則鞭朴繼之，若又不集，必重其罰。於是人户有性命之憂，而縣道又添一項催科之苦矣。凡官司舉事，苟一涉民，無非吏福。且户出若干會，必經司，必經攬户，必經縣吏，必經州郡，必經上司，所經之處，非金錢不可。使强明之吏臨之，尚或庶幾，不然則走弄文移，出入賦籍，增減田畝，千蹊萬轍，盡歸吏奸。此固平日朘吾民膏血者所喜聞也。四患曉然，非有難見，然則天下多事矣，又况如前所謂謗讟、盗賊之患乎？其害八也。《春秋》譏初税畝者，履畝而税也。今朝廷以爲吾截鑿所入，以示不爲己私，與彼之履畝不同，然他日國有大費，無所從給，則又將責有官之家，曰：曷不體國！一紙舉行，易收減爲輕費，豈不可乎！作法於凉，其弊猶貪，作法於貪，弊將若何？其害九也。

臣以至愚極陋，少蒙先帝親擢於多士之中，又蒙皇帝陛下簡記於外僚之末，今者數月之頃，至三錫命，雖見控免，决不敢留〔二〕，而一日必葺，罔間去留，可爲忠言，敢有避忌？臣自

〔一〕平：原作『乎』，據明刊本改。
〔二〕留：明刊本作『當』。

聞朝旨，夜思晝度，以爲恐不可行，害多利少。而江西一道，官户者多貧，爲富室者多訟。且比年盜賊焚毁，軍兵經過，人無蓋藏，甫得一稔，若重以無藝，必大狼狽，蕭墻之内，將有不測。臣雖碎首死國，何補於事！用敢冒大訶譴，先事言之。伏望皇帝陛下鑒聖經之所譏，審國論之所極，亟收計畝之令，别求通弊之策，庶保安静之福，不啓怨謗之心。所有上件省札，臣除已權宜行下諸郡，别聽回降外，欲乞睿斷，早與收回，天下幸甚。伏候指揮。謹奏。

并申尚書省照會施行御史臺、諫院。

［貼黄］臣照得秤提官會，當隨方而爲之術，擇人而行其智，本無甚難，今猶可救，正不在出此下策，并乞睿照。又臣竊恐朝廷之上，重於反汗，未以愚言爲然，區區更有愚悃〔一〕。江右十年兵盜，如建昌、撫州、章貢、廬陵管下，皆嘗破殘〔二〕，瑞州所部，亦曾有竊發。所謂上户者奔竄流離〔三〕，蓋藏空竭，方幸小稔，瘡痍未瘳，可爲哀痛哉！或蒙聖慈以江右創殘非他道比，權與寢免目前，庶幾一路之人知聖主軫念遐陬，如在殿角，感激愛戴，盜賊自消。并乞睿照。又臣又有深憂過計，竊見朝廷更新大化，登用俊良，群陰屏迹。或恐失職之人故設此

〔一〕愚：明刊本作『余』，明刊傳鈔本作『餘』。
〔二〕破：明刊本作『被』。
〔三〕所謂：明刊本作『畝謂』。

畫，以愚建議之臣，使朝廷結怨天下，萬一有意外之虞，則此得以遂其所志，不可不察。并乞睿照。

再論計畝納錢

照對臣昨奉朝旨行下，官户、寺觀，計畝出會，以助秤提，仍委臣察訪本路。臣即嘗條利害，冒昧奏聞，未准回降。再准省札，仰日下措置奉行，毋得再行違阻。臣素抱樸忠，粗知國體，極知楮券之弊，深軫君相之憂，苟可扶救於萬分，所願推行於尺寸。第以國脉民命，關係非輕，瀝血陳詞，誠當萬死。今未暇論萬世之是非，四方之利害，祇以臣本道言之，事體實有未便。蓋自嘉定至紹定三十年間，常有盜賊，近方寧息。丁亥至癸未十年間，常苦水旱，近方稔熟。殘破之處，未還舊觀，蕩析之人，未復舊業。井邑多瓦礫，田野多草萊。昔號富貴之家，今皆空虚之室。比之他路，委實不同。兼南安、建昌、吉贛，道接山峒，類以招安而受爵，與夫防拓而得官，平時官司，尚難調御，一旦科配，易激紛紜。至其寺觀，尤其荒凉，既欲徵錢，必動常住。既動常住，必無以贍養其徒，必溢而之四方。驅毁情滅性之人，而置之飢寒離散之異域〔一〕，人所不料，豈無可虞！如近時湖南謝了圓之事，可以鑒矣。臣反復思惟，與其召變於他時而貽九重之憂，寧若方命於此日而貽一身之譴。是用不避竄斥，洊至數陳。欲望聖慈特發睿斷，以江右寇盜甫平，饑饉甫息，免同諸路一例敷斂，臣與十一州赤子，不任延頸望幸之至。須至奏聞者。

［小貼子］臣竊惟朝廷命令舉措，上關宗社安危，下關生靈休戚，故必審而後發，發而無悔。如往者北伐之議，起於癸巳之冬，成於甲午之春。臣時待罪淮西總餉，嘗奏疏一通，力陳兵之不可輕用，又嘗上宰執白札子，力陳兵之不可輕用，而陛下不之察，朝廷不之省，迄至敗闕。蓋無隙而動，終負師曲之名，爲敵人口實，一可恨也。精兵良將，糧儲器械，未免失亡，二可恨也。擾敗之形，懦怯之證，呈露於中原四戰之衝，使夷狄生心，英雄竊笑，三可恨也。今日計畝敷券之事，不審而發，發而必有後悔，胡以異此？剜心肉以救眼創，撥根本以扶枝葉，縱使目前會價漸穹〔二〕，物價漸減，而朝廷之印造不已，奸民之僞造不已，銅錢則海道之漏泄不已〔三〕，器用之銋銷不已，朝滿夕除，勢所必至，不過年歲，弊將如初，而心肉之已剜

〔一〕此句明刊本无『異』字。
〔二〕穹：原作『窮』，據明刻本改。
〔三〕此句原作『銅錢之海道漏泄不已』，據明刊本改。

者則不可復補，根本之已撥者則不可復培矣。此非陛下自著精神，大爲斷制，恐無以回物情於已散，挽人心於將離。不然，以國家之急政要務，天下之危機駭證，方紛然錯雜於前，而陛下高拱如平時，一聽其自起自仆，臣恐變故日臻，禍亂日至，後雖噬臍，嗟何及矣，豈特楮之一事而已哉！臣年二十三，蒙先皇帝親擢之恩，旋屏廢者十年，迄無一綫之路上報先帝。歲在丙戌，蒙陛下收召於閑冷之中，數載之間，内而省寺，外而麾節，忝竊過矣，稱塞渺然。中夜以思，隕涕如雨。故苟有區區之見關於國家理亂安危之大端者，誠不敢以疏遠自諉、緘默而不告陛下也〔二〕。一寸丹心，不任憂愛懇切之至！并乞睿照。

奏論和戰成敗大計襄宜急救備不可闕

臣恭惟皇帝陛下奮發英斷，遴選樞臣，出助六師，察臣世受大恩，粗有愛國憂邊之志，再頒隆旨，俾參謀畫。唯今事勢，悉在目前，區處曲折，當禀行府，成敗大計，盍告朝廷。曾參日省其身，以爲人謀不忠爲急。况臣爲陛下謀東南之事，知而不言，是謂不忠，言而不達，是

〔二〕不告：明刊本二字間有一『以』字。

謂不智，謹昧死言之，伏惟皇帝陛下試垂聽焉。

臣嘗伏讀國朝通鑒，每於宣和、靖康之事，痛憤流涕，以爲虜非能也，亦非天也，我有三大繆焉爾。其初也輕於交敵，其繼也輕於挑敵，其末也輕於奉敵，是謂三大繆，而皆自輕於爲謀始。夫吉凶關於舉動，存亡決於轉移，苟不謹重而輕於一發，由輕得敗，由敗得畏，由畏得亡，此王黼、耿南仲之徒所以誤宣和、誤靖康，又將誤來者而未已也。臣不識忌諱，竊迹比年邊事頗近似而無甚異。蔡州之攻，是登州之約也；汴京之議，是平州之約也；兩校之行，是王雲之漸也。然而其禍未深〔一〕，其來猶緩，則以襄與揚猶有兵，猶有任責之人，而彼猶有所顧忌也。天下之願和者，其人有三種：小人願和，庸人願和，敵人願和。敵人之願和者，亦莫甚於近世。本朝嘗和金，金人嘗和韃。夫惟既和，然後我無任責之人，無死敵之志，而大禍至。是故金、韃常先於和。我利其所欲者，在和可以息兵也。於是小人幸以爲功，庸人幸以爲安，而又忌夫任責之士也，則窮之以所不能。故靖康以戰窮李綱，綱以敗去，而後和議定。綱去而种師道邀擊之策遂不用。北方無綱無師道，而後大河無備。越明年而二酋分道并進，前無一人一騎之梗，倉卒之間，遂罹大禍。其本在於以戰而窮任責之士，自撤其藩

〔一〕深：原作『流』，據明刊本改。

籬後延之入也。

夫襄陽亦今之太原也，趙范之爲人，雖未必盡如綱之賢，然不可謂無綱之忠。朝廷豈可不亟加拯援，而使虜得以并兵也哉！襄事危則和有兆，和成則國事去矣。抑臣竊有疑焉，夫督府之來，爲何事也？將以解襄急也，抑徒以塞人言也？將以解襄急也，則當如高宗皇帝手詔付張浚，使浚得以示劉光世，光世大駭，即日勒兵走僞齊七十萬衆，劉豫遂亡。故左相趙鼎常曰，督府事須從朝廷維持。浚每有事，鼎必取而施行之，此則沈與求輩所不及也。夫種在內，蠡在外，鼎在內，浚在外，譬猶塤箎相應而成聲音，譬猶首尾相應而成權衡，譬猶太阿盡與之柄而後剸割，譬猶毛錐盡伸其肘而責以運轉也。不如是，督府雖遣，事必無成。事無成而急不解，必中虜欲而和議決，臣尚忍言之！且督府又有甚難者，沿江有大制閫焉，京湖有大制閫焉，鄂也，廬也，揚也，各有制閫焉。兵皆其兵，將皆其將，財皆其財，督府既不可得而調發，又不可得而寄治矣。夫此皆要處也，皆盛藩也。要處盛藩既不得即，於是不得已而之金陵，則金陵近，不得已而之江陵，則江陵遠，乃不得已而之潯陽。夫潯陽昔重而今輕，昔中而今左，豈可以六朝例論哉？斗絶一隅，嬰城自守，豈可以上援漢、下備淮哉？夫遣之而無謀，居之而非都會，二者亦既異於張浚、葉義問之來矣。如臣愚見，會兵黄州，勒兵而進，開府於鄂，進師江陵，示以形勢，壓以聲威，春水方生，疾疫將起，彼雖禽獸，亦熟於兵，敢不解乎？抑臣所慮，既解之後，有以誤靖康者誤國論矣。

欲望聖慈下采愚慮，親灑宸翰，一如紹興督府勒兵，諸將用命，以解襄陽倒垂之急。既解之後，大爲部分，改弦易轍，練兵積粟，一一可恃，杜絶和議，常爲戰備，示之以不可犯。彼越大漠，逾兩河，空虚無人，進有堅塞，退無因糧，必不敢出。持以數年，其内自亂，中原分裂，徐制其後，安知舊物之不復還哉！臣歲在癸巳、甲午，總餉淮右，知朝廷有開邊之議，嘗因應詔上封事，力陳兵之不可輕用；又嘗奏疏一通，力陳兵之不可輕用〔一〕；又嘗上宰執白札子，力陳兵之不可輕用。而天高聽邈，莫遂挽回，曾不旋踵，臣言粗驗。今又不度疵賤〔二〕，輒陳大計。蓋前之戰，今之和，其誤一也。官以謀爲職，不敢不盡愚，惟陛下幸赦。謹具録奏聞，伏候指揮。

〔一〕此二句原闕，據明刊本補。
〔二〕疵：原作「疏」，據明刊本改。

奏乞選養宗子以繫國本以鎮人心 端平三年

臣歲在癸巳之冬，待罪淮右餉事，恭奉求言之詔，嘗僭條九事以聞。其第二條，則乞陛下以社稷爲心，遵用國朝典故，遴養小宗，以俟聖子之生。蓋導迎景貺，鎮壓群情，深計大慮，莫急於此。今閲三年矣，尚未聞有所施行。小人之家有千金之資，猶知反顧其後，陛下承祖宗三百年基業，獨不念及此乎！臣一介疏逖，心切忠愛，是用不避鼎鍋之誅，復祖前説以獻。惟陛下曲留聖衷，實社稷無疆之休。并乞睿照。

奏論士大夫私意之弊 嘉熙元年

臣嘗服膺先正沂公王曾之論曰，士大夫要當純意國事。純之爲言，一而不二之謂也。一則公，二則私。甚矣，私之爲害也！理有是非，私汨之，則是者非，非者是；事有可否，私乘之，則可者否，而否者可；人有賢佞，私怵之，則賢者佞，而佞者賢。議論以私而不同心，則建明於此者，彼之所瑕疵；政事以私而不同力，則規置於甲者，乙之所沮撓。有觀望而無憂愛，有虚誕而無忠實，有傾軋而無協和，物我對立於胸中，而國家若置於度外。嗚呼，此豈非今日士大夫之大弊哉！

《書》曰：『無有作好，遵王之道；無有作惡，遵王之路。』作之爲義，人而不天。在昔疆埸無虞之時，臣固以逆憂其兆世道之消長；及四郊多壘之後，則浸浸關國步之安危。至於今日，封疆日蹙，烟焰日逼，萬事不理，而尚以私愛憎、私恩怨爲心，則消長安危，又不足言，將直繫天下之存亡矣。不幸變故之來，無及於救，當是時也，毋論名位之崇卑，毋分趨向之同異，概墮塗炭，雖悔曷追！《傳》曰『皮之不存，毛將安傅』，言之至此，可爲於邑也已。昔苻堅欲謀伐晋，權翼以謂謝安、桓冲皆江左偉人，君臣輯睦，内外一心，未可圖也。晋將平吴，羊祜曰：吴瀕江爲國，東西數千里，所備者大，而將疑於朝，士困於野，兵臨之際，必有應者，終不能齊力致死可知矣。夫内外一心，則晋不可攻；不能齊力致死，則吴可滅。常人之慮，慮於有形；智者之慮，慮於無形。夷狄之侵侮，天下之所共危，士大夫私情之膠轕〔一〕，臣之所獨懼也。

欲望陛下念祖業浸淫而將傾，傷士習陵夷而已壞。以静專察群動，以剛明消衆慝，警於

〔一〕情：原作『憒』，據明刊本改。膠轕：原作『轇轕』，據明刊本改。『膠轕』，亦作『膠葛』。

有位，各勵至公。毋以違順觀人言，毋以毀譽行己意；毋以巧數相高〔一〕，而以事功相勉；毋以陰訐相間〔二〕，而以識慮相先。有志之士則相與愛護，而毋操同室之戈；任事之人則相與扶持，而毋幸鄰國之壑。協謀并智，戮力一忱，則危者尚可以安，而衰敗之症尚可起也。且前歲襄漢潰決，興沔破亡，去歲兩淮俶擾，三川陷没。今歲向春，縱使邊遽稍緩，遲至秋冬，急症恐甚於前。講求救死扶傷之策，秪有半年日力，惟君臣之間，勿以常言忽之。臣不勝懇切，取進止。

［貼黄］臣又聞國以人重，亦以人輕；國以人興，亦以人廢。時當艱虞，固急於才智功名之士，而尤急於剛正骨鯁之臣。昔晉太史屠餘見平公驕而無德義〔三〕，知晉之將亂，以其國法歸於周〔四〕。周威公問天下之國孰先亡者〔五〕，對曰：『晉先亡。』威公問其説，對曰：『臣告之，鄰國之不服，賢良之不興。公曰：何害？是謂不知所以存〔六〕，所以亡，臣故曰晉先亡。』居

〔一〕巧數：《宋史》本傳引文作『術數』。
〔二〕相間：《宋史》本傳引作『相訐』。
〔三〕太史：原作『大史』，據明刊本改。此事見《説苑・權謀》，作『太史』。
〔四〕國法：原作『圖法』，據《説苑・權謀》和明刊本改。
〔五〕威公：原作『桓公』，據《説苑・權謀》和明刊本改。下復兩見，同改。
〔六〕此句上衍一『曰』字，據《説苑・權謀》和明刊本删。

三年而晋果亡。威公又問其次，曰：『中山。』又二年而中山亦亡。威公見其言之驗，又問其次，而屠餘不肯對。固問之，則曰：『君次之。』威公懼，求國之賢者，得錡疇、田邑而禮之，又得史理、趙巽以爲諫臣，以告屠餘。曰：『君如此，可以保君之身。』漢淮南王謀亂，而其所憚者不在於公孫弘、衛青，以謂弘可説而青可刺者，而所憚者汲黯而已。黯之居官，無以逾人，其功名才智，史未之見也，獨以其能面折廷諍〔一〕，有仗節死義之風，而亂臣賊子爲之畏沮。然則剛正骨鯁之臣，其有益於人之國固如此。曩者陛下躬攬政權，招徠衆正，布在列位，不幸而臣德秀、臣咨夔、臣重珍相繼淪没，其幸而存者，又皆流落江湖之上矣。孟子曰：『王無親臣矣。昔者所進，今日不知其亡也。』臣誠傷之。欲望陛下明詔宰輔，擇其最係人望而關民譽者，亟加收召，或還之於政塗，或歸之於禁路，或反之於言責。賢者之領袖，既登進於朝廷，自能氣類薰蒸，善人畢集，豈惟猛虎在山，藜藿不采，庶幾國論歸一，人心底定，士大夫之背公植私者，外有所矜式，内有所顧忌。其於天下國家，夫豈小補！若曰端平以來，用賢而治不加進，遂以爲賢者有虚名而無實用，例加厭薄之心，則失之矣。管仲曰：『有人而弗能

〔一〕廷：原作『庭』，據明刊本改。

知，害霸也；用而弗能信，害霸也[一]；信而以小人參之，害霸也。』不知陛下昔者之用賢，果能知之乎，知而果能信之乎，信而果能不以小人參之乎？今日之勢，猶大病之人，衆醫束手，莫適爲策。使其聚參苓、芝术之劑以扶病者，萬有一焉，元氣之復還，若投以烏喙、狼毒，則立斃矣。此臣區區納忠之悃款也。退念臣生晚學陋，實不足以望時賢之分寸，陛下徒以其初嘗服勞州縣，擢置法從，内顧愧惕，莫知稱塞。故尤願陛下登崇賢哲，以重本朝，則臣厠迹禁近，預有光榮。并乞睿照。

奏論制國之事不懼則輕徒懼則沮

臣聞善制國者，先事不可不懼，已事不可徒懼。先事而不懼則失之輕，已事而徒懼則失之沮，皆非所以經綸世務而康濟時屯也。陛下尊居九有，十四年矣，寶、紹而來，十載之歲月，虚擲於舊弼，豈惟天下之人惜之，雖陛下亦自惜之。故端平改元，鋭意興起，平治之期，

[一] 害霸：原作『害伯』。按『伯』『霸』通，管仲語轉引自《貞观政要·诚信》，三句皆作『害霸』，此句及下句原作『害伯』，俱改爲『害霸』。

豈惟天下人望之，雖陛下亦自望之。而廟謨乖疏，政體叢脞，曰鼓鑄，曰收幣，曰變鈔，曰恢疆，曰蒐卒，曰税畝，大率不審而遽行，既行而驟止，小則貽笑於國人，大則納侮於夷狄。於是更化而來，三載之歲月，又虚擲於舊傳，此先事不懼而失於輕之明驗也。今日天下，又非端平初年比矣。昔有危脉而今有危形，昔有亡理而今有亡證。回皇四顧，凛乎旦夕之不可保。使賈誼復生，豈止痛哭流涕而已哉！然上有隱憂而無定慮，下有叢言而無實念。每日而朝，群臣跪起而退則已矣；間日而講，儒臣誦説而退則已矣。百司庶府，分曹列局，朝而入，暮而出〔一〕，謹按文書，奉行常程則已矣。幸而論建之臣，條陳利害，粗中肯綮，可以見之施行者，又不過空費筆札，爲縉紳間相與傳誦之具則已矣。泛泛悠悠，奄奄息息，若將一委之數而付之無可奈何者，毋乃徒懼而失於沮乎？

少康以一旅興夏，勾踐以一栖伯越；燕以千里而畏人，楚以六千里而爲讎人役：强弱無定勢也。厲王板蕩之餘，周室衰矣，宣王繼之則勃興；宣帝厲精之餘，漢室昌矣，元、成繼之則浸微：難易無常時也。然則人能爲時與勢矣。陛下操大權，握神器，有土地人民，有甲兵士馬，紀雖紊而綱尚存，裘雖弊而領固在，挈提振起，風采立異，顧可聽勢之趨、任時之壞，

〔一〕朝而入，暮而出：原作『朝而出，暮而入』，據明刊本改。

而不爲祖宗數百年社稷計乎！祖宗數百年社稷，在陛下之身，而扶持祖宗數百年社稷，在陛下之志而已。志立則有深思，思深則有真見。必卑躬側身，必勤邦儉家，必敷求真才而篤信之，必講明實政而力行之，必不踵叔季之事以稔衰亂，必不口聖賢之言以務文飾。心誠意篤，精通氣應，雖值艱難之會，自有挽回之機。如其懼而不戒，憂而不圖，惡危而不計安，畏亡而不求存，寄時日於歡娱〔一〕，付危機於坐視，則前代傾危之轍，載在史册，有所不忍言矣。昔魏文公知畏狄難，至於服大布之衣；漢高祖將圖天下，至於婦女無所幸；光武欲恢祖業，至於不御酒肉。故曰『舜何人也，予何人也，有爲者亦若是』，又曰『以齊王猶反掌也』。聖賢豈欺後世哉，然則在陛下而已。

臣一介孤踪，去國五祀，陛下雖有兼采菲葑之度，而微臣邈無進效忠益之階。間嘗隨事獻言，身遠慮疏，祇取娼忌。退伏山林，自分已矣。陛下感於微剛之長〔二〕，并召時髦，下及庸陋，身未造闕，已玷除書，天地恩深，若爲報稱！惟有竭盡底藴，萬一補助涓埃。然臣竊觀時事絲紛毫委，高言之則恐以爲迂闊而難行，淺言之則又病於猥細而無益，故願陛下立志以

〔一〕歡娱：原作『觀娱』，據明刊本改。
〔二〕微剛：原作『微末』，據明刊本改。

先之，則夫瘵疾之方，對證之劑，臣雖至愚，尚當殫慮研精，深維熟計，繼此以進。取進止。

［貼黄］臣嘗觀先正魏公張浚《中興備覽》，其議固結人心，謂：『方天下無事之時，君臣上下之分，其勢足以相維，雖人君不能修治其身，及繩正其左右，以失天下之心，其爲禍也尚遲；乃若艱難多故，敵情不測，人心易怨，君人者倘有差失，禍亂不旋踵而作矣。大勢一去，不可復合，無以其微而忽之，幸也。』臣以爲浚之言允切於今日，伏惟陛下細加紬繹，則必有惕然於聖衷者。并乞睿照。

奏乞分路取士以收淮襄之人物守淮襄之土地

臣嘗謂用淮襄之人物，守淮襄之土地，此不易之至計也。然國家之取士，與士之發身，所重者惟文科進士，而淮襄之士，率不利於科。以每舉春榜觀之，淮西尚有三數人，而淮東則不逮矣。淮東間有一二人，而京湖則絶無矣。於是均光、隨棗、郢復、漢沔之郊，士之預計偕者，往往不願觀光於上國，州郡爲之勸駕而後就道〔一〕。何者？不精於時文故也。士之精

〔一〕此句『州郡』下明刊本多一『真』字。按『真』疑爲『直』字之誤。

於時文者，閩爲最，浙次之，江西東、湖南又次之，而每季之中第〔一〕，亦以是爲差。淮襄之士，其入官者既少，則仕於淮襄者，居多閩浙、江南之士。嘗試以淺近之事論之：其便弓馬，一不如土人也；諳地里，二不如土人也；耐風霜，三不如土人也；熟虜之情僞及金鼓兵革之事，四不如土人也。以彼所習較此所不習，其難易之相去遠矣。然彼不得朝廷之官，無由仕於其土地；不中進士舉，無由得朝廷之官；不能爲時文，無由中進士舉：則所謂用淮襄之人物守淮襄之土地者，其説終不可行矣。

然則如之何則可？曰：分路取士而已。恭惟神宗皇帝慨念西北人才多廢，嘗議改貢舉法，而先正司馬光首建言：乞將諸路舉人各立字號考校。大略謂古之取士，以郡國户口多少爲率，或以德行，或以才能，隨其所長，各有所取，近自族姻，遠及夷狄，無小無大，不可遺也。今或數路之中，全無一人及第，則所遺多矣。國家用人之法，非進士及第者不得美官，非善爲經義、詩賦者不得及第，非游學京師者不善爲經義、詩賦。然設官分職，以待賢能，大者道德器識，以弼諧教化，其次明察惠和，以綏拊州縣，其次方略勇果，以捍禦外侮，小者刑獄、錢穀，以供給役使，豈可專取文藝之人，欲以備百官、清萬事耶！然則四方之人，雖

〔一〕季：明刊傳鈔本作『計』。

於文藝或有所短，而其餘所長有益於公家之用者[一]，蓋亦多矣，安可盡加弃斥，使終身不仕耶！其後遂將陝西五路舉人，分項令考。孝宗皇帝加惠三邊，既詔四川類省專留兩名，以取關外四州之士，又詔四川武舉省試比試額，通四十二人，以十分爲率，利州路四分，取十六人[二]，成都等路六分，取二十六人。寧宗皇帝聿遵祖宗，遂詔武舉省試，將京襄、兩淮人另行取放。夫三聖當天下乂安時，其注意遐方之士猶若此，況今日乎！今日之勢，非收京湖、兩淮之士以收京湖、兩淮之土豪，收京湖、兩淮之土豪以收京湖、兩淮之丁壯，臣恐秋風一高，韃虜旋至，勇夫悍徒，無所係屬，非越江而内訌，則俯首以從韃，深憂大患，將不在虜而在蕭墻之内也。

臣願陛下亟下明詔，自嘉熙二年省試爲始[三]，將京西、湖北、淮東、淮西舉人，分路考校，并以十七人取一名，零分更與放一名：庶幾得淮襄之人物以守淮襄之土地，一利也；因士以收其土豪，因土豪以收其丁壯，二利也；稍抑時文之弊，以致有用之才，三利也。伏惟聖明以保封疆、復境土爲念，特發睿斷，宣諭中輔，速賜施行，多士幸甚，宗社幸甚。取進止。

[一] 者：原在「其餘所長」下，據明刊本移之。
[二] 十六人：明刊本作「十二人」。上言四分，計數偏少，當以十六人近是。
[三] 嘉熙二年：原作「嘉熙三年」，明刊本亦如之。嘉熙三年非省試年，下文言「嘉熙二年省試」，據改。

［貼黄］臣嘗以端平二年四路到省舉人之數考之，淮東一百四十五人，湖北一百一十五人，京西五十九人，通計四百八十人[一]。若以大例十七人取一名，其過省者僅二十八人而已，初未嘗多侵省試之額，而可以收四路之士心，亦何憚而不爲也！并乞睿照。臣竊見京西七郡及湖北復州、荆門軍、德安府、歸、峽州，已行殘破，今歲科舉，各處士人未有就試之地，槐黄已迫，合議區處。臣愚欲乞行下京湖制置司，就江陵府踏逐寺觀一所，立貢院，令項差官，合十二郡之士，混試一次，却以十二郡元來解額裒同取放。其十二郡曾請舉人，不論已免解未免解，特許來驗據，赴嘉熙二年省試一次，庶幾少見朝廷憫恤之意，且足以招徠陷没郡縣士人之心，其所關係，實爲不小。并乞睿照。又，臣觀春秋之世，晋在中原，楚在夷狄，楚雖有材，晋實用之，故晋伯諸侯者百有餘年。其後典午之晋遷於建鄴，久而習安，常以南士爲高華，以北人爲傖荒，由是中州豪杰悉歸元氏，而江左所用，悉皆文脉纖巧之才，故晋不能保有中原，而六朝常有弱患。我高宗南渡，孝宗承之，立賢無方，意度恢闊，李世輔、王友直爲將帥，王希吕、辛弃疾爲率守、監司，皆北來人也。自故相外招李全之徒[二]，而内實忌

[一] 此處漏淮西一路舉人人數，故致分數不合總數。
[二] 招：明刊本作『拓』，當誤。

之，既使有所激而叛。而世之昧者習熟見聞，概以厭薄疑忌爲事，凡出於淮襄者已幾待以胡粵，况自淮以北乎！積疑成釁，積釁成叛，而范用吉、尚全、常進、郭勝輩，且皆爲敵國於一水之外矣。此由南北太分，既蓄之而反外之故也。此意不改，豪杰不附，弃材以資敵，殆不止如春秋聲子之所嘆。蓋商鞅不用於魏，而秦孝取河西，王猛不歸於晋，而苻堅取慕容，此則議者所不慮，而臣以爲他日大可憂者也。如從臣策，分路考士，不特多得淮襄之人以守淮襄之土，又可使因淮襄之俗以招北方之豪杰，是獲才實消奸雄，而朝廷不預知，習俗不駭異，事之善者也〔一〕。不然，歲年之後，立敵於北，各事其主，其患將有不可勝言者。惟陛下與二三大臣熟圖之。并乞睿照。

奏中論安豐軍諸將功賞

臣一介庸晚，猥列言語侍從之班，雖越在外服，苟有所見，誼當奏陳。竊睹邊報，安豐重圍已解，朝廷論功行賞，輕重先後，所貴得宜，庶足激勸。敢爲陛下詳陳其説。

〔一〕事：明刊本作「善」。

仰惟孝宗皇帝加惠西北之士，極其收拾，文臣如王希吕之徒皆爲從臣，武臣如王友直之徒皆爲將帥，蓋將以此傾西北之人心，紹復國家之大業也。時機不偶，賫聖志以賓天。寧宗皇帝克篤前烈，自丙寅開邊而後，凡所招納，西北歸附，無慮數萬。陛下光踐大寶，兼愛南北，同符二祖，蓋未嘗一日忘中原之遺黎。而一紀以來，李全以山陽叛，張惠、范成進以盱眙叛。至於近日，郭勝以唐州叛，范思吉以均州叛，常進、尚全以德安叛，而爲禍之烈，莫甚於襄陽。若前冬固始之陷，以葛義勇，去冬定城之陷，以段用、董師俊。是皆西北歸附受豢養者，垂二十年，卒以叛去，臣未嘗不傷悲痛悼〔一〕，以爲豈惟此曹臣節之不終，其爲陛下任事之人，區處乖方〔二〕，控馭失當，不得不分任其咎也。論至於此，則安豐却虜之功，可得而言矣。聶斌、樊辛、張仲宣、王安，亦皆歸附也，聶斌爲安豐總轄，凡南北軍悉屬焉。一旦吕文德以孤軍入援，斌即乞以所部盡付之文德，願身出其下；樊辛孤立壽春，邈在淮外，韃遣人招之，乃能殺其使者，而以僞書繳送安豐。二人之節，有古名將之風，偕仲宣、安，悉力死戰，意氣不撓。夫當浮光陷没，吾之守將反爲賊先驅，可謂事勢迫急之際，人心相背之時。而四人者

〔一〕傷悲：明刊本作『悲傷』。
〔二〕區處：原作『區區』，據明刊本改。

竭忠效順，臨危不變，迄退强虜，全孤城，比之南方將士，功蓋倍之矣。臣愚欲望聖慈宣諭宰執，將聶斌、樊辛峻加拔擢，厚與錫賚；張仲宣、王安次之。所有杜杲致命效死，吕文德突圍赴援，以及淮東策應之師，却從朝廷處分，等第推賞。庶幾輕重先後，不失其宜，使北方歸附見留者亦堅報國之心，其如郭勝〔一〕、范用吉、尚全、常進之已去者聞之愧死穹廬之下矣。其關於國家安危成敗之算，實不爲細。

［小貼子］臣竊見前淮東總管國用安堅守徐州，身死王事，前濠州總轄樊顯戰没洛陽，皆歸附之表表者。用安雖已蒙褒録，欲望聖慈特貤金帛〔二〕，撫恤其家，仍與立廟賜謚。顯以洛師之退例不沾死事之賞，欲望聖慈特加檢舉，録後恤孤，庶使一等歸附莫不感激思奮，實爲興起人心，招徠携負，激昂戰功，保全邊境第一義。仰乞睿照。

［小貼子］又見浮光陷没，制臣陳韡以失職誤事，臺臣上疏論劾，朝廷舉行憲章，物聽惟允。但臣竊爲聖主有帷蓋之恩，功過有相贖之誼。韡十載兵間，頗殫忠力，浮光之用董堯臣爲守，雖其不明，而調吕文德以援安豐，卒能却虜，亦其善使。臣愚欲望聖慈更賜保全，俾之

〔一〕其如：原闕，據明刊本補。
〔二〕貤：原作「賜」，據明刊本改。

尚有自新之路，畢餘齡以報君父。臣之不任大願，并乞睿照。

奏乞選兵救合肥 嘉熙二年

臣輒有管見，上冒宸嚴。竊見韃爲不道，薦食邊封，東哨真滁，西哨豐黄、濠和，而頓重兵於合肥。頗聞排鱶木已立〔一〕，炮座已起，其欲爲窺伺合肥之計明矣。合肥不支，則豐、濠〔二〕、和已在掌股之中，而東方一無以自固〔三〕。東方不固，則江西之憂，浸浸乎有不可忌諱者矣。故今日之策，莫急於救合肥，而救合肥之策，則有遠近緩急輕重之宜，不可嘗試而泛動也。

厥今兵力莫强於督府，當令史嵩之選精兵三萬人，統以吕文德，道由巴河、三溝、鳳凰崖，由山路取五糟河、火燒寨以東，至黄龍源、七里回、頭駝河，出鐵嶺、小庭〔四〕、糯米衝，以達

〔一〕鱶木：明刊本作「儀木」。
〔二〕濠：原作「黄」，據明刊本改。
〔三〕一：明刊本作「亦」。
〔四〕小庭：明刊本作「小亭」。

舒城縣，更百里即至廬。此所謂出於九地之下者也。其次，則淮東連年緝兵整武，雖號完固，然真滁增兵，泗漣增兵，皆割維揚見存，若更抽摘，竊恐此賊乘虚擣襲，則根本動摇，不可不爲長江門户之慮。謂宜令趙葵祇於所部極力那撥北軍五千人，令心腹爪牙之佐溯淮而上，至於濠梁，就選北軍二千人，又至壽春，更選北軍三千人，又至安豐，更選北軍二千人，合一萬二千人，統以張仲宣，副以王安。仍將一行人先與晋轉官資，重犒金帛，許以解圍之日高爵厚賞。仍暫令趙葵節制，調遣濠、壽、安三郡策應人馬〔一〕，多方激勵仲宣等，使之由安豐以進，其去廬亦祇百一十里而近。又其次，則當令沿江制閫辦舟師萬人，由當塗管下裕溪口或滲潭，人無爲界，徑進巢湖〔二〕，姑至於湖心之巫山，以爲西北兩項步兵聲援〔三〕，遇便則進奪西口。此賊年來輕視吾國，如入無人之境，不意吾之布置如此，縱使未能大挫其鋒，其勢必少沮矣。又須多募死士，往來三處，以通進止消息，及間道入合肥，以堅在城軍民之心。但沿江所管地方，自池陽、當塗、建康以至鎮江、許浦，多臣數年之間待罪之地，不惟兵籍空虚，而見在籍之兵，率多老弱憔悴，其可倚仗者十無一二，臣每爲之寒心。使其猝備萬人，恐亦

〔一〕安：原作「春」，據明刊本改。
〔二〕徑：明刊本作「經」。
〔三〕步兵：明刊本作「步人」。

未易。謂宜如疇昔周虎守歷陽，西門垂陷，虎急募壯士，許以武翼郎，日支食錢一貫五百文，言未脱口，有應募者三百餘人下城死戰，遂以却敵，保全一城。今若立爲賞格，令行招募江湖盗賊亡命，或可得三五千人，貼以正兵，統以良將，鼓行而前，恐能有濟。此固馬隆之故智也。又其次，則六安西山，雖經殘破，尚有頭目數人，自行團結，固守其間，合而計之，不下二三萬人，皆頻年百戰之餘，艱苦忍耐之卒。謂宜遣才智忠勇之士，賫金帛、誥命以往，撫其首領，激其士衆，時出蕩兵〔一〕，相與擾劫，使此賊不得安意肆志，是又官軍之一助也。臣受國厚恩，恨無長策可解三邊之急，僭越敷陳，罪當萬死〔二〕。

［貼黄］臣竊聞東淮自盱、泗以北，韃日增生兵，聚於應天、海宿之境，伏而未動，未必不待淮揚兵力之分，爲批亢擣虚之計。今又據真州幹事人報，本州獲到奸細一名張三者，稱韃將以十月半來攻儀真，先令其入城縱火爲應，搜出火刀、火石、火藥俱全〔三〕。以此推之，賊之狡計，又未可以其并力於西，而不爲東邊根本之慮也〔四〕。并乞睿照。

〔一〕蕩：明刊本作『盗』，當誤。
〔二〕死：明刊本作『坐』。
〔三〕俱：原作『具』，據明刊本改。
〔四〕爲：據明刊本補。

奏論江防五利

臣輒有江防末議，可以致悠久之利，而除目睫之害，僭用奏陳。

照對本所近體探到鎮江府節制司蘆場一所〔一〕，坐落建康府管下，其名曰杜真沙，周廣一二十里。近因流民坌集，擅斫柴蘆，漸覺生事，不免差承信郎、權鎮江府節制司準備差遣胡拱之前去相視彈壓。乃知此沙之上流民凡十七寨，寨各有長，老少不下十餘萬口，强壯約一二萬人，皆安、濠、真、滁四郡百姓，而總此十七寨者，則宗子時哽也。沙之對岸六合縣界〔二〕，地名郭墅、堉塘、王峽塔等處，又有强壯五千人，頭目王瞻義，見行札立硬寨，遥與時哽相爲表裏。本所差官〔三〕，既體探的實，遂親行下時哽〔四〕，立加曉譬。旋據時哽狀稱：元係六合上户，丙申之冬，韃賊侵犯六合城壁，總轄李江以城獻賊，時哽兄、成忠郎特差充黄州黄岡縣尉

〔一〕體探：明刊本作「租樸」。
〔二〕六合：原作「六和」，明刊本下文皆作「六合」，是，因改。
〔三〕本所：明刊本下仍有一「所」字。
〔四〕遂親行下時哽：明刊本作「遂行，親訪時哽」。

時哨自率死士，與賊苦戰，竟死於敵。時哽抱持母親〔一〕，突圍而出，僅得生全。連年賊寇衝突，時哽團結鄉井强壯，依山附險〔二〕，屢與賊交鋒，前後殺獲，不知其計，恐官司反行追取獲到馬匹，以此不敢聞官。近於九月間，因探報韃賊將并力於東淮，時哽深恐勢不能敵，遂提十七寨老小渡江，於沙上屯泊，實不知其爲使所蘆場。蕩析之民，未免采斫，接縛蘧蘆，爲遮蔽風雨之計，委非得已。除遵依約束，告諭十七寨頭目，督責所部，自相禁約〔三〕，不敢侵斫，仍不敢一毫生事外，但念時哽忝出帝胄，每懷報國之心，不幸遭韃賊之禍，真、滁之民以時哽自父祖以來粗有恩信於鄉里，因推以爲首〔四〕，團結保聚〔五〕。今十萬老小，一二萬强壯，目前雖有三兩月之糧，尚可苟活，萬一向去鄉井未可歸〔六〕，生理無所仰，竊慮小人飢寒所迫，或稍違越於法禁之外，則時哽一身，萬死何贖！今雖蒙沿江制司差人前來，取責流民，單名細

〔一〕抱：原作「把」，據明刊本改。
〔二〕依山附險：原作「依險附險」，據明刊本改。
〔三〕自相禁約：明刊本作「自截日終」，「終」當連下讀。
〔四〕因：明刊本無此字。
〔五〕保聚：原作「聚衆」，據明刊本改。
〔六〕鄉井：原作「鄉里」，據明刊本改。

載〔一〕，緣别未有處分。聞又準行下起發五百人策應廬州，以此各寨頭目未就團結。此來倘蒙使所時加區處，使之有可耕之田，無餒死之慮，則時哽乞將上項人聽從官司揀選，籍充民兵，以備調遣，即不願支破錢糧請給〔二〕。欲望矜念淮民〔三〕，疾速具申朝廷，處置施行。

臣按照杜真沙雖在大江〔四〕，貼近南岸，并無限隔。今聚數萬衆於其上，所合早爲區處，以消意外。照得此沙蘆場不下數萬畝，其側有趙姓、鍾姓兩户蘆場，一以寶章、一以主簿立户，各不下數千畝。外此則有熟田三數萬畝，祇屬兩户，一係真州長蘆寺常住，今寺已焚蕩，僧已散亡，已是無主物業〔五〕，一係故將張俊府第之産。合三項蘆場及兩項田計之，約有二十餘萬畝。區區之愚，擬將長蘆寺田畝從官司拘管，張府田、趙鍾二户蘆場，并行拘籍。却將上項流民選精兵萬人，人授田二十畝，令自耕種。却仿京淮民兵例，分爲五將，總以統制一員，就令屯駐沙上，如此則立可收五利而去一害：不仰朝廷請給，坐得萬人精鋭之卒，一利

〔一〕細載：明刊本作『細帳』。
〔二〕即：疑爲『却』字之誤。
〔三〕矜念：原作『務念』，據明刊本改。
〔四〕按照：明刊本作『拖照』。
〔五〕已：據明刊本補。

也。此沙正對滁河，設使此賊有意窺江〔一〕，舟楫自滁河而出，沙上之軍，便可迎剿，二利也。揚、滁、真三郡，或遭圍閉，大軍策應，其勢實難，此曹皆堅苦忍耐之卒〔二〕，且屯駐江心，上岸擊賊，洗脚下船，其勢最爲順便。使之解圍劫寨，必能有濟，三利也。昇、潤之間，兵備素單，得此萬人，增壯上下流聲勢，四利也。江淮血脉，易於間斷，今沙上既有安、濠、真、滁四郡之人，則聲聞相接，淮民之心，亦有係屬，淮方之事，亦易體探，五利也。五利既具，而又可以弭蕭墻不測之害。臣以爲目前江防大慮，莫出於此。欲望聖慈詳酌事機，如以臣言爲可采，即乞降聖旨，遵守施行。

［貼黄］再照得準黄榜指揮〔三〕：招軍頭目人，如能團集一千人，補得一官資旨命，及二千人者補轉兩官資，以上等第推賞。仰乞睿照〔四〕。

〔一〕窺：原作「竊」，據明刊本改。
〔二〕堅：原作「艱」，據明刊本改。
〔三〕再照得：明刊本「拖照昨」。
〔四〕仰：原作「并」，據明刊本改。

奏乞重濠梁招信戍守

臣輒有千慮之愚，上冒宸聽。

竊見滁城被圍，守將軍民死守者三十餘日〔一〕，不幸守臣陳廣光死於飛炮〔二〕，以故人心離駭，旋至陷没。今賊已於二十六日掇寨入城，城内有朝廷樁管及兩總所經常米斛，不下二十餘萬，且弓刀、箭鑿、器械、火藥、石炮爲數不少，賊皆得而有之。屈指春和，尚五六十日，無緣便肯退回巢穴。衆人之慮，則以爲賊必窺伺儀真、歷陽，而臣之慮又有大於此者。蓋滁乃江淮門户，自宣化至滁九十里，自滁至昭關三十里〔三〕，自昭關至藕塘四十五里，自藕塘至定遠六十里，自定遠至濠州八十里，向北即是賊界。由宣化而濠，大約止三百里，其間已無限隔，賊騎往來，不過一鞭而已。萬一此賊襲取濠梁，以通淮北之途，然後駐兵滁陽〔四〕，以爲久

〔一〕三十餘日：原作『三千餘囗』，據明刊本改。
〔二〕陳廣光：光緒《滁州志》卷四作『陳廣中』。
〔三〕昭關：當清流關之誤。下同。
〔四〕滁陽：原作『滁揚』，據明刊本改。

留之計，則廬、陽〔一〕、盱、楚、真、和，反各在一隅，而賊固在腹心之内矣。江面之憂，將在旦夕。故今日之策，當死守濠梁，以爲東西淮砥柱，庶幾賊猶有所牽制，不敢安意於滁〔二〕。俟其退歸，或毁或徙，惟所以區處。欲望聖慈亟賜睿斷，令督府、淮西制司增添官兵，戍守濠梁，以爲必不可拔之基，實宗社之幸。事體關係非止一城，臣僭越敷陳，罪當萬死，仰乞睿照。

〔貼黄〕臣再照得兩日來淮東報，韃賊見圍繞招信，自青平山、天長以至高郵、寶應，綿亘二三百里，皆是賊寨。以臣料之，賊若攻濠，其意蓋欲通河南之賊，徑至於滁；賊若攻招信，其意蓋欲通山東之賊，徑至於滁。滁至大寨九十里，大寨至青平山六十里，青平山至招信六十里，比之自濠至滁，道里相等。然招信之外，尚有泗、宿，濠之外别無藩籬，則濠尤緊於招信。大約二郡存則賊不容駐滁，一處不牢，則事勢有難言者矣。仰乞睿照。

〔一〕陽：當爲『揚』之誤。
〔二〕安意：原作『安息』，據明刊本改。

奏已差軍剿逐韃賊

照對本司連據探報，韃賊掇移小寨〔一〕，前來真州二十里頭屯扎，時有哨騎薄真州城下〔二〕，趕殺人民，直至江岸。竊恐窺伺江面虚實，本司除先來已分布船隻，嚴護諸隘〔三〕，今又行札差水軍統制陳亮，須官民船一百二十隻，精選人兵一千五百人，前去真州北岸一帶，張耀巡連〔四〕，往來剿逐外〔五〕，須至奏聞者。

〔一〕掇：原作「攝」，據明刊本改。
〔二〕下：明刊本作「上」。
〔三〕隘：原作「邑」，據明刊本改。
〔四〕巡連：當爲「巡逴」之誤。明刊傳鈔本作「巡邏」。
〔五〕逐：明刊本作「以」字。

奏論儀真存亡關係江面

臣輒有愚見，仰溷宸聽。

竊見淮東人馬雖已再入滁城，但郡經殘破之餘，人民已盡，倉廩已空，樓櫓已毀，守備之計，猝難插手。今賊見窺伺儀真，事勢頗急。真之備禦，素不逮滁，而真之存亡，關係江面，則其事體又非滁比。故與其分兵力於賊已去之滁，孰若合兵力於吾必争之真。真安則滁固自存，真危則守滁何益？欲望睿慈宣諭宰執，量事務之輕重，行下淮東制司，將復滁之兵，盡數抽入儀真捍禦。仍札督府，令吕文德仍舊帶所部人馬，疾赴儀真之急[一]，非特固真，實以保江。臣無任拳拳憂邊、體國之至。仰乞睿照。

［貼黄］臣竊聞近日吕文德在真，韃之哨騎有至近城者[二]，文德以單騎衝突，賊頗披靡，儀真之人[三]，恃以爲命。比其提兵去真，人心爲之駭沮。以良將之去留，關係一城之休戚，

[一] 疾：原作『即』，據明刊本改。
[二] 近：原作『今』，據明刊本改。
[三] 人：原作『民』，據明刊本改。

委非細故。并乞睿照。

奏論本所團到流民丁壯攻劫韃寨屢捷制置司忌嫉興謗等事〔一〕

照對臣昨緣去歲韃寇侵犯淮東界分，有流民團聚建康府境内本所杜真沙上，侵斫官蘆，本所遂差官前去撫諭。見有宗子時哽團到流民，頭目不一。沿江制司雖遣官招誘團結，緣所差之人，多係武臣，但知倚勢作威，乞覓搔擾，略不能以恩意撫納，其時哽及以次頭目等人，皆不肯受制司之令。臣粗懷深遠之慮，遂將時哽借補，檄令赴總領所稟議。其時時哽聞令就道〔二〕，臣即留之鎮江，不復令再往沙上。所有流民，却自行差官前往地頭彈壓，措置團結，并皆稟受約束，即無一毫生事作過。

祇緣臣以韃賊圍閉滁陽，江面震動，而制司所調兵船在滁河口菖蒲蕩等處，屢爲韃賊掩去兵稍，燒却船隻。臣深慮事關利害，雖其地係建康界分，而臣以王人統隸江東，不敢坐視，

〔一〕事：據明刊本補。目録題末有『事』字。
〔二〕令：明刊本作『命』。

遂分差膽勇兵將，并於時哽元團到流民內，選擇精鋭之士，時用小舟，夜渡過江，攻劫賊寨，屢梟到賊首及捉到投拜户，并奪到馬匹。臣以其不足爲賊大勢輕重，不敢效近時一種欺罔之風〔一〕，張惶奏捷。不謂沿江制司自不能遣兵過江，撓劫韃寇，却歸咎時哽，屢行下鎮江節制司責問，謂時哽斫到賊首，奪到馬匹，不應不解制司而解鎮江府。不知殺獲之人，乃本所所遣〔二〕兵將，而非時哽之人，所用時哽團到勇士，乃出於本所而非時哽之意，奪到马匹、斫到首級乃係本所以重賞致之，而非沿江制司所可號令也。沿江制司可誰何者，鎮江節制。而本所乃總領浙西、江東、淮東財賦之司，非沿江制司所可得而誰何也。本所以其施行背戾、付之不關，而制司含怒不已，乃選造張公凸提督團結官齊敏等所申請時哽生事作過，而所指元無實迹，不知時哽既在鎮江府供職，縱有作過之人，且非時哽之罪，況實未嘗有作過者，而欲以污時哽，可乎？ 照對自去冬以來，沿江州郡流民，在在充斥，當塗幾四十五萬，鎮江府亦不下數萬，建康數多於鎮江府而少於當塗。 當塗及鎮江府并未聞有生事之人〔三〕，而建康

〔一〕敢：原作「取」，據明刊本改。
〔二〕此下至下文「不識事勢」前原闕明刊本二十行四百字，據明刊本補。
〔三〕聞：明刊本作「開」，誤，徑改。

府境内流民所在爲梗，如桃红則有劉俊三千餘人〔一〕，與路鈐華贇、鄉兵總首楊玉等交戰，殺傷相當。如東陽則有解十三等千餘人，與鄉兵總首薛師魯等殺傷相當。如西沙則有顏文焕等總火焚劫〔二〕，雖制司官莊財物、米穀，皆爲一空。其他村墟聚落，土人、流民，相戕相殺，不可數目，所至流血，此皆具有實迹，行路之人皆能言之。非流移之民在當塗、京口者獨當制，在建康者獨不可制，良由制司所差兵官不識事勢，或奪其財物，或取其稻穀，或污其婦女，或辱其衣冠，流民心不能平，遂以兵應，制司并不敢究問，亦不敢申明朝廷，何獨於無過之時哽而加誣玷乎！此皆臣不合勇於體國，於建康境内團結丁壯，攻劫韃寇，以致制司忮怒，而時哽遂爲水蟹池魚，臣實有愆，何可自逭！竊念臣一紀馳驅，惟知下朴實功夫，爲國家撫恤軍民，整葺武備，實不善飾口舌，以欺君父，誣同列。今制司既過有申述，竊恐上聞聖慮〔三〕，臣萬不得已，冒昧控陳。所有時哽已蒙朝廷特補承節郎，添差浙西安撫司準備將領，鎮江府駐扎，見今在任管幹，久已不干預沙上事件〔四〕。仰乞睿照。

〔一〕桃红：當爲「桃江」。

〔二〕總：當爲「縱」之誤。

〔三〕聞：原作「關」，據明刊本改。

〔四〕件：原無，據明刊本補。

［貼黄］臣再照得當滁寇未退，人心動摇，沿江制臣又恐諸寨之人馬溯江西上，謁督府於繁昌。時建康界内諸沙流民無不作過，而西沙顔文焕等爲最，其安帖者惟杜真一沙而已。文焕固嘗遣人邀約時哽以次頭目人〔一〕，欲表裏相應，焚劫東楊以直至建康城外人民財物〔二〕。時哽之徒答以已受鎮江吴侍郎團結，不敢隨從作過，文焕等之流遂寢〔三〕，僅流毒於西沙而已〔四〕。今制司不思本所密有功於制司，而反以招時哽爲懟，支離粉飾，上以罔九重之聰，以欺公卿百姓之聽，臣實懼焉，欲望聖慈檢照。臣以母病請祠，俾尋香火之盟，不任大願。并乞睿照。

奏乞賞功以興起人心

臣竊惟有功不賞，有罪不誅，雖堯舜不能治天下。是知賞功罰罪，且不可廢於平世，而

〔一〕固嘗：原作『因長』，據明刊本改。邀：明刊本作『結』。
〔二〕東楊：明刊本作『東陽』。前已見『東楊』，疑同爲一地。
〔三〕寢：原闕，據明刊本補。
〔四〕此句前原有『僅僅』二字，據明刊本删一『僅』字。

况多事之日乎！照得去冬韃爲不道，既不得志於廬，遂并力於滁。時知招信軍余玠親提精卒，轉戰入青平，戮力以赴滁之急，不幸師未達而滁潰。賊既陷滁，悉兵乘勢圍玠於青平〔一〕。玠極力拒守，賊不獲逞，乃以攻青平之師轉而攻招信之虚。時適張子良叛於泗盱，内外無援，音信阻絶，玠以爲盱一不守，則不惟青平不可保，淮東門户，將遂蕩然。於是不顧危亡，復轉戰而入盱。賊盡鋭攻之，玠盡鋭應之。臘月二十六、二十七、二十八之戰，殺賊無算，賊乃引去，玠被瘡，幾以不支。蓋去歲淮東却虜，玠之宣勞衛社稷〔二〕，實冠諸將〔三〕，而未有以聞於上者。雖玠昔爲白鹿學徒，頗嘗聞道，初不計功賞之有無，然兩城士卒，用命鏖虜，似不可無以示勸。臣護餉東陲，實以報發御前軍馬文字爲職，誼合敷陳。欲望聖慈特下有司，詳酌施行，庶幾有功見賞，足以興起人心，其於邊面，誠非小補。

〔一〕勢：原作『時』，據明刊本改。
〔二〕社稷：原作『駕』，據明刊本改。
〔三〕此句首原有一『績』字，據明刊本删。

奏乞令東閫兼領總司以足兵食

臣竊惟四郊多壘之日，事有當通變者，制、總兩司之合是也。四總在紹興間，本宣撫司錢糧官，秦丞相檜當國，與虜行成，遂創總領，以代宣撫司錢糧官之職〔一〕。蓋欲漸收諸將之權，以就和議，故其策不得不出於此。若今日之事體則不可同年而語矣〔二〕。兵事方殷，調度益急，總所之權，素不能行於所部，則軍籍之盈虛，戍兵之增減，錢糧之當支與不當支，皆莫可致詰，不過憑受給廳片紙銷豁而已。其間事體之掣肘，移易之扞格，有不可盡述者。此固勢之所趨，非人之所爲也。

故臣以爲總計并國之制司〔三〕，有數利焉：以軍伍言之，則缺額可稽，頂冒可核，一切冗濫可考；以錢糧言之，則利害自切於其身，戍兵之可減者減，生券之可省者省。州郡將帥有所憚，而不敢妄取於受給廳；受給廳有所憑〔四〕，而不至受制於州郡將帥。以至糴買糧草，可

〔一〕宣撫司：原闕『宣』字，據明刊本補。
〔二〕年：原闕，據明刊本補。
〔三〕國：當爲『閫』字之誤。
〔四〕上二句明刊本作『而不敢妄取受於給廳有所憑』。

以督責，不時借兑，可以那融。綱船往來，郡縣决不敢差踏，綱米程限，巡尉决不敢羈違。凡有行移，自如臂之使指，無不如意。其與總所之自爲總所，難易之相去殆不翅萬萬倍矣。臣愚欲望聖慈妙酌時宜，參用舊典，將淮東總領所職事，就令淮東制置大使司就行兼領，其於足食足兵，安邊固圉之計〔一〕，實非小補。臣非欲藉此以辭繁難，亦非與制司别具異同〔二〕，以此嘗試朝廷，實以兩嘗護餉，親見制總事宜莫便於此，是用冒昧奏陳。

［貼黄］照得歲在癸巳，護餉淮西〔三〕，嘗攝沿江制置，臣以兩司事體，自相通融，半年之間，爲總所省生券錢二十餘萬貫，米二萬餘石。此臣已試之驗，非臆度之説也。况近年以來，如湖廣累以制臣兼總，今孟珙亦然。嘉定間，岳珂爲淮東總領，屢兼淮東制置。制總互兼，其來已久。今三邊卒未有解甲之期，而淮東制司調度亦自不給，若令并領餉計，亦可使之伸縮進退，得以自如，實爲邊閫之幸。并乞睿照。

《許國公奏議》卷二

〔一〕圉：明刊本作『禦』。
〔二〕具：明刊本作『其』。
〔三〕護餉淮西：原作『護餉西淮』，明刊本如之，據明刊傳鈔本改。此與前《奏乞選養宗子以繫國本以鎮人心》『臣歲在癸巳之冬，待罪淮右餉事』用語一致。

卷一二　文五

奏乞增兵萬人分屯瓜洲平江諸處防拓内外嘉熙三年

照對臣一介庸虚，猥叨選擇，建閫浙右。千里邦畿，固以鎮静爲第一義，但據諸處探報，韃賊今歲入寇，早於常年，而窺伺淮東之意尤鋭。以形勢言之，通州警則平江急，揚泰警則江陰、常州急，真揚警則京口急，而海道不虞之慮又不預焉；以口岸言之，則通之狼山，可以渡平江府福山，揚之柴墟，可以渡常州魏村，泰之石莊，可以渡江陰軍申港，而支流派港可以横截徑渡之處又不預焉。凡此要害之區，舊雖隸沿江制司，然參以沿江制司去歲具申密院公牘，備述江防布擺之詳，止謂以建康爲下流，當塗爲中流，池陽爲上流，而京口、毗陵、平江、嘉興、江陰五郡，無一晝及之，則折柳之防，豈惟浙郡未嘗措置，雖沿江制司，亦往往窘於事力之褊短，有不及措置者矣。夫以積久無備之數州，而有上下數百里江海之憂責，警急之際，固未有無兵而能守者也。

而臣科料所部軍籍，以言乎步軍，則鎮江都統司元額計六萬二千五百七十九人。開禧間，胡海之變，盡招其徒爲軍，曰敢勇，曰精鋭，曰武鋒，通一萬六千人，屯駐維揚。嘉定間，賈涉在淮東，鎮江諸軍之戍淮東諸郡者四千三十有五人。涉申聞於朝，就令移家永戍。於是都統司之軍，其去者已二萬零三十五人矣。續因江淮諸郡競欲募軍，朝廷又割都統司之額以與之。揚州曰强勇軍，五千六百人；淮安州曰左右軍，一萬一千人；淮陰縣曰江水軍〔一〕，千人；泗州曰歸附義士軍，一千四百二十一人；青平山曰雄邊軍，一千人；瓜洲曰防城軍，一千二百四十七人；鎮江曰水軍，五千人。通計三萬二百六十八人。於是都統司之軍，其去者共五萬三百單三人矣。其在寨者，僅不過一萬二千二百七十六人，而又有歲戍淮東諸郡縣之軍，計四千九十三人，係於在寨一萬二千二百七十六人之中，選其强壯，以供征役。於是實在寨之人纔及八千餘人，而老弱者在焉，疾廢者在焉。諸色合干人〔二〕，以至倉場、庫務職掌，與夫軍期擺鋪應干差役皆在焉。於是都統六軍，雖曰元額六萬二千五百七十九人，其實無一人可以爲江南警急之備矣。此步軍然也。以言乎水軍，僅有鎮江五千人。

〔一〕江水軍：明刊本作『水軍江』，當誤倒。
〔二〕干：原作『千』，據明刊本改。

去秋臣始上事，即加閲視，密記其人物堅壯可以出戰者，極不過五百人，餘皆疲癃脆懦，纖細短弱，一指可仆〔一〕，決不能於驚濤巨浪之中，飛戈走戟，擊刺如神。此皆三十年之積弊，既不堪戰鬥，又不可汰遣，惟可於江之南守寨柵、張旗幟而已。外此則許浦一軍，見管一萬一千五百八十六人，而戍淮東者二千二十五人，戍峽州者千人，戍鄂渚者五百人，戍金陵者千人，運淮西糧米者二千九十七人，諸雜巡逴防把差使、窠役，又千餘人。其在寨者止二千五百四十人，而老弱疾廢亦且三之一矣。如澉浦、金山小軍分合而計之〔二〕，其在寨者，通二千六百餘人，而老弱廢疾亦且三之一矣。夫以三輔之郡，蔽遮行闕，而上下數百里江海之間，所恃水陸大軍單虛如此，况積安久玩之厢禁卒乎！使天佑國家，虜馬不至於飲江，猶之可也，萬一果如叛臣宗雄武、金之才輩之慮之計〔三〕，則江南之事豈不甚岌岌乎！

竊考韓世忠制置浙西，以八千之旅邀窘兀朮於金焦之下，可謂以少擊衆，以弱禦强。然

〔一〕一指：原作「指一」。仆：原作「什」。據明刊本改。

〔二〕小軍：明刊本作「小小軍」，當皆「水軍」之誤。

〔三〕慮：明刊本作「虜」。

其所將，皆西鄙勁卒，身經百戰之人，而又是時蜀有吳玠、吳璘控制上流，荆湖有岳飛以必勝之軍虎視河洛[一]，加以帷幄之内，區處得宜，朝廷之上，是非不僭，人材錯立，政治有章，故時世雖危，而實有善政不亡之證，所以虜雖能過江，不敢以江南爲可有。節節振起，遂成中興。以今準昔，事體實難。而况臣之菲才，統空虚無備之數州，任上下數百里江海之憂責，豈不重可寒心也哉！區區欲望聖慈特發睿斷，令本司另招萬兵[二]。内步兵五千[三]，專招淮人，屯守瓜洲，外以助維揚掎角之勢，内以張江面虎視之威；内水軍五千，專招浙人，分屯平江境内唐浦、江灣、福山，内以拱衛行都，外以彈壓江海。臣决不效近世招軍，或强驅市人，或泛募游手，徒費朝廷之錢米，無補國家之緩急。臣又當結以恩信，激以忠義，董以紀律，使之知有君親，效死勿去。至於成敗利鈍，毁譽禍福，臣皆不暇計也。觸冒宸嚴，臣無任隕越俟命之至。

［貼黄］臣竊惟理内所以制外，居重所以馭輕。今以諸閫言之，京湖有兵二十餘萬，淮西、淮東各不下數萬。祇沿江制司建康有馬司、戎司，又有靖安、唐灣水軍，又有游擊軍，又

[一] 荆湖：明刊本作『制湖』，當『荆湖』之誤。

[二] 另：明刊本作『令』。

[三] 步兵：明刊本作『步人』。

有制效；當塗有水軍五千人，雄江軍五千人；池州有水軍、防江軍八千人，又有戎司軍；江州有水軍、防江軍數千人，又有戎司軍；興國軍有防江軍三千人，通亦不下數萬。浙右乃王畿之地，宗廟朝廷之所宅，而事勢單絀如此〔一〕，似不容不少關聖慮。并乞睿照。

奏條畫上流守備數事

臣一介庸虚，越在外服，固不應輒議朝廷大政。然身列禁近，職預論思，苟有一得之愚，不當以疏遠而自默。竊見韃爲不道，侵突蜀江，雖督府倍道進師，京湖制臣竭力赴援，峽口近已肅静，施黔似無疏虞。然臣竊觀此賊用兵，無不取，無必取，而無必取者，乃所以行其無不取之計。安知其目前之謀，不且并包巴蜀，占據江面上游，而遲至秋冬，方自瞿塘以下歸峽，道施黔以窺鼎澧，出黎雅以瞰交廣乎！使彭大雅、陳隆之尚能立脚，則此賊猶有後顧之虞，若二帥或音問中絶，或奔迸東下，則臣之所料恐將十中七八。今屈指日力，自一月以至七月，僅有半年，如救頭然，猶懼不濟，若復視以爲安，則天下之事，自此恐有不可諱者矣。

〔一〕絀：明刊本作『屈』。

謹條畫如左，須奏聞者。

一、孟珙自其父宗政積有威惠於襄漢之間，而珙深沉寬厚，能得南北士心，又過於其父。謂更宜加寵任〔一〕，俾爲京西、湖南北、四川宣撫使。自八月以至二月，則移司公安；自三月以至七月，則回司鄂渚。蓋賊方有窺伺湖南之意，非并湖南北合爲一司存，使任防托之責，則必致互有抵牾。若岳陽，雖亦係上流，然處大江重湖之中，可以虎視而難於調遣。惟公安北可以應接江陵，西可以應接歸峽，當道里之中，爲要衝之會，宣司駐足之地，無以易此。仍乞朝廷多降金銀錢帛，俾其得以展布。蓋上流存則國存，上流破則國破，當傾竭事力以救之，非平時比也。

一、鄂渚而上，既有所付托，其次則莫重於九江。金陵相去千四百里，雖鞭之長，豈能及於馬腹！謂宜仍札沿江制置副使於九江，就兼江西安撫使，除鄂州外，凡前日副閫所隸之地，仍屬焉。所有元來副司財賦，却令督府均撥付沿江、京湖兩司。蓋京湖既有湖南一路可以通融，則沿江副司財賦，亦可以不專仰矣。九江守臣董魏宏毅忠壯〔二〕，有托孤寄命之節，

〔一〕更宜：原作「宜更」，據明刊本改乙。
〔二〕宏：明刊本作「洪」。

因加任使，决能稱職。

一、天佑中國，蠢爾小夷，固决無侵越内地之理。然慮事寧過，圖事寧豫。自施而通澧，有禁山三數百里，土豪田、向二氏，世爲朝廷主此山，宜優加奬録。設有侵軼而至鼎、澧〔一〕，則前有長沙之湘江；又設有侵軼而過長沙，則前有江西之章江。二江雖非大江之比，然亦未易猝渡，皆當豫爲防托。

一、辰、沅、靖三郡，皆有蠻人，勇悍善鬥，亦宜於三郡士人中擇有志之士，散入諸蠻，以恩賞結其蠻帥。若團得數千人，亦可爲緩急一助之用〔二〕。

一、韃之爲害，猶曰外憂，而内憂之最急者，則流民是也。去歲江東區處失宜，列郡村墟、井邑，莽爲焚劫之場。後雖不得已而招之，復忿其前過，誅殺其頭目數十百人。使今冬韃復猖獗，則此曹又必騷動。若仍有團聚作過之人，豈復更可招撫？此腹心之大患也。臣以爲流民與其處之江南而得所，不若處之江北得所之爲愈。今連年兵革所喪亡，飢寒所殍死，其存者蓋已無幾。臣竊見安豐之六安山，聯接光、舒、蘄三郡境界，周廣八百里，兵法中

〔一〕侵軼：明刊本作『侵迭』。『迭』通『軼』，下『侵軼』同。

〔二〕一助：明刊本作『一注』。

所謂天關、天牢者，此山是也。其間生生之物及攻戰之具，無所不有。今尚有殘民萬數，皆堅耐百戰之餘，盤據於其中。臣以爲宜升六安縣爲軍，擇人爲守，置司其内，凡光、舒、蘄附山之縣皆據而屬焉。使自擇令長，仍從朝廷給錢五十萬緡、米五萬石，使爲守者舉淮北流徙之民，凡屬强壯，盡誘之入山，俾合爲耕戰。他日經理就緒，不惟可以壯淮西之勢，塞韃賊之衝，而又可以寬江南之擾，實爲數利。仍乞擇淮士二人爲刑獄、常平使者，置司滁、和，俾任責往來，同共措置，年歲之間，必有成績。

一、安慶府、蘄州，既經殘廢之後，見移治沙洲，徒有州郡之名，無益於事，而於流民一節，多與九江、池陽兩郡施行之間互有抵牾，於事體不便。謂宜令九江守臣〔一〕，就兼提督蘄州移治兵民公事，池陽守臣兼提督安慶府移治兵民公事。其見屯泊之沙，則令兩郡守臣就擇通暢武臣一員，充各州鈐轄，兼主管各州移治兵民公事。庶幾事權歸一，其於處置流民，關係不小。

一、多事之際，如湖南、福建、江東西、兩浙東西，皆當團結民兵，以爲緩急盜賊之備。然

〔一〕宜：此字原無，據明刊本補。

須各路委之賢明監司，庶可不擾而辦[一]。

一、浙東、福建民船，其可用者甚多，常年以應官司者，不過具文而已。謂宜令浙西向上監司兼提舉兩路民船公事，使之自擇士人[二]，措置團結，以備緩急之須。

一、浙西沿江、沿海一帶，亡命剽悍、興販公私之人[三]，謂宜稍破拘攣，所屬官司，令作措置團結，庶幾緩急之際，有調用之利，無嘯聚之患。專在任責得人，自然有益無損。

奏論平江可以爲臨幸之備

竊見錢塘建都，百有餘年，以陰陽言之，全籍海門巽水，早晚兩潮。今沙漲潮塞，未必非天啓國家以轉移之機，大有爲之會也。況諜者所報，多云韃賊爲窺湖湘之計，萬一不幸，設有疏虞，則去行都止隔袁、撫、衢、信而已。臣以爲平江地勢寬闊，物産富厚，他日或可爲臨幸之備。蓋南斷長橋，阻松江，北決江湖之水，以斷毗陵之路，則不患無形勢；因三吴之饒，

[一] 辦：原作『辨』，據明刊本改。

[二] 士人：原作『士人』，據明刊本改。

[三] 興販：原作『興敗』，據明刊本改。

則不患無穀粟；團江海亡命，則不患無兵；而又去江上不遠，可以係屬人心，收召豪杰，有進之形，無退之迹。欲乞試入聖抱，預作區處。臣年來百病纏綿，心力殫竭，自度無用於世，已三上祠請，惟是忠君愛國之忱不能自已，苟有所見，不敢顧忌，諱而不言。區區無任拳拳懇切之至！

内引第一札奏論艱屯蹇困之時非反身修德則無以求亨通之理嘉熙四年

臣一介庸虚，仰蒙聖恩，俯錫召綸，旋加親擢，獲奉穆清之對，敢盡責難之恭，惟睿慈垂聽。

臣聞《易》曰『雲雷屯，君子以經綸』，是艱屯之時，乃君子所以經綸其大業也。又曰『山上有水蹇，君子以反身修德』，是蹇難之世，非反身修德，無以自濟也。又曰『困亨』，是困厄之中，有亨通之理也。厥今事勢，陛下既自熟於聖心矣。披猖之虜，如蠹旁蝕，而四肢已斷；流徙之民，如疽方結，而腹心可虞。耗者衆而粟力竭，出者多而楮力竭，行伍咨嗟，市廛誹議。怨氣上干，極爲今年之彗；怨聲下徹，極爲去年之潮。此其爲坎盈之屯、艮險之蹇與『澤無水』之困，蓋已在天成象，在地成形矣。然而此正陛下經綸之日，反身修德，在困求亨之時也，特未知所以應此者何如耳。夫水漂而火焚之，盜迫而鄰侵之，當此之際，未有不重足而栗、搗心而悲者也。俄而賁育過焉，則嘻笑赴之，而懦者皆起。夫血氣之勇，猶足以勝危懼而當禍患，況勇於義理而以帝王之位行之乎！

故夫有土不可以爲貧，有民不可以爲弱，有慶賞刑威則不患不能奔走群動，有利勢操柄則不患不能旋斡萬爲。少康興於一旅，勾踐伯於一栖，燕以千里而畏人，楚以六千里而爲讎人役，何相遠若是哉！大抵自古未嘗無大壞極弊之時，亦未嘗無扶衰救病之術。其或乍仆而忽起，寖微而終否者，全在時君世主之勇不勇而已。天下之至不勇者，莫若秦皇、漢武，惟成湯爲智勇，文武爲大勇。蓋剛者君德之體，健者君德之用，自剛而克，由健而發，是之謂天德之勇。乾以静專，坤以直大，皆是物也。陛下寬簡如堯，克勤如禹，柔恭如文王，可謂有帝王之資，惟在充而用之耳。用之莫先於去心過。何爲心過？一曰欲，二曰慢，三曰欺。且天下之事極矣，惟天回則事可回，而此三者之過，乃所以斁天理、褻天威而怠忽天命。是故有欲心者，與天爲二矣；有慢心者，不知有天矣；有欺心者，則又以天資口耳，而不以天事身心矣。陛下於此用吾勇焉，如刀斷絲，如堤截水，微去之，漸去之，頓去之，以至於盡去之，則三者之心，雨晞霧散，而清明見矣，何憂乎潮汐，何畏乎彗孛，何患乎回鞋！困之能亨，蹇之自反，屯之經綸，孰有妙於此乎！

臣請復述前聞，以贊陛下之勇。我太宗皇帝之端拱二年六月，彗出東井之積木，日見東北，夕見西北，歷右攝提，閱三十日，至亢乃滅。其後大觀四年五月，彗出自王良造父，歷閣道，入紫宫，干帝座，二十餘日而滅。我仁宗皇帝之至和三年七月，連雨不止，水入國門，淹浸太社，破缺城垣，城外冢墓，皆遭漂蕩。其後宣和元年六月，積水暴至，迨近都城，漂没人民廬舍。夫去年之潮，今年之彗，其與先朝何異？然端拱、至和，不過一時之災，而大觀〔一〕、宣和之後，其事有不忍道者，陛下將何鑒哉！臣不勝憂愛之情，惟陛下裁之，幸甚。取進止〔二〕。

内引第二札奏乞遴選近族以係屬人心而俟太子之生

臣仰惟皇帝陛下發祥藝祖，既體寧皇，以曆數考之，中天再造，蟄蟄繩繩，實當陛下。弧韣屢應，匕鬯尚虚，陛下雖有詒謀垂裕之永圖，思欲爲社稷萬世之至計，而猶豫虚徐，未有贊

〔一〕大觀：原闕「大」字，承上補。

〔二〕裁之，幸甚：明刊本作「財幸」。

其決者，非所以申固天命，係屬人心也。按祖宗故實，甲觀未期則遴選近族，前星既協則歸奉宗藩。真宗皇帝六年，適有周王之戚，即取宗室子養於宫中。及仁宗既就外傅，則宗室子亦歸邸矣，濮安懿王是也。明道元年，仁宗皇帝聖壽二十有二〔一〕，而安懿生子，又數年亦取養於宫中。其後後宫多就館者，而王子乃還濮邸，用前例也。紹興五年，高宗皇帝謂宰相曰『朕年已二十九，尚未有子』，且謂自有國朝故事，蓋導引景貺〔二〕，鎮壓群疑。事體得宜，意慮及遠。此實累聖大公至正之度，非若漢唐叔末諱護牽制之爲也。夫以仁皇春秋甫二十三，高皇春秋甫二十九〔三〕，真皇即位之六年，亦少陛下之兩歲，而長慮却顧皆若此，陛下寧不以祖宗之心爲心乎！前古轍迹，載在簡編，多以倉卒之間，稔成衰亂之證，可爲永監。故臣深願曲留聖慮，特采舊章，博求小宗，必有岐嶷，少遲緑車之出，以俟朱邸之還。百世本支，萬年基緒，實係於此。臣駑下，雖不能爲皇祐之司馬光，亦粗爲紹興之婁寅亮。惟陛下裁赦。取進止。

〔一〕二十有二：應爲『二十有三』之誤。仁宗生於大中祥符三年，明道元年二十有三。下文即作『二十三』。

〔二〕蓋：原作『當』，據明刊本改。

〔三〕甫：據明刊本補。

内引第三札奏論尹京三事非其所能

臣至愚極陋，仰荷陛下非常特達之知，猥加拔擢，疊組兩部，兼領神皋。蓋嘗早夜而思，竊以爲才有短長，時有艱易，物有盈虚：如臣之才，使之撫摩百姓，則粗可勉竭，使之發奸摘伏，則非其所能矣；使之驅馳外服，則粗可勉竭，使之彈壓衆大之區，則非其所能矣；使之持法守、奉理道，則粗可勉竭，使之酬應人情、周旋世態，則非其所能矣。此所謂才有短長者也。歷參時變，載考京邑，禧、泰之際艱於乾、淳，寶、紹之時艱於禧、泰，端、熙以來，其難又非昔日之比矣。陛下異時擇牧，率皆八面疏通之士，猶懼弗濟，况臣迂愚鈍拙，與物多忤者乎！此所謂時有艱易者也。米乃民之命脉，而苦於直之涌；楮乃民之血脉，而苦於直之低。四民之道俱窮，百物之産不繼。談河不可以止渴，畫餅何能以充飢！此所謂物有盈虚者也。

重惟本朝上以文明啓治功，下以儒雅成習俗，凡投身簿書獄訟之間、甲兵錢穀之内，縱使學者，亦貽俗吏之譏。先帝朝，徐誼、徐邦憲號一時名流，皆嘗尹正京畿，先臣某實與之爲友，每以書責之，謂非秀才所當做官職。臣以聖意堅決，聖恩深厚，未免冒清議，違先訓，勉服威命，惶懼就職。雖欲刻苦奮勵，圖報萬分，然際時之難，適事之極，恐決無以仰副陛下選擇而使之之意。昔趙母指括之必敗，以全其宗。臣有老母，預乞聖慈曲軫危悃，他日姑從薄罰，不爲親憂。臣無任隕越、懇祈之至！取進止。

經筵奏論救楮之策所關係者莫重於公私之糴

臣一介迂疏，猥叨親擢，典神皋。頃者錫對便朝，恭承玉音[一]，以錢楮爲第一義。臣祗服訓詞，不過宣布陛下德音志慮於衆，而臣民億兆，皆昭知陛下憂勤懇惻之心，靡然聽從。錢既流通，楮亦增重，目前市邑，粗免蕭條急迫氣象。然臣反覆過計，以爲此特制之於其末而已。譬之流水，曲爲堤防，使不傾泄，故可以成一溉之功。若不浚其本源，俾之汪洋浩渺，不幸一隙不牢，堤防稍決，其涸可立而待，臣實未知其所終也。本源者何？救楮而已。朝廷亟思所以救楮，則百物之價便可以損三分之二。而其最所關係者，莫重於公私之糴事。朝廷以朝廷和糴言之，則可以寬國計；以閭閻日糴言之，則可以寬民生。夫古今未有石米之直

[一] 玉音：原作『王音』，據明刊本改。

爲緡絲三四十千而國不窮，民不困，天下不危亂者也。臣以爲天下大變大故，猶有自定之理，若財殫粟竭，不起而圖之，則決無天雨財、鬼輸粟之事。《書》曰『弗爲胡成』，厥今事勢本末盡至於不可爲，而君臣上下似欲以不爲僥幸鎮静之名、安平之福，臣不知其果何説也。況朝廷帑藏之儲，已浸浸乎里巷富翁之不若，更三四月，邊塵一驚，周章四顧，不審執事者將何以爲陛下計乎！臣憂心如搗，惟陛下與一二三大臣速圖之，宗社幸甚。取進止。

奏論國朝庚子辛丑氣數人事

臣聞天運有吉凶之相催，世道有升降之相易，當其會雖聖君不能違，值其厄雖治世不能免，亦在於小心兢業而已矣。臣竊觀比歲有火有潦，有風有潮，然而未有彗也，未有蝗也，未有旱也。乃今踵見於一年之間，浸淫於數月之久，衆目恐怖而竊議，四鄙枵竭而坐完，田野焦枯而莫耕，河港斷絶而弗濟，不惟南畝之入杳無望期，抑使太倉之輸邈有滯積。是自比歲以來，極咎徵之備〔一〕，叢沴氣之多，未有今歲若也。臣俯察物宜，仰稽造化，竊以爲有氣數

〔一〕徵：明刊本作『證』。

焉，非人之所能逃也； 有人事焉，非天之所能預也。 臣於是求之國史。 蓋國朝自膺大曆服，至於咸平之三年、四年〔一〕，始得庚子、辛丑，自是而爲嘉祐之五年、六年，自是而爲宣和之二年、三年，自是而爲淳熙之七年、八年。 考其年，求其故，不有天變，必有天災，不有天災〔二〕，必有盜賊〔三〕。 蓋二者皆火之仇，土之舍也。 仇者得志，旺者告病，是亦陽九百六之會與！ 是故天狗墮於西南，彗心纏於星宿〔四〕，日食地震，淫雨大水，禁衛爲盜，民多流亡，嘉祐之庚子、辛丑然也； 太陰熒惑，屢失其度，旱暵雨潦，相繼爲災，湖南則旱勢未已，廣德則曰旱災異常，嚴之雨以十餘日〔五〕，越之潦至八萬畝，淳熙之庚子、辛丑然也。 而其甚者，咸平則王均僭蜀，宣和則方臘盜浙。 計庚子、辛丑之間，二方之民，死於盜、死於兵者，各以數十萬計。 夫以真廟之恭儉，仁宗之寬仁，孝宗之憂勤，雖不幸而當此氣數之交，要亦幸而當此聖明之世。 是以因災而栗栗，隨事而孜孜，群臣盡言，大臣盡心，州縣盡力，此其所以終保有

〔一〕咸平之三年、四年：原作『咸平之二年、三年』，明刊本亦如之，誤。據紀年表及明刊傳鈔本改。
〔二〕不有天變，必有天災。不有天災：原作『不有天災，必有天變。不有天變』，據明刊本改。
〔三〕盜賊：明刊本作『孟則』，當誤。
〔四〕彗心：明刊本亦作此二字，當『彗星』之誤。
〔五〕之雨：原二字闕，據明刊本補。

咸平、嘉祐、淳熙之盛時，而不至爲宣和之庚子、辛丑也。宣和惟其不然也，故禍作而政愈疵，變形而人愈繆。凡自古所謂與亂同事者不極不止，而氣數盡矣。向非高宗以一旅興於大江之南，則九廟之祀，未知所屬也。

今陛下又不幸而逢庚子、辛丑之氣數，姑舍咸平、嘉祐而概以淳熙，陛下有淳熙之憂而治不如，大臣有淳熙之枋任而協同不如，州縣亦淳熙之天下而事力不如。至於財殫粟匱，錢弊楮窮，强敵憑陵，驕卒桀傲，梁益俶擾，襄樊淪亡，人心動摇，國勢兀隍，此又淳熙之所盡無而今日之所備有也。若上下勤恤，君臣克艱，汲汲皇皇，常若亂亡之迫其後，萬一國尚可爲，民尚可保；不然，天與人莫之通，人與政莫之省，帝怒叵測，世數難回，臣恐均、臘之奸，將有伏於草莽飢寒窟者，同時而出，其或邕廣有一隙之虚，施黔有一罅之漏，江沱有一縫之缺，飢氓爲流民之導，流民爲賊寇之導，不知浮脆之浙〔一〕、豢養之京師將何以禦之乎！

臣聞未病而服藥者上也，當病而服藥者次也。今不得而服未病之藥矣，臣請勉其次者。臣初聞醫國之方於經傳，最速於見效者，其藥有三：一曰修身，二曰用賢，三曰畏天。服此藥者，必各有戒：修身之戒在欲，用賢之戒在讒，畏天之戒在欺。持此戒者，亦各有法：欲

〔一〕浙：字闕，據明刊本補。

節欲莫如剛，欲遠讒莫如明，欲去欺莫如敬。陛下非不服此藥也，亦嘗守此戒以待其效歟？陛下非不持此戒也，亦嘗由此法以防其决歟？禍福同行，安危共轍。宣和、淳熙，相去一間，女真、蒙鞑，非有異人。禹戒舜曰『無若丹朱』，旦戒成曰『無若商受』。舜與成不爲忤，禹與旦不爲訐。蓋君子之立本，皆出於天地之大義，期於以一念之真切相成，以萬世之譽聞相保，上非冀其容悦，下非希其寵利，一於道而已矣。臣誠不忍陛下以大有爲之資，而浸浸於不可爲之地〔一〕。

天人之證日異，國家之事難言，是用罔避忌諱，俯伏陳露，庶幾少啓陛下瞿然惕然之思，而先自三者，至心行之，然後申敕一二三大臣：惜分寸之光陰，以圖回實政；采軍民之公論，以布置人才。最急者莫如食，其次錢幣，若流民、盜賊、夷狄，皆當視以爲必至之憂，無可疑之患，如在火焚水溺之中，求爲脱一生於萬死之計，庶幾猶可及止也。咸平、嘉祐、淳熙之庚子、辛丑，不可望矣，宣和之庚子、辛丑，可復蹈乎！臣不勝惓惓。取進止。

〔一〕浸浸：明刊本作『侵侵』，二字通。

奏乞遵舊法收士子監漕試

臣頃在仲春，恭睹明詔，嘉慶曆、元祐之詞章，樂乾道、淳熙之儒術，思得賢能之士，上追盛時，有曰『悠介悠止，烝我髦士，有司之事也』。大哉王言，所望於興賢興能者厚矣！竊意廷臣必能上體聖心，開寬裕之路，畢臻衆俊。乃旬日以來，所聞特異。卿大夫士，咸謂新令具嚴，雖親子孫、親弟侄，合牒國子監試者，於保官二員外，更用局長保明。以此各懷疑忌，重費料理，將遂遺其骨肉之親，歸就里選。至如四方士子，或爲監司、守倅之客及親者，則謂舊法牒試既不可復，今又罷寓試而行附試，附試取人至狹〔一〕，皆欲弃科舉而不應詔。臣竊惑焉，何前日詔旨之廣，而今日法令之密，豈陽欲求之而陰實沮之也！臣竊惟國家之事，惟當以祖宗成法爲重，法苟未爲極弊，不必自取多事可也。况取士之要，不過在於得人，得人之方，不專在於用法令也。舍先朝之寬博，用新令之蹙狹〔二〕，所以待士者，其意已薄，則慶曆、

〔一〕附試：原闕，據明刊本補。
〔二〕蹙狹：原作『蹇狹』，據明刊本改。

元祐、乾道、淳熙之盛美，尚可得而望哉？　臣竊觀紹興十三年指揮：文武職事官，本宗同居五服内，并異居大功以上親，厘務官文臣京官、武臣朝官，本宗同居小功以上親，并許牒赴國子監取應。乾道、淳熙以來，并遵此令。嘉定十二年，雖曾親立武臣袛牒武舉之制，至陛下即位，悉仍紹興、乾道、淳熙之舊，法簡意寬，鳶魚飛躍。奈何今日乃束縛而蹙狹之也！　臣又觀乾道重修貢舉令：諸在京職事官，文臣監察御史以上，武臣職事雜壓在監察御史以上者，并牒門客一人，赴本路運司收試。至於監司之客與親，聽牒鄰路，守倅之客與親，聽牒本路。皆由妨嫌，所當避互，初非優異，故爲名色。自端平增貢額，而監司、守倅門客之試罷。夫意其非客非親之冒牒，而并廢其實親實客之當牒，亦豈良法？　爰至今日，既不盡復，又不盡罷，亦徒爲多事而已。

臣典司浩穰，豈皇他恤。然念班忝法從，職與經筵，於朝廷之事皆所當言，用敢列紹興以來之明令，述寶慶初元之盛心。仰望陛下乞頒睿旨，悉還舊法，内而監牒凡屬同居異居、小功大功以上親者，袛用牒官、保官狀收試外，而漕牒凡屬門客、姑姨之親者，亦如用牒官、保官狀收試。厚以待卿大夫，而不必逆其詐；寬以待天下士，而不必多其防。庶幾聖度開廣，同符祖宗，與近者賓興之詔旨始不相違，用此取士，所得必多。其有不顧清議，或爲僞冒，事覺之後，并以條制坐之。在上得體，在下無辭，是亦祖宗用法之意。

［貼黄］臣竊見嘉熙元年，大臣奏請創行寓試，凡卿監、郎官、監司、守倅之門客〔一〕，及姑姨之親、同宗之子弟，與游士之不便於歸鄉就試者，滚同試於轉運司〔二〕，以四十人爲額。雖其中式有實係門客、姑姨之親者，不能無嫌，猶不失寬大之意。衹緣得廢待補，以致次年分路補試，耳目不及，所取淆雜，遂爲論者所疵，竟罷今舉寓試。以臣鄙見，陛下如采用臣言〔三〕，盡復紹興、乾道、淳熙之令，且照嘉熙元年新令，放行寓試，却仍舊法，復取待補，亦自甚便。但於内有府學諸生，月書分數，類申國子監者，三年在學，實爲辛勤，合與比附大學教養之數，另項考校〔四〕，少增其額，以示優異。庶於不均齊之中，乃有至均齊之義。并乞睿照。

〔一〕守倅：原無『守』字，據明刊傳鈔本補。上文『守倅』二字并。
〔二〕滚：明刊本作『衮』。
〔三〕采：明刊本作『未』，應誤。
〔四〕另：明刊本作『令』。

奏尹京事并乞速歸田里

臣竊見京都前日之慮有三，其最見錢之澀，臣雖防之使不泄，誘之使不藏，然實仰托陛下威靈，善良聽命，奸豪屏迹，錢陌頓還於舊觀，市井不至於蕭條，此臣之可藉以逃責者一也。其次潮汛之衝，臣雖增岸闊高，補堤圮壞，添築子埂，旁護新塘，然實仰托陛下威靈，海門之淤既决〔一〕，江滸之沙浸生，舟行西興，潮復故道，此臣之可藉以逃責者二也。其次風燭之虞，臣雖立爲規模，粗可防弭，然實仰托陛下威靈，熒惑順軌，祝融避舍，當此連月之亢旱，曾無數家之燎延，此臣之可藉以逃責者三也。乃若深懷保抱之情，不敢少負芻牧之責，弛關市譏徵以通商賈之路，蠲殘零苗税以惠田里之氓，沿門借本以蘇經紀之細民，創庫捐息以便典質之下户，散之藥餌以療其疾病，給之棺槥以周其死亡，强者免攘奪於街衢，弱者少枕藉於溝壑。至於安富，所以恤貧，時寬斆糴之期，祈請補糴之數，零替者减放，困削者蠲除。苟朝廷之嚮從，覺闤闠之歡動。凡可極力所至，莫匪以心求之。惟有百物之時直未平，良由四

〔一〕决：原作「快」，據明刊本改。

方之會陌浸落，此非朝廷速行措置，無緣郡縣可以轉移。使内外之楮價相登，則都邑之物價自定〔一〕，此則廟堂之事，匪獨微臣之責矣。惟是臣於夏五初對便殿之時，固已知神臯非臣可以立足之地，蓋至今日，漸驗臣言。伏望聖慈哀憐，俾令速歸田里。啜菽飲水，永戴賜於堯天；全身保家，免貽憂於括母。仰祈睿照。

奏乞守本官致仕 淳祐元年

臣近嘗再具公牘，辭免新除恩命，仍乞挂神武之冠，以補過愆，以消灾咎。方屏息以俟俞允之旨，忽傳西掖見上繳章。臣竊伏惟念，政使朝廷軫念簪履之舊，欲全護於施行之間，此尤臣之大懼也。臣至愚極陋，載念先臣某在乾、淳間，親接諸儒之脉，所師者文公朱熹，所交者彭龜年〔二〕、樓鑰、黄度、楊方、楊簡、袁燮、柴中行，皆一時大老。嘗提耳而命臣曰：『士之爲士，當明君子小人之朋，若得罪於君子，則終身不可立於天地間矣。』臣泣而識之不敢

〔一〕都：原作『郡』，據明刊本改。
〔二〕交：原作『友』，據明刊本改。

忘。今夫近日之攻臣者，皆君子之巨擘也。夫既得罪於君子之巨擘，則必其積尤稔忒，有不可進於君子者矣。豈惟終身無以自立於天壤之間，他日何以見先臣於地下乎！再三思之，惟有納禄公朝，歸伏先臣之墳墓，庶幾藉早退之一節，少洗平生之玷，以不終得罪於君子，而他日尚有顏面可見先臣於地下也。兼臣身病日增，無復生全之望，親年愈邁，當爲終養之期〔一〕。雖貪慕於明時，實怵迫於私計，是用不避三瀆之誅，哀籲君父，共望聖慈察其戀主之心雖切，而守身之義尤急，報國之志雖堅，而辱親之憂尤大，特攽睿旨，容臣守本官職致仕。臣仰瞻闕庭，無任懇切請禱之至！仰乞睿照。

〔貼黄〕臣竊惟近年以來，國家可謂多事。然而元氣尚充，外邪不得而干犯者，特在於朝廷能重臺諫、給舍之職，而爲臺諫、給舍者，能各自盡其職而已。蓋臺諫、給舍之職舉則紀綱立，紀綱立則元氣充，元氣充則外邪不能入，此端平更化而後，陛下躬攬大權之明效大驗也。臣一介孤拙，昨臺諫劾之，而朝廷曲爲之全護，是以臣而屈朝廷之紀綱一矣；今中舍繳之，而朝廷又曲爲之全護，則是以臣而屈朝廷之紀綱再矣。以區區螻蟻之身，而至於重屈朝廷之紀綱，竊恐通國之人，凡知臺諫、給舍之權當尊，凡知朝廷之紀綱當立，皆以臣爲口實矣。

〔一〕終養：原作『終老』，據明刊本改。

以區區螻蟻之身，而通國之人以爲口實，則是朝廷所以全護之者，恐適所以益其疾而重其咎。臣實隕獲憂懼，不知其死所也。兼臣猶憶去年八月二十有一日，臣輪當進讀之餘，入札子丐罷，陛下宣諭，以爲『徐榮叟、彭方適有疏論卿』。臣遂奏云：『臣罪過山積，招致人言，上累陛下知人之明，乞即行斥逐。』陛下復宣諭云：『卿豈可便去，已諭榮叟、方，令卿免兼臨安府，二臣已無他説，卿可安心。』臣又奏云：『此雖出於陛下保全之恩，然臣於進退之誼，祇當便去。臣祇今出關，謹下殿辭謝。』臣繼即出錢塘門，以待威命。本擬是日迤邐前邁，却緣臨安職事，又非他官之比，未免小駐，書押財賦文字牒往以次官交管。次日忽蒙陛下特遣天使，宣押臣赴部供職。臣以君上之命不敢固拒，於是暫入國門，盤旋匠監，以示眷戀闕庭之意。旋上奏疏，乞行臺諫之言，以正朝廷之體統。而臣繼出北郭矣。復蒙陛下畀以舜閣之隆名〔一〕，寵以稽山之會府。臣是時即欲挂冠，以謝清議，又恐涉孟軻悻悻之戒，故遲遲半載。適叨三山易地之命，方敢述引咎悔過之情，伸納禄謝事之請。蓋自始至今，未嘗敢以私情干求陛下之官職，破壞朝廷之紀綱。此不惟立身行己之當然，而臣備員法從，其於國體，誼當相與保惜扶持也。今陛下之曲加聖造，一再全護者，不過以臣昨者備員尹正，實以勉奉聖

〔一〕畀：原作『昇』，據明刊本改。

意，非出臣之本心，則陛下實有『此除出朕親擢，卿不須過慮』之訓，故陛下有不忍施行者耳。然自古聖帝明王之運動天下，駕馭人才，惟其至公而已矣〔一〕，以爲可用而用之〔二〕，物論以爲可弃而弃之，此其所以爲至公也。陛下雖加之委曲全護，然臣恐重咈國人之論〔三〕，而使臣益深據蒺履冰之懼。臣是以焚香東望，復此奏陳。欲望聖慈以斷恩義，特賜夬決，容臣挂神武之冠，以自循省，庶幾少救東隅之失，尚及爲盛世之全人。是乃陛下所以保全之大者也。孔子曰『畏天命』『畏大人』。蓋大人者，指大人君子而言也。大人君子之好惡，實與天命相關。臣所以畏大人者，即所以畏天命，畏天命者，即所以畏陛下。臣請詞竭盡，惟陛下監察。并乞睿照。

奏論天地之復與人之復淳祐六年

臣憂患餘生，久蟄山林，榮望已絶。乃者陛下孟冬之吉，晨謁原廟，夕灑宸奎，在列諸

〔一〕矣：明刊本作『已』，重当非是。

〔二〕此句前原有『物論』二字，諸本皆無，當《全宋文》蒙下補，不妥，删。

〔三〕咈：原作『拂』，據明刊本改。

賢，以次登進，而臣亦獲與黄紙除書之目。上恩深厚，勉造闕廷。適以仲冬，對揚便殿。維是月也，於辰爲子，於卦爲《復》，蓋聖人所以著三才參合之妙而開萬化新美之機。臣方學《易》，用敢推詳其旨，以爲入告之第一義〔一〕，陛下試垂聽焉。

臣聞天下之所賦者性也，性之所具者善也。夫苟率性而行，正亦何暇於復？惟其有形體而氣禀梏之，有氣禀而嗜欲乘之，有嗜欲而境物誘之，不能命五官而命於五官，不能宰七情而宰於七情，於是始有惡焉，與善而對立。惡寖滋而寖長，則善寖蝕而寖微。然惡雖滋而本無，善雖蝕而本有，一息之覺，天理畢呈，寸隙之光，人僞俱喪。譬之重陰固沍，而一陽萌蘖，黄鐘動、葭灰飛而氣應，井泉温、荔挺出而物應。生生遞續，化化不窮，故曰：『復見其天地之心乎！』天地之心，人之心也。天地之心，以動而復者也。若動而遽止，非復也。周文之繇曰：『復亨，出入無疾，朋來無咎。』此言天地之復，必至於二陽三陽之朋來而爲《泰》，四陽五陽六陽之朋來而爲《乾》，然後爲復之全功。人之心以知而復者也，若知而屢遷，非復也。孔子之贊曰：『顔氏之子，其殆庶幾乎！有不善未嘗不知，知之未嘗復行。』此言人之復，必如顔氏子之過而必改，改而不貳，然後爲復之全德。以復之全德，而配復之全功，其斯

〔一〕第一：原闕，據明刊本補。

爲聖學之功用歟！

自昔時君世主，固有昏冥顛悖，迷而不復，終其身亂亡相尋者，不足言；亦有乍明乍晦，復而不悔，復而不終，以一人之身而自爲始亂者，不必言。其善於復者，臣於商周得二君焉，成湯、宣王是已。成湯自制心檢身之復，以達於顯忠從諫，官德賞功，而極其效爲東征西夷怨，南征北狄怨，則以大事小之耻復矣。宣王自側身修行之復，以推於受箴納誨，任賢使能，而極其效爲《六月》之北伐，《采芑》之南征，則以夷狄侵中國之耻復矣。惟其復於義理而不渝，所以復於事業而不爽。《詩》《書》所載，粲然光明。

恭惟陛下緝熙就將，日與羲、文、周、孔神游於千載之上，特不知陛下亦嘗體認於復之義否乎？夫初之不遠復，觀省之功也；五之敦復，持循之力也。觀省之功，知及之者也；持循之力，仁守之者也。且夫甲午改紀，陛下之一復也。然制於身心而達於天下國家，其本末猶是也，是陛下之復未固也。甲辰改紀，陛下之再復也，至是陛下春秋盛矣。孔子四十而不惑，孟軻四十不動心，曾參五十而心化，蘧伯玉五十而知四十九年之非。蓋四十、五十之間，聖賢以爲成德之候〔一〕。然則陛下今日之復，其可以不固乎？凝然其正，湛然其明，爲陛下

〔一〕以：原作「心」，據明刊本改。

心之復。得毋有欲以便僻側媚蠱吾之復者乎？國必有副，愛惟其親，爲陛下家之復。得毋有欲以遷延猶豫滯吾之復者乎？於是而之於國之於天下〔一〕。君子復於進矣，凡以陰讒密訴而貳其復者，當察也；小人復於退矣，凡以通神使鬼而摇其復者，當察也；紀綱復於振飭矣，凡以偏私係累而蠹其復者，當察也；政事復於寬大矣，凡以煩苛細碎而殘其復者，當察也。以至民之未復於富庶，如之何撫摩培植，以要其復歟？兵之未復於盛强，如之何整齊教訓，以求其復歟？財用之未復於殷阜，如之何裁制均節，以臻其復歟？境土之未復於規恢，如之何經營布置，以底其復歟？由一念之復而求證於庶事之復，因庶事之復而求端於一念之復，内與外互觀，行與知并進，如是而陛下不爲堯舜之君，天下不被堯舜之澤，臣未之前聞也。不然，復於暫而未必能復於久，復於名而未必盡復於實。君以已復爲足，而不以行健先其臣；臣亦以已復爲足，而不以健順承其君。剛來而有往之機，道升而有降之漸，危心易放，正氣難持，既無以保復而彙進於六陽，安知不反復而驟决於一陰乎！不可留者光陰，不可料者世變。然則天下之事〔二〕，豈堪頻復哉！臣不勝惓惓孤忠。取進止。

〔一〕是：此字明刊本無。
〔二〕則：原作「而」，據明刊本改。

奏論君子小人進退

臣前既推明復之義，以條列復之事矣。竊以爲事之最切於今日者，君子小人之進退是也。蓋君子之當進與小人之當退，自昔人主，鮮有不知之，亦鮮有真知之。知不真則行不力，故君子常屈，小人常伸，故治日常少，亂日常多。臣請得以究極其説。

且有虞之盛際，皋、夔、稷、契之所爲，非共工、驩兜也；有周之盛際，周、召、毛、畢之所爲，非飛廉、惡來也。終始一威公也〔一〕，管仲輔之則治，易牙輔之則亂；終始一明皇也，姚崇、宋璟〔二〕輔之則安，李林甫、楊國忠輔之則危。此君子小人之用舍關治亂安危之明驗者也。君子如青天白日，小人如陰霾晦霧；君子如祥麟威鳳，小人如乳虎蝮蛇；君子如古柏

〔一〕威公：明刊本及諸本《許國公奏議》作「威公」，《全宋文》改作「桓公」。按「桓」字宋避諱作「威」。下奪一「也」字，據明刊本補。

〔二〕此處原連「功垂萬世而算計見效」九字，校記云：「此行原缺十一字，下又缺七行，每行十八字。」按對照明刊本「功垂萬世而算計見效」九字屬下篇第三行，此處實闕明刊本兩頁（包括下篇題目），此九字正隔兩頁與前篇「宋璟」二字連。以下皆闕文，據補。

喬松，小人如叢棘蔓刺；君子如圭璧，小人如珷玞。此君子小人之氣類，窮天地古今而異趨者也。君子以義合，小人以利合；君子得君則務正救，小人得君則務詭隨；君子出處徇道，小人向背徇時。君子明白正大，則其勢易疏；小人迂回屈曲，則其勢易親。君子無利口，言或不達其心；小人有佞舌，心實不符其言。君子既退，則身安山林，雖使之終老無所憾也；小人既退，則眼穿朝市，凡可以自售無不爲也。此君子小人之心術，必審觀詳察而後見者也。恭惟陛下，有天稟之聰明以照物，有日新之學問以揆物，有神運之勇智以裁物，君子小人之界限，陛下蓋真知之矣。然臣猶願陛下守此之信如四時，執此之堅如金石，既以此斷君子小人於已往，復以此驗君子小人於方來。毋泄針芒開蟻隙，庶局面有凝固之望，而善類無翻覆之憂，茅茹相連，薪樵益富，天下之事必有爲陛下分其責者。取進止。

〔貼黄〕臣聞古今人才以封殖培養而盛，以摧折頓挫而衰。本朝嘉祐、慶曆一封殖培養也，當時人物盛多，氣勢翕合，真可爲子孫百世之用，故雖更紹聖章厚之禍〔一〕、崇觀蔡京之禍，流竄死徙，幾無孑遺，而餘休剩澤，猶足開建炎中興之業。乾道、淳熙又一封殖培養也，未幾扶顛持危於紹熙之末，秉節立義於慶元之初，羽翼綱常，維持名教，雖更侂胄流竄死徙

〔一〕章厚：當指章子厚。章子厚名惇。

之禍，而遺臣故老，猶足爲嘉定更化之須。此陛下之家法也。比者陛下奮發英武，收攬大權，海内忠賢，無不萃聚於朝廷之上，此正陛下封殖培養以垂裕後昆之時也。而近日二三小臣之去國，固非霜雪之摧壓，似欠雨露之灌輸。臣不勝忠愛之心，竊以爲權在私門之時，則言人主者易，而言大臣者難；逮權歸公室之日，則言人主者難，而言大臣者易。故凡前日之專攻上躬者，叛君父之小人也；今日之敢劘上心者，愛君父之君子也。陛下以此照臨百官，則忠邪賢佞自無遁形，而臣下之欲以名義風節自勵者，陛下方將封殖培養之不暇，尚安忍一毫摧折頓挫之乎？已去者柬記，欲去者挽留，已來者愛惜，未來者禮求，此非特爲一時計，實爲後世計，非特爲人才計，實自爲國家計，惟陛下留神。伏乞睿照。

内引第一札論今日處時之難治功不可以易視及論大學治國平天下之道淳祐九年

臣仰惟皇帝陛下，臨政願治二十有六年，非不仁如堯、勤如禹、立賢從諫如湯，固宜階五登三，澤被生靈，功垂萬世；而算計見效，不惟德禮教化日就頹闕〔一〕，凡天下之事物，莫不壅底扞格，無一就吾之條理，臣意陛下必有不快於心者矣。推原其故，夫亦玩於時而積至於時之難邪！惟其難也，則尤不可以易視之。惟其不敢易也，而後其難者可圖。國朝自開基至於慶曆，積德百年矣，仁宗皇帝察天下之勢漸趨於弱，欲一起而新美之，時則有臣仲淹，慨然欲舉明主於三代之隆，然論建雖廣，異議乘之，終於不獲展盡。神宗皇帝逮事仁祖，習聞祖道，而又負智勇不世出之資，粤從踐祚，亦欲挈天下之弱勢一起而新美之，時則有臣安石，亦慨然欲舉明主於三代之隆，然學術一差，幾誤天下，至今以爲口實。仲淹壞於人，而安石自壞之，此尚論國朝之治體者所痛惜也。夫以二祖之聖明，且當天下無虞之際，猶不足以遂其大可爲之志，况陛下處時之難乎！故臣以爲不可易視之也。

一國猶一身也，國家之不能無弊，猶人之不能無疾病然。今日之病，不但倉公、扁鵲望而驚，庸醫亦望而驚矣。烏喙〔二〕、狼毒，病未必可伐，而先以戕生，臣知其决不可也。借參苓、芝朮可以養生之説，以蓋其苟安姑息之實，而聽疾病之自爲進退，臣知其亦不可也。惟

〔一〕此句前原有校記云：『原缺七行，又第八行首缺六字。』按對照明刊本，此處實闕兩行，而『功垂萬世而算計見效』九字誤連上文，此據明刊本補足。

〔二〕烏喙：原作『烏啄』，明刊本如之，誤，徑改。

有酌温凉之劑，適宜補之宜，圖其大而略其小，急其事而緩其功，精神與榮衛并充，腹心與肢體不悖，則疾其庶幾漸瘳乎！ 此臣所以謂不可易視之也。 臣願陛下篤任元老，以爲醫師，博采衆益，以爲醫工，使臣輩得以效溲、勃之助，以不辱陛下知人之明，臣之幸也。 臣無任感恩激烈，惟陛下裁赦〔一〕。 取進止。

〔貼黄〕臣竊見陛下鋭精經術，蓋嘗表章朱熹之《四書》。《四書》，《大學》其首也。 近時真德秀復著《衍義》一編，久登乙覽，《大學》之道明若觀火矣。 臣竊以爲治國平天下，乃《大學》之極功。 一章之中，反復數百言，大抵不過賢才、貨財二事而已。 蓋賢才見用則天下平，賢才不見用則天下不平；貨財不偏聚則天下平，貨財偏聚則天下不平。 古今治亂安危之源不出此矣。 等而上之，爲修身齊家，爲正心誠意，爲格物致知，本末先後，具有差級。 蓋由正心誠意而至治國平天下，屬聖之事，終條理者也； 由格物而致知，屬智之事，始條理者也。 何謂格？ 推而極之之義，如《書》所謂『格於上下』是也。 何謂致？ 引而來之之義，如《語》所謂『學以致其道』是也。 物物皆當格，而天地、人物爲物之大。 天地、人物之理無事而終窮，而天地人物之迹有時而變化。 窮其理以玩其迹，是爲格物之大。 格來格去，忽有覺焉，

〔一〕裁：明刊本作『財』，通。

是爲大知，而非小知，是爲自致之知，而非强致之知。致則至矣，至則舉天下之外境萬種萬類，皆不能動之矣。舉天下之外境萬種萬類不能動之[一]，則意自誠，意誠而心正，心正而身修，身修而家齊，家齊而國治天下平，皆安行而順導之者也。臣頃年獲侍清光，共闡聖訓，謂向來嘗日用兩時静坐。夫静坐者，格物致知之階梯也[二]。故臣願陛下益守此静，以造於純粹之地。純粹生高明，高明生廣大，道且在我矣，而况事爲之末哉！尚何憂時之難爲，治之難濟哉！臣不任願陛下爲堯舜之君。取進止。

第二札論國家變故略與晋同西北之夷狄固當防而東南之盜賊尤不可忽

臣聞古語有云：『大福不再，大憂不再。』此天道也。又云：『福生於畏，憂生於忽。』此人道也。晋司馬氏宅都於洛，劉、石煽難，懷、愍劫遷，元帝遂中興於江左。其後苻堅乘方張之勢，擁百萬之衆，直欲平吞晋室。小捷淮淝，遂斃苻氏，此『大憂不再』之明證也。百餘年

[一] 外境：原闕，據明刊本補。
[二] 致知：原作『致治』，明刊本如之，當誤，據上文改。

間晉之所防率在西北〔一〕，而其亡也，乃由大盜孫恩、盧循之徒出没於海，而劉裕得以乘之，此憂生於所忽之明證也。

我國家仁義德澤，紀綱法度，比隆三代，固非晉氏之比，然中罹陽九之厄，思陵南渡，略與晉同。逆亮叩江之事勢，亦岌岌矣，不戰而自隕。韃爲不道，踐我荆蜀，擾我兩淮，瞰我江面，十五年於兹，而吾之根本終不爲之動摇，今且聞其衰微有兆矣。故臣以爲晉人之不再者，在今日未可喜；而晉人之所忽者，在今日當深慮。雖然，盜賊本民也，又率於民而相挺於盜〔二〕，固可誅也。然自浙之東西以達於廣，海面五六千里，寧能盡空其巢穴而誅之乎？則亦有消弭之道而已矣，消弭之道，置其衣食之源而已矣。况錢塘枕海而國，形勢迫近，又非晉在秣陵之比。故臣敢以告陛下而重有司之責焉。取進止。

〔一〕間：原闕，據明刊本補。
〔二〕挺：原作『挻』，據明刊本改。

秋七月因皇子進封忠王遵故事具奏録進舊來所得聖語乞付史館寶祐三年

臣伏見朝廷故事，每行下前宰執之家，宣索自來所得聖語，録付史館，所以備紀載，揚休烈也。臣昨者恭睹皇帝陛下焕發神斷，肇建皇儲，增封王社，而皇子忠王德業日茂，令聞日章，薄海内外，莫不仰贊吾君之有子，實爲社稷大慶。臣夙叨簡拔〔一〕，久侍清光，前後所聞玉音，關於國本之大計者頗詳。竊以爲聖謨睿算，素定淵衷，早計預圖，奠安宗社，巍巍聖功，誠非前代帝王之所能仿佛。臣所合紀述本末，繕録家藏，以俟他時朝廷宣索。屬臣頻歲抱痾，近而轉劇，深恐一旦溘先朝露，無以彰聖時之光明，謹具畫一奏聞。欲望聖慈宣付史館，登之琬琰，以昭示萬世，與宋無極。臣無任踴躍忭蹈之至。

一、歲在丙午冬十月，臣蒙恩以兵部尚書召。時皇子初除觀察使，賜名某。臣以十一月到闕，二十有一日蒙賜對於緝熙殿。臣第一札子專以《復》卦爲説，其間有云：『國必有副，立愛惟親，此爲陛下家之復。得無有以遷延猶豫滯吾之復者乎？』玉音云：『朕已喻卿意，

〔一〕簡拔：明刊本作『柬拔』。

此事朕意已有定屬。』臣恭聆聖訓，謹置諸心。

一、歲在丁未，臣待罪樞府。七月初九日，同丞相鄭清之、參政王伯大奏事，玉音云：『昨日有江西布衣王其姓者上書，其言詭異，頗於國本有關。莫須稍示懲戒，以昭意嚮？』臣與王伯大皆合辭贊和。至十一日〔一〕，鄭清之謁告，臣與王伯大造朝，方坐漏舍，王伯大謂臣：『前日殿上所聞，可見主上聖謨高遠，未嘗頃刻忘天下大計，吾輩何如將順上意。』因及國本正而後人心一之說。臣云甚善〔二〕。有頃，奏事間，方稍稍敷陳，玉音即曰：『此事朕志已定。但有兩説，一則王夫人執謙，常有滿盈之懼，猶未確許；二則某年方八歲，飲食起居，皆王夫人親自看視。若正名，須便入宮。萬一起居飲食之間有失照管處，其間有多少事？所以少遲歲月。』臣與王伯大仰窺聖意之堅決，聖慮之深遠，惟切贊誦。玉音又云：『朕以此事挂懷，兼年來國事多艱，焦勞憂慮，飲食亦自減少。向來每日遇子午時，常宴坐移晷，收拾身心，近亦未免作輟。』臣與王伯大奏：『陛下處崇高富貴之中，而能凝神習定如此，萬壽無疆，於此可卜，臣不勝嘆仰。』

〔一〕日：原作『月』，據明刊本改。
〔二〕甚善：明刊本下還有『甚善』二字。

一、歲在庚戌，臣待罪政府，恭承陛下宣諭鄭清之等欲爲皇子改賜嘉名。一日玉音云：『朕欲於大字下尋一字。』臣奏：『此乃老子《道德經》四大之義，蒙陛下首肯。臣有以仰見陛下期屬皇子之意，非臣下管窺之所及。』

一、歲在辛亥，臣待罪政府，閏十月二十有四日，同鄭清之等奏事，恭奉玉音曰：『國本一事，朕志之定久矣。外論不察，猶多進定國本之説。殊不知正名少遲者，蓋以其年尚稚，未能便入禁中。况資善已建，更復何疑？恐縉紳間未盡知此意，卿等可以此説諭之。』臣與同列恭領聖訓而退。

［貼黄］照對臣自丙午之冬，歸文昌舊班，以至兩登政地，迄於辛亥之冬，其聞玉音關於國本之重者，已備録在前。繼而叨塵次輔，垂及期年，雖已窺聖意，必不出寶祐改元之後，資善志學之年，孚號正名，然爲大臣之體，則惟有謹默將順而已。不謂蕭泰來忽生異論，近又見有輪對者，復祖其説而陰煽之。臣竊以爲陛下神謨睿烈，爲社稷億萬年無疆之計，斷在聖衷，歲月已久，皆非臣下一毫之力。薄海内外之人，不論縉紳韋布，不論三軍百姓，不論君子小人，向則延頸而企望，今則舉手而歡欣，蓋同此一心。而憸人衺士〔一〕，乃鑿空造隙，自爲紛

〔一〕衺：明刊本作『衰』，當係形誤。『衺』同『邪』。

紛，以疑惑天下之聽，甚無謂也。臣嘗忝預宰司，休戚利害，與國同之，尤不可以不明言。伏乞睿照。

奏行周燮義船之策以革防江民船之弊乞補本人文資以任責寶祐四年

臣竊見朝廷自端平初，團結温台民船爲十番，歲發一百四十隻，前往鎮江府，防拓江面，已二紀於此矣。其始團結，固有定籍。歲月既久，元籍之舟，有壞於風水之飄没者，有陷於盗賊之刦擄者，有家道貧乏無力修葺而朽弊者，有轉以售人者。有司但以舊額拘船，祖以及父，父以及子，子以及孫，逼令出備，不至於破家絶産、流離死亡不已，其强悍者則未免轉徙而爲盗賊。迨至每歲發船，則縣道召人，糾舉白船，以補欠闕之數，又乘此以爲騷擾乞取之計。凡邑之有舟者，不問大小，例皆根刷，有勢者不敢問，有力者不敢問，有錢計會者不復問。迨溪壑之欲既厭，然後姑以敝舊之舟、疏略之槓具、孱弱之稍火，文具塞責而已。間遇江淮制司撥上項舟船，載出戍軍士以至上流〔一〕，或般運糧餉，以弊舟弊人溯流犯險，則往往

〔一〕出戍：明刊本作『出成』，當誤。

人船俱壞，死爲客鬼。於是慶元、温、台三郡邊海之民，陸者不得安於陸，漁者不得安於漁，以起發隘船爲一大阱，生者怨氣充腹，死者冤氣干霄，臣實傷之。

始至，即行博詢可行可久之策於知識之士〔一〕，有台州漕貢進士周燮者，首以義船之策獻。其法以一縣當出之舟若干隻，分鄉都之廣狹，令凡有舟之家，以大小丈尺，均出錢物，置備舟隻，以應每歲當發之額。其有舟而止及七八尺以下者，不在糾率之數。且不待官司之文移，至期則合從應調。船必堅牢，檟具必整齊，人丁必强壯。而燮又肯以身任責，以家助公，集事於指顧之間，而人不知擾。如温如慶元，皆以是爲準，去秋調發，已見實效。遂使沿海方二三千里有舟之民，得以安生樂業，無疇昔追呼煩擾、困害愁嘆之狀。其於肅清海道，消弭寇賊，此實爲一義。

臣竊照得周燮疏財好義，識變知機，以孝悌稱於閭門，以信行聞於里黨，故能移忠於國家。比其鄉失伍犯上之徒，久稽邦憲，委燮逮捕，不動聲色，剋期集事，亦可謂之才矣。燮自請寓試文解，已該四舉，使其不第，以恩得官，亦不失一初品。今來本司歷試繁難，備著勞績，若蒙朝廷特加旌異，緩急用之，必有卓然可觀者。欲乞聖慈補授周燮文資初階，或與上

〔一〕知識：明刊本作『知務』。

州文學，實爲赴功趨事者之勸。

奏曉諭海寇復爲良民及關防海道事宜

臣恭承知省盧允升傳奉聖旨，宣諭：海道爲今日急務，宜意外關防，以副朕意。臣有以仰見陛下慮周四表，思患預防之意。臣所當竭盡駑力，上圖報稱。

但臣竊惟中外之所過憂者，韃與李松壽也。然臣以爲若内寇不作，則决不至於招引外寇，故今日海道之所急者，消弭内寇而已。於是臣於始至之時，即出榜曉諭海寇，改過自新，復爲良民，以柔服其心。又自來犯盜之人，制司不問輕重，例是抄籍，以助支遣。於是臣復出榜曉諭，謂爲盜之人〔一〕，父母、妻子未必一一知情，若一人犯罪，一家失業，深可憫念〔二〕，應日後犯盜之人，并免抄籍。蓋盜賊亦人耳，誰無父母、妻子、室家骨肉之念？臣又以此感動其心。又盜賊之發，惟重賞可以收捕，於是臣優立賞格，并行榜諭。盜賊知官司賞格之醲，

〔一〕謂：原無，據明刊本補。
〔二〕深：明刊本作『忱』。

必不能漏網，自然有所忌憚。臣又以此畏懾其心。所以前乎守臣，淩遲、斬絞無虚日，而盗不止，臣領事數月，并無一塵之驚，不特臣平生仕宦所至，仰憑陛下威德，粗得人和，雖盗賊亦知信服，然亦藉微術以羈縻籠絡之也。

然臣又以爲欲消弭内寇，必須先固結自家軍民之心。於是臣考核郡計，見得本府以財賦窘乏，自來催理二税，至於四年八月，臣即痛與蠲放，爲錢三百三十餘萬貫文。累政以來，交頭錢物，多係積年公吏等人，負欠攤賴之錢，指爲實在，以充數目。臣始至之初，纍纍監欠者不下數百人，臣并與蠲放，却以本任趲積到錢物爲前政補填虚數，然後外而田里，内而城市，莫不歡呼鼓舞。又此邦每歲起民船把隘，本不過一二百隻，常苦於縣吏作弊，科差不均，有船者幸免，無船者被抑。遇每歲一番起發，則沿海之民，鷄犬爲之一空，破家蕩産，典妻賣子，比比而是。臣遂創爲義役，令各都各保均錢備船，每遇秋時，自此結集，資次赴官司把隘，聽候差撥。更不出一文引，亦不差一吏卒，見此成立規模，以爲此邦無窮之利。於是沿海百姓，方知有生之樂，亦莫不歡呼鼓舞。又軍者國之爪牙，本府所管定海水軍，制領、將佐而下，每月例有添給錢，禁軍頭目合干人〔一〕，每月例有鹽菜錢，皆以庫藏枵虚，久已住支。臣

〔一〕干：原作「千」，據明刊本改。

并與幫放，歲爲錢九萬七千餘貫。又定海水軍出巡把港，警捕盜賊，皆經涉鯨波，自來并無生券。臣并與照諸處大軍例，令支每日口券錢米，每歲約用錢三萬六千二百八十餘貫，米二千八百二十二石四斗。又本府廂禁軍，不下二三千人，率苦貧乏。臣於是每遇死亡，禁軍給錢三十貫，廂軍給錢二十貫，然後内外軍伍，莫不歡呼鼓舞。又定海水軍元額六千人，一向緣郡帑不支，缺額常近千人。臣見此措置軍裝等下錢，先招五百人選士，以壯軍聲。軍民之心既固，軍旅之勢漸張，盜賊之釁不作，則雖有外寇，且不能窺吾國之藩籬，何緣能入吾國之堂奥！此臣報陛下之職分也。

然海道之事，亦實有不必深慮者。臣不惟得於更歷，亦自得於解悟，敢畢陳之，以上寬聖抱。大抵守江海與守兩淮、荆蜀不同，守兩淮、荆蜀全以人，守江海則半以天，半以人。何以言之？兩淮、荆蜀戰在平陸之地，守在城池之間，必須强兵猛將，始可禦敵，故曰專屬人。若守江海，則異是矣。敵縱有千艘萬艦，欲行侵犯，一纔起柁，便爲風水所使。所謂千艘萬艦，風迅水疾，飄泊東西，無緣會成綜合伴，并力向前。吾國不過得死士三千人，堅牢戰船數十隻，據要害敵所必經之地，一舟過則殺一舟，自可使之隻輪不返。况鯨波萬里，又有不測之風颶乎！此臣所謂不必深慮者一也。今高麗雖臣屬於韃，然每有疑畏韃賊之心，遷都海島，防其侵犯，决不至爲韃嚮導，縱使有窺中國之意，然無松杉木可以造船。其國雖有船隻，止是雜木，亦無釘鐵，衹可在其國近境往來賣買，豈能速涉鯨海！縱曰李松壽在海州所當防備，然北方平原萬里，素亦不産松杉，其船不過用楊柳木打造，江且難涉，況於航海！所以二十年來，未嘗不傳李松壽在海州造船，厚以銀兩，招南方水手，元不見其一毫動息。況吾國之新海州又瞰其旁，保無他虞。昔辛巳逆亮犯順，固嘗航海，爲李寶所敗而遁。是時亦止在海州之唐島獲捷，初未嘗及吾二浙之海面也。此臣所謂不必深慮者二也。臣空臆盡言，冒瀆聖聽，罪當萬死。伏乞睿照。

[貼黄]臣既以海道事宜仰瀆聖聽，但有一事粗當防者，臣不敢隱。此間舶船，常有販高麗者，大率甲番三隻到麗國，必乙番三隻回歸，丙丁亦如之。今慶元人見有在彼國仕宦者，却緣此等船隻皆屬朝廷分司，制司不可得而察其往來之迹。此間之舟一隻，可以載二三百人，萬一彼有異志，并吾甲乙兩番之舟，并行拘奪，以渡韃賊，則亦意外之過慮也！故臣以爲若朝廷以舶務撥隸沿海制司，却擇一收錢最高年分，責令制司抱解净錢，則於國課無虧，而發舶事權屬之制司，可以操持考察，其所關事體頗爲不細。況緩急之際，亦可團結大舟，爲國家後户之備，此其爲計，又在不言之表，兼亦可以因發舶舟，令曉暢之人僞爲商旅，至彼國審探韃賊事宜，等而上之，又有無窮利便，難以盡述。但此事臣不敢言，恐或者以爲與朝廷争利，惟乞陛下自取決於聖衷而已。今有《麗韃本末》一册，并用繳進。伏乞睿照。

奏禁私置團場以培植本根消弭盜賊

臣祗被宸命，代匱瀛閫，責以肅清海道之寄。臣竊謂清海道莫先於安百姓，安百姓莫先於遂生理。照得本府管下結埼鎮倚山瀕海，居民環鎮者數千家，無田可耕，居廛者則懋遷有無，株守店肆，習海者則衝冒波濤，蠅營網罟，生齒頗多，烟火相望，而并海數百里之人，凡有負販者皆趨焉，圖志謂之小江下。自古官司不置稅場，正欲留此利源，養贍不耕不蠶之民，使之衣食稍給，則非心妄念不作。比年以來，形勢之家私置團場，盡網其利，民不聊生。其間不得已者，未免淪而爲盜。近幸勢家自行住罷團局，聽令民間自營生業，小民方有生意。但一方奸猾之徒垂涎未已，或恐妄行投獻府第，借聲勢以殘民，創砂岸以龍斷，使小民衣食之源得而復失，委關利害，所合敷奏。欲望聖慈降付尚書省，札下本府，永行禁斷，刊之於石，以垂不朽，實爲培植本根、消弭盜賊之第一義。

［貼黃］臣又竊見，結〔一〕埼之民，素無田產，縣道止憑鄉司腹稿，妄行差役，糾訟不已，富

〔一〕以下原闕，據明刊本補。

轉而貧，貧轉爲盜，非一日之所矣。淳祐九年，郡人王漢英嘗請於倉司，立爲鎮厢，民不告病。縣胥無所并緣，輕壞成規，民復困於糾役，多至流徙。臣已徇一方士民之請，以鎮市十七、十八兩都，復爲鎮厢，隸之於鎮，創立八鋪，鎮置厢典，寨差鎮兵，兩都苗税，就鎮催解，永罷縣胥以催科爲名，泛差里正、大保之擾，庶使居民安生樂業，如在康莊，是亦清海道之一助也。并取進止。

《許國公奏議》卷三

卷一三　文六

奏論海道内外二洋利害去處防貴周密寶祐四年

竊見朝廷近日措置，自東海縣以至澉浦，分爲二屯，以防裏洋之寇。又令沿海制司，起發温、台、明係籍民船，擺布岑江等處，以防外洋之寇。其説不爲不詳，然尚有未盡之藴。照得新舊海州凡發兵船，欲入海道，其水路有三。賊若欲侵擾淮東，則自舊海發舟，直入贛口、楊家寨、鹽城，此裏洋也；若欲送死浙江，則自舊海放舟，直出大洋，緣贛口之東社、苗沙、野沙、外沙、姚劉沙，以至徘徊頭、金小〔一〕、澉浦，此外洋也。以上二洋，皆屬淮東、浙西之境。然賊舟若欲放此二洋，其源頭皆須經由新海界分東陬山、西陬山之中。今來戍海諸部士卒，其脱身者多聚於東陬山，勢須就兩山審度，擇寬平去處，創築城壘，如淮閫之築荆

〔一〕金小：諸本皆如此，當爲「金山」之誤，參見下十二行「金山」。

山，指顧而期，盡吾事力，創屯重兵，以防制之於未入吾境之先，則畿甸可以奠枕。若俟其犯吾之三屯，則賊已入腹心矣。此當亟令淮閫措置者也。若更欲向裏做一二層工夫，則贛口之東，諸沙累易，外洋去處，亦有可以聚船屯兵之地，此又當亟令淮閫措置者也。若淮閫以積久之威名，再圖收復新海，則前二説，却自可緩，特不容不過計而預謀也。但收復舊海之策，或謂當以計困，未可以力取。其説曰：新海眇在海中，我之據新海也，自淮安運糧，由淮河出贛口，沿沙岸直上，經從東陬山、西陬山之中，以達於舊海，其勢稍便。賊若據新海，則必自舊海運糧以往。我若以數百舟横截石湫河之口，虎視新海，則賊運糧之舟，無緣可過以達於新海，縱不攻擊，彼將絶糧自潰。此又淮閫所當參芻蕘之言，爲萬全之勝者也。

若賊欲送死四明，則自舊海放舟，由東陬山之外望東行，便相轉而南，則可直達昌國縣之石衕、關嶴，然後經岑海、岱山、三姑之境以至定海，又稍轉而西，則可至金山、澉浦。此其勢若易而實難，蓋此路之不通已久矣。然使東陬山有可守之城壁，可恃之重兵，則賊亦有後顧之虞，亦决未敢冒然萺進。若曰自登、萊放舟，徑至大七、蛇山，以至澉浦，則此路雖南人皆所不諳，况北人乎？猶記政和中，與女真結海上之盟，係自山東陸路至登州，與之約要。

蓋女真每自遼東海道販馬至登州故也〔一〕。使此間海舟徑可至登州，登州海舟竟可至此間，則政和結約，必自此取道泛海而至登矣。後中原爲虜所有，朝廷嘗遣使至高麗，欲藉路至登萊，以至女真之庭，麗主不從而回。以此知此路之素隔，特不可不多爲之備耳〔二〕。聞沿海制司去歲新創軍屯於向頭，以水軍百五十人、土軍一百人，分爲兩寨，與金山相爲唇齒，已之京師一重後户〔三〕。更乞行下沿海制司，於大小七山、蛇山等處，以兵船常切探望，多立烽隧，如前來白札子事理施行，庶幾海道愈爲周密。伏乞睿照。

奏給遭風倭商錢米以廣朝廷柔遠之恩亦於海防密有關係

臣竊惟自中興南渡，聲教與西北罕接，惟麗、倭二國，介於東南海隅，猶知向慕本朝，至今通商。但自來倭人間有失舟者，財本陷没，續食無計，雖寄口腹於牙人之家，率爲牙人多算火帳，其失舟之倭則假貸於不失舟之倭以償之，未免重困。又有高麗境内船隻，忽遇惡

〔一〕每：原作「海」，明刊本亦如之，應誤，徑改。
〔二〕耳：據明刊本補。
〔三〕之：據明刊本補。

夙，時亦飄至台温、福建、慶元界分，萬里流落，尤爲可念。臣兩歲之間，一再見之，遂從有司每名日給白米二升。其倭人則俟同艅船隻之回載與同歸，麗人則俟此間商人入麗，優給錢米，使歸其國，無非所以廣朝廷之仁心仁聞於遠人也。但自本司行之，終恐難繼。此來欲望朝廷行下市舶司，立爲定例，遇有倭商不測遭風水之人，從舶務日支十七界一貫五百文、本司日支米二升養膳，候歸國日住支。仍行下浙東西、福建諸州，遇有麗人飄流至各州界内，即仰各州支給錢米，發至本司，仍從舶司日支十七界一貫五百文、本司日支米二升存養，亦候歸國日住支。庶幾遠人皆知朝廷柔遠之恩，亦於海道之防密有關係。

奏創養濟院以存養鰥寡孤獨之民

臣竊見四明爲浙左壯郡，生齒最繁，素無養濟院，以存養鰥寡孤獨之民，委爲闕典。臣嘗備數□輔〔一〕，每見陛下軫念黎元之意，與天地同其仁。今兹叨守近畿，所當求所以上稱明旨。近因省并都酒務一所，就行增添屋宇，改創房屋，共爲七十餘間，收養鰥寡孤獨之民二

〔一〕□輔：明刊本作「該補」，「補」當「輔」字之誤。

百人。大口月支米六斗、錢十五貫，中口月支米五斗、錢十貫，小口月支米四斗、錢七貫。已於天基聖節之日，令入院居住養濟，無非所以推廣上恩，祝延睿算。其歲用米約三千餘石[一]，錢約六萬餘貫，并於本府自行措置，上於朝廷係省錢無預，下於本府經常錢無關，但止就本府自來有管淘湖米内分撥一千石，貼助支遣。所合專具奏聞。欲望聖慈降付尚書省，給降省札，付本府永遠遵守，實爲千里無窮之幸。伏候敕旨。

條奏海道備禦六事

一、紹興初創立水軍，屯駐定海，專爲行都後户之防，未嘗輕調一兵遠戍。自嘉熙年間，督府始行下調遣，前赴上流差使。適統制林暐係督府舊校，勇於奔命，更不申聞制司、具申朝廷及督府免調，自是遂以爲例。至淳祐九年，統制紀智春備述利害[二]，申告本司，本司備申朝廷，蒙從申免行出戍。當年遂擒捕到積年大艅海寇數百人，趕逐倭船出境，捕獲銅錢二

[一] 三千：原作「二千」，據明刊本改。
[二] 述：明刊本作「還」，當誤。

萬餘貫，實得全軍在寨之力。寶祐初，當國者不知東南事體，科降官錢，令本軍造平底船，差軍士四百人，駕往海州，就行捍禦。又準起發把隘民船一十五隻，并往海州。除民船梢工、梢首共計三十人外〔二〕，又令本軍起差軍士四百七十人，駕放上項船隻。是爲兩戍通差官兵八百七十人，每遇更戍之時，又須別差八百七十人，或遵陸，或航海，前往抵替，方得前項戍軍回司。是一歲之間，常是一千七百四十人往來道塗，無休息之日。又寶祐元年八月，準密札差官兵三百五十人，同民兵一百五十人，駕民船三十二隻，往料角屯戍。切照料角者，乃通州料家沙之角，民旅船隻自揚子江口入海，不欲經涉大洋風濤之險，是以沿趁老岸，尋覓洪道，潮長則進，潮退則止，迂回轉折，不計日程，以達於淮海，非防大敵之要害也。徒輟國家門户之防，而置之無用之地，尤爲無謂。總三項而計之，是定海之軍歲減二千九十人之實力矣。此軍元額止六千人，自來四千人係慶元府通判廳、經總制司管認券錢，二千人係慶元府管給券錢，而米則盡係慶元府給餉。近來緣郡計凋弊，而經總制司財賦亦復失陷，闕額常數百人，則所管之兵止五千人而已。老弱疾患又居十分之一，則實可用之兵四千五百人而已。而二千九十人之往來征戍於淮者，又皆選士，則其在寨者僅二千四百餘人之常卒而已。

〔二〕梢：二『梢』字明刊本并作『稍』。二字通。

修備戎器，打造戰船，收置軍需，防守寨柵庫務，率不下三四百人，則在寨之數僅僅二千餘人而已。而又往年以州兵之哄，移屯於郡者五百人，以盜賊之熾，分屯於東門者五百人，則定海本寨又僅僅千餘人爾。若海道之責，則西接許浦，南接福建，北接高麗，東接日本，廣袤且逾萬里。探望以舟師，巡逴以舟師，把守諸處隘口以舟師，又欲常整備三五百人，以爲緩急不測之用，於是定海他無一卒可調矣。使幸而出一塵之警，尚可牽補罅漏，以過時日，每一長慮却顧，實爲之寒心。況許浦水軍，顧管一萬二千人，其任責止於揚子江口，北極如通泰、如料角，正與許浦相直，乃其地分。不以許浦之軍屯戍，而乃以定海之軍屯戍，良由許浦以都統之重，可上告朝廷，而定海不過偏軍下壘，情訴不能自達，前後制臣又無有爲之申陳者，所以陵夷至此極也。某雖見極力措辦錢糧及備等下錢并七事件軍裝，一面招補缺額，然非倉卒之所能辦。欲望朝廷將近年創例出戍淮海兩項戍兵免行調發，庶幾本軍兵力稍全，可以遵照朝廷指揮措置關防，不至疏虞。又其最可念者，海濱之人與北方風土不宜，至則疾病交作。寶祐三年分徐歡所部四百人，亡殁一百一十六人，鍾晟所部四百七十人，亡殁一百一人，加以數年，將盡爲異鄉之鬼。又自寶祐元年調遣，以至四年，損失軍器共計七千九百餘件。久戍之船，本軍每歲又自差官前往修葺，四年之内，已用過錢一十三萬八千二百餘貫。加以數年，此軍亦將赤立，不復可支吾矣。臣竊惟兩淮知院知府，威聲震於沙漠，勛烈炳於丹青，黄頭郎如林，下瀨船如雲，決不欠此千百人之弱卒、十數隻之民艘。若以此一千二百二十人之生券，自每歲爲新會三萬八千八百六十二貫文，爲米九千六百三十碩[一]，到戍回戍，行府犒賜優厚，共爲錢約新會二萬貫，本司每歲遣戍，亦該新會一萬貫，是統爲新會六萬八千六十二貫文矣。以上項錢米就淮東招募一千二百二十人，并作上等效用，歲不過欠新會六萬五千八百九十八貫，欠米三千七百六十二碩。朝廷決不較此瑣瑣。使行府不失調兵之名，使本司不失見兵之實，其於内外邊防，均爲幸甚。

一、防江海之險與防平陸之險不同。防平陸之險，專以人力；防江海之險，專以人謀。蓋賊雖有千船萬檣[二]，纔一開岸，即爲風水所使，散漫四出，決不能成綜合伴，并力於我。我但得精卒三千人，堅好之舟三十隻，屯泊於賊所必經之地，一舟過即殺一舟[三]，自可使之無復遺類。此機六韜三略之所不載，而前史往牒之所未詳也。臣竊惟自中興南渡，立國錢塘，所以創許浦水軍於平江，創澉浦水軍於嘉興，創定海水軍於慶元府，無非爲京師左右前後門户之防。但許浦枕揚子江而置司，去京師爲遠，惟澉浦去京師爲近。而不知澉浦之外，又有

[一] 碩：原作『石』，據明刊本改。下同。
[二] 千船：此文此節亦見《四明續志》卷五《奏狀》，作『千艘』。
[三] 即：明刊本作『則』。

所謂金山，乃應干舟楫所必經往稍泊之地〔一〕。臣二紀之前假守嘉興，適逆全有窺海之意，臣遂具申朝廷，創招水軍千人於金山，又爲澉浦之外拓，至今人以爲宜。今定海水軍雖得控扼之地，然於防制倭麗則有餘，而於遮護京師則不足。若曰山東之賊欲送死鯨波，則自膠西放洋，繞淮東料角諸沙之外，自有徑截洪道，直達前所謂嘉興之金山，不必更放大洋不測之淵而至定海也〔二〕。故曰定海之屯於防制倭麗則有餘，而於遮護京師則不足。臣今體訪定海之裏，有地名曰向頭，至錢塘江衹一潮汛，乃應干舟楫所必經從上潬之處，與嘉興之金山無以異，而形勢則過之。且有地可以建寨，有山可以藏舟。臣欲招刺缺額水軍五百人，人人必皆選士，就彼屯駐，設有緩急，則增兵占守，可以萬舉萬全，而京師有金湯之固矣。昔高廟朝，御史中丞沈與求嘗奏云：『議者皆欲於向頭置屯，使賊至此，已是入吾腹心之地。』蓋是時登萊、海密尚與本朝相聞〔三〕，而高麗亦羈縻未絶，故或者猶有不肯厭安江沱之意，而與求之論

〔一〕經往稍泊：《四明續志》作『經從稍泊』。
〔二〕此句『之淵』下、下句『有餘』前諸本皆脱，據《四明續志》補。按《全宋文》并脱『有餘』下句，據補。
〔三〕相聞：原作『相關』，明刊本作『相開』，據《四明續志》改。

所以欲向外下工夫〔一〕。今時異勢殊，臣所以舉此一節者，欲以證向頭置屯〔二〕，先朝諸臣固嘗言之，非臣之苟言也。

一、慶元府諸邑惟昌國、象山、定海枕海而處，奉化亦半之。沿海之人，多惡少亡命，以漁鹽爲業，大率剽悍輕捷〔三〕，在水如龍，非官軍比也。浙之東西以及福建，凡并海而生者，雖無非習熟波濤之夫，獨以慶元人爲稱首。凡販海者以百人爲率，慶元之人僅著十分之二三，蓋恐其多則能并殺其徒也。以此可見此邦沿海之民〔四〕，最悍而最可用。臣頃奏聞興復砂岸，以六家上户之世業復歸而還之，量令照右例輸納官租，正欲爲團結之地。今官司歲收不過十七界十四五萬貫文，臣今欲仍弛以予之，却令當土大家隨其地分及砂岸廣狹事力，共團結强壯三千人，仍與各辦衣裝、器械，大略如往年兩淮、近年沿江團結民兵之法，置立頭目，部勒隊伍，遇秋時漁田之業隙，則以千人合教於郡，三歲周而復始，蓋一舉而有三利焉：緩急之際，此三千人可以當三萬人之用，一利也；既就團結，則姓名皆在官司，爲盜賊者不可

〔一〕工夫：原作『江方』，明刊本如之，據《四明續志》改。
〔二〕以：《四明續志》作『乞』。
〔三〕剽悍：原作『剿悍』，據明刊本改。
〔四〕以：據明刊本補。

容，販私鹽者亦可戢，此二利也；三利，大家上户，既永免砂岸納錢，其利無窮，且永無寇攘，如近時三山、小榭焚掠之虞。特不過一番置辦軍裝、器械之費，實係以合納官錢而辦官事，固其所樂從而喜聽者也。

一、本司自嘉熙年間準朝廷指揮，團結温、台、慶元三郡民船數千隻，分爲十番，歲起船三百餘隻，前來定海把隘，及分撥前去淮東、鎮江戍守。夫以百姓營生之舟，而拘之使從征役，已非人情之所樂，使行之以公，加之以不擾，則民猶未爲大害，奈何所在邑宰，非貪即昏，受成吏手，各縣有所謂海船案者，恣行賣弄。其家地富厚真有巨艘者，非以賂囑胥吏隱免〔一〕，則假借形勢之家拘占，惟貧而無力者，則被科調。其二十年前已籍之船，或以遭風而損失，或以被盗而陷没，或以無力修葺而底沉，或以船身老朽而弊壞，往往不與銷籍，歲歲追呼，以致典田賣産，貨妻鬻子，以應官司之命，甚則捐弃鄉井而逃，自經溝瀆而死。其無賴者，則流爲海寇。每歲遇夏初，則海船案已行檢舉，不論大船小船，有船無船，并行根括一次。文移遍於村落，乞取竭於鷄犬，環三郡二三千里之海隅，民不堪命，日不聊生。待至起到舟隻，則大抵舊弊破漏，不及丈尺，檣具則疏略，稍火則脆弱，亦姑以具文塞責而已。民被

〔一〕胥：原作「省」，明刊本如之。按此節又見《四明續志》卷六《省札》，此字作「胥」，據改。

實害，官無實用〔一〕。且天險之防，以人心爲本，而先使百姓憔悴〔二〕，根本動摇，脱有緩急，何恃而亡恐！臣已結爲義船法，謂如一都每歲合發三舟，而有船者五六十家，則令五六十家自以事力厚薄，辦船六隻，船身必堅耐，楨具必齊整，稍火必强壯。歲發三舟，而以三舟在家營生，一歲所得之息，則以充次年修船〔三〕、辦楨具、招稍火之用。立以程限，守以信必，歲歲遇當把隘之日，則如期駕發，以至軍港，聽候調遣。於是有船者無幸免之理，無船者無科抑之患，永絶奸胥猾吏賣弄乞覓之苦，永銷濱海居民破家蕩産之憂。人心固則天險固，三郡邊海之人，莫不欣然聽從，行將就緒〔四〕，實爲海道無窮之利也。

一、此邦沿海凡有九寨，曰結埼〔五〕、大嵩、管界、海内、白峰、岱山、三姑、岑江、螺頭，計土軍一千四百八十三人。朝廷創立，本欲與定海水軍相爲掎角，肅清海道。承平既久，寨無可用之卒，卒無可用之舟，半是買閑，半是占借，教練不習，擊刺不閑。兼九寨巡檢，多係軍班

〔一〕此二句《四明續志》卷六《省札》作「民被實擾，官虧實用」。
〔二〕而：據明刊本補。
〔三〕修：原作「之」，明刊本如之，據《四明續志》卷六《省札》改。
〔四〕行：原作「事」，明刊本作「然」，據《四明續志》卷五《省札》改。
〔五〕曰：諸本原誤作「□」，脱「結崎」，據《四明續志》卷五《省札》正補。

部吏任子〔一〕，并不諳所謂海道事宜，目不曾接風濤，足未嘗履海岸，嘗惟循襲故〔二〕，掊剋自肥而已。故此一千四百八十餘人之土軍，徒費國家錢糧衣賜，亡具甚矣。區區欲望朝廷將九寨巡檢向去遇有滿替之人，許從制司選辟曾從軍伍、諳熟海道、慣會船水之人，充巡檢職事。庶幾頭目之人以漸更易，衆聽不驚，而寨卒亦漸可訓齊教習，以無用爲有用。仍遇有盜賊，許令定海水軍主兵官會合調遣，一應功賞，并與水軍一體施行，實爲海道悠久利便〔三〕。於海道之防，所急舟船器械、教閱訓練，臣豈不願仰遵宣諭指揮，盡心力而爲之？但大概非赤〔四〕手之所可辦。臣待匱凋郡，行且期年，雖勺酒杯羹不敢開宴席、動庖厨，以爲公帑之費，然苦身節用，不過能爲慶元一郡計，祇如軍糧一項，已遣官吏往平江糴米五萬三千餘碩，爲錢垂二百餘萬緡，若制司則實無一孔之入，又無事力可以效江淮〔五〕、京湖諸閫營運以助支遣，委難展布。臣去歲領事之初，故嘗控告朝廷，乞料降鹽一萬袋，正以此爾。今固不敢復有此

〔一〕多：原作『名』。任：原作『孺』。俱據《四明續志》卷五《省札》改。
〔二〕惟循襲故：原作『惟循習故事』，據明刊本改。《四明續志》卷五《省札》作『惟循常襲故』。
〔三〕利便：原作『便利』，明刊本如之，據《四明續志》卷五《省札》改。
〔四〕下文原有校記云『下闕』。由此至篇末據明刊本補。
〔五〕效：明刊本作『効』，明刊傳鈔本改作『效』，是。

請，但或蒙朝廷特加體察，量賜撥助，俾不至十分偏迫，尤券外之望。若向頭一説，朝廷果以爲然，其招軍一項，自係見今闕額，司存所當任責。若建寨之費，却須出自朝廷科降施行。

右已上六條，實爲慶元海道備禦之急務，臣既蒙宣諭指揮，仰體聖主慮周四表，思患預防之意，不敢隱情惜己，玩日愒時，有孤詔旨。然必待詔旨而後敢言者，備有生事之嫌也。更合取自聖裁，伏乞睿照。

奏乞休致及蠲放官賦攤錢見在錢米增積之數

臣輒罄丹衷，仰干洪宥。伏念臣比叨迪柬，猥玷旬宣。天覆地持，獨有恩私之被；月要歲會，曾何課績之聞？惟飭蠱以厚公，與薄徵而培本。仿韓琦之躬親細務，敢避煩勞；慕包拯之力摶群豪，肯辭仇怨？雖苦身節用，人謂其嗇；然積粟聚財，郡爲之寬。凡皆奉職之當然〔一〕，亦且及期而已爾。今者仰憑帝力〔二〕，稼事大登；上賴皇威，海氛寖息。而臣年冉

〔一〕開篇至『然』字前，原有校記云：『原缺四十四字。』按實闕一百字。與明刊本對照，此篇開頭與上篇結尾正脱一頁，中間包括本篇題目。參上篇頁四一一校記〔四〕。

〔二〕仰：原作『抑』，據明刊本改。

冉其將暮，行昧昧而未休。疾病縈身，憂畏銷骨。爰瀝忱悃之悃，曲祈蔭庇之仁。恭望皇帝陛下，垂念蓋帷，許還印綬。六十三而休謝，儻追范鎮之踪；生老死於太平，庶遂邵雍之願。臣無任祈天望聖、激切屏營之至！取進止。

［貼黄］照對臣忝以舊輔典藩，素知陛下憫念黎元之心，故臣自去秋領郡，即將寶祐元年秋料、二年夏料住催〔一〕，繼又將二年秋料、三年折帛錢蠲閣。近又以明堂在近〔二〕，須將三年應干官賦并行除放，前後共放過錢五百四十九萬一千七百七十七貫六十文。又累政以來，多將公吏寄庫拍户百姓逋負攤賴，各催之錢，理爲交頭。見在被監之人，不下數十百，凡累老幼〔三〕，哀鳴可念。某盡行蠲放，仍將本任趲積到錢代爲填納〔四〕，總爲錢六十三萬一千七百九十七貫八百四十六文。通前兩項，共計六百一十二萬三千五百七十七貫九百單六文。該載并見榜文簿曆，歷歷非欺。今官無拖俸，軍無欠糧，朝廷諸司無稽違綱解，而庫中之積比元交割尚增會子一百餘萬貫，現錢伍萬貫。元交割米止一千八十三石，今倉中及見在平江

〔一〕二年：明刊本作『一年』。
〔二〕明堂：原作『門堂』，據明刊本改。
〔三〕凡：原作『兒』，據明刊本改。累：當爲『纍』。
〔四〕任：明刊本作『在』。

收糴在路之米，共管二萬餘石。繼臣之後者，自可卧而治之，在臣别無一毫規避。并乞睿照。

奏按象山宰不放民間房錢寶祐六年

臣聞諸孟軻曰：『見無禮於其君者，如鷹鸇之逐鳥雀也。』臣終身誦之惟謹。照得朝廷近以雨澤愆期，遍行祈禱，恭奉聖旨，應民間房賃，不以大小，統放半月。汪澉之恩，被於海隅。臣奉行惟恐不虔，登時具文榜，行下諸縣，一體遵守。繼聞縣道多有與大家上户爲伍〔一〕，沉匿文榜，不行揭示者，遂分差人吏，前往監督縣吏，逐一施行〔二〕。續據差下象山縣吏貼李奎回同供責稱，本縣自來凡朝廷及本府寬恤事宜，例不曾奉行，并取到市户胡三十太等具狀稱：三十太等今奉大使府差人前來契勘，放免官私房廊白地等賃錢等事〔三〕。且三十太等各係經紀小民，賃屋居住開店，每遇大使府及上司并奉聖旨節次行下，減放賃錢，無不感

〔一〕大家上户：原作『大家一户』，明刊本此處亦爲此四字，文末兩處稱『大家上户』，據改。
〔二〕遂一：明刊本作『遂一』。
〔三〕房廊：明刊本作『房節』。

戴。雖本縣備榜曉示，緣本縣鄉里屋主，皆係寄居官户者，即不曾遵照指揮放免，所是賃錢，投月典還〔一〕，掠錢人交納，如到冬節他放三日，歲節五日，上元節三日，其他即無減放。設若賃客欲退官放，便被起離，所以并不敢執退官放。所責證并是的實。又據李奎供，本縣因聞胡三十太等狀，其縣吏毛益即取覆知縣，追胡三十太勘斷，責令退狀。口稱『屋主炒人，你若責狀去州府，回後衹來你身主討事』。

臣竊惟『普天之下，莫非王土。率土之濱，莫非王臣』，象山豈非王土乎？爲象山之官吏與寄寓縉紳，非王臣乎？而奉旨蠲放房賃，大家上户，視之如無，縣道官吏知有大家上户，而不知有君上，非所以辨上下、定民志也。事若甚微，關係實大。司馬光《通鑒》之首，專以名分爲言，其旨深矣。臣欲望聖慈特發睿斷，將宣教郎、知象山縣孫逢辰量與鐫秩，以示懲警。仍行下無干礙監司，根究本縣寄居房賃最多、不有上旨、不伏蠲放之人，施行一二，庶足爲慢上剋下者之戒。其於教化，不爲小補。須至奏聞者。

〔一〕投：明刊本字迹似『按』，當是。

奏乞就淮西管下歲糴以繼軍食之闕

照對臣自前歲抵郡，夷考本府不可支吾之因，專苦於軍糧之不繼，遂行奏申，乞就淮西管下歲糴十萬石。已準尚書省札子，備奉聖旨，許令本府據欠闕之數，前往收糴，亦不拘十萬之數。本府兩年之間，百計提聚官錢〔一〕，僅能糴及六七萬石，尚未及一歲十萬之數。近緣青黄不接，軍食正艱，遂差官吏往平江收糴四萬石，以備支遣。并將昨來朝廷發還借支義倉米價錢四十萬貫，收糴一萬石，以償上件義倉窠名，共爲米五萬石。已差撥軍船，雇募民船，摺運船載。出港之間，忽準發運司反汗拘攔，所有昨來已奉聖旨指揮，未肯行用。緣本府剋期剋日，以待此米之至，支散二十四五日水軍、厢禁軍、土軍，共一萬餘人軍糧，實是狼狽。萬一庚癸之呼，某一身不足恤，如國事何？不免星馳具狀申聞，欲望朝廷特賜敷奏，降付尚書省，札下發運司，照以降聖旨指揮〔二〕，即與通放施行。臣無任延頸俟命，如囚待赦之切。

〔一〕提：明刊本作『題』。
〔二〕以：原作『所』，據明刊本改。

［貼子］臣昨因郡境入春以來頗有旱意，深慮秋成難準，急在聚糧，傾竭帑藏所儲。又委本司參議官趙汝侓，前往嘉興府收糴一萬五千石，并委權本司計議官杜友寬，就鎮江府管下收糴小米五千石。雖蒙各官回申，已行糴下，伺候起發外，今來切恐各縣仍復把持〔一〕，不與通放，頗計利害。欲望聖慈并下尚書省，備札各處及發運司，照應通放施行。伏候敕旨。

三月初五日具奏乞歸田里 開慶元年

臣輒瀝危衷，仰干聖聽。臣一介疏遠，祗事聖明，三紀於兹，旁無蚍蜉之報，自頂至踵，悉由陛下拔擢，悉由陛下保持，以至今日。伏念臣起自書生，叨塵宰輔，分量已極。自壬子去國，坐享禄秩，優游山林，即是臣上戴陛下始末之恩，結裹此生，了無遺欠矣。丙辰初夏，忽蒙陛下曲加紀録，起之鄞閫。臣再三懇免，直涉季秋，疊奉宣諭，謂目今海道不異邊險，且詔鄉守諭旨準發。臣上受主知，緬懷國事，感激流涕，遂不敢以衰病辭。雖知勉竭疲駑，竟亦何補毫髮！去秋僥逾再考，復被因任之命。時適東海告警，連準密院奉旨行下，調遣兵

〔一〕縣：明刊本作「具」。

船，申嚴海備，日不暇給，臣不當於此時乞身，黽勉就職，又越半歲矣。然未嘗不力告宰臣，乞賜密啓，蚤俾歸休。近又嘗以殘軀百疾，死期三證，祈籲宰臣，甚衰實非旋爲飾説〔一〕。今春令已深，風色向順，洋海保無他虞。如昨承朝命，團結三郡海艘，悉以辦集，其數不下三數千隻，見以籍册奏申。其他兵政、民務，無慮數十條，亦皆圓備。且帑有餘貲，倉有餘粟，凡可以爲此郡經久之計者，已無餘策，自此凋郡，恐成樂國，在臣復何貪戀〔二〕，更不知止，矧重之以疾證死期乎！

《易》之《謙》卦曰：『天道虧盈而益謙，地道變盈而流謙，鬼神害盈而福謙，人道惡盈而好謙。』〔三〕蓋天地人特具其理，而鬼神則直著其事，甚可畏也。是用殫瀝悃忱，歸命君父。欲望聖慈恢天地好生之仁，廣日月無私之照：念臣久侍帷幄，曾獲備心膂股肱之寄，在内在外，不敢少負國家；憐臣年事浸迫，血氣已衰，譬之閑厩老馬，惟有悲鳴，難任鞭策；察臣粗知消息進退之義，即非詭激以欺陛下，特出聖斷，許臣挂神武之冠，或俾奉祠，退伏田里，獲遂首丘之願。又臣竊伏惟念先帝在御三十年，凡十放進士之榜，其被親擢膺首選者俱已

〔一〕甚：原作『其』，據明刊本改。
〔二〕在：原闕，據明刊本補。
〔三〕鬼神害盈而福謙，人道惡盈而好謙：原二句倒，『害盈』作『禍盈』，并據《周易》改正。

殂謝[一]，惟獨臣僅存。陛下上軫豐芑之遺，次軫帷蓋之舊，必賜興惻，俯垂聖允。臣干犯宸嚴，無任瞻天望聖、真切懇祈之至！

二十三日再具奏乞歸田里

臣近嘗具疏乞歸田里，恭奉詔書不允者。祇承温詔，備極衮褒，銜戴洪恩，惟增深隕。臣聞臣子之事君，以勢分言則君猶天也，天忱不可瀆；以情分言則君猶父也，父則容可訴。伏念臣行年雖六十有五，而涉世已逾四十年，心損於思慮之多，志喪於摧挫之多，膽薄於憂畏之多，氣耗於酬酢之多。積此四多，淫爲百疢，於是臣實病矣。其所爲盡瘁於職業者，蓋恐食焉而怠其事[二]，不有人禍，必有天刑，如古人之所云，本非精力之有餘也。職事之最大者，無過於撫養下民，以奉藝祖紫雲樓之詔誓，以體陛下培植根本之訓彝。而此邦積蠹稔弊，其所由來者漸矣。前乎爲守者，不過依違洪涊，以求不得罪於巨室，未嘗

[一] 殂謝：明刊本作『渝謝』。
[二] 而怠：二字原闕，據明刊本補。此句韓愈《圬者王承福传》『非所谓食焉怠其事，而得天殃者邪』。

爲百姓伸枉冤，直是非。臣自惟嘗忝宰輔，爲陛下抑豪强以扶貧弱，安田里以弭盜賊，臣之職分也，豈可使百姓失職，而坐視其嘆息愁恨哉！於是事至有司，不得不奉國家之法令以行之。雖百姓稍獲蘇醒，但以臣之力拙，而致怨者多矣。怨之不已則讒謗興焉〔一〕，臣藉曰無愧於心，然以衰頽疾病之軀，而處讒謗四集之地，豈《大易》『知進退存亡』之義與老氏『知止不殆』之旨哉！仰惟陛下聰明聖哲，阿墨之毁譽，未嘗不瞭然於聖衷。然孔子删詩爲三百篇，而畏讒者十有二，其形容讒人之狀，精微巧妙，有鬼神之所不能測度者。〔二〕於是臣之心志膽氣，日誉皇消礫，而百骸九竅之病日益矣。若非陛下曲賜覆持，俾獲善罷，則身難保，何裨於國！恭望聖慈重加憐憫，檢會前奏，放臣歸老山林。儻延一日之殘喘，即是陛下賜以一日之生。臣無任瞻天望聖、激切屏營之至！取進止。

〔一〕焉：此字據明刊本補。
〔二〕測度：明刊本作『俄度』。

夏四月初九日復具奏乞祠

臣三瀝丹悃，上冒聖聰。臣頃緣身病於負薪之憂，心病於止棘之憂〔一〕，薦貢封章〔二〕，懇祈閑退。聖恩天大，屢被温綸，至援尹吉甫《烝民》之詩，訓臣以仲山甫之事業，且曲加諭旨，曰『決未可言歸』，曰『切不必重請』。臣祗承明詔，感極涕零。但臣之真忱，實有不容自已者，謹即是詩而備陳之。且其詩曰『夙夜匪懈，以事一人』，所以表仲山甫之勤瘁，即詔旨所謂『不憚其勞』也。又曰『不侮矜寡，不畏强禦』，所以表仲山甫之正直，即詔旨所謂『不撓其志』也。尹吉甫之於仲山甫，可謂能知其心，善著其事矣，而乃先之曰『既明且哲，以保其身』，何與？臣深探尹吉甫之意，而驗諸詩之下章曰『德輶如毛，民鮮克舉之。我儀圖之，維仲山甫舉之，愛莫助之』，説者謂政事易耳，而人不能行，維仲山甫能舉此德而行之，惜乎莫能助之者。是知尹吉甫欲仲山甫爲保身之謀，正爲仲山甫寡助之慮也。夫以仲山甫賦政徂

〔一〕止棘：原作『上棘』，據明刊本改。
〔二〕薦：明刊本作『洊』。

齊，每懷靡及，忠勛如此，而尹吉甫尚爲之隱憂，臣實何人？不堪爲仲山甫執鞭，而跉跰孤立，則有類尹吉甫之所云者。臣何敢獨恃聖知，而不求所以保身之道乎？保身之道，惟在乞身以去爾。

今臣之當去者，不特此邦之人以爲宜，而天下之人莫不以爲宜。此邦之人則曰『推而不去，是頑鈍也，頑鈍可耻也』；天下之人則曰『久而不去，是貪戀也，亦可耻也』。於是臣不但畏此邦人之議，而且畏天下之議，身心之病，愈不可藥矣。反覆而思，惟有積忱歸命君父。欲望皇帝陛下念其坎壈平生，憐其顧惜晚節，赦其攖拂威命，特推從欲之仁，俾遂首丘之願。臣儻未遽溘先朝露，猶可退與鄉人子弟講明孝弟忠信之義，以鋪揚聖化而歌咏太平。是陛下賜臣爲聖世無玷缺之人，而或庶幾於仲山甫明哲之萬分一矣。葵藿寸衷，雖不獲糜捐以效報〔一〕，尚當銜結以酬恩。臣神往形留，意長語短。惟是數瀆宸嚴，無任瞻天望聖、激切惶懼之至！取進止。

〔一〕效報：明刊本作『放報』，『放』當『效』之誤。

秋八月初一日具奏乞祠

臣輒瀝丹忱〔一〕，上干聖聽。衰悴之踪，待罪海閫，歲且三周，雖粗竭於疲駑，然日增於疢疾。固嘗密陳悃愊，屢祈君父，兹以夏秋之交，暑氣侵蝕，病體益難支吾，不敢輒具繁詞，謹以情實籲告君父。欲望聖慈特賜矜憐，即垂睿斷，令臣歸伏田里，退安晚節，或畀真祠之禄，少逸餘齡，實戴君父頂踵乾坤之造。臣干冒宸嚴，無任激切懇祈之至！伏乞睿照。

冬十月一日内引奏札論夷狄恃力中國恃理四事〔二〕

臣頃待罪鄞閫，迫於衰疾，屢上乞骸之請，仰荷從欲，獲返山林。突未及黔，忽叨命召，俾奉内祠而侍經幄。一放天筆，再遣使軺，四勤宣諭。捧讀聖訓，有曰『待卿之來，以刻爲

〔一〕臣：此字原闕，據明刊本補。
〔二〕理：原作『禮』，據下文改。《許國公年譜目録》亦作『理』。

歲』。臣感激流涕，不能自持，何敢以出處之常節，廢君臣之大義？戴星疾馳，趨赴闕下，兹叨内見，瞻望清光。積八年葵向之忱，輒吐涓埃，上裨海岳。恭惟皇帝陛下臨政願治，三紀於兹，適際時艱，以四十餘年兵不解甲之天下，而當數千年以來所無之夷狄，忱戛乎其難矣。

然中國、夷狄，自古常對立於天下，夷狄之所恃者力，中國之所恃者理。在彼者有彼之可恃，而或竊我之所恃，在我者無彼之可恃，而又失我之所恃，則勝負之形已判矣。故中國之所謂理者，在畏天命。《書》曰『天難諶，命靡常，常厥德，保厥位』，又曰『惟吉凶不僭在人，惟天降灾祥在德』，又曰『皇天無親，惟德是輔』。苟對越之際多違，譴告之至不察，畏於口而意不實，敬以文而事則非，有好時太乙之禱祈，無桑林雲漢之克責，是我失其所恃也。故中國之所謂理者，在結民心。《書》曰『民爲邦本，本固邦寧，予臨兆民，凛凛乎若朽索之馭六馬』，又曰『民罔常懷，懷於有仁』，又曰『民情大可見，小人難保』。苟内之司存，外之郡縣，借體國之名而窮聚斂，假奉公之説而極誅求，用有司之刑獄桎梏爲一己之苞苴囊橐，是我失其所恃矣。故中國之所謂理者，在進賢才。《書》曰『天命有德，五服五章哉』，又曰『佑賢輔德，顯忠遂良』，又曰〔一〕『克知三有宅心，灼見三有俊心，以敬事上帝』。苟服讒蒐慝，誣善醜正，

〔一〕又曰：此二字原無，據明刊本補。

無保惜愛護之意，有摧折困沮之風，仁賢空虚，氣象蕭索，是我失其所恃矣。故中國之所謂理者，在通下情。《書》曰『稽於衆，舍己從人』，又曰『每歲孟春，遒人以木鐸徇於路，官師相規，工執藝事以諫』，又曰『責人斯無難，惟受責俾如流，是惟艱哉』。苟上下蔽蒙，耳目塗塞，持禄固位之習錮，犯顔逆耳之節微，全身保家之計精，憫時憂國之念薄，是我失其所恃矣。我既失其所恃，寧不虞彼竊而用之乎〔一〕？譬之身焉，天命所以壽考我也，民心所以元氣我也，賢才所以精神我也，下情所以宣導我也，顧自有而自弃之，可乎！

雖然，若此者皆群臣之罪，非陛下之本心也。陛下本心如青天白日，雲陰暫翳，未嘗不隨即開明。臣區區之愚，欲望皇帝陛下自咎自艾於天地祖宗之前，亟下痛切之詔，務在明白洞達，不必回護掩覆，昭布四失〔二〕，力圖今是，以回吾之所可恃。所謂悔過不嫌於深，責己不嫌於重。如使念慮之真實，自然幽明之感通。人情既舒，天意必悦，天意既悦，狄難必寬。其他備禦之方，自可次第而舉。惟陛下留神，宗社幸甚，生靈幸甚。

〔一〕寧：原作『率』，據明刊本改。
〔二〕四：原作『舊』，據明刊本改。

冬十一月日以韃寇深入具奏乞令在朝文武官各陳所見以决處置之宜

臣輒瀝危衷，仰干聖聽。臣遲暮之迹，比從鄞閫，屬疏乞骸，甫獲歸田，忽叨命召，俾厠經幄，一攽天筆，四承宣諭，兩遣使華，聖訓真切。臣跪誦一言，則血淚一滴，非不知鄂寇已迫於江沱，廣寇已逾於賓柳，重惟君臣之大義，不敢徇出處之常節，疾驅赴闕。止謂備數勸讀之末，時效一得之愚，上裨聖算，不料僅入國門，即被揚庭之命，擢置左轄。主憂臣辱，不敢牢辭。

雖黽勉夙夜，應酬科瑣，然不過粗安京師畿甸之人心，豈能遽却侵犯内地之强敵！孟子所謂三年之艾尚不能灸七年之病〔一〕，况沉痼之疾，弄成壞證，而欲以頃刻之艾灸之，使盧、扁復生，且將望之而走。今鄂渚有重臣以宣威，有驍將以禦侮，援師雲集，勝勢日張，似可少寬西顧。若湖湘一路，直透腹心，無高山大澤以爲之限，無精兵良將以爲之防。如廣南制司前月二十有四日報稱，賊叩静江城門，交射而却，旋退屯四十里。自是越二十餘日，無一字

〔一〕灸：原作『炙』，據明刊本改。下一『灸』字改同。

到朝廷。至十月二十日，則湖南帥憲兩司之報猝至，謂賊已於初十日突至清湘矣。今又八九日，帥憲兩司并無續報。萬一又有如廣南之一節無報，而清湘之警報猝至，不知上下將何以爲策。或進或退，或行或守，皆非一旦之所能辦，竊恐誤君父，誤社稷，誤生靈，貽笑萬世，是時惟有一死，何益於國！漢人有云：『先事而言，常患不信，事至而應，又患無及。』今不可謂之先事矣。臣非不能爲寬譬之言，曰：『此非韃也，蠻也。』又曰：『此蠻與潰兵合也，非真韃也。』又曰：『雖韃也，然又不能多也。』又曰：『韃所志者金帛子女，既有所擄掠，不久將自遁也。』〔一〕此言幸而中，則可竊鎮静之名、善料敵之譽；不幸而不中，禍變忽臨，縱食爲此言者之肉，果何補哉！臣愚欲望聖慈以臣此章宣示二三執政、給舍、臺諫、殿帥，使各述其所見，并指陳韃賊有無必至之患，目前當作如何布置，親具手疏以聞。却乞降付臣參酌，庶臣可資衆益，以爲處置之决，毋徒曰：『國家之事，一相任之。』臣不任懇切，伏望睿照。

〔一〕将：原作『能』，據明刊本改。

春三月一日奏論韃賊深入乞充前日之悔悟以祈天永命消弭狄難事〔一〕景定元年

臣一介遲暮，頃陛下以狄難孔殷，召臣於山林。臣重惟主憂臣辱，不敢以時艱爲避就，力疾赴闕。始不過謂密侍經帷，時貢小忠而已〔二〕，不圖聖恩復加柄任。臣既入國門，無穴可逃，黽勉就列，倏五越月。賴旬宣重臣提大兵以解鄂渚之圍，分精兵以剿湖南之寇，四方上下，日冀肅清。然賊智愈深，賊勢漸闊，蟲蠹木而荏苒，蠶食葉而浸淫。大抵其狡焉之謀，最善於以退爲進，以久爲速，以聚爲散，以客爲主，以徘徊延款之形，藏飄忽震蕩之勢。又善於造訛設詐，使被擄而來歸與背虜而投拜者妄相傳播，以中吾之所喜，寬吾之所憂，而迄遂其所大欲。今已入吾堂奧，潰吾腹脅，正恐其未肯遽舍而去。縱去，吾内固已困矣。推原亂本禍根，良由十數年來，奸臣憸士創爲虛議論、實事功之説，以迷國誤朝。凡忠君愛上、規正闕失之言，盡諉之爲虛議論；凡殘民剋下、陷害忠良之舉，反推之爲實事功〔三〕。舉一世之人，

〔一〕弭：明刊本作『彌』，通。
〔二〕小忠：明刊本作『小惠』，當誤。下篇亦見『小忠』，明刊本無異文。
〔三〕反：明刊本作『及』，當誤。

猶食稻衣錦而趨之者，則與亂同事之事也；舉一世之人，若赴湯蹈火而避之者，則與治同道之事也。創諱訐之名，摽不靖之目，以空國中之善人，而其禍至一二年而愈酷。於是驅民以附賊，驅士以從賊，驅天下之人以不仇賊，而反幸賊。夫人主欲有所爲，而大臣不敢糾其非；大臣欲有所爲，而百執事與士庶人不敢糾其非：附和逢迎，婞阿諂媚，雖至背理傷道，亦付之一默。朝廷之上可爲靖矣，可謂不諱不訐矣，詎料積而爲夷狄之大不靖乎！官職富貴，則稔禍之臣攖挐以去，而大患難則以遺陛下，可勝痛哉！臣雖勉竭於科瑣，僅而左右之支撐，反覆深思，惟有祈天永命之一説，全在陛下而已。

所謂祈天永命，全在陛下悔悟之透徹而已。天下祇是一個理，理祇是一個天，天祇是一個心。儻非陛下存於中者念念與天通，發於外者事事與天合，則皇天決未悔禍。皇天未悔禍，而欲避之悔禍〔一〕，猶却行而求前也。自昔堯舜、禹湯、文武之君，稷契、伊傅、周召之臣，都俞吁咈，口口祇是説天，夫豈推注於荒忽誕慢之域者？忱以人主爲天之子，父子之間，情愫易達，善惡易見，感應易乎，故曰『上帝臨汝，毋二爾心』，故曰『文王陟降，在帝左右』。此非可以言貌欺，非可以緇黃禱也。如使意不忱而心不實，徒有收拾君子之迹，而厭薄君子之

〔一〕避：原作『敵』，據明刊本改。

根未除；徒有屏弃小人之迹，而回護小人之根未除；徒有遠聲色之迹，而蠱惑之根未除；徒有賤貨利之迹，而豐殖之根未除；徒有開言路之迹，而浸潤之根未除；徒有扶持公道之迹，而恩愛之根未除；徒有培植邦本之迹，而戕賊之根未除；徒有愛惜民力之迹，而營繕之根未除：諸根未除，則是陛下之念慮未純乎天也！陛下之念慮未純乎天，而求天之純佑陛下，豈可得哉！故臣專望陛下充前日之悔悟，而更爲今日之大悔悟。夫至靈至明者莫過於此心，陛下以神武睿哲之資，加以歷事變之久，閱義理之熟，一自反觀於至虛至明之心〔一〕，則知宗廟社稷、人民億兆、后妃宗戚，其休戚存亡，皆在陛下之一身，而陛下尤欲自壽其身，以久享至高極貴尊榮之福。念之至此，則必有惕然不能自已者，特恐陛下不念爾。

臣年將七十，無絲髮眷戀人世，捐軀致命，自所不辭。但所深病者，壞局在他人之手，而臣萬一代受其敗，書之史册，必曰今相某，而不曰前相某，又必贊之曰某既無扶顛持危之才，且不能盡忠竭忱，正救其主，泯泯瘖瘖，黯無晶光，以至於弊。臣負此沉冤，九隕且不瞑目。故數十日之間，髭髮盡白，疢病轉深，形骸僅存，神識已散。是用略伸愚悃，仰瀆聖聰。儻陛

〔一〕虚：承上當爲『靈』字。

下幸聽臣言，而皇天不爲之佑助，夷狄不爲之消弭〔一〕，則是唐虞三代聖人之言不足憑，孔子六經之書不足信，天下決無是理也。惟是臣才術短淺，無以濟時康國，上負陛下注倚，且不能自盡其難，而猥效古人責難之義，罪大不可赦。并乞特發睿斷，亟賜竄逐，雖投之斧鉞，是乃臣得其正命之日。但使天下後世諒臣心迹，則臣死猶生也。執筆攄詞，無任隕越感涕之至！

〔貼黄〕臣竊惟韃賊截江中流，爲彼捷徑，停留至於半載，創殘被於三路，何翅孔明所謂危急存亡之秋！而通國之人，方偃然嬉笑如平日，臣虞其爲數所囿，而莫之省覺也。若非陛下有回天之大德業，則雖臣等百數，何補於事？近憂後慮，百結寸腸，於是臣之前疏，五就稿而五就毁矣〔二〕。而終不容於不一言者，恐負陛下、負社稷、負生靈也。恐萬世之下，不知臣授任之時，上流之賊已逾黄漢而南，廣右之賊已蹈賓柳而東，謂臣壞陛下之天下也，臣之情亦可哀已。惟陛下財幸。

〔一〕弭：明刊本作「彌」。
〔二〕稿：原作「稾」，據明刊本改。

奏論國家安危理亂之源與君子小人之界限

臣輒瀝危衷，上干聖聽。臣一介衰遲，頃自鄞閫引疾乞骸，仰荷從欲之仁。還山甫浹日，而聞廣寇逾賓柳而東，鄂寇越黄漢而南，陛下亟以經幄召臣。臣重惟君臣之大義，不敢以時艱爲避就，扶病赴闕，亦不過謂密侍氈廈，時貢小忠而已，不謂陛下遽以前人之敗局而付之。臣既入國門，無路可逃，黽勉祇承，應酬科瑣。猶賴陛下惕然悔悟，引咎責躬，大洗寃沉，畢達幽枉，臣遂得以憑藉尸位數旬之久。然其間關於國家安危理亂之源，與君子小人之界限，臣向未及痛哭流涕，爲陛下言也。前日忽睹章鑒塗歸高斯得之章，臣爲之駭愕，不能自持。照得臣於斯得素非心腹之交〔一〕，金石之友，歲在丁未，臣在田野，但聞斯得爲浙東刑獄使者，疏劾鄭清之、史宅之輩親黨數人，邸報流傳，四海之人皆爲擊節，臣於是始敬其人。逮歲在辛亥，臣猥蒙陛下擢置次輔，一時收召當世知名之士，而斯得預焉。奈其好爲危言激論，上拂陛下之聽，下忤首相之意，而陰窺密伺者因得以遂其一網之謀。自壬子以至己未，

〔一〕心腹：原作「腹心」，據明刊本乙正。

八年之間，公道晦蝕，私意横流，仁賢空虚，名節喪敗，忠嘉絶響，諛佞成風。天怒而陛下不知，人怨而陛下不察，稔成夷狄之禍，實爲宗社之憂〔一〕。幸陛下奮由聖斷，甫爲善類伸一綫之脉。

而奸人又從而摧遏之，臣實痛焉。如斯得閩漕之事，臣固未詳其虚實，特二吏之斃，正是有位者殺之以滅口，而反以爲證乎！近日贓吏動至數千百萬，甚者召寇啓戎，使國步顛危，生靈魚肉，陛下玉食爲之不御，枕席爲之不寧，鑒胡爲盡付之瘖啞〔二〕，而獨加怒於陛下已拔拭録用之斯得乎〔三〕！竊見鑒塵容俗狀，諂笑脅肩，徒以嘗與大全同官，傾心附麗，躐躋要途。斯得縱非全名之士，不猶愈於腹無點墨、面有甲顔、澳涊依違、嘗糞舐痔之鑒乎？昔元祐間，孔文仲爲諫議大夫，劾朱光庭除太常少卿不當，宰臣吕公著率同列辨甚力，乃寢其奏，光庭竟就職。董敦逸〔四〕、黄慶基爲御史，劾蘇軾兄弟，宰臣吕大防力争，乃罷敦逸、慶基言職，與州軍差遣。夫元祐最爲國朝盛時，臺諫論列不當，宰相猶得争是非，辨曲直，况給舍

〔一〕實：《宋史》本傳引作『積』。
〔二〕之：此字據明刊本補。
〔三〕拔：明刊本作『收』。
〔四〕董敦逸：原作『董厚逸』，明刊本如之，誤。其人其事并見《宋史·哲宗本紀一》，《宋史》有傳。

乎？臣自視望實輕淺，决不能效先朝元臣大老回天之力。然陰陽消長之機，世道反覆之候，於此覘焉，臣不得不爲陛下告也。臣曩叨柄任，蕭泰來首彈李伯玉，是時臣不能明目張膽以感悟陛下，僅嘗於榻前救解。群小噂遝，國事日非，浸淫至於今日，臣亦豈容不分任其咎哉！鑒近日數詣臣，乞爲弟鑄除郎，又乞爲除職因任，又爲其姻家郎伋求歸班。臣實鄙賤其人，不復與之酬答。孟子所謂與惡人處，如以朝衣朝冠坐於塗炭，臣之於鑒，何以異此！臣若不早折其萌，又將貽天下善類之禍。纍卵之危，國家寧堪重壞哉！欲望陛下稍垂日月之明，毋使小人之陰乍翕而驟張，暫息而遽燃，以成夷狄之陰。臣雖陷鼎鑊之誅，亦所不辭，謹具手疏以聞。臣干犯宸嚴，無任激切屏營之至。取進止。

［貼黄］臣頃尸鄞閫，抗疏乞身，固嘗告陛下，以臣骨相素奇屯而命運適衝并，若留之一方，必將興灾招釁，非軍民之福，陛下於是縱臣之歸。今鄂寇未清，湘寇叵測，因停則智長，事久則變生，社稷生靈之憂，凛凛乎未知攸濟。臣既無耆龐福艾之相，又非扶顛持危之才，終恐誤陛下大計。欲望陛下亟發睿斷，放臣退伏田里，别選奇才厚福之人，正位台席。臣數旬之間，鬚髮盡白，百骸九竅，無非是病，惟陛下憐之。并乞睿照。

［又貼黄］臣又有未盡之悃，敢空臆爲陛下陳之。臣最痛切者，群臣上下合黨以欺陛下，惟陛下不知，而稔成國家之禍，則陛下獨當之。且如高斯得之事，此其蒙蔽陛下之大者也。

斯得爲湖南提刑，嘗發部民陳衡老之奸惡，清之當國，遂將衡老黥籍。而高鑄者，爲衡老行財營救，斯得遂發其事，高鑄遂被黥配。時高鑄名高錡，後方改名鑄，冒受官資。大全得志，高鑄用事，恨憾斯得，欲置之大譴大呵之域，於是大全用章鑒之弟章鑄爲福建漕，以搜剔斯得之過。適斯得平日持論大苛，每於與篙，逢人攻詆，又積與篙之怒，而沈炎實爲與篙心腹爪牙，大全、高鑄發蹤指示，而炎甘爲之搏噬。今奸黨盤據，血脉貫通，故鑒又爲此舉，而炎亦姑泛論大全以愚陛下，使陛下真以爲非大全之黨也。欺皇天后土，欺一祖十二宗，欺陛下，以趣天下之危亂者，皆此等一宗小人爲之。陛下如不信臣言，乞索高鑄元配案視閱之，庶幾信而有證。今以高鑄一黥吏之故，而戕賊善類，略不顧惜，上天爲何！臣言之至此，血淚迸流。伏乞睿照。

［又貼黄］臣老矣，粗諳世故，豈不知事有緩急，時有難易？惟願包荒隱忍，以漸啓沃，使君子小人各得其所，以養國家安靖和平之福。不謂何物老醜，乃敢挑釁召鬧，以格陛下明詔。所謂世無終弃之才、永錮之士，其懷諼扶奸〔一〕，罔上附下，情理尤爲巨蠹。并乞睿照。

〔一〕諼：原作『諂』，據明刊本改。

十四日具奏論士大夫當純意國事

臣聞韓琦初除諫官，往謝王曾，曾語之云：『士大夫當純意國事，向來如高若訥輩惟知徇利，如范希文亦未免好名。』琦服行其言，故其平生大節獨光明俊偉，爲朝碩輔。臣謂『純意國事』四字，豈惟臺諫當然，凡在臣子，皆當如參前倚衡之，不容須臾離也。

近者徐庚金等抗疏言事，謂之非讜論不可也，惟臣獨察其情。庚金蓋謝方叔之死黨也，其初未嘗交方叔，臣丁未典舉，庚金實爲選士。已而臣叨塵右席，庚金猶未有一日考任，臣拔之爲京府教官。旋背臣而右附於方叔矣，於是連得峻遷。及其去國，乃始貽書於臣，殆如牛腰。臣再叨柄任，甚厚望於臣，臣以包荒明望之義〔一〕，復引而進之。忽一日，其館主人吴氏以不仁不義激鄉民之變，將有嚴陵何氏之事。臣方喻帥臣葉隆禮亟行銷弭，而庚金告臣，必欲以大盜誣治鄉民。時邊遽正急，内地惡少多有嘯聚奪攘之證，臣密行布置彈壓，僅得無虞，庶幾其不爲外寇之資，未免斥却庚金，而庚金怨臣。方應發者，臣不知其爲就何人屬吏，

〔一〕明望：宋明本作『朋望』。

以外改文字白臣。臣但見其嘗爲校勘，而不知其嘗爲宗諭，頗難之。饒虎臣力加薦引〔一〕，臣乃處以博士，而應發終怨臣。程元岳，固丁大全所識拔爲校勘者也，臣以國子録遷之。元岳怒，以爲左降，教今武學諭黄夢炎致曲於臣，亟叙之爲博士，而元岳亦怨臣。昔者有蔡抗，係臣已酉省闈所放進〔二〕，爲其改秩，其登朝多臣之力。歲在壬子，臣引之爲國子司業，猶未嘗歷郎也。人方議其進擢之驟，屬臣薦徐霖爲説書，而抗恨不已及，於是歸投方叔，求有以自效。未幾則假借小故，以身引去，且率諸生偕去以動揺臣，而臣果去矣。方叔乃召抗，一時遷爲法從，以至參大政。庚金等謂弄躅在前〔三〕，可振袂而趨之，或能動揺臣，或雖不能動揺臣，而使天下傳之，謂學官相率而去朝廷〔四〕，亦可以爲臣相業之玷，他日不妨可爲蔡抗也。迹庚金所寄聲館中之士，有曰『若輩祇會權郎，祇會兼講，略不能助我輩立赤幟』，則其貪愛官職、怨懟朝廷之真心可見矣，是豈純意國事者乎？雖然，不可以情之非而没其事之是也。

宋臣爲天下怨府，雖三尺童子皆欲剸刃其腹，雖禿千兔之毛，刊萬山之竹，不足以形容

〔一〕薦引：原作『引进』，據明刊本改。
〔二〕此句末原有一『士』字，據明刊本删。
〔三〕弄：明刊本作『美』，當是。
〔四〕謂：明刊本作『曰』。

其過惡。陛下聰明遠邁堯舜，固不能不喜其供奉之勤，而未嘗不知其奸凶之迹，誅遠弃斥之意固已久矣，豈待諸臣之言而始爲夬之決哉！特聖心仁厚，不能爲四夷之屏而已。然以臣愚見，内外皆祠也，孝宗嘗置甘昪於霅寧廟，嘗置王仲謙於池，若今宋臣以外祠，或越，或嘉興，或安吉，俾往居住，亦可以保全其富貴而全其終身，豈非君臣始末之大恩哉？何必留之輦轂之下，以滋輿人之議也！沈炎自爲小官，本無大過，特用非其據，不自植立，附阿時宰〔一〕，舉天下之善人莫不碎於其手。且彼自言非大全之黨〔二〕，而奏疏中稱頌大全，有曰『鼎輔方新，鈞平持正。精神之所感召，意氣之所鼓動。臣民仰首以觀化，夷狄聞風而損威』〔三〕，又曰『睿謨深遠，明見萬里。料敵制勝，動中事機』，又曰『朝廷清明，户庭無壅〔四〕。朝奏夕報，捷如影響』。夫招業⿰氵府之變〔五〕，大變也，『精神之所感召，意氣之所鼓動』者如是乎？『明見萬里』，『動中事機』，『户庭無壅』，『朝奏夕報』者如是乎？其爲黨亦昭昭矣。而曰非黨

〔一〕附阿：明刊本作『阿附』。
〔二〕此句明刊本作『且彼訇言之其全之黨』。
〔三〕損：明刊本作『招』。
〔四〕庭：原作『廷』，據下文所引改。
〔五〕⿰氵府：此字不見字典，當即『泭』，通『桴』，木筏、舟楫也。此處言『業⿰氵府之變』當指丁大全執政時其黨羽在九江課漁人以重税，招致漁人以舟助渡南侵的蒙古軍隊事。

者，欺陛下也，欺天也，欺心也。一人之言，可以塞天下之口乎？

陛下固謂庶官攻臺諫，有壞綱紀。然臣竊觀仁廟朝，蘇舜欽爲大理評事，監在京宅務，上疏有云：『張觀爲御史中丞，高若訥爲司諫，二人者皆登高第，頗以文詞進，而温和軟懦，無剛鯁敢言之氣。斯皆執政引拔建置，欲其緘默，不敢舉揚其私。』夫宅務小小監當耳，尚敢攻中丞、司諫，則祖宗故事尚可考也。端平初，陳塤以編修官輪對，首攻殿中侍御史何琮、監察御史何處久，陛下旋以琮爲權户部侍郎，處久爲秘書監，而塤出知處州。陛下之英斷，豈反不逮二十七年之前乎？頃臣授任之初，蒙被訓飭，謂臺諫、給舍，宰臣不當干預。是時即欲具疏敷陳，見陛下憂邊正苦，不敢以此傷陛下之意，今可因事而言矣。夫給舍、臺諫，乃國家治亂安危之所由出，而宰相不許干預，不知陛下謀之誰耶？陛下深居九重，與天下之士大夫未嘗相接，何以察其賢否？非謀之近習則謀之恩幸之臣，又不然，則謀之臺諫之長爲陛下鷹犬者。陛下且謂近習、恩幸之臣，能識天下之賢才乎？言路之甘爲陛下鷹犬者，肯薦天下之賢才乎？其不肖之士爲給舍、臺諫者，近習、恩幸之臣與長爲鷹犬之臣，肯焉陛下排之乎？昔高宗中興，當紹興之七年，狄難已消，天下已略定矣，高宗以經筵召趙鼎，旋俾再相。鼎告高宗曰：『進退人才，乃臣職分。今之清議所與如劉大中、胡寅、呂本中、常同、

□季什之徒〔一〕，陛下能用之乎？妒賢黨惡如趙霈、胡世將、周秘、陳公輔，陛下能去之乎？陛下於此或難，則臣何敢措手也？』於是有旨，給事中兼侍講直學士院胡世將，奪夕瑣爲試兵部侍郎，御史中丞周秘，罷爲徽猷閣直學士知秀州，如霈、公輔等，皆相繼補外，而劉大中等以次收召無遺。則是宰相可以去中丞、去給事中也。而陛下以爲不當干預，毋乃非高皇帝之家法乎？陛下自謂臺諫皆出親擢，可以控制宰相，不知特可以控制君子之宰相爾，其小人之宰相，則内交近習，外交恩幸之臣，轉以私人祝其薦引以爲臺諫，不分内外上下，締爲死黨，祇欺得陛下一人。故陛下之親擢臺諫，實不能控制小人之宰相也。以臣愚見，曷若以一權侍郎解炎臺職，而徐庚金、方應發、程元岳、楊潮南、丁應奎，并與祠禄，則不失輕重抑揚之義，而可以服天下之心。陛下何憚而不爲此？臣去冬固嘗疏炎之繆，而不敢盡言。今所以先述庚金等之私意，而後叙天下之公議者，蓋欲釋陛下嗾使之疑，以開陛下神明之聽也。臣不任拳拳，取進止。

［貼黄］臣猶有未畢之悃，敢敷陳之。臣去冬嘗準御筆，欲以沈炎爲户部侍郎，兼知臨安府。臣豈不將順陛下之意，乘機而出之，則物論之定久矣。然臣捫心定慮，謂乘機則有機心

〔一〕□季什：明刊本作『訸季仲』，《宋史·趙鼎傳》有『林季仲』，『訸』當『林』之誤。

矣。一有機心，則何以上對蒼穹，陰消夷狄？故止告陛下，曰炎非尹京才也。於是炎尸位臺端，又逾半載矣。蓋臣平生自勉，念念不敢欺天，步步不敢違天。若乘機而出之，則雖陛下無疑，而臣則有愧於心，不若盡言而出之。雖陛下不能無忤，而臣則無愧於心矣。使爲陛下，臣子者人人與天爲徒，而一毫人爲不雜於其中，則夷狄之禍何至披猖至此！奈何爲小人者固不知所謂天，而號爲君子者，亦往往參之以人，故徒能欺人欺世，而不能欺天也。故臣願陛下純以天爲心，則天下事大定矣，猾虜何足畏哉？并乞睿照。

同日具奏四事

一、乞御筆，丁大全首降授中奉大夫，生前致仕。

一、乞御筆，董宋臣改提舉紹興府千秋鴻禧觀，就紹興府居住。臣又照得建康府門司官況極佳，若陛下以此畀之，亦不失仕宦之樂。并取聖裁。

一、乞御筆，沈炎除權户部侍郎，徐庚金、方應發、程元岳、楊潮南、丁應奎并與祠禄。

一、乞内批，高鑄令羈管州軍，决脊杖二十，配本州牢城，仍籍没家財。

同日奉御筆云：『覽卿所奏，具悉來意，已依所擬施行，庶以示朕意。卿之此札，既不付出，却不須報行。徐庚金等，卿已以一單札以發其奸，沈炎等不必見之奏札。沈炎姑少緩除出，庶免爲草茅輩所攻，以辱臺綱也。卿宜深悉。』

同日又奉御筆云：『覽卿所奏極當，擬進三條，即已施行。李介叔充司業，二人免兼尤妙。所是引去之人〔一〕，卿不可不發其奸。前日之判，有識之士莫不嘆服也。』

十五日又奏云：『臣恭准内批付下徐庚金等與祠事。以臣愚見，當來若以炎權〔二〕，從而出，則庚金等與祠爲稱。今陛下既少遲炎之出，則庚金等不若與在外合入差遣〔三〕。然大略不過添倅幹官而已。伏乞睿照。

《許國公奏議》卷四

〔一〕所是：原作『是所』，據明刊本乙正。

〔二〕此句及下句原作『當來若不以炎權户部，從而出之』，據明刊本改。

〔三〕等：原無，據明刊本補。

卷一四　文七

跋陳少陽遺稿

古今獨唐裴相垍能喜言事者，自吕申公、韓魏公、司馬公猶難之。若潛善、伯彦，殆孔寧、儀行父輩爾，其殺泄也固宜。於戲！金既亡矣，而濉陽之郊，百年之下，獨柳悲風猶爲諫議唧唧也，主國論者可不創乎！端平改元四月望。

《陳修撰文集》卷一〇

重修吴學記

潛同里汪君泰亨教授吴學，學有田，爲豪右隱占久。君條具始末聞於守相，聞於部刺史，轉聞於相國，迄歸田，且得所負積賦，爲錢三百五十萬有奇。君曰：有田矣，不患無以養也。有養矣，不可無以安也。顧瞻學宫，日頹月圮，遂捐錢有事改作。憲守林公介佐以他錢五十萬，後來者刑獄使者王公與權、常平使者王公栻、郡太守李公壽朋皆相視繼金粟〔一〕，財益衍，用不匱，仆興僵立，朽革腐新，悉就條理〔二〕。舊爲屋七百五十楻〔三〕，一一皆新美矣。若耆宿，若宗胄，若業武，游學，亦各有次，獨童而習者教毓未備，乃别敞一齋，曰小學。蓋鳩工於紹定戊子冬十一月〔四〕，粤己丑秋七月既功，於是吴學益奂然甲東南矣〔五〕。

夫物囿於數者，有成必有毁，天地日月、宇宙江山不能逃焉，而所以扶持於不壞不滅者，人也。彼大者固已如此矣，况小乎！故新而久必敝，敝而久必壞，壞而久必泯。學堂基於文正范公父子〔六〕，中更南渡，歷紹興，閲乾道，至淳熙，涉賢守數人，經時數十載始大備，而其積累艱難亦可喟息矣。能及其敝而未壞，壞而未泯，疾起而扶持，舉斯加彼，察乎天地日月、宇宙江山所以不壞不滅者，斯豈不足以盡人道而宏教法哉！諸生朝游而夕息，景行先哲，

〔一〕李壽朋：《全宋文》誤録作李壽明。
〔二〕條理：《全宋文》據《吴都文粹》卷一録作「修理」。
〔三〕楻：《全宋文》據《吴都文粹》卷一録作「楹」。
〔四〕蓋鳩：此二字《吴郡志》原作「□哉」。
〔五〕《全宋文》此句據《吴都文粹》卷一録，缺「甲」字。
〔六〕堂基：《吴郡志》作「基堂」。

睹文正容貌而企慕其爲人：其未仕也，必如文正刻苦自厲，以六經爲師，文章論説，一本仁義而後可；其既仕也，必如文正有是非，無利害，與上官往復論辯，不以官職輕人性命而後可；其仕而通顯也，必如文正至誠許國，終始不渝，天下聞風，夷狄委命而後可。誠如是矣，則不負今相國、今部刺史、守相、今郡文學所以幸惠爾學者，庶幾潜言抑有述焉〔一〕。是歲九月望日，宛陵吴潜記。

《吴郡志》卷四

崇德縣縣樓記

環百里而爲邑，視古子男。由唐以前，事權之重，至得擅生殺。本朝約四海於禮制之中，一民一物皆聽命於上，守將之權輕，則縣令之權尤輕。然有人民社稷，教化政令之所出，獄訟財賦之所繫，人生安危休戚之所始，則權雖輕而任實重。故縣令之所治不肅，則吏民不威。凡縣邑門皆有樓，樓設鼓若刻漏，所以授天時，聳吏治，嚴晝而警夜者也。崇德自晋天

〔一〕述：《全宋文》據《吴都文粹》卷一録作「造」。

福中得七鄉爲縣，地褊而版計繁，又適當孔道，舟車旁午，將迎應接之費十倍他邑，前後令往往以罷軟不堪任譴。間號有才力者〔一〕，亦不過埋頭於簿書期會，僅僅辦集善三年〔二〕，去則已矣。其出而聽政，入而安身之所，猶得以逆旅傳舍視之〔三〕，况斯樓乎？

寶慶乙酉，東陽樓君實來，敏而有吏能。始至，則究極源流，疏剔弊蠹，發爲條教，具有繩準。粤明年，財用沛饒，積逋宿負悉上於府，則以餘貲躬自程度，鳩工聚財，創樓於縣門之上。首丙戌孟冬，迄丁亥二月落成。朱甍雲齊，畫棟山峙，雕欄緑楯，髹窗堊壁。外揭巨扁，中立大鼓，晝刻宵漏，一毫不忒。既成，復撤新東序，面枕河流，導堙爲通，石梁跨河，去庳爲崇。於是邑人之往來者載瞻載觀〔四〕，忻如儼如，不意父母之邦忽有此新美也。夫天下之理，公則一，私則萬殊。一則事舉而無不宜，萬殊則欲動而輒礙。今君以官事興役，不取之民，不斂之吏，人知其役而不知其費，此非天之生財豐於今而嗇於昔也，公與私之間耳。邑人嘉君能起數百年之曠闕，新一縣之耳目，屬余爲記顛末。余應之曰：君子莫大乎與人爲善，余

〔一〕才：《全宋文》録作『材』。
〔二〕善：《全宋文》録作『膳』。
〔三〕得：《全宋文》録作『是』。
〔四〕此句《全宋文》漏録『載瞻』。

也何敢不揚令之善而慰邑人與善之思乎！於是爲之記。君名演，字仲甫，襄靖公之曾孫云。紹定二年四月望日，承議郎、行秘書省校書郎吴潜記。

《至元嘉禾志》卷二五

廣惠院記

按國朝初，在京置四福田院，收養老疾孤幼無依者。列聖相傳，膏澤下沛〔一〕，如曰鰥寡孤獨不能自存者，州知通、縣令佐驗實，官爲養之。此元符元年十月八日詔書也。如曰自京師至外路皆行居養法，猶慮雖非鰥寡孤獨而癃老疾廢貧乏，實不能自存，可立條委當職審察詣實，許與居養，速著文行下。此崇寧四年十二月二十八日詔書也。如曰諸處有癃老廢疾之人，可依臨安府例，令官司養濟。此紹興十三年九月十五日詔旨也。其在古先帝王，則不虐無告〔二〕，不廢困窮，發政施仁，必先斯四者，門闕之委積，以養老孤。我祖宗之法制實與唐虞三代仁誼道德相爲表裹，大要以民爲心，尤以民之鰥寡孤獨、瘖聾跛躄、顛連而無告者

〔一〕下：《全宋文》據《嘉禾金石志》卷一七録作『愈』。
〔二〕虐：《全宋文》録作『虚』，誤。此句原出《尚書·大禹謨》，此字作『虐』。

爲心。

嘉興爲馮扶緊郡，户籍繁夥，生齒衆多，則夫鰥寡孤獨、瘖聾跛躄、顛連而無告者，宜不能免焉，而長民者不知養，非所以布宣上德也。曩郡守相臺岳公珂嘗有志於斯矣，會去官不克，僅儲緡錢萬以屬來者。悠悠一紀，未有過而問焉，而此錢因以轉移，不復爲州家有。自潛爲州郡别駕，已慨然興惻。洎領郡事，即經營卜度，寸積尺纍，或墾閑田，或市良田，或括公田，或民之化於善者樂助田。歲餘得米二千七百石有奇，乃治新材，創屋一區，爲桯六十有五〔一〕，凡門廡、直舍、倉室、厨湢皆備。繚以垣墻，環以溝洫，扁曰『廣惠』，聚民之鰥寡孤獨、瘖聾跛躄、顛連而無告者俾居焉。額以二百人，老者病者月廪米五斗、錢千，少者月廪米三斗、錢半之。取米於倉，取錢於米。於是烈日之晝、虐雪之夜、風雨之朝昏〔二〕，哀號啼苦、求食道路者不接於耳目矣。

自念畎畝孤生，幼被先人之教，既長，蒙先帝大恩，錫之上第，擢頹剥落之餘，又蒙主上大恩，内登館殿，外領麾牧。當四郊多壘之時，不能宣勞疆埸，致命戎行，徒有撫問閭閻，蠲

〔一〕桯：原作『程』，《全宋文》亦録作『程』，誤。弘治《嘉興府志》卷七收此文，此字作『桯』。
〔二〕此句《全宋文》『昏』上衍一『晨』字，弘治《嘉興府志》亦無『晨』字。

除疾苦，護養元氣，共培國脉，庶幾報稱之萬一云爾。後之君子，其與永久之！時紹定辛卯七月旦日，朝散郎、權發遣嘉興軍府兼管内勸農事、節制金山水軍吴潛記。

《至元嘉禾志》卷一七

三成廟記

皇宋南狩以來，變置罍湖，以業黎庶，以裕國用。於是石塘以東，春橋以西，鞠爲民居者無慮數百家。余以路移於塘北，河渠縱横，行途不便，乃東開新河，西建高橋，庶濟徒涉之勞。然訪古建國，必立壇壝，以爲民禦灾捍患。顧家國一理，其可以義起者乎！故百家土祠〔一〕，屢屢有之，乃會鄉之同志，共議所立。識者曰廣靈王廟鮑侯威靈神異〔二〕，卓冠群英，生有吞日之兆，長有射濤之異，没有遷邑之歌，移粟之惠，□師膠舟之助〔三〕，雨暘應祈之感，至今民物咸賴其德。建炎四年，高皇帝南巡，護風如履平地，載在碑銘，班班可考。若主斯土，

〔一〕土：原作「上」，據嘉靖《寧波府志》卷一一載文改。
〔二〕曰：原作「因」，据嘉靖《宁波府志》載文改。
〔三〕□：此字嘉靖《宁波府志》載文作「姚」。

必沐其休，曷請爲行祠以鎮之？

余乃咨諸父老，遍閲郡神〔一〕，願從公議，以爲安居之計。遂卜良日，鳩工而經之。余則捐俸易址二畝，陳氏、俞氏則捐金二百餘。自開慶己未歲孟春三日首事，歷景定辛酉仲夏既望〔二〕，祠宇告成，廟貌攸好。凡我百姓，莫不恪承，庶幾明神尚鑒佑之。用是鑱石，著其始末如此云。

乾隆《鄞縣志》卷七。

存悔齋十二箴

性一以静，心虚而明。以明合静，曰純粹精。昂昂天民，昭昭帝命。萬善百行，始放持敬。雲行雨施，魚躍鳶飛。愚回早覺，達賜晚知。濂溪光霽，延平灑落。其間工夫，先去剛惡。大小往來，屈伸感應。其機不停，莫若中正。吉生於悔，吝必有凶。所以聖賢，貴乎反躬。辱踵榮後，毀居譽前。吉無不利，在乎謙謙。蹇則修德，困則致命。無怨無尤，敬恭以

〔一〕遍：嘉靖《寧波府志》載文作「徧」。

〔二〕辛酉：應爲「庚申」之誤，辛酉年吴潜已南遷。

聽。爲善成名，求名喪善。有爲無爲，義利之判。言倍招憂，事倍招患。以約失之，吾見亦罕。當遁戒尾，當集貴翔。聖人之道，進退存亡。兩字包盡，偶陰對陽。君子所履，南方之强。

《兩浙金石志》卷一二

賀知章畫像贊〔一〕

山林之士，去不可挽。市朝之士，出不知返。矯矯先生，高盻遠視〔二〕。可仕則仕，可止則止。粤惟二疏，輔導漢元。怍其即位〔三〕，旋以飄然。粤惟先生，師傅唐肅。太陽未升，去之已速。前疏後賀，夫豈不情？知幾識微，以全令名。狂非真狂，醉非真醉。詩侶酒徒，亦復爾爾。四明之陽，月白山空。平湖萬頃，今古清風。金陵吴潛贊。

《八瓊室金石補正》卷一二〇

〔一〕此贊又見收於《四明續志》卷二，題爲《逸老堂賀秘監像贊》。
〔二〕盻：原作「眄」，據《四明續志》改。
〔三〕怍：《四明續志》作「作」。

祭劉宰文

嗚呼！惟公造道之奥，培德之基。孝根六經，行守四維。扺排佛老，扶起孔姬。有天爵之綦貴，而人爵之不縻。薦書所以通籍也，公則强項而不拜；課歷所以考績也，公則涴墨而淋漓。宦情之薄，輕於毫厘。浩然勇退，垂三十期。雖不求名，上亦簡知。升之匠監而不肯就，畀之侯蕃而不屑爲。威武不能屈，權勢不能移。行如下惠，清如伯夷。孤風勁節，天下高之。嗚呼！吾先君子，所敬者誰？内交於公，偲偲偲偲。未見父執，我心渴飢。去秋七月，恩兼節麾。意者仁里，瞻望可期。而距墻仞，百里有奇。潛困於臺郡而不可往，父逸於泉石而不可來〔一〕。然而遞角旁午，箋尺交馳，如倡斯和，如行斯隨。半載之餘，情孚意怡。已而。恍惚鬱而詑噩，不靚面而永離。惟平時不以得喪爲榮辱，故一旦不以死生爲歡悲。何上元之浹日，朝絶筆而我貽！道開緘於信宿，心猶豫而狐疑。繼頃刻以聞訃，果是夕之較以兩楹之奠，同乎哲人之萎。嗚呼！昊天不惠乎吾黨，一老不可以憖遺。嗟百身而莫

〔一〕父：當爲『公』之誤。

贖，涕與淚而交頤。走賓僚而敬吊，愧歛衽以陳詞。薦生芻之一束，惟冥漠其鑒茲。

乞裘萬頃幸元龍遺澤表

臣聞居賢德以善俗者，君子之澤也； 善善而及子孫者，《春秋》之義也。蓋儀型一方，必有善士，上之人固當超越故常，不問存歿，庶足以昭勸懲而敦禮教。臣備員江南西路，延見父老，詢問人物，皆言江右夙號多士，率爲顯人，獨豫章裘萬頃、高安幸元龍皆鄉之師友，不幸以厄窮終其身，莫有爲之言者。恭惟皇帝陛下勵精改紀，正氣日伸，當世老成博雅之彦，收召無遺，而此二人者存不及見天日之清明，歿不獲沾雨露之膏澤，爲善而不報，識者懼之。臣既忝外臺耳目，敢不以聞？

伏見贈通直郎裘萬頃，清名厚德，矜式士林，博學高文，源流賢派。方嘉定時，大臣德政，萬頃雖蒙收召，遇除官則辭之，既辭掌故，又辭司直，乃乞添差帥屬而去。不知者謂爲親老也，乃其自度枘鑿，又不欲近名耳。秩滿不調，退歸西山衡門之下。既老且病，猶日孜孜以治心養氣爲躬行綱要，以忠信孝涕教其鄉黨子弟。諸司曹彦約等繼爲乞差遣於朝，僅還幕府一月而歿。蓋近世以老選調如萬頃者極少，而萬頃不悔也。故朝奉郎幸元龍，英辭偉論，萬字立成，直氣雄才，一毫不屈。分教隨州，先臣喜其剛正，奏舉改秩，自是宰邑、倅州，聲滿江漢。輕財急義，以儒知兵。屢奏書天闕，指陳時政〔一〕，忠義激發，皆所難言。當路惡其論高志廣，亟聞於朝，遂令致仕，時年方五十有八。襆被而歸，日與其徒窮經講學，點墨不入帝城。大臣諷令陳乞，屹不爲動。蓋元龍去纔九閱月，而路門親政，賢路彙征矣。

照得萬頃嘗綴朝列，有子四上禮部，尚爲布衣。元龍既登員外郎，有子亦與漕薦，然以義方所漸，不肯自行陳理。一則無澤而厄於天，一則澤可及而困於人，此江右有識之士尚友論世而每爲之慨嘆也，豈所以扶頽風而起人心哉！臣愚欲望聖慈深考《春秋》之義，追懷君子之澤，除萬頃已蒙贈官外，特與其子從龍補受文資，將元龍改正致仕放行，合得恩澤，俾其子應鑒承受，仍與元龍追理生前磨勘，酌賞慶典恩例，優加贈恤，庶使賢者之後不絶於禄仕，公議之屈獲伸於明時，其於治化，實非小補。須至奏聞者。

右謹録奏聞，伏候敕旨。端平二年七月日，朝散大夫、秘閣修撰、江南西路計度轉運副使兼權知隆興府、新除太常少卿臣吴潜狀奏。

《竹齋詩集》附録

〔一〕時政：《全宋文》録作「地政」，誤，雍正《江西通志》卷一六二載文作「時政」。

措置海道備禦申省狀

照對本司連準密札，備奉宣諭，據白札子内所陳海道事宜，分爲上中下三屯，將台、温、明、越四郡民船屯泊於岱山、岑江〔一〕、三姑山、烈港四處，仍發定海水軍、岑江、三姑巡檢司土軍能弓弩手者敷攤逐處民船，置烽燧、水遞，互相應援等事，潜除已分委官屬，親往各州同守臣、鄉官從公集議，將去歲已行義船規約，并將應干海舟團結外，竊照潜素於四方山川、江海、水陸、險要頗知大略，二年備數瀛閫，尤得其詳，凡海道當行事宜，因已一一粗舉。

今者邊遽之急適當因任之初，潜朝夕思惟，幾忘寢食，尤不敢以紙上具文塞責，所有烽燧一事，已檄上定海水軍統制，指授圖册，令其將帶，撥發壕寨合干人等，親涉海島，相度地勢，日舉烟旗，夜舉火號，審試的實，排比次第，共烽燧二十六鋪。自定海水軍招寶山至烈港山，自烈港山至五嶼山，自五嶼山至宜山，自宜山至三姑山，自三姑山至下干山，自下干山至徐公山，自徐公山至鷄鳴山，自鷄鳴山至北砂山，自北砂山至絡華山，自絡華山至石衕山，自

〔一〕岑江：《全宋文》録作『本江』，據影印本改。

石衕山至壁下山，此大海洋之中十二鋪也。又自招寶山至陶家店，自陶家店至貝念五家前，自貝念五家前至澥浦山頭，自澥浦山頭至沙角山頭，自沙角山頭至伏龍山尾，自伏龍山尾至施公山，自施公山至周家塘，自周家塘至下澤山頭，自下澤山頭至新建向頭山水軍、土軍兩寨，此自定海水軍至向頭山之九鋪也。自招寶山至石橋渡，自石橋渡至馬阻匯，自馬阻匯至路林，自路林至白沙，自白沙至本府看教亭，此自定海水軍至慶元府城下之五鋪也。已一面造辦鋪屋，分差鋪兵，悉用邊淮規模措置經理矣。所有分屯一事，已照密札差委本司添差幹劉錫前往撞點，各於戍所批曆爲照，專俟三郡團結，公定番次舟隻，南自烏崎頭，北自石衕，中自三姑山，至大七小七，與夫神前、礁嶴、馬迹、朐山、長塗、岑江、岱山、烈港，及近準行下洋山等處分布擺泊矣。

但烽燧雖當置，而立烽燧於海洋之中者不容不慮；分屯雖當備，而求分屯於海洋之外者尤所當憂。且長淮烽燧，相隔十里，此舉彼應，速於置郵。今前所謂海洋十二鋪，如石衕、壁下者，孤立海中，四無畔岸，雲氣昏塞，風雨晦瞑，覿面之間，猶無所睹，而何以責其號火之相應？兼海寇切齒水軍，今以數人置之孤嶼，脱有盗至，直几上肉。又往來經商之舟，常與賊舟混淆，遇夜停泊，亦是舉火，今雜然無别，何以取證？潛已爲之區處〔一〕，遇旗烟、號火不可睹望之時，則以舉炮爲號，是雲氣昏塞不足以隔我之應號也。至於每夜舉火爲號，必以五起五落爲準，待彼相應，方始住火，是商舟舉火不足以亂我之應號也。他如孤嶼數兵，慮遭賊手，則於海山諸處增其人數，選其膂力，授之兵器，使之可以相衛，是盜賊之患亦可無慮。所謂立烽燧於海洋之中，潛固已悉爲之處矣。然置烽立屯，規模措置，與近日密札坐下澉浦所置烽燧之處，及許浦所申堤防捍禦之處，皆不過在吾境數百里海洋之間而已。乃若巨浸滔天，茫茫無際，目力之所不接，兵力之所不及，固當防之於藩籬之外。如待其入吾腹心而圖之，則晚矣。且以賊人自新舊海州入海言之〔二〕，則其所經由者有三路。所謂三路者：賊欲侵擾淮東〔三〕，則自舊海發舟，直入贛口、羊家寨，迤邐轉料〔四〕，至青龍江、揚子江，此裏洋也；若欲送死浙江，則自舊海發舟，直出海際，緣贛口之東杜、苗沙、野沙、外沙、姚劉諸沙，以至徘徊頭、金山、澉浦，此外洋也；若欲送死四明，則外洋之外，自舊海放舟，由新海界分

〔一〕此句《全宋文》録作『潛固已爲之處』，據影印本改。
〔二〕賊人：《全宋文》據《四庫全書》本《續志》録作『敵人』，據影印本改。入：《全宋文》録作『之』，據影印本改。
〔三〕賊：《全宋文》據《四庫全書》本《續志》録作『敵』，據影印本改。
〔四〕迤：《全宋文》誤録作『迄』。

東陬山之表望東行使，復轉而南，直達昌國縣之石衕、關嶴，然後經岱山、岑江、三姑以至定海，此大洋也。凡此三洋，其源頭皆自新海東西陬山之表裏，所謂防之於藩籬之外者，或其在此上下乎？惟是潛職分所在，責在大洋，所以擺布，悉從定海而始。但目今軍分，出戍既多，在寨無幾，又前此主兵官不得其人，如軍器之類，無一旗一矢之藏，方此兩年，旋爲之備，一番調遣，又覺單虛。潛自當極力趲補，不敢屢陳。私復惟念，賊若不由大洋以窺定海〔一〕，則或轉料，從裏洋而窺揚子江，否則由外洋徑窺浙江。其由轉料從裏洋而窺揚子江，則有許浦水軍；其由外洋而窺浙江，則有澉浦、金山水軍。但轉料一説，恐非敵人行軍之徑路。蓋海商乘使巨艘，滿載財本，慮有大洋、外洋風濤不測之危，所以緣趁西北大岸，尋覓洪道而行。每於五六月間，南風潮長四分行船，至潮長九分即便拋泊，留此一分長潮以避砂淺。此路每日止可行半潮期程，以爲保全財貨之計。若賊舟窺伺叵測〔二〕，豈肯曠日持久，迂回緩行，使人知而避之？此轉料從裏洋入揚子江一路，潛以爲決不出此。然則稍減料角一帶之備而趲出三兩層，增加東西陬上下一帶之備，以遏其源頭，夫亦可爲愚者千慮之一乎！若

〔一〕賊：《全宋文》據《四庫全書》本《續志》録作「敵」，據影印本改。
〔二〕賊：《全宋文》據《四庫全書》本《續志》録作「敵」，據影印本改。

論二洋形勢，則外洋尤緊，此潛所以新置向頭一寨，與金山、澉浦相接，實爲行朝密布第二重門户，蓋已在邊遽未急之先矣。并陳梗概，須至申者。

《開慶四明續志》卷五

奏乞代六縣百姓輸納折帛錢

證對臣一介庸陋，夙誤柬知，自館職而至宰輔，爾來三十餘年矣。惟其事陛下最久，故熟知陛下德意志慮念念在民，是以臣屢分藩閫，所至必以撫摩培植爲第一義，無非推陛下之德意志慮而致之民也。歲晏力疲，復被親擢，俾牧東藩，感畏恩威，罔敢辭避。領郡之初，即將寶祐元年、二年、四年四料苗税及三年折帛錢并與倚閣，近又於明禋三月之前，將三年苗税悉行蠲放，以至存養鰥寡孤獨，扶持無告窮困，亦曰不負所學，以不負陛下而已。然州縣之弊日深，吏胥攬户之奸滋熾，前後所弛徵賦，雖幾六百萬，猶恐在猾吏頑攬之家者多，而及民者少。若非將向去未起催官物預行寬恤，則實惠豈能周遍田里？臣祇役逾年，苦身節用，幸有餘積。契勘所管六縣折帛錢一項，以寶祐三年催到數目計之，見錢、十八界會子各計七萬八千六百單五貫六十文，共紐計十七界一百四十七萬三千八百五十五貫文。臣見將本任内趲到錢物撥出上項錢，令椿庫眼〔一〕，代爲六縣百姓輸納寶祐六年折帛錢一項，庶幾少副聖主惠養黎元之意，而臣亦粗逃芻牧之責。除已鏤榜下六縣曉示人户外，謹録奏聞，伏候敕旨。

《開慶四明續志》卷七

奏乞蠲砂租

臣前歲之秋〔二〕，冒膺瀛閫，上事之日，適當海寇披猖之餘，遂行考究本末，多謂因沿海砂岸之罷，海民無大家以爲之據依，因澥浦、胡家渡税場之罷，盜賊無官司以爲纂節，奪攘矯虔，因得自恣。臣遂具奏聞，乞行興復，就以砂岸税場所入歲計二十二萬九千六十五貫八百單五文，爲慶元府幫支郡庠養士厨食錢十三萬六千二百貫文，爲定海帳前水軍幫支久闕制領將佐每歲供給錢九萬二千五百貫，爲定海水軍創支駕船出海巡逴探望把港軍士生券錢四萬一千貫文，爲慶元府六局衙番幫支久闕每歲鹽菜錢一萬五千貫文，爲慈溪縣管下新創夜

〔一〕令：《全宋文》録作『今』，據影印本改。眼：疑爲『銀』字之誤。
〔二〕臣：此字據影印本補。

飛山防遏寇盗屯戍水軍歲支錢米五萬六千六百貫文〔一〕，爲象山縣管下邊海陳山東宿渡新創軍船載渡民旅防遏寇盗水軍歲支錢米二萬一千一百二十貫文，爲定海縣管下新創浹港防遏寇盗屯戍水軍歲支錢米六千二百八十貫文〔二〕。已上共計三十六萬八千七百貫文，前所謂砂岸税場之入不足以當其半，則以慶元府經常錢補之，亦既逾年於此矣。

但臣始者之興復砂岸税場，不過欲爲清海道、絶寇攘之計。今已將應干砂岸諸嶴并行團結，具有規繩，本土之盗不可藏，往來之盗則可捕。又浹港既有戍卒，則胡家渡、瀨浦一帶不至空曠，防閑備禦，粗爲周密。於是昨來興復砂岸税場所入之課利，仍可盡弛以予民矣。但前來養士、餉軍之費，一孔以上皆不可闕，則臣見照常平條法，召募土著上户，措置係額坊翁山等十五所，歲入二十八萬四千貫文，又措置慈溪縣係省官酒務，歲收息錢七萬三千貫文，總兩項爲錢三十五萬七千貫文，以抵前諸項之費，尚欠一萬一千七百貫文，則就本府醅酒庫息錢内支撥。庶幾利之弛於民者可以遍及海陬，而養士餉軍之需又不至於違誤，而爲慶元一郡經久之計。臣除已一面備榜，將砂岸及胡家渡、瀨浦税務照端平、淳祐年間已降指

〔一〕管下：《全宋文》録作『管一』，據影印本改。下句『管一』亦據改爲『管下』。
〔二〕戍：《全宋文》録作『成』，據影印本改。

揮并行住罷，仍札慶元府，將翁山等坊、慈溪酒務每歲息錢，專充前項養士餉軍經常支遣外，欲望聖慈降付尚書省，給降省札，付本司、慶元府，逐一遵守施行，不許違戾。謹録奏聞，伏候敕旨。右札送沿海制置大使司照應。寶祐六年五月空日。

《開慶四明續志》卷八

住罷砂岸税場榜

當使前歲領郡之初，人或謂近年海寇披猖，如三山、小榭等處，有登岸焚劫之事，皆起於罷砂岸而砂民無所統率之故，遂具申奏及行興復。既復之後，雖藉所收錢物以助養士恤軍等費，然或又謂大家上户不能不因此掊克沿海細民，又且詞訴迭興，更相吞并，殊失本司興復之初意。又胡家渡、澥浦二税場人亦謂住罷之後，官司更無纂節，因此數十里之内莽爲盗賊出没之區，亦遂具申奏，乞行興復。繼而議者又謂於公家利益甚少，而税場爲民害者不貲，徐而察訪，言亦非虚。當使於是復思變通之術，將見措置翁山十五坊及慈溪縣酒務歲收息錢，抵償所收砂岸錢及胡家渡、澥浦兩税場之入。又將砂岸諸嶴差官團結，使本境之盗無所容，外境之盗不可入，則前所謂砂岸無所統率而盗賊縱横之事，不必慮矣。又於浹港置立小屯，則前所謂數十里之内官司并無纂節而莽爲盜賊出没之區者，不必慮矣。遂行具奏，乞將砂岸兩税場仍舊住罷，庶幾除害而弛利，可以爲此郡悠久之計。今春箭夏網，已行了畢，砂岸之家，已收一年之利，住罷正當其時。其詳備載之省符。但歲支養士及諸屯券食并將校添給兵番鹽菜等錢，計三十六萬八千七百貫文，一孔以上，不可違欠，全藉翁山十五坊及慈溪酒務所入，制司所當常加意點檢，使所入常足以支所出，方無闕誤。案備榜府前市曹、有砂岸縣分，及翁山諸坊、慈溪縣酒務張挂曉示。

《開慶四明續志》卷八

奏乞免倭金抽博

臣竊見朝廷行下，仍放倭商赴市舶務抽博，深得時措之宜。但有一事，於朝廷歲不過捐十七界一萬餘緡之楮而可以深得遠人之心者，不敢不以上聞。照得倭商每歲大項博易，惟是倭板、硫黄，頗爲國計之助。外此則有倭金，商人携帶各不能數兩，未免深藏密匿，求售於人。蓋其所販倭板、硫黄之屬，多其國主貴臣之物，獨此乃倭商自己之物，殊爲可念。緣舶司例合抽解，多爲此間牙人啜誘，謂官司有厲禁，常爲汝密行貨賣。遠人不察其僞，多以付之奸牙，輒爲所匿，且脅以本朝法令之嚴，倭商竟不敢吐氣，常懷憾而去。臣叩之船務，四年博買之利，所收止八千餘緡，五年博買之利，所收止一萬餘緡。朝廷以萬餘緡十七界之利而失遠人向化之心〔一〕，必所不肯〔二〕，特前後官司未有以上達者爾。臣除已關報市舶司，今次倭船到岸，免抽博金子，如歲額不可闕，則當以最高年分所抽博之數，本司代爲償納。伏望聖慈即賜睿旨，行下舶務，免將倭商金子抽博施行。所損無毫厘，而所益何翅丘山！伏候敕旨。

《開慶四明續志》卷八

乞免倭金抽博申狀

本司照得每歲船務抽博倭金之利，多者不過二三萬緡舊楮，而羅織漏舶之金，極不過十數兩。惟寶祐五年分，前官葉檢閱體國生財之意太重，比之常年檢察倭商漏舶之金爲數獨

〔一〕以：《全宋文》録作「之」，據影印本改。
〔二〕此句「必」下原有一「有」字，据影印本删。

多，遂有六萬七千二百餘貫無藝之入。然在朝廷何翅萬牛之一毛，而使倭人怨之，麗人傳之，其在四方承平之時尚可，其在海道多虞之時則斷斷乎其不可也。欲望朝廷特賜詳察，拖照前申，罷倭人抽博之微息，弛倭人漏舶之厲禁，以示朝廷懷遠之恩。其所關係，實爲不細。仍乞速賜行下舶務及本司照應。如朝廷未以爲然，即乞就其中擇抽剥利息最高年分，容本司抱解施行。伏候指揮。

《開慶四明續志》卷八

再乞免倭金抽博申狀

照對本司近具奏申，乞將倭人之偶爲風水飄流者，本司日給白米二升，市舶司日給十七界一貫五百文，候次年歸國日住支，已蒙朝廷從申札下。又一項，乞免將倭金抽博，以寬其一綫營生之路，以免其數十年爲官吏牙儈欺騙之害，朝廷歲失課利不過十七界一二萬緡，而可以收遠人之心。未準朝旨〔一〕，竟行從申。潛實非好異，以損舶司課利，蓋緣倭與高麗爲

〔一〕旨：影印本作『廷』。

鄰，已服屬於韃賊〔一〕，萬一賊謀奸狡〔二〕，謀我者無所不至，風聲扇誘，轉而至於倭，則中國之憂實未可量。所以小小羈縻，微微存恤，使知朝廷之仁心仁聞，則遠人愈將向慕中國，此正潛區區之微機也。今準省札，備坐提領所申，每歲抽博倭金數目大率增抬，且以舶務每歲官吏牙儈羅織倭人，指爲漏舶，白行罰納之金〔三〕，裒爲歲課，此正失倭人心之大者。官吏不知大體，積以爲能，特未有以告之朝廷者。潛忝預舊弼，况當海道警備之時，而隱情不言，其罪大矣。况每歲正抽博之金實不過一二萬緡課利，而所謂騙取漏舶之金亦極不滿一二萬緡，此何止千萬牛之一毛哉！謹別具狀開申，欲望朝廷詳察事體，函賜下本務，免行抽博，永以爲例，庶幾海道密享懷遠之益，忱非小補。

《開慶四明續志》卷八

以上《全宋文》收録

〔一〕韃賊：《全宋文》據《四庫全書》本《續志》録作「韃靼」，據影印本改。

〔二〕賊謀：《全宋文》據《四庫全書》本《續志》録作「彼生」，據影印本改。

〔三〕白：《全宋文》據《四庫全書》本《續志》録作「自」，據影印本改。

卷一五　文八

答許月卿書

潛伏披芳灑，亟誦，以感以愧。墓銘之諭，良仞不鄙。但潛今又蹈前轍，方爾上歸田之請，儻得返吾初服，恐可踐約，決不敢孤孝子愛親之心也。見教諸作，暇日當須大嚼雋永。亟此具覆斐帥，并希加亮。右謹具呈。八月日，觀文殿大學士、光禄大夫、沿海制置大使、判慶元府吴潛。

《先天集》附録上

大慧正法眼藏序

此事亘古亘今，漫天漫地。端視側視，直視横視。開視闔視，明視暗視。無不視，亦無所視，亦無無不視無所視。直敢道，謂正即離，謂法即塵，謂眼即鑿，謂藏即塞。是故這四個字，直須撇向大洋海裏，方免擔枷帶索，受人圈襀。然雖如此，初機鈍根也。要得一則半則，胡言漢語，覷來覷去，綻些光景，此時正好拼命舍身，單槍直進，如老鼠入牛角，挨墻摎壁，更無去處。正迷悶中，猛忽地頭破額裂，通身流汗，得個休歇，始知法眼、慧眼、天眼、佛眼，祇是一雙凡眼。到這裏説道學人事畢也，且未在，履齋老子，即説偈言：若以色見我，以音聲求我，是人行邪道，不能見如來。〔一〕

《居士分燈録》卷二。明刊本《履齋遺集》卷三以『續附』收，爲《四庫全書》本删削。

《孟子》士尚志章講義

王子墊問曰：『士何事？』孟子曰：『尚志。』曰：『何謂尚志？』曰：『仁義而已矣。』

記《禮》者曰，在官言官，在府言府，在朝言朝。其在學校則與士友言所以爲士何如。夫靈於物而爲人，秀於人而爲士，則士之所以得名者，非徒曰儒其衣冠而已。士必有事，尚志

〔一〕此句《履齋遺集》明刊本下有『寶祐丙辰仲冬望日金陵吴潜書於四明郡齋』題署。

爲先。志必有尚，仁義爲先。何謂事？如農工商之各事一業也。何謂尚？如尚德、尚賢，主乎此而不變也。何謂志？如水之注東，馬之首燕，必求其至也。何謂仁義？如木之有根，根之有幹，培之則生，戕之則死也。故仁之爲義，固宏闊矣，而切近而言，則無一念之非爲仁。聖賢之所謂欽止，所謂存忱，所謂謹獨，皆所以全仁之本體，而爲心之則也。義之爲義，亦固宏闊矣，而切近而言，則無一動之非爲義。聖賢之所謂制事，所謂方外，所謂處物，皆所以彰義之大用，而爲身之則也。自其無一念之非而心純乎仁，則仁熟矣。推而不可勝用，則薰陶萬化、生育萬物，皆仁之積也。自其無一動之非而身純乎義，則義集矣。推而至於不可勝用，則裁制萬化、軌範萬物，皆義之積也。仁曰居則入乎此而無他出也，義曰由則出乎此而無他入也。然仁莫難於居，以心之難牧也。夫人試反之於心，終日思慮能爲《易》之藏乎？能爲《書》之閑乎？能爲魯《論》之省乎？能爲軻書之收乎？若其未然，則憧憧往來，莫知其鄉。必有賊仁者矣，是必戒懼於不睹不聞之際，存養於夜氣旦氣之間。微覺過差，旋則悔悟，如去癥瘖而後元氣無壅塞也，如剪荆棘而後嘉禾可茂長也。由一念之正而爲百念之皆正，斯謂之志於仁矣。孟子曰：『仁，人心也。』孔子曰：『君子無終食之間違仁，造次必於是，顛沛必於是。』此之謂也。義莫難於由，以身之難檢也。夫人試反之於身，平日踐履能爲原憲之藜藿窮閻而不處非道之宫室乎？能爲子路之衣敝緼袍而不被非道之文綉乎？能爲顏子之簞食瓢飲而不食非道之膏粱乎？能爲澹臺滅明之行不由徑而不踐非道之户閾乎？若其未也，則顛倒冥行，莫知所届，必有賊義者矣。是必決擇於取舍疑似之際，精審於利善毫厘之間，少有過差旋即修治，如乘安車惟恐其涉險峻也，如馭良駟惟恐其趨狹邪也，自一動之謹而爲凡動之皆謹，斯謂之志於義矣。孟子曰：『義，人路也。』孔子曰：『無適也，無莫也。』義之與比，此之謂也。

潛嘗因是而觀之孔子矣：『吾十有五而志於學』，此孔子立志之關鍵也，故『三十而立』，則其理凝，『四十而不惑』，則其理通，『五十而知天命』，則其理貫，『六十而耳順』，則其理徹，『七十而從心所欲不逾矩』，則其理化。陟降上下，與天爲徒，此夫子之始於爲士，終於爲聖人也。『願聞子之志』，此夫子行志之規模也。故『老者安之』，則凡天下之人其生先乎我者皆父兄之類，『朋友信之』，則凡天下之人其生齊乎我者皆交游之類，『少者懷之』，則凡天下之人其生後乎我者皆子弟之類。癢疴疾痛，與人爲徒，此夫子之始乎爲士，終乎爲大人也。又嘗因是而觀之諸子矣：『乘肥馬，衣輕裘，與朋友共，敝之而無憾』，『千乘之國，攝乎大國之間，加之以師旅，因之以饑饉，由也爲之，比及三年，可使有勇且知方也』，子路之志也。『方六七十，如五六十，求也爲之，比及三年，可使足民』，冉求之志也。『宗廟之事，如會同，端章甫，願爲小相焉』，公西赤之志也。三子之志，決非常人之志矣，猶有待於外者也。有待於外，不可自必也。『暮春者，春服既成，冠者五六人，童子六七人，浴乎沂，風乎舞雩，咏而歸』，曾點之志也。『無伐善，無施勞』，顔子之志也。無所待於外者也。無所待於外，可以自必也。故從而爲之説曰：天生四民，雖各有事，然農有儉豐，工有售否，商有通滯，皆有制於天與人者，惟士之所事，則求之我而已，天與人不能制也。求之我而天與人不能制，未有不獲者也，而曾農工商之不若，何哉？其患在於無志而已。志苟至焉，非仁不處也，舉而措之，即義之不違則也；非義不蹈也，溯而窮之，即仁之不違則也。强毅肅括，人以爲義，而不知其爲仁之剛；温良慈讓，人以爲仁，而不知其爲義之和。仁義道合，二五妙凝，包四端，總百行，之人也，用之鄉黨則鄉黨化，用之邦國則邦國化，用之天下則天下化，豈不尊榮貴美，而不負其所謂靈於物而秀於人之責哉？今當至日方陽，明用事之始，在復之初爻，爲克己復禮之候。二爻爲取友輔仁之端，皆有切於學者進修之實。敢以是爲諸友勉。抑夫子於復而贊顔氏子曰：有不善未嘗不知，知之未嘗復行。未嘗不知，仁也；未嘗復行，義也。并以是爲諸友證。傳曰：昂昂若千里之駒乎？泛泛若水中之鳧，與波上下，偷以全其軀乎？立志與不立志之譬也。惟諸友所從。

或曰：孟子既以安宅正路喻仁義矣，而又曰仁之實，事親是也，義之實，從兄是也。何歟？蓋仁有愛之理，而事親，愛之本也。孩提之童無不知愛其親者，此即是赤子之心，赤子之心即本體之心，本體之心不失，未有不仁者也。安宅孰大於是？義有敬之理，而從兄，敬之本也。傳曰：敬，德之聚也。能敬其兄，未有不能敬其身，能敬其身而陷溺其身於不義者，未之有也。正路孰大於是？或又曰：孟子既以安宅正路喻仁義矣，而又曰：『殺一無罪，非仁也，非其有而取之，非義也。』何歟？蓋仁之至者，螻蟻不踐，而不仁者，至於嗜殺而不厭，由自賊其心始。義之至者，一介不取，而不義之至者，雖乞墦之不羞，由自賊其身始。惟忍，賊仁最甚；惟貪，賊義最甚。孟子精微之旨，又當以是求之。惟是潛困不知學，老已至矣，幸守是邦，是邦多先覺之賢，諸友耳濡目染，聲感氣應，必自有得於天爵之貴。潛之木舌，何能發明，特以郡文學與庠序之士不鄙其固陋，俾暫尸鳴道之席，敬誦所聞，以求是正。雖其間不敢背先儒之説，亦不敢盡襲先儒之説，往來詰難，不無望於同志云。

《開慶四明續志》卷一。以下輯自此書各篇皆據影印本録入。

寶祐六年七月二十四日貢舉事判

唐人有所謂泥金帖子，乃士人中第歸報其家者也。蜀郡有仿而用之於秋賦者，號曰金花榜子，視領薦人數，預行製造。遇舉送官下院，拆號即携以自隨，仍帶捷子、甲頭入院，遇拆一名，則旋書填户貫、三代姓名於金花榜子之上，授之甲頭，甲頭即就貢院金口授之捷子之徒，方許鳴鈴走報。遇金花榜子到日，方爲正報，縱有漏泄預報之人，其領薦人不請收接。本府今爲二浙衣冠人物最盛之地，當效而行之，一可以還前古之風流，二可以爲鄉黨之美觀，三可以杜捷子之紛擾。仍從本府於當時每請舉人一員，特送三百貫以助犒捷之費，其錢先令項椿留公使庫，或當使以二考替移，則後來者不妨成此一段美事。其金花榜子以木爲之，高一尺五寸，闊六寸，以緑爲質，遍地以金花圍飾，樣具於後。以今日吉辰批出，以八月初三日吉辰製造，以九月十一日吉辰裝飾。又一項，舉送之時於常例外制司酒息錢内，各特送五百券以助觀光之行，所以敬賢書而尊國體也。

《開慶四明續志》卷一

新修茅針碶閘工錢判

……本府既爲民間辦此一事，錢不須科之都保，本府一切自辦，以了一方悠久無窮之利。工役之人不若衹用軍兵，日增支錢一貫五百文、米三升，庶可鈐束。

籌建支浦閘判

近日雨水過多，低田可慮，内慈溪縣已差統領吴雄前去開放倪家、刁家兩堰，通泄積水。因訪利病，本縣惟東鄉一帶和尚莊、清水湖、趙家洋、顔家莊等處兩堰之利，不若建閘一所，惟支浦最爲利便。可差林枝前往抱子閘移拆無用舊閘，前去支浦江岸創砌閘一座，庶幾東鄉闊遠田地，永無水患之虞。仍委權縣提督，務在速辦。

《開慶四明續志》卷三

省札

寶祐四年十二月二十八日，準省札備具沿海制置大使司狀，照對本司近曾具申朝廷，乞將慶元府通判廳給遣定海水軍四千人窠名錢物，撥歸本府，就行拘催并餉新舊兩軍。恭準省札坐下，照得通判廳有起解農寺與夫諸府俸料并主管官茶湯錢及其他公費，皆仰於此，今若盡歸本府，亦合先與區處，使解發者有所指擬，仰給者不至乏絶，庶幾平允，否則通判自此別無職事，而廳分可廢矣。此其爲通判之慮甚悉。然事體實有委折，只得詳細稟控。

蓋本廳之供餉水軍，不過經總制司，緣倅廳權輕，諸縣多有拖欠，其間又有簠簋不飭之人，虚支妄用，有若泥沙。所以舊軍四千人，係通判廳之所給餉者額常闕數百人，本司雖欲盡行招刺，亦忱恐倅廳事力不給，或至他虞，故亦不敢放手。今連準密札，措置海道，招刺闕額，今四千人之額，將闕千人矣。本府何幸可省千人之月米，然非所以爲公家計也。所以欲得將通判廳給餉水軍錢物，徑從本府拘催，庶幾錢錢字字皆有着落，而千人闕額亦可填補，此區區申請之本旨也。若曰諸府使臣俸料，歲不過二三千緡，舊例所在本府自應接續幫支，無緣復以强之倅廳。若又曰通判廳别無職事，則却非所慮。蓋通判廳除經總制司之外，其所管者又有常平司，則所催者坊場、河渡正名錢五分，及六縣役錢，以奉内藏庫、左藏庫等處之經常者也。又有糴本司，則催諸縣酒税分隸錢及坊店户四分錢，而奉農寺之經常者也。既有窠名，則有催理，其職未嘗廢也。况給遣之錢，除經總制司合收之數，又多係本府應副貼助則歸之本府，自催自給，似合事宜。兼潜忝以舊弼，旬宣通判固在按察之内，而財賦支遣多與本府相關，自從制司拘上催理，在通判廳亦所不靳。緣潜嘗服韓魏公之言曰：琦昔爲宰臣，惟有奉行朝廷命令，每事稟命朝廷。故雖此細故，亦必申聞朝廷，取旨揮者，正前修之遺意，亦將以爲今日諸道岳牧之倡也。然可否，忱不敢自必，但若以體統而言，水軍六千人衣取給於本府，米取給於本府，内二千人券錢亦取給於本府，獨四千人券錢取給於倅廳，於理勢自是不順，欲望朝廷更賜詳酌施行，伏候旨揮。奉聖旨：依右札送慶元府。本司將拘到錢每年起發降本錢三萬四千四百貫文十八界，見作六綱起解，赴行在省倉和糴場交納。及起發六文煮酒錢四千五百貫文十八界作一綱起發赴行在封樁下庫交納外，及每月中下兩旬支散沿海制置大使司水軍官兵券食等錢及諸府第香火、官親兵衣料錢，次年攢具總收支細帳，申省部擺算理豁。續：寶祐五年十二月空日準尚書省札子節文沿海制置大使司申云云。今本司見蒐補卒乘，招填定海積年闕額，水軍所急者錢糧，擬照沿江諸閫例，創置物斛官一員。

〔小貼子〕潛又照對定海水軍爲額六千人，舊例四千人，係通判經總制司給餉，二千人係慶元府給餉。緣通判廳專以餉軍之錢爲非泛之用，其貪者則捲爲囊橐，大約通判一任入己之錢不下三四十萬緡，因此四千人軍額常闕數百人上下，蒙蔽所謂制臣，亦未嘗過而問焉。天下之弊其可爲哀痛類此。久知此蠹，去冬即具申朝廷乞將通判廳經總制一司錢物就本司自行拘確，招填闕額。近已收刺將及四百人，皆沿海亡命之徒，人人拳勇可用，給等下錢百千七事件，衣裝一副，每副該三十貫五十五文，一卒之費共一百三十貫五十五文，皆取之於經總制一司，上不費朝廷科降，下不費州郡那移。雖月糧及春冬衣賜取之慶元府，本府所不敢靳然，經總制司錢物尚有贏餘，可以通融，補助月糧衣賜之費，但通判廳官吏昔奢今儉，昔污今清，未免仇視本司。今來本司所以乞照沿江諸閫例，創置物斛官一員者，正欲專一招確上項錢物，永爲定海一軍隨闕隨拘之用。其於海道防拓關係非小，欲望朝廷再賜札下本司，永爲遵守，其慶元府及通判廳更不許干預，實爲悠久利便。并乞照會。

《開慶四明續志》卷四

乞將九寨巡檢遇滿替日本司自行選辟札

照對本司恭準樞密院札子，備奉宣諭指揮，令本司條具海道事宜，務在整齪舟師，訓習水軍，繕治器械，凡有緊切衝要去處，作急措置，嚴爲關防，務要上下接連，聲勢聯絡，常切探望，往來巡逴，以防出没衝突，無或玩愒時日，以致稍有疏虞。本司恭禀，繼即行下定海水軍，詳度利害，逐一條具，以憑施行。今據本軍申到事理，粗爲詳悉，謹備録在前。但其間尚有開析未盡，及合區處項目，本司謹具件劃，奏申如後數内一項。

此邦沿海凡九寨，曰鮎埼、大嵩、管界、海内、白峰、岱山、三姑岺、江螺頭，計土軍一千四百八十三人，朝廷創立本欲與定海水軍相爲掎角，肅清海道。承平既久，寨無可用之卒，卒無可用之舟，半是買閑，半是占借，教練不習，擊刺不閑；兼九寨巡檢，多係軍班部吏任子，并不諳所謂海道事宜，目不曾接風濤，足未嘗履海岸，惟循常襲故，掊剋自肥而已。故此一千四百八十餘人之土軍，徒費國家錢糧、衣賜，無具甚矣。區區欲望朝廷將九寨巡檢向去遇有滿替之人，許從制司選辟曾從軍伍、諳熟海道、慣會船水之人，充巡檢職事，庶幾頭目之人以漸更易，衆聽不驚，而寨卒亦漸可訓齊教習，以無用爲有用。仍遇有盗賊，許令定海水軍主兵官會合調遣，一應功賞，并與水軍一體施行，實爲海道悠久利便。

《開慶四明續志》卷五

整頓義役排役榜示

照對國家差役之法，最爲明備。緣世降俗末，人情奸狡，詭計横生，於是義役之説興焉。本所以救差役之弊，不知義役乃所以大不義，細民受害更重於差役，此天下之通患，而其患未有甚於慶元者。

大抵義役必有役首，非各甲上户不能主役，奈何祇知利己，更不恤人。謂如一甲之中，有上户二十家，律以正差役法及倍法，自合輪流充應，却與此二十家結爲一黨，派及下户，有勒充一月者、半月者、十日者，甚至有三日、一日、半日、八分、四分者，不知出何條令？縣官惟胥吏之聽，胥吏惟上户之聽，私立甲簿，視同官司文書，小民只得俯首聽命，間有經官陳訴者，則上户率錢賄吏，吏頤指縣官，或訊、或杖、或監廊、或繫獄，必使下民依應而後已。不幸適有殺傷、烟火、盜賊及一切不測追捕之事，役首又操縱其間，隨役户之囑托，事在昨日或移在今日，事在上半日或移在下半日，使當役細民應辦官司，支吾巡尉，數畝之田不了，貨賣結拆，數口之家不了，拋離分散。官吏肥，上户肥，而細民則日就窮困滅絶，其强壯則流而爲盜賊。故所謂義役者，特專爲上户躲避差使之地而已，不義孰甚焉！且官司與上户所恃者民耳，民困則上户亦豈能自立？官司亦豈能自存？胥吏正猶豺狼，衹欲藉此吞噬，固難責辦。如上户多是衣冠讀書、赴舉仕族，亦但知目前我有田園，我有貲財，可以計會胥吏，可以囑托官員，細民何異螻蟻，不妨儘儘欺凌，實是不曾思量到底，若見本府開説許多道理，亦必省悟。

今本府痛察細民之苦，合與扶持，一番應民役、義役，各縣委官，重與整頓，各仰先備榜曉示。如民户無詞，即仍其舊，如有不公、不平去處，即照本府約束，將鄉司寄收縣獄，責決配、截手罪狀。從公開具各都各甲的實當充上户，凡民役、義役各與排定七年，自新年爲始，上户照條充應一年，其以次人户，許兩户或三户共充一年，庶使七年之間，細民得以安居田里，安養生息，其於國家根本關係不小。各縣風土事宜，本府亦有未能盡知者，仰條具申聞，務歸於當，以便百姓。仍委各縣知縣、提督，并備榜府前市曹、各縣曉示，續改委專官下縣置局，排結諸鄉各都，攢造籍册，每都三本，取押用印，一留府，一留縣，一留都，以七年爲一界。役册則委司法廳掌之。

《開慶四明續志》卷七

鎮江大成殿興修記

……自紹興己未草創，至嘉熙己亥，歲月既久，廟宇頹敝，教官多拘於陰陽之説，因循不葺。三山劉卿月到任，首議興修。有金壇莊爲豪民侵奪，復歸於學。米價稍穹，遂度材鳩工，費錢一萬六千緡、米二百石，閲三月告成。自殿而廡，自廡而門，表裏爲之一新。規模視舊益宏壯矣。

《至順鎮江志》卷一一

與岳珂辨哲宗真迹書

……比因曝書，閱秘閣列聖宸章，嘗見帝筆法，無毫髮差殊……閣上見存一扇面，及幅紙，亦各書此聯，蓋以賜任婆婆者，皆帝肆筆。意此聯之佳，偶動天賞，故屢入於奎文漢章之黼黻。

《寶真齋法書贊》卷一：右哲宗……御書處士魏野詩聯真迹一卷，紹定戊子歲三月，有高平范氏必成持以求售……臣疑未能別其真贋，因書以示秘書省正字臣吴潜。潜方直道山，因報書爲臣言。

與羅必元書

……先正肅公得公於不卑小官之日，丞聞於朝，今三十年矣。某中間繼聞於朝，今二十年矣。自是悄不相聞，每惜朝廷用公未盡。

《後村先生大全集》卷一六二《直寶章閣羅公墓志銘》引『履齋吴公嘗與公書云』。

次鄭安晚思無邪贊韵

誠曷云思，防心之慝。思曷云近，根心之德。觀斯須頃，驗顛沛時。一而勿二，淵乎其微。厥止既欽，厥躬斯飭。四體禀令，群動受職。猶虞奔軼，差在毫厘。凡百君子，毋或遁思。

次鄭安晚無不敬贊

盈天地間，事事物物。大而昭著，微而眇忽。惟吾中處，以身任焉。持敬以往，猶懼有遷。而况傲情，先據其室。雜則不精，離則不一。執盈捧漏，曾靡其他。爲之主者，豈非心邪？

鹿鳴宴樂語末句

對丁丑辛丑之狀元，座中盛事；繼戊辰丙辰之舉首，鄉曲美談。紹興戊辰，王佐爲狀元，慶元丙辰諒陰榜，莫子純以省魁爲狀元，皆越人。嘉定丁丑狀元吴履齋潛，淳祐辛丑狀元徐公望儼夫。至己酉年履齋帥越，徐在別榻，會鹿鳴宴，僚屬作樂語皆不愜意，履齋乃自草之，末云。

俞文豹《吹劍録外集》

三司吴公家傳

故樞史吴公諱居厚，字敦老，洪州人。嘉祐進士，歷武安節度推官，核閑田，均徭賦，以才略見知於荆國王公，升大理丞，補司農官屬。元豐間提舉河北常平、江淮轉運副使，計勞擢京東都轉運使。公殫心國計，不避嫌怨，盈縮稽勾，得羡錢數百萬，給邊費，立萊蕪、利國二鐵冶，司自鑄錢，又議行河北鹽法。曾南豐先生以幹敏稱之。八年因言者謫成州團練使，黄州安置〔一〕。紹聖初起爲户部侍郎、進尚書、龍圖閣學士，知開封府，以忤當事者，徙知和州。崇寧二年拜尚書右丞，三年進中書侍郎，五年遷門下侍郎，欲毁元祐黨人碑，復其士籍，與蔡京議不合，上卒從公議，京遂免相。大觀初復相京，公乃求去。而何執中代爲門下侍郎。四年京貶居杭州，復起公爲門下侍郎，尋知樞密事。連年國事旁出，李良嗣來降，議邊釁，公以安静鎮之，得無患。政和三年公以久居政府，年逾七十，上疏乞休，不允，懇陳再四，上念其勤勞舊臣，因從其請，授武康軍節度，知洪州，復官其子。敕大臣燕餞都門外，三事大夫皆即公館訪别，觀者太息，公榮其歸。在鎮逾年，中使問賚相屬，公每捧手，惴恐流涕，曰：『老臣敢以勤吾君！』四年七月薨於州治。訃聞，上震悼輟朝，贈開府儀同三司，敕部使者治喪。予子若孫一人，常任本郡官。揭於墓道曰『奮德褒賢之碑』，命翰林學士爲文以志。

論曰：國家大臣如吾族樞密者，可不謂才大夫哉！公在熙寧間受知王公行新法，論者以此少之〔二〕。然新法豈盡害民，特用之太急耳！樞使在京東時，西事甚獗，公悉心區畫，令饋運不乏，邊境無虞，孰非公之力？使行法者盡如公，亦豈致患害也？後值紹聖紛更之

〔一〕黄州：原作『芳州』，據《宋史·吴居厚傳》改。
〔二〕者以：原作『以者』，倒。

時，公亦引避。及崇寧再入中書，即諷上求直言，疏元祐諸賢之禁，則其心事亦可知矣。予在史局見公所創鹽鐵、常平等議，悉著爲令甲，至今守之，乃公之才未易及，而志亦無他，未可以熙豐之議概少之也。故爲論次於家乘中。

（江西）《新畬吴氏十二修族譜》，吴肇軍提供。文末署『金紫光禄大夫、左丞相兼樞密使、族孫、宣城潜撰』，官銜爲吴潜最後官職，顯爲後加。此文當與《吾吴氏宗譜跋》同時撰寫。

彭城錢氏家乘序

昔狄青不認遠祖，世争重之。余獨謂其昧于譜牒，而疏於原本也。若狄梁公之在唐，望雲思親，何其孝也，反周爲唐，何其忠也。既忠且孝，青恐不能克肖前人耳，何云一時遭際，安敢自附前人乎？况狄之先，由周成王封少子於狄，因以爲氏。青與梁公實係一派。但世遠人亡，徙遷無定，譜牒莫稽，舉原一本者而途人視之，又何怪焉。錢氏之先，由顓帝曾孫陸終生彭祖，子孚爲周錢府上士，因官爲氏，遂姓錢焉。孚至宋，閲世既多，枝分葉散，岳峙川流，孝範忠規，仁聲義烈，女嬪帝子，男尚王姬，公侯保輔之尊，令僕卿尹之貴，組龜鳴玉，紫蓋朱軒，赫奕蟬聯，後先輝映。雖晋之欒范，齊之國高；張氏之七葉貂蟬，楊家之四世台衮；石奮、石慶恭睿垂規，胡質、胡威清廉世濟；大小章句，桓榮與桓郁相承，兄弟文章，陸機與陸雲齊舉：未足以延斯家範，耀此門楣也。

唐昭宗時，錢王諱鏐，字具美，初以黄巢之亂，起兵守臨安，保其鄉里，後奉朝請拜爲鎮海軍節度使。天復三年五月，以功封爲越王。乾寧四年，錫之鐵券。天祐初，改封吴王。梁開平元年，進封吴越王。龍德三年加封吴越國王，寵以古列國之禮。後唐同光三年，始受册封建國焉。又以兩鎮節鉞及杭州大都督長史，移授其世子元瓘，以示優崇。長興三年三月薨，年八十一，謚曰武肅。子王元瓘立。晋天福六年，王元瓘薨，謚曰文穆。子王佐立。漢開運四年六月，王佐薨，謚曰忠獻。弟王倧立。未幾，胡進思等廢王倧，乃與衆迎立其弟俶。乾祐元年，王俶立，是爲忠懿王。歷封三世，歷國數遷，而王守之如故。迨至宋聖藝祖開基，王舉國以朝，賜之劍履上殿，詔書不名。太宗時，復來朝，留爲太師中書令四十年。忠懿王七子：惟濬、惟治、惟渲、惟灝、惟溍、惟演、惟濟，爵各有差。演幼有俊才，遠山一詩，後人稱賞。咸平中除知制誥、翰林學士，尋知樞密令，以考終，謚曰文僖。文僖子暄，暄子景臻，景臻子忱，四世節度。而景臻尚仁宗魯國大長公主，與子忱俱官至太師。

夫錢氏，當武肅王時禍亂相仍，各思雄據，而錢獨守臣節。傳至宋祖，鞠躬稱臣，俯首受命，寧獨善於擇主，抑亦明於保身矣。宜其子孫雲礽奕葉，百世不衰，冠蓋蟬聯，永傳弗替，貽厥孫謀，皆武肅王之遺澤也。後裔伯言，追思前烈，輯譜列圖，相傳子孫，弗致遺軼，因請余爲序。觀其勛業，巍巍莫京，至瞻其圖像，皆恂恂儒雅君子，宜其擇主保身，一門獨萃也。因述其大概，以見錢氏之發祥，子孫之率祖。披圖按籍，庶不作狄將軍之不認梁公、見哂有識者耶。

寶祐甲寅秋九月既望，賜進士及第、觀文殿大學士、知樞密院使、宣州吴潛毅夫序。

民國十三年廣德《錢氏宗譜》、民國己未無錫《射潮堂錢氏宗譜》，高生元提供。

慈水劉氏家乘叙

古者國有史，自卿大夫以下家有乘，乘猶史也。史以載國，乘以載家，分殊而義合也。《周官》：小史之職，掌邦國之志，辨世系，列昭穆。説者謂志若《春秋》《周志》《國語》《鄭書》之屬，世系則《帝系》《世本》之屬是也。蓋列國之史書雖作於侯國，而籍則掌於王官。魏晋以來官有簿籍，家有譜系，官之選舉必由簿籍，家之婚姻必繇譜系。歷代并有國譜局，置郎、令史以掌之，仍用博雅之士知撰譜事，凡百官、族姓之有家上者則上之官焉〔一〕，考訂詳實，藏於秘閣，副在左右。若私書有濫，則科之以官籍，官籍不及，則稽之以私書，所以人尚譜系之學。自唐末五代，散佚不傳，非獨官無秘閣左右之藏，而士大夫能通譜系之學者，自歐、蘇而外，稱渺少矣。

劉氏由陶唐氏之後，受封於劉，子孫以國氏著於《春秋》久矣。則自中山靖王以來，敦詩書而説禮樂，綬若若而印纍纍，匪伊朝夕矣。然世代多遷徙靡定，或移家於八閩，或卜築於三吴，或寄迹於浙東，或寓居於江右，椒聊遠條，幾不知有原本矣。千流萬派，總歸一源；葉茂枝繁，不離一本。其最著者莫如唐之禮部尚書夢得先生諱禹錫者，爲當時名臣，其出處去就，昭著史傳，至今忠義不替。夢得之後，有曰仁晦字德藴者，晚唐以金紫光禄大夫吐奇晋晝恍夔龍也。仁晦子翊曰廷輔者，我藝祖建隆間以秘書郎出知於鄞，遂家焉。廷輔三子明道、明理、明義，子孫蕃衍，奕葉雲礽，景行靡替，一時芳躅，千古播揚，屈指鄞慈，蜚聲燁燁。但人情以君子之澤五世而斬，一經疏遠，視若途人，昭穆既明，本源自辨。後有作者，果能追念前猷，無忘厥祖，披圖按籍，孝思勃生，則勉旃不怠，庶光前業矣。若按是圖以誇詡鄉氓，非余所謂書劉氏子姓也。

〔一〕家上：當爲『家狀』之誤。

開慶元年秋八月既望，觀文殿大學士、沿海制置大使、判慶元府事、宣州吴潛毅夫甫拜撰并書。

宣統二年《餘姚開原劉氏宗譜》五編卷二

以上新補

國家古籍整理出版專項經費資助項目

吴潛全集

下

〔宋〕吴　潛◎撰　湯華泉◎編校

北京师范大学出版集团
BEIJING NORMAL UNIVERSITY PUBLISHING GROUP
安徽大学出版社

附録一

吴潛評傳

吴潛，字毅夫，號履齋，生於宋寧宗慶元元年（一一九五），卒於宋理宗景定三年（一二六二），寧國府宣城縣（今宣城市宣州區）人，南宋後期著名的政治家、文學家。其先世五代間由蘇州遷来宣城，入宋后累代多業儒。曾祖吴洙官學諭，祖父吴丕承兩膺州舉。父吴柔勝（一一五四—一二二四），字勝之，謚正肅，淳熙八年（一一八一）進士，歷任州郡長官、國子學官，終秘閣修撰，有德業政聲。亦是著名的理學家，追隨朱熹，名入慶元黨籍，雖遭貶黜，而不改操守。《宋史》有傳。吴潛行四，與三位兄長在這樣的家庭環境下成長，學業俱優。長兄吴源，待補太學生。次兄吴泳，入太學，以明堂恩補迪功郎，調湖州武康主簿，卒於官。二兄吴淵（一一九一—一二五七），字道夫，號退庵，謚莊敏，嘉定七年（一二一四）進士，在朝廷和地方屢任要職，屢建功勛，官終參知政事。有著作《易解》《退庵文集》《莊敏奏議》等。《宋史》有傳。

吳潛早承庭訓，幼年『侍父苦志讀書，甫十歲，善屬文』[一]，又有兄長的熏陶，自是早慧。據傳自明代的《許國公年譜目録》所載[二]，吳潛十四歲就已入州學，十六歲、二十二歲兩領鄉舉，嘉定十年（一二一七）二十三歲狀元及第。吳潛從政四十多年，建樹很多，曾兩任參知政事，兩任丞相。宋代共産生一百多位狀元，狀元拜相祇有十位，就中知名者并不多，吳潛是比較知名的一位，有人把他與文天祥相比[三]。他在奏疏、文章中曾多次自道狀元身份，見出他的自重、自豪，也見出他的政治責任感。

吳潛狀元及第後，按慣例從優授予承事郎、簽書鎮東軍節度判官[四]，入仕初階即爲正八

[一] 以上參見民國《宣城吳府族譜》卷九。此譜傳自元明，見該書卷一八吳伯敬、吳伯與萬曆續修跋。吳潛拜右丞相誥命開府，見《許國公年譜》。『吳府』的稱號《景定建康志・田賦志二》有徵引。

[二] 《許國公年譜》『家藏傳遠』，明初經吳潛五世孫吳原頤整理，後又經八世孫吳宗周於弘治間修訂刻印，兩卷，萬曆間十世孫吳禮卿重刊，入清後失傳。近年於安徽寧國發現清道光丙申（十六年）《寧東茭笋塘吳氏宗譜》中有《許國公年譜目録》一卷，爲《許國公年譜》節録本。參見吳宗周《許國公年譜引》、吳禮卿《吳許公年譜跋》（見民國高淳《南塘吳氏宗譜》卷一一）、梅鼎祚《吳許公年譜序》（見《鹿裘石室集・文集》卷二）。下徵引此書簡稱《年譜》。

[三] 見吳伯與《宰相守令合宙・宋朝宰相》卷一一。《宋史》列傳亦編吳潛與文天祥同卷，分置卷首、卷末，各加一傳論，吳潛以孔子『才難』、文天祥以孔子『求仁得仁』語贊之，於文天祥特意突出其『倫魁』身份，顯有先後輝映之意。

[四] 南宋狀元初階例授承事郎、簽書某軍節度判官，至下科進士放榜即召入爲秘書省正字。參見文天祥《文山先生全集》卷一七《紀年録》己未紀事。

品，起點不低，但旋即遭臺臣盛章論罰奉祠。一連五年賦閑里居。嘉定十五年（一二二二）授揚州簽判，又遭制臣鄭損彈劾，改簽廣德軍判官，未赴任〔一〕。再過兩年，其父逝世，又居喪兩年多。端平二年（一二三五），他在奏疏《再論計畝納錢》裏説：『臣年二十三，蒙先皇帝（指寧宗）親擢之恩，旋屏廢者十年，迄無一綫之路上報先帝。歲在丙戌，蒙陛下收召於閑冷之中。』何以這麼長時間被『屏廢』、屢遭彈劾，恐怕不是吴潛本身的原因，當是受其家庭的理學背景、其父的人際關係影響。時史彌遠專權，慶元黨禁雖早已解除，但許多名儒君子并未被重用，吴潛的父親爲理學中堅，其行政風格尚直守道，自然易遭物議。吴潛入仕之初，其父提前休致（年六十四），顯受壓力。其兄吴淵期間也見冷遇，具體因由不明，但受家庭連累大致可以揣測。

『蒙陛下收召於閑冷之中』，是指寶慶二年（一二二六）他爲父服喪期滿，被理宗召致朝中，授秘書省正字，遷校書郎，距正常遷轉七年、距狀元及第整十年。此年之後，吴潛頗得理宗賞識，『數載之間，内而省寺，外而麾節』〔二〕。紹定二年（一二二九），添差通判嘉興府，權發

〔一〕此述數事見《宋史·吴潛傳》（下簡稱『本傳』）、《年譜》。
〔二〕《再論計畝納錢》。

遣嘉興府事，轉朝散郎、尚書金部員外郎，進入朝官之列。四年又遷尚右郎官，五年、六年遷朝散大夫、太府少卿、太府卿，總領淮西財賦，暫兼沿江制置、知建康府，官階已到從五品了。從理宗開始，南宋進入了晚期，内憂外患日漸深重。吴潛於此時正式步入仕途，與家國休戚與共，積極建言獻策，參政議政。

紹定四年九月，臨安大火，他利用居朝爲官的機會，連續給理宗上奏疏，給宰相史彌遠上書，論致灾之由，論救火賞罰未當。他把這次火灾看作上天的一次示警，認爲是朝政闕失、國家變亂的象徵，歷數種種危機：『淮困於兵，蜀困於兵，江西、福建困於兵，嚴衢之間，又垂困於兵，凡大農、少府之儲，無不盡困於兵。江浙、湖湘、京漢頻困於水，而京城之内又大困於火。軍國空虚，州縣罄竭，加以貪官污吏虎噬狼吞，苞苴者二三，席捲者八九，耕夫無一勺之食，織婦無一縷之絲，生民熬熬，海内汹汹。天下之勢，譬如以濡膠腐紙粘綴破壞之器而置之几案，稍觸之則應手墮地而碎耳。』〔一〕他這樣『危言聳聽』，爲的是打動理宗，警醒理宗，促使理宗修身反省。『臣願陛下齋戒修省，恐懼對越。菲惡衣食，必使國人信之，毋徒曰減膳而已；疏擯聲色，必使天下孚之，毋徒曰撤樂而已。閹宦之竊弄威福者勿親，女寵

〔一〕《奏論都城火灾乞修省以消變異》。

之根萌禍患者勿昵。以暗室屋漏爲尊嚴之區，而必敬必戒；以常舞酣歌爲亂亡之宅，而不淫不泆。使皇天后土知陛下有畏之之心，使三軍萬姓知陛下有憂之之心。然後明詔二三大臣，相與和衷竭慮，力改弦轍……收召賢哲，選用忠良。貪殘者屏，回邪者斥。懷奸黨賊者誅，賈怨誤國者黜……自京師以達四方，凡監司、帥守之爲公論指目者，次第罷遣。以培國家一綫之脉，以救生民一旦之命，庶幾天意可回，天灾可息……弭灾爲祥，易亂爲治，轉危極而爲安存，是在陛下與二三大臣』[一]。他認爲挽救危機，關鍵在理宗的戒奢戒欲、敬畏天命、更新吏治。

他又上書丞相史彌遠提出火灾後應亟辦六事：一曰格君心，二曰節俸給，三曰賑恤都民，四曰用老成廉潔之人，五曰用良將以禦外患，六曰革吏弊以新治道。六事既是火灾善後之急，也是朝政的當務之急。他仍把火灾與朝政得失聯繫起來，希望以此驚醒君相，革新朝政，出發點和内容與上面的奏章一致。這裏特別突出的是第一事『格君心』，他説：『今道路所傳，主上聖德似少損於即位之初，旨酒美色，未免過差。』希望史彌遠以理宗繼位定策大臣

[一]《奏論都城火灾乞修省以消變異》。

的身份『犯顔逆鱗』『繩愆糾謬』，他認爲『消天變，回人心，其端本在主上』〔一〕，君心正則國事順，國家安危决定於君心的邪正、明暗，與上面奏章的結語也是一致的。與此同時，他還有《再上史相書》，認爲『巨變之餘，萬目睽睽，以觀朝廷政刑。廟堂虚心無我，言當罰者即罰，言當賞者即賞，亦當以信必慰中外之望』，提出要懲罰殿帥馮榯、王虎及有關高官。吴潛此書一上，《宋史・陳塤傳》謂『人皆壯之』。臨安一火，引發吴潛一疏兩書，遍查當時的文獻，反應如此激烈的未見第二例。

這年春正月，趙范、趙葵等誅殺割據并騷擾齊、淮一帶的武裝首領李全於揚州，對南宋來説這是一場安邊保境的大勝仗，取勝的重要原因是有二趙這樣的良將，吴潛爲此及時上《奏論重地要區當豫蓄人才以備患事》奏章，嗣後又上《奏論大順之理貫通天人當以此爲致治之本》的奏章，認爲『天下有大順，貫通於天人，而綱維於君臣上下』。『順之則興，逆之則仆，順之則治，逆之則亂，順之則成，逆之則敗』。『人主端拱於宫闕……必力戒耽樂，必喜聞忠直，必念閭閻之疾苦，必知稼穡之艱難，必疏便僻側媚，必近正士端人，而後謂之順；二三執政，弼諧於廊廟，必開誠心，必布公道，必與天下均其好惡，必與百姓同其視聽，必進循良

〔一〕《上史相書》。

忠實之士，必斥險詖暴刻之徒……而後謂之順。内而群有司、百執事，必以公滅私，必以理制欲……必懲吏强官弱之風，必革弃法用例之習，而後謂之順。外而監司、郡守，必拳拳奉國，必孜孜愛民，必視公事如家事，必惜官物如己物……必抑豪奪而矜鰥寡，必先教化而後刑罰，而後謂之順。夫自天子而達之内外小大之臣，皆周旋於大順之中』，天下必能大治。言辭十分剴切。中心思想是仁政愛民，公忠體國，奉公守法，清廉節欲，上下和諧，這是他對美好政治的一種期許。吴潛登朝後不長的時間就給皇帝、給執宰呈進了這麽多書奏，表現了超常的議政膽識，在當時的政治舞臺上已嶄露頭角。

在這前後，他也正式開始執掌地方政務。在嘉興，他創建了居養『鰥寡孤獨而癃老疾廢』者的廣惠院。在《廣惠院記》中，他説：『自念畎畝孤生，幼被先人之教，既長，蒙先帝大恩，錫之上第，擢穎剥落之餘，又蒙主上大恩，内登館殿，外領麾牧。當四郊多壘之時，不能宣勞疆埸，致命戎行，徒有撫問閻閭，蠲除疾苦，護養元氣，共培國脉，庶幾報稱之萬一云爾。』他在擔任地方親民官之始就能以關懷民生疾苦爲行政要務。任太府卿、淮西總領、暫攝沿江制置是他第一次爲一個較大的地區管理財賦，他在《奏以趲剩事例并諸司問遺例册錢代納江東一路折帛事》中説：『臣一介疏晚，起自書生，本不閑錢穀之事……深惟臣子之誼，不當以劇易爲避就，黽勉祗役，亦既逾年。雖曰以賦爲職，然未嘗不爲根本之慮。』也就是説，他是認真履行這個新任的職責，以體恤民情爲國家根本考量，僅一年多的時間，他在理財上就卓有建樹，得到理宗『爾頃使江東，蔚有治狀』的表彰〔一〕。在任上，他將一年多所積剩的錢款爲江東四十三縣貧户預交了第二年的夏税。這都表現了他作爲一位監司、州郡官員所具有的優良才幹和品質。

進士及第至此時的十七年是吴潛入仕從政的第一個階段。端平元年（一二三四）是南宋後期歷史的一個分界，這一年正月金國滅亡，開啓了南宋與更强大的對手蒙古四十多年的對峙與戰争。這一年吴潛四十歲，面對更爲嚴峻的内外形勢，開始了他從政的第二個階段。前一年史彌遠死，理宗親政，爲標榜『更化』，這年正月初一理宗『令内外大小之臣悉上封事，凡朝政得失、中外利病，盡言無隱』，吴潛有《應詔上封事條陳國家大體治道要務凡九事》，時在金亡之後。吴潛在這篇奏疏中全面陳述了新政方略：一曰顧天命以新立國之意；二曰植國本以廣傳嗣之慶；三曰篤人倫以爲三綱五常之宗主；四曰正學術以還累朝斯文之氣脉；五曰廣蓄人才，以待乏絶；六曰實恤民力，以致寬紓；七曰邊事當鑒前轍，以圖新功；八曰楮幣當權新制，以解後憂；九曰盗賊當探禍端，而圖長策。洋洋一萬餘言，全

〔一〕吴泳《鶴林集》卷八《吴潛授秘閣修撰兼江西路計度運副制》。

面闡述了他在内政外交、政治經濟、學術文化諸方面的看法，是吴潛多年潛心體察國是特别是目下形勢的精心結撰。

此九事吴潛似乎是以重輕爲序排列的，前三事特别重要。第一事先陳『今日有可畏之機三，又有可喜之機一』，希望理宗正視『可畏之機』，『上稽天命，内立聖心』，在『柄臣（指史彌遠）淪亡，權歸上聖』的時機，撥亂反正。第二事針對理宗登基十年、年且三十尚無子嗣的情況，提出應遴選宗室子，以爲萬全之策。理宗亦是以宗室子身份繼位的。寧宗無子，原選宗室子趙竑爲太子，在寧宗駕崩時史彌遠擁立理宗，黜趙竑爲濟王，後逼死廢王爵。這無異是一場宫廷政變，朝野有不少人士爲濟王抱不平。第三事吴潛提出要爲濟王洗冤，『復爵賜謚』，以平復人心，同時也有助於提升理宗繼位的合法性。後二事是當時政治現實中的大事，也是理宗的大忌諱，吴潛在這樣高度敏感的問題上進諫，又一次表現了他過人的膽識。第四事『正學術』，力言程朱理學爲儒學正統，説：『學術既歸於一，則文章必趨於古，而中朝之人物可繼，列聖之治化可興矣。此實新政要務，非老生常談也。』聯繫下第五事廣蓄人才，他籲請以理學治國，進用君子賢人，實現開明政治。在第五事的貼黄中他還特别提出要用特殊辦法選拔邊地人才。第六事言賦税過重，指出地方官『以劫盗之威，行一切之政，奪民之食，剥民之衣，少應公家，多備苞苴，兼充私橐……東南民力……直至近歲，殫窮見底，可爲痛哭』。并揭露官吏擅自無度加賦，并用大斗小斗進行盤剥，『由是言之，士大夫之罪不可磨矣』。呼籲朝廷嚴肅查處，減免賦税，寬恤民力。此一事他從自己任職淮西總領身親目睹的事實出發，論述很是詳盡。

就中論述最詳盡的是第七事『邊事當鑒前轍，以圖新功』，幾占此篇奏折的三分之一。這裏條分縷析，總結了此前軍政的六大失誤，特别分析了新敵蒙古的情況，認爲蒙古有五可疑、三輕我，亡我之心，無日無之。面對『貪而無厭』的蒙古，『惟當急修吾武備，急儲吾軍實，急搜吾人才，急收吾民心，閉之玉關，處以門外，待之以虚文謾語，而聽其恍惚，而常示之以重備强形，以壓其驕驁無禮。謹節而應，舒徐而俟，不使隙開，亦不輕發，以觀其勢之所趣何如而圖之耳』。也就是要在加强戰備上下功夫，不輕易挑起事端，在外交上虚與周旋，觀其動静，以待其變。金亡後南宋從君相到朝臣、上下朝野瀰漫一片樂觀氣氛，有提出趁機北伐之議的，如吴潛所概括的：『乘韃人之北歸，因中原之思漢，用師數萬，收復河南，撫其人民，用其豪杰，上自潼關，下至清河，畫河而守。此誠大有爲之規模，不可失之機會也。』但吴潛認爲：『量吾事力，實有難言。』闕兵闕餉，難以支持，『韃非小敵，和戰非細事』，不可輕舉妄動。也不可『以玉帛與之講信修睦』，甚至他還認爲，即使蒙古放弃河南北去，或提出歸還河南，都可能是圖我、誘我之計，不能上當，説：『生民休戚之關，决不可輕也，不可躁也，不可苟也，不可貪也。惟陛下與二三大臣熟計之。』這是金亡之初對如何處置與蒙古的關係、如何對待收復中原問題的最審慎、最有洞察力的意見。這篇奏札上於金亡之初，也是今天可以查考的關於這個問題見解的最早文獻。

第八事『楮幣當權新制，以解後憂』，『楮幣』即紙質貨幣會子，當時發行新會子，而舊會子不能及時收回，造成新舊會子貶值，物價高漲。吴潛認爲『楮者誠國家之命脉也』，提出品搭鹽鈔、挽救危機的辦法。看來他對幣制問題也作過一番研究。第九事『盜賊當探禍端，而圖長策』，論述也頗詳盡，説：『比年以來，緑林之風，遍於内地。』其因在民貧官貪。他認爲應『精擇守令，奉宣德澤，以和輯其民……使吏寡於求，而民安於自養，則盜永不作矣』。這樣的看法在上面所上第六事中也説過：『使陛下之至心實德，從此霈發，實及細民，民力必寬，民怨必減，盜賊必不作。』意思是致盜之因是官逼民反，弭盜之方在整肅吏治、施行仁政，這表現了他超人的識見。

先前紹定四年九月臨安大火，他利用居朝爲官的機會，連續給理宗上奏疏，陳述政見，有借題發揮的意味，此奏則是正面表述，所以顯得特别全面和深入。吴潛這篇奏札在某種程度上代表了朝中的正論，應當説受到了理宗的注意，顯見的是第五事中提出的收召的『三賢』，即閩賢真德秀、蜀賢魏了翁、潤賢劉宰，不久後都被收召，前兩位入朝擢升，劉宰不願任職而受到『旌異』〔一〕。第三事『篤人倫』要求爲濟王『復爵賜謚』，懲處『奸邪之臣』，如盛章、王塈、李知孝、莫澤、梁成大，也得以施行〔二〕。關於尊崇理學的建言，理宗應當也是樂意聽取的。其他事項則不得而知，最明顯的聽而罔聞的是關於北伐之議，這時的理宗已被金亡衝昏了頭腦，正和丞相鄭清之籌劃希冀建立不世之功。

吴潛上九事之後，北伐之議更爲高漲，吴潛憂心忡忡，又上《奏論今日進取有甚難者三事》，是根據敵方探報寫的，糾正早先京湖制司所申『今韃人已去，河南境内即無一人一騎』的假情報，云韃人『乍去復來』『事勢叵測』，并非如制司所言，爲朝廷決策提供事實根據。并云運糧困難、無兵可守、民不堪再擾。『以此三難，就使韃兵盡去，猶不可爲』，『今邊吏乃一切不恤，自爲紛紛，以激目前之變，此臣所爲憂懼而流涕也』。接着他又給宰相上書，云：『今又聞有以恢復之畫進者，其説曰：「天氣方炎，韃且北去，因其無備，疾取河南，撫其人民，用其豪杰，上自潼關，下至清河，畫河而守，使韃不得渡，則我備禦之勢成，而規恢之略定矣。」此其算計可謂俊杰，但揆事必先量力，圖利必先審害。爲目前之謀，河南取之若易；爲

〔一〕《宋史·鄭清之傳》。

〔二〕《宋史·理宗本紀一》。

後日之慮，河南守之實難。蓋自潼關而至清河，上下二三千里，非精兵十五萬人，其守不固。今吾兵備單弱，不知何所取辦？』兵必資糧，不知何所取給？徵行之具，不知何所取資？民窮不堪再擾。先前聯韃滅金，兵事一開，招納浸廣，調度浸繁，邊地公私之積，遂至掃地，邊臣誤國之罪不待言矣！而内地苛徵，民怨沸騰，激而爲變，内郡率爲盗賊矣。今蜀口關隘蕩然，又予敵有可乘之機，北伐之事，豈可輕議哉？以爲：『法當以和爲形，以守爲實，以戰爲應。』『今韃以和款我，我正宜亦以和款之，庶幾少延歲月，急急自治，而乃欲僥幸必不可成之事，以速立至之患，亦左計甚矣。』『列聖金甌之業，儻以孤注一擲，實關宗廟、社稷安危存亡，惟廟堂熟計之！』〔一〕吴潛一再慷慨陳詞，反對軍事冒險，他哪里知道主戰之計就是出自理宗和丞相鄭清之。當時和吴潛持同一立場、同一態度的還有參知政事喬行簡、曾從龍和京湖制置使、襄陽知府史嵩之，其兄吴淵也上書鄭清之（書札已佚），反對用兵河南，但君相還是一切不顧，倉促出師，很快就全軍覆没。雖然當時對興師持不同意見者頗多，但以吴潛建言最早、最充分、最剴切，爲《宋史》所引述也最多。本傳云：『自後，興師入洛，潰敗失亡不貲，潛之言率驗。』吴潛自己後來也多次自許有先見之明，他在《奏論和戰成敗大計襄宜

〔一〕《上廟堂書》。

急救備不可闕》中説：『臣歲在癸巳、甲午，總餉淮右，知朝廷有開邊之議，嘗因應詔上封事，力陳兵之不可輕用……又嘗上宰執白札子，力陳兵之不可輕用。而天高聽邈，莫遂挽回，曾不旋踵，臣言粗驗。』在《再論計畝納錢》中也有相似的説法。吴潛這些書奏可圈可點之處甚多，有許多高明之見，尤其是提出了對付蒙古『當以和爲形，以守爲實，以戰爲應』的主守戰略，這在當時主戰、主和的諸多主張中獨樹一幟，是深諳國情兵事的高明之見，洪咨夔當即贊揚：『忠忱體國，議論回天，以守爲實，以和爲形，以戰爲應，孰謂峨其冠者皆不知兵哉！』[一] 吴潛在端平元年的和戰之争中是一顆耀眼的明星。

吴潛所上書奏爲鄭清之所忌，本傳謂『以直論忤時相，罷奉千秋鴻禧祠』。其兄吴淵也因上書引起『鄭清之不樂』[二]，鄭清之唆使御史彈劾，吴淵被罷免。時在六月出師前。入洛之師潰敗，《宋史·吴淵傳》又言『邊事果如淵言，清之致書引咎巽謝』，二人都恢復了官職，吴潛『改秘閣修撰、權江西轉運副使兼知隆興府，主管江西安撫司。擢太常少卿』[三]。任職江西在端平二年（一二三五）二月至十一月，首尾十個月，吴潛勤政親民的作風依舊，連上奏

[一] 洪咨夔《平齋文集》卷一三《答吴總卿書》。
[二]《宋史·吴淵傳》。
[三] 本傳。

章，理財減賦，改善民生，本傳云有『奏造斛斗，輸諸郡租，寬恤人户，培植根本，凡十五事』，今集中尚存關於民生的奏札五道：《奏以造熟鐵斛斗發下諸郡納苗使用寬恤人户事》《奏乞廢隆興府進賢縣土坊鎮以免抑納酒税害民之擾》《奏江右諸郡兵荒已將隆興府紹定六年以前官物住催乞行下本路一體蠲閣》《奏論計畝官會一貫有九害》《再論計畝納錢》。第一道是報告他所主管的江西轉運司爲了避免秋税的濫徵，核定、減損江西各州郡秋税額度，并『創置熟鐵斗斛』，發下各州郡，杜絶濫用大斗徵收。第二道是要求取消一個小鎮的建置和酒務，以免害民。第三道是奏請蠲免、注銷幾年前江西一路民間所欠賦税。《年譜》中還收録有《申省乞住免貼納仍舊錢會中半》一札，文本未録，也是一項惠民建議。江西之任得到理宗的充分肯定，在袁甫代擬的《吴潛除知隆興府制》中説：『持節江右，暫攝閫寄，威行惠洽，政平俗安。』〔一〕《奏論計畝官會一貫有九害》《再論計畝納錢》是對朝廷整頓會子做法的批評（《年譜》還收録有《三論計畝納錢》《四論計畝納錢》兩札目録），他歷數計畝收繳官會一利而九害，『關係不小』，所以一而再、再而三、三而四上奏，在《再論計畝納錢》奏札中，回顧了去年上書諫阻北伐未被采納而遭致敗闕的遺恨，提請理宗『上關宗社安危，下關生靈休戚，

〔一〕袁甫《蒙齋集》卷八《吴潛除知隆興府制》。

故必審而後發，發而無悔』。他自己『茍有區區之見關於國家理亂安危之大端者，誠不敢以疏遠自詭，緘默而不告陛下也』。表現了他的憂慮和政治責任感。

端平二年（一二三五）十一月吴潛調任太平州知州。據《宋史·理宗本紀二》：此年十一月，任命『魏了翁同簽書樞密院事督視京湖軍馬』，開府江州。十二月，以吴潛爲『枢密都承旨、督府參謀官』。此項任命，一方面當是理宗對他近一兩年所發表的一系列有關和戰意見給予的賞識〔一〕，另一方面也是出於魏了翁的舉薦〔二〕。幕府是爲援救在蒙古壓力下的襄陽而設，魏了翁是吴潛十分敬重的父執、朝賢，參與魏了翁的幕府，正可以進一步發揮自己對和戰的見解，因此他欣然接受魏了翁的召請，『匹馬追公於湓浦之上』，『玉帳贊籌』〔三〕，十分相得。本傳謂其『又言和戰成敗大計，宜急救襄陽等事』，奏章當非一件，今存《奏論和戰成敗大計襄宜急救備不可闕》。在這篇奏章中，他先論要急救襄陽，襄陽地位非常重要，對照靖康之時戰守形勢，『夫襄陽亦今之太原也，趙范之爲人，雖未必盡如（李）綱之賢，然不可謂無綱之忠。朝廷豈可不亟加拯援，而使虜得以并兵也哉』！又言救襄要發揮督府作用，加

〔一〕見《奏論和戰成敗大計襄宜急救備不可闕》。
〔二〕見《魏鶴山文集後序》、魏了翁《鶴山先生大全文集》卷二八《奏并力援襄及令參謀官吴潛留幕府》。
〔三〕《魏鶴山文集後序》。

大督府的指揮權，提出：『會兵黄州，勒兵而進，開府於鄂，進師江陵，示以形勢，壓以聲威』，『諸將用命，以解襄陽倒垂之急。既解之後，大爲部分，改弦易轍，練兵積粟，一一可恃，杜絶和議，常爲戰備』，静等蒙古師老生變。他的建議非常及時，也相當正確，但未得到朝廷決策者重視，《宋史·魏了翁傳》云連朝命魏了翁開府一事都是敷衍，『蓋在朝諸人始謀假此命以出了翁。既出，則復以建督爲非，雖恩禮赫奕，而督府奏陳動相牽制』，吴潛的上奏自然不能發揮作用，督府也在此後不久被撤銷。又不久，襄陽南北軍交訌，趙范失馭，北軍降敵，襄陽被焚掠一空，這是蒙古南侵以來，南宋所遭致的又一重大損失。南宋當局對這樣重大的戰略問題簡直形同兒戲，本傳云吴潛此時『貽書執政，論京西既失，當招收京淮丁壯爲精兵，以保江西』。此書札已佚，題目《年譜》爲《上兩相札子論京西既失當招收京淮丁壯爲精兵以保江》，當是，時兩相爲左丞相鄭清之、右丞相喬行簡。由此可見當時形勢的危急，吴潛的建策不失爲一種穩妥的善後措施。這是吴潛短暫參與戎機的表現，亦可見他的知兵。

端平三年（一二三六）冬，吴潛奉召入朝，次年正月權兵部侍郎，兼檢正。自紹定五年（一二三二）去朝，五年後又回到朝中，對理宗的知遇之恩，他表示要『竭盡底藴』予以報答〔二〕。本傳云上疏『論士大夫私意之弊，以爲「襄漢潰决，興沔破亡，兩淮俶擾，三川陷没。欲望陛下念大業將傾，士習已壞，以静專察群情，以剛明消衆慝，警於有位，各勵至公。毋以術數相高，而以事功相勉；毋以陰謀相訐，而以識見相先。協謀并智，戮力一心，則危者尚可安，而衰證尚可起也。」又請分路取士，以收淮襄之人物』。後二句之前諸語節自《奏論士大夫私意之弊》，後二句即取自《奏乞分路取士以收淮襄之人物守淮襄之土地》的題目。其間還有一疏《奏論制國之事不懼則輕徒懼則沮》非常重要，重申『大業將傾』的深重危機，披肝瀝血籲請理宗：『陛下操大權，握神器，有土地人民，有甲兵士馬，紀雖紊而綱尚存，裘雖弊而領固在，挈提振起，風采立異，顧可聽勢之趨、任時之壞，而不爲祖宗數百年社稷計乎！祖宗數百年社稷，在陛下之身，而扶持祖宗數百年社稷，在陛下之志而已。志立則有深思，思深則有真見。必卑躬側身，必勤邦儉家，必敷求真才而篤信之，必講明實政而力行之，必不踵叔季之事以稔衰亂，必不口聖賢之言以務文飾。心誠意篤，精通氣應，雖值艱難之會，自有挽回之機。如其懼而不戒，憂而不圖，惡危而不計安，畏亡而不求存，寄時日於歡娱，付危機於坐視，則前代傾危之轍，載在史册，有所不忍言矣。』如此警告，幾近乎大不敬了。《奏

〔二〕《奏論制國之事不懼則輕徒懼則沮》。

乞分路取士以收淮襄之人物守淮襄之土地》，是一項重要的建策，謂『用淮襄之人物，守淮襄之土地，此不易之至計也。然國家之取士，與士之發身，所重者惟文科進士，而淮襄之士，率不利於科』，恰恰與這『不易之至計』相左。建議分路取士，對淮襄諸沿邊、屢遭兵燹的州郡實行特殊政策，『庶幾得淮襄之人物以守淮襄之土地，一利也；因士以收其土豪，因土豪以收其丁壯，二利也；稍抑時文之弊，以致有用之才，三利也』。還可『因淮襄之俗以招北方之豪杰』。這個建議是對科舉制度的改進，更是廣納邊才、有利戰守的一項有現實意義的建策。用邊才治邊是吴潛的一貫思想，端平元年《應詔上封事條陳國家大體治道要務凡九事》中就已表述，後來也一再這樣説、這樣做，他的父親、兄長在沿邊州郡任職時也是這麽做的。在這篇奏疏中他還建議因兵燹而耽誤應舉的這些州郡的舉子『不論已免解、未免解，特許來驗據，赴嘉熙二年省試一次』。這項建議嘉熙二年未見實行，但見之下一科嘉熙四年的詔書中[一]，可能與吴潛的建策有關。

這次居朝時間祇有半年多，嘉熙元年（一二三七）八月改知平江府。雖然離開了朝廷，他仍然關注戰守形勢，説：『雖越在外服，苟有所見，誼當奏陳。』這年十月東路蒙古軍進攻

[一] 見龔延明、祖慧《宋登科記考》卷一三嘉熙四年詔。

安豐被宋軍擊退，朝廷論功行賞，有四位原由北方歸附將領賞功不及，他認爲這『關於國家安危成敗之算，實不爲細』，即上疏《奏申論安豐軍諸將功賞》，認爲這四位將領『比之南方將士，功蓋倍之』，應重賞，這樣方『使北方歸附見留者亦堅報國之心』。時北方歸附將領甚多，而南宋方面往往由於不加信任，致使他們附而復叛，吴潛認爲這是大事，不能不及時提醒。吴潛還在别的奏疏裏也表達了這樣信任、重用北方歸附將士的意見，與用邊才治邊一樣，這應是南宋一條極爲重要的國策。

吴潛知平江，并帶提舉許浦都統司水軍，後來又兼浙西提舉，職任頗重。一上任他就對職權範圍内諸事進行查核研判，連上八篇書奏。這些書奏都已散佚，但在《年譜》上留下了目録：《申省條具所考財計凋敝本末》《申省乞科撥顧逕增兵錢米》《申省乞截撥錢米贍許浦寄招之軍》《申奏條劃兵備及論平江形勢數事》《申乞截福建民船錢米招精兵千人以防江海衝要》《上密院臺諫主盟兵備》《申密院條具防江利便》《申奏乞置横江一軍防拓内外》。從題目看，涉及財政、軍事、和戰方面，短短幾個月有如許建策、籌劃，爲政的勤勉可以想見。但次年正月吴潛竟遭解職奉祠。本傳説是吴潛『條具財計凋敝本末，以寬郡民，與轉運使王埜争論利害』而被解職〔二〕。《宋史·理宗本紀二》云：『兩浙轉運判官王埜察訪江面還，進對，劾吴潛知平江府不法厲民數事。』上面説是『以寬郡民』，這裏説是『不法厲民』，據上列書奏名目，『不法厲民』似無干係，其『條具財計凋敝本末，以寬郡民』，正是以前吴潛治郡的一貫做法。

罷歸又過半年，嘉熙二年（一二三八）六月，吴潛被重新起用，任淮東總領兼知鎮江府。明年五月又加職兼浙西制置使。分别執掌着兩個大地區財權和軍政大權，坐鎮抗蒙前沿的鎮江，吴潛在職一年半，建樹很多，本傳謂其任淮東總領言邊儲防禦等十有五事，兼任浙西制置使又申論防拓江海、團結措置等事。從奏疏見其事功，今尚存《奏乞選兵救合肥》《奏論江防五利》《奏乞重濠梁招信戍守》《奏已差軍剿逐韃賊》《奏論儀真存亡關係江面》《奏論本所團到流民丁壯攻劫韃寨屢捷制置司忌嫉興謗等事》《奏乞賞功以興起人心》《奏乞令東閫兼領總司以足兵食》《奏乞增兵萬人分屯瓜洲平江諸處防拓内外》《奏條畫上流守備數事》《奏論平江可以爲臨幸之備》等十一疏。

這些奏疏，有戰略擘畫，如後四疏。《奏條畫上流守備數事》分段論述自峽口至鄂渚、至

〔二〕王埜此時官職應爲轉運判官，見下文，并見《宋史·王埜傳》。

九江長江上流守備措施，也兼及其他地方防衛，提出要重視公安、九江的戰略位置，特別要預防蒙古『自瞿塘以下歸峽，道施黔以窺鼎澧』、突進湘贛的企圖，這些問題朝廷皆有所輕忽。如《奏乞選兵救合肥》《奏乞重濠梁招信戍守》《奏論儀真存亡關係江面》，認爲濠梁爲『東西淮砥柱』，合肥爲江淮腹心，儀真『關係江面』，所以提出要重點援救、戍守。有政策、有策略的建議，提出要『團結』土豪、蠻人、流民，組織『民兵』，『塞韃賊之衝』，『緩急之際，有調用之利，無嘯聚之患』。《奏論江防五利》和《奏論本所團到流民丁壯攻劫韃寨屢捷制置司忌嫉興謗等事》反復講到『民兵』在抗蒙戰争中的作用。他還建立了由幾萬流民組織起來的江防武裝，在當時是了不起的創設。在許多奏疏裏都談到流民問題，這個問題是南宋晚期一大棘手問題，處置得當，則會成爲穩定社會、抗禦外敵的助力，處置失策，則極易招致禍亂。在《奏條畫上流守備數事》中，他還提議組織六安山（即大別山）殘民和淮北流民於其間，『合爲耕戰。他日經理就緒，不惟可以壯淮西之勢，塞韃賊之衝，而又可以寬江南之擾，實爲數利』。耕戰於江淮之間戰略要衝的大別山，實在是超人的見解。他的這項建議在十二年之後由他的兄長吴淵部分實施了，吴淵曾在此創司空山等三大寨、二十二小寨，在當時起到了很好的軍民聯防作用〔一〕。及至南宋亡後，抗元英雄張德興還在這裏堅守了多年〔二〕。

從這些奏疏看出吴潛對當時的戰守形勢非常熟悉，對兩淮、兩江，乃至浙西兵力部署、山川地形、道里水路遠近，都瞭如指掌。如《奏乞選兵救合肥》，從西路、東路、南路叙起，行軍路綫、選兵數量，指陳極詳。吴潛在後來慶元府任上所上《措置海道備禦申省狀》中自言：『潛素於四方山川、江海、水陸、險要頗知大略。』可見他在這方面平時就養之有素，具備了一個優秀軍政大員的基本素質，從一些奏疏知，在鎮江他還實際指揮了對蒙作戰，表現了不一般的軍事才能。

這些奏疏還不能反映其事功的全部，還有不少奏疏和申省狀散佚了，見於《年譜》留存目録的就有十九篇：《申乞科降錢米以助調度》《申論團結淮民當就用淮士曉練者任責》《申論本所綱運多被截撥》《論招拱衛軍駐扎之地不可在平江城内者有三》《白札子論浙西諸屯水軍及民船分散外境乞并行點集以防緩急》《論倭船住泊抽解乞依舊制在嘉興嚴禁銅錢走漏之弊以助秤提》《申省論圍田米難催乞免招拱衛未定之軍并以母病乞祠》《申論本司無别

〔一〕見《宋史·吴淵傳》，參見《吴潛年譜新編》淳祐十年庚戌吴淵附紀。
〔二〕見《宋史·瀛國公本紀》。參看孔凡禮《抗元英雄張德興》，載《文史知識》，一九九九年第十一期。

軍可調乞罷都大提舉虚名》《申論督府所統郡縣戎司》《申乞從江閫浙西之請以一事權》《申論防拓江海團結民船》《奏乞撥付沙上丁壯以助江浙防拓》《申論防拓措置四事乞督府應接》《論浙右爲王都所宅乞召還戍兵以重守備》《申論京口爲行都之門户乞增軍額》《申論和糴之弊乞給降銅斛以平出納》《申論區處流民要法》《申論和糴後再令任責取糴有三不可》《申乞免續行和糴轉》。這裏大多是談具體的財政、軍政問題，也有談戰略措置的，如談京口、平江、浙右守備，還有幾篇談『團結淮民』『團結民船』『沙上丁壯』，特别是《申論區處流民要法》，應是一篇全面闡述他關於『區處流民』的見解的，可惜文本失傳。

從端平元年（一二三四）起到嘉熙四年（一二四〇）年初，可以劃爲吴潛從政的第二個階段，時間雖然祇有六年，但這段時間南宋發生了許多大事件，吴潛基本上都是身處事件的中心和戰守的前沿，他的作爲，他的建策，充分表現了他的『愛國憂邊之志』〔一〕、『忠君愛國之忱』〔二〕，宋理宗在前引《吴潛除知隆興府制》中對其前半段作爲曾給予『揚歷中外，能聲益振』的贊揚。這是他人生的一段輝煌時期。

〔一〕《奏論和戰成敗大計裏宜急救備不可闕》。
〔二〕《奏論平江可以爲臨幸之備》。

嘉熙四年（一二四〇）春，吴潛被召回朝，新任命是『進工部尚書，改吏部尚書兼知臨安府』，不久，又兼侍讀經筵。從這時起，他逐漸進入權力中樞，開始了從政的第三個階段。

入朝後吴潛很快得到理宗的召見，上疏『論艱屯蹇困之時，非反身修德，無以求亨通之理。乞遴選近族以係人望，而俟太子之生。帝嘉納』〔一〕。此即《内引第一札奏論艱屯蹇困之時非反身修德則無以求亨通之理》《内引第二札奏乞遴選近族以係屬人心而俟太子之生》。前一札本其一貫的格君心、願爲輔弼的忠心，分析目下内憂外患造成的『艱屯蹇困』，又認爲『艱屯之時，乃君子所以經綸其大業』『困厄之中，有亨通之理』，可以大有作爲。希望理宗去『欲』『慢』『欺』諸『心過』，做像成湯、文武那樣大智大勇的君主，避免大觀、宣和之覆轍。『帝嘉納』，看來君臣關係是相當融洽的。他利用侍讀經筵的『法從』之便，又連續給理宗上疏，反復以上天示警告誡理宗，引述宋立國以來正反歷史教訓，云：『臣聞天運有吉凶之相催，世道有升降之相易，當其會雖聖君不能違，值其厄雖治世不能免，亦在於小心兢業而已矣。』目下『最急者莫如食，其次錢幣，若流民、盜賊、夷狄，皆當視以爲必至之憂，無可疑之患，如

〔一〕本傳。

在火焚水溺之中，求爲脱一生於萬死之計，庶幾猶可及止也』。又一次警告不可蹈宣和的覆轍〔一〕。他把形勢描繪成『火焚水溺』、萬死一生，願共赴國難，生死與共。

但他對任臨安知府，則信心不足，向理宗上《内引第三札奏論尹京三事非其所能》：『如臣之才，使之撫摩百姓，則粗可勉竭，使之發奸摘伏，則非其所能矣；使之驅馳外服，則粗可勉竭，使之彈壓重大之區，則非其所能矣；使之持法守、奉理道，則粗可勉竭，使之酬應人情、周旋世態，則非其所能矣。』意思是：臨安爲京畿重地，政務、人事非常繁雜，在外州郡安民、理政可以勝任，在這裏就難以周旋，下面他特别提到這裏的米價騰涌、楮幣貶值，不好措置，委婉地表達辭職的意思。但未被理宗理會。在臨安知府任上他也以一貫的勤政作風，從事實政施行，他有一篇請求罷免的奏章《奏尹京事并乞速歸田里》，全文太半爲：

臣竊見京都前日之慮有三，其最見錢之澀，臣雖防之使不泄，誘之使不藏，然實仰托陛下威靈，善良聽命，奸豪屏迹，錢陌頓還於舊觀，市井不至於蕭條，此臣之可藉以逃責者一也。其次潮汛之衝，臣雖增岸闊高，補堤圮壞，添築子埂，旁護新

〔一〕《奏論國朝庚子辛丑氣數人事》。

塘，然實仰托陛下威靈，海門之淤既決，江滸之沙浸生，舟行西興，潮復故道，此臣之可藉以逃責者二也。其次風燭之虞，臣雖立爲規模，粗可防弭，然實仰托陛下威靈，熒惑順軌，祝融避舍，當此連月之亢旱，曾無數家之燎延，此臣之可藉以逃責者三也。乃若深懷保抱之情，不敢少負芻牧之責，弛關市譏徵以通商賈之路，蠲殘零苗税以惠田里之氓，沿門借本以蘇經紀之細民，創庫捐息以便典質之下户，散之藥餌以療其疾病，給之棺櫬以周其死亡，强者免攘奪於街衢，弱者少枕藉於溝壑。至於安富，所以恤貧，時寬斂糴之期，祈請補糴之數，零替者減放，困削者蠲除。荷朝廷之響從，覺閭閻之歡動。凡可極力所至，莫匪以心求之。惟有百物之時直未平，良由四方之會陌浸落，此非朝廷速行措置，無緣郡縣可以轉移。使内外之楮價相登，則郡邑之物價自定，此則廟堂之事，匪獨微臣之責矣。

這篇奏章是請求罷免臨安知府的，但表達方法很特别。首揭臨安當時面臨的三大憂患，錢荒、潮患、火災，他是如何處置，雖都歸功皇上，實是自表政績。下面又陳述其作爲地方長官的一貫做法：關心民生疾苦，實施惠民措施，減免賦税，救死扶傷，盡心盡力。最後談救楮成效不佳，認爲這是全局問題，不是臨安一府的問題，應是朝廷執政的責任，不是他個人的責任。自請罷免的奏章一般應是『自我批評』，他却寫成自我表彰與辯解。由此也可看出他的尹京政績。但終由於楮幣貶值、物價倍漲，遭臺臣徐榮叟、彭方彈劾，他還是堅决要求辭職，理由是彈劾他的臺臣是他所贊許的『君子』，他説他自幼秉承父教：『「士之爲士，當明君子小人之朋，若得罪於君子，則終身不可立於天地間矣。」臣泣而識之不敢忘。今夫近日之攻臣者，皆君子之巨擘也。夫既得罪於君子之巨擘，則必其積尤稔忒，有不可進於君子者矣。豈惟終身無以自立於天壤之間，他日何以見先臣於地下乎！』〔二〕他一再上疏請辭，理宗也一再挽留，兩次改官任命，都被他拒絶，淳祐元年（一二四一）終於辭官歸鄉。

這次在朝中任職不到一年，政績還是可觀的，他還有《奏乞遵舊法收士子監漕試》關於科舉問題的建言，但他一再以未孚衆望要求辭職，除表現他的自知之明、敢於擔責，也看出他過於標榜政治的潔癖，這是他的一個弱點，也是他以後進入中樞屢受挫折的一個原因。

罷歸的第二年二月，據《年譜》記其曾得建寧知府的任命，請辭未赴，與本傳所記同，《宋史·理宗本紀二》記載是遭臺臣彈劾，『詔奪職，罷新任』，或新命下，未赴任即遭彈劾。淳祐四年（一二四四）繼母病故，吴潛守制服喪，直到淳祐六年（一二四六）喪制滿，纔重新起用。

〔二〕《奏乞守本官致仕》。

長達五年多的時間離開朝廷、脱離朝政,《年譜》裏除見有兩部學術著述的目録外,未見有其他文字,但他的心裏一定是『處江湖之遠,則憂其君』。這年冬,他一得到以翰林學士知制誥兼侍讀的任命,立即又給理宗上諫章。再一年春知貢舉,自翰林學士除端明殿學士,同簽書樞密院事,兼權參知政事,進入了兩府權力中樞。

此時除處置一些重大的軍政事務外,就是充當皇帝的高級侍從。翰林學士和侍讀可以方便地接近皇帝,他利用這種『帝王師』的特殊身份,不斷地給理宗提建議。五年前他曾有《内引第一札奏論艱屯蹇困之時非反身修德則無以求亨通之理》《奏論國朝庚子辛丑氣數人事》等面奏,屢屢以上天示警告誡理宗,强化理宗的憂患意識,説國家已病入膏肓,醫治之道非修身、用賢、畏天,别無良方。此次重回朝班,又上《奏論天地之復與人之復》《奏論君子小人進退》。在前一篇奏折裏他反復闡發《易經》復卦的含意,懇求理宗反躬自省,祛邪從善,勵精圖治,做像堯舜那樣的明君。《奏論君子小人進退》云:『臣前既推明復之義,以條列復之事矣。竊以爲事之最切於今日者,君子小人之進退是也。蓋君子之當進與小人之當退,自昔人主,鮮有不知之,亦鮮有真知之。知不真而行不力,故君子常屈,小人常伸,故治日常少,亂日常多。』他認爲目下朝廷是小人亂政,當務之急是進君子、退小人,認爲『君子小人之用舍關治亂安危』,而理宗又知之不真,故下面從『君子小人之氣類』和『心術』之異同,反復辨析『君子小人之界限』，以引起理宗的警醒，避免『君子常屈，小人常伸』政治悲劇的一再重演。根據他前後的言論，這裏的小人主要是指那些黨同伐異的權臣和依附權臣的臺諫官，君子指朝中主持正論的清議之士，主要是理學中人。可是，積重難返，他的痛切之論并不能改變朝中的政治生態。不幸而言中，次年在他權參知政事僅兩個月就被罷免。本傳云『以亢旱乞罷，免』，實際是遭殿中侍御史周坦彈劾，《宋史·黃師雍傳》云『周坦、葉大有入臺，首劾程公許、江萬里，善類日危矣。未逾月，坦攻參政吳潛去』。周坦是右丞相鄭清之的親信，攻吳潛受到鄭清之的指使[一]，遭周坦彈劾罷免的還有高斯得、楊棟、包恢等『善類』，當時朝中儼然陣綫分明[二]。臺臣與權臣結黨營私是理宗朝晚期一大弊政，吳潛也屢受其害。吳潛遭彈劾後，據《宋史·理宗本紀三》七月朝敕任命其外任福建安撫使兼知福州。此項任命可能未立即執行，中間還曾予祠，直到第二年即淳祐八年（一二四八）正月纔首途赴任[三]。知福州僅一年，第二年春被免職歸里。在福州的政績不甚了然，有關文獻闕如。

[一] 參見孫夢觀《雪窗集》卷一《論周坦蕭泰來》。

[二] 吳潛後來所上《奏論國家安危理亂之源與君子小人之界限》有追述。

[三] 吳潛《因皇子進封忠王遵故事具奏録進舊來所得聖語乞付史館》云丁未七月尚在政府，宣城撰《梅和甫税院墓志銘》有『明年己酉』用語，可見此年正月前未赴福州任。參見《吳潛年譜新編》。

淳祐九年（一二四九）八月，改知紹興，曾至府學『升堂講禮……頒示朱、吕二先生學規，又出所自爲《齋箴》以勵後學』[一]。年底，以同知樞密院事兼參知政事，同提舉編修敕令、同提舉編修《經武要略》召回朝廷[二]，又一次進入政治中樞。這一次事權更重，甫入政府供職即得到理宗接見，又上二札，奏論處時之難，治功不可以易視，并論《大學》治國平天下之道。又言國家變故略與晋同，西北之夷狄固當防，而東南之亂尤不可忽。前一札認爲，國家之不能無弊，猶人之不能無病，今日之病不但倉公、扁鵲望而驚，庸醫亦望之而驚。要求篤任元老以爲醫師，博采衆益以爲醫工。并提出任賢、理財良方。後一札大意是禦外敵亦須安内，即預防内地之盗，而『盗賊本民也』，『消弭之道，置其衣食之源而已矣』。見解高明，這是真正的弭盗之方。還時與理宗討論戰守形勢，《宋史全文》卷三四有一條記載：淳祐十一年（一二五一）四月『上諭輔臣曰：『昨覽京湖報，程璡盧氏縣之捷差强人意……』臣（吴）潜奏：『今日事體，漢中爲四蜀之首，襄陽爲京湖之首，浮光爲兩淮之首，此當在陛下運量中。』』居朝間主持正論，一向以直言無諱著稱的程公許上疏觸犯了鄭清之，鄭清之不樂，唆

[一]《齋箴》即《存悔齋十二箴》，見《兩浙金石志》卷一一。

[二] 參見《年譜》。

使殿中侍御史陳垓彈劾程公許，吴潛及時上奏保護〔一〕。

本年十一月，吴潛進拜右丞相兼樞密使，與左丞相謝方叔共事，已達權力高端。《宋史全文》本年與明年記載有許多理宗與『輔臣』議政的條文，吴潛自然也在其列。如淳祐十二年（一二五二）正月：『上曰：「救楮事不可緩，吴潛可專此責。」』又曰：『茶鹽錢穀與楮相關者，悉新是圖。』理宗把整頓財政的大權都交給了吴潛，見出對他理財能力的信任。吴潛則作了謙讓，奏曰：『請以方叔提其綱，清叟、槐贊其成，而臣服其勞。』讓左相全面負責，兩位參知政事（副相）徐清叟、董槐協助，自己多作些具體工作。此建議見出吴潛對謝方叔的尊重，分工合作也很得體。六月：『上諭輔臣曰：「邇年科舉取士，鮮得實學。士風人才，關係氣數，何策以救之？」潛奏：「乞於省試額中輟一二十名，令有司公舉海内行義文學之士，庶尚存鄉舉、里選微意。曩時朱熹、真德秀亦有此請。」』七月：尚書省郎官徐霖彈劾諫官葉大有，帝怒，謂庶官不得論臺諫。『潛等奏：「願陛下更賜優容。」』庶官不得論臺諫，這是理宗當時制定的一道規矩，因而臺諫可以爲所欲爲，權臣也往往利用臺諫這種特權，打擊政敵。吴潛對此深有不滿，故提請理宗包容。

〔一〕《宋史·程公許傳》。

吴潛任右丞相整整一年，又遭御史蕭泰來彈劾。起因是右司員外郎李伯玉彈劾蕭泰來，受到理宗的申斥，吴潛『嘗於榻前救解』〔一〕，蕭泰來乘機彈劾，論其『奸詐十罪如王安石而又過之』〔二〕。説吴潛奸詐如王安石，應是拿吴潛對御史等臺臣的態度與王安石相比，王安石實行變法就是先打擊臺臣以掃清道路的。而吴潛確實也是幾次與臺臣相抗，并援救被臺臣打擊的朝中善類高斯得、徐霖、楊棟、牟子才等。王安石變法在南宋被普遍認爲是亂政禍國的，給吴潛戴上這頂大帽子是要害一擊。吴潛的做法已遭致理宗的不滿，蕭泰來的做法也迎合了理宗的態度。吴潛言事剛直不阿、不避利害，處事公正無私、敢作敢爲，也遭左相謝方叔的算計〔三〕。在君相的合謀下，任右丞相整一年的吴潛又被罷免。

三年後理宗在罷免謝方叔的詔書中説：

朕自往年二相并命，正欲其内安社稷、外攘四夷爲己任也。然而各分朋黨，互

〔一〕《奏論國家安危理亂之源與君子小人之界限》。

〔二〕《宋史全文》卷三四。

〔三〕參見高斯得《耻堂存稿》卷六《自叙六十韵》，孫夢觀《雪窗集》卷一《論周坦蕭泰來》，以及《宋史》諸人傳記。吴潛後來的《論士大夫當純意國事》的奏札也提及。

相傾軋……采之公論，咸爲潛之所致。吴潛既退，宜天人協應，而方叔獨相，固宜忠以輔朕也。今則依附取容，殊無蹇蹇之節；持禄固位，而乏諤諤之忠。政以賄成，官非德選。諸子無藉，恬然而不知；二邊阽危，懵然而莫恤。昔吴潛之未去，責猶可諉者；今吴潛去已久矣，責將誰歸？〔一〕

這一段話明顯看出理宗是在推卸自己三年前罷吴潛的責任，把責任都推給謝方叔，認爲是謝方叔和所謂『公論』即御史奏論的誣陷。不過對謝方叔來説也是實情，『依附取容』『持禄固位』、受賄謀私，謝方叔的爲人和行政風格與吴潛適成鮮明的對照。寶祐五年（一二五七）理宗還説：『頃焉相朕，咨以奮庸。若鹽梅之和羹，期于予治；以薰蕕之共器，不潰于成。』〔二〕説當年爲相，是『薰蕕之共器』而遭受挫折。顯然『蕕』是指謝方叔。這又是朝中的一次政治紛争，吴潛又一次落敗。吴潛先後兩次被位高者排擠，一是鄭清之，一是謝方叔，且都是通過臺臣下手。吴潛潔身自好，遠離朋黨，常以君子自居，他自言『發奸摘伏』，『酬應人

〔一〕見《宋史全文》卷三四。

〔二〕見《開慶四明續志》卷一《增秩因任·寶祐五年正月奉御筆》。下引此書簡稱『續志』。

情，周旋世態，則非其所能」，在這樣的政治生態中，所以常居劣勢，常遭彈劾，這也就是很自然的了。從嘉熙四年（一二四〇）到此時十幾年，吴潛進入權力中樞經歷三起三落，兩任參知政事、一任右丞相，實際任事時間衹不過兩年。

吴潛經過這次挫折已無心再起了，在他罷歸後，朝中諸宰執謝方叔、徐清叟、董槐、蔡抗都有書信慰問〔一〕，蔡抗還有勸勉他再出而爲相的意思，他回答道：

宰相有兩種人要做：其一君子要做，要做者，將以安國家、利社稷、拯救生民、攘却夷狄也；其一小人要做，要做者，將以擅權利、報恩讎、囊玉帛珠珍、買歌童舞女、驕妻妾、遺子孫也。某於小人之事既不敢爲，而君子之事又不能爲，徒以有限之心爲無窮之思慮，以有限之身爲無窮之應接，雖欲對清風明月與良朋佳友，舉三杯而不可，然則亦何樂於爲宰相乎？〔二〕

〔一〕見《年譜》。
〔二〕《答蔡樞密書》。

説這些話，既是自我表白，又是對某些在位者的諷刺，他明確態度，不想以權謀私，也不願尸位素餐，决計不出。鄉居間他還編輯了《陶白邵三子詩集》〔一〕，打算像陶淵明、白居易、邵雍那樣從此嘯咏林下。但在他罷歸三年後的寶祐四年（一二五六）四月，理宗又記起他，下詔重新起用，授沿海制置大使、判慶元府，他一再請辭不得允許。幾年後他在一份奏章裏回憶道：『丙辰初夏，忽蒙陛下曲加紀録，起之鄞閫。臣再三懇免，直涉季秋，叠奉宣諭，謂目今海道不異邊險，且詔鄉守諭旨準發。臣上受主知，緬懷國事，感激流涕，遂不敢以衰病辭。』〔二〕於九月莅任，進入了從政也是人生最後一個階段。

本傳云：『至官，條具軍民久遠之計，告於政府，奏皆行之。』卸任時他的同僚編纂《開慶四明續志》（以下徵引簡稱《續志》），詳細記載了吴潛『三年治鄞民政、兵防、士習、軍食、興革、補廢，大綱小紀』〔三〕，理宗也對他『三年海閫，備竭勤勞』作了很高評價〔四〕。這裏依據《續志》和吴潛任職期間所上奏札、申省狀，作一簡述：

〔一〕見《年譜》。
〔二〕《三月初五日具奏乞歸田里》。
〔三〕見《續志》序。
〔四〕見《續志》卷一《增秩因任·開慶元年八月奉御筆》。

一、海防。沿海制置司管轄範圍很廣，除慶元（明州）、台州、温州三處海防外，還要協防以北的浙西、淮東。此時的海防任務除防海盜、維護沿海治安外，還有一項重大使命，即預防蒙古及山東割據勢力李璮從海上進攻。前面已評述過吴潛的軍事才能，他常能從戰略全局考慮軍事措置，在《條奏海道備禦六事》中他回憶：『臣二紀之前假守嘉興，適逆（李）全有窺海之意，臣遂具申朝廷，創招水軍千人於金山，又爲澉浦之外拓，至今人以爲宜。』因而建議：在海州䀋山建寨，阻斷北敵進攻之路；在錢塘江口的向頭建寨，攔截外洋南犯之敵〔一〕。此議考慮周詳，很有戰略眼光，在向頭建寨也爲朝廷采納。他一上任就以極大的熱情和精力投入海防謀劃、施設，除新建山寨外，還增設了許多防禦設備，設二十六鋪烽燧，訓練舟師，整頓軍政，在《措置海道備禦申省狀》裏説『除已分委官屬』『親涉海島，相度地勢』，自己也還『親往各州同守臣、鄉官從公集議』，『朝夕思惟，幾忘寢食』，并説他『素於四方山川、江海、水陸、險要頗知大略，二年備數瀛閫，尤得其詳，凡海道當行事宜，因已一一粗舉』。他進行了大量的調查、考察，從青齊以下海道路綫、島嶼位置、里程，皆瞭如指掌。任職三年，績效顯著，開慶元年（一二五九）他在《三月初五日具奏乞歸田里》奏札中不無自豪地報告皇

〔一〕又見《奏論海道内外二洋利害去處防貴周密》。

上：『洋海保無他虞。』

二、民生。作爲一府最高的行政長官，他秉持一貫的『職事之最大者，無過於撫養下民』[一]的行政理念。上任之後，年年蠲放官賦，《續志》卷七詳細開列了三年所蠲免的錢穀、絹帛數量，謂『蓋自公來鎮於鄞，弛以予民者無虚歲，家至户到，靡不被其澤』[二]理宗表彰他：『粤從分牧，恪奉寬條。既屢蠲往歲之逋租，復代納來年之常賦。廉，然後能無取；公，爾可見忘私。良用嘉嘆。』[三]同時大刀闊斧改革許多虐民的弊政。如改革差役的弊端，《續志》卷七載，『吴公入相出藩，凡田間利病，民情隱微，不啻燭照龜卜。判慶元之明年，目擊六邑義役之弊』，損害貧弱下户，重新排役，使『富者不得以不義害弱者』[四]。再如改强行徵派民船前往江淮戍守，而采納民間人士建議，創立公平而靈活的義船法，從而使得徵調者免除『科抑不均之害』[五]。還廢除不少苛捐雜税及機構，如庫務、酒務、税場、團場，減免二税、房

[一]《二十三日再具奏乞歸田里》。
[二]《續志》卷七《蠲放官賦》。
[三]《續志》卷七《褒詔》。
[四]《續志》卷七《排役》。
[五]《續志》卷六《三郡隘船》。

屋賃金。興辦一事，吴潛常從下民利害角度考慮，有利則興，有害則罷，比如《續志》卷八所記載的砂岸興罷就是典型一例。又創設廣惠院一百多間，收養鰥寡孤獨、瘖聾跛躃之民，有《廣惠院記》[一]，云：『潛服勞中外，歲垂三紀，事主上最久，熟知德意志慮，無宵旰不在赤子，故鞠躬受任，歷符節者十二三，惟以撫摩愛養爲主，既不敢鄙夷其齊民，而尤不敢鄙夷下民也。』對人數衆多的鰥寡困窮者年年還進行賑濟，《續志》卷八有人數、錢穀數量的記載。又建造惠民藥局，在府城和各地建造了十四所，售賣質優價廉的藥劑，每年春夏還無償散發。他還特别關注以下三種社會的另類：涉訟者。這些人從被起訴到定罪中間有一段監管時日，過去都被關在牢房與囚犯爲伍，吴潛認爲不妥，爲之『創建厢院……男女異室，如民居然』。囚犯。上任之後加快案件審理，『庭無留訟，獄無滯囚』，并斥資整修監房和牢城，改善囚徒居住條件，『俾縲紲者可免疾疫矣』[二]。盗賊。他不主張清剿，而是『出榜曉諭海寇，改過自新，復爲良民，以柔服其心』。案發也不主張家産抄没，認爲：『爲盗之人，父母、妻子未必一一知情，若一人犯罪，一家失業，深可憫念。應日後犯盗之人，并免抄籍。蓋盗賊亦人

[一]《文集》作《養濟院記》。
[二]《續志》卷四《厢院》《兩獄》。

耳，誰無父母、妻子、室家骨肉之念？臣又以此感動其心。』他説他這樣的做法『粗得人和，雖盜賊亦知信服』。他還認爲『欲消弭内寇，必須先固結自家軍民之心』，他一連列舉自己三項軍民『莫不歡呼鼓舞』的善政，説：『軍民之心既固，軍旅之勢漸張，盜賊之釁不作，則雖有外寇，且不能窺吾國之藩籬，何緣能入吾國之堂奧！』〔一〕把治民、治軍與消弭内外寇結合起來，其認識是深刻的。

三、文教。重視教育，他認識到『政不教，徒政耳。化民成俗，其必由學』〔二〕。於是增加官學經費，增撥養士田産，還親自到府學開講，《續志》卷一載其《講義》一篇，并云：『出所輯《孔孟格言》及鈞製《存悔齋箴》凡二百餘軸，遍惠前廡以下。鑾旗戾止，匪怒伊教。一話一言，聞者書紳。』吳潛還在郡圃修建了許多堂軒亭臺，并重修了紀念前賢如賀知章等的古迹，美化了慶元府城的自然環境和人文景觀，也有益於人文教化。

四、水利交通。吳潛在慶元十分重視水利建設，《續志》卷三《水利》云：『郡阻山控海，山之淫潦、海之鹹潮、時之旱乾，皆能害稼，故資水以爲利者，於鄞尤急。大使丞相吳公治鄞

〔一〕《奏曉諭海寇復爲良民及關防海道事宜》。
〔二〕《續志》卷一《生祠記》。

三年，瘖瘝民事，凡碶閘、堰埭，某所當創，某所當修，某所當移，見於鈞筆批判者，皆若身履目擊。』尤其難能可貴的是，工程款皆明令不向民間攤派，『每一令下，民未嘗不感公博濟之仁、服公周知之智也』。三年共修創碶閘堰埭十六七處、疏浚河道五十餘處。有的水利工程至今受益，如平橋水則。平橋在郡城南，於此建閘，控制水位，吴潛確認排蓄最佳位置書『平』字於橋石，視字之出没爲啓閉之準，類同於設有水文觀測站的排灌工程。再如它山堰的配套工程洪水灣三壩：『一瀕江以禦狂瀾，一瀕河以防罅漏，一則介其間爲表裏之拓。』〔一〕擋江潮，蓄河水，固堤防，確保了它山堰阻鹹蓄淡、灌溉飲用功能的發揮。在交通設施上，『吴公欲人皆履康莊而所至如歸，故於此尤盡心焉』，作爲重要的便民、益民工程對待。三年共修建驛亭、橋路十處，有的工程很大，比如西塘路，『共三千六百六十丈，橋二十二座，水溝五所，爲費夥甚。於是易沮洳而堅高，更崎嶇而夷坦……鄉人榜曰「吴公塘」』。再如慈溪新路『十五里，計二千三百一十六丈，創用石板築砌，路闊七尺』，鄉人名曰『相公衢』〔二〕。疏浚河道也有利於船舶交通。

〔一〕并見《續志》卷三《洪水灣》。

〔二〕《續志》卷二《驛亭橋路》《修砌西塘路》《慈溪新路》。

五、涉外事務。慶元在南宋也是重要海港，日本、高麗時有商人來往貿易，因而也就産生了一些涉外問題。吴潛發現舶務司抽博倭金、徵税帶有敲詐勒索性質，請求罷停，認爲以區區微利而『失遠人向化之心』〔一〕，不符合國策，一再上關於免除倭金抽博的奏章。他還對因海難或經商挫折而流離的日本人、高麗人給予救助，并資送其歸國，有《奏給遭風倭商錢米以廣朝廷柔遠之恩亦於海防密有關係》疏，他這樣做還希望形成制度，『欲望朝廷行下市舶司，立爲定例，遇有倭商不測遭風水之人，從舶務日支十七界一貫五百文、本司日支米二升養膳，候歸國日住支。仍行下浙東西、福建諸州，遇有麗人漂流至各州界内，即仰各州支給錢米，發至本司，仍從舶司日支十七界一貫五百文、本司日支米二升存養，亦候歸國日住支。庶幾遠人皆知朝廷柔遠之恩，亦於海道之防密有關係』。吴潛這樣做，除出於儒家一貫的懷柔精神和人道關懷外，還有現實的政治考量，他説：『倭與高麗爲鄰，已服屬於韃賊，萬一賊謀奸狡，謀我者無所不至，風聲扇誘，轉而至於倭，則中國之憂實未可量。所以小小羈縻，微微存恤，使知朝廷之仁心仁聞，則遠人愈將向慕中國，此正潛區區之微機也。』〔二〕爲的

〔一〕《奏乞免倭金抽博》。
〔二〕《再乞免倭金抽博申狀》。

是防範二國助蒙古攻宋。吴潛的做法在當時也收到實效，在吴潛即將卸任的開慶元年（一二五九）四月，『高麗國禮賓省牒上大宋國慶元府』，送歸了三名被蒙古擄掠的宋民[一]。吴潛處理邦交的理念和做法前所罕聞，晚清俞樾甚至認爲是開歷史先例[二]。

吴潛在慶元的治績尚多，任職三年，大見成效。開慶元年（一二五九）三月初五日，他在《具奏乞歸田里》奏章中歷數幾年的政事，説：『其他兵政、民務，無慮數十條，亦皆圓備。且帑有餘貲，倉有餘粟，凡可以爲此郡經久之計者，已無餘策。自此凋郡，恐成樂國。』《續志》對吴潛三年治鄞記載詳盡，爲吴潛留下了一部價值極高的傳記資料。《兩宋名賢小集・四明吟稿》吴潛小傳謂吴潛任職此地，『勛德最著，浙東人士至今誦之』。清鄞人徐時棟這樣概括：『潛爲慶元，其興修由學校、城郭，以至公宇、坊巷；其水利由塘堰、碶埭，以至橋梁、道路；其規畫由坊場、庫務，以至賃地、斗斛。内而治兵，外而防海，近而寬恤之政至於煢獨、囚伍，遠而至於日本、高麗。三年之中，興利除害，大綱小紀，纖悉周至。嘗自爲詩曰：「數莖半黑半白髮，一片憂晴憂雨心。」而其《曉兒輩》詩至有「畢竟食焉而怠事，天刑人禍恐難

[一] 見《續志》卷八《收剌麗國送還人》。
[二] 見俞樾《茶香室三鈔》卷一一《撫恤遭風難夷》。

逃」之句。民德之深，塘成曰「吴公塘」，衢成曰「相公衢」，得雨曰「相公雨」，尸祝有祠，紀德有碑。』〔一〕吴潛的政績在以後此處的地志和鄉邦文獻中世代相傳。這段時間他所呈進的奏札亦多，除已收在《續志》中外，《年譜》中還有九篇存目。慶元任職三年是吴潛行政才能充分展現的三年，也是最得心應手的三年，他的許多興革措施都得到朝廷的支持，少有掣肘。他還創作詩詞共三百餘首，這是他一生中寫作最爲勤奮的時段。一個六十多歲的老人有如此行政精力、創作熱情，洵不多見。但他畢竟是一個花甲以上的老人了，歸鄉退休之念時常縈繞在心中，來慶元第二年其兄吴淵病故，他就要求退休，之後不斷乞歸、丐祠，今可見的這類奏章和奏章存目有十七道，開慶元年就有五道。出於對吴潛政績的贊許和重地須用重臣的考慮，吴潛的請求一再被理宗拒絕。開慶元年四月，理宗反覆告誡吴潛『决未可言歸』『切不必重請』〔二〕，無奈吴潛去意已堅，這年八月，理宗衹好同意其請求，給以歸鄉不離官任的高級待遇，辭去慶元的職務，改官判其故鄉寧國府〔三〕。

這時正是蒙古大舉向南宋進攻的時候，八月底忽必烈率領的東路軍進至漢陽江岸，九

〔一〕《宋元四明六志校勘記》卷八《吴潛》。

〔二〕《夏四月初九日復具奏乞祠》。

〔三〕以宰相品級任寧國知府。

月初，渡江圍鄂州（治今武漢武昌），南方的蒙古軍隊從大理犯廣西，直抵柳州、桂林，朝野震動。在這形勢危急的關頭，理宗準備換掉丞相丁大全，起用吴潛這個舊相，以挽救危局。當時舊相除吴潛外，尚有謝方叔、程元鳳等，理宗特别起用吴潛，自然是對他才幹、人品的信任。吴潛從慶元歸家纔數日，理宗即以醴泉觀使兼侍讀召，謂『待卿之來，以刻爲歲』[一]。吴潛説：『聖訓真切。臣跪誦一言，則血淚一滴，非不知鄂寇已迫於江沱，廣寇已逾於賓柳，重惟君臣之大義，不敢徇出處之常節，疾驅赴闕。』[二]在國勢風雨飄摇之際，吴潛慨然應召，據《年譜》所載，九月二十六日離鄉里，二十九日至都下，四天疾驅四五百里，急如星火，真以天下興亡爲己任。十月一日『入對，論畏天命，結民心，進賢才，通下情』四事，并請『亟下痛切之詔』。帝嘉納[三]。是日罷免丁大全，次日任命吴潛爲左丞相。吴潛入京穩定了局勢，《宋史·洪芹傳》引洪芹奏章云：『方國本多虞，（吴）潛星馳赴闕，理紛鎮浮，陳力爲多。』吴

[一]《冬十月一日内引奏札論夷狄恃力中國恃理四事》。
[二]《冬十一月日以韃寇深入具奏乞令在朝文武官各陳所見以决處置之宜》。
[三]見本傳并《冬十月一日内引奏札論夷狄恃力中國恃理四事》。

潜自己也説入京後『黽勉夙夜，應酬科瑣』，『粗安京師畿甸之人心』〔一〕。還曾宣撫江東西〔二〕，對各處戰局也作了若干布置，比如命賈似道移司黄州，趙葵、賈似道分責〔三〕。據《年譜》記載，還自請將兵。一月後又上《冬十一月日以韃寇深入具奏乞令在朝文武官各陳所見以決處置之宜》，謂：『鄂渚有重臣以宣威，有驍將以禦侮，援師雲集，勝勢日張，似可少寬西顧。若湖湘一路，直透腹心，無高山大澤以爲之限，無精兵良將以爲之防』，請理宗指示『二三執政、給舍、臺諫、殿帥，使各述其所見，并指陳韃賊有無必至之患，目前當作如何布置，親具手疏以聞。却乞降付臣參酌，庶臣可資衆益，以爲處置之決。毋徒曰：「國家之事，一相任之。」』他是請求理宗集思廣益，以作爲他重點對付『直透腹心』的湖湘之敵的決策參考。他這種做法是及時的，也是正確的。此時他作爲居朝首相，總攬大局，多方措處，自言『數十日之間，髭髮盡白，疾病轉深，形骸僅存』〔四〕。其救亡圖存的劃策布局，也得到了理宗的某種首

〔一〕《冬十一月日以韃寇深入具奏乞令在朝文武官各陳所見以決處置之宜》。
〔二〕見《宋史·謝枋得傳》，云辟差謝枋得幹辦公事。
〔三〕見《宋史·賈似道傳》、方逢辰《蛟峰文集·外集》卷三附录文及翁《故侍讀尚書方公墓志銘》。
〔四〕《春三月一日奏論韃賊深入乞充前日之悔悟以祈天永命消弭狄難事》。

肯，十一月戊申詔求直言〔一〕，文天祥應詔上七千言長疏，獻『簡文法以立事』『仿方鎮以建守』『就團結以抽兵』『破資格以用人』四策，與吴潛呼應，并將奏稿呈送吴潛過目〔二〕。一時朝野人心振奮，并對吴潛都寄予了很高期望。

此時時局發生了戲劇性的變化。先是賈似道以右丞相、京西湖南北四川宣撫大使身份赴鄂州督师，相持兩個月，秘密遣使者與忽必烈議和，適忽必烈得蒙哥在東川的死訊，急於北歸繼位，應允了納幣稱臣的請求條件而撤兵。賈似道以鄂州圍解奏捷，隱瞞議和，虚報戰功。理宗不知内情，論功行賞，表彰賈似道的『再造功』，召之入朝，給予極大的信任與權力〔三〕。賈似道的欺騙，鬆懈了理宗的戰備觀念，也給吴潛埋下了禍機。

此時吴潛并不知道賈似道的陰謀，還連上奏章，痛陳危急形勢，推原亂本禍根，告誡理宗不可輕忽，乞爲更大之悔悟。先論國家安危治亂之原：『蓋自近年公道晦蝕，私意横流，仁賢空虚，名節喪敗，忠嘉絶響，諛佞成風。天怒而陛下不知，人怨而陛下不察，稔成兵戈之

〔一〕見《宋史·理宗本紀四》。
〔二〕見文天祥《文山先生全集》卷三《己未上皇帝書》、卷六《繳奏稿上中書札子》。
〔三〕見《宋史·賈似道傳》。

禍，積爲宗社之憂。』[一]再論當前的形勢：『賴旬宣重臣提大兵以解鄂渚之圍，分精兵以剿湖南之寇，四方上下，日冀肅清。然賊智愈深，賊勢漸闊……大抵其狡焉之謀，最善於以退爲進，以久爲速，以聚爲散，以客爲主，以徘徊延款之形，藏飄忽震蕩之勢。又善於造訛設詐……以中吾之所喜，寬吾之所憂，而迄遂其所大欲。今已入吾堂奥，潰吾腹脅，正恐其未肯遽舍而去。縱去，吾内固已困矣』[二]。在這篇奏章的『貼黄』中他還説：『臣竊惟韃賊截江中流，爲彼捷徑，停留至於半載，創殘被於三路，何翅孔明所謂危急存亡之秋！而通國之人，方偃然嬉笑如平日，臣虞其爲數所囿，而莫之省覺也。若非陛下有回天之大德業，則雖臣等百數，何補於事？』還是痛陳危機，深挖禍源，不啻對大捷潑了一盆冷水，但却是實情。理宗也許感到逆耳，但此時還能容受，也接受了吳潛的某些建議，對朝中吳潛所認爲的小人進行了一些處理，對戰守也有一些部署，但基本上還是在盲目樂觀，對吳潛的不滿進一步加深。景定元年（一二六〇）四月，在立太子一事上，理宗終於對吳潛動了雷霆之怒。

本傳云：『屬將立度宗爲太子，潛密奏云：「臣無彌遠之材，忠王無陛下之福。」帝怒潛，

[一] 見本傳。

[二] 《春三月一日奏論韃賊深入乞充前日之悔悟以祈天永命消弭狄難事》。

卒以炎論劾落職。』忠王即度宗，原名孟啓，後改名禥，是理宗弟之子。理宗無子，立其爲太子。理宗當年以宗室子身份被史彌遠擁立爲太子并繼承皇位，情形與忠王相似。吴潛這樣説未免有些尖刻，自然觸動了理宗敏感的神經。原話是否這樣，查不到出處，但吴潛確實一直關心理宗建儲之事。早在端平元年（一二三四）《應詔上封事條陳國家大體治道要務凡九事》的第二事中就議及此事，端平三年（一二三六）、嘉熙四年（一二四〇）還專門上疏，淳祐六年（一二四六）至十一年（一二五一）居朝期間與理宗多次提請，知理宗已屬意於忠王，曾積極擁護[一]。這次正值立儲，吴潛却一反常態，表示出異議。此事應屬實[二]。《宋史·理宗本紀五》《宋史·劉應龍傳》《宋史·賈似道傳》及吴潛本傳、傳論皆有記述，據《宋季三朝政要》卷三記載：『樞密承旨何子舉曰：「儲君未愜衆望，建立之議，固當詳審。」潛欲緩其事。上不悦。』何子舉的看法可能與吴潛平時的觀察相合，這就是異議的由來。建儲是皇朝的根本大計，從吴潛的主觀來説，他是爲皇朝長遠大計着想，未考慮自身的安危，傳論贊揚他：『若吴潛之忠亮剛直，財數人焉。潛論事雖近於訐，度宗之立，謀議及之，潛以正對。人臣懷

[一]《秋七月因皇子進封忠王遵故事具奏録進舊來所得聖語乞付史館》。
[二]錢大昕《廿二史考異·宋史》卷一五《吴潛傳考異》謂無此事，乃賈似道栽誣。

顧望爲子孫地者，能爲斯言哉？」』建儲從來都是高度敏感的政治大事，特别是常規之外的建儲，更有大忌諱，吴潜不顧自身安危，甚至不顧子孫將來的命運，這樣做衹是爲了對理宗、對大宋盡忠。根據後來度宗當政十年的表現，吴潜的顧慮不無道理〔一〕。但理宗不能理解，這是吴潜被黜的主要原因之一。而推波助瀾、置吴潜於死地的則是賈似道。

吴潜與賈似道原無交惡，寶祐間他還寫詞稱賈爲『石友』〔二〕，鄂州圍解他也認爲賈『旬宣』有功，但就是在部署鄂州防禦過程中，賈似道對吴潜記了仇。《宋史·賈似道傳》載：『似道在漢陽，時丞相吴潜用監察御史饒應子言，移之黄州，而分曹世雄等兵以屬江閫。黄雖下流，實兵衝，似道以爲潜欲殺己，銜之。且聞潜事急時，每事先發後奏，帝欲立榮王子孟啓爲太子，潜又不可。帝已積怒潜，似道遂陳建儲之策，令沈炎劾潜措置無方，致全、衡、永、桂皆破。大稱旨。乃……貶潜循州，盡逐其黨人。』《宋史·劉應龍傳》云：『賈似道素忌潜。』説『素忌潜』，可能還不僅僅調兵一事，時吴潜左相，賈右相，位在吴潜下，可能生『忌』。吴潜也有覺察，他在《奏論國家安危理亂之源與君子小人之界限》的貼黄中説：『臣既無耆

〔一〕參見王夫之《宋論》卷一五《度宗》。
〔二〕見《沁園春·丙辰十月十日》。

龐福艾之相，又非扶顛持危之才，終恐誤陛下大計。欲望陛下亟發睿斷，放臣退伏田里，別選奇才厚福之人，正位台席。』『奇才厚福之人，正位台席』，正指賈似道。賈私自議和，僞造大捷，吴潛大潑冷水，賈似道恐怕更難以容忍。賈首先抓住在立儲問題上吴潛的『過失』，迎合理宗，然後令其黨羽侍御史沈炎等彈劾吴潛。《宋史・理宗本紀五》云：『夏四月戊戌朔，侍御史沈炎疏吴潛過失，以「忠王之立，人心所屬，潛獨不然。章汝鈞對館職策，乞爲濟邸立後，潛樂聞其論，授汝鈞正字，奸謀叵測。請速詔賈似道正位鼎軸。」』沈炎的奏章是對吴潛致命的一擊，吴潛不僅不同意立忠王，還樂聞『乞爲濟邸立後』。『濟邸』即指前朝廢儲濟王趙竑，爲其立後，有争儲位的嫌疑，所以説是『奸謀叵測』，這把理宗的怒火更助燃了十分。這裏沈炎把彈劾吴潛與『請速詔賈似道正位鼎軸』聯繫起來，顯然表明其彈劾是受賈似道指使，賈似道借機取吴潛左相位置而代之。《宋史・賈似道傳》又載賈似道陳建儲之策後，又『令沈炎劾潛措置無方，致全、衡、永、桂皆破』。這完全是顛倒黑白的不實之詞。事實是吴潛拜相時蒙古兵已突至全、衡、永、桂〔一〕。賈似道上下其手，左右開弓，於是陰謀得逞，當月吴潛被免職。六月，皇子忠王立爲太子。七月，吴潛謫居建昌軍，同時賈似道兼太子少師、

〔一〕參見宛敏灝《爲吴潛辯誣》，載《江淮論壇》一九六二年第二期。

沈炎兼賓客，組成了儲君輔佐班底。

理宗罷吴潛，《宋史・劉應龍傳》還提供了一種情況：『大元兵渡江，朝野震動，逐丞相丁大全，復起潛爲相。帝問潛策安出，潛對曰：「當遷幸。」又問：「卿如何？」潛曰：「臣當死守於此。」帝泣下曰：「卿欲爲張邦昌乎？」潛不敢復言。未幾，北兵退，帝語群臣曰：「吴潛幾誤朕。」遂罷潛相。』《宋史全文》卷三六引理宗景定元年十月懲處吴潛的詔書，數其罪狀亦言『動摇國本，力請遷幸』。而《宋季三朝政要》卷三說：『築平江、紹興、慶元城壁，議遷都。軍器大監兼左司何子舉言於丞相吴潛曰：「若上行幸時，則京城百萬生靈何所依賴？必不可。」遂與俱入見，面陳剴切。謝皇后亦請留蹕，以安人心，上乃止。』同卷景定四年又說：『先是，北兵渡江，止遷蹕之議者吴潛也。』《年譜》也載有『止遷蹕之議』一條。情況正相反〔一〕。也可能不是一次議論，兩種情況都曾有過。早在嘉熙三年吴潛就上過《奏論平江可以爲臨幸之備》，即爲防蒙古兵由湖湘經江西進擊之備。開慶元年《冬十一月日以韃寇深入具奏乞令在朝文武官各陳所見以決處置之宜》也專爲湖湘之敵來犯如何處置而上，可能也

〔一〕參見宛敏灝《爲吴潛辯誣》。

議及遷都問題，或遷都也列入一個選項〔一〕。吴潜即便與議，也不是很大的罪過。《宋史·劉應龍傳》下接着寫道：『帝怒潜不已，應龍朝受命，帝夜出象簡書疏稿授應龍，使劾潜。應龍謂：「潜本有賢譽，獨論事失當，臨變寡斷。祖宗以來，大臣有罪未嘗輕肆誅戮。欲望姑從寬典，以全體貌。」帝大怒。』劉應龍所言應當是平允的，但理宗在賈似道『再造功』的蒙蔽下，在立太子問題的蠱惑下，對吴潜不滿已達到極點，直欲除之而後快，因此一任賈似道及黨羽對吴潜進行迫害。

吴潜最終被罷黜也與他這次入朝主政樹敵過多、亦涉門户之見有關。他在《春三月一日奏論韃賊深入乞充前日之悔悟以祈天永命消弭狄難事》中説：『推原亂本禍根，良由十數年來，奸臣憸士創爲虚議論、實事功之説，以迷國誤朝。』這裏的『奸臣憸士』主要是指那些鉗制言路、排擯理學君子的執宰、臺諫。他又上《奏論國家安危理亂之源與君子小人之界限》，説：『自壬子以至己未，八年之間，公道晦蝕，私意横流，仁賢空虚，名節喪敗，忠嘉絶響，諛佞成風……稔成夷狄之禍，實爲宗社之憂……群小噂遝，國事日非，浸淫至於今日。』壬子正是他從右丞相位置上被黜的淳祐十二年（一二五二），説這八年以來小人得勢，君子受屈，以

〔一〕劉克莊《後村先生大全集》卷八七《進故事》云『百執事常如吴潜聚議移蹕時』，正寫吴潜主持遷都之議的情形。

致造成今天的局面。他所説的『小人』包括謝方叔、丁大全等執宰，還指更多的給舍、臺諫，此疏和《十四日具奏論士大夫當純意國事》就論列了十多位，他都要加以清算。這裏對禍源的分析自有道理，但未免打擊面過寬，丁大全自是十惡不赦，謝方叔獨相時也没有多少好作爲，但有些人也并不是一無是處，一體治罪失之偏頗。最後他終於在權奸賈似道和甘爲鷹犬的臺諫的合謀下，被置於死地：

景定元年四月，以行諫議大夫沈炎論罷相，以觀文殿大學士提舉臨安府洞霄宫。七月，以侍御史何夢然論奪觀文殿大學士，罷祠，削二秩，謫居建昌軍。十月，以監察御史桂錫孫論再遷潮州。

景定二年四月，以侍御史孫附鳳論再遷循州。七月，以監察御史劉應龍論責授化州團練使、循州安置。

景定三年五月，在賈似道親信、循州知州劉宗申設計毒害下，吴潛死於循州。年六十八歲。

吴潛就這樣被一步步逼上死路。臨終上遺表云：『伏念臣迂愚寡偶，凉薄多奇。方先皇策之嘉定之中，濫叨首選；逮陛下賜之寶慶之始，猥預旁招。被三紀之寵榮，爲一時之歆艷。風波摇兀，不知幾賴於扶持；雨露沾濡，肯使僅成於拱把？迄備股肱之列，悉由頂踵之恩。而臣命與仇謀，福隨德謝。裴度浮沉於既老，乃攘臂以冥行；富弼畏忌於重來，反師心而妄作。積爲尤戾，合抵誅夷。仰聖度之寬洪，酌人情而斷制。長流遠服，曲貸餘生……臣飲痛號旻，包羞入地。百骸將散，傾葵之念愈堅；一性長存，結草之衷敢二？臣無任瞻天戀聖，徬徨哽噎之至！』回顧平生，反省遭際，至死不改他對理宗的忠誠。理宗在再貶吴潛於潮州的詔書中説吴潛欺君、無君，『與自古奸叛之臣曾不必殊』，完全是昏君的一派誣枉之詞。最後他夥同賈似道對吴潛的迫害真是無以復加：一是禍連全家，『潛竄死，没其田産，寸土不遺』〔一〕。二是大搞朋黨栽誣，吴潛的同僚、故吏、門生被打成『吴潛黨人』或『吴潛死黨』，大加貶謫。上述詔書有云：聞有朝紳黨附吴潛，『令臺臣覺察，如有似此者劾上，當重置於罪，以爲同惡相濟者之戒』〔二〕。廣東提刑陳宗禮『行部過循，與吴賡和，有曰「山川半爲蠻烟累，人物多因謫籍香」』，爲監察御史虞虙覺察，向賈似道告發，即『鐫其官，責居永州。逾年而後放便』〔三〕。直到吴潛死後的景定四年（一二六三）二月，刑部稟報的核定處理的黨

〔一〕《宋史全文》卷三六。《景定建康志·田賦志二》載景定二年吴潛在上元、溧水田産被括没。
〔二〕以上所引皆見《宋史全文》卷三六。
〔三〕劉塤《隱居通議》卷九《陈文定公诗句》。

人名單上尚有十多位〔一〕。

對吴潛被貶致死，《宋史全文》謂『潛死非其罪，人心不服』〔二〕，在其被迫害的過程中，一些朝臣進行過抵制和辯解，如中書舍人洪芹、楊棟、著作郎方逢辰、監察御史劉應龍、吏部尚書江萬里，洪芹、方逢辰還批評理宗對吴潛的態度是急則求，緩則遣，出爾反爾〔三〕。文及翁在《故侍讀尚書方公墓志銘》中概括方逢辰爲吴潛辯疏云：『曲江公不留，而天寶之亂起；司馬公不存，而元祐之治衰。正人君子之出處，國家社稷之存亡繫焉。』〔四〕把吴潛比作盛唐張九齡、北宋司馬光，其出處關係『國家社稷之存亡』。吴潛貶死，賈似道專權，朝中清正之士被清除，朝政危機日益深重，宋朝離亡國之禍已不遠了。

《宋史》吴潛等傳論云：『孔子曰「才難，不其然乎？」理宗在位長久，命相實多，其人若吴潛之忠亮剛直，財數人焉。』《宋史·理宗本紀五》論云：『理宗享國久長，與仁宗同。然仁宗之世，賢相相繼，理宗四十年之間，若李宗勉、崔與之、吴潛之賢，皆弗究於用……』稱吴潛

〔一〕《宋史全文》卷三六。
〔二〕《宋史全文》卷三六。
〔三〕洪言見《宋史·洪芹傳》，方言并見下注。
〔四〕見方逢辰《蛟峰文集·外集》卷三附录文及翁《故侍讀尚書方公墓志銘》。

爲難得的人材，爲賢相，是很中肯的歷史評價。吴潛從狀元及第授官算起，入仕超過四十年，從理宗即位次年入朝爲官算起，超過三十年，他在南宋政治舞臺上幾乎與理宗相始終，身經内憂外患等許多重大事件，官歷地方的倅貳、郡守、監司，朝廷的館殿、省寺、卿貳、執宰，是南宋晚期一位重要的政治人物。他的家族保存了他『由郎官至公相，歷七十餘轉，奏札存者，三百餘首，皆因事納誨，隨疾投療』，〔一〕政治熱情之高、建樹之多在他的前後是少見的。

吴潛在地方任職二十多年，有很多建樹，深受士民愛戴，屢得詔敕表彰，留下很好政聲，在各地方志中有很多記載。他治理過浙西、浙東、江東、江西等許多繁劇路郡，身兼軍政、財賦各職，都能舉重若輕，處置井然，表現出很高的治政之才、理財之才、治軍之才。如鎮江，地當江防前沿，吴潛在鎮江知府任上，先後兼領淮東總領，總管淮東一路財賦糧餉，浙西制置使，主管浙西一路軍務，兩路跨管，責任十分重大。他在任一年半，布置防禦，指揮戰事，籌措糧餉，安置流民，還遠謀長江上流守備，海道備禦，可謂日理萬機，僅上呈皇帝和朝廷的書奏就有近三十件。有些地方任職時間更短，也政績斐然。如在江西轉運副使、隆興知府、

〔一〕見萬曆《寧國府志》卷一二引汪尚寧《吴許公年譜序》。

主管安撫司任上，十個月連上理財減賦、『寬恤人户、培植根本』奏章十五件[一]。在平江任知府，提舉水軍兼浙西提舉，衹五個多月，就財計凋敝本末、江防、海防也連上奏章，爲了減輕百姓負擔，與轉運判官争利害，導致論罷。在紹興僅一月，就把歷年留滯的訴訟『決遣殆盡，此則才敏也，非學所能』[二]。在在處處，表現出他是一個精明、勤勉、務實、愛民的好官。任職時間最長的是在慶元，慶元是他行政才能發揮最充分、最全面的時期，其政績都詳細記載在《開慶四明續志》中，前面已作概括。該書所記吴潛治郡的『大綱小紀』，爲古代地方官留下了難得的典型。

吴潛曾自言：『如臣之才，使之撫摩百姓，則粗可勉竭……使之驅馳外服，則粗可勉竭……』[三]這是他的自謙，自謙之中見出他的自信，道其善於地方治理，是完全合乎實際的。其實吴潛在朝中更有突出表現，在右丞相位置上被罷黜後，他説自己想做『君子宰相』，『將以安國家、利社稷、拯救生民、攘却夷狄』[四]，可見其從政立志之高，抱負之大。入朝之初，他

[一] 本傳。

[二] 俞文豹《吹劍録外集·吴履齋次鄭安晚贊》。

[三] 《内引第三札奏論尹京三事非其所能》。

[四] 《答蔡樞密書》。

就是以此自勵自許。雖然在朝中任職時間短於地方，大約九年，但其作用和影響在當時遠超前者。

吴潛紹定四年七月甫升朝爲尚右郎官，適值臨安大火，立即上書理宗和丞相史彌遠，對火灾成因、救治提出看法。他把這次火灾看作上天的一次示警，認爲是朝政闕失、國家變亂的象徵，警醒理宗，促其修身反省，希望史彌遠以理宗繼位定策大臣的身份『犯顔逆鱗』『繩愆糾謬』，格正君心〔一〕。還又一次上書史彌遠，論救火賞罰未當，提出要懲處當事殿帥及有關高官。吴潛的書奏在當時有很大反響，本傳也多加節引。看出他剛入朝就表現出極大的從政、議政熱情和膽識。這種態度是貫徹始終的，後來他五次由地方奉召入京，都是甫入朝就上書奏，及時提出對大政方針的看法和建議。如果説前兩次入朝官品還不够高，上奏止於建議，嘉熙四年春任吏部尚書，兼知臨安府，又兼侍讀經筵，則逐漸進入權力中樞，開始參與朝廷決策，特别是後來兩任参知政事、兩任丞相時。這在前面已有所論列。在《宋史》和吴潛本人的奏疏中，看不到他居朝阿諛逢迎、粉飾太平的言論，内憂外患、時局艱危、憂國憂民，總是他議政的中心話題，如言：『最急者莫如食，其次錢幣，若流民、盗賊、夷狄，皆當視

〔一〕《上史相書》。

以爲必至之憂，無可疑之患，如在火焚水溺之中』〔一〕。還有吏治、士習、科舉等問題。他參與了對這些問題的處置，史傳記録了若干他在任左右丞相時決策的情形。對理宗的進諫文字也特别多，特别是擔當經筵侍從後，差不多每次面見理宗都要提請理宗正心修省，戒奢節欲，從善祛邪。吴潛對理宗懷有無限的忠心，也懷有很高的期待，愛之切，責之也高，故屢屢苦口婆心，剴切陳辭，以至達到『近於訐』的程度〔二〕。吴潛在朝中對所謂的『小人』也進行了長期鬥争。他所説的小人主要是指那些阿順君相，甘爲鷹犬的給舍、臺諫，也指那些『擅權利，報恩讎，囊玉帛珠珍，買歌童舞女』、弄權誤國的執宰〔三〕。與小人相對立的就是君子。君子是指朝中清正敢言、守道不阿的朝賢，他曾明指如嘉定間彭龜年、樓鑰、黄度、楊方、楊簡、袁燮、柴中行等〔四〕，端平前後的真德秀、魏了翁、洪咨夔等〔五〕，以及彈劾自己的徐榮叟、彭方等人〔六〕。這些人多是當時的理學名臣或理學中堅。這樣劃綫，大致符合南宋後期的政情。

〔一〕《奏論國朝庚子辛丑氣數人事》。
〔二〕《宋史》吴潛等傳論。
〔三〕《答蔡樞密書》。
〔四〕《奏乞守本官致仕》《上史相書》。
〔五〕《應詔上封事條陳國家大體治道要務凡九事》。
〔六〕《奏乞守本官致仕》。

理學中人在政争中多能站在社稷、生民大局的立場上對皇帝、對權臣、對時弊進行批評，對大政方針特别是和戰問題進行駁正，祈向一種開明政治，一種皇權與士大夫共治的政局。他們也自以爲得孔孟儒學之正髓，站在道統的制高點上、道德的制高點上，論政議政，無所畏懼，被稱爲正人君子、清流，或清議君子。吴潛自然也是以這樣的『君子』自期自許。他自言早年曾得其父教誨：『士之爲士，當明君子小人之朋，若得罪於君子，則終身不可立於天地間矣。』〔二〕與君子爲伍，做君子，是他在朝中立身的準則。他常以君子代言人自居，爲君子張目，多次奏請理宗區分君子、小人，進君子，退小人。立朝之初，即在《奏論都城火灾乞修省以消變異》中説：『毋并進君子、小人以爲包荒，毋兼容邪説正論以爲皇極。』希望理宗在進用人才時務必區分君子、小人，不能并進以顯示皇恩浩蕩，要謹防小人亂政。淳祐六年回朝，上《奏論君子小人進退》，云：『竊以爲事之最切於今日者，君子小人之進退是也。蓋君子之當進與小人之當退，自昔人主，鮮有不知之，亦鮮有真知之。知不真而行不力，故君子常屈，小人常伸，故治日常少，亂日常多。』他認爲目下朝政當務之急是進君子、退小人，此關係到國家的治亂。『自昔人主』對此總不是真知實行，打壓君子，縱容小人，遭致禍亂。這明

〔二〕《奏乞守本官致仕》。

顯是在批評理宗。景定元年在《奏論國家安危理亂之源與君子小人之界限》中，進一步清算淳祐末年以來朝中小人亂政情狀：『自壬子以至己未，八年之間，公道晦蝕，私意横流，仁賢空虚，名節喪敗，忠嘉絶響，諛佞成風。天怒而陛下不知，人怨而陛下不察，稔成夷狄之禍，實爲宗社之憂。』認爲造成蒙古南侵江漢危局就是由於小人得勢，君子擯落，朝中没有『公道』『仁賢』，有的衹是小人的『私意』『諛佞』，上下欺蒙，天怒人怨。『八年』正是他罷右丞相之後的時間。在《春三月一日奏論韃賊深入乞充前日之悔悟以祈天永命消弭狄難事》中論説更爲透徹：『推原亂本禍根，良由十數年來，奸臣憸士創爲虚議論、實事功之説，以迷國誤朝。凡忠君愛上、規正闕失之言，盡諉之爲虚議論；凡殘民剋下、陷害忠良之舉，反推之爲實事功。舉一世之人，猶食稻衣錦而趨之者，則與亂同事之事也；舉一世之人，若赴湯蹈火而避之者，則與治同道之事也。創嘩訐之名，摽不靖之目，以空國中之善人，而其禍至一二年而愈酷。於是驅民以附賊，驅士以從賊，驅天下之人以不仇賊，而反幸賊。夫人主欲有所爲，而大臣不敢糾其非；大臣欲有所爲，而百執事與士庶人不敢糾其非：附和逢迎，媕阿諂媚，雖至背理傷道，亦付之一默。朝廷之上可爲靖矣，可謂不嘩不訐矣，詎料積而爲夷狄之大不靖乎！』説小人以『虚議論』、靖『嘩訐』打壓君子，打壓忠言讜論，弄得滿朝都是『附和逢迎，媕阿諂媚』，在朝中聽不到正人君子『規正闕失之言』，面臨危局，一片緘默。這是當時朝政的真實寫照，查閲這個時期的《宋史·理宗本紀》和《宋史全文》，確實難看到規正之言，特別是丁大全獨相時期，言路堵塞，連前綫的軍情都被封鎖。這樣的輿論一律，『不嘩不訐』，國家也已面臨危亡的深淵。文天祥《己未上皇帝書》也認爲：『今日之禍亂，靖共之報也。』由此可見君子、小人之争，是國是之争，君子争的是『安國家、利社稷、拯救生民、攘却夷狄』，小人反是，是『擅權利、報恩讎、囊玉帛珠珍、買歌童舞女』。這種鬥争，在當時就是救國與誤國、圖存與速亡之争。吴潛代表了朝中的清議派，對遭到小人無端詆毁的朝臣中的『善類』，如徐霖、程公許、高斯得進行過保護、辯護，對權相鄭清之、謝方叔進行過抵制，對甘爲鷹犬的給舍、臺臣，特别是對丁大全及其黨羽進行過毫不留情的揭發、鬥争，他的這些行爲是救國救民免於塗炭的正義之舉，雖然最終在小人合力打擊下以悲劇落幕，但其品格在史册上得到了高度贊評。

在評述吴潛的生平思想時有三大亮點要特别提出：一是以民爲本、『撫養下民』、體恤下民的從政理念；二是『格君心』、諫君非的匡政取向和膽識；三是『以和爲形，以守爲實，以戰爲應』的抗蒙戰略。

吴潛在嘉興初任地方長官時就説他是以『撫問閭閻，蠲除疾苦，護養元氣』〔一〕爲行政出發點，多次申述這是他的『根本之慮』、國家的『根本之計』，晚年曾一再自述他這一從政理念，如説：『職事之最大者，無過於撫養下民。』〔二〕又説：『某服勞中外，歲垂三紀……惟以撫摩愛養爲主，既不敢鄙夷其齊民，而尤不敢鄙夷下民也。』〔三〕這確實是他自始至終恪守的理念。他每到一處任職，就詢訪民情，查勘政弊。下車伊始，往往就是減免賦税，甚至他這樣寫道『有司不損應言損，隨分蠲租助蓋藏』〔四〕。老百姓没有遭灾減産，也説是減産，爲的是減少些租税，使他們能多儲藏些糧食。這樣的心願多麽赤誠！他就這樣多次以官庫積餘代民納税、清欠。在江東、江西任上有這樣的善政，在慶元有更多這樣的記載。對一些損害百姓利益的制度、建置屢屢奏請朝廷加以取締、裁減，如在江西上《奏乞廢隆興府進賢縣土坊鎮以免抑納酒税害民之擾》，在慶元上《奏禁私置團場以培植本根消餌盜賊》，一處鎮市，一處團場，皆爲徵税以『害民』『殘民』，所以要奏請撤銷。在慶元他還撤銷了其他的税司、酒務。

〔一〕《廣惠院記》。
〔二〕《二十三日再具奏乞歸田里》。
〔三〕《養濟院記》。
〔四〕《喜雨二首》之一。

他經常上奏報告地方上的官貪、民貧。在《奏論都城火灾乞修省以消變異》中説：『貪官污吏虎噬狼吞，苞苴者二三，席捲者八九，耕夫無一勺之食，織婦無一縷之絲，生民熬熬，海内汹汹。』懇求理宗肅貪救民：『自京師以達四方，凡監司、帥守之爲公論指目者，次第罷遣。以培國家一綫之脉，以救生民一旦之命。』端平元年在《應詔上封事條陳國家大體治道要務凡九事》中，第六事是『實恤民力，以致寬紓』，説：『今内地之民，窮於秋苗之倍取；邊方之民，窮於和糴之多收。』這篇奏折不僅揭露地方官多徵多收，還在斗斛上作弊，用大斗盤剥，弄得當時江南農户的税收比五代亂世時還重，淮邊的和糴弄得邊民傾家蕩産。他大聲疾呼：『士大夫之罪不可磨矣。』在奏折中他如此爲民請命，在地方行政中，所以一再減税均糴，還一再奏請朝廷頒發標準斗斛『文思斛』發放各地，以絶弊端。他還注意到百姓勞役負擔的過重和不合理，并加以糾正、改善，如在慶元創立了『義船法』。

在救荒和安置流民上吴潛也有突出的表現。他的父兄在一些地方都留下大講荒政的政聲[一]，他的這一做法也是其父兄的言傳身教[二]。在鎮江任職時流民問題突出，他安置了

[一] 參見《宋史・吴柔勝傳》《宋史・吴淵傳》。

[二] 參見《廣惠院記》。

大量流民。對鄰路、鄰郡不正確地對待流民問題的做法，進行抵制和批評，爲此多次上奏，多次協調各方關係，不僅保證了流民的衣食、社會的穩定，而且組建了一支對抗蒙古侵擾的丁壯武裝。他有一篇《申論區處流民要法》，應是闡述對這一問題的見解，可惜佚散了。對與蒙古戰守問題，他也多從南北民衆的承受力，特别是邊民的處境出發，提出切實、穩妥的主張。

他還特别注意救濟社會上鰥寡孤獨等弱勢群體，在嘉興、慶元都興建過規模不小的養濟院。慶元一府六縣他曾普建惠民藥局，爲全境居民提供價廉質優的藥物。他還把其『撫養』對象擴大到涉訟人員、囚犯以及遇到海難的外國商人。在慶元他改善了涉訟人員及囚犯的居住條件、生活待遇，給高麗、倭國商人以救助，普施仁政，體現了人道的關懷。對待内地的『盗賊』，他也不主張清剿誅殺，而是用安撫手段以『消弭』，説『消弭之道，置其衣食之源而已矣』[一]。他多次在給皇帝的奏疏中分析盗賊的起因，説『盗賊本民也』，民之所以爲盗，一是賦税勞役過重，二是官員貪鄙，生計無着，鋌而走險。他懇求皇帝行仁政，解民之倒懸：『使陛下之至心實德，從此霈發，實及細民，民力必寬，民怨必減，盗賊必不作，雖作必不

[一]《第二札論國家變故略與晋同西北之夷狄固當防而東南之盗賊尤不可忽》。

相挺。』『使吏寡於求，而民安於自養，則盜永不作矣。』〔一〕他在各地重視興修水利、興修學校、整頓吏治，都是爲了使民衆能安居樂業，從根本上減少社會矛盾，消弭盜賊之源。他的這些見解，這些做法，是十分高明的，超出了他的許多同僚、時輩，達到了仁政的高度。

『格君心』，諫君非，吴潛參與朝政之始就有這樣明確的匡政取向。今存最早的一篇奏札《奏論都城火災乞修省以消變異》就以『乞修省』爲主題詞。他把這次火災看作上天的一次示警，認爲是朝政闕失、國家變亂的象徵，他歷數理宗登基六七年來的内憂外患，要求理宗檢點過失，『及今改圖，尚可挽回，儻仍掩護，將安所終』。同時他還上書史彌遠論火後亟辨六事，第一事就是格君心。『今道路所傳，主上聖德似少損於即位之初，旨酒美色，未免過差。小人無知，怨汝詈汝，此非小故』。希望史彌遠以理宗繼位定策大臣的身份『犯顔逆鱗』『繩愆糾謬』，他認爲：『消天變，回人心，其端本在主上；而夾輔主德，格正君心，其機括在丞相。惟丞相深念之！』〔二〕這樣尖鋭地『格君心』乃出自一個甫爲六品尚右郎的吴潛之口，是十分驚人的。『格君心』語出《孟子》：『唯大人爲能格君心之非。君仁，莫不仁；君義，莫

〔一〕《應詔上封事條陳國家大體治道要務凡九事》。
〔二〕《上史相書》。

不義；君正，莫不正。一正君而國定矣。』〔一〕君主專制的政體中君是至高無上的，擁有絶對的大政方針的決策權、萬事萬機的裁定權，君心邪正、明暗決定了決策的正誤、行政的利弊乃至國家的安危，作爲臣子參政格君心自然是十分重要的，特别是輔弼大臣。當然『格君心』也有一個膽識問題，没有高明的識見、超凡的勇氣，也不敢『格』，『格』不好。在這方面理學家已有榜樣。程頤、朱熹對孟子『格君心』都有很好的解説和發揮，慶元以來的理學名臣在實際的政治運用上更有突出的表現，他們以道統抗衡治統，以道學制約君心，表現出很高的勇氣。吴潛服膺理學，效法前修，所以甫爲六品朝官，就能敢於指斥朝政的闕失和理宗的過失，這種勇氣貫徹其終生。其詩小集《四明吟稿》吴潛小傳言：『爲人剛直敢言，其所疏奏及與宰相論辯，忠憤激烈，皆人所不敢聞者。』〔二〕

吴潛『格君心』并不止於道德訓誡，更多的是以政治擔當意識、國家安危局勢去打動理宗，警醒理宗。如在前述關於都城火灾奏疏中所描寫的内憂外患，端平元年《應詔上封事條陳國家大體治道要務凡九事》第一事中所言『可畏之機』，以後的奏疏中這樣的措辭更多。

〔一〕《孟子·離婁上》。
〔二〕《兩宋名賢小集》卷三四九。

如端平三年《奏論制國之事不懼則輕徒懼則沮》極言『大業將傾』的深重危機，披肝瀝血籲請理宗：『陛下操大權，握神器，有土地人民，有甲兵士馬，紀雖紊而綱尚存，裘雖弊而領固在，挈提振起，風采立異，顧可聽勢之趨、任時之壞，而不爲祖宗數百年社稷計乎！祖宗數百年社稷，在陛下之身，而扶持祖宗數百年社稷，在陛下之志而已。志立則有深思，思深則有真見。必卑躬側身，必勤邦儉家，必敷求真才而篤信之，必講明實政而力行之，必不踵叔季之事以稔衰亂，必不口聖賢之言以務文飾。心誠意篤，精通氣應，雖值艱難之會，自有挽回之機。如其懼而不戒，憂而不圖，惡危而不計安，畏亡而不求存，寄時日於歡娛，付危機於坐視，則前代傾危之轍，載在史册，有所不忍言矣。』懇請理宗要勵精圖治，要保全太祖所創建的社稷。後來還清楚地説『宗廟社稷、人民億兆、后妃宗戚，其休戚存亡，皆在陛下之一身』[一]，否則就對不起列祖列宗、億兆臣民，就是亡國之君！用這樣的語言、這樣的勇氣諫諍，檢諸史籍是不多見的。

爲了警醒理宗，他多次采用天命、易數的説詞，最早的一疏就説火災是上天示警，《内引第一札奏論艱屯蹇困之時非反身修德則無以求亨通之理》説上天以潮水、彗星示警。《奏論

[一]《春三月一日奏論韃賊深入乞充前日之悔悟以祈天永命消弭狄難事》。

國朝庚子辛丑氣數人事》推演治平、世亂之循環，警告理宗不要蹈宣和之覆轍。《奏論天地之復與人之復》反復闡發《易經》復卦的含意，懇求理宗反躬自省，袪邪從善，除舊布新，要做像堯舜那樣的明君。天命、易理雖然是理學的老生常談，但在特定的政治形勢下、特定的心理氛圍中，確也能産生警悚的作用。理宗對理學也相當崇信，這也可謂是對症下藥。

吴潛在臨終遺表中説：『陛下賜之寶慶之始，猥預旁招。被三紀之寵榮，爲一時之歆艷。風波揺兀，不知幾賴於扶持；雨露沾濡，肯使僅成於拱把？迄備股肱之列，悉由頂踵之恩。』這樣感恩戴德的話他多次在别的奏章中作過表達。他對理宗懷有無限的忠心，也以大宋的社稷之臣自許，所以對理宗的進諫，對朝政的匡正，顯得特别憂切，也顯得特别徑直。吴潛的進諫應當説在一些時段，在一定範圍内，對理宗的理政，對朝政的運作，是起到積極作用的，理宗對吴潛的逆耳之言，也能相當容受，也多次予以贊許，接受過吴潛關於官員任免的建議，甚至還接受過罪己詔。但理宗有他的君權底綫，有他的絶對權威，一旦冒犯他的底綫和絶對權威，他就不能容忍了。《宋史全文》景定元年十月理宗在再貶吴潛於潮州的詔書中説：吴潛欺君無君，『發言悖亂，藴志深險，與自古奸叛之臣曾不必殊，朕自所親受而忍抑者』。最後一句是説他曾當面强忍聽吴潛的『悖亂』之言，意思是説受夠了，不能忍受了。

甚至還説：『吴潛乘時驁朕，因其去也，朕之疾十減七八。』[一]吴潛最後觸犯了他，也觸犯了包括臺諫和新貴賈似道在内的權力圈，自然要被趕走。吴潛『格君心』本有犯上逆鱗的勇氣，最後還是遭殃了。

『以和爲形，以守爲實，以戰爲應』的抗蒙戰略是在端平元年朝野高漲的北伐議論聲中提出的。這年正月宋蒙合兵滅金，南宋君臣認爲這是收復中原的絶佳時機：『乘韃人之北歸，因中原之思漢，用師數萬，收復河南，撫其人民，用其豪杰，上自潼關，下至清河，畫河而守，此誠大有爲之規模，不可失之機會也。』[二]吴潛認爲這是孤注一擲的誤國論調，連上《應詔上封事條陳國家大體治道要務凡九事》《奏論今日進取有甚難者三事》《上廟堂書》，從兵力、供給、民情、敵情諸多不利因素反覆陳述，力言『韃非小敵（後來説是『數千年以來所無之夷狄』[三]），和戰非易事』，『生民休戚之關，決不可輕也，不可躁也，不可苟也，不可貪也』。提出：『法當以和爲形，以守爲實，以戰爲應。』[四]吴潛的這一主張在當時是獨樹一幟的。當時

[一]《永樂大典》卷一三四九五『安置』條引《元一統志》。
[二]《應詔上封事條陳國家大體治道要務凡九事》。
[三]《冬十月一日内引奏札論夷狄恃力中國恃理四事》。
[四]《上廟堂書》。

的普遍主張是『戰』，吴潛的這三篇書奏主要是對此進行批駁。也有主和的，吴潛認爲近三年與蒙古三次交往，三次失利，無一勝，『欲以玉帛與之講信修睦，三尺童子，知其必不然矣』。蒙古既輕視我，又不會改變他的亡我之心，與他講和衹是幻想。『和』與『戰』都不是處理與蒙古關係的正確選項，唯一正確的選項是『守』，『惟當急修吾武備，急儲吾軍實，急搜吾人才，急收吾民心，閉之玉關，處以門外。待之以虛文謾語，而聽其恍惚，而常示之以重備强形，以壓其驕鶩無禮。謹節而應，舒徐而俟，不使隙開，亦不輕發，以觀其勢之所趣何如而圖之耳』。『守』的同時輔之以『和』與『戰』。以『虛文謾語』與其周旋，『不使隙開，亦不輕發』，這就是『和』，『以和爲形』。他又說：『夷狄之性，貪而無厭，猶犬嚙骨，不盡不止，猶犬嚙人，不擊不退。』〔一〕若要抑制他的貪殘，必要時予以一擊，『常示之以重備强形，以壓其驕鶩無禮』，這都是『以戰爲應』的做法。這應當是符合敵我雙方形勢的正確判斷、正確策略。可惜吴潛的正確主張没有得到君相的認可，他們被滅金勝利的假象衝昏了頭腦，在主戰派的鼓噪下，匆忙發動北伐，最後足不旋踵，在蒙古的反擊下，一敗塗地。這是金亡後與蒙古進行的第一場大戰，不僅寸土無得，兵甲、輜重、糧餉喪失殆盡，而且進一步暴露了宋軍的弱點，又給蒙

〔一〕《應詔上封事條陳國家大體治道要務凡九事》。

古以繼續南侵的借口。次年蒙古就兵分三路，大舉進攻，其直接的後果就是破壞了西綫蜀口的防禦，一度焚毀了中部重鎮襄陽，造成了南宋極不利的抗戰形勢。吴潛爲此痛憤不已，後來他三次向理宗稟報此情：『臣竊惟朝廷命令舉措，上關宗社安危，下關生靈休戚，故必審而後發，發而無悔。如往者北伐之議，起於癸巳之冬，成於甲午之春。臣時待罪淮西總餉，嘗奏疏一通，力陳兵之不可輕用，又嘗上執宰白札子，力陳兵之不可輕用，而陛下不之察，朝廷不之省，迄至敗闕。蓋無隙而動，終負師曲之名，爲敵人口實，一可恨也。精兵良將，糧儲器械，未免失亡，二可恨也。擾敗之形，懦怯之證，呈露於中原四戰之衝，使夷狄生心，英雄竊笑，三可恨也。』[一]分析完全正確。如果説宋蒙對峙前期由於宋輕於『戰』造成元氣大喪，那麼後期則是玩於『和』，最終亡國。開慶元年，賈似道在鄂州與蒙古私自議和，謊報大捷，鬆懈了理宗和臣民的抗蒙意志，又長期扣押蒙古議和使，向宋蒙雙方隱瞞議和的事實，最終蒙古又以南宋毁約爲口實，一舉滅宋。誠如吴潛所言『韃非小敵，和戰非易事』，輕率玩忽，必然是自取滅亡。由此可見，吴潛主『守』的戰略在當時是唯一正確的選擇。

[一]《再論計畝納錢》。

吴潛主『守』并非是被動死守，其前提是『急修吾武備，急儲吾軍實，急搜吾人才，急收吾民心』，在這四個方面要下實在功夫。他不是紙上談兵，在各地和朝中任職時在這些方面都下了功夫。他曾部署過淮東西、江浙的武備、軍實，條畫過江上流的防禦；他十分重視軍事人才的選拔、使用，爲此多次上疏，特别籲請以邊才治邊，信任北方歸附將領。除了廣施仁政『收民心』、穩定後方外，特别注意邊民的生計、流民的安置，組織江淮流民屯駐六安山，沙上丁壯防江，還提出招撫亡命以資戍守。如果吴潛這些建言和措施都能得到落實，當局都能采納施行，主守不僅僅當作權宜之計，而貫穿宋蒙關係始終，則後來的歷史發展可能是另一種局面。『以和爲形，以守爲實』『不使隙開，亦不輕發』，行此策略，很可能會長期堅持，堅持得愈久愈有利，説不定蒙古會出現更多像吴潛所説的『可幸』之事（謂其種族、部民矛盾及戰略失誤），到時也如吴潛所期待的『觀其勢之所趣何如而圖之耳』[一]。即使宋最後終亡，時間延後愈久，蒙古的漢化程度會更高，戰爭的破壞力會減少，南宋社會的經濟文化發展程度會更高，華夏文明的成果當會留存更多。吴潛在抗蒙戰争中的主守策略應給以足夠的評價。

[一]《應詔上封事條陳國家大體治道要務凡九事》。

吴潜也是一位篤誠的理學信徒。他出身於理學世家，其父吴柔勝追隨朱熹，名入慶元黨籍。《續志》卷一所載《生祠記》云：『先生之學受之正肅公，正肅公之學得之考亭。』他所交往的師友，也多理學名流，《宋元學案》將吴潜、吴淵列入南堂先生鄒斌門下[一]。宋理宗在一件制文中稱：『吴潜：識詣幾深，氣涵剛大。實地踐履，得家庭學問之醇；平生經綸，發聖賢事業之懿。』[二]就是贊揚他的理學修養。吴潜於理學曾有不少研修著作成書，《年譜》著録有《論語士説》《論語衍究》《節諸子書》，《開慶四明續志》著録有《孔孟格言》[三]。這些著作都未見留存，《開慶四明續志》卷一載《孟子士尚志章講義》一篇，爲吴潜赴慶元府學進行宣講的講義，很可能是擷取《孔孟格言》一書的片段而加以發揮。《孟子》『士尚志』章不過六十餘字，朱熹的集注也很簡單，而吴潜的這篇講義超過兩千字，可見他對《孟子》的研讀是下了很大功夫的，所以能發揮這麽多的見解。吴潜從『尚志』仁義切入，步步深入，層層發掘義理精蘊，再以孔門師弟子踐履實行加以印證，闡述『士必有事，尚志爲先，志必有尚，仁義爲先』。思路明晰，話語曉暢，立論堅實，這可能反映出他那些失傳的理學著作的基本風格。

[一] 見《宋元學案》卷二二一。
[二] 見《續志》卷一《增秩因任·開慶元年八月奉御筆》。
[三] 見《續志》卷一《學校》。

吴潛在許多奏疏中常常使用理學家的思想資源，如天命、卦象、氣數的解説，引用最多的是《大學》，『格君心』時不厭其煩地談『正心誠意』『反身修德』，又講人才、貨財，并非都是老生常談，往往也見出新意。如下面一段：

臣竊以爲治國平天下，乃《大學》之極功。一章之中，反復數百言，大抵不過賢才、貨財二事而已。蓋賢才見用則天下平，賢才不見用則天下不平；貨財不偏聚則天下平，貨財偏聚則天下不平。古今治亂安危之源不出此矣。等而上之，爲修身齊家，爲正心誠意，爲格物致知，本末先後，具有差級。蓋由正心誠意而至治國平天下，屬聖之事，終條理者也；由格物而致知，屬智之事，始條理者也。何謂格？推而極之之義，如《書》所謂『格於上下』是也。何謂致？引而來之之義，如《語》所謂『學以致其道』是也。物物皆當格，而天地、人物爲物之大。天地、人物之理無事而終窮，而天地人物之迹有時而變化。窮其理以玩其迹，是爲格物之大。格來格去，忽有覺焉，是爲大知，而非小知，是爲自致之知，而非强致之知。致則至矣，至則舉天下之外境萬種萬類，皆不能動之矣。舉天下之外境萬種萬類不能動之，則意自誠，意誠而心正，心正而身修，身修而家齊，家齊而國治天下平，皆安行而順導之者也〔一〕。

前面講『賢才』『貨財』很精辟，下面講格物致知也有他的新見。《大學》本文據朱熹説釋格物致知一章亡佚，朱熹據程子之意進行了補説〔二〕，吴潛又在朱熹補説基礎上加以發揮，『何謂格』以下都是吴潛的新解。

吴潛一生勤於著述，除以上列舉的理學著作外，《年譜》載録其五十歲前還有《履齋鴉塗集》《履齋詩餘集》《晁文元公五書撮要》，六十歲編《陶白邵三子詩集》，六十歲後在慶元寫作的大量詩詞文收入《開慶四明續志》。還有許多詩文其生前未見編集，特别是奏議。他生前所編的書除《履齋詩餘》可能稍存原貌外，餘皆不存。身後有《履齋遺集》《四明吟稿》《許國公奏議》《履齋詩餘》傳世。從文學角度來計量，以上四部别集（《許國公奏議》傳統分類入史部奏議類，也可視爲文學别集）和《開慶四明續志》等存吴潛文一百一十餘篇，詩二百六十餘首，詞二百五十六首，作品量在宋人中并不算少，詞居第十位。

〔一〕《内引第一札論今日處時之難治功不可以易視及論大學治國平天下之道》。
〔二〕見朱熹《四書章句集注·大學章句》。

吴潛文絶大部分是奏議、公牘，《許國公奏議》收六十三篇，《履齋遺集》七篇（與上書重兩篇），《續志》等收十數篇。這些文章的内容是吴潛從政的實録，前面已作介紹。其他則爲記、書、序、墓志等。這些文章有爲其師友所寫的《祭劉宰文》《魏鶴山文集後序》《孫守叔墓志銘》《孫守叔像贊》。前二位就是他所説的端平三賢中的二賢，文章表彰他們的學問、人品，以爲世道人心之楷模。孫守叔（夢觀）則是他的知交、僚友，《孫守叔墓志銘》詳叙其生平，超過三千字，又繼之以像贊，洵爲碑志之作少見的長篇，見出二人交誼之深。此文從孫守叔治郡愛民、立朝匡君兩個方面着筆，高度贊揚孫守叔光明俊偉、廉潔循良的官德和人品，至用《虞書·皋陶謨》詞語贊揚他是難得的人才，『幾於寬栗、柔立、願恭、亂敬、擾毅、直温、簡廉、剛塞、强義之大致矣』。孫守叔的立朝、治郡所作所爲與吴潛志同道合，所以如此贊揚，顯有惺惺相惜之意。還有幾篇表彰鄉國先哲、鄉邦文獻的文章，如《二仙堂記》《重建逸老堂記》《宣城總集序》《重修吴學記》。《二仙堂記》爲宣城建謝脁、李白合祠而作，謂：『此二公者，以神仙中人物，爲溪山主，徽音逸韵，浸漬薰蒸，草木泉石，尚出光怪，而况人耶？故詞華之士，派接踵見，若唐之許棠、張喬、駱用錫，我朝之高中舍、梅都官、張曲肱、周竹坡，善五言者得玄暉之清麗，善歌行者得太白之豪放，風流騷雅，至今不絶，抽扃啓鑰，緊誰之功？』贊揚二公流風餘韵，爲山川增光，爲人文毓秀。《宣城總集序》爲邑人李兼所編

《宣城總集》作，是編收宣城詩文『自晉、宋、齊、梁而後迄今皇朝渡江之初，上下一千年，前後三百家，居者、仕者、游者、寄者，苟有片言隻字及於吾宣，往往漁獵而網羅之。凡得詩千餘首，賦、頌、雜文二百篇，分爲二十有三門，合爲二十有八卷，名曰《宣城總集》，而世變之盛衰，人物之賢否，風俗之美惡，山川、園林、亭堂、樓閣之景，花草、果木、鳥獸、蟲魚之名，莫不會萃於斯』。吴潛認爲這是宣城最寶貴的財富，『使宣之山而産金玉，宣之水而産珠璣，聚於此必散於彼。山水之秀不産金玉、珠璣而産文章也，雖散於彼復聚於此，然則文章之貴於金玉、珠璣萬萬不侔矣』！認爲詩文比金玉價值高出萬萬倍，與上文一樣都是表現了作者與常人不同的文化價值觀。《重建逸老堂記》是在慶元任職期間興建逸老堂後，作記贊揚賀知章。《重修吴學記》爲友人重修蘇州府學而作，吴學原創於范仲淹父子，作者景仰先賢，發爲議論：『諸生朝游而夕息，景行先哲，睹文正容貌而企慕其爲人：其未仕也，必如文正刻苦自厲，以六經爲師，文章論説，一本仁義而後可；其既仕也，必如文正有是非，無利害，與上官往復論辯，不以官職輕人性命而後可；其仕而通顯也，必如文正至誠許國，終始不渝，天下聞風，夷狄委命而後可。』文不苟作，善從大處發揮。還有表彰忠節之作，如《忠節廟記》爲寶祐六年殉難安豐的淮西總管智原建廟而作。還有一篇《跋陳少陽遺稿》，是爲建炎初被殺的陳東而作，全文不到一百字：

古今獨唐裴相垍能喜言事者，自吕申公、韓魏公、司馬公猶難之。若潛善、伯彦，殆孔寧、儀行父輩爾，其殺泄也固宜。於戲！金既亡矣，而濉陽之郊，百年之下，獨柳悲風猶爲諫議唧唧也，主國論者可不創乎！端平改元四月望。

言當國者多不能容納『言事者』，陳東的悲劇有其必然，痛定思痛，陳東已爲歷史昭雪，當局自應接受歷史教訓。金亡之後寫的這短短數十字，興亡之感，時局之憂，讓人玩味不已。

上面介紹的文章除《孫守叔墓志銘》外都比較短小，但寫得很活，《宣城總集序》用設問開頭，《二仙堂記》以代言的方式構成文章的主體，如前面一段：『宗正亞卿陳公作屏於宣，居無何，政平訟理，乃以其暇日，憑高送目，顧客而言曰：宣爲清爽之邦，雄甲江左。吾東北而望，清溪灣環，波光滉瀁，孤帆隱見，白鳥出没，若有若無，恍然畫圖，豈非玄暉之詩「澄江净如練」乎？吾又西北而望，千林競妍，萬山呈技，中有一峰，巍然獨尊，朝暮晦暝，變態難狀，豈非太白之詩「相看兩不厭，惟有敬亭山」乎？』然後是『此二公』云云，平易自然，親切有味，『東北而望』『西北而望』，於一覽宣城山水間，引出謝朓、李白的詩句，情景交融，古今相接，手法高妙。其墓志如《孫守叔墓志銘》《梅和甫税院墓志銘》，不像一般碑志從名諱年里寫起，而是先叙交往，在冰冷的文字中見出情感温度。

其大宗的奏議、書札自然都應歸入應用文，但其中論辯、陳述文字也多有精彩之處。書札今存五篇，兩篇是寫給史彌遠的，一篇是寫給鄭清之的，都是論政，内容前面已有介紹。《四庫總目提要》評『與史彌遠諸書，論辨明晰，猶想見岳岳不撓之概』。其實，寫給鄭清之的《上廟堂書》，論辨的明晰更在與史書之上。此書先正面立論：『法當以和爲形，以守爲實，以戰爲應。』下面引用兵河南言論加以批駁：

今又聞有以恢復之畫進者，其説曰：天氣方炎，韃且北去，因其無備，疾取河南，撫其人民，用其豪杰，上自潼關，下至清河，畫河而守，使韃不得渡，則我備禦之勢成，而規恢之略定矣。

此其算計可謂俊杰，但揆事必先量力，圖利必先審害。爲目前之謀，河南取之若易；爲後日之慮，河南守之實難。蓋自潼關而至清河，上下二三千里，非精兵十五萬人，其守不固。今吾兵備單弱，不知何所取辦？藉使招河南之强壯，雜以我兵，十五萬衆可以收凑。然兵必資糧，人日食一升有半，則月用米約十二萬石，姑自九月置守，三月罷守，亦計用米八十四萬石，不知何所取給？藉使吾之事力可以趣辦，然糧必須夫運，一人致遠，其力可負七斗，八十四萬石之米，非調一百四十萬夫不可，不知何所取備？藉使戍守之兵可以爲耕屯之舉，然非遲以歲年未易就緒。目前糧種、牛隻、農具，不知何所取用？十五萬衆之屯，必須營寨，必須器甲，凡百征行之具，闕一不可，不知何所取資？

其論辯的思路是：無兵，即使有兵，無糧，即使有糧，無法運輸，即使可以屯墾，時日不及，物資不濟。層層質問，退步假設，一一否定，如此反駁，用兵論者何有立足的理據？下面又如此層層批駁，最後作者聲言：『則今日之事，豈可輕議哉？列聖金甌之業，儻以孤注一擲，實關宗廟、社稷安危存亡，惟廟堂熟計之！』聲勢凌厲，使鄭清之爲之震懾和盛怒。奏議中也有不少論辯文章，題上有『論』字的大都如是，如《奏論都城火灾乞修省以消變異》《奏論制國之事不懼則輕徒懼則沮》《奏論天地之復與人之復》等等，善於擺事實、講國情，引經據典，道古論今，以其顛撲不破的理據和邏輯匡君心、格君非。奏議中最常用的行文方式是陳述，如《應詔上封事條陳國家大體治道要務凡九事》，一萬五六千言，是今見吴潜第一長札，條列九事，九事中又有大量以『貼黄』補充説明，有的事中還有細目，把當時『國家大體，治道要務』悉數羅列，他自謙『繁蕪唐突』〔一〕，其實極有條理，充分展現了吴潛組織材料的功夫。再如《奏乞選兵救合肥》《奏條畫上流守備數事》《條奏海道備禦六事》《措置海道備禦申省狀》，都極見組織功夫。《奏乞選兵救合肥》敘西路、東路、南路救援路綫，《奏條畫上流守備數事》全局在胸，分九段叙述，《條奏海道備禦六事》《措置海道備禦申省狀》涉及海道事務很多，也是條分縷析，井井有條，所謂烽燧二十六鋪，所謂裏外洋形勢，綫索極爲清晰。奏議於論辯、陳述中也多見駢偶排比、比喻描摹，情感充沛、理足氣暢更是普遍的特徵，這都見出這些應用文字所具有的文學性。吴潛的前輩洪咨夔早在端平年間就曾稱贊吴潛的『文詞之長』，推薦其可當翰林學士之『妙選』〔二〕。由以上介紹可見一斑。

吴潛詩歌創作應該起步很早，《宣城吴氏族譜》謂其『甫十歲，善屬文』，當綜合詩文而言，《年譜》於四十三歲著録的《履齋鴉塗集》當是他早期的一部詩集，惜未見傳本。今《履齋遺集》存詩僅二十五首，其中當有《鴉塗集》中的作品。吴潛寫作時地明確的最早作品是《真如勸農二首》〔三〕，時吴潛三十六歲，暫代嘉興知州。詩曰：

〔一〕《應詔上封事條陳國家大體治道要務凡九事》。

〔二〕見洪咨夔《平齋文集》卷一二《第三次辭免申省狀》。

〔三〕見《至元嘉禾志》卷三一。

聖主垂衣坐九重，不才假守勸農功。周家永命由忠厚，湯后存心在困窮。安得田租成歲减，且將人事兆年豐。守宰監州民最近，相期清白紹家風。

百尺高橋鎮古丘，乘閑莫惜小夷猶。新楊受日春無際，宿麥翻雲歲有瘳。鷹隼圖南天外意，江山繞北望中愁。世事難知人易老，一杯聊復寄沉浮。

這是他第一次行使州郡長官行春勸農，前一首表現出他的使命感，他的施仁親民的行政理念。後一首俯仰今古，放懷四方，由眼前的春景、農功，想到邊境的不寧、世事的難料，有其壯志的激發，也有時不我待的憂慮。兩首七律結構緊凑，屬對工整，叙事、言志、抒情結合得也比較融洽，是有相當藝術水準的。可惜早期所作大多佚散，保存完好的是他晚年在四明任職期間所作，《續志》有《吟稿》兩卷，二百零八首，《兩宋名賢小集·四明吟稿》收詩十九首（有七首相重）。另有散見他書的詩十數首。

吴潛的四明詩基本是他在政務之餘寫作的，可稱公餘詩，不少是寫他的劭農、親民等活動，有許多農事的描寫，有真切的愛民情懷的展現和對國事的關懷。吴潛這些公餘詩有賴《續志》保存下來，數量之大是罕見的。『雨』是他常寫的題目，《續志》卷八在記録吴潛祈雨活動後説：『公詩有云「數莖半黑半絲髮，一片憂晴憂雨心」，念慮未嘗不在畎畝間也。傳曰：「閔雨者，有志乎民者也；　喜雨者，有志乎民者也。」其公之謂乎！』吴潛確實時時這樣喜雨、憫雨。『數莖』云云是《喜雨三首》其二中的兩句，《三用喜雨韵三首》其二又有『未遂明農歸老計，且寬憂國願豐心』，《喜雨二首》其二云『莫嫌暴涑勢如噴，此是家家老飯盆』，他以農民的憂喜爲憂喜。

他多次寫到雨後的豐收樂，如《五用喜雨韵三首》其三：『家家穫稻積如岑，不問山椒與谷陰。沽去村醪醽醁味，吹來隴笛管弦音。餔兒喜笑迎郎罷，饁婦歡欣就槀砧。雨玉雨珠無此景，須知造物用情深。』再如《八用喜雨韵三首》其一：『飯抄雲子得能香，秋賽村村答上蒼。雀集田疇營宿飽，牛閑籬落卧新凉。栖栖底用干鄰粟，翼翼惟應咏我箱。一稔居然寬百慮，不須禹稷更皇皇。』又如《九用喜雨韵三首》其二：『倒瓮翻盆勢莫禁，旱灘焦磧盡低沉。定知此喜非常喜，衹是將心去比心。人樂和豐方賣劍，誰貪遺滯忽亡簪。村翁曳杖前山去，丁祝孫來酒户尋。』想象雨後一片豐收的場景，家家獲稻，迎神歌吹，飯香酒美，『餔兒』（待哺的小兒）、『郎罷』（父親）、『饁婦』（往田野送飯的婦女）、『槀砧』（丈夫）、『村翁』種種快樂的情態一一展現，并且還用禽鳥之樂、耕牛之閑加以襯托。他在詩中認爲天降喜雨、物欣民安，與自己的仁心相合。《四用喜雨韵三首》其三：『北岑飛雨過南岑，遠嶂晴明近嶂陰。老檜婆娑方午色，孤桐摇落忽秋音。庭稀雁鶩飛符檄，海絶鯨鯢伏斧砧。此是老臣聊報國，仁聲敢謂入人深。』及時雨帶來年豐民樂，時清海晏，上天也在幫助自己施仁政。在喜雨詩中他還聯想到『塞上征人』，甚至想到大雨不利於蒙古南侵，『滂沱無此十月雨，攘却過如百萬兵。狗帳縱氈淋易透，馬蹄雖澀滑難行』〔一〕，『突三千人如電掃，誅兩萬户若風行』〔二〕，雨助軍威，定能將之驅逐出境。

憫雨詩有《苦雨吟十首呈同官諸丈》最能表現他的與民同憂苦的情懷：

舊雨連今雨，南鳩唤北鳩。聲聲腸寸斷，點點淚交流。歷耳風來處，凝眸天盡頭。衷情如此苦，造物亦憐不？

自春爰及夏，多雨少曾晴。積壓兼旬潦，瀰漫四澤盈。稚苗憂冒没，矮岸恐頹傾。急遣洪賓佐，代余省爾氓。

〔一〕《喜雨預卜淮寇之遁口占小詩呈同官》。

〔二〕《昨日連晝夜之雨尤可喜再用前韵》。

洪穴堤凡九，泄水注之江。荷鍤來如織，奔湍去若撞。雨聲雖斷續，潦勢已賓降。想見魚秧泛，沙汀白鳥雙。

早晚遣長鬚，行田西北隅。稻禾都旺否，廬舍莫淹無？高仰爲何碶，低窪是某都。水痕如退落，分寸要相符。

正直三神列，慈悲一佛尊。須知真實念，是謂吉祥門。巨浸旋歸壑，頑雲漸散屯。更憑驅日馭，揮霍照乾坤。

田官決水歸，喜有潰重圍。晚種禾頭出，新耘稻本肥。已如雲氣勃，祇恨日光稀。安得驅夸父，搪開萬里輝。

海鄉多下田，潢潦易纏綿。雲脚晚希露，天心朝望穿。壤蚯方惡出，穴蟻又憂遷。翻覆陰晴證，愁腸日幾旋。

連朝雨水淹，燕寢似窮閻。無處可就燥，何時得附炎。頻占季主卦，屢乞鮑君籤。千里人知否，心香日夜添。

五鼓立中庭，疏星一二明。轉頭雲復合，移步雨還傾。感召雖人事，怨咨奈物情。號空猶未應，隱痛痛無聲。

老守最憂農，往來思慮忡。半時半刻裏，一飯一茶中。飢溺真猶己，恫瘝在厥躬。天高元聽下，一念豈難通。

十首連章叙事，第一首以春鳩呼晴的悲鳴襯托他的苦雨心情，下面寫『自春爰及夏，多雨少曾晴』，爲農家、農事憂慮，他派出僚佐、差役救助防洪，他禱神占卜，觀察天象，『翻覆陰晴證，愁腸日幾旋』，最後説農家的『飢溺』就是自己的『飢溺』，農家的痛苦就是自己的痛苦，『半時半刻裏，一飯一茶中』，他的心無時不在『憂農』。雨情雨事與己心己行一一相關，寫得十分真實。

在慶元他也寫了幾十首出郊劭農（勸農）的詩，與嘉禾勸農一樣，表現出他在行使這個使命時的種種感受，如《劭農翠山賦唐律二首》其二：『老守憂民若己傷，三回奉詔勸耕桑。周家緜遠農開國，漢室興隆穀腐倉。麥緣少地鋤山種，水怕多流纍石防。田里熙熙知樂土，更祈四表共平康。』寫得很鄭重。本詩其一：『小隊旌旗上翠岩，松風十里鎖禪關。水深水淺高低澗，春淡春濃遠近山。鄉思猛隨蒼鳥去，客心暫與白雲閑。天公已是多情殺，特把淋頭雨放慳。』寫得很快意，天時調順，春景宜人，天公似乎也有意爲他放晴。《高橋舟中二首》之一寫道：

小隊旌旗西郭頭，笋輿緩步看農疇。十分田有九分闢，今歲人無去歲憂。貼水新秧頭欲起，連雲宿麥領都收。天憐老子勤民瘼，賜與豐年不待求。

這幾首詩都寫到農人的精耕細作，築壩蓄水，風調雨順，一片樂土景象。作爲一個親民官沒有什麽比這更使他感到欣慰的了。他還叮囑有關官員應盡勸農職分：

寄語頭銜水利官，堤防莫作等閑看。田疇雖幸收成早，溝澮猶疑灌溉殘。勸課農桑心獨苦，丁寧父老吻應乾。米從布袋痴兒事，我輩須知稼穡難〔一〕。

告訴水利官要重視堤防、溝澮的興修，這是農業收成的保證，農業收成的好壞是『我輩』的大事。還寫到他的用心良苦：

〔一〕《五用出郊韵三首》之一。

　　平生慣作牧民官，不作朱幡晝戟看。惟有寸心存惻隱，誰憐隻手補創殘。樹蔬人要畦畦潤，種麥農便隴隴乾。乍雨乍晴都恰好，老天誰道叫呼難〔一〕。

説他一心一意爲農民謀劃福祉，祈求風調雨順，可并不是時時都能天從人願，事事都能人從所欲，他有一種存心雖好、衆口難調的遺憾。寫出他的遺憾，正表現了他愛民的真誠。他説『平生慣作牧民官，不作朱幡晝戟看』，見出他對百姓小民的平等態度，不把自己看成大官，還説過自己衹不過是一個管理農事的小吏（田畯），甚至認爲自己就是田夫的一員，他寫道：『父老休驚作長官，衹將田畯一般看』〔二〕、『識字田夫充長吏，了知圖易在思難』〔三〕，雖然此數句脱化於蘇軾『吏民莫作長官看，我是識字耕田夫』〔四〕，但并不妨礙吴潛表達的真誠。

吴潛在慶元期間還寫了一組小樂府《秋風嘆四首》，運用了比興手法，有很强的時政針對性：

〔一〕《出郊再用韵賦三解》之四。
〔二〕《再用出郊韵三首》之一。
〔三〕《出郊用劭農韵三首》之一。
〔四〕蘇軾《慶源宣義王丈有書來求紅帶既已遺之且作詩爲戲》。

長鯨海上來，壯士田間起。登城復何悲，禾稼秋風裏。

誰將訟風伯，謂天懲雨師。天閽幾萬里，聵聵安得知？

軍書督戰急，縣吏催租還。力盡將何訴，浮雲深九關。

嘗聞海客談，白浪海風惡。祇是欺舴艋，那見摧蛟鰐？

『長鯨』是指海寇，第一首寫海寇出現或聽聞海寇出現在海上，官家組織農夫丁壯登城防備，而此時正是收獲的季節，顧不上秋收，心裏很悲傷。第二首又寫到雨，真是禍不單行，丁壯離鄉不能收割，又遇秋雨，莊稼祇好爛在田裏了。第三首寫又督戰，又催租，重重壓迫加在農民身上，無法承受了。第四首寫聽説大海裏白浪再高，祇是掀翻小船，對大船巨舶毫無損傷。這裏的『舴艋』小船指小民百姓，『蛟鰐』指巨室富户。吴潛在開慶元年一篇奏札中指出，慶元以前的守臣行政方式是『以求不得罪於巨室，未嘗爲百姓伸枉冤，直是非。臣自惟嘗忝宰輔，爲陛下抑豪强以扶貧弱，安田里以弭盜賊，臣之職分也，豈可使百姓失職，而坐視其嘆息愁恨哉』〔二〕！説以前任何勞役、賦税等超常負擔都是加到小民身上，對巨室一無所擾，這是很不合

〔二〕《二十三日再具奏乞歸田里》。

理的，吴潜上任後『抑豪强以扶貧弱』，一改舊弊。吴潜這幾首詩爲小民百姓代言，設身處地表達他們的哀傷，他們的憤懣，他們的訴説無門，直指『天閽』『九關』爲浮雲所蔽，控訴指向朝廷乃至身居宫廷中的皇上，直接而激切，正表現了吴潜一貫的諫諍風格。

喜雪也是吴潜在慶元寫得很多的主題，也有民生、國事的關懷，還有一些在雪景描寫和心理感受上很真切的好作品。如《喜雪用禁物體二首》之二：

一帳誰將罩太虚，但憐雁字不堪書。江山盡在光華裏，宇宙真成渾沌初。險地豈容呈坎壈，荒林無復露空疏。休將入蔡功名詑，思播新聞却衆狙。

前三聯寫雪景，天上、地上都被大雪籠罩，在這樣的雪天宋軍在思州、播州打退了蒙古兵，他爲之稱頌：思州、播州的戰功超過唐朝李愬的雪夜取蔡州。《十二用喜雪韵四首》之一後二聯：『無色圖從天地展，有聲畫與古今看。忽思十萬邊兵冷，膚體相關豈獨胖？』寫他正欣賞雪景，忽然想到邊兵的寒冷而感同身受。《再賦喜雪二首》兩首的前二聯寫雪景：『黑風翦水作瑰琦，散落人間賤似泥。萬象直教還樸素，千歧何幸盡平夷。』『夜深如水潑衣衾，曉看皚皚冒碧岑。以潔藏污窺物理，由仁行義見天心。』物象哲理交匯，寫得挺新鮮。吴潜的喜雪與喜雨、出郊劭農詩絶大多數是叠韵七律，喜雨有十叠、劭農有十二叠、喜雪有十四叠，雖然多帶有文字游戲的成分，但他寫得得心應手，描摹、用典顯得很自如，許多對仗有的精工奇巧，有的自然流暢，多見流水對。叠韵特别是禁物體難度很大，如《喜雪用禁物體二首》，兩首的末韵又都是『胖』『狙』險韵字，他能一氣呵成十四叠，這都見出他的語言、格律的功底，也見出他對七律體裁掌握得十分熟練。吴潜在慶元寫作的其他應酬詩，思想内容與前述作品大致相似，也以七律居多，但不可諱言，這些七律在遣詞造句和結構安排上普遍感到錘煉不足，寫得多，寫得快，自然就來得隨意。從藝術水準上看，多數不如早期的《真如勸農二首》。

吴潜的五言詩包括五古、五律，作品不太多，但藝術水準要高於七律，不管是前期、後期。後期前面已舉例評述了兩組，《四庫總目提要》評《履齋遺集》中詩云：『潜詩頗平衍，兼多拙句，求如《送何錫汝》五言律詩之通體渾成者，殆不多見。』《送何錫汝》云：

風雨一樽酒，此懷誰得知。三春花老後，千里客歸時。浩浩人間事，悠悠身外思。君能祛物役，林下早相期。

別情娓娓叙來，觸景生情，引發開去，留有餘意。還有幾首也不錯，如《宿省》：

袯被趨省宿，披襟對晚凉。古心知老樹，生意見新篁。鐘鼓鳴將合，蜩蟬咽更長。静中觀物化，誰與共平章？

《郡城晚望》：

秋老逢天晚，孤城倚碧空。升沉當此際，悵望與誰同？遠樹没歸鳥，寒莎泣候蟲。所懷無晤處，彈指向西風。

《寧川道中》：

十日爲山客，今朝問水程。沙横疑港斷，灘迅覺舟輕。遠近村舂合，高低漁火明。回頭忽蒼莽，一望一關情。

語言省净，富於藴涵，像這樣寫景抒情的傳統題材用五律來表達比較適宜。吴潛的許多『平衍』作品主要在七言詩中，包括七律、七絶。

吴潛在文學創作上成就最大的是詞。他是南宋重要的詞人之一，其創作起步也很早，四十五歲就自編《履齋詩餘》，被黄昇《中興以來絶妙詞選》選録。吴潛早年詞存一百一十七首，晚年在慶元所作一百三十九首〔一〕，收存在《開慶四明續志·詩餘》兩卷中。

吴潛前期的詞與社會生活、個人經歷結合比較緊密，題材内容比較豐富，大略可分爲友朋贈酬、登覽題咏、宦情旅思、山水田園、節令、咏物、戀情等幾類，寫景、述事、抒情紀實性、主體性比較强。

與現實政治、人事聯繫最密切的是第一類作品，其贈酬對象多是與他過從密切的在政治上、軍事上有所建樹的官員，如趙葵、趙范、游似、陳卓、吴泳、吴昌裔、劉震孫等，有的還是他的前輩，如魏了翁。這些人都是理宗朝以清流自許的人物，吴潛的贈酬詞或送别，或寄贈，或唱和，聲氣相應，交流情感，憂喜與共，也有功名事業的期勉，與『清議』一樣，當時應當也發揮了政治的鼓動作用和批判作用。如送陳卓的一首：

〔一〕另有一首與前《履齋先生詩餘》重出未計入，有二首或三首因今存傳本闕頁脱佚。

滿江紅　送陳方伯上襄州幕府

露驛星程，又還控、西風征轡。原自有、孔璋書檄，元龍豪氣。蜀道尚驚鼙鼓後，神州正在干戈裏。佐元戎、一柱穩擎天，襄之水。　功名事，山林計。人易老，時難值。看新絲一髮，甚吾衰矣。轉首從游十五載，關心契闊三千里。便秋空、邊雁落江南，書來未？

陳方伯，指陳卓。陳卓（一一六六—一二五一），字立道，原籍興化（今福建莆田），其祖移籍明州（今浙江寧波），紹熙元年（一一九〇）進士，先後知江州、寧國府，在朝任中書舍人、簽書樞密院事。他是一位很有才華和政治操守的官員，《宋史·陳居仁傳附陳卓傳》載理宗討伐李全叛亂的詔書和太廟失火致灾的罪己詔都是陳卓起草的。嘉慶《寧國府志·職官表》載其嘉定末知寧國府，故吴潛稱其爲方伯。綜合此詞所寫時事和作者出處，當作於端平元年八九月間，時吴潛罷職家居。襄州，即襄陽，時金國已亡，蒙古正謀南侵，襄陽是中部最重要的國防前沿，此時史嵩之爲制帥兼襄陽知府，朝廷命陳卓前往輔佐史嵩之籌劃軍事。詞的上闋由陳姓聯想，把陳卓比作三國的杰才陳琳、陳登，贊揚他一定不負使命，佐元戎固守襄陽。『蜀道尚驚鼙鼓後，神州正在干戈裏』，是當時軍事形勢的精準概括，紹定四年、五年，蒙古從蜀道大舉入侵，直至劍閣一帶。端平元年金亡，八月宋師北進河洛，旋遭蒙古反擊潰敗。在這樣的形勢下，襄陽的戰略地位更爲凸顯，陳卓此行意義更爲重大，作者對他的贊揚也表現出對國事的關注。此時他因幾月前諫阻北進而被免職居閑，心情自然有些抑鬱，但功名心并没有泯滅，看到友人有爲國立功的機遇，也有時不我待之感，期待友人傳來邊訊，正是對自己失意的一種慰藉。

吴潛寄贈趙范、趙葵的詞有數首。吴潛與趙范、趙葵爲世交，趙范、趙葵乃名將趙方之子，吴潛父吴柔勝與趙方曾共事。趙方父子先後在抗金、抗蒙、平李全之亂中屢建戰功，深得朝廷倚重。吴潛在詞中對他們父子有崇高的評價：

滿江紅　寄趙文仲。南仲領淮東帥憲

岳后湘靈，曾孕個、擎天人物。臨古峴、綸巾羽扇，笑驅胡羯。護塞十年高叔子，出師一表儕諸葛。有孤忠、分付與佳兒，真衣鉢。　劉家驥，馳空闊。薛家鳳，飛横絶。比君家兄弟，可能豪杰？草木聲名如電掃，氈裘心膽聞風折。待安排、江漢一篇詩，歸來説。

趙文仲即趙范，南仲爲趙葵。此詞當作於紹定末趙葵以平李全功授淮東提刑、淮東制置使（合稱『帥憲』）時，時趙范亦任職於江淮，吴潛任職於建康（今江蘇南京），三人任地相近，故作此詞嘉勉。詞的上闋贊揚二趙之父，謂趙方有諸葛亮抗敵的決心，有羊祜鎮邊的謀略，甚是符合趙方的實際。趙方也長期鎮守在襄陽一帶，《宋史·趙方傳》云『帥邊十年，以戰爲守』，『藩屏一方，使朝廷無北顧之憂』。下闋贊揚二趙弟兄的才幹、忠誠得自家傳。謂二趙才名相當，超過古代的弟兄佳話，其抗金、抗蒙、平李全戰功堪與淝水之戰比并。最後期許二趙再立戰功，綏靖江漢。二趙在當時是難得的軍事人才，吴潛在《奏論重地要區當豫蓄人才以備患事》中就以『人才』『虎臣』隱指二趙。吴潛在此詞中如此贊揚趙氏父子，不僅僅是表彰趙氏父子，也是對當時忠臣烈士的表彰，對爲國前驅、英雄豪杰的呼唤，這與其多篇奏疏中對人才、邊才的大聲疾呼是一致的。

贈酬詞中也有爲友人的失意發不平之鳴的，如：

滿江紅　送李御帶珙

紅玉階前，問何事、翩然引去。湖海上、一汀鷗鷺，半帆烟雨。報國無門空自怨，濟時有策從誰吐？過垂虹、亭下繫扁舟，鱸堪煮。拼一醉，留君住。歌一曲，送君路。遍江南江北，欲歸何處，世事悠悠渾未了，年光冉冉今如許！試舉頭、一笑問青天，天無語。

此詞送别的李御帶珙當是一位武臣，開篇即言他從宫殿『翩然引去』，是因爲『報國無門空自怨，濟時有策從誰吐』。知他有爲國盡忠的抱負，有安邦濟時的良策，但得不到君王的賞識。是英雄，而無用武之地，是何等悲哀。『遍江南江北，欲歸何處』，已經引退欲歸家鄉，但找不到歸鄉之路，這更是一重悲哀。作者在詞末發出了强烈的不平之鳴：『世事悠悠渾未了，年光冉冉今如許！』還有收拾舊山河這樣的大事業在等待，朝廷本該任賢使能，但李珙這樣有志又有才的人却被迫辭官，漂泊江湖，這讓人又痛惜又悲憤。『試舉頭、一笑問青天，天無語』。因悖謬而問天，但也得不到回答，更使作者陷入了深深的悲憤。這裏所指的『天』，實際就是指皇上、朝廷。這首送别詞寫得悲鬱慷慨，表達了作者對友人的深切同情，同時也對最高統治者表示了强烈的憤慨。這些情緒的表達是有層次推進的，詞中的幾個問句顯示了情緒推進的節奏，結句達到了高潮。從全詞不難看出，作者通過抒寫李珙的遭遇，也寄予了個人的身世感慨，明人楊慎在《詞品》卷五中評此詞云：『「報國無門空自怨，濟時有策從誰吐？」亦自道也。』

在有的贈酬詞中他也直接抒寫壯志難酬的悲憤，如：

滿江紅　禾興月波樓和友人韵

日薄寒空，正澤國、一汀霜葉。過萬里、西風塞雁，數聲哀咽。耿耿有懷天可訊，悠悠此恨誰能説？倚闌干、老淚落關山，平蕪隔。　提短劍，腰長鋏。昔壯志，今華髮。有江湖征棹，水雲深闊。要斬鼪鼯埋九地，可憐烏兔馳雙轍。羨渠儂、健筆掃磨崖，文章别。

禾興即嘉興，吴潜中年時曾在嘉興任職過，此當是舊地重游所作，觀『江湖征棹』諸語應爲五十歲左右罷職後作。舊地重游，回首平生，年華老大，幾經挫折，不禁悲從中來。『耿耿有懷天可訊，悠悠此恨誰能説』，正與幾年前所作同調詞『報國無門空自怨，濟時有策從誰吐』呼應，他的痛苦，他的委屈，無從訴説。『倚闌干、老淚落關山，平蕪隔』，這裏他在南望國都臨安，平蕪隔斷的不僅是他的視綫，還有他忠君愛國的心願，這平蕪又隱指把持朝政的權要，阻斷了他實現理想之路。他又想到十多年前在此任職何等意氣風發，『要斬鼪鼯埋九地』，立志把入侵之敵斬盡殺絶，而現在罷職遠游，飄蕩江湖，歲月虛度，情何以堪！最後還是從極度的哀傷中解脱出來，借友人的『健筆』以開解，在詞末添上了一層樂觀的亮色。

吴潛前期登覽題咏詞近二十首，這些作品覽景懷古、俯仰人生、感懷世事，信息量大，情感充沛，境界闊遠，是履齋詞的上品，其中以鎮江之作最多。吴潛在鎮江任職前後三年，這是他在地方任職除晚年四明之外境遇最順、建樹最多、情緒最好的時期。鎮江多江山之勝，地處吴頭楚尾、南北要衝，自古即兵家争雄之所，也是文人墨客會聚之區。這裏的古迹和流傳的佳話很多，有着特殊的歷史文化氛圍。這裏又是南宋抗金、抗蒙的國防要塞，更激起南渡以來衆多愛國詩人、詞人的創作熱情。如下面這首登覽懷古名作：

沁園春　多景樓

第一江山，無邊境界，壓四百州。正天低雲凍，山寒木落，蕭條楚塞，寂寞吴舟。白鳥孤飛，暮鴉群注，烟靄微茫鎖戍樓。憑闌久，問匈奴未滅，底事菟裘？回頭，祖逖何劉，曾解把功名談笑收。算當時多少，英雄氣概，到今惟有，廢壟荒丘。夢裏光陰，眼前風景，一片今愁共古愁。人間事，儘悠悠且且，莫莫休休。

多景樓在鎮江甘露寺，是一處風景絶佳的登覽勝地，吴潛前宋代許多詩人、詞人在此都有題詠。此詞起筆極爲勁拔，融合了多景樓和附近的金山寺前人的題署、詩句，寫出了多景樓的高峻，佇立多景樓視野的闊遠和景觀的雄奇。放眼楚塞、吴舟、戍樓，引起天下興亡之感，不由得想起古代英雄豪杰國而忘家的志節風範：『憑闌久，問匈奴未滅，底事菟裘？』激勵自己也要在抗蒙戰争中建立功業。過片懷想南北對峙的晋宋時期在這裏建立功業的四位名人，他們的英風笑貌、英雄氣概似乎歷歷在目，作者不禁爲之神往，『固一世之雄也』，『到今惟有，廢壟荒丘』，又不禁爲之悲哀。『夢裏光陰，眼前風景，一片今愁共古愁』。『夢裏光陰』兼指古人業績和自己的懷抱志向，『眼前風景』兼指『廢壟荒丘』和當時南北戰守形勢，種種情形又使他振作不起來。覽景懷古，使他興奮、嚮往、激昂，又使他悲哀、消沉。這些情緒的混合、變换，是許多懷古之作的共性，即便蘇軾名篇《念奴嬌·赤壁懷古》也不脱這些情緒的糾結。在吴潛時代的戰守形勢，加上吴潛個人的戰守觀念，此種矛盾的出現更見得自然。雖然如此，詞中對雄闊的江山形勝的描寫，對英雄人物的懷想，所引起的豪壯的情感，應該還是作品的主旋律。這首詞在當時很有影響力，他的志同道合的朝友、同輩程公許、李曾伯都有和作。再如下兩首：

水調歌頭　焦山

鐵瓮古形勢，相對立金焦。長江萬里東注，曉吹捲驚濤。天際孤雲來去，水際孤帆上下，天共水相邀。遠岫忽明晦，好景畫難描。　混隋陳，分宋魏，戰孫曹。回頭千載陳迹，痴絶倚亭皋。惟有汀邊鷗鷺，不管人間興廢，一抹度青霄。安得身飛去，舉手謝塵囂。

水調歌頭　江淮一覽

勛業竟何許，日日倚危樓。天風吹動襟袖，身世一輕鷗。山際雲收雲合，沙際舟來舟去，野意已先秋。很石痴頑甚，不省古今愁。　郗兵强，韓艦整，説徐州。但憐吾衰久矣，此事恐悠悠。欲破諸公磊塊，且倩一杯澆酹，休要問更籌。星斗闌干角，手摘莫驚不？

上一首寫景尤爲精彩，開篇兩句着題，下面大筆揮灑，遠近高下鋪排，有聲有色，描畫出了鎮江特有的江天勝景。下一首起筆『勛業竟何許，日日倚危樓』，凸現出主人公懷抱韜略、期待建功的雄健形象，下面所寫自然都是望中景、景中情。兩首都在過片用三短句懷古，簡練精要，寫出鎮江在以往南北戰争中的地位、戰績，也正是鎮江的現實地位和自己身負的重任。不言而喻，這裏表現了他的使命感和效法古賢先烈的意念，下面的超脱、曠放，也掩蓋不住他的這些情感。

吴潛在各地的題咏較著名的還有在建康所作的三首叠韵《滿江紅》、在隆興所作的《滿江紅·豫章滕王閣》，最有現實感的登覽之作是《滿江紅·齊山綉春臺》。這首詞作於端平三年（一二三六）正月，時金朝在宋蒙聯軍的夾擊下已滅亡兩年，蒙古取代金人統治了中原。金朝滅亡當年由於宋朝决策失誤，輕易北伐，招致蒙古軍隊大舉反攻，淮東、淮西全面告急。朝廷爲了協調江淮東西綫防務，去年底派魏了翁以簽書樞密院事督視江淮京湖軍馬，赴江州開督府，以吴潛爲樞密都承旨、督府參謀官。作者於本年初乃『匹馬追公於湓浦之上』，此詞即作於赴任途中。

十二年前，曾上到、綉春臺頂。雙脚健、不煩笻杖，透岩穿嶺。老去漸消狂氣習，重來依舊佳風景。想牧之、千載尚神游，空山冷。　　山之下，江流永。江之外，淮山暝。望中原何處，虎狼猶梗。勾蠡規模非淺近，石苻事業真俄頃。問古今、宇宙竟如何，無人省。

齊山在池州(今屬安徽)城南,綉春臺位於齊山絶頂,登臨其上,大江及江北群山歷歷在目。唐朝杜牧任池州刺史曾登齊山,留下《九日齊山登高》諸名作,大凡登覽齊山的文士都會想到杜牧在齊山的詩酒風流。此詞對齊山之景、杜牧其事都寫得很虚,而着筆於『山之下』『江之外』之景、之事及引起的聯想:山之下是滚滚江流,江之外是淮南西路重重叠叠的群山,群山之外、淮河以北則是蒙古占領的中原。自然想到鞏固江淮屏障的重要,想到魏了翁開督府於江州、自己參與督府軍事使命的重大。他此時對朝廷開督府於江州的决策非常擁護,贊揚爲勾踐、范蠡卧薪嘗膽似的深謀遠慮,對抗蒙戰争的勝利也懷有必勝的信念,『石苻事業真俄頃』,認爲蒙古會同五胡十六國時的後趙石勒、前秦苻堅以及不久前的金國一樣,將很快被打敗、被消滅。這是難得一見的吴潛對時局的樂觀預言。但吴潛也并不盲目樂觀,他憑自己的政治經驗,知道朝廷政治運作常常出爾反爾,敵方形勢也常捉摸不定,結尾三句『問古今、宇宙竟如何,無人省』,又表現了他的隱憂。登覽題咏詞多有懷古的内容。南宋詞壇懷古之作很多,這些作品往往有大感慨、大視野,吴潛的作品可以説是其中的佼佼者。

吴潛入仕四十餘年,東奔西走,起起伏伏,歷盡宦海風波,他寫了爲數甚多的表現宦情、宦游况味的作品。這些作品,大多調子不高,倦宦失意,盤算退歸,身在官場,心在鄉園,是這些作品的一個基本主題。他曾在《八聲甘州·和魏鶴山韵》中表達對仕宦的看法:

任渠儂、造物自兒嬉，安能止吾歸？有秋來竹徑，春時花塢，夏裏荷漪。何事東塗西抹，空遣鬢毛稀。矯首看鴻鵠，遠舉高飛。點檢人間今古，問誰爲贏局，底是輸棋？謾區區成敗，蟻陣與蝸圍。便掀天捲地勛業，怕山中、拍手笑希夷。如何是，一樽相屬，萬事休知。

把出來做官看作命運的作弄，在官場上耗費心機，衹是加快自己的衰老。官場没有輸贏成敗可講，毫無意義，再大的功勛也比不上鄉居生活的自由自在。在臨安他是這樣寫的：

卜算子

春事到西湖，處處梅花笑。抖擻長安車馬塵，眼底青山好。身世兩悠悠，歲月閑中老。極目烟波萬頃愁，此意誰知道？

他覺得朝廷所在地的杭州，春景雖然好，但社會空氣污濁，在那裏是空耗時光，感到非常痛苦，春景與『車馬塵』對照，萬頃烟波與自己的心情對照，見得他對出來謀官是多麼不得已，多麼反感。在蘇州任職他是這樣寫的：

漢宫春　吴中齊雲樓

樓觀齊雲，正霜明天净，一雁高飛。江南倦客徙倚，目斷雙溪。憑闌自語，算從來、總是兒痴。青鏡裏，數絲點鬢，問渠何事忘歸？　　幸有三椽茅屋，更小園隨分，秋實春菲。幾多清風皎月，美景良時。陶賢樂聖，儘由他、歧路危機。須信道，功名富貴，大都磨蟻醯鷄。

嘉熙元年（一二三七）甫到蘇州上任，他的情緒就是這樣，説自己是『倦客』，他在不少作品中都稱到外地做官是做客。這些表現，好像與一個有建樹的政治家的身份有點不一致，也與前兩類作品所表現的基本思想不太一致。表面看來是這樣，但人的思想情感及其表現不應該是單一的，而是複雜的統一。外向表現和内省表現可能不一樣，詞裏的表現與詩文中的表現也可能不一樣。一般的士人入仕觀念中總充滿了仕與隱的矛盾，即使是大政治家也不免，吴潛這部分作品所表現的思想狀態應該也是真實的。吴潛在思想取向上又多受理學和老莊思想的影響。理學家多以清流自許，以高潔自期，對功名富貴保持一定距離。吴潛又很追慕陶淵明、白居易、邵雍、晁迥的爲人、爲文、爲學，他曾編有《晁文元公五書撮要》《陶白邵三子詩集成》，其文風、人生態度很受他們的影響。這都是吴潛厭宦思歸情結的成因。當然，他在政治上消極思想的反復出現更與其本人的仕宦經歷有關，他在四十年的仕途中曾十餘次被彈劾罷官，多次遭權臣、朋黨傾軋，所以他在詞中寫官場總是説『歧路危機』[一]，『羊腸九折』[二]。他的作品中有大量的范蠡、張翰用典，説：『矯首看鴻鵠，遠舉高飛。』説衹有脱離官場，纔能全身遠害。

吴潛在朝中、在地方，官職遷轉頻繁，他曾十數次改官改地，除慶元一任滿期外，其他或一兩年，有的僅數月。他經常在山程水驛上奔走，所寫的行旅詩中更顯得情緒消沉：

武陵春

慘慘凄凄秋漸緊，風雨更瀟瀟。强把爐薰寄寂寥，無語立亭皋。　客路十年成底事，水國更停橈。蒼鳥横飛過野橋，人不似、汝逍遥。

[一] 見《漢宫春·吴中齊雲樓》。
[二] 見《賀新郎·再和》。

覺得自己年復一年被拴在官務程限上，不如野鳥逍遥。

青玉案

十年三過蘇臺路。還又是、匆匆去。迅景流光容易度。鷺洲鷗渚，葦汀蘆岸，總是消魂處。蒼烟欲合斜陽暮，付與愁人砌愁句。爲問新愁愁底許？酒邊成醉，醉邊成夢，夢斷前山雨。

十年，又是十年，大量的光陰和精力都消耗在路途上，途中的景觀處處觸發愁緒，『付與愁人砌愁句』，愁好像有體積似的，砌成了愁城：借酒澆愁，因酒沉醉，醉而入夢，夢醒又是一天烟雨。這首詞用賀鑄同調詞韵，賀詞以結拍『試問閑愁都幾許？一川烟草，滿城風絮，梅子黄時雨』著名，那是『閑愁』，雖不可名狀，但還有令人回味之處，此是宦游之愁，重重刺激，層層叠加，乏味至極。

喜遷鶯

良辰佳節。問底事，十番九番爲客？景物春妍，鶯花日鬧，自是情懷今别。

祇有思歸魂夢，却怕杜鵑啼歇。消凝處，正緑楊冉冉，寸腸千折。謾說。臨曲水，修竹茂林，人境成雙絶。俯仰俱陳，彭殤等幻，何計世殊時隔。倚樓碧雲日暮，漠漠遠山千叠。沉醉好，又城頭畫角，一聲聲咽。

祇有回到自己的故鄉，纔能安定這個他鄉游子一顆不安定的心，纔能找到人生的歸宿。這些宦游詞即景即事，思前想後，真實地表現了他作爲一個官員奔走於宋末那不景氣的仕途中的種種苦況，寫出了一個真實的吴潛自我。

當然作爲一個憂國憂民的政治家，他在宦海浮沉中，在行旅遷轉中，也并没有忘懷國事，忘懷自己的責任，如下面兩首詞所寫：

柳梢青

斷續殘虹，飛翩去鳥，别岸孤村。傍水樓臺，満城鐘鼓，又是黄昏。悠悠歲月如奔。正目斷、邊塵塞氛。兩鬢秋風，百年人事，無限消魂。

『兩鬢秋風，百年人事，無限消魂』，三種狀態的對照，表明他的憂愁、痛苦與國家的命運是息息相關的。再看：

沁園春　　江西道中

落雁横空，亂鴉投樹，孤村暮烟。有漁翁掩網，牧童戴笠，行從水畔，唱過山前。雨閣還垂，雲低欲墮，何處行人唤渡船。蕭蕭處，更柴門草店，竹外松邊。凄然，倚馬停鞭，嘆客袂征衫歲月遷。既不緣富貴，功名繫絆，非因妻子，田宅縈牽。祇有寸心，難忘斯世，磊塊輪囷知者天。愁無奈，且三杯濁酒，一枕酣眠。

這裏他表白：經受這些宦游之苦，既不是爲了一己的功名富貴，也不是爲了妻子、田宅，而是『難忘斯世』。所謂『斯世』，就是眼前國家、生民所面臨的狀況，聯繫他在一些詩文中表達的思想，就是要挽救危亡的國運，拯救處在水深火熱中的生民。這是他作爲政治家的一種清醒的意念。

山水田園也是吴潛詞常見的題材，包括登覽題咏和宦游詞都有山水田園的描寫，特别是登臨古迹名勝多見對大景觀的描寫，比如鎮江的多景樓、焦山，蘇州靈岩涵空閣，嘉興烟雨樓，建康烏衣園，隆興滕王閣，從大處着筆，把握景點特徵，展開歷史聯想，把自然景觀與人文景觀統一起來。也有比較單純寫山水的，如：

水調歌頭　霅川溪亭

皎月亦常有，今夜獨娟娟。浮雲萬里收盡，人在水晶奩。矯首銀河澄澈，搔首金風浩蕩，毛髮亦泠然。宇宙能空闊，磨蟻正迴旋。　倩漁翁，撑舴艋，柳陰邊。垂綸下餌，須臾釣得兩三鮮。唤客烹魚釃酒，伴我高吟長嘯，爛醉即佳眠。何用驂鸞去，已是地行仙。

謁金門　霅上秀邸溪亭

溪邊屋，不淺不深團簇。野樹平蕪秋滿目，有人閑意足。　旋唤一樽醽醁，菱芡煮來新熟。歸去來辭歌數曲，醉時無檢束。

兩首都是在湖州寫的。作者有別墅在這裏，罷職時他曾多次來此居住。湖州以山水清嘉著稱，湖州的水景觀被稱爲水晶宫，上一首寫在這裏賞月、垂釣，上下天光，使人仿佛飛升到了天界，盡情地領略宇宙奇景，盡情地享受大自然的賦予，什麽人間的榮辱得失都消散了。這當是他在官場失意之後在這裏發現的精神王國，寫得十分瀟灑豪放，有些類似張孝祥《念奴嬌·過洞庭》的意境情趣。下一首寫閑居，也顯得那樣的自由自在，那樣的愉悦滿足，仿佛又發現了桃花源。

他寫了近二十首田園詞，多爲其退職閑居期間所寫，比如：

江城子　示表侄劉國華

家園十畝屋頭邊。正春妍，釀花天。楊柳多情，拂拂帶輕烟。别館閑亭隨分有，時策杖，小盤旋。　采山釣水美而鮮。飲中仙，醉中禪。閑處光陰，贏得日高眠。一品高官人道好，多少事，碎心田。

寫其家園環境的美好，退休生活的舒適，并以任職的不自由作反襯。這是他山水田園詞的基本主題，他在十四首組詞《望江南》中就是這樣大寫特寫，如寫春夏秋冬：

家山好，好處是三春。白白紅紅花面貌，絲絲裊裊柳腰身，錦綉底園林。　挈榼携壺從笑傲，踏青挑菜恣追尋，贏得個天真。行樂事，都付與閑人。

家山好，好是夏初時。習習薰風回竹院，疏疏細雨灑荷漪，萬緑結成帷。
呼社友，長日共追隨。瀹茗空時還酌酒，投壺罷了却圍棋，多少得便宜。
家山好，好處是秋來。緑橘黄橙隨市有，岩花籬菊逐時開，管領付樽罍。
新築就，别館共閑臺。摇手出離名利窟，掉頭擺脱簿書堆，衹在念頭灰。
家山好，好處是三冬。梨栗甘鮮輸地客，鲟鳊肥美獻溪翁，醉滴小槽紅。
識破了，不用計窮通。下澤車安如駟馬，市門卒穩似王公，一笑等鷄蟲。

各個季節的美景，各個季節的風味，都是那麼教他稱心如意，何必外出求官呢？這是他在一些時段特别是仕途不順時對人生的一種清醒認識，但大多時候并不能付諸實際，身在官場，總是身不由己，他一生都没有擺脱這種精神糾纏。

前期他也寫了一些婉約詞的傳統題材，比如戀詞《長相思》：

上簾鈎，下簾鈎，夜半天街燈火收。有人曾倚樓。思悠悠，恨悠悠，衹有西湖明月秋。知人如許愁。
要相逢，恰相逢，畫舫朱簾脉脉中。霎時烟靄重。怨東風，笑東風，落花飛絮兩無踪。分付與眉峰。

燕高飛，燕低飛，正是黄梅青杏時。榴花開數枝。　夢歸期，數歸期，想見畫樓天四垂。有人攢黛眉。

這三首都是在臨安寫的，三首，三個季節，三種情態：第一首秋日，月白燈收，所思在天街；第二首暮春，湖上偶遇，無緣再會；第三首初夏，鄉園景觀觸發對家中眷屬的思念。作品以特定的季節、特定的環境營造一種睹物思人的情境、氣氛，顯見了作者情感的律動。幾首都是小令，顯得單純、明净。也有長調，如《解連環》：

彩橈芳苑。嗟東風夢斷，燕殘鶯懶。謾記得、標格精神，正雲漲暮天，雨荒閑館。嫩緑殷紅，但回首、一川波暖。想嬌情慧態，倚褪淡妝，畫樓簾捲。　吴歌數聲冉冉。料移商變羽，人共天遠。須信道、飛絮游絲，儘春去春來，景色偷换。掃罷蠻箋，難寄我、濃愁深怨。且如今，問龜問卜，望伊意轉。

在回憶中展現了較多的情感交葛：在芳苑初識，欣賞其『標格精神』，繼而在畫樓相會，屬意其『嬌情慧態，倚褪淡妝』。繼而歡歌而後，情意生變，伊竟遠去，『春去春來』，無盡思念，欲寄『濃愁深怨』而不得，指望占卜，『望伊意轉』。寫出了種種情節，表現了在相思苦熬中的作者的一往情深。種種情節皆在回想中展開，昔日、眼前，交替閃現，用一些感嘆、回想詞進行連接，鋪叙甚見功夫，可以與周邦彦的一些慢詞類比，反映了吴潛另一方面的感情生活。

還有兩首咏妓詞，一首是《賀新郎·寓言》，一首是《二郎神（小樓向晚）》。前一首《花草萃編》卷二四引《豹隱紀談》，題作《贈建寧妓唐玉》，謂有實事。《二郎神》是寫臨安某一名妓：

小樓向晚，正柳鎖、一城烟雨。記十里吴山，綉簾朱户，曾學宫詞内舞。浪逐東風無人管，但脉脉、歲移年度。嗟往事未塵，新愁還織，怎堪重訴？　凝佇。問春何事，飛紅飄絮。縱杜曲秦川，舊家都在，誰寄音書説與？　野草凄迷，暮雲沉黯，渾自替人無緒。珠淚滴，應把寸腸萬結，夜帷深處。

這位妓女曾經學過宫廷歌舞，可以想見昔日『十里吴山，綉簾朱户』，聲名隆盛。可『歲移年度』，年長色衰，門庭冷落了，往日與她交往的公子王孫，或往日賣笑的場所秦樓楚館都不與她來往了，她被拋棄了，生計無着，新愁舊怨，無可告訴。此詞所寫爲作者的代言，仿佛白樂天潯陽江頭遇琵琶女一樣，爲她寫了這首詞，表現了對她的深切同情。《賀新郎·寓言》大半篇幅寫建寧妓的貌美情膩，最後兩拍是：『試問送人歸去後，對一奩、花影垂金粟。腸易斷，倩誰續？』也是以同情之筆揭示其迎來送往、賣笑生涯的悲哀。

還有幾首貼近女性身份的詞也寫得挺好，如下面兩首惜春詞：

柳梢青

午窗

襯步花茵，穿簾柳絮，堆地榆錢。乍暖仍寒，欲晴還雨，春事都圓。

睡起厭厭。屋角外、初啼杜鵑。百種凄凉，幾般煩惱，没個人憐。

南柯子

池水凝新碧，闌花駐老紅。有人獨立畫橋東。手把一枝楊柳、繫春風。

鵲絆游絲墜，蜂拈落蕊空。鞦韆庭院小簾櫳。多少閑情閑緒、雨聲中。

第一首以女子的視角，展現春光次第謝幕及對她的刺激，『百種凄凉，幾般煩惱，没個人憐』，在凄凉、煩惱的叠加中，想得到一點安慰也得不到。第二首捕捉到『有人獨立畫橋東。手把一枝楊柳、繫春風』這麽一個有趣而天真的細節，表現出對春天是如此眷戀。她的失望，她的落寞，在『鞦韆庭院小簾櫳』中，伴隨着淅淅瀝瀝、不絶如縷的雨聲，飄忽着，發散着。傷春是詩詞一個常見的主題，作者以女性的視覺感受物候變化，由景及人，雙管齊下，寫得十分新鮮别致。

吴潛的慶元詞一百三十九首，收入《續志》，與慶元詩一樣，數量之大是罕見的。這些作品從廣義上説也都是公餘詞，反映了他參與的一些政務活動，他對時事、農事的某些關注，更多的是反映他在政務之暇的游宴賞景、唱和競藝，呈現出一個文化素養較高的官員精神生活的一個側面，有多方面的價值。

寫政務活動如勸農郊行的有幾首，莅任之初即寫：

沁園春　　丙辰十月十日

夜雨三更，有人欹枕，曉檐報晴。算頑雲痴霧，不難掃蕩；青天白日，元自分明。權植油幢，聊張皂纛，坐聽前騶鼓角鳴。君休詫，豈宣申南翰，成旦東征？

鴻冥，哽噎秋聲。正萬里榆關未罷兵。幸揚州上督，爲吾石友；荆州元帥，是我梅兄。約束鯨鯢，奠安鼪鼠，更使嵎夷海晏清。連宵看，怕天狼隱耀，太白沉槍。

下車伊始，即事郊行：上闋寫夜雨三更，察看天色，期待出行，可謂勤政。雨霽放晴，天從人願，心情可知。他把自己此行比作周朝寄命大臣申伯和周公的『南翰』『東征』，表現出自己爲國藩翰的政治責任感和自豪感。下闋聯想到當時的國家形勢，蒙古軍隊正從淮東和京湖兩路南侵，而這兩路分别由兩淮制置大使兼揚州知府賈似道（他稱爲『石友』）和京湖制置大使兼江陵知府其兄吴淵鎮守，成功地抵擋了來犯之敵，使他倍感欣慰。他自己的責任是防守東南洋面，保障海疆和邊境的安全。這三個方面是當時重要的疆防，對此他感到很有信心，『連宵看，怕天狼隱耀，太白沉槍』，認爲敵人的囂張氣焰將被壓倒，國家將恢復安寧。這是他對當時形勢的樂觀看法。其時南宋江淮東西綫的防守還是比較穩固的，吴淵經營江陵一路很有成效，賈似道這時的表現也不錯，這樣寫合乎實際，吴潛的用意還在激勵賈、吴二位繼續爲國立功。這是吴潛履任之初一篇重要的作品，表現了他對時政的關注和高漲的任職熱情。

對農事的關注在不少詞中都有表現，如《水調歌頭·出郊玩水》：『小隊旌旗出，畫鷁倚篙行。青秧白水無際，中有一犁耕。聽得田翁相語，今歲時年恰好，眨眼是秋成。老守何能解，持此報皇明。』《沁園春·己未翠山勸農》：『二十年前，君王東顧，詔牧此州。念昔時豪杰，猶難闢闔；如今老大，却更遲留。四載相望，三春又半，邂逅劭農得縱游。田疇事，是桑條正長，麥含初抽。』這是兩首詞的上闋，寫出了一片豐收在望的景象，表現了他與民同樂的心情。他在詩文中多次表達慶元在他的治理下政通人和，家給年豐，這兩首詞也顯示了他的政績。下一篇的表達更爲動人：

水調歌頭　喜晴賦

屯結海雲陣，奮擊藉雷公。忽然天宇軒豁，杲日正當空。照出榴花丹艷，映出梔花玉色，生意與人同。閑縱一翻手，造化不言功。　想平疇，禾穟穟，黍芃芃。老農拍手相問，相勞笑聲中。辦取黄鷄白酒，演了山歌村舞，等得慶年豐。此際蓴鱸客，倚楫待西風。

此詞是開慶元年（一二五九）端午前後寫的，寫久雨天晴後的景觀和心情，特别描寫了：『想平疇，禾穟穟，黍芃芃。老農拍手相問，相勞笑聲中。』穀物的茂盛，老農的歡笑，萬物的生意，融洽無間，作爲地方長官的他喜悦之情不言而喻。『閉縱一翻手，造化不言功』，仿照蘇軾《喜雨亭記》筆法，喜其政成，喜與民樂，極爲快意。

對邊事的關注在作品中的表現更多一些。寶祐五年（一二五七）春，蒙古蒙哥汗率軍大舉侵蜀，形勢危峻，吴潛在幾首詞中表示了憂慮，在一篇描寫海棠的作品中寫道：『望銅梁、玉壘正春深，花空美。』[一]海棠以蜀中所産最著名，在欣賞慶元府城『二園』的海棠時他作此聯想。這年底、次年春蒙哥汗進攻受阻，他在開慶元年元宵詞中寫道：『甘泉見説，捷書頻奏，漸次不煩鼙鼓。』[二]反映非常及時。這年有七八首詞寫到此事，如：

海棠春　己未清明對海棠有賦

海棠亭午沾疏雨，便一餉、胭脂盡吐。老去惜花心，相對花無語。　羽書萬里飛來處，報掃蕩、狐嗥兎舞。濯錦古江頭，風景還如許！

[一]《滿江紅・二園花卉僅有海棠未謝五用韵》。

[二]《永遇樂・己未元夕》。

又是寫海棠，在欣賞海棠時又聽到川蜀傳來抗蒙的好消息，不禁欣喜無比，去年是『花空美』，今年是『風景還如許』，失地光復，金甌無闕，當然使他興奮不已了。這首詞的製題比較特别，詞調與詞題一致，還特别標明『對海棠有賦』，顯得他是十分鄭重地把這次欣賞海棠與聞捷聯繫一起作爲大事件來寫。幾乎同時他還寫有一首直賦聞捷的作品，詞調是《賀聖朝》，即祝賀南宋大捷，詞調與内容高度一致，可以看出他興奮的心情：

賀聖朝　己未三月六日

捷書夜半甘泉去，報天驕膏斧。摩空銅壘，鬧流瞿灩，掃清雲霧。　樓蘭飛馘，焉耆授首，謾誇稱前古。須知開慶，太平千載，方從今數。

所稱『捷書』當指本年正月合州釣魚城守將王堅殺死蒙古勸降使者事，他把此事寫成『天驕膏斧』，或者是得自傳聞，認爲在四川全境消滅了敵人，取得了史無前例的大勝利，又從『開慶』改元加以發揮：慶祝這次勝利，慶祝宋朝千載太平。這首詞可以説是履齋詞中寫時事的第一首快詞，從『捷書』叙起，而下以極度誇張的詞語鋪陳勝利，又説漢代討伐匈奴、平定西域也比不上這次大捷意義重大，真是掃空前古。

他的慶元詞時時表現出對邊事和農事的關注，這是作爲一個憂國憂民的政治家的固有意識，正如他在離任時所寫的一首《水調歌頭・開慶己未秋社維舟逸老堂口占》中所説：『但餘心願，朝暮香火告神明。一願君王萬壽，次願干戈永息，三願歲豐登。』但是應當看到，以上這些作品在慶元詞中所占比例是很小的，大量的是如前面所言游宴賞景、唱和競藝之作，下面再作分類簡評。

景觀題咏詞。與慶元前的景觀題咏不同的是，這些作品寫作範圍僅限定於慶元府城周圍，是爲一地而作。慶元即今浙江寧波，在南宋是一座重要的濱海城市，他原以四明山得名爲明州，宋寧宗即位，因它曾是寧宗爲藩儲時的任官地，遂以年號改名爲慶元。這裏風光特佳，人文鼎盛，南渡之後高官顯宦衆多，吴潛曾作一首大景觀題咏：

西河　和舊韵

都會地，東南盛府堪記。蓬萊縹緲十洲中，雉城擁起。憑高一盼大江横，遥連滄海無際。　壁衙衆山翠倚，赤龍白鷂争繫。風帆指顧便青齊，勢雄萬壘。越栖吴沼古難憑，興亡都付流水。　晝堂綺屋錦綉市，是洛陽、耆舊州里，富貴榮華當世。問昔年、賀老疏狂、何事輕寄平生、烟波裏。

詞分三闋，用大手筆題寫慶元大景觀。上闋總寫濱海大都會的雄姿，中闋分寫佳山佳水、吴越古迹，下闋寫當世繁華市井、人物，突出海景和人文，融合古今真幻，展現了慶元的特色風情。『和舊韵』和的是周邦彦詞《西河·金陵懷古》，似乎有欲以慶元與金陵争雄的意味，也有以己作與周詞競美的意味。此詞主要是頌今，周詞是懷古，境界和想象空間比周詞大，在宋人的都市詞中應屬上品。

慶元在吴潛的時代似乎可以稱之爲花園城市。吴潛在前人建設的基礎上踵事增華，府城及周邊景點衆多，他在公餘之暇常常和僚友游覽其中，欣賞其美麗的風光，他題寫的景觀有十數處，特别是他親手創建或改造的景點一再題咏，顯見他對傾注了較多心血的這些景點的自珍。在三和翁元龍桃源洞的《賀新郎》中他是這樣寫的：

了却兒痴外。撰園林、亭臺館榭，謾當吾世。紅楯朱橋相映帶，人在百花叢裏。更依約、垂楊襯水。檜柏芙蓉棖桂菊，也還須、收拾秋冬意。閑坐久，忽驚起。

這是寫他的城市園林設計：建造亭臺館榭，供縱懷游賞。紅色的欄干和橋梁相互映帶。種滿繁花，栽上垂楊，與碧池映襯。有春夏的花木，有秋冬的花木，有落葉的，有常緑的，一年四季都有美景。看來他像是一個很有審美眼光的園林設計師。他很會享受自然美景，享受他所創造的園林風光，如一首題寫老香堂的追和周邦彦的《隔浦蓮》：

扇荷偷换羽葆，院宇人聲窈。獨步亭皋下，闌干并栖幽鳥。新雨抽嫩草。檐花鬧，一片萍鋪沼，燕雛小。書空底事，那堪手版持倒。今來古往，幾見北邙人曉。鄉號亡何但日到。休覺，陶然身世塵表。

寫初夏在老香堂賞景情狀。據《開慶四明續志》卷二《郡圃》載：老香堂，在府堂後，吴潛闢置命名。『先是燕居之地多隘塞，自敞斯堂，大使丞相日坐其間，静觀萬物，俯仰夷猶』。初夏池亭景物豐富而清幽，作者細細觀察，一件件都那麼新鮮有趣，那麼富含生機，引人遐想，他忘記了官場上的得失煩惱，發現這裏也是一個逍遥自在的無何有之鄉，他可以在這裏陶冶性情，參悟人生。周邦彦的《隔浦蓮》寫的是『中山縣圃姑射亭避暑』，他是寫在此獨步賞景，論寫景的細致、體悟的深切，不在周邦彦詞下。

吴潛這些題咏詞作，描寫、美化了慶元的自然環境，并以其詩情畫意附着在許多景點上，流傳後世，作爲地方文化遺産來説，是具有永久價值的。

咏物詞。慶元前吴潛寫作咏物詞不多，慶元寫了三十多首，尤以咏梅爲多，追和姜夔的《暗香》《疏影》就寫了三組六首。姜詞是咏梅名篇，吴潛賡和六首，顯示了旺盛的創作才力，表現了相當高的藝術素養和趕超成效。如第一組兩篇：

暗香

曉霜一色。正恁時隴上，征人横笛。驛使不來，借問孤芳爲誰折？休説和羹未晚，都付與、逋仙吟筆。算祇是，野店疏籬，樵子共争席。寒圃，衆籟寂。想暗裏度香，萬斛堆積。惱他鼻觀，巡索還無最堪憶。萼緑堂前一笑，封老幹、苔青莓碧。春漏也，應念我、要歸未得。

疏影

佳人步玉。待月來弄影，天挂參宿。冷透屏幃，清入肌膚，風敲又聽檐竹。前村不管深雪閉，猶自繞、枝南枝北。算平生、此段幽奇，占壓百花曾獨。閑想羅浮舊恨，有人正醉裏，姝翠蛾緑。夢斷魂驚，幾許凄凉，却是千林梅屋。鷄聲野渡溪橋滑，又角引、戍樓悲曲。怎得知、清足亭邊，自在杖藜巾幅。

吴潜詞步姜詞之韵，在風格上也顯然受到姜詞的影響，如用典、用曲筆，組織深密，意指深隱，立意上、構思上又有新創。姜詞是爲歌女寫的，内容多與女子有關，立意不外乎風月佳人〔一〕，吴潜一改爲托物言志，展現士人的主觀情懷，提高了思想境界。姜詞第一首以相思連綴，全篇着眼於回憶，吴潜第一首以懷舊起，然後俯仰平生，過片着題於『暗香』，結以思歸，多一層曲折、轉合。第二首姜詞以閨情串聯，意脉不夠貫通，吴潜詞上闋尋梅，下闋入夢而夢醒，歸結於鄉居的自由自在，立意清晰。姜夔的《暗香》《疏影》宋末被張炎稱爲：『前無古人，後無來者，自立新意，真爲絶唱。』〔二〕似乎評價有點過頭，如吴潜就不能説不是一個有所新創的來者。而且在姜夔創製之後到吴潜追和之前，詞壇上應和者寥寥無幾，吴潜除了有六首步韵的咏梅詞外，還有兩首步韵的咏雪詞，應該説吴潜是姜夔這兩首名作有力的宣揚者。如此説來，在衆多的宋代咏梅詞中，吴潜應有他的一席之地。

節令詞。吴潜慶元間節令詞也寫了三十餘首，元夕詞尤多，開慶元年就寫了八首。這

〔一〕也有認爲有比興寄托，但并不明顯。

〔二〕張炎《詞源》卷下。

年元宵節他獲知宋軍在川蜀遏制了蒙古的攻勢，很是振奮，這年又是他在慶元任職的最後一年，對自己的政績他也頗感滿意，在這樣的心情下，創作熱情空前高漲。八首有五首是慢詞長調，其中《寶鼎現》長達一百五十七字，是宋代最長的詞調之一，是吴潛詞中最長的一篇，可見吴潛爲慶祝這年的元宵節傾注了多少情感和精力。在《永遇樂·己未元夕》下闋他寫道：『甘泉見説，捷書頻奏，漸次不煩鼙鼓。雙鳳雲間，六鼇海上，祝贊齊手舞。三呼聲裏，君王萬壽，歲歲傳柑笑語。便都把，升平舊曲，腔兒旋補。』喜悦之情溢於言表。試看《寶鼎現·和韵己未元夕》：

晚風微動，净掃天際，雲裾霞綺。將海外、銀蟾推上，相映華燈輝萬砌。看舞隊、向梅梢燃晝，丹焰玲瓏玉蕊。漸陸地、金蓮吐遍，恰似樓臺臨水。老子歡意隨人意。引紅裙、釵寶鈿翠。穿夜市、珠筵玳席，多少吴謳聯越吹。綉幕捲、散繽紛香霧，籠定團圓錦里。認一點、星毬挂也，士女桃源洞裏。聞説舊日京華，般百戲、燈棚如履。待端門排宴，三五傳宣禁侍。願樂事、這回重見，喜慶新開起。瞻聖主、齊壽南山，勢拱東南百二。

上闋描寫燈月交輝的節日景象，中闋寫與民同樂，游宴歌吹，下闋聯想舊日京華元宵，祝願天下太平。全詞就像電影鏡頭的推拉摇動一樣，展現了許多動人場面，擷取了許多典型細節，層層鋪叙，逐次轉换，寫出了盛况，傳遞出了心情。《寶鼎現》這個詞調創自南宋初的康與之，也是元宵詞，吴潛詞題上有『和韵』二字，和的就是康與之詞韵。後來不少人襲用這個詞調寫元宵，在這個序列中，吴潛詞是較好的作品。吴潛這些元宵詞對當時民情風俗的詳盡描寫，也具有文化史的價值。

應酬詞。慶元期間吴潛寫有包括贈行、祝壽等人事應酬的作品二十多首，一半是壽詞，爲祝壽、答謝祝壽。南宋詞壇，壽詞泛濫，許多較有名的詞人壽詞占比都較高，且多有阿諛權貴之作，如劉克莊、吴文英有多首壽詞投獻賈似道。吴潛給人祝壽的詞衹寫了兩首，一是慶元前爲好友吴泳、吴昌裔合寫了一首，另是來慶元任職爲其兄長吴淵寫了一首，未見有攀附高位顯宦之作，在這方面吴潛是同時代知名詞人中最乾净的。他寫有三首自壽詞，都比較低調，立意在任緣隨性，戒進求退，還不忘爲國爲民祈福。如：

沁園春　戊午自壽

笑指頹齡，循環雌甲，卦數已圓。嘆蜀公高潔，休官去歲；温公耆舊，入社今年。底事崎嶇，蒼顔白髮，猶擁貔貅護海堧。君恩重，算何能報國，未許歸田。　遥憐，宛句山前，正水漲溪肥繫釣船。縱葵榴花鬧，菖蒲酒美；都成客裏，争似家邊？寄語兒曹，若爲翁壽，祇把鷗盟更要堅。翁還祝，願欃槍日静，穲稏雲連。

説自己退休已晚了，爲職任在肩感到遺憾，也感到有壓力。認爲還是歸去好，告訴兒輩，若爲自己祝壽，應以此發願，還祝願邊疆平静、農業豐收。寫得平實而真誠。答謝友人、僚屬的祝壽詞，也以退歸自期，如：

滿江紅　己未賡李制參直翁俾壽之詞

午枕神游，曉鷄唱、城闕偷度。俄頃裏、笋輿伊軋，征夫前路。路入江南天地闊，黄雲翠浪千千畝。有皤翁、三五喜相迎，鄰田父。　旋策杖，尋幽圃。旋挈榼，陳高俎。疑此身歸去，朱陵丹府。布穀數聲驚夢斷，紗窗小陣梅黄雨。把人間、萬事一般看，投芳醑。

以歸鄉一夢報答僚屬的祝壽美意，構思奇妙。他的生日在端午前一日，戰國孟嘗君生日在端午，與其生日近，開篇用孟嘗君鷄鳴度關的典故比喻自己歸鄉也是『城關偷度』：擺脱了官職的羈絆，不異於孟嘗君过函谷關脱離了險境，獲得了自由。下面寫夢中歸鄉又有點類似陶淵明的歸園田居，那麼欣喜，那麼舒適，他把這看作比長壽更高的追求。

贈行詞以開慶元年八月離任時所寫最多，幾天之内寫了差不多十首，如：

水調歌頭　奉別諸同官

便作陽關別，烟雨暗孤汀。浮屠三宿桑下，猶自不忘情。何况情鍾我輩，聚散匆匆草草，真個是雲萍。上下四方客，後會渺難憑。　願諸公，皆衮衮，喜通津。老夫從此歸隱，耕釣了餘生。若見江南蒼鶻，更遇江東黄耳，莫惜寄音聲。强閣兒女淚，有酒且頻傾。

寫得很有感情。吴潛在慶元任職期間曾十餘次上奏請辭，在詩詞中屢屢表達歸退，簡直達到不厭其煩的程度，及至真的要離任了，又依依不舍，不舍得離開傾注他許多精力予以治理的慶元，不舍得離開三年相處的慶元同僚、部屬。慶元是他一生施政最得心應手、同事關係最融洽的任職地，他以『浮屠三宿桑下，猶自不忘情。何况情鍾我輩，聚散匆匆草草，真個是雲萍』解釋，符合人情，更符合他這幾年的經歷和實際的感受。他真是個性情中人。這首詞文辭淺白，但表達的感情却很誠摯、感人。

以上是吴潜慶元公餘之暇詞的分類評介。前面説過，在思想内容上這些作品是有所不足，但作爲其精神生活的反映還是有積極意義的。風花雪月、詩酒風流，顯見了他不同於一般鄙俗官員的高雅情趣，也爲地方、爲自己留下了這麼多的精神産品。這些詞多數是在群體創作環境中産生的，多數又是唱和之作，唱和詞包括追和詞超過全部作品的一半，自然影響其藝術質量，如題材的單調、構思的雷同、遣詞造句的平淺，所在多有，因而産生了不少平庸之作。但前面介紹的這些作品還是比較優秀的，具有不低的思想價值、文化價值和美學價值，與慶元前詞共同構成了吴潜詞的創作成就。這裏還要指出，唱和是南宋中期以後詞壇上一種普遍的風氣，吴潜自不能免。對他來説，唱和也并不都是消極的，唱和中有借鑒、有切磋、有競争，對提高寫作技藝也是有積極作用的，特别是追和前輩。吴潜追和前輩的作品共二十五首，包括慶元前五首，追和詞人之多在全宋是首屈一指的。他所追和的多是名家，如蘇軾、賀鑄、周邦彦、吕本中、張元幹、葉夢得、辛棄疾、朱熹、姜夔等。追和的作品又多是名篇，這反映了吴潜取法乎上、轉益多師的創作態度，自然對提升其藝術質量有積極作用，而且所追和的作品還能作爲衡定吴潜作品藝術水準的一個參照。從前面評述的那些追和之作看，吴潛及其作品和那些名家名篇相比無明顯的落差，各有千秋，有的還後來居上。

吴潛早年學詞，中年編集，晚年創作熱情不減，這説明吴潛對詞有着終生的愛好。從他所追和的前輩之多，從他的一些詞作的小序和音注可以看出，他對詞的寫作下過大功夫，他熟讀許多名家名篇，熟記許多詞調的格律聲韵，以詞名家的意識强烈。慶元前詞在他生前已成集流傳，同時代的著名詞選《陽春白雪》《中興以來絶妙詞選》《絶妙好詞》都有選録，可以説在他生前已入知名詞人之列。遺憾的是慶元詞長期未得較大範圍流布，可能因《開慶四明續志》編刻在他即將放逐的前夕，其書印製有限，流傳有限，直至清乾隆前吴潛慶元詞都未被學人提及，這對吴潛在詞史上的知名度和地位有所影響。從前面對吴潛前後期作品的評介可以知道，吴潛的作品從整體上看，反映的社會生活面比較寬，表達的思想情感比較豐富，藝術表現手法也比較多樣。從數量和質量兩個方面衡量，吴潛在宋代詞史上應有較高的地位。《四庫全書》館臣根據《履齋遺集》中慶元前詞評云：『其詩餘則激昂凄勁，兼而有之，在南宋不失爲佳手。』如果通慶元前後而觀，似乎可以這樣評定：吴潛是南宋最有成就的詞人之一，在全宋躋身名家應無愧色〔一〕。

上面已經介紹，吴潛生前共編撰了八種著作。《履齋詩餘》爲宋末幾種詞選選録，曾爲臨安陳氏書棚版刻流行〔二〕，《論語衍究》吴泳在寫給吴潛的一封書信中道及，也曾版行〔三〕。吴潛在慶元任職期間所寫的詩詞文在吴潛卸任之際編入《開慶四明續志》，也已刻印，宋元之交《兩宋名賢小集》編者又從别的來源編吴潛慶元詩十九首爲《四明吟稿》。其他著作未聞編刻，也未聞吴潛生前編有綜合文集。今存《永樂大典》殘卷兩處引《履齋詩餘》《履齋先生詩餘》，當即陳氏書棚本，有一處引《履齋先生集》，應是綜合文集，不知編於何時。《宣城吴府族譜》載吴潛五世孫吴原頤曾編《許國公集録》，或許即《履齋先生集》。吴潛貶謫至死

〔一〕據劉尊明、王兆鵬《唐宋詞的定量分析》（北京大學出版社，二〇一二年），吴潛詞在歷代詞的選本中入選作品數量居全宋第四十六名，名次已不算低。入選詞無慶元間作品，若有，名次自然更高。中國社會科學院文學研究所編《唐宋詞選》（人民文學出版社，一九七九年）前言説：『南宋後期還有一部分詞人繼承蘇軾、辛棄疾的優良傳統，其中比較重要的有劉克莊、吴潛、陳人杰、劉辰翁、文天祥等人。』其書選録了九十餘位宋代詞人作品，吴潛入選三首，其數量名次可排二十幾名。《唐宋詞鑒賞辭典》（上海辭書出版社，一九八八年）選入二百五十餘位宋代詞人作品，吴潛入選七首，數量在三十名左右。

〔二〕天津圖書館藏《百家詞》明鈔本《履齋先生詩餘》後有『臨安府棚北大街睦親坊巷口陳解元宅書籍鋪刊』牌記。

〔三〕見吴泳《鶴林集》卷三一《答吴毅夫書》。

於貶所，且下距宋亡不久，其著述當遭致嚴重毀損，除上面介紹的幾種外，其他皆未見編刻，《宋史》本傳及《藝文志》未著録吴潛任何著作。

僅存的著作入明後也在若存若亡之間。萬曆初梅守德、貢安國等纂修《寧國府志》，著録吴潛《鴉塗集》《履齋詩餘》《論語士説》《論語衍究》《晁文元五書撮要》《節諸子書》《陶白邵三子詩集》著作七種，注曰：『今存詩若干篇，餘并逸。』〔一〕除了零星詩篇外，其他著作都認爲已失傳。但就在此時前後，經過吴潛後人和鄉人的努力和關注，《許國公奏議》和《履齋遺集》相繼得以編刻，留存在《百家詞》中的《履齋詩餘》被發現。萬曆十年（一五八二），吴潛十一世孫吴詔相及其子吴伯敬編刻了《許國公奏議》四卷，此書有沈懋學和吴詔相、王環序跋〔二〕。萬曆十六年（一五八八），梅鼎祚在南京發現《百家詞》本《履齋詩餘》，又搜集到吴潛舊集一些殘存詩文，編成《履齋遺集》四卷，交給吴伯敬刊刻〔三〕。《百家詞》本《履齋詩餘》爲

〔一〕見萬曆《寧國府志·藝文志》，未著録《許國公奏議》《孔孟格言》。

〔二〕此刊本今存臺灣『國家』圖書館。卷首題明汝州守十一世孫詔相編梓，卷末題十二世孫伯敬校閲。又有十二世孫吴伯與重刊六卷本，吴焯《綉谷亭薰習録》、王瑞履《重論文齋筆録》著録，其書未見。

〔三〕《履齋遺集》明刊本題宋左丞相許國公宣城吴潛撰，明同邑後學梅鼎祚編校、十二代孫吴伯敬閲梓。此集詩文曾與吴淵、吴原頤、吴詔相三集合刻爲《衮綉堂四集》，見梅鼎祚《鹿裘石室集·文集》卷二《衮綉堂四集序》，并參見其《刻周少隱存集序》。《衮綉堂四集序》有『私輯二相之集僅存者』之語，二相指吴淵、吴潛，見出之前曾有吴潛文集，當即吴原頤所編。

《履齋先生詩餘》一卷、《續集》一卷，梅鼎祚編入《履齋遺集》合爲一卷，將《續集》六首移至正編各調之後。今傳《履齋詩餘》明清鈔本兩卷本、一卷本各數部，當皆爲此兩種版本的傳鈔。

關於吴潛的重要文獻《許國公年譜》也在吴潛的幾代後裔的持續不斷地編輯下得以刻印〔一〕。《履齋遺集》後編入《四庫全書》〔二〕，得以流布。明刊《許國公奏議》至清時現時隱，吴氏溧水後裔曾加重刻，削去明刻原序，署『裔孫斗祥、男開楨開模同輯』，爲陸心源鈔録刻入《十萬卷樓叢書》，民國間又爲《叢書集成初編》收入重排，遂成此書通行版本。原來的明刊本在大陸僅存一卷，近年從古籍資源網發現臺灣完璧俱在。

載有大量吴潛詩、詞、文的《開慶四明續志》，宋後流傳甚稀，明《文淵閣書目》著録有《四明續志》四册，不知是稱《開慶四明續志》，還是《至正四明續志》。直至清中葉，各公私藏書目録皆未見著録，唯見全祖望在《鮚埼亭集》中道及家藏宋本，後被竊，爲杭州趙昱（谷林）贖歸〔三〕。《鐵琴銅劍樓藏書目録》説：『是書向來與《寶慶志》藏書家皆未見。自謝山全氏得宋

〔一〕參見本書第四九二頁注〔一〕。

〔二〕《四庫全書》收《履齋遺集》書名爲《履齋遺稿》，《四庫全書總目》爲《履齋遺集》，此書底本《履齋遺集》今存北京大學圖書館，作『遺稿』當係鈔誤。

〔三〕見全祖望《鮚埼亭集·外編》卷三五《跋四明寶慶開慶二志》。

槧本於陸參政懋龍家，後歸趙谷林録副以傳。』當時不少藏書家都曾録副，《四庫全書》收録，底本當爲一鈔本，第十二卷《詩餘》脱漏二十八首。原宋本後歸鄞縣抱經堂盧址，咸豐四年徐氏烟嶼樓刊《宋元四明六志》曾借校〔一〕。最後歸袁克文。此書在此前後有幾部鈔本流傳，宋刊本可能衹有這一部，今存中國國家圖書館。宋刊本第十二卷《詩餘》脱一頁，《宋元四明六志》和所有鈔本均脱此頁。此書第九至十二卷吴潛詩詞也爲一些藏書家别出單鈔，所知有《宋元四明六志》所參校的蕭山王氏本、彊村過録的江韵秋《履齋詩餘别集》本，此二本今皆未見，唯見鮑廷博《履齋四明吟稿》，今藏重慶市圖書館。據《宋元四明六志》書末跋、彊村跋和鮑鈔目檢，三鈔本均闕十二卷一頁、詞二首。

《四庫全書·履齋遺集提要》指出吴潛文章『散佚者尚多』，隨着《開慶四明續志》的流布和《許國公奏議》的重現，陸心源提出要對吴潛文集進行整編，他在《履齋遺集跋》中説：『《開慶四明續志》載其詩文甚多……此外，尚有《許國公奏議》……可增於此集三倍。』認爲可以把《履齋遺集》《許國公奏議》及《開慶四明續志》所載吴潛詩文合編起來，他除了把《許國公奏議》略作校勘刻入《十萬卷樓叢書》，更進一步的整理未及着手。清末民初的朱孝臧

〔一〕參見董沛《校刻宋元四明志序》。

首先對吴潛詞進行了全面整編，他把《履齋詩餘》和《開慶四明續志》中的《詩餘》都收入《彊村叢書》，還從他書新輯三首，分爲《履齋先生詩餘》一卷、《續集》一卷、《補遺》一卷、《别集》二卷，刻入《彊村叢書》，後爲二十世紀四十年代唐圭璋的《全宋詞》悉數收入。詩文的全面整編直至二十世紀八十年代後《全宋詩》《全宋文》（下面連同《全宋詞》簡稱爲『三全本』）的開編始着手進行，并完成於世紀之交。吴潛詩整合了《履齋遺集》詩一卷、《開慶四明續志》吟稿二卷及《兩宋名賢小集・四明吟稿》一卷，另補輯十七首零四句；吴潛文整合了《履齋遺集》文二卷、《許國公奏議》四卷，從《開慶四明續志》及别的文獻中補輯十六篇。以上『三全本』於吴潛詩、詞、文整理打下了基礎，但這都是寓身於斷代總集的分體整編本，獨立的分體本和綜合彙編本都未出現。合『三全本』爲一編，在此基礎上精細校勘，編成《吴潛全集》，是這次整理的主要目標。

『三全本』都存在較爲嚴重的版本使用問題。吴潛詞本身版本較爲複雜，《彊村叢書》所收的《履齋詩餘》底本是清中葉姚文田邃雅堂藏舊鈔本，傳世最早的《百家詞》本未能使用。《履齋詩餘别集》底本是晚清江韵秋《開慶四明續志》校録本，録、校都有些誤字，而未能使用宋刊本。《全宋詞》收入又産生了一些誤字。《全宋文》收的《許國公奏議》用的是《叢書集成》排印本，錯誤甚多，還有六篇殘闕。《全宋文》所收《履齋遺集》，用的是《四庫全書》本，其中因『違礙』被妄改的文字多見〔一〕。有些文章源自《開慶四明續志》，用的也是四庫本，誤字、妄改也甚多。《全宋文》還有一不恰當做法，將所收文重新編排，甚至原有文與新輯文混編，隱没了所依據底本面貌。『三全本』文字校勘較粗疏。《全宋詩》幾無校勘，其所收慶元詩所據爲《四明六志》本，其所收慶元前詩，據《遺集》照録也有誤字，更未違核查從出文獻、徵引文獻。《全宋文》有一些他校，但顯得很不規範，《全宋詞》偶有校勘，也有誤失。『三全本』都缺乏版本对校，這些都需要在校勘上下大功夫。我在校勘上的做法是：爲便於『三全本』的使用和對照，詩、詞、文即以《全宋詩》《全宋詞》《全宋文》爲工作底本，來自《開慶四明續志》的《吟稿》《詩餘》和其他文章，以《續修四庫全書》宋刊影印本進行對校，來自《履齋遺集》的以明刊本對校，來自《許國公奏議》的以明刊本進行對校，均期以恢復祖本面貌。收入的《全宋詞》據收的《詩餘別集》二卷，還注意吸收《彊村叢書》本過録的江韵秋的校勘成果，來自《履齋詩餘》的作品則對校明《百家詞》鈔本〔二〕，同時參校彊村過録的彭氏知聖道齋《南詞》本

〔一〕如《忠節廟記》九處『虜』『賊』被改爲『敵』，《上廟堂書》八處『韃』改爲『彼』，一處『狡虜』改爲『强敵』。他文還有妄删、妄增的語句。

〔二〕《百家詞》明鈔本今藏天津圖書館。通行本有民國間商務印書館排印林大椿整理本，排印本亦來源明鈔本，但有校改，時有誤處。

的異文。據《全宋文》所收文章恢復了所從出的三書原有的編排次序。還特别留意他校，本集作品爲他書收載、選録，都盡量進行了勘對，也較多運用了理校和考證。凡此都甚費精力，寫出校記逾五百條，補足殘文六篇。對《全宋文》《全宋詩》所輯佚文、佚詩也作了校勘和甄别，還新輯得詩九首一句、文十八篇。『三全本』標點存在的問題也不少，重新改訂處數以百計。

經此整理，《吴潛全集》編詩四卷，詞三卷，文八卷，共十五卷，可以説存世的吴潛詩、詞、文都完好地彙集於此了。

附録二

吴潛年譜新編

吴潛，字毅夫，號履齋。

《宋史》卷一七七《吴潛傳》（下簡稱本傳）：『吴潛，字毅夫。』《許國公年譜目録》（清道光十六年附刊於寧國《寧東茭笋塘吴氏宗譜》，下簡稱《年譜》）：『公姓吴氏，諱潛，字毅夫，自號履齋。』《宣城吴府族譜》（民國九年宣城綏禄堂刻本，下簡稱《族譜》）卷九《吴潛傳》同。毅夫或作毅父，《南宋館閣續録》卷九《官聯三·正字》：『吴潛，字毅父。』或作毅甫，《中興以來絶妙詞選》小傳：『吴毅甫，名潛，號履齋。』按夫、父、甫皆古人名字美稱，字多通用，吴潛之字以稱毅夫爲正規，同時人交往贈酬多稱毅夫。履齋原爲其齋名，後爲號，道光本《宛雅·初編》卷一吴潛小傳引吴伯與《吴潛傳略》（下徑稱吴伯與《吴潛傳略》）：『潛以父正肅教以踐履爲先，故以額其齋，遂以爲號。』并見《族譜》。中年即自編《履齋詩餘》，又自稱履齋居士，見《錢塘遺事》卷四《棺銘》，時人、後人多尊稱其爲履齋先生，如《履齋先生詩餘》。

宣城人。

吴潛《吾吴氏宗譜跋》：『維吴氏係昉於周泰伯，故潛之祖府君佐，爲姑蘇人……當後唐之中世，乃徙其族自蘇之宣，卜築於郡東南距城六十里許，母夫人皇甫氏墓所之白馬山，人號其鄉曰來蘇。』白馬山今在安徽宣城市宣州區水東鎮稽亭村。曹彦約爲其父吴柔勝作《吴勝之墓志銘》云『八世祖徙宣城』，此八世祖當即吴佐，爲吴潛九世祖。又言柔勝上代『後徙建康之溧水』，至柔勝進士及第後『得歸故里，家宣城西門』。至吴潛、吴淵則家南門，地名南門宕吴氏村，此爲村居。城内獅子巷爲第宅，城南二里響山有吴氏園圃，見嘉慶《寧國府志·輿地》、《族譜》卷九。吴潛籍屬宣城，爲宣城人，屢見史乘、地志記載，亦屢見其本人的詩詞文和時人、後人的記載和稱説。宣城，縣名，唐宋以來屬宣州，宋孝宗乾道二年改宣州爲寧國府。《宋史》本傳稱其爲『宣州寧國人』，乃州府并稱，其兄《吴淵傳》用語亦同，而其父《吴柔勝傳》則單稱宣州，因柔勝出生在宣州升府之前。

吴潛先世情况有多種載籍可考。

吴潛言先祖吴佐始卜築其母墓葬地白馬山。後吴潛八世孫吴宗周撰《宣城遷徙記》（見《新畬吴氏十二修族譜》），言吴佐父（柔勝九世祖、吴潛十世祖）曾辟宣州幕，僑寓宣州寧國縣雲梯，母皇甫氏卒後就近葬白馬山，吴佐父後當歸蘇州。吴佐乃宣城始遷祖。從吴佐開始後幾代情況可由《秘閣修撰吴勝之墓志銘》（曹彦約《昌谷集》卷二〇，下引簡稱《墓志》）得其大概：『八世祖徙宣城。以儒爲業，嘉祐中有諱華者，與同郡梅公堯臣友善，嘗屬梅公置京師一監書。崇觀中有諱時者，應制舉，爲宗忠簡公澤所深識。』『曾大父諱奭，妣胡氏，大父諱硃（應爲洙，見下），妣王氏、周氏。考諱丕承，竹坡周公紫芝甥也，再試禮部不偶，贈朝奉郎，妣劉氏。』由此可知，吴潛先人世代業儒，習舉子業，交接名流，有爲梅堯臣交好者，有爲宗澤深識者（吴柔勝有《宗澤行實》當有得自家傳文獻。見《宋史·藝文志》），曾祖父吴洙續娶宣城名門周紫芝女，祖父吴丕承信奉理學（參《宋史·吴柔勝傳》），兩膺州舉。吴洙，曾官學諭，以吴潛宰相資格贈太師、滕國公。吴丕承先贈朝奉郎，吴潛拜相後又贈太師、越國公。俱見《年譜》。嘉慶《宣城縣志·封蔭》載：吴洙，字師魯，吴丕承，字仲烈，俱贈金紫光禄大夫、太師、越國公。略有不同。前叙『後徙建康之溧水』的先人應爲柔勝父、吴潛祖吴丕承，光緒《高淳縣志·鄉賢傳》載丕承『贅高淳之永寧鄉茅城劉絳女，生柔勝』，與『妣劉氏』合。高淳明弘治置縣，茅城在高淳，宋代爲溧水西南鄉，與『徙建康之溧水』合。乾隆《溧水縣志·鄉賢》云柔勝父以鄉貢進士除溧水教授，遂家於溧。此又一説。按教授應爲教諭之誤。

由吴潛先世遷徙情况造成後世關於吴潛里貫的一些異説。

寧國説。明清寧國縣志有以寧國雲梯《吴氏家譜》證吴潛籍貫在寧國。《宣城遷徙記》言吴潛十世祖曾『僑寓』雲梯，而不是正式入籍，夫人葬白馬山，其本人當歸蘇州與兒孫團聚。後其子吴佐自蘇州來宣城尋其母葬地白馬山安家，而不是回遷寧國。即使十世祖曾入籍寧國，也不能證明十世後吴潛籍貫仍在此地。由《族譜》知吴潛次子吴琳卒葬寧國香城鄉，其後代有遷寧國者，但也不能説吴潛籍貫在此。古代特别是當代還有以《宋史·吴潛傳》關於其籍貫的表述作吴潛爲寧國人的證據，實爲誤解，上面已作説明。

溧水説、高淳説。二説實爲一説，皆因吴潛祖父吴丕承遷徙引起，上已説明。吴丕承在溧水當已入寄籍，故吴柔勝、吴淵、吴潛皆以建康府溧水縣籍登進士第，見《南宋館閣續録》卷七、卷九，《景定建康志·進士題名》、順治《溧水縣志·選舉》，《至大金陵新志·人物》吴柔勝列傳，徑稱吴柔勝爲『溧水永寧鄉茅城人』。因爲這層關係，又因爲建康（金陵）地望高於宣城，吴潛及其父兄、子侄常自稱或人稱其爲金陵人，《景定建康志》卷三一載儒學大成殿祀建康先賢『太師正肅公吴勝之』，小注：『柔勝，生於金陵。』吴潛後人有回遷此地者。

德清説。《年譜》載吴潛出生在『安吉州新市鎮之寓舍』，安吉州即湖州，新市鎮屬湖州德清縣。《吴興備志·寓公》及《掌故》皆云吴柔勝曾流寓於此，占籍新市，繼娶右正言沈浚女，生淵、潛。吴潛也明言德清新市爲其生地。臨終《謝世頌》云『生在湖州新市上』，見《履齋遺集》卷一。《吴興備志·人物·吴潛傳》『新市上』作『新市鎮』。自銘其棺云『生於霅川』，見《錢塘遺事》卷四。吴柔勝占籍與否無佐證，吴潛出生於此確實，但并非籍貫所屬。《族譜》載吴潛長子吴璞及吴璞子皆卒葬湖州張家山，當亦有回遷者。

以上三説皆有一定因由，純爲附會的里貫異説可以不論。

父柔勝，母沈氏。

柔勝字勝之，生於宋高宗紹興二十四年甲戌（一一五四），孝宗淳熙八年（一一八一）進士。卒於寧宗嘉定十七年甲申（一二二四），終秘閣修撰，謚正肅。柔勝平生行實，見《宋史·吴柔勝傳》及曹彦約撰《墓志》。傳云其守隨州時，收土豪孟宗政、扈再興隸帳下，後皆爲名將。又築隨州及棗陽城，立軍曰『忠勇』。改知鄂州，甫至值歲歉，大講荒政，十五州被灾之民，全活者不可勝計。言其幼聽父講伊洛書已知有持敬之學，不妄言笑，長游郡泮，人皆憚其方嚴。爲學官始以朱熹《四書》與諸生誦習，講義策問，皆以是爲先。於是士知趨向，伊洛之學，晦而復明。因以主朱熹之學爲御史湯碩所劾，閑居十餘年。又韓侂胄置僞學之籍，柔勝亦在五十九人之列。《墓志》謂其生平不得志：『登仕版者四十有四年，而生平游宦處，僅有贛尉三考，守隨與鄂皆不滿二歲。下砂以見忌銜替，校官、幕官以煩言改缺，鄂渚有實惠及物，乃或以干譽好名目之。其尊德樂義、中懷誠實：不必與賢士大夫盡接，而脉絡交貫自無間斷；不必與非其人相惡，而枘鑿方圓自不相入。至於鹽筴以最聞，而强以虧額坐替；救荒已著效，而虚以好名得謗。人之反常害正，一至是哉！』『娶石氏、沈氏、曹氏，皆贈安人，臧氏又受安人封』。《年譜》載柔勝贈觀文殿大學士、太師、魏國公，謚正肅。皆吴潛拜相後所請，誥命存《寧東茭笋塘吴氏宗譜》。《景定建康志》卷三一載儒學大成殿太師正肅公吴勝之從祀，有贊詞云：『正肅得師，達於有政。畿幕荆軺，廪發饑振。朝曰汝饘〔一〕，氓曰生我。尸而祝之，有永無墮。可禁者學，不可禁者心。天監厥德，及物也深。何以報之？在其後人。』

沈氏爲右正言沈浚女，吴淵、吴潛生母，後贈曹國夫人，見《年譜》《族譜》《吴興備志·寓公》。沈浚，德清人，建炎二年（一一二八）進士。見《嘉泰吴興志》卷一七。

兄源、泳、淵。

長兄源，字宗父，生於孝宗淳熙四年丁酉（一一七七），鄉薦待補太學生，推恩蔭授迪功郎，卒於寧宗嘉定七年甲戌（一二一四），年三十八歲。葬宣城白雲王村，今在宣州區水東

〔一〕饘：原誤作『擅』。

鎮。見《墓志》《族譜》、嘉慶《宣城縣志・蔭襲》。由袁甫《蒙齋集》卷八《吴源特贈迪功郎制》知，迪功郎乃吴源卒後因吴淵之請所贈，光緒《宣城縣志・蔭襲》謂以父受贈，不確。生一子，琪，字禹玘，《族譜》云嘉定間補上庠恩，奏授迪功郎，累官奉議大夫、太平府通判。按《景定建康志》進士題名理宗淳祐七年有吴琪，《兩浙金石志》卷一二《靈隱題名》：『淳祐丁未（七年）立秋二日……金華何子舉、嘉禾葉隆禮、宛陵吴琪來游，喜雨。』靈隱題名之吴琪當即《景定建康志》之吴琪，三人皆淳祐七年進士，同游於此。頗疑此吴琪即吴源子。

仲兄泳，字弘父，生於淳熙間，三領鄉薦不第，入太學，以明堂恩補迪功郎，調湖州武康主簿，卒於官。見《墓志》《族譜》。泳、源生母爲石氏，參見《吴興備志・掌故》。按《墓志》述源、泳云『皆早世』，吴泳自在其父前去世。戴栩有《吴狀元兄泳挽詞》：『理學通深藝學高，一官俄逐盛年抛。門中晁董刊新志，海内陳雷哭舊交。黄落已空秋半葉，清芬未著臘寒梢。魂兮有句重吟否，謝朓山孤月轉坳。』見《浣川集》卷三，贊其家學淵源，由此知吴泳卒於吴潜登第的嘉定十年（一二一七）後與其父去世的嘉定十七年（一二二四）之間。葬宣城興賢鄉後潭，今在宣州區水東鎮。生一子珍，字禹賓。見《族譜》。

三兄淵，字道夫，號退庵，生於光宗紹熙二年辛亥（一一九一），寧宗嘉定七年（一二一四）二十四歲擢進士。見《族譜》。歷官郡守、制撫，才具優長，所至興利除害，究心軍民，有政聲。理宗寶祐五年（一二五七）丁巳正月初一以功拜參知政事，二十五日卒，享年六十有七，贈少師，謚莊敏。其生日應在正月末，吴潜有《賀新郎·丁巳歲壽叔氏》，丁巳歲即寶祐五年，此詞是吴潜在未得其兄訃聞時作。所著有《尚書解》《易解》《退庵文集》《莊敏奏議》，今存《退庵遺集》二卷。《宋史》有傳。其生平大略附見本譜。生三子：琚、環、瑋。長子琚，字禹瑜，度宗咸淳元年乙丑（一二六五）以蔭授屯田郎兼虞部，咸淳三年（一二六七）擢員外郎，曾助吕文德守襄陽。後仕元。次子環，字禹玟，待補太學生，授太常寺郊社署令，轉寺簿。三子瑋，字禹琦，以詞科授紹興府通判。俱見《族譜》。琚又見嘉慶《宣城縣志·蔭襲》。

寧宗慶元元年乙卯（一一九五）一歲

五月初四生於德清。《年譜》謂是年『夏五月初四日戊子公生於安吉州新市鎮之寓舍』。《族譜》同。新市鎮今屬湖州市德清縣。

吴潜《再論計畝納錢》云：『臣年二十三，蒙先皇帝親擢之恩。』謂寧宗嘉定十年（一二一七）擢進士第一，年二十三，上推生年正是慶元元年乙卯（一一九五）。開慶元年（一二五九）生日作《二郎神·己未自壽》：『古希近也，是六十五翁生日。恰就得端陽，艾人當户，朱筆書符大吉。』上推六十五，亦爲慶元元年乙卯（一一九五）。吴潜在一些生日詩詞中常寫到端陽節物、典實，曾使人誤會其生日爲五月初五端午，如下面一首《賀新郎·和劉自昭俾壽之詞》：『寶扇驅纖暑。又凄凉、蒲觴菰黍，異鄉重午。巧索從來無人繫，惟對榴花自語。也何用、謳秦舞楚。生愧孟嘗攙一日，嘆三千、客汗揮成雨。如伯始，謾台傅。』原注：『田文、胡廣皆生於五日。』這裏要注意『生愧孟嘗攙一日』的措辭，『攙一日』即搶先一日，與上面所言『恰就得端陽』，都表示他的生日在端午前一天。方岳《秋崖集》有兩詩在五月四日爲吴潜祝壽，卷一二《答吴尚書》詩云：『今夕復何夕，翠籠蒲艾香。明朝做端午，節物追楚鄉……忽憶老先生，方上千歲觴。』卷一六有《水調歌頭·壽吴尚書》詞：『明日又重午，攙指玉蒲香。』皆可證其生日在五月四日。

吴柔勝四十二歲。

吴淵五歲。

慶元二年丙辰（一一九六）二歲

夏四月一日母魯國夫人沈氏卒，葬宣城蔣山。見《年譜》《族譜》。蔣山今屬宣州區貍橋鎮。

吴柔勝四十三歲，名列僞學黨籍，被罷黜，『自是閑居十餘年』。《慶元黨禁》《宋史·吴柔勝傳》。

吴淵六歲。《宋史·吴淵傳》《族譜》皆云：『五歲喪母，哭泣哀慕如成人。』『五歲』應爲

『六歲』之誤。《族譜》明確記載其『生於宋光宗紹熙辛亥年（一一九一），薨於理宗寶祐丁巳年（一二五七），享六十有七』。紹熙二年辛亥（一一九一）至今年爲六歲。

嘉泰四年甲子（一二〇四）十歲

苦志讀書，善屬文。見《族譜》。

嘉定元年戊辰（一二〇八）十四歲

選補州學生。《年譜》《族譜》。

嘉定三年庚午（一二一〇）十六歲

《年譜》：秋八月，領鄉舉。《族譜》：以書學領鄉舉。按《宋史・選舉志》列書學一科。又，《南宋館閣續録》卷九載吳潛應進士舉家狀列其習經科目爲『治書』，即研治《書經》。不知《族譜》所言『書學』何指。

嘉定六年癸酉（一二一三）十九歲

春三月，娶夫人平氏。平氏，溧水世家。見《年譜》。吳伯與《吳潛傳略》、《族譜》：『公幼嘗侍父正肅公館於夫人家，平公見而異之，以夫人妻焉。』

吳柔勝六十歲。遷太學博士，乞通判建康府，值邊郡擇守，授司農丞、知隨州，兼京西提刑。《至大金陵新志・人物》《墓志》《宋史・吳柔勝傳》。

嘉定七年甲戌(一二一四)二十歲

父柔勝任湖北運判時,命吴潛及其兄吴淵師事鄒斌。鄒斌,號南堂先生,臨川人,陸九淵再傳弟子。《宋元學案·槐堂諸儒學案》將吴潛、吴淵列入南堂先生鄒斌門下。

吴柔勝六十一歲,任湖北運判兼知鄂州。《墓志》,參見李之亮《宋兩湖大郡守臣易替考》。

吴淵二十四歲,擢進士第,授建德主簿。至官,就辟令,江東九郡之冤訟於諸使者,皆乞送淵。見《宋史·吴淵傳》《族譜》。《南宋館閣續録》卷七載:『甲戌,袁甫榜進士出身。治《書》。』

按『至官,就辟令』云云,謂赴任建德主簿後,隨即辟任建德縣令。見嘉靖《池州府志》卷六、康熙《建德縣志》卷三、雍正《江南通志·學校志》建德縣儒學紀事。其在建德任期至嘉定九年。見康熙《建德縣志》卷三、宣統《建德縣志》卷一一。

嘉定九年丙子(一二一六)二十二歲

春三月,長子璞生。秋再領鄉舉。見《年譜》《族譜》。

《族譜》:『璞,字禹珉,號覺軒,行尚三,潛之長子。宋淳祐四年登進士。初授校書郎,改除嘉興府通判，沿江鎮撫使。信賞必罰，將士用命。元人侵兩淮，遣將會吕文德敗之於泗州。及知鎮江，能備邊息寇。歷任吏部尚書，掌左選，與丁大全不協……以病抗章乞閑。時年四十二……葬湖州張家山。』并見嘉慶《宣城縣志·名臣》、《吳興備志·人物》引《德清新志》。前面生平經歷大致應是，後面的記述可能不確，『沿江鎮撫使』當爲江陰知軍之訛，吏部尚書之任無據。據崇禎《江陰縣志》卷三職官表，吳璞於寶祐六年七月以承議郎任江陰知軍，九月除太府丞離任。又據《南宋館閣續録》卷八秘書郎寶祐後任職名單上有吳璞：『六年十二月以太府寺丞除。』著作佐郎開慶以後吳璞：『元年正月以秘書郎除。』這正是丁大全主政時期。與文天祥有交往。咸淳五年（一二六九）文天祥知寧國府，赴任前有《回吳直閣履齋之子》一書，見《文山先生全集》卷五。此履齋之子據《族譜》《宣城縣志》即是吳璞，稱其爲直閣，知其曾任閣職。書中有對吳璞『揚休山立之韵，日光玉潔之襟』的贊語及其他文字，知吳璞其時在宣城家居。

往其父任所太平州，當塗縣丞吕午有操守，父命其及兄吳淵與之定交。見《宋史·吕午傳》、方回《吕公午家傳》（《新安文獻志》卷七九）。

吳柔勝六十三歲，知太平州。《墓志》：『守隨與鄂皆不滿二歲』，『徙知太平州。未滿歲，求去益力』。參見李之亮《宋兩江郡守易替考》。

嘉定十年丁丑（一二一七）二十三歲

以進士第一登第，授承事郎、簽鎮東軍節度判官。本傳。

《南宋館閣續録》卷九：『嘉定十年進士及第。治《書》。』

按南宋狀元初階按慣例從優授予承事郎、簽書某軍節度判官，至下科進士放榜即召入爲秘書省正字。參見文天祥《文山先生全集》卷一七《紀年録》己未紀事。

《宋史·寧宗本紀四》：『嘉定十年五月……甲申，賜禮部進士吴潛以下五百二十有三人及第、出身。』

寧宗賜詩：涼德常思闕失聞，宵衣二紀屢臨軒。聖經廣大期精究，治道恢張許共論。振鷺充庭欣盛事，嘉魚式燕示明恩。朝家端欲收儒效，不但虚懷樂讜言。右嘉定十年賜吴潛已下。見《咸淳臨安志》卷一二。

《族譜》：秋八月七日特授。節録誥詞：『爾以名父之子，奉大對於廷，占奏詳明，褒爲舉首。』《年譜》存誥命目録。

誥詞稱贊吴潛殿試對策『奉大對於廷，占奏詳明』，也屢見時人的贊美，如趙孟堅《賀嘉興倅吴履齋就除守啓》云『天人大對，世謂鼂、董之後身』，李曾伯在《賀吴僉書》中也稱之爲『鼂、董、公孫之對』。惜策問原文已佚。

尋以臺臣盛章論罷，奉祠。并《年譜》《族譜》。

嘉定十一年戊寅（一二一八）二十四歲

里居。

吴柔勝六十五歲，致仕，歸宣城故里。

《墓志》：『後得歸故里……徜徉七年乃始屬纊。』

嘉定十二年己卯（一二一九）二十五歲

里居。

初識姜夔於維揚。

《暗香（曉霜一色）》序：『猶記己卯、庚辰之間，初識堯章於維揚。』姜夔（一一五五？—一二二九後），字堯章，號白石道人，饒州鄱陽（今屬江西）人。著名詞人，有《白石道人詩集》《白石道人歌曲》。於吴潜爲前輩，與其父吴柔勝有交，姜夔曾自叙與『金陵吴公』的交誼，見周密《齊東野語》卷一二引《姜堯章自叙》。

嘉定十三年庚辰（一二二〇）二十六歲

賞梅於儀真東園。

《暗香（淡然絶色）》序：『儀真去城三數里東園，梅花之盛甲天下。嘉定庚辰、辛巳之交，余猶及歌酒其下。』

嘉定十四年辛巳（一二二一）二十七歲

春仍在揚州、儀真。

正月次子琳生。夏五月二十二日降授承務郎。《年譜》《族譜》。

《族譜》：『琳，一作璘，字禹玉，號存吾，行尚六，潛之次子……喜吟詩，染翰真草篆隸，皆造精妙……所爲有《存吾詩文集》。舊譜謂嘗爲元江東招討使……考履齋辭使相奏疏，有曰「拔擢之峻，遍及於豚犬」，又以蔭授於宋朝……卒葬寧國縣香城鄉。』参見嘉慶《宣城縣志·名臣》、《宛陵群英集》卷一二小傳。吴琳，宋元史籍未見其科名，當未登科。清厲鶚《宋詩紀事》吴琳小傳，云寶祐四年進士，無據，而爲道光本《宛雅·三編》吴琳小傳、光緒《宣城縣志·選舉》輾轉承襲。以蔭授官，爲是。今人龔延明、祖慧《宋登科記考》疑吴琳以特奏名登科，可備一説。吴師道《吴禮部詩話》謂吴琳『早年倅婺』，萬曆《金華府志》卷一〇職官表宋婺州通判有吴琳，而無年份記録。雍正《江西通志·秩官》又載其南宋末景炎間曾知南康軍，後入元。

吴淵三十一歲。

《宋史·吴淵傳》在辟令後叙『改差浙東制置使司幹辦公事，丁父憂』，南宋無浙東制置使司建置,《墓志》記吴淵在其父逝世前官職爲淮東制置司幹辦公事,應是。這個職任之前吴淵的任職情况《族譜》載:嘉定辛巳年改差浙江江西制置司幹辦公事,嘉定壬午年添差浙東提舉茶鹽司幹辦公事。曹彦約有《舉吴淵自代狀》(《昌谷集》卷八),云:『從政郎、特差兩浙東路提舉茶鹽司幹辦公事吴淵:儒雅入仕,皆著顯效。使之宰邑,見謂慈祥;使之入幕,見謂婉辯。』『使之宰邑』,謂任建德縣令,『使之入幕』當謂兩任幕職,《族譜》所叙文字當有小誤:『浙江江西制置司』當衍二『江』字,應爲浙西制置司,駐鎮江。『嘉定辛巳年改差』,距建德罷任四五年,時間太久,疑此年前吴淵即來鎮江任職,吴潛的揚州之游應有他的陪同。

嘉定十五年壬午(一二二二)二十八歲

里居。

春二月十一日,叙復承事郎,主管華州雲臺觀。某月日授揚州簽判。

某月日,以制臣鄭損論奉祠。

三月十五日,轉宣教郎,差遣如故。

夏四月二十四日,以寶璽恩轉奉議郎。

某月日授廣德軍簽判,不赴。以上俱見《年譜》《族譜》。

與寧國府知府陳卓交往。陳卓(一一六六——一二五一),字立道,原籍興化軍莆田,其祖移籍明州（今浙江寧波），紹熙元年進士，歷宗正寺主簿，知江州，移寧國府，寶慶二年召入，行起居舍人，入翰苑。累遷吏部尚書、簽書樞密院事。《宋史》有傳。查嘉慶《寧國府志·職官表》，知嘉定十五年陳卓爲知府。撰《二仙堂記》，云『宗正亞卿陳公作屏於宣，居無何』『亞卿名卓』。知此文當作於今明兩年間。

吴淵三十二歲。轉任兩浙東路提舉茶鹽司幹辦公事，在紹興。

嘉定十六年癸未（一二二三）二十九歲

里居。

夏五月，三子玠生。

《族譜》：『玠字禹珪，行尚八，潛之三子。宋司門，履歷未詳……葬四十六都之界溪。』

六月二十七日夫人平氏卒。平氏，溧水世家，贈衛國夫人。葬昆山鄉黎橋寶頂寺之側。《年譜》。昆山鄉黎橋今屬宣州區南湖鄉。吴伯與《吴潛傳略》、《族譜》云：『公感平公之知己，夫人既薨，不復娶，亦不畜婢妾。』按此説與吴潛臨終所作《謝世詩》及有關文獻似有不一致處，參見景定三年（一二六二）譜。吴玠不見其他載籍。

吴淵三十三歲。改淮東制置司幹辦公事，見曹彦約《墓志》。

嘉定十七年甲申（一二二四）三十歲

里居。居喪。

吴柔勝七十一歲，卒。

曹彦約《墓志》：『生於紹興甲戌，卒於嘉定甲申，享年七十有一……二子將以十一月二十三日葬於宣城縣石港之原。』

《年譜》：『夏五月二十一日正肅公薨。冬十一月乙酉奉柩葬於長安鄉宋山石岡之原。』

嘉慶《宣城縣志·塋墓》：『修撰吴柔勝墓，小東鄉小勞山。』

石港即石岡，今在宣州區新田鎮勞山。

《墓志》：『勝之修撰葬有日，墓當立碑，真希元直院已諾執筆，柴與之秘監又狀其事矣。』撰銘曹彦約，撰碑文真德秀，撰行狀柴中行，皆當時名人。

吴潛拜相後爲其父請贈太師、魏國公，謚正肅。誥命存《寧東芟箕塘吴氏宗譜》。

左丞相許國公臣吴潛授敕封爾故父柔勝太師魏國公謚正肅誥：

奉天承運皇帝敕曰：國家褒揚大丞而推恩必及於所生也。蓋敦本化俗，以承顯揚之孝者，宜封先代。具官左丞相進封許國公臣吴潛：天性忠鯁，學問淵深。負經綸參贊之才，懷博古通今之藴。故今特贈故父吴柔勝爲太師，封魏國公，謚曰正肅。敕曰：士有懿德，不發於身，特謚於後。爰加寵錫，永慰幽壤。時咸淳二年正月十日。

按此處署時『咸淳』誤。景定二年編撰的《景定建康志》已稱吴柔勝贈官、謚號，此誥命頒賜應在吴潛拜相後之景定元年。參前『父柔勝』條。

吴淵三十四歲，居喪。《族譜》。

居喪。《年譜》《族譜》。

寶慶元年乙酉（一二二五）三十一歲

寶慶二年丙戌（一二二六）三十二歲

秋七月解服。

某月日召赴行在。

冬十二月初五日，特授秘書省正字。本傳、《年譜》《族譜》。按《南宋館閣續録》卷九謂十一月授。

吴淵三十六歲。服闋，知武陵縣，改揚子縣兼淮東轉運司幹辦公事。《宋史·吴淵傳》《族譜》。

寶慶三年丁亥（一二二七）三十三歲

居朝。

《陪陳立道中書泛湖二首》

陳立道，陳卓，時在朝任起居舍人，入翰苑。此詩當作於此年前後。

吴淵三十七歲。

據隆慶《儀真縣志》卷五，吴淵寶慶中知儀真兼判真州。

紹定元年戊子（一二二八）三十四歲

秋八月初二日，轉承議郎，行秘書省正字。《年譜》《族譜》。十二月，爲校书郎。《南宋館閣續録》卷八。

三月，爲岳珂辨認哲宗手書。見岳珂《寶真齋法書贊》卷一。岳珂（一一八三——？），字肅之，號亦齋，晚號倦翁。岳飛之孫。以蔭入仕，歷司農寺主簿、光禄丞、軍器監丞，屢任州郡監司、長官。好文學，喜書法，富收藏，與文士多有交往。有《玉楮集》。《宋史》有傳。

吴淵三十八歲。添差通判真州。《宋史·吴淵傳》《族譜》。

紹定二年己丑（一二二九）三十五歲

春正月初十日，特授行秘書省校書郎。《年譜》《族譜》。已見去年十二月。

四月有《崇德縣縣樓記》，署：『紹定二年四月望日，承議郎、行秘書省校書郎吴潛記。』

此時未有嘉興任命。

某月日授添差通判嘉興府。《年譜》《族譜》。參本傳。

《南宋館閣續録》卷八校書郎：吴潛『二年五月添差通判嘉興府』。

九月撰有《重修吴學記》。

與姜夔再會於嘉興。《暗香（曉霜一色）》序：『己卯、庚辰之間，初識堯章於維揚。至己丑嘉興再會。』

吴淵三十九歲。入爲將作監丞，遷樞密院編修官。《宋史·吴淵傳》《族譜》。

紹定三年庚寅（一二三〇）三十六歲

夏三月十五日，特授權發遣嘉興府事。《年譜》。兼管内勸農事、節制金山水軍。《廣惠院記》。

趙孟堅《彝齋文編集》卷四有《賀嘉興倅吴履齋就除守啓》。

吴淵四十歲。兼刑部郎官，再遷秘書丞仍兼刑部郎官。以直焕章閣知平江府兼節制許浦水軍，提點浙西刑獄。《宋史·吴淵傳》。

《南宋館閣續録》卷七：吴淵十一月除秘書丞，同月知平江府。洪武《蘇州府志·牧守題名》：吴淵，宣教郎、直寶章閣，紹定三年十二月初三日到任。這裏『寶章閣』應爲『焕章閣』之誤。《族譜》記平江之任爲紹定四年事。

紹定四年辛卯(一二三一)三十七歲

轉朝散郎,差遣如故。《族譜》。

七月廣惠院成,作記。《廣惠院記》:『曩郡守相臺岳公珂嘗有志於斯矣,會去官不克,僅儲緡錢萬以屬來者。悠悠一紀,未有過而問焉,而此錢因以轉移,不復爲州家有。自潛爲州郡别駕,已慨然興惻。洎領郡事,即經營卜度,寸積尺纍,或墾閑田,或市良田,或括公田,或民之化於善者樂助田。歲餘得米二千七百石有奇,乃治新材,創屋一區,爲楹六十有五,凡門廡、直舍、倉室、廚湢皆備。繚以垣墻,環以溝洫,扁曰「廣惠」,聚民之鰥寡孤獨、瘖聾跛躄、顛連而無告者俾居焉。』署『時紹定辛卯七月旦日,朝散郎、權發遣嘉興軍府兼管内勸農事、節制金山水軍吴潛記』。

創設金山水軍,爲澉浦外拓。見《條奏海道備禦六事》。

詩《題興聖寺竹院》《真如勸農二首》,見《至元嘉禾志》卷二七、三一。

七月後召回行在,特授尚書金部員外郎。《族譜》。本傳:『……轉朝散郎、尚書金部員外郎。紹定四年,遷尚右郎官。』此置尚書金部員外郎在去年,誤,《廣惠院記》署銜無,當在回朝後授。《奏論都城火灾乞修省以消變異》:『臣一介疏賤,假守嘉興,蒙恩召置郎省。』據《宋史·理宗本紀一》紹定四年『九月丙戌夜臨安火延及太廟』,是其轉尚書金部員外郎在九月以前，接着是『遷尚右郎官』，即吏部郎官。

本傳：『紹定四年，遷尚右郎官。都城大火，潛上疏論致灾之由……又言重地要區，當豫畜人才以備患。論大順之理，貫通天人，當以此爲致治之本。又貽書丞相史彌遠論事……』

三疏爲：《奏論都城火灾乞修省以消變異》《奏論重地要區當豫蓄人才以備患事》《奏論大順之理貫通天人當以此爲致治之本》。與史彌遠書爲《上史相書》，還有一篇《再上史相書》，提出要懲罰殿帥馮榯、王虎及有關高官。吴潛此書一上，『人皆壯之』。見《宋史·陳塤傳》。

上書史彌遠論六事爲：一曰革君心，二曰節俸級，三曰賑恤都民，四曰用老成廉潔之人，五曰用良將以禦外患，六曰革吏弊以新治道。

本傳在上疏、上書後又叙：『授直寶章閣、浙東提舉常平，辭不赴。改吏部員外郎兼國史編修、實録檢討。』此處的『改吏部員外郎』即前『遷尚右郎官』，前叙當衍，《族譜》此前後行文同本傳，但無『遷尚右郎官』一語。

吴淵四十一歲，新除浙西提刑，洪武《蘇州府志·牧守題名》：紹定四年轉奉議郎，七月十六日改除浙西提刑。吴淵《廣惠坊記》，署：『紹定四年八月既望，奉議郎直焕章閣知平江軍府事，新除浙西提刑。』《宋史·吴淵傳》亦載。

紹定五年壬辰（一二三二）三十八歲

春夏仍居朝任吏部員外郎兼國史編修實録檢討。《年譜》《族譜》。

春暮有《鷓鴣天·和古樂府韵送游景仁將漕夔門》。游景仁，名游似（？—一二五一），《南宋館閣續録》卷七：游似，順慶府南充（今屬四川）人，紹定四年正月秘書丞，十二月除直秘閣夔路運判。其赴任應在紹定五年春暮，吴泳《鶴林集》卷一亦有《送游景仁夔漕分韵得喜字》古詩一首，有『桐花繁欲垂』『匆匆春暮矣』等句。吴泳（一一八一—一二六三後），字叔永，潼川中江（今屬四川）人，嘉定元年進士，歷官起居舍人兼直學士院，權刑部尚書兼修玉牒，以寶章閣直學士知寧國府，復知温州、泉州。《宋史》有傳。

七月，遷太府少卿，總領淮西財賦。《宋史·理宗本紀一》、本傳。

《年譜》：『秋七月某日，除太府少卿、總領淮西。屢辭不允。八月六日轉朝散大夫。』總領所駐建康，《景定建康志·官守三》：『吴潛，朝散大夫、太府少卿，紹定五年九月十九日到任，供交割，權江東轉運司職事。』

吴泳有《送毅夫總領淮西》詩及《答吴毅夫書》，見《鶴林集》卷二、卷三一。與劉子澄唱酬，劉子澄有《過金陵總卿吴履齋以詩贈别用謝》詩，當作於此一兩年中。

劉子澄，太和（今江西泰和）人，時任淮西安撫司參議官。

吴淵四十二歲，《宋史·吴淵傳》於述浙西提刑後云：『會衢嚴盜起，警報至，調遣將士招捕之，殲其渠魁，散其支黨。以功爲樞密院檢詳諸房文字兼國史院編修官、實録院檢討官兼左司。進右文殿修撰、樞密副都承旨兼右司兼檢正。』參見《宋代路分長官通考》。《南宋館續録》卷九載五年七月以檢詳兼國史院編修官、實録院檢討官。

紹定六年癸巳（一二三三）三十九歲

十二月……甲申，吴潛太府卿，仍淮西總領財賦，暫兼沿江制置、知建康府。《宋史·理宗本紀一》。

吴潛《奏乞令東閫兼領總司以足兵食》云：『歲在癸巳，護餉淮西，嘗攝沿江制置。』吴潛在建康任職變動情况《景定建康志》上引文字後記叙爲：『六年十二月五日準省札召赴行在，未起行間當月十七日準省札時暫兼權沿江制置使兼知建康府，十八日準省札除太府卿，依舊總領。』

端平元年甲午（一二三四）四十歲

端平元年甲午，除太府卿，兼權沿江制置、知建康府、江東安撫留守司。《族譜》、本傳。《年譜》記爲三月十七日任命。

正月有《奏以趲剩事例并諸司問遺例册錢代納江東一路折帛事》一疏，云以江東一路頻年水旱，官吏刻剥，民不聊生，田里細民，尤爲憔悴，奏請將總領任内趲剩、事例并諸司問遺例册錢代納端平元年各州縣下户夏税折帛錢一次。《族譜》云：『到任即將諸軍州見欠綱米一十萬有奇，并見行監繫押綱官户與被攤人户數十百人，并行蠲釋，以廣朝廷養愛元元之意。』後《吴潛落秘閣修撰制》謂『捐民租至八十餘萬』，見吴泳《鶴林集》卷九。

《應詔上封事條陳國家大體治道要務凡九事》。《宋史·理宗本紀一》：『端平元年春正月庚子朔，詔求直言。』本傳：『端平元年，詔求直言，潛所陳九事：一曰顧天命以新立國之意，二曰植國本以廣傳家之慶，三曰篤人倫以爲綱常之宗主，四曰正學術以還斯文之氣脉，五曰廣畜人才以待乏絶，六曰實恤民力以致寬舒，七曰邊事當鑒前轍以圖新功，八曰楮幣當權新制以解後憂，九曰盜賊當探禍端而圖長策。』此九事可謂吴潛從政以來基本政見的集中表述。

又有《奏論今日進取有甚難者三事》。

四月，因政府欲進兵中原，以據關守河爲説，奏論進取有甚難者三事，又上書執政力陳不可用兵河南。旋與兄淵俱被劾落職。本傳、《宋史·吴淵傳》。

上書執政即《上廟堂書》，本傳撮述大意云：『又告執政，論用兵復河南，不可輕易。以爲：「金人既滅，與北爲鄰，法當以和爲形，以守爲實，以戰爲應。自荆襄首納空城，合兵攻蔡，兵事一開，調度浸廣，百姓狼狽，死者枕藉，使生靈肝腦塗地，得城不過荆榛之區，獲俘不過曖昧之骨。而吾之内地荼毒如此，邊臣誤國之罪，不待言矣。聞有進恢復之畫者，其算可謂俊杰，然取之若易，守之實難，征行之具，何所取資？民窮不堪，激而爲變，内郡率爲盗賊矣。今日之事，豈容輕議？」』此段傳文誤植於除太府卿前。『以和爲形，以守爲實，以戰爲應』，吴潜這裏提出的對抗蒙古的戰略，在當時主戰、主和的諸多主張中獨樹一幟，事實證明這是十分正確的主張。

上述奏議、書啓文稿先前曾傳示洪咨夔，得其高度贊揚。見《平齋文集》卷一三《答吴總卿書》。

洪咨夔（一一七六——一二三六），字舜俞，號平齋，於潜（今屬浙江）人。嘉泰二年進士。歷官中外，以直聲聞，官至刑部尚書、翰林學士知制誥。《宋史》有傳。

上引《景定建康志》云：『端平元年四月二十七日準省札除秘閣修撰、樞密都承旨，五月六日去任。』《年譜》《族譜》皆作《應詔上封事條陳國家大體治道要務凡九事》後改官，《年譜》記時爲八月三日，可能不確，應以《景定建康志》爲準。《宋史·理宗本紀一》載：四月丁酉遭臣僚彈劾，『詔吴淵落右文殿修撰，吴潜落秘閣修撰，并放罷』。甫遷秘撰即放罷，而《景定建康志》謂其五月六日方離任，此時間也可能不確。吴潛落職的原因據《宋史·理宗本紀一》謂爲『違道干譽，任用非類』被彈劾，據《吴潛落秘閣修撰制》所謂『違道干譽』即捐民租八十餘萬事，而本傳云『以直論忤時相，罷奉千秋鴻禧祠』。《宋史·吴淵傳》言吴淵因反對用兵，『丞相鄭清之不樂，而罷。出知江州，改江淮荆浙福建廣南都大提點坑冶，都司袁商令御史王定劾淵，罷』。是二人皆因反對用兵，丞相鄭清之唆使臺臣羅織罪狀，而遭彈劾、罷職。

《滿江紅·金陵烏衣園》。

詞有『柳帶榆錢，又還過、清明寒食……花樹得晴紅欲染，遠山過雨青如滴』等語，皆寫春日。又據淳祐九年作《滿江紅·烏衣園》，中有『但驚心、十六載重來』句，斷定此詞作於本年春。參閲該年年譜。以下詞繫年依據參見拙著《吴潛詞編年箋注》。

《滿江紅·寄趙文仲。南仲領淮東帥憲》。

趙文仲，名趙范（一一八三—一二四〇），南仲，名趙葵（一一八六—一二六六），衡山（今屬湖南）人，戍邊名臣趙方之子。兄弟二人在抗金、平李全之亂、抗蒙戰争中屢立戰功，《宋史》有傳，云平李全後，『進范兵部侍郎、淮東安撫使兼知扬州兼江淮制置司參謀官……未幾，爲兩淮制置使、節制巡邊軍馬，仍兼沿江制置副使』。『進葵福州觀察使……（紹定）六年十一月，詔授淮東制置使兼知揚州』。詞作於趙葵任淮東制置使兼知揚州時。

《滿江紅·送陳方伯上襄州幕府》。陳方伯，即陳卓，以其曾任寧國知府故稱之。綜合此詞所寫時事和作者出處，當作於端平元年八九月間，時吴潛罷職家居。

吴淵四十四歲。前引《宋史·吴淵傳》『進右文殿修撰、樞密副都承旨兼右司兼檢正』下接『適政府欲用兵中原，以據關守河爲説，淵力陳其不可』，正是此時官職，又接『丞相鄭清之不樂，而罷。出知江州，改江淮荆浙福建廣南都大提點坑冶，都司袁商令御史王定劾淵』，與吴潛同時罷。吴淵因反對丞相鄭清之用兵被罷，《宋史·吴淵傳》云：『未幾，邊事果如淵言，清之致書引咎巽謝。』

端平二年乙未（一二三五）四十一歲

《族譜》：『乙未，除宗人、朝散大夫、秘閣修撰、江南西路計度轉運副使、太常少卿，尋兼隆興府、主管江西安撫司。』這裏的『宗人』即太常少卿，宗人衍。

《年譜》條列清晰：

春二月十九日，除秘閣修撰、權江西轉運副使。

有《吴潛授秘閣修撰兼江西路計度運副制》，見吴泳《鶴林集》卷八。參見李之亮《宋代路分長官通考》。

某月，兼知隆興府、主管江西安撫司。

有《吴潛除知隆興府制》，見袁甫《蒙齋集》卷八。參見李之亮《宋兩江郡守易替考》。

秋七月六日，除太常少卿。八月，轉朝請大夫。

本傳：『改秘閣修撰、權江西轉運副使兼知隆興府、主管江西安撫司。擢太常少卿，奏造斛斗，輸諸郡租，寬恤人户，培植根本，凡十五事。』

今集中尚存關於民生的奏札五道：《奏以造熟鐵斛斗發下諸郡納苗使用寬恤人户事》《奏乞廢隆興府進賢縣土坊鎮以免抑納酒税害民之擾》《奏江右諸郡兵荒已將隆興府紹定六年以前官物住催乞行下本路一體蠲閣》《奏論計畝官會一貫有九害》《再論計畝納錢》。《年譜》中還收録有《申省乞住免貼納仍舊錢會中半》《三論計畝納錢》《四論計畝納錢》目録。

任職祇半年多，減免租税，寬恤人户，革除虐民弊政，多達十五事。

訪得豫章裘萬頃、高安幸元龍事迹，上《乞裘萬頃幸元龍遺澤表》。獲睹《吴氏宗譜》，爲作《吾吴氏宗譜跋》《三司吴公家傳》。

《沁園春·江西道中》。

《滿江紅·豫章滕王閣》。

兩首同爲此年任職江西時作。

《年譜》："冬十一月六日除右文殿修撰。某月日除集英殿修撰、樞密都承旨、督府參謀官兼知太平州。"

本傳："進右文殿修撰、集英殿修撰、樞密都承旨、督府參謀官兼知太平州。"

《宋史·理宗本紀二》：端平二年十一月，"魏了翁同簽書樞密院事督視京湖軍馬"；十二月，"以魏了翁兼督視江淮軍馬……吴潛樞密都承旨、督府參謀官"。

吴潛撰《魏鶴山文集後序》："端平二年冬，潛以右文殿修撰知太平州。"

魏了翁（一一七八—一二三七），字華父，號鶴山，蒲江（今屬四川）人，慶元五年進士。歷任各地州郡长官、監司，端平元年入朝任禮部尚書兼直學士院，以簽書樞密院事督視江淮、京湖兵馬。亦爲著名理學家。其爲人和政見深爲吴潛欽佩。有《鶴山先生大全文集》，吴潛、吴淵爲其撰前後序。

吴淵四十五歲。《宋史·吴淵傳》："差知鎮江府，定防江軍之擾，兼淮東總領，以功遷太府少卿，復以總領兼知鎮江，加集英殿修撰、知鎮江兼總領。進權工部侍郎，職任如舊。"《至順鎮江志·宋太守》："吴淵，朝請郎、右文殿修撰，端平二年六月至。"

有《吴淵除右文殿修撰知鎮江府制》，見洪咨夔《平齋文集》卷二〇。

歲末會見同簽書樞密院事督視京湖軍馬之魏了翁。見吴淵《鶴山先生大全文集》序、魏了翁《鶴山先生大全文集》卷二七《奏與趙葵私覿禮物》。

端平三年丙申(一二三六)四十二歲

正月十一日,謁魏了翁於采石,轉呈孟珙所報軍情。魏了翁奏挈吴潛赴任,留督府參謀軍事。旋赴江州,上疏言和戰成敗大計,宜急救襄陽。

《鶴山先生大全文集》卷二八《奏并力援襄及令參謀官吴潛留幕府正月十一日》:『至采石,吴潛謁臣,則知已被受參謀之命。潛雖領郡,而行府尚缺元僚。兼照得目前江面偶幸平安,臣欲選官暫攝太平州事,挈潛與俱。若自此江淮清晏,則潛遂可少留幕府;如淮甸未寧,即令速回本州,措置防江。』又卷三一《與左丞相》,内容亦要求挈吴潛與俱,『或旬月使還,亦無不可』。至吴潛示以孟珙所報,語見《鶴山先生大全文集》卷二八《奏和不可信常爲寇至之備正月十一日》。

吴潛《魏鶴山文集後序》:『乃匹馬追公於湓浦之上。』

吴潛《奏論和戰成敗大計襄宜急救備不可闕》,有『春水方生』語,知撰於今春魏了翁幕中,《年譜》《族譜》皆繫於去冬,《許國公奏議》亦編於去年。此札極言襄陽戰略地位的重要、形勢的危急,呈請朝廷予督府充分授權,急救襄陽,穩定抗蒙之全局。而此札甫上,督府就被解散。這年二月,魏了翁已先奉詔依舊端明殿學士、簽書樞密院事令其速赴闕,督府即將結束而邊事甚急。先是，廷臣多忌魏了翁，故謀假出督以外之，督府奏陳，動相牽制，甫二旬復以建督爲非，遽召還。詳見《宋史·魏了翁傳》。

《宋史·理宗本紀二》：『三月乙亥，吴潛赴闕。是月，襄陽北軍主將王旻、李伯淵焚城郭倉庫，相繼降北……南軍主將李虎乘火縱掠，襄陽爲空。』督府解散，襄陽失去支持，襄陽帥守趙范疏於控御，因而造成大禍。

本傳謂此時吴潛『貽書執政，論京西既失，當招收京淮丁壯爲精兵，以保江西』。此當在赴闕之後上書。《年譜》『貽書執政』作『上兩相札子』，應是，此時朝有兩相，左丞相爲鄭清之，右丞相爲喬行簡。上兩相札子今佚，題目見《年譜》。

本傳接前叙：權工部侍郎、知江州，辭不赴。請養宗子以係國本，以鎮人心。《年譜》亦載。

《奏乞選養宗子以繫國本以鎮人心》，今存。

《鶴山先生大全文集》卷三七有與《吴侍郎潛丙申》書，内容係商量辭職問題。這年四月『魏了翁乞歸田里，詔不允，以資政殿學士知潭州』。吴潛的新命當在三四月間。吴潛未赴江州任，仍回太平州。參李之亮《宋兩江郡守易替考》。

《滿江紅·齊山綉春臺》。

當作於『乃匹馬追公於湓浦之上』途經池州時。

《糖多令・湖口道中》。

當作於赴闕經江西湖口時。

《八聲甘州・和魏鶴山韵》。

作於春夏之交。

江州短暫逗留中作詩：《題太平興國宫》《題聽雨軒》《題留雲閣》《題冷翠閣》。寫到的節令爲春天。

《宋史・理宗本紀二》：吴潛十一月再赴闕。

吴淵四十六歲。《宋史・吴淵傳》云：『權兵部侍郎，權户部侍郎，再爲總領兼知鎮江。』《宋史・理宗本紀二》：『十二月戊戌，以吴淵户部侍郎、淮東總領財賦兼知鎮江府。』有《吴淵除户部侍郎淮東總領知鎮江府制》，見許應龍《東澗集》卷六。按以上加官皆在鎮江知府第一個任期内。《至順鎮江志》卷一五又云：『三年十二月召，除兵部侍郎，桂如琥代。』

嘉熙元年丁酉（一二三七）四十三歲

改權兵部侍郎兼檢正。本傳。春正月二十五日，除權兵部侍郎兼檢正。《年譜》。有《右文殿修撰吴潛除權兵部侍郎兼檢正制》，見《東澗集》卷四。

本傳：『論士大夫私意之弊，以爲：「襄漢潰决，興沔破亡，兩淮俶擾，三川陷没。欲望陛下念大業將傾，士習已壞，以静專察群情，以剛明消衆慝，警於有位，各勵至公。毋以術數相高，而以事功相勉；毋以陰謀相訐，而以識見相先。協謀并智，戮力一心，則危者尚可安，而衰證尚可起也。」又請分路取士，以收淮襄之人物。』

入朝後所上奏疏今存有：

《奏論士大夫私意之弊》《奏論制國之事不懼則輕徒懼則沮》《奏乞分路取士以收淮襄之人物守淮襄之土地》。

《履齋鴉塗集》成。《年譜》、吴伯與《吴潛傳略》、《族譜》。

四月，以權兵部侍郎兼國史院編修官、實録院檢討官。《南宋館閣續録》卷九。

五月，都民遺火，將延及朝天門，嘗率所從，親臨指授方略，隨即撲滅。上賜金杯等物。《族譜》。《年譜》記『受賜』，未叙因由。

夏六月，以臺臣蔣峴論與郡。《年譜》。

在臨安有《賀新郎·送吴季永侍郎》《水調歌頭·送叔永文昌》《滿江紅·和吴季永侍郎見寄》等詞。吴季永名昌裔（一一八三—一二四〇）、吴叔永名泳，弟兄。本年春吴昌裔以權工部侍郎出參贊四川宣撫司軍事，吴泳以寳章閣直學士知寧國府。見《宋史·吴昌裔傳》

《宋史·吴泳傳》。

《賀新郎·用趙用父左司韵送鄭宗丞》。

秋八月二十九日，除試工部侍郎、知慶元府兼沿海制置使，改知平江府。《年譜》、本傳。

《吴潛改知平江府制》，見《東澗集》卷六。《宋史·理宗本紀二》載：六月……丙午，以吴潛爲工部侍郎、知慶元府兼沿海制置使。六月任命，與前『夏六月，以臺臣蔣峴論與郡』合。據吴潛後來所作《分定》詩云『懇懇箋天得罷休』，知吴潛對此任命曾上疏請免，此八月乃爲改官。

某月日，除工部侍郎兼浙西提舉。《年譜》。

《吴郡志·牧守》：『潛，朝請大夫，新除工部侍郎。嘉熙元年八月十七日到任，九月二十五日準省札，都大提舉許浦都統司水軍。二年正月與宮觀。』洪武《蘇州府志·牧守題名》：『吴潛，元年八月十一日到任。』此兩處記到任時間差五日，與前《年譜》所記任命時間更差十餘日，當皆寫刻之誤，二十九日誤差較大，應提前。

吴潛《孫守叔墓志銘》：『嘉熙丁酉，余以工部侍郎領吴牧，適常平使者闕，被旨攝事。』常平使者即浙西提舉。

到平江後有《奏申論安豐軍諸將功賞》，對十月間安豐與蒙古的戰鬥中四位原由北方歸附將領賞功不及提出批評。

條具財計凋敝本末，以寬郡民。本傳。

屢有增置軍兵、船米、堤防之政。《族譜》。

條具財計凋敝本末當即《申省條具所考財計凋敝本末》，此札及軍兵、船米、堤防之政史傳皆失載，《年譜》留下目録的有：

《申省條具所考財計凋敝本末》《申省乞科撥顧逕增兵錢米》《申省乞截撥錢米贍許浦寄招之軍》《申奏條劃兵備及論平江形勢數事》《申乞截福建民船錢米招精兵千人以防江海衝要》《上密院臺諫主盟兵備》《申密院條具防江利便》《申奏乞置横江一軍防拓内外》。

與吴文英、戴復古交往，有《滿江紅・姑蘇靈岩寺涵空閣》《漢宫春・吴中齊雲樓》詞。

戴復古《平江呈毅夫侍郎》。

吴文英（約一二〇〇—一二六〇），字君特，號夢窗，慶元鄞縣（今浙江寧波）人。一生不仕，著名詞人，有《夢窗詞》四卷。

戴復古（一一六七—約一二四八），字式之，號石屏，天台黄岩（今浙江台州）人。一生不仕，以詩名世，有《石屏詩集》十卷。

吴淵四十七歲。再知鎮江。《宋史・吴淵傳》：端平三年十二月召，『時淵造闕下入對，歷陳九事，甫下殿，御史唐璘擊之』，罷祠。『久之，加寶章閣待制，再起知鎮江兼總領。未幾，以户部侍郎兼知鎮江府』。《至順鎮江志·宋太守》：嘉熙元年六月再至。

嘉熙二年戊戌（一二三八）四十四歲

《宋史·理宗本紀二》：嘉熙二年正月『甲子，兩浙轉運判官王埜察訪江面還，進對，劾吴潛知平江府不法厲民數事』。《年譜》：春正月以與漕臣王埜互論，除職奉祠。夏五月十二日，除寶謨閣待制，提舉江州太平興國宫，改玉隆萬壽宫。《族譜》、本傳同。

本傳言『與轉運使王埜争論利害』，稱其爲『轉運使』誤，本紀、《宋史·王埜傳》皆稱轉運判官，是。參見《宋代路分長官通考》。

在蘇州與吴文英唱酬，吴文英有《金縷歌·陪履齋先生滄浪看梅》，吴潛有《賀新郎·吴中韓氏滄浪亭和吴夢窗韵》，又有《聲聲慢·和吴夢窗賦梅》《浪淘沙·和吴夢窗席上贈别》。此外尚有《蝶戀花·吴中趙園》一詞，亦春日作。

返里途中當經湖州，與劉震孫唱酬，有《滿江紅·劉長翁右司席上》。

劉震孫（一一九七—一二六八），字長卿，又字長翁，號朔齋，蜀人，嘉熙元年知湖州，歷知建州、寧國府，至宗正少卿兼中書舍人、禮部侍郎。時劉震孫知湖州，三月授兵部郎中。兵部郎中屬右曹司，故稱右司。

初夏在宣城，詞有《滿江紅（細閱浮生）》，吴泳有和。又有《祝英臺近·和吴叔永文昌韵》《八聲甘州·壽吴叔永文昌季永侍郎》。下闋云：『我亦歸來岩壑……便江南、求田問舍，把歲寒、三友一園栽。』時吴泳任職此地，吴昌裔在此養病。吴泳有《清平樂·壽吴毅夫》，下闋有：『峨冠蟬尾翛翛，整衣鶴骨飄飄。聞道彩雲深處，新添弄玉吹簫。』當言吴潛得新姬。見《鶴林集》卷四〇。

夏吴泳離任，作《滿江紅·送吴叔永尚書》，吴泳有和。

《宋史·理宗本紀二》：嘉熙二年六月『吴淵知太平州，措置采石江防。以吴潛爲淮東總領財賦、知鎮江府』。本傳：『試户部侍郎、淮東總領兼知鎮江府。』《年譜》《族譜》均記爲八月，『八』當『六』之誤。

吴潛任職鎮江與吴淵瓜代：《至順鎮江志·宋太守》：吴淵，嘉熙二年召還，改知太平州，吴潛代。吴潛以朝請大夫、淮東總領兼知府事，嘉熙二年七月至。有《朝請大夫寶謨閣待制提舉隆興府玉隆萬壽宫吴潛辭免除户部侍郎淮東總領兼知鎮江府恩命不允詔》，見《東澗集》卷一。明年《祭劉宰文》亦言『去秋七月』鎮江莅任。

冬十二月初十日，轉朝議大夫。《年譜》。

又《宋史·理宗本紀二》同年十月『丁卯，吴潛言：「宗子趙時哽集真、滁、豐、濠四郡流民十餘萬，團結十七寨，其强壯二萬可籍爲兵，近調五百援合肥，宜補時㬂官。又沙上蘆場田可得二十餘萬畝，賣之以贍流民，以佐寨兵。」從之』。

按此見《奏論江防五利》疏。本傳謂其任淮東總領言邊儲防禦等十有五事，本年奏疏今尚存《奏乞選兵救合肥》《奏論江防五利》《奏乞重濠梁招信戍守》《奏已差軍剿逐韃賊》《奏論儀真存亡關係江面》《奏論本所團到流民丁壯攻劫韃寨屢捷制置司忌嫉興謗等事》《奏乞賞功以興起人心》《奏乞令東閫兼領總司以足兵食》等八疏。見於《年譜》奏疏、申論目録有：《申乞科降錢米以助調度》《申論團結淮民當就用淮士曉練者任責》《申論本所綱運多被截撥》《論招拱衛軍駐扎之地不可在平江城内者有三》《白札子論浙西諸屯水軍及民船分散外境乞并行點集以防緩急》《論倭船住泊抽解乞依舊制在嘉興嚴禁銅錢走漏之弊以助秤提》《申省論圍田米難催乞免招拱衛未定之軍并以母病乞祠》七篇，正十五事。

與趙葵交往，趙葵時以刑部尚書進端明殿學士知揚州，有《酹江月（半空樓閣）》《賀新郎・寄趙南仲端明》。

吴淵四十八歲，六月由鎮江以寶章閣直學士知太平州。見《宋史・理宗本紀二》《宋史・吴淵傳》《至順鎮江志・宋太守》。有《吴淵除寶章閣直學士知太平州制》，見《東澗集》卷六。康熙《太平府志・名宦》：嘉熙二年吴淵知，以寶章閣直學士、朝奉大夫兼江東轉運使。《宋史・吴淵傳》在兼江東轉運使下叙：『時兩淮民流徙入境者四十餘萬，淵亟加慰撫而賙濟之，使之什伍，令土著人無相犯。旁郡流民焚劫無虚日，獨太平境内肅然無敢嘩者。』

嘉熙三年己亥（一二三九）四十五歲

《履齋詩餘集》成。《年譜》、吴伯與《吴潛傳略》、《族譜》。

春三月十三日，以明堂大禮特進封溧水縣開國男，食邑三百户。

夏五月二十三日，除寶謨閣直學士，兼浙西都大提舉。辭免，不允。

有《申論本司無别軍可調乞罷都大提舉虚名》。

六月十三日，除權兵部尚書、浙西制置使。吴潛有辭免札，不允。以上見《年譜》《族譜》。《宋史・理宗本紀二》有此條任命，作『五月……戊寅，以吴潛爲兵部尚書、浙西制置使、知鎮江府』。此處兵部尚書上當脱『權』字。

本傳：『改寶謨閣直學士，兼浙西都大提點坑冶，權兵部尚書、浙西制置使。申論防拓江海，團結措置等事。』此處『都大提點坑冶』應作『都大提舉』，《至順鎮江志》卷一五：吴潛，三年兼都大提舉兵甲、浙西制置使。

申論防拓江海，團結措置等事，《族譜》有云：『屢有籌丁壯、船米、防江之利。』今存奏疏尚有《奏乞增兵萬人分屯瓜洲平江諸處防拓内外》《奏條畫上流守備數事》《奏論平江可以爲臨幸之備》。其他奏疏、申論見於《年譜》存目有十二篇：《申論本司無别軍可調乞罷都大提舉虛名》《申論督府所統郡縣戎司》《申乞從江閫浙西之請以一事權》《申論防拓江海團結民船》《奏乞撥付沙上丁壯以助江浙防拓》《申論防拓措置四事乞督府應接》《論浙右爲王都所宅乞召還戍兵以重守備》《申論京口爲行都之門户乞增軍額》《申論和糴之弊乞給降銅斛以平出納》《申論區處流民要法》《申論和糴後再令任責取糴有三不可》《申乞免續行和糴轉》。

修建大成殿、先賢祠，有《大成殿記》，佚。見《至順鎮江志》卷一一。

鎮江知府任期近兩年，於軍政、民事籌劃極多，多見成效。

上元日劉宰逝世，有《祭劉宰文》。

劉宰（一一六六——一二三九），字平國，號漫塘病叟，鎮江金壇（今屬江蘇）人，紹熙元年進士。歷任州縣，有能聲。不滿韓侂胄專權，引退，理宗立，一再徵召，不就，隱居三十年，被稱爲端平三賢。《宋史》有傳，有《漫塘文集》三十六卷。

春日，渡江與趙葵踏青於瓜洲，有《酹江月・瓜洲會趙南仲端明》記其事。於此地作詞甚多，有《水調歌頭・焦山》《水調歌頭・江淮一覽》《沁園春・多景樓》《滿江紅・京口鳳凰池和廬川春水連天韵》等。

此年前後與方岳多有交往，方岳有唱和投獻詩詞、書札二十餘篇。

方岳（一一九九—一二六二），字巨山，号秋崖，徽州祁门（今屬安徽）人。绍定五年进士，多年任幕職、教職，後出知州郡。终生仕途失意。工於诗，有《秋崖集》四十卷，词集有《秋崖詞》。時任職於淮東制置司。

另與程公許、李曾伯、劉子澄、曹邍等有詩詞唱和。

程公許（一一八二—約一二五一），字季與，號滄洲，叙州宣化（今屬四川宜賓）人。嘉定四年進士。歷官内外，遷中書舍人、禮部侍郎，終權刑部尚書，居朝有直聲。有《滄洲塵缶編》十四卷。

李曾伯（一一九八—一二六八），字長孺，號可齋，嘉興（今屬浙江）人。長期在地方爲官，屢任各大邊郡長官、監司，有治績和知兵之名。有《可齋雜稿》五十四卷，詞七卷。

吴淵四十九歲。《宋史・吴淵傳》：以功加華文閣直學士、沿海制置使、知慶元府，不赴；以工部尚書、沿海制置副使知江州，亦不赴。升華文閣學士、知隆興府、江西安撫使兼轉運副使。《宋史・理宗本紀二》『沿海制置副使知江州』作『沿江制置副使知江州』，是，事在四月。又載七月吴淵兼江州都督行府參贊軍事。乾隆《南昌府志・職官知府》：吴淵，嘉熙三年任。參《宋兩江郡守易替考》。《宋史・吴淵傳》：『會歲大侵，講行荒政，全活者七十八萬九千餘人。』

嘉熙四年庚子(一二四〇)四十六歲

春三月二十八日,召赴行在。《年譜》。《至順鎮江志·宋太守》吴潛:四年四月召還。本傳:進工部尚書,改吏部尚書兼知臨安府……兼侍讀經筵,以臺臣徐榮叟論列,授寶謨閣學士、知紹興府、浙東安撫使。辭,提舉南京鴻慶宫,遂請致仕。《咸淳臨安志·秩官七》吴潛:嘉熙四年五月十九日以新除工部尚書除兼吏部尚書兼知臨安府。二十五日兼侍讀,八月十二日免兼臨安知府。

本年職務變動甚多,據《年譜》《族譜》所載:

三月某日除試工部尚書兼知臨安府事、浙西安撫使兼點檢行在贍軍激賞酒庫所。

夏五月九日,轉中奉大夫、試工部尚書兼吏部尚書。《咸淳臨安志》爲五月十九日。

六月初八日,兼侍讀經筵。《宋史·理宗本紀二》、本傳謂五月。

秋七月,奏乞免知臨安府,出國門待命,被旨宣押再,兩奏乞祠,不允。

八月,以臺臣徐榮叟、彭方論除職與郡。

十一月十九日除寶謨閣學士知紹興府、浙東安撫使,辭不赴。尋除提舉南京鴻慶宫。

《宋史·理宗本紀二》載本年十二月有福建安撫使的任命,本傳、《年譜》《族譜》皆不載。

明年吴潛有《奏乞守本官致仕》叙述去年七月後乞辭情況:『忽蒙陛下特遣天使,宣押臣赴部供職。臣以君上之命不敢固拒，於是暫入國門，盤旋匠監，以示眷戀闕庭之意。旋上奏疏，乞行臺諫之言，以正朝廷之體統。而臣繼出北郭矣。復蒙陛下畀以舜閣之隆名，寵以稽山之會府。臣是時即欲挂冠，以謝清議，又恐涉孟軻悻悻之戒，故遲遲半載。適叨三山易地之命，方敢述引咎悔過之情，伸納禄謝事之請。』這裏所言『舜閣之隆名』指寶謨閣學士，『稽山之會府』指紹興府，半載後『三山易地之命』即指十二月福建安撫使的任命。

本傳在兼知臨安府下叙：『乃論艱屯蹇困之時，非反身修德，無以求亨通之理。乞遴選近族以係人望，而俟太子之生。帝嘉納。』

本年奏疏今存：

《内引第一札奏論艱屯蹇困之時非反身修德則無以求亨通之理》《内引第二札奏乞遴選近族以係屬人心而俟太子之生》《内引第三札奏論尹京三事非其所能》《經筵奏論救楮之策所關係者莫重於公私之糴》《奏乞遵舊法收士子監漕試》《奏尹京事并乞速歸田里》《奏論國朝庚子辛丑氣數人事》。

幾件乞祠奏疏佚。

在臨安知府短暫的任期中，在處置錢荒、潮患、火灾諸件重大事務上盡心盡力，卓有成效，見《奏尹京事并乞速歸田里》。但在遭臺臣徐榮叟、彭方的彈劾後，他堅决要求辭職，理由是彈劾他的臺臣是他所贊許的『君子』，且是『君子之巨擘』，不可得罪，所以一再上疏請辭，理宗也一再挽留，兩次改官任命，都被他拒絶。見《奏乞守本官致仕》。

《論語士説》成。《年譜》、吴伯與《吴潛傳略》、《族譜》。

吴淵五十歲。由隆興府再知鎮江府。《宋史·吴淵傳》：『知鎮江府兼都大提舉、浙西沿海諸州軍、許浦澉浦等處兵船。歲亦大侵，因淵全活者六十五萬八千餘人。』《吴興備志·瑣徵》引黄縉《辨史》：『嘉熙四年庚子六月吴公淵自隆興改知鎮江……』《至順鎮江志·宋太守》：吴淵，『四年十月再至，兼節制軍馬，都大提舉浙西兵船，淳祐元年二月乞宫觀』。

淳祐元年辛丑（一二四一）四十七歲

里居。

《奏乞守本官致仕》。云『臣是以焚香東望，復此奏陳』，見撰於歸里後。

冬十一月十五日，《論語衍究》成。奉旨宣取，具表以進。《年譜》、吴伯與《吴潛傳略》、《族譜》。

吴泳《答吴毅夫書》：『似聞《論語衍究》久已板行，頃蒙教序引，極爲平正。』《鶴林集》卷三一。

吴淵五十一歲。奪職，予祠。見《宋史·吴淵傳》。

淳祐二年壬寅（一二四二）四十八歲

里居。

春二月十日，除華文閣學士、知建寧府，辭不赴。《年譜》《族譜》。大約是退居一年後的起用，《年譜》有誥詞目録，起用情由不明。

《宋史·理宗本紀二》：淳祐二年『五月……戊申，臺臣言知建寧府吴潛有三罪，詔奪職，罷新任。』

觀本紀此條，似乎吴潛已赴任，檢諸建寧地志未見任官記載。或新命下，未赴任，即遭彈劾。『奪職』，黜華文閣學士。『罷新任』，罷建寧知府。

吴淵五十二歲。里居。

淳祐三年癸卯（一二四三）四十九歲

里居。

吴淵五十三歲。里居。

淳祐四年甲辰（一二四四）五十歲

里居。

夏五月二十三日，以明堂大禮進封溧水縣開國子、加食邑三百户。《年譜》《族譜》。

《宋史·理宗本紀三》：『六月……丙申，吴潛提舉隆興府玉隆萬壽宫，任便居住。』

秋七月十三日，繼母楚國夫人臧氏卒。《年譜》《族譜》。

按吴潛於淳祐元年《奏乞守本官致仕》中言：『親年愈邁，當爲終養之期。』此時方岳有唁簡，謂其母『年開八秩』，見《秋崖集》卷二四《與吴尚書》。

居喪。

《晁文元公五書撮要》成。《年譜》、吴伯與《吴潛傳略》、《族譜》。

長子吴璞中進士。參見嘉定九年（一二一六）譜。宋《寶祐四年登科録》有吴璞家狀：『五甲第一百五十六人吴璞：字元美；第一；偏侍下；年三十三，十一月丁未日巳時生；外氏平；治賦，四舉；娶趙氏；曾祖丕（三）承；本貫建康溧（汝）水，寄居寧國府。』個人信息有不確處，寶祐四年（一二五六）三十三歲，則其生年應是嘉定十七年（一二二四），其母已在去年去世，而其下還有兩個弟弟，顯然不合。再，據《南宋館閣續録》卷八載，吴璞寶祐六年任秘書郎，次年轉著作佐郎，皆正八品，五甲進士兩年是不可能得到這樣清要官位的。《族譜》和地志記其爲淳祐四年即本年進士。《寶祐四年登科録》這條家狀也有可能與吴琳特奏名狀混入，但仍有不確處，不過年齡幾合。參嘉定十四年（一二二一）譜。

吴淵五十四歲。丁母憂。《宋史·吴淵傳》《族譜》。

淳祐五年乙巳(一二四五)五十一歲

居喪。

吴淵五十五歲。居喪。

淳祐六年丙午(一二四六)五十二歲

居喪。

秋七月,解服。《年譜》。《族譜》記九月解服。

服除,轉中大夫、試兵部尚書兼侍讀。本傳。

十一月十七日,除試兵部尚書。

十一月二十五日,兼侍讀。

三十日,轉中大夫。并《年譜》。

吴潜《奏論天地之復與人之復》:『臣憂患餘生,久蟄山林,榮望已絶。乃者陛下孟冬之吉,晨謁原廟,夕灑宸奎,在列諸賢,以次登進,而臣亦獲與黄紙除書之目。』

幾年後他在《秋七月因皇子進封忠王遵故事具奏録進舊來所得聖語乞付史館》中説:『歲在丙午冬十月,臣蒙恩以兵部尚書召……以十一月到闕,二十有一日蒙賜對於緝熙殿。

臣第一札子專以《復》卦爲説。』即《奏論天地之復與人之復》。

又有《奏論君子小人進退》，當係第二札子。

吴淵五十六歲。進龍圖閣學士、江西安撫使兼知江州，尋爲沿江制置副使兼提舉南康軍兵甲公事、節制蘄黄州安慶府屯田使。《宋史·吴淵傳》《族譜》。嘉靖《九江府志》卷五、卷七。

淳祐七年丁未（一二四七）五十三歲

春正月，知省闈貢舉。《年譜》。

《宋史全文》卷三四：

淳祐七年正月……以兵部尚書兼侍讀吴潛知貢舉，權兵部侍郎兼直學士院應傜、起居舍人兼國子司業黄自然同知，殿中侍御史周坦監試。二月乙酉朔，御筆付吴潛以下：『崇雅黜浮，俾得士用。』

《宋季三朝政要》卷二：『丁未，淳祐七年，春，以吴潛知貢舉。』

本年任職情况，《年譜》《族譜》記載：

三月十五日，轉太中大夫，依前兵部尚書兼侍讀。

二十四日，除翰林學士、知制誥兼侍讀。

夏五月五日，除端明殿學士、同簽書樞密院，同提舉編修《經武要略》，進封金陵郡開國侯，食邑一千户，食實封一百户。

六月己丑，潛以亢旱三奏乞罷，不允。

六月，以臺臣周坦論與郡。

本傳僅載：『改端明殿學士，簽書樞密院事，進封金陵郡侯。以亢旱乞罷，免。』漏載甚多。

《宋史·理宗本紀三》：

四月……吴潛同簽書樞密院事……五月……以吴潛兼權參知政事……秋七月……吴潛罷……依舊端明殿學士、知福州、福建安撫使。

《宋史·宰輔表五》：

四月辛丑，吴潛自翰林學士除端明殿學士，同簽書樞密院事。五月壬申，吴潛自同簽書樞密院事，除兼權參知政事。七月乙丑，吴潛罷同簽書樞密院事。丁丑，依舊端明殿學士，知福州、福建安撫使。

《宋史全文》卷三四：

四月……以刑部尚書王伯大爲端明殿學士、僉書樞密院事，翰林學士、知制誥吴潛端明殿學士、同僉書樞密院事。五月……吴潛兼權參知政事。七月……吴潛罷，以端明殿學士知福州。

此三處記載一致。兼權參知政事不見本傳、《年譜》《族譜》，《宋史·黄師雍傳》謂鄭寀『薦周坦、葉大有入臺，首劾程公許、江萬里，善類日危矣。未逾月，坦攻參政吴潛去』。正與『六月，以臺臣周坦論與郡』印證，吴潛確曾獲兼權參知政事任命，所謂『與郡』就是罷兩府到州府任職，也就是知福州。但此項任命明春方實施。

按周坦劾程公許、攻吴潛受到時任右丞相鄭清之指使。見《宋史·程公許傳》、孫夢觀《雪窗集》卷一《論周坦蕭泰来》。

李曾伯有《賀吴僉書啓》，見《可齋雜稿》卷五。

七月乙丑後退居鄉里。

吴潛《奏論國家安危理亂之源與君子小人之界限》有云『歲在丁未，臣在田野』，即指此時後歸鄉。

吴淵五十七歲。遷兵部尚書、知平江府兼浙西兩淮發運使，兼浙西提點刑獄。《吴郡志·牧守》《族譜》。《姑蘇志·古今守令表中》：『吴（吕）淵淳祐七年八月十一日以龍圖閣學士、大中大夫除任，八年五月初五日知太平州。』

《宋史·吴淵傳》:『遷兵部尚書、知平江府兼浙西、兩淮發運使……歲亦大侵,因淵全活者四十二萬三千五百餘人。兼浙西提點刑獄。』

淳祐八年戊申(一二四八)五十四歲

春正月三日,除資政殿學士、提舉臨安府洞霄宫。

同日除知福州兼本路安撫使。《年譜》。《族譜》謂『辭不赴』。

正月撰《梅和甫税院墓志銘》。梅和甫,名應奇,梅堯臣之後。淳祐丙午正月卒,志稱『將以明年己酉葬』。赴任當在春後。

吴淵五十八歲。五月五日知太平州。《姑蘇志·古今守令表中》。康熙《太平府志·名宦》:吴淵淳祐八年再知。《宋史·吴淵傳》:知太平州兼提領兩淮茶鹽所。

淳祐九年己酉(一二四九)五十五歲

春罷福州。回里。

《宋史全文》卷三四:淳祐九年閏二月,陳韡觀文殿學士、福建安撫大使、知福州。陳韡本傳謂其五上章辭,不知允否,吴潜此時當已離任。光緒《福州府志》卷四六名宦有吴潜,云『淳祐間知福州兼安撫使……徙知紹興後拜右丞相。』

夏四月六日,以明堂大禮加食邑三百户。

《節諸子書》成。并《年譜》、吴伯與《吴潛傳略》、《族譜》。

撰《宣城總集序》。謂此書李兼編，其子後軒居士鋟梓，前守楊伯嵒、今守孫夢觀捐金以佐工費，『吾兄退翁臨長本道，亦助給焉』。吴淵『長本道』當謂任江東安撫使，在本年二月。

八月己酉……爲資政殿學士、知紹興府、浙東安撫使。《宋史·理宗本紀三》。《年譜》記時爲秋九月二十日。

赴紹興任途經建康，有《滿江紅·烏衣園》《滿江紅·雨花臺用前韵》詞，兄淵和韵。王淮亦有和韵。

《寶慶會稽續志》卷二：吴潛，淳祐九年八月以資政殿學士、大中大夫知，十一月八日到任。

仲冬到紹興，吴文英出迓舟中。

吴文英有《浣溪沙·仲冬望後出迓履翁舟中即興》，據此《寶慶會稽續志》所載『八日』疑『十八日』之誤。

又有《絳都春·題蓬萊閣燈屏履翁帥越》，有『春生一葦』用語，當冬至時作。

作《存悔齋十二箴》，以勵後學。

《兩浙金石志》卷一二謂碑在紹興府學明倫堂并録淳祐己酉季冬望日郡博士邵復口附

識云：『右《存悔齋十二箴》，履齋先生吴公製以銘座右者也。皇上即位二十六年冬，先生奉命帥越，始入學升堂講禮……既而頒示朱、吕二先生學規，又出所自爲齋箴以勵後學……』

十二月八日，除同知樞密院事兼參知政事。《寶慶會稽續志》卷二。

十二月……乙巳……同知樞密院事兼參知政事。《宋史·理宗本紀三》。《宋史全文》卷三四同。

十二月乙巳，自同簽書樞密院事除同知樞密院事兼參知政事。《宋史·宰輔表》。

冬十二月十九日，除同知樞密院事兼參知政事，同提舉編修敕令、同提舉編修《經武要略》。加食邑四百户、食實封一百户。《年譜》《族譜》。

本傳：『召同知樞密院兼參知政事。入對，言：「國家之不能無敝，猶人之不能無病。今日之病，不但倉、扁望之而驚，庸醫亦望而驚矣。願陛下篤任元老，以爲醫師，博采衆益，以爲醫工。使臣輩得以效牛溲馬勃之助，以不辱陛下知人之明。」』此即《内引第一札論今日處時之難治功不可以易視及論大學治國平天下之道》所奏，還有《第二札論國家變故略與晋同西北之夷狄固當防而東南之盗賊尤不可忽》，重點在論防範内亂之策，認爲『盗賊本民也……消弭之道，置其衣食之源而已矣』。

吴淵五十九歲。《江南通志》卷九〇《太平府書院志》載吴淵淳祐九年奏請理宗題寫『太平書院』匾額。二月赴建康。《景定建康志·建康表一〇》：九年二月二十二日，端明殿學士、大中大夫、沿江制置使、江東安撫使兼節制和州無爲軍安慶府兼三（一）郡屯田使吴淵知府事。

《宋史·吴淵傳》：以功進端明殿學士、沿江制置使、江東安撫使兼知建康府、兼行宫留守、節制和州無爲軍安慶府兼三郡屯田使。

《宋史全文》卷三四：閏二月，吴淵端明殿學士、沿江制置使、江東安撫使兼知建康府行宫留守。

淳祐十年庚戌（一二五〇）五十六歲

正月上聖壽賜宴，御筆賜詩：

菲德承休帝命申，青陽闓動御昌辰。慶貽鴻渚嘉祥衍，春滿鰲山景色新。鎬燕頒恩勤側勸，虞韶協奏喜横陳。在朝從此薰和氣，要使歡心萬宇均。《年譜》、吴伯與《吴潛傳略》、《族譜》存詩。理宗墨書卷子吴潛後人保存到明代，八世孫吴宗周曾持卷請李東陽題識，見《懷麓堂集》卷七四《題宋理宗御筆後》。

按《趙氏鐵網珊瑚》卷二載《賜鄭丞相》詩與此同，鄭丞相爲鄭清之，時爲左丞相，蓋同時書賜執宰也。

冬十一月二十四日，以雷發非時，三奏請解機政，不允。《年譜》《族譜》《宋史·理宗本紀三》。

吴璞、吴琳在臨安。

《兩浙金石記》卷一二《靈隱題名》：『金陵吴璞、吴琳，眉山袁炎焱，宛陵李雲龍，淳祐庚戌。』吴璞、吴琳當在臨安或附近任官、游學。眉山袁炎焱，吴潛門人，參見景定元年（一二六〇）譜。宛陵李雲龍當爲吴潛鄉後輩。

吴淵六十歲。《景定建康志·建康表一〇》：『五月淵除資政殿學士，依舊職仍與執政恩例，進封金陵侯。』《宋史全文》卷三四，五月一日詔：吴淵『除資政殿學士，依舊職任與執政恩數』。《宋史·吴淵傳》：『朝廷付淵以光、豐、蘄、黄之事，凡創司空山、燕家山、金剛臺三大寨，嵯峨山、鷹山、什子山等二十二小寨，團丁壯置軍，分立隊伍，星聯棋布，脉絡貫通，無事則耕，有警則禦。詔以淵興利除害所列二十有五事，究心軍民，拜資政殿大學士，職任如舊，與執政恩例，封金陵侯。復賜「錦綉堂」「忠勤樓」大字。』據吴淵《錦綉堂記》拜資政、賜書事在本年五月。《景定建康志》卷二一：『忠勤樓在府治，錦綉堂，淳祐十年吴大資淵建，宸翰賜今名。』同書卷二四：『錦綉堂……爲忠勤樓堂名。』吴淵於《錦綉堂記》署：『淳祐十年十二月下浣，資政殿學士、太中大夫、沿江制置使、充江南東路安撫使、馬步軍都總管兼營田使、兼知建康軍府事、兼管内勸農使、兼行宫留守、節制和州無爲軍安慶府兼三郡屯田使、金陵郡開國侯、食邑一千三百户、食實封一百户。』十一月的《翠微亭記》署銜同。見《景定建康志》卷二二。

淳祐十一年辛亥（一二五一）五十七歲

春二月十三日，辭免進書轉四官，凡奏與轉一官，餘回授復辭，不允。《年譜》。

入爲參知政事，拜右丞相兼樞密使。本傳。

三月……戊寅，以謝方叔知樞密院、參知政事，吴潛參知政事，徐清叟同知樞密院事。《宋史·理宗本紀三》。

三月戊寅，自大中大夫、同知樞密院事，除參知政事。《宋史·宰輔表》。

『入爲參知政事』『除參知政事』，前爲兼職，此爲專任之謂。

四月，與理宗論邊防形勢。

四月……己亥……上諭輔臣曰：『昨覽京湖報，程璡盧氏縣之捷差强人意……』臣潛奏：『今日事體，漢中爲四蜀之首，襄陽爲京湖之首，浮光爲兩淮之首，此當在陛下運量中。』……詔敕令所進呈《淳祐條法事類》。禮畢，鄭清之、謝方叔、吴潛各進二秩。《宋史全文》卷三四。

夏四月二日，除參知政事同提舉編修敕令、同提舉編修《經武要略》。進封金陵郡公，加食邑四百户、食實封一百户。

初五日，轉通議大夫，進封金陵郡開國公，加食邑四百户、食實封一百户。并《年譜》《族譜》。

十九日，奏乞進敕令，〔辭〕轉兩官，不允。奏四上，奉旨轉一官。

五月，御筆賜「履齋」二大字。

六月十五日，轉通奉大夫，加食邑四百户、食實封一百户。并《年譜》。

八月甲午，以鄭清之爲明堂大禮使，謝方叔禮儀使，吴潛儀仗使，徐清叟鹵簿使，趙與簋橋道頓遞使。《宋史全文》卷三四。

閏十月六日，奏乞解罷機政，歸田里，五奏不允。《年譜》《族譜》。

閏十月，奏留程公許。

《宋史·程公許傳》稱程公許「讜論疊見」，時權刑部尚書，鄭清之「授稿殿中侍御史陳垓以劾公許，參知政事吴潛奏留之」。據《續資治通鑒》卷一七三爲閏十月間事。

十一月……甲寅，以謝方叔爲左丞相，吴潛爲右丞相，并兼樞密使。《宋史全文》卷三四。

十一月甲寅，自參知政事授宣奉大夫、右丞相兼樞密使，依前金陵郡開國公加封邑。《宋史·宰輔表》。

十一月二十八日，除宣奉大夫、右丞相兼樞密使，加食邑一千户、食實封四百户，三上表辭，不允。并《年譜》《族譜》。

開府。《年譜》。《族譜》記爲明年：『夏四月，詔開府於宣城，曰吴府。』《魏鶴山文集後序》。文末署時：淳祐辛亥四月。

陳卓逝世，『將葬，事不能具，丞相吴潛聞之，貽書制置使以助』。見《宋史·陳居仁傳附卓》。《宋史·理宗本紀三》載陳卓逝世於本年七月。按吴潛拜相在十一月，事應在此後。

吴淵六十一歲。五月特轉通奉大夫，十月進爵爲公。見《景定建康志·建康表一〇》。

創建儒學義莊，見卷二八《儒學》。

吴淵轉兩官御筆淳祐十一年五月：吴淵在任已來，興利除害，具有條理，所列二十五事，究心於士民兵者甚至。忠勤體國，良用嘆嘉。可特轉兩官。見《至大金陵新志》卷三中之下。

淳祐十二年壬子（一二五二）五十八歲

與理宗論政。

春正月……上曰：『救楮事不可緩，吴潛可專此責。』潛奏：『請以方叔提其綱，清叟、槐贊其成，而臣服其勞。』

六月……戊辰，上諭輔臣曰：『邇年科舉取士，鮮得實學。士風人才，關係氣數，何策以救之？』潛奏：『乞於省試額中輟一二十名，令有司公舉海内行義文字之士，庶尚存鄉舉里選微意。曩時朱熹、真德秀亦有此請。』

七月……上諭輔臣：『徐霖以庶官論臺諫、京尹，要朕之必行，殊傷事體。適已批出。』潛等奏：『願陛下更賜優容。』

八月……乙未……方叔、潛乞解機政，疏四上，詔不許。

十一月辛巳朔，右司李伯玉劾御史蕭泰來。上令伯玉具都司劾御史故事聞奏，詔曰：『國家設御史，所以糾正百官；置宰掾，所以參贊機務。御史乃天子耳目之臣，而掾不過一大有司，未聞有以庶僚而糾劾御史者。近者徐霖以都司而按大有，今李伯玉又以都司而按泰來，陰懷朋比之私，蔑視紀綱之地，是非所以輕臺諫，乃所以輕朝廷也……李伯玉可降兩官放罷。』庚寅，吴潛罷，以御史蕭泰來論其奸詐十罪如王安石而又過之也。

十二月乙卯，以吴潛爲觀文殿大學士、提舉太平興國宫。并《宋史全文》卷三四。

十一月庚寅，右丞相吴潛罷。十二月乙卯除觀文殿大學士、提舉江州太平興國宫。《宋史·宰輔表》。

吴潛罷政雖出自請，但主要是因爲與臺臣矛盾遭致。吴潛一再支持正直朝臣所謂『善類』與奸邪臺諫抗争，這次支持徐霖、李伯玉遭致理宗的不滿，理宗申斥李伯玉的話其實就是説給吴潛聽的。李伯玉攻擊的對象，也是吴潛的宿敵蕭泰來乘機彈劾，論其奸詐如王安石，是拿吴潛對御史等臺臣的態度與王安石相比，王安石實行變法就是先打擊臺臣以掃清道路的。這裏也有謝方叔的傾軋。參日後《奏論國家安危理亂之源與君子小人之界限》《十四日具奏論士大夫當純意國事》等奏札。

高斯得《自叙六十韵》：『謝吴對持鉉，國勢如舟偏。熏蕕共一器，兩黨操戈鋋。予與趙徐輩，放逐紛聯翩。吴公亦去相，國事堪潸然。』見《耻堂存稿》卷六。『謝吴』即指左丞相謝方叔、右丞相吴潛，『趙徐』指趙汝騰、徐霖，二人和高斯得都是此時政争的受害者。參見《宋史·高斯得傳》。

吴淵六十二歲。《宋史·吴淵傳》：『徙知福州、福建安撫使，改知平江府兼發運使。御史劉元龍劾淵，帝寢其奏，改知寧國府。累具辭免，且丐祠，以本官提舉洞霄宫。』《景定建康志·建康表一〇》：『正月除資政殿大學士，知福州、福建安撫使，當月改知平江府，淮浙發運使，以臺僚論罷。』有《沁園春·壽弟相國》詞，謂『弟爲宰相，兄作閑人』。『七秩開顔，六旬屈指，風雨對床頻上心』。見吴淵五月前歸鄉。『弟爲宰相，兄作閑人』祇有此時。

寶祐元年癸丑（一二五三）五十九歲

里居。

作南墅。《年譜》。南墅去年已見吴淵《沁園春·壽弟相國》詞「南園借我登臨，都不怕近前丞相嗔」，當早已建成，此時乃進一步添置、美化。

於響山潭種竹築堂，扁曰「萬竹」。又於堂西作亭，曰「覽翠」，臺曰「華塔」，咏眺自適，若將終生。吴伯與《吴潛傳略》、《族譜》。《族譜》於寶祐五年、《年譜》於開慶元年記理宗御筆賜「萬竹堂」三大字，皆在慶元任職期間。

萬曆《寧國府志·方輿志》載：「響山，距城二里，下瞰響潭……古志云：西有覽翠亭。」按此亭爲唐代建，可能吴潛重修。又華塔臺至明爲吴伯與所有，作歌云：「華塔幾爲他家有，千年仍以屬其後。」見吴伯與《宣城事函》、《宛雅·三編》采入《詩話》。

時與劉震孫宴游。

周密《齊東野語》卷二〇：「劉震孫長卿，號朔齋。知宛陵日，吴毅夫潛丞相方閑居，劉日陪午橋之游，奉之亦甚至。常携具開宴，自撰樂語，一聯云：『入則孔明，出則元亮，副平生自許之心；兄爲東坡，弟爲欒城，無晚歲相違之恨。』毅夫大爲擊節。劉後以召還，吴餞之郊外，劉賦《摸魚兒》一詞爲别，末云：『怕緑野堂邊，劉郎去後，誰伴老裴度。』毅夫爲之揮淚。繼遺一价，追和此詞，并以小奩侑之，送數十里外，啓之，精金百星也。前輩憐才賞音如此，近世所無。』

按劉震孫寶祐元年知寧國府，見嘉慶《寧國府志·職官表》。由劉震孫聯語『兄爲東坡，弟爲欒城，無晚歲相違之恨』，知此時吴淵亦奉祠家居。

寶祐二年甲寅（一二五四）六十歲

里居。

冬十一月十五日，以明堂大禮加食邑四百户、食實封一百户。《年譜》《族譜》。

十一月甲寅，吴潛依前觀文殿大學士、宣奉大夫、提舉臨安洞霄宫、金陵郡開國公，加封邑。《宋史·宰輔表》。

《陶白邵三子詩集》成。《年譜》《族譜》。

《彭城錢氏家乘序》。

吴淵六十四歲。《宋史·吴淵傳》在奉祠後叙：起知潭州、湖南安撫使，不赴。改知太平兼提領江淮茶鹽所。

《吴淵知太平州制》，《東澗集》卷六。乾隆《太平府志·職官》：吴淵，三任。

寶祐三年乙卯（一二五五）六十一歲

里居。

夏六月，退庵（吴淵）赴鎮荆南，有五言四十韵餞行。《年譜》。荆南即江陵府，按詩已佚。

秋七月，因皇子進封忠王，遵故事，具奏録進舊來所得聖語，乞付史館。《年譜》。即録進舊聞理宗有關建儲談話，有同題奏疏。

按《宋史·理宗本紀四》皇子禥以寶祐二年十月癸酉進封忠王，此疏上於寶祐三年。據稱原擬記述本末，繕録家藏，以俟宣索，但因『頻歲抱疴，近而轉劇，深恐一旦溘先朝露……謹具畫一奏聞。欲望聖慈宣付史館』。

里居期間理宗和諸執輔時有慰問，《年譜》本年載録：

録白王知省櫄奉旨宣諭。按知省當爲都知内侍省。吴泳《鶴林集》卷八有《王櫄授州防禦使制》。

録白謝丞相札子。按謝丞相，即謝方叔。

録白徐知院札子。按徐知院，即徐清叟，時爲同知樞密院事。

録白董參政槧板。按董參政，即董槐，時爲參知政事。槧板即尺牘。

某月得蔡樞密抗書，以有勸勉再出之意，乃答書。

按《宋史·理宗本紀四》載本年八月蔡抗爲端明殿學士、同簽書樞密院事，二人書札來往當在八月後，吴潛答書題爲《答蔡樞密書》。吴潛與蔡抗關係參見景定元年《十四日具奏論士大夫當純意國事》疏。

吴淵六十五歲。轉荆湖制置大使、知江陵府。《宋史·吴淵傳》。《宋史·理宗本紀四》、《宋史全文》卷三五記載於本年三月。本紀漏『大使』之『大』字。

寶祐四年丙辰（一二五六）六十二歲

四月，授沿海制置大使，判慶元府。本傳。《宋史·理宗本紀四》奪一『大』字。

夏五月三日，除沿海制置大使，判慶元府，屢辭不允。

秋八月二十一日，離鄉里。

九月八日，抵慶元。并《年譜》。

其開慶元年《三月初五日具奏乞歸田里》云：『丙辰初夏，忽蒙陛下曲加紀録，起之鄞閫，臣再三懇免，直涉季秋……』

《寶慶四明志·郡守》：吴潛以寶祐四年四月二十三日奉御筆：『依舊觀文殿大學士、沿海制置大使、判慶元軍府。』已於九月初九日到任，交割兩司職事。

冬十月，申省條具本司軍民久遠之計。《年譜》。

至官，條具軍民久遠之計，告於政府，奏皆行之。本傳。

《奏行周燮義船之策以革防江民船之弊乞補本人文資以任責》。

《奏曉諭海寇復爲良民及關防海道事宜》。

《奏禁私置團場以培植本根消弭盜賊》。以上奏札今存。

十一月，《申省條具本府所當并省庫務以寬郡力》。未見申狀，當非一時一件。

《奏論海道内外二洋利害去處防貴周密》。

《奏給遭風倭商錢米以廣朝廷柔遠之恩亦於海防密有關係》。按此札有『臣兩歲之間，一再見之』等語，應爲明年上。

《奏創養濟院以存養鰥寡孤獨之民》。以上并《年譜》《族譜》。

按此札有『已於天基聖節之日，令入院居住養濟』語，知爲明年上。《續志》記廣惠院爲寶祐五年正月創建。理宗生於正月癸亥（五日），即位後以此日爲天基節，見《宋史·理宗本紀一》。

始至即創建厢院，以居訟民兩造未備無親故作保者。

慶元舊無厢院，附之牢城。雜處穢污，間斃於疫。九月吴潛始至，惻然矜之，委僚吏即醋庫舊址創建厢院，男女異室，如民居然。見《開慶四明續志》卷四。

赴任之初即莅臨府學，勉勵學子，宣講《四書》。《開慶四明續志》卷一《生祠記》。

赴任經行及初到慶元至年底所作詩：

《登鎮海樓》《對黄花》《呈蕭山知縣》《分定》《自嘆》《歲晏無聊收叔氏訊》《題暗香疏影詞後用潘德久贈姜白石韵》。

詞：《沁園春·丙辰十月十日》、《暗香》《疏影》疊韵四組。

吴淵六十六歲。兼夔路策應大使兼京湖屯田大使，帶行京湖安撫制置大使。拜觀文殿學士，職任如舊，兼總領湖廣、江西、京西財賦，湖北、京西軍馬錢糧。《宋史·吴淵傳》。正月辛亥，以吴淵爲京湖制置使兼夔路策應使，軍馬急切便宜行事。四月庚午，吴淵進二秩，職任依舊。《宋史·理宗本紀四》、《宋史全文》卷三五。按觀文殿學士爲去年所命。見《宋史·理宗本紀四》《宋史全文》。

寶祐五年丁巳（一二五七）六十三歲

寶祐五年正月初六日御筆：吴潛特與轉一官，職任依舊：

吴潛：方厚秉彝，中和迪行。漱六藝之芳潤，則資之深；詡萬物而發揚，其德可大。頃焉相朕，咨以奮庸。若鹽梅之和羹，期于予治；以薰蕕之共器，不潰于成。斂而經濟之謀，重我蕃宣之寄。鄮山崔崔，欣草木之向榮；滄海洋洋，妥波濤而不□。當治象甫頒之日，正士夫更始之初。膺貢受圖，曩侍春王三朝之會；承流宣化，今爲東方諸侯之先。時而揚之，民之表也。雖璽書增秩，非所以待大臣；而民功曰庸，其可無於懋賞？爰峻禄臣之品，申陪井邑之封。於戲！王職如歲兼四時，朕方體元工之運；冢宰阜民倡九牧，爾尚新治理之功。益懋乃猶，祗若予訓。可特授光禄大夫，依前觀文殿大學士、沿海制置大使、判慶元軍府事兼管内勸農使、金陵郡開國公、食邑五千□百户、食實封一千□百户。主者施行。《開慶四明續志》卷一《增秩因任》。

正月二十五日兄吴淵在江陵病故，吴潛請假回里治喪。

《年譜》記曰：春正月十七日，聞兄金陵侯（按應爲公）薨，丐祠歸治喪事。凡屢請。夏四月，止予告。十五日離慶元，二十六日至里第。再上辭請，不允，且命守臣趙釆勉諭。五月十一日，單騎復之慶元任。

《族譜》所記大致相同，兩處所記時間都有不清楚處。吴淵病故時間下面有辨析，吴潛奔喪時間及過程，《寶慶四明志》在《郡守》卷補續的吴潛傳所述甚是詳實：

五年……四月空日，蒙恩予告還里。當月十五日起離，至閏月二十六日備奉聖旨指揮：『比以海閫重地，付吴潛彈壓，威惠所浹，海波晏然。今已及假滿之期，所合申趣還之。

命可。令寧國府守臣，宣諭就道，具起發日時聞奏。』已於五月初三日祗拜恩命，及承守臣趙采到家宣諭指揮，即已遵奉聖旨，涓五月十二日起離寧國府，迤邐回任，至當月二十一日抵慶元府，交領兩司牌印。

吴潜此次請假(予告)治喪時間起於四月上旬某日，止於閏四月下旬，五月二十一日回到慶元復職。

之前三月十二日有《以變生同氣丐祠》奏札，四月二十三日有《再具奏丐祠》，并請求延長假期，均不允。

二十三日，轉光禄大夫，加食邑四百户，食實封一百户。并《年譜》《族譜》。

本年《年譜》著録很多奏札、申省狀，見其海防、民政措置，甚得理宗允肯、嘉奬，不少文本已失傳：

《申尚書省論私置團場關係海道利害二乞仍舊收税》。

《申省論催牙契錢以爲填補水軍闕額之計》。

某月日《申論減免細民房屋賃金以廣朝廷憫恤元元之至意》。

與公札宰執臺諫給舍都司《論本府積弊别立規模整治》。

公札《條畫朝廷財計之可以科降者乞施行以助本司防海急闕之用》。

《紹興初創立水軍屯駐定海專爲行都後户之防未嘗輕調一兵遠戍》。

三月十二日《以變生同氣爲憂具奏丐祠》。不允。存。

四月二十三日《再具奏丐祠》。不允。存。

秋七月《申尚書省御史臺諫院具所蠲放二税之數》

《奏乞休致及蠲放官賦攤錢見在錢米增積之數》。存。按此篇下《許國公奏議》卷四有《條奏海道備禦六事》一札，《年譜》未載，當亦寶祐五年所上。

秋九月《申省以趲到錢物代六縣百姓輸納折帛一次》。

九月二十日，奉御筆：覽吴潛所奏，粤從分牧，恪奉寬條。既屢蠲往歲之逋租，復代納來年之常賦。廉，然後能無取；公，爾可見忘私。良用嘆嘉，所請宜允。并見《開慶四明續志》卷七《褒詔》。

二十二日，以明堂大禮加食邑五百户，食實封二百户。

二十六日再具奏《乞休致》。不允。存。

冬十月一日，廣惠養濟院成。

十月六日，復申省乞休致。并《年譜》《族譜》。

《年譜》漏列八月初一日《以兩考乞休致》、八月十七日《再乞休致》二札。

九月，爲文天祥之父革齋先生（文儀）墓篆蓋。見《文山先生全集》卷七《謝吴丞相》附注并卷一七《文山先生紀年録》。

撰《陶隱君墓志銘》。陶世雄，吴潛表弟。

《孫守叔墓志銘》《孫守叔像贊》。

孫夢觀（一二〇〇—一二五七），字守叔，號雪窗，慶元慈溪（今屬浙江）人，寶慶二年（一二二六）進士。歷官内外，清正廉明，與吴潛交道甚厚。積官宣奉大夫、集英殿修撰，知建寧府。有《雪窗集》。

本年可以編年的詩：

《劭農三首》《出郊用劭農韻三首》《聞同官會碧沚用出郊韻三首》《出郊再用韻賦三解》《再用出郊韻似延慶老三首》《登延慶佛閣用出郊韻三首》《再用出郊韻三首》（以下尚有三、四、五用出郊韻各三首）、《小至三詩呈景回制幹并簡同官》《喜雪用禁物體二首》《再用前韻二首》《三用喜雪韻呈同官諸丈不敢輟禁物之令也二首》《四五用前喜雪韻四首》《六用喜雪韻二首》（以下尚有七八、九十、十一二、十三四用喜雪韻各四首）、《舟檥娥祠敬留二絶》。

詞：

《賀新郎·丁巳歲壽叔氏》《霜天曉角·和葉檢閲仁叔韻》（有一首同韻詞）、《霜天曉角·和劉架閣自昭韵》(有一首同韵詞)、《霜天曉角·和趙教授韵》(有一首同韵詞)。

吴淵六十七歲。正月初一拜參知政事,二十五日突然病故。

關於吴淵病故時間及情由記載有:

五年正月朔,以功拜參知政事……越七日,卒。《宋史·吴淵傳》。

春正月丁亥朔,吴淵參知政事……辛亥,吴淵薨。贈少師,謚莊敏。《宋史·理宗本紀四》。

正月丁亥……吴淵自觀文殿學士、正奉大夫除參知政事。正月甲辰,吴淵特授光禄大夫、守參知政事致仕。辛亥卒。《宋史·宰輔表》。

按正月丁亥爲初一,甲辰是十八,辛亥是二十五。把《宋史》這三處記載聯繫起來理解,應是:吴淵正月初一拜參知政事,十八日致仕,『越七日』,即二十五日辛亥卒。乃在安排休致過程中突然病故。

有幾種不一樣的記載:

正月十七日吴潜在慶元得訃聞。《年譜》。

正月十七日聞訃,不可能,疑正月爲二月之誤。

五年召拜參知政事,未至而薨。《族譜》。

五年春正月，召吴淵參知政事，淵未至卒。《通鑑續編》卷二三。《資治通鑑後編》卷一四四、《御批歷代通鑑輯覽》卷九三同。

吴淵是在準備赴任過程中逝世，中間無致仕情節。

五年丁巳正月一日吴公拜參知政事，請致事仕，未報而没於江陵府治。《吴興備志·瑣徵》引黄溍《辨史》。

又是一種情況，吴淵請求致仕尚未獲准時卒。

諸説當以《宋史·宰輔表》爲是，致仕由《吴興備志·瑣徵》引黄溍《辨史》所云乃出其自請。

辛亥吴淵薨，輟視朝。《宋史全文》卷三五。

贈少師，謚莊敏。《宋史·理宗本紀四》。

閫檄汪立信與先户部護葬宣城。《吴興備志·瑣徵》引黄溍《辨史》。

此閫爲新任荆湖宣撫大使、判江陵府趙葵。

汪立信，婺源人，宋末著名的抗元英杰，先爲吴淵識拔，嘉熙、淳祐間吴淵知鎮江，力行荒政，於粥場識之而加禮遇。『先户部』，爲黄溍曾祖黄夢炎，時在吴淵幕中。二人先後登淳祐七年（一二四七）、十年（一二五〇）進士第。寶祐三年（一二五五）吴淵知江陵，辟立信幹辦公事、黄夢炎準備差遣。汪官至沿江帥守，黄後任户部郎官。參見黄溍《辨史》。

葬曷山之原。《族譜》。曷山在宣城縣西南三十里。嘉慶《寧國府志·輿地志》。今在宣州區溪口鎮。

是歲秋九月三日，詔開府第於宣城，曰吴大資府。《族譜》。

按萬曆《續修嚴州府志》卷一〇《職官》，誤收吴淵爲嚴州建德縣主簿，有吴淵傳，亦叙卒後開府，『九月三日』作『九月二日』。

寶祐六年戊午（一二五八）六十四歲

奏札、申狀：

《奏按象山宰不放民間房錢》。

《奏乞就淮西管下歲糴以繼軍食之闕》。

八月《申密院以新創向頭鳴鶴兩軍寨屋防拓海面衝要》。佚。

秋八月初一日《以兩考具奏乞休致》，不允。

十七日《再具奏乞休致》。

復《申省乞休致》。佚。

九月四日，除銀青光禄大夫加食邑五百户，食實封二百户。累辭，乞歸田里。不允。并

《年譜》《族譜》。

寶祐六年九月初五日御筆：

吴潛分閫四明，已書再考，郡綱振飭，海道肅清。特與轉行一官，令再任。

學士院日下降制：

吴潛：敬義不孤，忠忱合一。以格物之明，而行之以絜矩之恕；以馮河之毅，而恢之以包荒之弘。其在廟堂而憂，惟以社稷爲悦。邪嫉九齡之正，佞憎陸贄之賢。緑竹猗猗，居有琢磨之益；赤舄几几，不改碩膚之常。比煩戎乘之行，肯爲蒼生而起。弼亶青社，猶在中書；琦典相州，克勤民事。廉頑立懦，抑虣鋤驕。吏士畏若神明，旄倪愛如父母。風行海道，福流京師。固當渴想於儀刑，亦既深知其治行。惟長吏數易則政斁，而百姓熟習則教孚。遮道而留寇恂，盍從群望；增秩而褒黄霸，昭示懋功。頻煩璽書之榮，赫奕銀青之信。益食多邑，陪賦真畬。於戲！公著起尹河南，雅得均出處之誼；王曾再莅全魏，諒能服中外之心。以上宰任方伯，見謂優爲；以真儒用天下，常懷未盡。式敬有土，益遠乃猷。可特授銀青光禄大夫，依前觀文殿大學士、沿海制置大使、判慶元府事兼管内勸農使、金陵郡開國公、加食邑五百户。主者施行。《開慶四明續志》卷一《增秩因任》。

《寶慶四明志·郡守》：寶祐六年九月初三日備奉御筆：『吴潛分閫四明，已書再考，郡綱振飭，海道肅清，可特轉一官，令再任。』累辭不獲，於當月十七日，望闕祇受誥命。

本年可編年詩詞文：

文除奏札、申狀外，還有：《忠節廟記》。

詩：

《鄉舉鹿鳴勸駕》《餞趙物斛三首》《秋思一首寄方君遇》《寄丁丞相》《和丁丞相》《送十二知軍領郡澄江二首》。

丁丞相，丁大全。十二知軍，吴璞。

詞：

《水龍吟·戊午元夕》《滿江紅·戊午二月十七日四明窗賦》（有再和、三四五用韵）、《謁金門·和自昭木香》《水調歌頭·出郊玩水》《水調歌頭·小憩袁氏園用前韵》《沁園春·戊午自壽》《滿江紅（斫却凡柯）》《滿江紅（戊午秋半）》《浪淘沙·戊午中秋和劉自昭》《水調歌頭（夜來月佳甚）》《滿江紅·戊午八月二十七日進思堂賞第二木樨》《謁金門·和劉制幾》《水調歌頭（戊午九月）》（有再用前韵）、《滿江紅（戊午九月七日）》《滿江紅·戊午十二月八日賦後圃早梅》《柳梢青·戊午十二月十五日安晚園和劉自昭》《霜天曉角·戊午十二月望安晚園賦梅上銀燭》《滿江紅·鄭園看梅》《滿江紅·再用韵懷安晚》。

吴璞於本年七月任江陰知軍，九月除太府丞。見崇禎《江陰縣志》卷三。詩《送十二知軍領郡澄江》之『十二知軍』爲吴璞，『十二』爲行第称謂。參見嘉定九年譜。

十二月由太府寺丞除秘書郎。見《南宋館閣續録》卷八。

開慶元年己未（一二五九）六十五歲

奏札、申狀：

《春正月申密院諭海道大洋外洋之緊要乞免調遣兵船別戍》。佚。

《申乞買没官田以贍廣惠養濟院》。佚。

《申省獻助和糴錢一百萬貫》。佚。

《三月初五日具奏乞歸田里》。

《二十三日再具奏乞歸田里》。

《申省乞罷慈溪奉化兩縣税場以酒息代納免擾民之害》。佚。

《申省重建高橋以旌中興虎臣張俊第一戰功》。佚。

《浚管山河以通水利》。佚。

《夏四月初九日復具奏乞祠》。

《秋八月初一日具奏乞祠》。

《十三日再具奏乞祠》即(《乞休歸》札)。

《申尚書省乞罷倭商抽博漏没之禁以示朝廷懷遠之恩》。

忠節廟成,作記。

十九日除判寧國府、特進、封崇(榮)國公、加食邑五百户、食實封二百户。并《年譜》《族譜》。

八月戊子,吴潛依舊觀文殿大學士、判寧國府、特進、崇國公。《宋史・宰輔表》。

八月……戊子,詔吴潛開閫海道,勤勞三年,屢疏求退,仍舊觀文殿大學士、判寧國府、特進、崇國公。《宋史・理宗本紀四》。

開慶元年八月十七日再疏乞歸田里,奉御筆:

吴潛三年海閫,備竭勤勞。屢疏丐歸,高節可尚。可依舊觀文殿大學士、判寧國府、特進、封崇國公。令學士院日下降制:

吴潛:識詣幾深,氣涵剛大。實地踐履,得家庭學問之醇;平生經綸,發聖賢事業之懿。寧皇之所敷遺,眇躬之所倚毗。端委廟堂,納君於道;燕居鄉黨,垂世以書。頃往保厘,重煩夾輔。獨盡心於政廩,有勤民之風;不動色而威雅,得馭軍之體。以格物之明聽訟,以絜矩之道生財。溟渤澄波,京師蒙潤。閔勞三載,正惓惓歸士之情;勤施四方,顧懇懇明農之請。夫元老之出處甚重，乃群工之視聽攸關。卿猶盡瘁以鞠躬，誰不聞風而展力？爰從古鄮，就畀宛陵。若王曾以厚德守青，莫涯其量；若蒙正以重望尹洛，未盡其才。用疏崇國之封，加峻上公之爵。仍冠邃職，并衍真畲。於戲！國家大經，莫重君臣之誼；賢哲高致，每懷父母之邦。天之未墜於斯文，儒者不忘於當世。體于睠注，遠乃猷爲。可依前觀文殿大學士、銀青光禄大夫、判寧國府、特進、封崇國公、加食邑五百户、食實封二百户。主者施行。《開慶四明續志》卷一《增秩因任》。

《寶慶四明志·郡守》：開慶元年八月十七日再疏乞歸田里，奉御筆：『吴潛三年海閫，備竭勤勞，累疏丐歸，高節可尚。可依舊觀文殿大學士、判寧國府、特進、封崇國公。』令學士院日下降制。於當月二十八日離任。

吴潛一生十任牧守，慶元是唯一一次任滿三年任期，也是他最得心應手、才幹發揮最充分的任期。本傳云：『至官，條具軍民久遠之計，告於政府，奏皆行之。』理宗對他的治績也多次加以表彰。卸任時他的同僚編纂《開慶四明續志》，詳細記載了吴潛『三年治鄞民政、兵防、士習、軍食、興革、補廢，大綱小紀』，留下了一部完整的政績紀録。其政績上面引録的奏札、申省狀可見一斑，大要概括有如下五個方面：

一、海防。沿海制置司管轄範圍很廣，除慶元（明州）、台州、温州三處海防外，還要協防以北的浙西、淮東。此時的海防任務除防海盜、維護沿海治安外，還有一項重大使命，即預防蒙古及山東割據勢力李璮從海上進攻、掠擾。他一上任就以極大的熱情和精力投入海防謀劃、建設，增設了許多防禦設備，設二十六鋪烽燧，訓練舟師，整頓軍政，新建山寨，特别是在錢塘江口建向頭寨，極具戰略意義。

二、民生。作爲一府最高的行政長官，他秉持一貫的『職事之最大者，無過於撫養下民』的行政理念，上任之後，年年蠲放官賦，《開慶四明續志》卷七詳細開列了三年所蠲免的錢穀、絹帛數量。同時大刀闊斧改革許多虐民的弊政，如改革差役的弊端，創立義船法，還廢除不少苛捐雜税及機構。又創設廣惠院、建造惠民藥局、創建候審的廂院、整修監房和牢城。對盜賊不主張清剿，而是進行招撫感化。

三、文教。重視教育，增加官學經費，增撥養士田産，親到府學開講《四書》，改善科舉儀式，獎勵舉人。還在郡圃修建了許多堂軒亭臺，重修了紀念前賢的古迹，美化了慶元府城的自然環境和人文景觀。

四、水利交通。三年共修創碶閘、堰埭十六七處、疏浚河道五十餘處。有的水利工程遺愛後世，至今受益，有被命名爲『吴公塘』『相公衢』的。特别值得稱道的是，許多工程款皆明令不向民間攤派。

五、涉外事務。慶元在南宋也是重要海港，日本、高麗時有商人來往貿易，因而也就産生了一些涉外問題。吴潛發現舶務司抽博倭金、徵稅而帶有敲詐勒索性質，請求罷停，他還對因海難或經商挫折而流離的日本人、高麗人給予救助，并資送其歸國，他還希望『朝廷行下市舶司，立爲定例』，這種做法類似近代以來纔有的海難救助。吴潛處理邦交的理念和做法前所罕聞，晚清俞樾甚至認爲是開歷史先例，見《茶香室三鈔》卷一一《撫恤遭風難夷》。

吴潛在慶元的治績尚多，任職三年，大見成效，開慶元年在《三月初五日具奏乞歸田里》奏章中他歷數幾年的政事，説：『其他兵政、民務，無慮數十條，亦皆圓備。且帑有餘貲，倉有餘粟，凡可以爲此郡經久之計者，已無餘策。自此凋郡，恐成樂國。』

本年之文除《年譜》前列奏札、申省狀外，還有見於《開慶四明續志》所載公文若干，以及《平橋水則記》《重建逸老堂記》《賀知章畫像贊》《答許月卿書》《慈水劉氏家乘序》等。

詩：

《劭農翠山賦唐律二首》《行小圃偶成唐律呈直翁自昭叔夏》《苦雨吟十首呈同官諸丈》《賡劉自昭出郊佳什》《出郊偶賦》《高橋舟中二首》《水雲鄉和制機劉自昭韵三首》《和翁處静賦木香》《喜雨二解呈檢閲同官諸丈》《和景回胡計院數字韵就送其行》。

詞：

《寶鼎現·和韵己未元夕》《晝錦堂·己未元夕》《永遇樂·己未元夕》（再和、三和）、《傳言玉女·己未元夕》《浣溪沙·己未元夕》《柳梢青·己未元夕》《滿江紅（把手西園）》《沁園春·己未翠山勸農》《浣溪沙·和謙山》（四用韵四首）、《滿江紅·上巳後日即事》《海棠春·己未清明對海棠有賦》（三用韵三首其『三用韵』係咏松）、《青玉案·己未三月六日四明窗會客》《賀聖朝·己未三月六日》《蝶戀花·和處静木香》《賀新郎·和翁處静桃源洞韵》（有再和、三和）、《浣溪沙·己未三月二十五日賞荼蘼》（有再賦）、《點絳唇·己未三月末浣木香亭賦》《滿江紅·己未四月九日會四明窗》《念奴嬌·戲和仲殊》《念奴嬌·咏白蓮用寶月韵》（有再和、三和、四和）、《水調歌頭·喜晴賦》、《二郎神·己未自壽》（有再和）、《滿江紅·己未賡李制參直翁俾壽之詞》《滿江紅·和劉右司長翁俾壽之詞》《八聲甘州·賡葉編修俾壽之詞》《賀新郎·和趙丞相見壽》《感皇恩·和廣德知軍韵》《賀新郎（燕子呢喃語）》《賀新郎（碧沼横梅屋）》《賀新郎·和劉自昭俾壽之詞》《秋霽·己未六月九日雨後賦》《清平樂·和劉制幾》《小重山·己未六月十四日老香堂前月臺玩月》、《賀新郎·玩月》（二首）、《鵲橋仙·己未七夕》（二首）、《秋夜雨·己未八月二日新桃源和韵》（同韵三首）、《生查子·己未八月二日四明窗和韵》（同韵二首）、《霜天曉角（秋凉佳月）》（有再和）、《虞美人·和劉制幾舟中送監簿韵》《南鄉子（野思浩難收）》（同韵二首）、《南鄉子·答和惠計院》《行香子（輕世事塵）》《水調歌頭·己未中秋無月》《糖多令·答和梅府教》《水調歌頭（已是三堪樂）》（同韵四首）、《訴衷情·和韵》《桂枝香（三年海國）》《謁金門·老香堂和韵》（同韵三首）、《浣溪沙·和桃源韵》《水調歌頭（處處羊腸路）》《水調歌頭·開慶己未秋社維舟逸老堂口占》《水調歌頭·奉别諸同官》《賀新郎·和惠檢閲惜别》《隔浦蓮·和葉編修士則韵》。

趙丞相，即趙葵。劉右司，即劉震孫。葉編修，葉隆禮，字士則，號漁村，嘉興（今屬浙江）人，淳祐七年（一二四七）進士，十年，通判建康府，十二年，除國子監簿，開慶元年，任兩浙運判，除軍器少監兼知臨安府，景定元年，知紹興府。後列入吴潛黨人被貶，景定四年（一二六三）尚在貶中。翁處静，名元龍，字時可，號處静，鄞縣（今浙江寧波）人，遷居黄岩，與吴文英爲弟兄（吴文英本姓翁）。有《處静詞》。

八月二十五日，離慶元。《年譜》。

過錢塘江作《錢塘江三首》。

經由嘉興，作《陸宣公祠》詩。

二詩表達了吴潛安心歸退、忠謀留於後世評説的心情。

九月初八日，還里第。《年譜》《族譜》。

此時國勢朝局危機突顯，理宗對吴潛緊急加以起用：

十五日，以醴泉觀使兼侍讀召。辭免，不允。

二十六日，離鄉里。

二十九日，至都下。并《年譜》《族譜》。

九月……庚申，以吴潛兼侍讀、奉朝請。冬十月辛未朔，丁大全罷……壬申，以吴潛爲左丞相兼樞密使，進封相國公……丙子，改封吴潛爲慶國公。《宋史·理宗本紀四》、《宋史全文》卷三六。

九月丙寅，依前觀文殿大學士、銀青光禄大夫，特授醴泉觀使兼侍讀，崇國公。十月壬申，吴潛自銀青光禄大夫、醴泉觀使兼侍讀、崇國公、特進、左丞相兼樞密使，進封相國公，加封邑。丙子，改封慶國公。《宋史·宰輔表》。

本傳：『入對，論畏天命，結民心，進賢才，通下情。』即《冬十月一日内引奏札論夷狄恃力中國恃理四事》。首謂：『獲返山林。突未及黔，忽叨命召，俾奉内祠而侍經幄。一放天筆，再遣使軺，四勤宣諭……有曰「待卿之來，刻以爲歲」。臣感激流涕，不能自持……戴星疾馳，趨赴闕下。』繼論『中國、夷狄，自古常對立於天下，夷狄之所恃者力，中國之所恃者理』。中國之所謂理者，在畏天命、結民心、進賢才、通下情。最後請求理宗亟下痛切之詔：

『昭布四失，力圖今是，以回吾之所可恃。所謂悔過不嫌於深，責己不嫌於重。』

二日，除金紫光禄大夫、特進、左丞相兼樞密使，進封慶國公，加食邑一千户、食實封四百户。三辭，不允。并《年譜》《族譜》。

請將兵。《年譜》。

止遷蹕之議。《年譜》。

韃兵破江州、瑞州、衡州，圍潭州，邊報轉急，都城團結義勇，招募新兵，築平江、紹興、慶元城壁，議遷都。軍器大監兼左司何子舉言於丞相吴潜曰：『若上行幸時，則京城百萬生靈何所依賴？必不可。』遂與俱入見，面陳剴切，謝皇后亦請留蹕，以安人心。上乃止……先是北兵渡江，止遷蹕之議者吴潜也。《宋季三朝政要》卷三。

己未北師渡江，止遷蹕之議者，丞相吴潜也。《宋史全文》卷三六引《謚議》。

冬十一月日，以韃寇深入，具奏乞令在朝文武官各陳所見，以決處置之宜。本傳、《年譜》。

有同題奏札。略謂：鄂渚似可少寬西顧，若湖湘一路，直透腹心，萬一警報猝至，不知上下將何以爲策。或進或退，或行或守，皆非一旦之所能辦。欲望以此章宣示二三執政、給舍、臺諫、殿帥，使各述其所見，并指陳韃賊有無必至之患，目前當作如何布置，庶可資衆益以爲處置之決。

十二月十三日，改封許國公。《年譜》《族譜》。

十二月壬子，改封許國公。《宋史·理宗本紀四》、《宋史·宰輔表》、《宋史全文》卷三六。

左丞相封許國公臣吴潛誥：

奉天承運皇帝詔曰：

位列上公，實萬民之攸統；職升元輔，誠百揆之總司。苟非其人，曷膺重任？具官吴潛：天資忠亮，問學淵深。負經綸致遠之才，抱博古通今之藴。指陳讜論，既有保安社稷之謀；措置時宜，尤著瀝膽洗心之策。似兹賢哲，宜以褒崇，特加封許國公。欽此，欽遵。右如牒到奉行。開慶元年十二月十四日巳時下。《寧東芡笋塘吴氏宗譜》、民國二十五年《寧國縣志》卷一二《藝文志上》。

十一月，文天祥赴臨安，應詔上書，陳述四項對策，乞斬董宋臣，未被采納。復上書吴潛，冀救亡圖存。見《文山先生全集》卷三《己未上皇帝書》、卷六《繳奏稿上中書札子》。

吴璞於正月以秘書郎除著作佐郎。《南宋館閣續録》卷八。吴璞去年十二月赴闕，此又擢官。吴潛《二郎神·己未自壽》詞云：『況碌碌兒曹，望郎名郡，叨冒差除不一。』正寫吴璞，也可能包含吴琳除官。

御書賜『衮綉堂』三大字。吴伯與《吴潛傳略》、《族譜》。梅鼎祚在《衮綉堂四集序》中説『衮綉本穆陵御書以賜金陵者』（《鹿裘石室集·文集》卷二），謂理宗賜吴淵『衮綉堂』三字，不確。理宗賜吴淵乃『錦綉堂』三字，見《宋史·吴淵傳》，參淳祐十年（一二五〇）譜。

景定元年庚申（一二六〇）六十六歲

春三月一日，奏論韃賊深入，乞充前日之悔悟，以祈天永命、消弭狄難事。本傳、《年譜》《族譜》。

見同題奏札。本傳：潛奏今鄂渚被兵，湖南擾動，推原禍根，良由近年奸臣憸士設爲虚議，迷國誤軍，其禍一二年而愈酷。附和逢迎，媕婀諂媚，積至於大不靖。專望陛下充前日之悔悟，而更爲今日之大悔悟。則知宗廟社稷、人民億兆、后妃宗戚，其休戚存亡，皆在陛下之一身，而陛下尤欲自壽其身，以久享至高極貴尊榮之福。念之至此，則必有惕然不能自已者，特恐陛下不念爾。

奏論國家安危理亂之源與君子小人之界限。本傳、《年譜》《族譜》。

見同題奏札。又論國家安危治亂之原：『蓋自近年公道晦蝕，私意横流，仁賢空虚，名節喪敗，忠嘉絶響，諛佞成風。天怒而陛下不知，人怨而陛下不察，稔成兵戈之禍，積爲宗社之憂。章鑒、高鑄嘗與丁大全同官，傾心附麗，躐躋要途。蕭泰來等群小嘒選，國事日非，浸淫至於今日。陛下稍垂日月之明，毋使小人翕聚，以貽善類之禍。沈炎實趙與簒之腹心爪牙而任臺臣，甘爲之搏擊。奸黨盤據，血脉貫穿，以欺陛下。致危亂者，皆此等小人爲之。』

《十四日具奏論士大夫當純意國事》。極論宰相不得銓選諫官、而天子自置之弊。

《同日具奏四事》：乞令丁大全致仕，沈炎除權户部侍郎，董宋臣、徐庚金等與祠禄，高鑄羈管州軍。并《年譜》《族譜》。

上述兩疏甚得理宗首肯，附存理宗同日批示：覽卿所奏，具悉來意，已依所擬施行。

四月一日，吴潛被突然罷免。

夏四月一日，以臺臣沈炎論，奉御筆，除職予祠。《年譜》。

四月戊戌朔，左丞相吴潛罷，行諫議大夫沈炎之言也。《宋史全文》卷三六。

『屬將立度宗爲太子，潛密奏云：「臣無彌遠之材，忠王無陛下之福。」帝怒潛，卒以炎論劾落職。』本傳。

『四月戊戌朔，侍御史沈炎疏吴潛過失，以「忠王之立，人心所屬，潛獨不然。章汝鈞對館職策，乞爲濟邸立後，潛樂聞其論，授汝鈞正字，奸謀叵測。請速詔賈似道正位鼎軸」』。《宋史·理宗本紀五》。

監察御史劉應龍、中書舍人洪芹有不同看法。

《宋史·劉應龍傳》：『先是，理宗久未有子，以弟福王與芮之子爲皇子，丞相吴潛有異論，帝已不樂。大元兵渡江，朝野震動，逐丞相丁大全，復起潛爲相。帝問潛策安出，潛對曰：「當遷幸。」又問：「卿如何？」潛曰：「臣當死守於此。」帝泣下曰：「卿欲爲張邦昌乎？」潛不敢復言。未幾，北兵退，帝語群臣曰：「吴潛幾誤朕。」遂罷潛相。帝怒潛不已，應龍朝受命，帝夜出象簡書疏稿授應龍，使劾潛。應龍謂：「潛本有賢譽，獨論事失當，臨變寡斷。祖宗以來，大臣有罪未嘗輕肆誅戮。欲望姑從寬典，以全體貌。」帝大怒。』

《宋史·洪芹傳》：『沈炎乘上怒，攻丞相吴潛，芹獨繳奏曰：「方國本多虞，潛星馳赴闕，理紛鎮浮，陳力爲多。一旦視爲弁髦，得無如《詩》所謂『將安將樂，女轉弃予』乎？」慷慨敢言，天下義之。』《宋史·吴潛傳》載『命下，中書舍人洪芹繳還詞頭，不報』。

理宗決意罷免吴潛主要是因爲立太子問題，還涉及遷都問題，至十月他還在一道御筆中申斥吴潛『動摇國本，力請遷幸，發言悖亂，蘊志深險，與自古奸叛之臣曾不必殊』（見《宋史全文》卷三六）。而激怒挑撥理宗、借機陷害、置吴潛於死地的則爲賈似道。

《宋史·賈似道傳》：『初似道在漢陽，時丞相吴潛用監察御史饒應子言，移之黄州，而分曹世雄等兵以屬江閫。黄雖下流，實兵衝。似道以爲潛欲殺己，銜之。且聞潛事急時，每事先發後奏。帝欲立榮王子孟啓爲太子，潛又不可，帝已積怒潛。似道遂陳建儲之策，令沈炎劾潛措置無方，致全、衡、永、桂皆破，大稱旨。乃議立孟啓，貶潛循州，盡逐其黨人。』

是日起，離行在。

吴潛被突然貶黜，許多朝臣表達了不滿，甚至『去之日，庸人孺子，小夫賤隸，皆咨嗟嘆息滿道』。姚勉《雪坡舍人集》卷三一《與知軍王南可書》。

初五日，至里第。并《年譜》。作《水調歌頭・聞子規》。明刻《履齋遺集》輯自《吴氏家譜》。

己酉……吴潛以觀文殿大學士提舉臨安府洞霄宫。《宋史・理宗本紀五》。

四月己酉，吴潛罷左(右)相，除觀文殿大學士、提舉臨安府洞霄宫。《宋史・宰輔表》。

七月己丑……侍御史何夢然劾丁大全、吴潛欺君無君之罪……辛卯……吴潛奪觀文殿大學士，罷祠，削二秩，謫居建昌軍。《宋史・理宗本紀五》、《宋史全文》卷三六。

秋七月，以臺臣何夢然奏論，褫職、罷祠、退授銀青光禄大夫，謫居建昌軍。

八月初六日，離鄉里，門人袁炎焱從之行。《族譜》記於明年循州，并有下件紀事：

有袁炎焱者，嘗學於公，至是往從之。人或止其行。炎焱曰：『豈可使巢谷專美於前哉？』遂徒跣而往。《明一統志》卷八〇《惠州府・人物・流寓》、朱國禎《涌幢小品》卷三亦載之。吴潛卒後袁炎焱爲撰行狀，藏於吴宅。見吴宗周《許國公年譜引》。

九月十三日，至建昌，寓居貢院。

冬十月，以臺臣桂錫孫論再遷潮。并《年譜》《族譜》。

冬十月……甲辰，詔：『黨……吴潛者，臺諫其嚴覺察舉劾以聞，當置於罪，以爲同惡相濟者之戒。』時似道專政，臺諫何夢然、孫附鳳、桂錫孫、劉應龍承順風指，凡爲似道所惡者無賢否皆斥，帝弗悟其奸，爲下是詔……壬戌，竄吴潛於潮州。《宋史·理宗本紀五》、《宋史全文》卷三六。

時指爲吴潛之黨者很多，至景定四年二月刑部所上報的處理名單中尚有近二十位，如吴泳、葉隆禮、何子舉、劉錫、程沐、胡用存、程坰、汪洵之、倪垕、張棐、章公權、任伯鳳、趙時詁、程若川、徐敏子等。見《宋史全文》卷三六。

十一月十六日自建昌起行。《族譜》。

景定二年辛酉（一二六一）六十七歲

春正月十三日，至潮州，寓趙氏廨宇。

夏四月，以臺臣孫附鳳論遷循州。《年譜》《族譜》。

四月……乙卯，竄吴潛於循州。《宋史·理宗本紀五》。四月……己酉……詔：吴潛居住循州。《宋史全文》卷三六。

六月六日，自潮州起行。

秋七月四日，至循州，寓居貢院。

二十一日，以臺臣劉應龍論責授化州團練副使、循州安置。并《年譜》。

七月……丙戌，吴潜責授化州團練使，循州安置。《宋史·理宗本紀五》、《宋季三朝政要》卷三。

按潜以此年伏日泝梅水到循，寓貢院敝屋中。劉一清《錢塘遺事》卷四載其臨卒前所作《謝世詩》云：『伶仃七十翁，間關四千里。縱非烟瘴窟，自無逃生理。去年三伏中，葉舟泝梅水。燥風扇烈日，熱喘乘毒氣。盤回七二灘，顛頓常驚悸。肌體若分裂，肝腸如搗碎。支持達循州，荒凉一墟市。托迹貢士闈，古屋已頹圮。地濕暗流泉，風雨上不庇。蛇鼠相交羅，蝼蟈聲怪異。短垣逼閭閻，檐楹接尺咫。凡民多死喪，哭聲常四起。』

與陳宗禮唱和。

吴丞相潜爲師憲（賈似道）所嫉，貶之循州，公（陳宗禮）行部過循與吴賡和，有曰『山川半爲蠻烟累，人物多因謫籍香』，（監察御史虞）慮并訐其詩。師憲怒，爲取旨，鎸其官，責居永州。逾年而後放便。《隱居通議》卷九《陳文定公詩句》。《永樂大典》卷一三四九五『安置』條引《元一統志》亦載此事，陳宗禮詩句有異。

陳宗禮（一二〇三—一二七〇），字立之，南豐（今屬江西）人，淳祐四年進士。景定元年至二年間任廣東提刑，巡察過循州，會吴潛。參見《宋代路分長官通考》。

吴潛被竄逐，曾表達過不滿。在上引理宗的御筆中理宗還提到：『近又作歌詩，有「披緇」之説。』説吴潛寫歌詩，表示要出家爲僧。此歌詩及與陳宗禮唱和詩俱失傳。

景定三年壬戌（一二六二）六十八歲

正月戊子朔……詔量移……吴潛黨人，并永不録用。《宋史·理宗本紀五》、《宋史全文》卷三六。

五月十二日，疾暴作，端坐而逝。《年譜》。

五月十二日，被毒浮腫而薨。《族譜》。

壬戌五月十八日卒。《錢塘遺事》卷四。

潛預知死日，語人曰：『吾將逝矣，夜必雷風大作。』已而果然。四鼓開霽，撰遺表，作詩、頌，端坐而逝。時景定三年五月也。循人聞之，咨嗟悲慟。本傳。

卒後，循人於吴潛與士大夫講道的東山寺建東山書院，并入祀三賢祠。乾隆《龍川縣志》卷五。

吴潛乃賈似道與循州知州劉宗申合謀毒殺。

履齋吴相循州安置，以賈似道私憾之故。未幾，除承節郎劉宗申知循州……守循之際，似道欲其殺吴相。宗申至郡，所以捃摭履齋者無所不至，隨行吏僕以次并亡，或謂置毒所居井中，故飲水者皆患足軟而死，履齋亦不免。《山房随筆》。

先是詔似道移司黄州，黄州在鄂下流，中間乃北騎往來之衝要，似道聞命，以足頓地曰：『吴潛殺我矣！』疑移司出潛意，故深憾之，遣武人劉宗申爲循守，以毒潛。潛鑿井卧榻下，自作井銘，毒無從入。一日宗申開宴，以私忌辭。再開宴，又辭。不數日移庖，不得辭。遂得疾。以五月卒於循州。似道遣宗申毒潛，潛死即歸罪於宗申，貶死以塞外議。《宋季三朝政要》卷三。

前已引《錢塘遺事》吴潛《謝世詩》前半寫抵循州，後半寫臨終情况：『悲愁復悲愁，憔悴更憔悴。陰陽寇乘之，不覺入腠理。雙足先蹣跚，兩股更重膇。擁腫大如椽，何止患蹠盭。淫邪復入腹，喘促妨卧寐。脾神與食仇，入口即嘔噦。膏肓勢日危，和扁何爲計。人生固有終，蓋棺亦旋已。』

中毒後的情况，在其《焚告天詞》亦云：『累而陰陽之寇，萃於春夏之交：雙足先浮，兩髀繼腫。漸浸淫於手臂，遂侵犯於心脾。氣喘而夜卧惟艱，胃衰而晝餐盡絶。嘔噦大作，臟腑不舒。度去程不逾於朝夕，雖倉扁莫救於膏肓。』

在其《謝世詩》的最後寫到與親人訣别：『長兒在道塗，不及見吾斃。老妻對我啼，數僕環雪涕。綿蕞斂形骸，安能備喪禮。孤柩倚中堂，几筵聊復爾。骨肉遠不知，鄰里各相慰。相慰亦何言，眼眼自相視。龍川水泱泱，敖山雲委委。雲飛何處歸，水流何處止。悠悠旅中魂，雲水兩迢遞。朝廷有至仁，歸骨或可覬。魂兮早還家，毋作異鄉鬼。』

又自銘其棺云：『生於霅川，死於龍水。大帶深衣，緇冠素履。藉以紙衾，覆以布被。一物不將，斂形而已。其人伊誰，履齋居士。』

又有《謝世頌》：

夫子曳杖逍遥，曾子易簀兢戰。聖賢樂天知命，吴子中庸一綫。

生在湖州新市鎮，死在循州貢院中。一場雜劇也好笑，來時無物去時空。《吴興備志》卷一二引《德清新志》。

遺表自謂：『迂愚寡偶，凉薄多奇……裴度浮沉於既老，乃攘臂以冥行；富弼畏忌於重來，反師心而妄作……憂危既極，疾病交侵……飲痛號旻，包羞入地。』語雖自怨自傷，亦曲折反映出其死有遺憾。

潜竄死，没其田産，寸土不遺。潜死非其罪，人心不服。《宋史全文》卷三六。

《景定建康志·田賦志二》載景定二年盡括上元、溧水兩縣『吴府圩田租數』。

方回後來也在《乙亥前上書本末》中説：『如潛之殺，則天下寃之。』見《桐江集》卷六。

季苾祭之以文：『潞公不能不疏，温公不能不毁。趙忠簡不能不遷，寇萊公不能不死。爾民無福，豈天奪之。我士無禄，豈天厭之。嗚呼！後世而無先生者乎？孰能志之！後世而有先生者乎？孰能待之！』《山房隨筆》。

六月七日，頒歸葬之旨。《族譜》。

六月……壬辰，以吴潛没於循州，詔許歸葬。《宋史·理宗本紀五》、《宋史全文》卷三六。

子琳扶護，逾嶺以歸。柩車所過，士民吊祭，莫不悲傷。《族譜》。

吴潛《謝世詩》有『老妻對我啼』。但《年譜》《族譜》皆記載吴潛喪妻平氏後不再續娶，此老妻是否爲後娶，不得而知。《謝世詩》還有『長兒在道塗』，也就是説長子吴璞趕來料理，但《族譜》末記，《年譜》吴潛卒後頁殘，不知吴璞奔喪否。近年高生元先生在寧國《奚氏家譜》中發現一篇吴璞撰《吏部尚書奚仲威公墓表》（見高生元《古邑寧國》），據墓表言，墓主奚仲威爲吴璞妹婿，又言自己『自先相國循州歸櫬後，謝絶人事』，又似曾往循州治喪。又言其妹生於端平二年，爲其父續娶提供了證明。或此『老妻』爲側室。奚仲威，名季虎，淳祐四年進士，見嘉靖《寧國縣志》卷三。

葬於宣義鄉四十八都柿木鋪山。《族譜》。

丞相吴潛墓，隆演山南柿木鋪。嘉慶《宣城縣志·塋墓》。今屬宣州區楊柳鎮。

景定四年癸亥（一二六三）卒後一年

二月癸丑，詔吴潛黨人遷謫已久，遠者量移，近者還本貫，并不復用。《宋史·理宗本紀五》、《宋史全文》卷三六。

度宗咸淳三年丁卯（一二六七）卒後五年

十一月丙申，故左丞相吴潛追復光禄大夫。《宋史·度宗本紀》。

《永樂大典》卷一三四九五『安置』條引《元一統志》載：『咸淳五年春，度宗夜夢（吴）潛白衣伏於殿下，遂有復少保、仍舊許國公、謚莊愍之命。賈似道謂出命太重，封還之，僅復紫金光禄大夫而已。』

少帝德祐元年乙亥（一二七五）卒後十三年

三月……壬午，復吴潛官。《宋史·瀛國公本紀》《宋史·賈似道傳》。

德祐元年，追復元官，仍還執政恩數。本傳。

德祐二年丙子（一二七六）卒後十四年

以太府卿柳岳請贈謚，特贈少師。本傳。

參考文獻

宛敏灝：《吴潛年譜》，載《合肥師範學院學報》，一九六三年第一期。
明吴原頤、吴宗周等原編：《許國公年譜目録》，清道光丙申（十六年）《寧東茭笋塘吴氏宗譜》附刻。
《宣城吴府族譜》，民國九年宣城綏禄堂刻本。

附録三

吴潜資料彙編

脱脱等

寧宗本紀

嘉定十年

五月……甲申，賜禮部進士吴潜以下五百二十有三人及第、出身。

《宋史》卷四〇

理宗本紀

紹定五年

七月……丁酉，以吴潛爲太府少卿、總領淮西財賦。

紹定六年

十二月……甲申，吴潛太府卿，仍淮西總領財賦，暫兼沿江制置、知建康府。

端平元年

四月……丁酉，臣僚言：『江淮、荆襄諸路都大提點坑冶吴淵，恃才貪虐，籍人家貲以數百萬計，掩爲己有，其弟潛違道干譽，任用非類。』詔吴淵落右文殿修撰，吴潛落秘閣修撰，并放罷。

《宋史》卷四一

端平二年

十一月乙丑，以曾從龍爲樞密使、督視江淮軍馬，魏了翁同簽書樞密院事督視京湖軍馬。十二月庚寅……以魏了翁兼督視江淮軍馬……壬寅，魏了翁陛辭，詔事干機速，許便宜行事。吴潛樞密都承旨、督府參謀官。

端平三年

三月乙亥，吴潛赴闕。是月，襄陽北軍主將王旻、李伯淵焚城郭倉庫，相繼降北。時城中官民兵四萬七千有奇，其財粟三十萬、軍器二十四庫皆亡，金銀、鹽鈔不與焉。南軍主將李虎乘火縱掠，襄陽爲空。制置使趙范坐失撫御，致南北軍交争造亂，詔削官三秩，落龍圖閣學士，姑仍制置職任。

十一月……戊辰，魏了翁依舊資政殿學士、知紹興府、浙東安撫使，吴潛、袁甫、徐清叟赴闕。壬申，詔侍從、兩省、臺諫、卿監、宰掾、樞屬、郎官、鈐轄，各陳防邊方略。

嘉熙元年

六月……丙午，以吴潛爲工部侍郎、知慶元府兼沿海制置使。

嘉熙二年

二年春正月……甲子，兩浙轉運判官王埜察訪江面還，進對，劾吴潛知平江府不法厲民數事。

六月甲辰朔……戊申，吴淵知太平州，措置采石江防。以吴潛爲淮東總領財賦、知鎮江府。

冬十月庚戌……丁卯，吴潛言：『宗子趙時哽集真、滁、豐、濠四郡流民十餘萬，團結十七寨。其强壯二萬可籍爲兵，近調五百援合肥，宜補時哽官。又沙上蘆場田可得二十餘萬畝，賣之以贍流民，以佐寨兵。』從之。

嘉熙三年

三月辛未朔，以吴潛爲敷文閣直學士、沿海制置使兼知慶元府。

五月……戊寅，以吴潛爲兵部尚書、浙西制置使、知鎮江府。

嘉熙四年

五月……戊子，命吴潛兼侍讀。

閏十二月……戊寅，以吴潛爲福建安撫使。

淳祐二年

五月……戊申，臺臣言知建寧府吴潛有三罪，詔奪職，罷新任。

《宋史》卷四二

淳祐四年

六月……丙申，吴潛提舉隆興府玉隆萬壽宫，任便居住。

淳祐七年

四月……庚子，以王伯大簽書樞密院事，吴潛同簽書樞密院事。

五月……壬申，以吴潛兼權參知政事。

七月……乙丑，吴潛罷……己卯，吴潛依舊端明殿學士、知福州、福建安撫使。

淳祐九年

八月己酉，以吴潛爲資政殿學士、知紹興府、浙東安撫使。

十二月己亥，以董槐兼侍讀。乙巳，以吴潛同知樞密院事兼參知政事，徐清叟簽書樞密院事。

淳祐十年

十一月……壬午，雷。癸未，以雷震非時，自二十四日避殿减膳。詔：『公卿大夫百執事各揚乃職，裨朕不逮。』參知政事謝方叔、吴潛，簽書樞密院事徐清叟并乞解機政，詔不允。

淳祐十一年

三月……戊寅，以謝方叔知樞密院、參知政事，吴潛參知政事，徐清叟同知樞密院事。

閏十月癸丑，太白入氐。癸酉，吴潛五疏乞罷機政，不允。

十一月……甲寅，以謝方叔爲左丞相，吴潛爲右丞相。乙卯，以徐清叟參知政事兼同知樞密院事，董槐端明殿學士、簽書樞密院事。

淳祐十二年

十一月庚寅，吴潛罷。

十二月乙卯，以吴潛爲觀文殿大學士、提舉江州太平興國宫。

《宋史》卷四三

寶祐四年

四月……癸未……吴潛沿海制置使、判慶元府。

寶祐五年

正月丁亥朔……吴淵參知政事……吴潛……各官一轉……辛亥，吴淵薨，贈少師，謚莊敏。

開慶元年

八月……戊子，詔吴潛開閫海道，勤勞三年，屢疏求退，仍舊觀文殿大學士、判寧國府、特進、崇國公。

九月壬子，賈似道表言大元兵自黄州沙武口渡江，中外震動……庚申，以吴潛兼侍讀、奉朝請。

十月辛未朔，丁大全罷……壬申，以吴潛爲左丞相兼樞密使，進封相國公。賈似道爲右丞相兼樞密使，進封茂國公，宣撫大使等如舊……丙子，改封吴潛爲慶國公。

十二月己亥朔，賈似道言鄂州圍解，詔論功行賞……壬子，改封吴潛爲許國公，賈似道爲肅國公。

《宋史》卷四四

景定元年

四月戊戌朔，侍御史沈炎疏吴潛過失，以『忠王之立，人心所屬，潛獨不然。章汝鈞對館職策，乞爲濟邸立後，潛樂聞其論，授汝鈞正字，奸謀叵測。請速詔賈似道正位鼎軸』……己酉……吴潛以觀文殿大學士提舉臨安府洞霄宫。癸丑，進賈似道少師，依前右丞相兼樞密使，進封衛國公。

七月……己丑，侍御史何夢然劾丁大全、吴潛欺君無君之罪。庚寅，賈似道兼太子少師，朱熠、皮龍榮、沈炎并兼賓客。辛卯，詔丁大全削三秩，謫居南安軍。吴潛奪觀文殿大學士，罷祠，削二秩，謫居建昌軍。

十月……甲辰，詔：『黨丁大全、吴潛者，臺諫其嚴覺察舉劾以聞，當置於罪，以爲同惡相濟者之戒。』時似道專政，臺諫何夢然、孫附鳳、桂錫孫、劉應龍承順風指，凡爲似道所惡者無賢否皆斥，帝弗悟其奸，爲下是詔……壬戌，竄吴潛於潮州。

景定二年

四月……乙卯，竄吴潛於循州。丙辰，竄丁大全於貴州，追削二秩。

七月……戊寅……丁大全責授新州團練使，貴州安置……丙戌，吴潛責授化州團練使，循州安置。

景定三年

正月戊子朔，詔申飭百官盡言。詔量移丁大全、吴潛黨人，并永不録用。

六月……壬辰，吴潛没於循州，詔許歸葬。

景定四年

二月癸丑，詔吴潛、丁大全黨人遷謫已久，遠者量移，近者還本貫，并不復用。

景定五年

十月……丁卯，帝崩。

贊曰：

理宗享國久長，與仁宗同。然仁宗之世，賢相相繼，理宗四十年之間，若李宗勉、崔與之、吴潛之賢，皆弗究於用；而史彌遠、丁大全、賈似道竊弄威福，與相始終。治效之不及慶曆、嘉祐，宜也。

蔡州之役，幸依大朝以定夾攻之策，及函守緒遺骨，俘宰臣天綱，歸獻廟社，亦可以刷會稽之耻，復齊襄之仇矣；顧乃貪地弃盟，入洛之師，事釁隨起，兵連禍結，境土日蹙。郝經來使，似道諱言其納幣請和，蒙蔽抑塞，拘留不報，自速滅亡。吁，可惜哉！

《宋史》卷四五

度宗本紀

咸淳三年

十一月丙申，故左丞相吴潜追復光禄大夫。

《宋史》卷四六

瀛國公本紀

德祐元年

三月……壬午，復吴潜、向士璧官。

《宋史》卷四七

吴潜傳

吴潜，字毅夫，宣州寧國人，秘閣修撰柔勝之季子。嘉定十年進士第一，授承事郎、簽鎮東軍節度判官。改簽廣德軍判官。丁父憂，服除，授秘書省正字，遷校書郎、添差通判嘉興府，權發遣嘉興府事。轉朝散郎、尚書金部員外郎。

紹定四年，遷尚右郎官。都城大火，潜上疏論致灾之由：『願陛下齋戒修省，恐懼對越。菲衣惡食，必使國人信之，毋徒減膳而已；疏損聲色，必使天下孚之，毋徒徹樂而已。閹官之竊弄威福者勿親，女寵之根萌禍患者勿昵。以暗室屋漏爲尊嚴之區，而必敬必戒；以恒舞酣歌爲亂亡之宅，而不淫不泆。使皇天后土知陛下有畏之之心，使三軍百姓知陛下有憂之之心。然後，明詔二三大臣，和衷竭慮，力改弦轍，收召賢哲，選用忠良。貪殘者屏，回邪者斥，懷奸黨賊者誅，賈怨誤國者黜。毋并進君子、小人以爲包荒，毋兼容邪説、正論以爲皇極，以培國家一綫之脉，以救生民一旦之命。庶幾天意可回，天灾可息，弭灾爲祥，易亂爲治。』又言重地要區，當豫畜人才以備患。論大順之理，貫通天人，當以此爲致治之本。又貽書丞相史彌遠論事：一曰格君心，二曰節奉給，三曰振恤都民，四曰用老成廉潔之人，五曰用良將以禦外患，六曰革吏弊以新治道。授直寶章閣、浙東提舉常平，辭不赴。改吏部員外郎兼國史編修、實録檢討，遷太府少卿、淮西總領。

又告執政，論用兵復河南，不可輕易。以爲：『金人既滅，與北爲鄰，法當以和爲形，以守爲實，以戰爲應。自荆襄首納空城，合兵攻蔡，兵事一開，調度浸廣，百姓狼狽，死者枕藉，使生靈肝腦塗地，得城不過荆榛之區，獲俘不過曖昧之骨。而吾之内地荼毒如此，邊臣誤國之罪，不待言矣。聞有進恢復之畫者，其算可謂俊杰，然取之若易，守之實難。征行之具，何所取資？民窮不堪，激而爲變，内郡率爲盗賊矣。今日之事，豈容輕議？』自後，興師入洛，潰敗失亡不貲，潜之言率驗。遷太府卿，兼權沿江制置、知建康府、江東安撫留守。上疏論保蜀之方，護襄之策，防江之算，備海之宜，進取有甚難者三事。

端平元年，詔求直言，潜所陳九事：一曰顧天命以新立國之意，二曰植國本以廣傳家之慶，三曰篤人倫以爲綱常之宗主，四曰正學術以還斯文之氣脉，五曰廣畜人才以待乏絶，六曰實恤民力以致寬舒，七曰邊事當鑒前轍以圖新功，八曰楮幣當權新制以解後憂，九曰盗賊當探禍端而圖長策。以直論忤時相，罷奉千秋鴻禧祠。改秘閣修撰、權江西轉運副使兼知隆興府，主管江西安撫司。擢太常少卿，奏造斛斗，輸諸郡租，寬恤人户，培植根本，凡十五事。

進右文殿修撰、集英殿修撰、樞密都承旨、督府參謀官兼知太平州，五辭不允。又言和戰成敗大計，宜急救襄陽等事。貽書執政，論京西既失，當招收京淮丁壯爲精兵，以保江西。權工部侍郎、知江州，辭不赴。請養宗子以係國本，以鎮人心。改權兵部侍郎兼檢正。論士大夫私意之弊，以爲：『襄漢潰决，興沔破亡，兩淮俶擾，三川陷没。欲望陛下念大業將傾，士習已壞，以静專察群情，以剛明消衆慝，警於有位，各勵至公。毋以術數相高，而以事功相勉；毋以陰謀相訐，而以識見相先。協謀并智，戮力一心，則危者尚可安，而衰證尚可起也。』又請分路取士，以收淮襄之人物。

試工部侍郎、知慶元府兼沿海制置使，改知平江府。條具財計凋敝本末，以寬郡民，與轉運使王埜争論利害。授寶謨閣待制，提舉太平興國宫，改玉隆萬壽宫。試户部侍郎、淮東總領兼知鎮江府。言邊儲防禦等十有五事。改寶謨閣直學士，兼浙西都大提點坑冶，權兵部尚書、浙西制置使。申論防拓江海，團結措置等事。

進工部尚書，改吏部尚書兼知臨安府。乃論艱屯蹇困之時，非反身修德，無以求亨通之理。乞遴選近族以係人望，而俟太子之生。帝嘉納。兼侍讀經筵，以臺臣徐榮叟論列，授寶謨閣學士、知紹興府、浙東安撫使。辭，提舉南京鴻慶宫，遂請致仕。授華文閣學士知建寧府，辭。

丁母憂，服除，轉中大夫、試兵部尚書兼侍讀，轉翰林學士、知制誥兼侍讀。改端明殿學士，簽書樞密院事，進封金陵郡侯。以亢旱乞罷，免，改資政殿學士、提舉洞霄宫。改知福州兼本路安撫使。徙知紹興府、浙東安撫使。

召同知樞密院兼參知政事。入對，言：『國家之不能無敝，猶人之不能無病。今日之病，不但倉、扁望之而驚，庸醫亦望而驚矣。願陛下篤任元老，以爲醫師，博采衆益，以爲醫工。使臣輩得以效牛溲馬勃之助，以不辱陛下知人之明。』

淳祐十一年，入爲參知政事，拜右丞相兼樞密使。明年以水災乞解機政，以觀文殿大學士、提舉洞霄宫。又四年，授沿海制置大使，判慶元府。至官，條具軍民久遠之計，告於政府，奏皆行之。又積錢百四十七萬三千八百有奇，代民輸帛，前後所蠲五百四十九萬一千七百有奇。以久任丐祠，且累章乞歸田里。進封崇國公，判寧國府。

還家，以醴泉觀使兼侍讀召，入對，論畏天命，結民心，進賢才，通下情。帝嘉納。拜特進、左丞相，進封慶國公。奏乞令在朝之臣，各陳所見，以決處置之宜。改封許國公。

大元兵渡江攻鄂州，别將由大理下交阯，破廣西、湖南諸郡。潛奏：『今鄂渚被兵，湖南擾動，推原禍根，良由近年奸臣憸士設爲虚議，迷國誤軍，其禍一二年而愈酷。附和逢迎，媕婀諂媚，積至於大不靖。臣年將七十，捐軀致命，所不敢辭。所深痛者，臣交任之日，上流之兵已逾黄漢，廣右之兵已蹈賓柳，謂臣壞天下之事，亦可哀已。』

又論國家安危治亂之原：『蓋自近年公道晦蝕，私意横流，仁賢空虚，名節喪敗，忠嘉絶響，諛佞成風。天怒而陛下不知，人怨而陛下不察，稔成兵戈之禍，積爲宗社之憂。章鑒、高鑄嘗與丁大全同官，傾心附麗，躐躋要途。蕭泰來等群小噂遝，國事日非，浸淫至於今日。陛下稍垂日月之明，毋使小人翕聚，以貽善類之禍。沈炎實趙與簒之腹心爪牙，而任臺臣，甘爲之搏擊。奸黨盤據，血脉貫穿，以欺陛下。致危亂者，皆此等小人爲之。』又乞令大全致仕，炎等與祠，高鑄羈管州軍。不報。

屬將立度宗爲太子，潛密奏云：『臣無彌遠之材，忠王無陛下之福。』帝怒潛，卒以炎論劾落職。命下，中書舍人洪芹繳還詞頭，不報。謫建昌軍，尋徙潮州，責授化州團練使、循州安置。潛預知死日，語人曰：『吾將逝矣，夜必雷風大作。』已而果然。四鼓開霽，撰遺表，作詩頌，端坐而逝。時景定三年五月也。循人聞之，咨嗟悲慟。德祐元年，追復元官，仍還執政恩數。明年，以太府卿柳岳請贈謚，特贈少師。

吴潜等傳論

論曰：孔子曰：『才難，不其然乎？』理宗在位長久，命相實多，其人若吴潜之忠亮剛直，財數人焉。潜論事雖近於訐，度宗之立，謀議及之，潜以正對，人臣懷顧望爲子孫地者，能爲斯言哉？程元鳳謹飭有餘而乏風節，尚爲賈似道所訾。江萬里問學德望優於諸臣，不免爲似道籠絡，晚年微露鋒穎，輒見擯斥。士大夫不幸與權奸同朝，自處難矣！似道督視江上之師，以國事付王爚、章鑑、陳宜中，蓋取其平時素與己者。爚、宜中於其既出，稍欲自異，及聞其敗，乘勢蹙之，既而二人自爲矛盾，宋事至此，危急存亡之秋也。當國者交歡戮力，猶懼不逮，所爲若是，何望其能匡濟乎？似道誅，爚死，鑑遁，宜中走海島，宋亡。

《宋史》卷四一八

吴柔勝傳

吴柔勝，字勝之，宣州人。幼聽其父講伊洛書，已知有持敬之學，不妄言笑。長游郡泮，人皆憚其方嚴。登淳熙八年進士第，調都昌簿。丞相趙汝愚知其賢，差嘉興府學教授，將置之館閣，會汝愚去，御史湯碩劾柔勝嘗救荒浙右，擅放田租，爲汝愚收人心，且主朱熹之學，不可爲師儒官。自是閑居十餘年。

嘉定初，主管刑、工部架閣文字，遷國子正。柔勝始以朱熹《四書》與諸生誦習，講義策問，皆以是爲先。又於生徒中得潘時舉、吕喬年，白於長，擢爲職事，使以文行表率。於是士知趨向，伊洛之學，晦而復明。遷太學博士，又遷司農寺丞。

出知隨州。時再議和好，尤戒開邊隙，旁塞之民事與北界相涉，不問法輕重皆殺之。郡民梁皋有馬爲北人所盜，追之急，北人以矢拒皋，皋與其徒亦發二矢，北界以爲言，郡下七人於獄。柔勝至，立破械縱之，具始末報北界而已。收土豪孟宗政、扈再興隸帳下。後宗政、再興皆爲名將。築隨州及棗陽城，招四方亡命得千人，立軍曰『忠勇』，廩以總所闕額，營栅器械悉備。除京西提刑，領州如故。改湖北運判兼知鄂州。甫至，值歲歉，即乞糴於湖南，大講荒政，十五州被灾之民，全活者不可勝計。

改知太平州，除直秘閣，主管亳州明道宫。改直華文閣，除工部郎中，力辭。除秘閣修撰，依舊宫觀以卒。謚正肅。二子淵、潛，俱登進士，各有傳。

《宋史》卷四〇〇

吴淵傳

吴淵，字道父，秘閣修撰柔勝之第三子也。幼端重寡言，苦志力學。五歲喪母，哭泣哀慕如成人。

嘉定七年舉進士，調建德縣主簿，丞相史彌遠館留之，語竟日，大悦，謂淵曰：『君，國器也，今開化新置尉，即日可上，欲以此處君。』淵對曰：『甫得一官，何敢躁進？况家有嚴君，所當稟命。』彌遠爲之改容，不復强。至官，就辟令。江東九郡之冤，訟於諸使者，皆乞送淵。改差浙東制置使司幹辦公事。

丁父憂，詔以前職起復，力辭，弗許，再辭，且貽書政府曰：『人道莫大於事親，事親莫大於送死。苟冒哀求榮，則平生大節已掃地矣，他日何以事君？』時丞相史嵩之方起復，或曰：『得無礙時宰乎？』淵弗顧，詔從之。服除，差浙東提舉茶鹽司幹辦公事，尋改鎮江府節制司、沿江制置使司幹辦公事。皆不就。知武陵縣，改揚子縣兼淮東轉運司幹辦公事，添差通判真州。入爲將作監丞，遷樞密院編修官兼刑部郎官，再遷秘書丞仍兼刑部郎官。以直焕章閣知平江府兼節制許浦水軍，提點浙西刑獄。

會衢嚴盗起，警報至，調遣將士招捕之，殲其渠魁，散其支黨。以功爲樞密院檢詳諸房文字兼國史院編修官、實録院檢討官兼左司。進右文殿修撰、樞密副都承旨兼右司兼檢正。適政府欲用兵中原，以據關守河爲説，淵力陳其不可，大要謂『國家力決不能取，縱取之決不能守』，丞相鄭清之不樂，而罷。出知江州，改江淮荆浙福建廣南都大提點坑冶，都司袁商令御史王定劾淵，罷。侍御史洪咨夔不直之，劾定左遷。未幾，邊事果如淵言，清之致書引咎巽謝。差知鎮江府，定防江軍之擾，兼淮東總領，以功遷太府少卿，復以總領兼知鎮江，加集英殿修撰、知鎮江兼總領。進權工部侍郎，職任如舊。權兵部侍郎，權户部侍郎，再爲總領兼知鎮江。

時淵造闕下入對，歷陳九事，甫下殿，御史唐璘擊之，璘蓋淵所薦者也。遂仍前職，提舉太平興國宫。久之，加寶章閣待制，再起知鎮江兼總領。未幾，以户部侍郎兼知鎮江府，召赴行在。以寶章閣直學士知太平州，尋兼江東轉運使。

時兩淮民流徙入境者四十餘萬，淵亟加慰撫而賙濟之，使之什伍，令土著人無相犯。旁郡流民焚劫無虚日，獨太平境内肅然無敢嘩者。以功加華文閣直學士、沿海制置使、知慶元府，不赴；以工部尚書、沿海制置副使知江州〔一〕，亦不赴。升華文閣學士、知隆興府、江西安

〔一〕沿海制置副使：當爲『沿江制置副使』之誤。參見下文。

撫使兼轉運副使。會歲大侵，講行荒政，全活者七十八萬九千餘人。徙知潭州、湖南安撫使，不赴，加敷文閣學士，仍知隆興府，安撫、轉運副使如故。改知鎮江府兼都大提舉、浙西沿海諸州軍、許浦、澉浦等處兵船。歲亦大侵，因淵全活者六十五萬八千餘人。右正言三疏劾淵，奪職。尋復職，提舉太平興國宫。未幾，改鴻慶宫。

丁母憂，服除，進龍圖閣學士、江西安撫使兼知江州，尋爲沿江制置副使兼提舉南康軍兵甲公事、節制蘄黄州安慶府屯田使。湖南峒寇蔓入江右之境，破數縣，袁洪大震。淵命將調兵，生擒其渠魁，亂遂平。遷兵部尚書、知平江府兼浙西、兩淮發運使。尋兼知平江府。歲亦大侵，因淵全活者四十二萬三千五百餘人。兼浙西提點刑獄、知太平州兼提領兩淮茶鹽所，以功進端明殿學士、沿江制置使、江東安撫使兼知建康府、兼行宫留守、節制和州無爲軍安慶府兼三郡屯田使。

朝廷付淵以光豐、蘄黄之事，凡創司空山、燕家山、金剛臺三大寨，嵯峨山、鷹山、什子山等二十二小寨，團丁壯置軍，分立隊伍，星聯棋布，脉絡貫通，無事則耕，有警則禦。詔以淵興利除害所列二十有五事，究心軍民，拜資政殿大學士，職任如舊，與執政恩例，封金陵侯。復賜『錦綉堂』『忠勤樓』大字，進爵爲公。徙知福州、福建安撫使，改知平江府兼發運使。御史劉元龍劾淵，帝寢其奏，改知寧國府。累具辭免，且丐祠，以本官提舉洞霄宫。起知潭州、湖南安撫使，不赴。改知太平兼提領江淮茶鹽所，轉荆湖制置大使、知江陵府兼夔路策應大使兼京湖屯田大使，帶行京湖安撫制置大使。拜觀文殿學士，職任如舊，兼總領湖廣、江西、京西財賦，湖北、京西軍馬錢糧。淵調兵二萬往援川蜀，其後力戰於白河、沮河、玉泉。寶祐五年正月朔，以功拜參知政事。越七日，卒，贈少師，賻銀絹以五百計。

淵有材略，迄濟事功，所至興學養士。然政尚嚴酷，好興羅織之獄，籍入豪横，故時有『蜈蚣』之謡。其弟潛亦數諫止之。所著《易解》及《退庵文集》《奏議》。

《宋史》卷四一六

陳居仁傳附卓

卓字立道，紹熙元年進士。其後知江州，移寧國府。丞相以故欲見之，卓謝不往，丞相益器之。李全叛，褫其爵，詔書至淮，人益自勵，太廟灾，降罪己詔，京師感動。皆卓所草也。爲簽書樞密院事，未幾，丐祠還里。平生不營产業，以賛書所酬金築世綸堂，閑居十有六年，卒，年八十有六。將葬，事不能具，丞相吴潛聞之，貽書制置使以助。其孫定孫，力請謚於朝，乃謚清敏。

《宋史》卷四〇六

史嵩之傳

（端平）三年，授宣奉大夫、右丞相兼樞密、都督兩淮四川京西湖北軍馬，進封公，加食邑，兼督江西湖南軍馬，改都督江淮京湖四川軍馬。薦士三十有二人，其後董槐、吴潛皆號賢相。

《宋史》卷四一四

馬廷鸞傳

……以監察御史朱熠劾罷。宋臣遣八厢貌士索奏稿，稿雖焚，聞者浸廣，忌者愈深，而廷鸞之名重天下。開慶元年吴潛入相，召爲校書郎……景定元年，兼沂靖惠王府教授。時大全黨多斥，宋臣尚居中，言路無肯言者，諸學官抗疏，疏上即行。會日食，與秘書省同守局，因相與草疏。潛以書告廷鸞曰：『諸公言事紛紛，皆疑潛所嗾，聞館中又將論列，校書宜無與，以重吾過。』廷鸞對曰：『公論也，不敢避私嫌。』

《宋史》卷四一四

程公許傳

時罷京學類申，散遣生徒，公許奏……（鄭）清之益不樂。授稿殿中侍御史陳垓以劾公許，參知政事吴潜奏留之。帝夜半遣小黄門取垓疏入。後二日，二府奏公許不宜去，同知樞密院徐清叟上疏論垓。太學生劉黻等百餘人、布衣方和卿伏闕上書論垓。朝廷尋授寶章閣學士、知隆興府，而公許已死矣。

《宋史》卷四一五

陳宜中傳

宜中謫建昌軍。大全既竄，丞相吴潜奏還之。

《宋史》卷四一八

陳塤傳

都城火，塤步往玉牒所，盡藏玉牒於石室。詔遷官不受，應詔言應上天非常之怒者，當有非常之舉動，歷陳致灾之由。又有吴潜、汪泰亨上彌遠書，乞正馮榯、王虎不盡力救火之罪，及行知臨安府林介、兩浙轉運使趙汝憚之罰。人皆壯之。

《宋史》卷四二三

黄師雍傳

師雍……拜監察御史……鄭寀乘間劾琰、昂英，又嗾同列再疏，以昂英屬某人，琰屬師雍。師雍毅然不從，獨擊葉閶乃與簒腹心。琰、昂英去國，寀於是薦周坦、葉大有入臺，首劾程公許、江萬里，善類日危矣。未逾月，坦攻參政吴潛去。陳垓爲監察御史，時寀、與簒、坦、垓、大有合爲一，師雍獨立。

李伯玉傳

何夢然論伯玉乃吴潛之死黨。

《宋史》卷四二四

劉應龍傳

先是，理宗久未有子，以弟福王與芮之子爲皇子，丞相吴潜有異論，帝已不樂。大元兵渡江，朝野震動，逐丞相丁大全，復起潜爲相，帝問潜策安出，潜對曰：『當遷幸。』又問：『卿如何？』潜曰：『臣當死守於此。』帝泣下曰：『卿欲爲張邦昌乎？』潜不敢復言。未幾北兵退，帝語群臣曰：『吴潜幾誤朕。』遂罷潜相。帝怒潜不已，應龍朝受命，帝夜出象簡書疏稿授應龍，使劾潜。應龍謂：『潜本有賢譽，獨論事失當，臨變寡斷。祖宗以來，大臣有罪未嘗輕肆誅戮。欲望姑從寬典，以全體貌。』帝大怒。

洪芹傳

丁大全罷相，出典鄉郡。芹遷禮部侍郎，繳奏：『大全鬼蜮之資，穿窬之行，暴戾淫黷，引用凶惡，陷害忠良，遏塞言路，濁亂朝綱。乞盡從諫臣所請，追官遠竄，以伸國法，以謝天下。』沈炎乘上怒，攻丞相吴潜，芹獨繳奏曰：『方國本多虞，潜星馳赴闕，理紛鎮浮，陳力爲多。一旦視爲弁髦，得無如《詩》所謂「將安將樂，女轉弃予」乎？』慷慨敢言，天下義之。

謝枋得傳

謝枋得，字君直，信州弋陽人也。爲人豪爽。每觀書五行俱下，一覽終身不忘。性好直言，一與人論古今治亂國家事，必掀髯抵几，跳躍自奮，以忠義自任。徐霖稱其如驚鶴摩霄，不可籠縶。寶祐中舉進士，對策極攻丞相董槐與宦官董宋臣，意擢高第矣。及奏名，中乙科。除撫州司户參軍，即弃去。明年復出，試教官，中兼經科，除教授建寧府，未上，吴潛宣撫江東西，辟差幹辦公事。團結民兵，以扞饒、信、撫，科降錢米以給之。枋得説鄧、傅二社諸大家，得民兵萬餘人，守信州。

劉應龍等傳論

論曰：劉應龍不附賈似道，馮去非不附丁大全，潘枋論皇子竑事，坎壈以終。洪芹訟吴潛，偉哉。趙景緯，醇儒也，而無躁競之心。徐霖進則直言於朝，退則講道於里，徐宗仁國亡與亡，異乎懷二心以事其君者也。危昭德經筵進對之言，悉載諸故史。陳塏能以意氣感人，楊文仲當搶攘之時，猶能薦士，謝枋得嶔崎以全臣節，皆宋末之卓然者也。

《宋史》卷四二五

贾似道传

開慶初，憲宗皇帝自將征蜀，世祖皇帝時以皇弟攻鄂州，元帥兀良哈觧由雲南入交阯，自邕州蹂廣西，破湖南，傳檄數宋背盟之罪。理宗大懼，乃以趙葵軍信州，禦廣兵，以似道軍漢陽，援鄂，即軍中拜右丞相。十月，鄂東南陬破，宋人再築，再破之，賴高達率諸將力戰。似道時自漢陽入督師。十一月，攻城急，城中死傷者至萬三千人。似道乃密遣宋京詣軍中請稱臣，輸歲幣，不從。會憲宗皇帝晏駕於釣魚山，合州守王堅使阮思聰踔急流走報鄂，似道再遣京議歲幣，遂許之。大元兵拔寨而北，留張傑、閻旺以偏師候湖南兵。明年正月，兵至，傑作浮梁新生磯，濟師北歸。似道用劉整計，攻斷浮梁，殺殿兵百七十，遂上表以肅清聞。帝以其有再造功，以少傅、右丞相召入朝，百官郊勞如文彦博故事。初似道在漢陽，時丞相吴潜用監察御史饒應子言，移之黄州，而分曹世雄等兵以屬江閫。黄雖下流，實兵衝，似道以爲潜欲殺己，銜之。且聞潜事急時，每事先發後奏，帝欲立榮王子孟啓爲太子，潜又不可。帝已積怒潜，似道遂陳建儲之策，令沈炎劾潜措置無方，致全、衡、永、桂皆破。大稱旨。乃議立孟啓，貶潜循州，盡逐其黨人……

謫似道爲高州團練使，循州安置……福王與芮素恨似道，募捐有能殺似道者使送之貶所，有縣尉鄭虎臣欣然請行……暴行秋日中，令舁轎夫唱《杭州歌》謔之，每名斥似道，辱之備至。似道至古寺中，壁有吳潛南行所題字，虎臣呼似道曰：『賈團練，吳丞相何以至此？』似道慚不能對。

《宋史》卷四七四

無名氏

嘉熙二年

十月……丁卯，監察御史曹豳奏：『蒙古之興，勞聖慮者五年矣。聘使往來，謂息兵有期。秋風未高，合淝已受重圍，和安在哉？ 願陛下移畏敵者而畏天，易信和者而信守，則天佑人助矣。』又奏：『淮東總領吳潛申：宗子時既部集淮東西流民約十萬餘口，團結十七寨，內强壯二萬可籍爲兵。近調千百人爲合淝之援，真可嘉尚。乞與補官。』從之。

《宋史全文》卷三三

淳祐七年

正月……戊寅……以兵部尚書兼侍讀吳潛知貢舉，權兵部侍郎兼直學士院應𦆭、起居舍人兼國子司業黄自然同知，殿中侍御史周坦監試。

二月乙酉朔，御筆付吴潛以下：『崇雅黜浮，俾得士用。』〔一〕

四月……庚子，以刑部尚書王伯大爲端明殿學士、僉書樞密院事，翰林學士、知制誥吴潛端明殿學士、同僉書樞密院事。

五月……壬申，吴潛兼權參知政事。

七月……乙丑，吴潛罷，以端明殿學士知福州。

淳祐九年

十二月乙巳，詔吴潛除同知樞密院事兼參知政事，禮部尚書徐清叟爲端明殿學士、簽書樞密院事。

淳祐十年

十一月……壬午，雷。癸未，詔避殿減膳，以示恐懼修省之意……丁亥……參知政事謝方叔、吴潛、僉書樞密院事徐清叟并乞解機政，詔不許。

〔一〕全文爲：『朕惟祖宗盛時，名公卿相望，厥亦惟科目是進肄。朕臨御，七選士於南宫矣，法壹是而得人歉焉，豈世果乏材，抑有司奉吾詔不勤也？矧今政瑟，既更賢路加闢，爰命爾公於文衡，其精鑒裁，示趨向，因文藝以觀器識，崇雅正而黜浮誕，俾國家得士之用，必如穀粟之足以養人，則予一人汝嘉。』右淳祐七年付吴潛已下。（《咸淳臨安志》卷一二）

淳祐十一年

三月戊寅，以謝方叔知樞密院，參知政事吴潛、參知政事徐清叟同知樞密院事。

四月……己亥……上諭輔臣曰：『昨覽京湖報，程琟盧氏縣之捷差强人意。朕以寡昧服祖宗之令緒，兢業不敢荒寧，適值十六七年應酬不暇。』臣清之奏：『自古事業專在立志。』臣方叔奏：『今日實有機會。』臣潛奏：『今日事體，漢中爲四蜀之首，襄陽爲京湖之首，浮光爲兩淮之首，此當在陛下運量中。』……己酉，上諭輔臣曰：『祖宗時遇親邸恩禮隆厚，如歲時賜予甚優，然訓迪範防之制尤嚴，賓接有禁，内外有限。近聞有媵妾外館者，有干預他事者，殊戾家法，所當申嚴。』清之等遵稟而退。詔敕令所進呈《淳祐條法事類》。禮畢，鄭清之、謝方叔、吴潛各進二秩。

八月甲午，以鄭清之爲明堂大禮使，謝方叔禮儀使，吴潛儀仗使，徐清叟鹵簿使，趙與𥲅橋道頓遞使。

十一月……甲寅，以謝方叔爲左丞相，吴潛爲右丞相，并兼樞密使。

十二月丙辰朔，輔臣謝方叔等謝新命，上降御筆曰：『朕觀比年以來，朝綱浸弛，時事日乖，所以并命二相，夾輔王室，正賴開明公道，振起治功。肅紀綱以尊朝廷，用正人以强國勢；通楮幣以紓邦計，却哨騎以固邊陲；清吏道使無貪黷之風，淑士類使無囂浮之習。軍馬當足，則飭戒閫帥，以去虚挂之籍；人心當結，則嘉予守令，以行寬恤之恩。此皆今日切要之務。昨來并命，往往各分朋黨，互持己見，交相擺闔，陰肆傾排，是以猜忌成風，衆弊膠轕。今朕用縉紳之公言，從中外之人望，登庸碩輔，參運化權。繼自今勿牽人情，勿徇私意，以玄齡、如晦爲法，以趙鼎、張浚爲戒。務爲正大之規，以副倚毗之意。』上又曰：『自來并命二相，本欲協濟，緣各任己見，且因賓客交鬥，遂成黨與，不可不戒。卿等宜同心輔政，深矯前人之失。』清叟奏：『蕭規曹隨，房謀杜斷，必如是而後可。』方叔等奏：『惟知盡忠竭力，上答聖恩，當佩服勉所未至。』上然之。

淳祐十二年

正月……甲午，集英殿大宴宰執，内幄奏事，上曰：『救楮事不可緩，吴潛可專此責。』……壬寅，吴潛辭專任楮幣之責，詔：『朕以二三執政皆天下之選，心同志合，無往年形迹之嫌，故以楮幣一事俾卿專任。而諭已詳，胡尚謙執？宜亟祗朕命，凡茶鹽錢穀與楮相關者，悉新是圖，以底成績。』潛奏：『請以方叔提其綱，清叟、槐贊其成，而臣服其勞。』

六月……戊辰，上諭輔臣曰：『邇年科舉取士，鮮得實學。士風人才，關係氣數，何策以救之？』潛奏：『乞於省試額中輟一二十名，令有司公舉海内行義文字之士，庶尚存鄉舉里選微意。曩時朱熹、真德秀亦有此請。』

七月……己酉，上諭輔臣：『徐霖以庶官論臺諫、京尹，要朕之必行，殊傷事體。適已批出。』潛等奏：『願陛下更賜優容。』御批：『徐霖以庶官而論臺諫及京兆，要朕之必行，事關紀綱，前此未有。昨言去余晦爲是，今乃疏蔡抗爲奸〔一〕。言及朝士，親填姓名，情懷不一，首鼠兩端。可依所乞，除職予郡。』

八月……乙未……方叔、潛乞解機政，疏四上，詔不許。

十一月辛巳朔，右司李伯玉劾御史蕭泰來。上令伯玉具都司劾御史故事聞奏，詔曰：『國家設御史，所以糾正百官；置宰掾，所以參贊機務。御史乃天子耳目之臣，而掾不過一大有司，未聞有以庶僚而糾劾御史者。近者徐霖以都司而按大有，今李伯玉又以都司而按泰來，陰懷朋比之私，蔑視紀綱之地，是非所以輕臺諫，乃所以輕朝廷也。李伯玉乃復援張商英等事以文其過，然三省、密院奏請專邪，况郭磊卿以正言而按李遇、吴當可，以體統之聯屬也；翁甫以下士而按别之傑，以其人事之關係也。若都司可以按御史，則御史反將聽命於都司矣，朝綱不幾於紊亂乎？李伯玉可降兩官放罷。』庚寅，吴潛罷，以御史蕭泰來論其奸詐十罪如王安石而又過之也。

〔一〕蔡：原作『葵』，誤，據《癸辛雜識》别集卷下『徐霖』條改。

十二月乙卯，以吴潛爲觀文殿大學士、提舉太平興國宫。

《宋史全文》卷三四

寶祐三年

七月……丙辰，謝方叔、徐清叟罷，臺臣朱應元之言也……詔曰：『朕自往年二相并命，正欲其内安社稷，外攘四夷爲己任也。然而各分朋黨，互相傾軋，無房、杜相濟之美，有牛、李角立之風。天變人事，日以薦臻。采之公論，咸謂潛之所致。吴潛既退，固宜天人協應，而方叔獨相，固宜忠以輔朕也。今則依附取容，殊無蹇蹇之節；持禄固位，而乏謇謇之忠。政以賄成，官非德選。諸子無藉，恬然而不知；二邊阽危，懵然而莫恤。昔吴潛之未去，責猶可諉者；今吴潛去已久矣，責將誰歸？方叔宜當之矣。况皇天示警戒之異，臣庶有交奏之章，不奪方叔之相權，則是朕躬之有罪。爾槐、爾元鳳尚鑒兹哉！自今以至於後，其一乃心，以輔予一人，毋若方叔之負朕也。』

《宋史全文》卷三五

開慶元年

八月……庚申，以觀文殿大學士、崇國公吴潛爲醴泉觀使兼侍讀，奉朝請。

十月壬申，丁大全罷……以吴潛爲左丞相兼樞密使，賈似道爲右丞相兼樞密院使、茂國公，宣撫大使等如舊。

十二月……壬子，吴潛改封許國公，賈似道改封肅國公。

景定元年

正月丙子，御筆：『賈似道親提大兵，以解鄂渚之圍，勳烈之盛，良用嘉嘆。可令學士院降詔奬諭。』詔賈似道赴闕。

四月戊戌朔，左丞相吴潛罷，行諫議大夫沈炎之言也。詔：『多事之時，揆席不可暫虚。可趣似道赴闕。』……辛丑，賈似道奏：『鄂圍始解，江面肅清，宗社危而復安，實萬世無疆之休。』……癸卯，御筆：『賈似道爲吾股肱之臣，任此旬宣之寄，殷然殄患，奮不顧身，戎乘一臨，士氣百倍，吾民賴之而更生，王室有同於再造。予嘉偉績，宜示褒綸。』令學士院降詔奬諭。

五月……癸酉，御筆：『今之天下，靡弊極矣。所可以轉移變化者，獨有用人一説耳。舊來當國者用人，多徇私意，貽害可勝言哉？今丞相虚心無我，詢之同列以用人，此乃轉亂爲治、轉危爲安一大機括也。機括若差，利害匪輕。今當立爲一準的之説，須專求實用，勿泛取虚名……内之爲朝士者當忠謹樸實，凡稍涉嘩競而沽名者汰之……』似道奏：『敢不備遵眷旨！』

七月……己丑，上曰：『何夢然一疏，言大全、潛二凶欺君無君之罪，舉盧杞、李林甫以爲證，極當。』似道奏：『臺臣所乞，合取聖意。』上曰：『褫職、罷祠、追官，一如其請。竄地却祇置之江西。』……辛卯，詔丁大全奪官三等，居住南安軍；吴潛褫職罷祠，奪二秩，居住建昌軍。

十月乙巳，御筆：『昨臺臣論丁大全、吴潛欺君無君之罪，皆有事實，初匪風聞。竄謫近止江西，可謂寬典。頗聞二佞之黨懷設伏慝，布在京城，聞有朝紳各私所主，有咎及朕躬者。是何忍於負君，而不忍於負私門也。如大全之流毒稔禍，害民蠹國，此天下四海所同憤，固不待論。若吴潛力芘大全，動摇國本，力請遷幸，發言悖亂，藴志深險，與自古奸叛之臣曾不必殊，朕之所親受而忍抑者。凡爲臣子，豈當黨附而爲是翕訿？近又作歌詩，有「披緇」之説。此等情狀畢露，恐亦終難涵容。令臺臣覺察，如有似此者劾上，當重置於罪，以爲同惡相濟者之戒。仍榜朝堂。』……壬戌，詔吴潛居住潮州，以監察御史桂錫孫之言也。

景定二年

四月……己酉……詔：吴潛居住循州。

六月……戊申……上曰：『瀘南劉整之變，宜急措置。』……《謚議》曰：劉整，宋驍將也。己未北師渡江，止遷蹕之議者，丞相吴潛也；盡守城之力者，帥臣向士璧也；奏斷橋之功者，曹世雄其一，而劉整次之。事平後，似道功賞不明，殺潛，殺士璧，殺世雄。整守瀘州，懼禍及己，歸北之心始決矣。

七月……壬午……詔吴潛責授化州團練使、循州安置。初，似道移司黄州也，疑出潛意，以足頓地曰：『吴潛殺我！』遂深憾之。潛竄死，没其田産，寸土不遺。潛死非其罪，人心不服。

景定三年

正月戊午朔，御大慶殿，群臣朝賀。詔：『陽春肇始，宜布寬條。如丁大全、吴潛誤國之罪固不可貸，其與爲死黨者，當與同科。若一時嗜榮進而争附麗者，寧無輕重？可斟酌所犯，遠者量移，近者放還，并不録用。』

六月……壬辰，以吴潛殁於循州，許令歸葬。

景定四年

二月壬子朔，詔吴潛、丁大全懷奸誤國，既速天誅，朋附實繁，遷謫亦久，宜示寬恩。令尚書省日下具兩黨人斟酌輕重。丙辰，刑部言：『吴潛、丁大全兩黨人内已量移程沐、胡用存、程垌、石正則、吴泳、汪洵之，并自便，永不叙用；倪垕量移信州，張棻饒州，章公權撫州，任伯鳳建寧府，葉隆禮徽州，何子舉押歸本貫，吴衍撫州，翁應弼臨江軍，趙時詁衡州，劉錫瑞州，王立愛信州，程若川建昌軍；袁玠、沈翥、方大猷、徐敏子難以量移。』尋臺臣及給舍疏，乞取回吴衍、翁應弼、趙時詁、葉隆禮、何子舉、劉錫、王立愛、石正則量移之命，遇赦永不放還。内時詁、子舉、衍、應弼、立愛、正則各更奪一秩，錫已追毁出身。仍各於見謫州軍居住。并從之。

《全文宋史》卷三六

宋理宗

左丞相封許國公臣吴潛誥

奉天承運皇帝詔曰：位列上公，實萬民之攸統；職升元輔，誠百揆之總司。苟非其人，曷膺重任？具官吴潛：天資忠亮，問學淵深。負經綸致遠之才，抱博古通今之藴。指陳讜論，既有保安社稷之謀；措置時宜，尤著瀝膽洗心之策。似兹賢哲，宜以褒崇，特加封許國公。欽此，欽遵。右如牒到奉行。開慶元年十二月十四日巳時下。

《寧東茭笋塘吴氏宗譜》。

劉錫　梅應發

四明續志序

《四明志》作於乾道，述於寶慶，詳矣。然則何續乎？所以志大使丞相履齋先生吴公三年治鄞民政、兵防、士習、軍食、興革、補廢，大綱小紀也，其已作而述者不復志。昔人謂舊相出鎮者多不以民事爲意，惟向文簡大耐官職，勤於政事，所至著稱。公不均其逸而先其難，過於文簡數等矣。又謂寇萊公所至多游宴，張文定倘蕩任情，獲盜縱遣。公慨念海道，東達青齊，禦侮弭盜之方，周防曲至，世人未必盡知也。若夫切切畎畝，盻盻雨晴，一游一咏，可以觀焉，故并載之於後，以詔來者。蓋公之學，達於體用，自身而家，家而國，國而天下，有本者固如是也，豈規規然求度越於寇、張二公哉！雖然，鄞猶故鄞也，昔何爲而匱，今何爲而豐？昔何爲而蕩無紀綱，今何爲而粗知理法？覽者必有得於是編之外。開慶元年中秋日，門生、迪功郎、慶元府府學教授梅應發，奉議郎、添差沿海制置大使司主管幾宜文字、新添差通判鎮江府劉錫百拜謹書。

慶元府額

寧宗皇帝登大寶以明爲龍藩升慶元府，自參政何公立扁，後至寶祐二年中更水火屢撤去，久而未立。四年九月大使丞相吴公出鎮，興廢補闕，至五年四月始援筆書之，八法端嚴，九鼎鎮重。自是郡境清謐，無復曩歲非時之警，邦人朝暮瞻戴，殆與四明山川輝映無極云。

上牌致語附見於左。

寧皇惠朱邸以演綸，久升表揭；元輔福蒼生而運筆，重爲扁題。三大字鬱鬱蛟纏，四明窗停停虹貫。旄倪觀改，鼓角聲和。恭惟大使判府、大觀文丞相、樞使國公：闢學海以朝九流，厲詞鋒而挫萬物。虎榜首登，鳳池身到，既符作者之七人；鼇頂峰帶，鰌穴水浮，來挾飛仙於三島。以大臣而盡民事，勤小物而穆師言。牛隴春酣，是處無襦而有袴；鯨洋風定，何人佩劍而帶刀。百廢具興，一日必葺。念昔被茂陵之親擢，優爲嘉定之倫魁；於今領潛藩以保厘，忍視慶元之虚額？拈尖頭而點染，舉大手而特書。秀杰摩雲，河海盡歸於彈壓；精華衝斗，鬼神俱聳於觀瞻。天閟方隨機而拓開，地靈已如響而發達。豈止篤生鄉彦，嗣十人宰相狀元；便當速肖邦君，添幾人狀元宰相。民生視阜，郡望增雄。萬斛力一揮，盡拭目鮚亭之氣象；中書君未老，更傾心鴟閣之經綸。胡顯等既忝齊優，敢呈巴俚：

慶元天子舊名藩，寶祐元戎新榜顔。鬱鬱蛟纏三大字，停停虹貫四明山。百年老稚歡聲沸，千古山河旺氣還。便挾島仙天上去，再提此筆福人間。

增秩因任

寶祐五年正月初六日御筆：吴潜特與轉一官，職任依舊。制門下〔二〕。

朕修我有夏，以誕保受民。每歲孟春，則大計群吏，矧臣作股肱、耳目之舊，而時若州牧、侯伯之賢。是有衮衣，越在外服，對三陽之泰，長敷大號以涣號。觀文殿大學士、宣奉大夫、沿海制置大使、判慶元軍府事兼管内勸農使、金陵郡開國公、食邑五千□百户、食實封壹千□百户吴潜：方厚秉彝，中和迪行。漱六藝之芳潤，則資之深；詡萬物而發揚，其德可大。頃焉相朕，咨以奮庸。若鹽梅之和羹，期于予治；以薰蕕之共器，不潰于成。斂而經之謀，重我蕃宣之寄。鄮山嵂嵂，欣草木之向榮；滄海洋洋，妥波濤而不□。當治象甫頒之日，正士夫更始之初。膺貢受圖，曩侍春王三朝之會；承流宣化，今爲東方諸侯之先。時而揚之，民之表也。雖璽書增秩，非所以待大臣；而民功曰庸，其可無於懋賞？爰峻禄臣之

〔二〕此句『制』字上下依下兩件制文格式或闕『降』『敕』。

品，申陪井邑之封。於戲！王職如歲兼四時，朕方體元工之運；冢宰阜民倡九牧，爾尚新治理之功。益懋乃猶，祗若予訓。可特授光禄大夫，依前觀文殿大學士、沿海制置大使、判慶元軍府事兼管内勸農使、金陵郡開國公、食邑五千□百户、食實封一千□百户。主者施行。

寶祐六年九月初五日御筆：吴潛分閫四明，已書再考，郡綱振飭，海道肅清。特與轉行一官，令再任。學士院日下降制敕門下。

命顓征而賜履，夙嘉表海之風；考成績以陟明，式循咨岳之典。睠予良弼，久填輔藩，進律以旌顯庸，勉留而仍舊服。肆加寵數，誕布恩言。觀文殿大學士、光禄大夫、沿海制置大史、判慶元軍府事兼管内勤農使、金陵郡開國公、食邑五千四百户、食實封壹千伍百户吴潛：敬義不孤，忠忱合一。以格物之明，而行之以絜矩之恕；以馮河之毅，而恢之以包荒之弘。其在廟堂而憂，惟以社稷爲悦。邪嫉九齡之正，佞憎陸贄之賢。緑竹猗猗，居有琢磨之益；赤舄几几，不改碩膚之常。比煩戎乘之行，肯爲蒼生而起。弼亹青社，猶在中書；琦典相州，克勤民事。廉頑立懦，抑虣鋤驕。吏士畏若神明，旄倪愛如父母。風行海道，福流京師。固當渴想於儀刑，亦既深知其治行。惟長吏數易則政斁，而百姓熟習則教孚。遮道乃留寇恂，盍從群望；增秩而褒黄霸，昭示懋功。頻煩璽書之榮，赫奕銀青之信。益食多邑，陪賦真畬。於戲！公著起尹河南，雅得均出處之誼；王曾再莅全魏，諒能服中外之心。以上宰任方伯，見謂優爲；以真儒用天下，常懷未盡。式敬有土，益遠乃猷。可特授銀青光禄大夫，依前觀文殿大學士、沿海制置大使、判慶元府兼管内勸農使、金陵郡開國公，加食邑五百户。主者施行。

開慶元年八月十七日再疏乞歸田里，奉御筆：吴潛三年海閫，備竭勤勞。屢疏丐歸，高節可尚。可依舊觀文殿大學士、判寧國府、特進、封崇國公。令學士院日下降制門下。

朕儀圖魁德，易鎮价藩。公師而表海邦，久顓鈇鉞之寄；將相而典鄉國，式華衮绣之行。肆申錫於恩徽，以懋奬其風節。敷時制綍，諗我廷紳。觀文殿大學士、銀青光禄大夫、沿海制置大使、判慶元軍府事兼管内勸農使、金陵郡開國公、食邑五千九百户、食實封壹千柒百户吴潛：識詣幾深，氣涵剛大。實地踐履，得家庭學問之醇；平生經綸，發聖賢事業之懿。寧皇之所敷遺，眇躬之所倚毗。端委廟堂，納君於道；燕居鄉黨，垂世以書。頃往保厘，重煩夾輔。獨盡心於政廩，有勤民之風；不動色而威雅，得馭軍之體。以格物之明聽訟，以絜矩之道生財。溟渤澄波，京師蒙潤。閔勞三載，正惓惓歸士之情〔一〕；勤施四方，顧

〔一〕士：當爲『土』之誤。

懇懇明農之請。夫元老之出處甚重，乃群工之視聽攸關。卿猶盡瘁以鞠躬，誰不聞風而展力？爰從古鄮，就畀宛陵。若王曾以厚德守青，莫涯其量；若蒙正以重望尹洛，未盡其才。用疏崇國之封，加峻上公之爵。仍冠邃職，并衍真畬。於戲！國家大經，莫重君臣之誼；賢哲高致，每懷父母之邦。天之未墜於斯文，儒者不忘於當世。體于睠注，遠乃猷爲。可依前觀文殿大學士、銀青光禄大夫、判寧國府、特進、封崇國公、加食邑五百户、食實封二百户。主者施行。

學校

世之言郡泮者，必曰一漳、二明。蓋漳以財計之豐裕言，明以舍館之宏偉言也。巍堂修廡，廣序環廬〔一〕，槐竹森森，氣象嚴整。舊額生徒一百八十人，其後比屋詩禮，冠帶雲如，春秋鼓篋者，率三數千童丱，執經者亦以百計，著録浸倍，而帑庾則不差多於昔。大使丞相吴公，加惠序庠，篤意教養，正講席以闡理學，新儀門以肅宫墻。且謂學供日繁，庖膳不足，始自寶祐五年四月十五日，除本府元日撥一百貫外，更於大府每日增給錢一百二十貫，以助公

〔一〕廬：原作『壚』，當誤。

厨之費。六年秋，公又欲革并緣弊，復俾分齋造食，官給天平秤，俾八齋僕隸，各以時直取於市，而販者益相安矣。又嘗出所輯《孔孟格言》及鈞製《存悔齋箴》凡二百餘軸，遍惠前廡以下。鸞旂戾止，匪怒伊教。一話一言，聞者書紳。凡學計不續支移那輟，有請必俞。諸生感公之德，於是相與肖公之象，爲石室之祠云。

生祠記

鄞股肱郡，北直登萊，東極島卉，湍鯨大浸，斯衿斯吭，卓爲吾國天險。麾鉞右諸閫，匪碩臣曷稱厥選？寶祐丙辰秋，聖天子詔相國履齋先生吴公起，命卷賜封履。使以大稱，昉於兹，曰判府事，則自魏王後未之有也。公至鎮之日，簿書絲如，吏胥糜如，民萎盜紛，官旺士肆，垢玩秕蠹，非甚有紀。公曰：『嘻！剔抉蘇醒是不難，盍亦知所先後。政不教，徒政耳，化民成俗，其必由學乎？』龍象第一義，下車序庠，茷茷其旂，几几其舄。登國人子弟於堂，首誨之以孟軻氏『士尚志』之旨，反覆數百言，謂士必以尚志爲事，志必以仁義爲先，蓋以履諸身者淑諸人也。華顛稚齒，圜泮林者幾千人，殆猶過洞庭而聆咸池，虚往實歸，家誦人習，不惟峨冠襘裙者〔一〕，知所以策厲孟晉，雖喬朴之氓，亦與知焉。公忘勢下士，一利病必咨於學，一然否必占於學，凡可以惠元元者，以次寢行之。削斛入之取盈者，廪窮民之顛連者，撙費補解，蠲數百萬王賦之積逋者，摧强植弱，濯痍煦寒。期月間，恩溶澤濊，黎庶鳬藻，至和洋溢，薰爲豐年。巷歌塗謡，皆知公仁誼，既效先是學，庖靡盈捽，茹其癯廉，取之市。公於是歲增助膳緡四萬三千有奇，且復砂租緡餘三萬，肇利啚美，垂百世不朽。至於捐萬八千楮繼粟周亟，又不與焉。游於校者不特飽仁義，且飽膏粱矣。諸生叶謀諏吉，繪傅象，峙狄碑，作新祠於東榮，所以潔心香、示皈敬也。事竣，郡文學應發進諸生而告之曰：『吾道一脉鄒魯，其源千載而下，星奎水洛至考亭，而日以演迤。先生之學受之正肅公，正肅公之學得之考亭，《四書》其是學之根柢，仁義其《四書》之綱領乎？先生以此學魁天下，相天子，航世於安流，棟國於喬岳，奚止忠獻一部《論語》？前日之金聲玉振，諸生亦既聞之，繼自今昕稷嚅嚌辰刻，體踐以身心，而不以口耳，則不負仁義，不負先生，不負孔孟、考亭矣。先生行且歸政事堂，諸生趨蹌壽祠下，參倚之見，豈徒袞綉冕佩而已哉？』僉曰：『唯。』請劖諸石。龍集丁巳仲秋朔，門生、迪功郎、慶元府府學教授梅應發記并書。

〔一〕裙：當爲『裾』之誤。

贍學砂岸

皇子魏王判四明日，嘗撥砂岸入學養士。淳祐間嘗蠲之，就本府支錢代償。寶祐五年正月，大使丞相吴公奏請復歸於學，繼而争佃之訟紛如，準制札，仍撥歸制司，却於砂岸局照元額發錢養士。六年五月，以砂首煩擾，復奏請弛以予民，却於翁山十五酒坊歲趁到酒息錢内撥還府學。

科舉

神皋之東，鄞爲節府，融深結秀，鍾靈孕杰，前修輩出，遺風曼衍，巍科舄奕，史不絶書，大比貢英，實符雲臺四七之數。寶祐六年下賓興詔，大使丞相吴公以龍首黄扉之貴，身勸爲之駕……是歲增葺貢闈，焕然翬跂，凡數四迂，赤舄點視之。有司職考藝者，館穀有禮，其至如歸，列郡鮮及。曉揭之日，攙洩者絶迹，敓攘者革心，分報諸邑，道路無壅。金花之榜甫前，犒捷之饋踵至，未幾，謹考覆以旌實才，隆餞贐以將厚意，情文醲郁，士氣振揚。僉曰：魁下三能爲東道主，此吾邦獨有之天也。郡人莫不以爲榮焉。

城郭

明瀕海爲州，羅城周回凡二千五百二十七丈，四面阻水，其東北則會三江之險，以達於海，重門擊柝之防，視他郡宜尤密。比歲紀綱不飭，郡人有憑城而樓觀者，巡徼之途塞焉，甚而敗闕不理，跬步可越，諸門傾欹穿漏，凛凛欲壓。大使丞相吴公之分鎮也，請於上，得密旨，俾以法令從事，芟夷荆榛，復仍城壁舊貫，闕者補，圮者植，低者薄者崇且益，乃創巡鋪，置卒以邏。三年修築之役，共費錢六萬九千六百二十貫、米一百七十碩一斗七升，而雉堞焕如矣。開慶元年夏，遂鼎創望京、鄭堰、下卸三門。城樓棼楣壯偉，榱桷業峨，以至甬水、靈橋、東渡三門，悉繕治之，樓櫓粲然，萬目易視。凡工役土木之費復爲錢九萬九千八百貫、米三百六十七碩。北門曰下卸，舊以艖舟卸載於此，命名甚鄙，且在倉後迂僻，今遷近東造袋局之側，比昔疏通軒豁，乃更新扁曰義和。西北鄭堰門名亦淺俗，大使丞相既於門外新立永豐碶，而是門適成，因名曰永豐門。西門舊曰望京，今亦更爲朝京云。

西子城門樓

郡自譙樓入子城，其重門曰慶元府樓。前有街横出，是爲府東、西門。其上兩樓對峙，巍巍翼翼。西樓久不葺且壞，寶祐五年四月大使丞相亟命船場趙與陛易新之，蓋級之，故闕者赤白之，漫漶者治之則已，無侈前人，無廢後觀。

坊巷

鄞郡甲東浙，生齒浩繁，闤闠填溢，坊有扁，所以植表旗也。歲久漫弗治，寶祐六年冬大使丞相吴公撤而新之，凡四十五所，爲費一萬五百七十二貫。它如釋褐、狀元、錦勳、錦樂、晝錦、朝桂、符桂諸坊丹艧尚新者，不復改作。貫橋居市中，設四楹於橋隅，且上刻華表鶴云。

《開慶四明續志》卷一

郡圃

新桃源

郡圃舊總名桃源洞，求其義，桃源，鄞鄉名也，鄞子城通隙地，故以洞名之耳。今既合郡圃於堂後，又不欲盡捐舊額，遂以新桃源榜之。

老香堂

在府堂後，面北，前植百桂，取『山頭老桂吹古香』之句以名。先是燕居之地多隘塞，自敞斯堂，大使丞相日坐其間，静觀萬物，俯仰夷猶。前築一壇名月地，可坐三十客。月天露席，若將忘世，而堂扁則丞相自題。

蒼雲堂

直郡圃之北，自老香堂爲步廊數十間，周迴而至。堂後爲牖，臨小教場。前有古檜數本，奇甚，舊守疊山佐之，傾圮不治，而後之來者不知『蒼雲』取義於此，易以它名。大使丞相既葺石增舊觀，擇空地以檜補之，搜『蒼雲』舊扁猶在，蓋前守章大醇建，而歷陽張即之書。

生明軒

在蒼雲堂之右，面西，下闞方池，前目無際，大使丞相晚步多憩此，以觀新月。名軒之義，不但取『公生明』也，《書》曰『厥四月，哉生明』，義又取此。

占春亭

亭因其舊而加敞焉。亭前舊有數梅，大使丞相增植至百本，嘗戲賦小吟題屏間云：『難喚林逋伴客游，占春亭畔獨夷猶。一花兩蕊意方遠，三島十洲香已浮。清曉園林霜似練，黄昏欄檻月如鈎。若還説着和羹事，衹恐渠儂笑不休。』孟夏梅既實，緑陰如漲，公常獨坐，或領客其下，有和坡仙『碧沼横梅屋』之詞，爲時傳咏。

四明窗

公既增浚舊池，跨兩虹其上，而闢虚堂於中。客請名之，公謂四明洞天爲石窗，此堂作新窗户，玲瓏四達，遂親題斯扁。

雙檜泉

泉在四明窗之西南，其東則木香臺，而北則武藏也。二檜虬拳古挺，湮没墻隈，不知幾年。公既建武藏，日徘徊其旁，摩挲雙檜，一日忽聞檜下泉聲涓涓然，亟疏鑿之，泉流如注，遂取檜間甃爲圓池，因營摺廊五間，左右二檜，爲憩息之所。環以檜屏，翳然有濠濮間想。公親題『雙檜泉』三字於池上。

自遠

自遠即木香臺也。臺高三尺，植花如屏，繞臺爲廊屋二十間，就設欄檻，中虛二丈，植花如棋局，而行吟於其旁。韓子蒼詩：『無風香自遠。』

翕芳亭

在老香堂之左，亭前植杏，三面植月丹。

清瑩亭

在東橋之南，前植以李。『清瑩』出韓詩。

春華亭

在檜山之東，環植以桃，立鞦韆其外。

秋思亭

在檜山之西，棖菊芙蓉，相爲掩映，與四明窗隔池。

净涼

在生明軒之右，跨池面南，爲納涼佳趣。

昔范延貴嘗詣張忠定公，謂過萍鄉見驛傳、橋道皆葺，知其爲好官員。忠定稱之。鄞去京近，道路無壅。前此率視如傳舍，皇恤路人，大使丞相吴公欲人皆履康莊而所至如歸，故於此尤盡心焉。

知津驛

知津驛在鄞縣西渡之上。曩名知教驛，無所取義，且屋老不支。寶祐五年五月五日，大使丞相改名知津，親題其扁。爲易廳屋三間，前敞爲軒，繞以垣墻，外植大門。自鄞至此爲初程，故名。

慶豐驛

慶豐驛在廣利橋之北。先是新堰、廣利橋成，又重甃石路於橋之東北，居民王姓者遽作屋以罔利，反俾官買西南僻隘地以置驛，衆有詞。大使丞相下之本縣圖上，始命以元錢給王姓者別買地，而以此地建驛，公私便之。驛屋潔壯，爽塏於知津。寶祐五年五月五日建，大使丞相題扁。

廣利橋

廣利橋在慈溪縣德門鄉新堰之上。往年有小木橋，名新堰，遇潮漲滿，挽船過堰，率衝橋磡，甚而橋柱爲之折。寶祐五年八月，新堰成，議就兩岸石磡填築，至所立橋柱之地，跨棚鋪板，狀如『一』字。蓋就柱填磡，既可藉以障水，且免挽船損柱之患，遂以『廣利橋』名之。爲費甚巨，蓋創建也。

記

大丞相吴公之表海也，人知於一郡有高橋之役光前，而不知又於一邑有廣利橋之役創始者焉。慈溪爲邑，有小江貫而中出，舟自西徂東者或過之，經剎子港，達西渡堰，此故道也。往年顔公作牧，相其陰陽，壩剎子港口，紆其途，爲今新堰。新堰之未底績也，寂寥一村，通以小徑，間以冷水，渡以略彴。夫聯木比竹，爲漁樵一二所蹊、牛羊三五所迹可也，厥或當憧憧往來，將必壓，況新堰成而峻峙其上，彼略彴者，旁立下流，以受萬鷁日夕舂撞之厄，且有曳曳於牽江色者争如簇也。是則假以利涉，反以病涉矣。公聞鼊名清[一]，間曰：『四履申畫，不敢一日怠肆，百堵勵翼，慭使一物失所。』於是謀易以石，且懼鳩工之辦於拾瀋

[一] 名清：二字義不明。連上字『鼊』，此二字可能是『額』字的拆破。

也，能毋賈贏嚣乎？ 時乃就郡給公帑，米若干、楮若干，毋或丐奪。又懼鶩行之，添一長厩也。迪惟董振擇之，時乃就邑咨善士王君與可、莫君禋，惟其陳修。二人皆能體公意以經之營之。證市價，來群材，拓基址，緻板幹，鼓輦運，精礱錯，飫糇糧，撫勞勩。於是歲十一月徒杠成，十二月輿梁成矣。不衹此也，邑之陸行入閩都者，其道必由王家店橋，浸趨於老，咸與維新，萬目盱衡，詫兩虹對飲大川之壖。厥攸作，人見其功之就，而不震於慮始。人見其乘之安，而不知其煩我，此公意諭色授所及也。二人又能推公意以衍而伸之：護新堰之步以亢濤浪，平新堰之溜以緩奔瀉，闢新堰之驛以待潮汐。凡可易撼摵而使踏實地，争先致佐助而罔有吝封，此公以所感爲所應也。忽夜觀天象，台躔逼新堰，越翌日亭午，果有報，公一舸按視。不以夾道疾馳駭民，而絶共億於不及；不以高牙大纛臨民，而通稚耋於縱觀。符采攸燭，山川生輝，有橋落成，無此炳耀。邑之人乃言曰：『野水無人渡，孤舟盡日横，何如公之寓政於橋歟？叔子獨千載，名與漢江流，何如公之寓目於橋歟？况因橋有驛立，名慶豐，親灑鈞翰，高揭户顔，此又公不特以人者利民，而直欲以天者利民。願爲之記。』

錫孫曰：我大丞相之斂惠此邦，苟利於民，知無不爲，大莫大於津梁有衆，高橋其一也。袁公可齋嘗書而刻諸石。廣利橋之役，雖什一於高橋，然無小不舉者，乃無大不周也。保厘東郊，而先嘉其克勤小物，此三代相業，公獨得之，豈以大小計哉？其間如吴洞橋之整以崇低垂,管山河之開以導壅底,茅砧碶之治以通提閼,黄泥埭之築以砥横潰,蜀山鋪之置以靖萑苻,此公以舟楫四海者而澤一邑也。六龍渡江,海若呛呀,以壯形勢。謀臣策士,獻議設險於向頭者,不知幾人且幾年矣,朝廷未皇,公來,嚴備列寨,騁望溟渤,盡在目中,雖一飛鳥不能遺,此公以謹固一邑者而康四海也,廣利一橋云乎哉!雖然,《易》言『利涉大川』十有四,而以『未濟』終焉。未濟之濡而言利涉,此《易》之爲道也。公以利涉建橋,而以『廣利』名橋,不言所利,大矣哉!此公之爲《易》也,猗歟!寶祐六年七月初吉,朝奉郎桂錫孫記,朝奉郎、新通判平江軍府兼管内勸農事孫囦書,朝請大夫、新知瑞州軍州事兼管内勸農營田事程士龍篆蓋,通直郎、知慶元府慈溪縣主管勸農公事兼主管鳴鶴鹽場兼弓手寨兵軍正周棟立石。

王家橋

王家店橋在廣利橋之東,自慈溪至西渡陸行者,必由此橋,舟行者必由廣利橋。作舟本所以行水,惟牽挽至堰者,匪橋不通,故廣利橋前此無念之者。橋雖元有石板,歲久圮壞,至寶祐五年八月新堰、慶豐驛、廣利橋成,大使丞相始捐錢重修,費居廣利橋之七八云。

慈溪新路

慈溪新路自慈溪縣東郭夾田橋東,取謝家隘王家店橋,至朱家衕西渡頭驛路,跨十五里，計二千三百一十六丈，創用石板築砌，路闊七尺，命縣佐及鄉官董之役。始於寶祐六年十二月，畢於開慶元年三月，東西置石牌門，舊令欲榜以『相公路』三字，大使丞相止令以『新路』扁之。鄉人復請於張寺丞即之，題曰『相公衢』。

修砌西塘路

郡自望京門以西由慈溪接姚、虞，經稽、陰，趨錢塘，近數百里，行李舟車，鱗集輻凑。門之外自水仙廟望春橋，至高橋西渡，塘堤壞，過者危之。一日大使丞相出郊訪問水利，有得於躬行歷覽者，命將佐措置，修砌西塘路共三千六百六十丈，橋二十二座，水溝五所，爲費夥甚。於是易沮洳而堅高，更崎嶇而夷坦，周道如砥，君子所履，塗之人皆歌頌之。鄉人榜曰『吴公塘』，亦張寺丞之筆也。

逸老堂

堂居衆樂亭之南，紹興郡守莫將建。逸老，李白所稱四明賀知章也。歲久盡圮，開慶元年四月大使丞相撤而新之，復訪求知章像於山陰，繪而祠焉。規模視昔增壯，取衆樂亭、涵虚館、東西兩橋并修之。

時亭

時亭者，郡之上船亭也。亭曷爲以時名？行水者必舟，問舟者必津，舟之去來因乎人，人之行止因乎時也，時止時行，亭之所以名歟。然則亭之名何昉乎？曰昉乎大使丞相吴公也。名昉乎此，亭之作亦昉乎此。異時維舟之地在紅蓮閣南，後爲巨室并，無有矣。夫明巨邦也，望長安而西笑者，此乎？始指海濱而東歸者，此乎？息其間題柱而出、衣錦而旋者，且憧憧焉，可以無址而遂無亭乎？公莅是邦，一日必葺，補數百年之闕，擇衝要得地於平橋右，以寶祐五年十月築新址，作新亭，昔無而今有，此一時、彼一時也。吁，觀人之行止，可以觀時；觀亭之有無，抑可以觀時矣。登斯亭者，盍亦知時之義哉！桐川梅應發記，永嘉劉錫書。

高橋

建炎再造，諸將戮力王室，戰功凡十有三，而高橋爲第一。橋在道傍，至今過者莫不指曰：『忠烈循王嘗鏖虜於斯也。』英風義氣，百歲不磨。橋久圮，名迹將遂湮蕪，莫有訪古而作之者。大使丞相吴公報政於鄞，百廢具舉，周行經覽，謂是橋載在國史，不新之則無以旌忠烈。乃洞石爲之，曾不以役巨費夥靳。橋成，民不病涉，而識者亦義公之存古。既又作廟於橋之西，作寺於橋之東，規模宏大，揭虔妥靈，而循王之功益表表矣。建橋之歲月、工費，具見文昌袁公所記，兹不書。

記

恭惟我高宗皇帝，聰明神武，誕受命中興。乃建炎之三年，金虜犯明州，大將張俊帥諸將鏖戰於高橋，虜衄而遁，繇是六龍駐蹕錢塘，用再造我區夏。橋雖更紹興重建，然年深木腐石泐，壞輒修，修輒壞，民不惟病涉，亦病修。寶祐四年九月，大觀文右丞相樞使履齋吴公，以大制使判府事，吐握待士如周公，克勤小物如畢公，躬决細務如諸葛公，不以上宰鄙夷吾州，一政一事，靡不經意。期年之間，鯨波晏，融風息，鉦箭晝静，桴鼓夜閑，官府肅而田里安，翕翕然輿誦興矣。公猶以爲未也。暇之日，周覽廛野，指是橋而嘆曰：『中興諸將戰功凡十有三，實自此橋一捷始。今圮不可支，非所以識舊也。公帑縱未紓，不當於此乎靳。』乃捐金召工，撤而新之，結洞爲橋，純以石。始於冬十二月，成於夏六月。方工之未竟也，會天不雨，農方事桔槔，乏丁壯。公延大士若土神於府治，爲民請命，忱意懇切，至於淚墮。時亭午日如焚，俄陰雲族，有黑龍騰於西南，蜿蜒當空，萬目共觀，莫不嘆異。須臾雷作，雨沛然下。繼是甘霔不斷，歲大熟，荷鋤相杵者，弗待呼而集官。復厚其募直，不戒而成。雄峻堅密，城内外諸橋可俯而視之矣。

既落，邦之人士屬商爲之記。商竊謂橋梁之設，所以便民也。造舟爲梁，既昉於周，至鄭以乘輿濟，而君子不以政予之，則夫善牧民者，殆不可以細故忽也。秦以前未聞梁石，近代以來名都要會間用之，如吴之垂虹、閩之萬安，不過枕烟水、梁海波，皆無與乎政之激勸。斯舉也，可以昭中興之聖烈，可以旌江表之虎臣，其感人心也有義，其用民力也有仁，蓋將風厲乎天下，匪直私惠乎鄞人。信賢相之作牧，發於心，見於事，知所先務，夐不與它人均。鄞之人因是得以覘公之經綸矣。公將以衮衣歸，其充廣此念、相我聖天子、以續思陵大復古之勛。夫如是，則是橋也，將同召公之茇舍，歷千萬載而不泯。乃若通水利以濟鄉遂之農，開河步以便闤闠之民；創田廬以養困窮數十百輩，蠲租賦以寬貧弱數百萬緡；代輸積逋而縶者釋，立決滯訟而屈者伸；莫重於學校，則益膳羞以惠藏修之士；莫嚴於海道，則增券廩以給巡徼之軍。凡政之本於仁義者，不可殫紀，兹故略述云。

吾邦唐武德中爲鄞州，開元中易明州，今升慶元府。橋去西門外十五里，高三丈三尺五寸，長九丈八尺，上下凡六十六級，洞闊三丈八尺。縻緡錢十五萬八千有奇，自寓橐余公晦暨士庶共樂助三萬外，餘皆公帑所出。粟二百斛，石工、軍工共九千四百，民工一萬三百，各有奇。俊後積功至王爵，橋側有小祠，縱廣不盈丈，公復度地建廟，閎敞視昔十倍，其費不書。董是役者大制置使司準遣李迪功自强。五年七月既望，寶謨閣直學士、正議大夫、提舉江州太平興國宫袁商撰，朝散大夫趙隆孫書，朝奉大夫、主管建康府崇禧觀豐芑篆蓋。

高橋寺循王廟附

高橋成，公於其西作新廟，肖循王像而祠焉。貂冠朱裳，儼然如在，見者起敬。歲時秩祀，著爲常典，旌忠義也。西渡至橋所凡五里，舟車往來，莫不停橈駐軫，拭目奇觀，登臨訪古，絡繹不絶。而或者猶以無所憩止爲病。橋東舊有施水亭，檐矮壁敗，其後僧若瑱、明遠稍葺爲庵，人目以接待院，而實弗稱也。於是公慨然有鼎創之志矣，撥其側膏腴田餘十三畝以益，舊址旁地之相接者，又爲買田以貿之，而寺基益恢拓。乃委計議官洪易簡董其事。凡創屋六十餘楹，崇門峥嶸，修廊深廣，殿堂層出，庖庫區分，軒祠寮舍，無一不具。外周以墻一百餘丈，鐘臺屹立，且實以廢寺巨銅鐘，一一井井，規模悉如甲刹。寺前創施水亭，夜則徹明炷燈，以燭水陸之暗。凡費錢一十萬八千八百六十二貫、米二百九十七碩八斗二升。既成，移景德廢院額名之，并益以沙觜莊租田、劉泳没官田共二十九畝。是役也，工費不及民，而不日之成，速於變幻，非事力裕、精力周、願力固，未易集也。繼今飛錫者可以駐足，行李者可以息肩，炎暑則濟道路之暍，暮夜則弭蒲葦之奸，蓋一舉而數利具，非直爲觀美云。

靈應廟

靈應廟，鄮人鮑君祠也。君生於漢，殁而爲神。梁武帝時，賊號奴抄者掠及境，神奪其魄，賊如醉，卒擒之，由是名益著。至本朝，累封至八字，曰忠嘉神聖惠濟廣靈王。今雨暘，禱必應，民有疾苦急難則呼籲之，歉歲貴糴，神能在海中招客舟使之來。功在鄞，不可殫紀。大使丞相判是邦也，剖決曲直，嘗提一筆以祝曰：『此心惟鮑君知我。』蓋質諸鬼神而無疑者。廟自嘉定再建，規模苟就，而偶像猶未備。廟史有以門之左右神馬及侍從、執事請者，公即爲補其闕且擇畫史之精者，圖王之出處、事迹於殿壁，若儀從，若兵馬，又繪於門之内外焉。以至廊之屏蔽，門之丹雘，顯設藩飾，粲然畢備。始於寶祐六年之二月，畢於開慶元年之六月，凡費錢一萬六千餘緡。公蓋因民之敬以敬神，非私以徼福也。

大人堂

大人堂舊在射亭西，偪仄。開慶元年正月徙出九經堂，從西向，爽塏潔肅，邦人禱祈便之。大人者，俗呼闞相公，今幡幢所題，皆曰中書令闞相公，可驗也。舊志直指爲錢億祠，實取高閌記，續志推以爲闞燔。因考題名，五代末闞燔、錢億相繼守郡，闞姓似有證。今姑兩存之。

青蓮閣

青蓮閣在郡治東白衣廣仁教院，爲圜通大士道場。閣始建於政和間，距今歲月老矣。大使丞相雨暘禱於大士，如響斯答，既給錢餐，贍其衆，聞院僧師文者將再建閣，又捐金助之。寶祐四年冬鳩工，迄六年十月，凡費二十七萬餘緡。

瑰富亭

都税務舊有亭，在東渡門外，商旅出於其塗，則官若吏即是而譏徵焉。亭歲久不存，寶祐五年四月大使丞相命税官重建，并甃石道頭一所，費萬緡有奇。亭名瑰富，蓋取孫興公《天台賦》，以表山海之利云。

惠民藥局

聖天子以天地曰生之德，訪民疾苦。寶祐五年冬十一月，御批申飭軍民五事，官藥局其一也。令臺閫嚴督所部，恪共奉行，劑料必真，修合必精，使民被實惠，仍揭黄榜於諸州軍。大哉王言，民其有瘳乎！大使丞相吴公，吾胞吾與之心，與上符契，祗若明命，匪懈益虔。惟鄞有局，寶慶三年所創也，在郡圃射垛西地，逼隘匪便，且藥工出入，旃轅不肅，歲久屋尤老，亟謀爽塏而更之。先是犒賞庫有樓曰海晏，爲屋凡十餘楹，後改爲參議官舍，高明闓室，居者弃焉。公謂是寬閑者，可以濟吾用矣。乃即樓而局，上以處熟劑成料，而梅潤不及物帑，作局旷列其下〔二〕，衆工盤礴者得其所。前則增門屋三，後則增翼屋五，浚汲清之池，新煆丹之鼎，焙室烹釜，莫不畢備，井井規模於是，非前日比。若夫遴監臨之選，嚴修製之防，品

〔二〕 旷：此字當誤。雍正《寧波府志》卷三六引此文作「臚」。「臚」俗寫爲「胪」，與「旷」形近而致誤。

劑既真，市者旁午。若郡若邑若軍，凡增置子鋪一十四所，歲春夏數施藥餌，無間城内外，君相濟衆之仁博矣。

《開慶四明續志》卷二

水利

郡計莫難於鄞，水利尤莫急於鄞。蓋它郡苗米多撥解總所，鄞獨留以贍定海水軍，總所者遇歉歲蠲減可毋解，惟本府自催自給，民賦可蠲，而軍餉不可闕，歲侵則官病，而民亦病，必常稔而後可。然郡阻山控海，山之淫潦，海之鹹潮，時之旱乾，皆能害稼，故資水以爲利者，於鄞尤急。大使丞相吴公治鄞三年，瘝瘵民事，凡碶閘、堰埭，某所當創，某所當修，某所當移，見於鈞筆批判者，皆若身履目擊。每一令下，民未嘗不感公博濟之仁、服公周知之智也，鄭白、召杜不足數矣。公又於郡城平橋南立『水則』，書『平』字於石，視字之出没爲啓閉。開慶夏久雨，公委官遍啓諸閘，決堤泄水，禾勃然興，至是民益德之。

洪水灣

它山堰，唐大和中鄮令王元暐所創也。溪流派四明山而入於江，潮逆上，鹵不可灌，限以石堰，上溪下江，溪流入河，分注鄞西七鄉，貫於城之日月湖，以飲以溉，利民博矣。然越里餘至洪水灣，河流鎛而外泄，江潮溢而内攻，溪江合灣之左右漫爲壑，而它山之水始不得東注，民久病之。淳祐間嘗立石塘以障，已而水穴其傍，堤潰如昔。大使丞相吴公一日出鈞批，謂境内碶閘、河道措置略徧，惟它山洪水灣岸坍水泄，關繫匪輕。委官下都保，議。於是即其地爲壩三：一瀕江以禦狂瀾，一瀕河以防鎛漏，一則介其間爲表裏之拓。僉謂江之東南有何氏竹木園當水之衝，激其勢而北，欲撤其蔽而疏通之，官爲給錢，市其業，浚地爲江。因畚沙以實二壩之北，河堤堅密，江水安流矣。異時挾日不雨，城内外涸可立待，今春夏所至演迤，謂非壩之力可乎？役始於寶祐六年十二月十三日，畢於開慶元年二月十五日，凡爲費二萬一千六百貫有奇。監造都吏王松、正將鄭瓊，莅其事者鄞縣簿李言似。

茅針碶

茅針碶在慈溪縣德門鄉，沾其利者凡鄞、慈、定三邑。水源有二：一自慈溪小江，一自餘姚分水。先是碶西五里外有趙氏地横截其前，分水江之流〔一〕，不得通。寶祐五年，大使丞相吴公市其地，浚爲管山河，於是西江二百餘里之水悉匯於碶之上。碶舊有閘，啓閉以時。閘廢更爲堰，水源中隔，而水之利又不得達於碶之下，鄉民列詞於郡。亟遣吏相度，遂於舊

〔一〕水：當承上爲『小』字。

閘基之傍别爲新閘，凡闊三丈四尺，立五柱，分四眼，眼闊七尺六寸，視舊增九尺，臂石二十層。凡費錢四萬二千七百一十七貫，米二百一十三碩。工始於八月二十七日，畢於十二月五日，役成而民不知。提督司法趙良坦，監造都吏王松、將校林枝。竣事，特犒王松一千貫、林枝五百貫。

續據王松申：碶子周亞七，雖年老風病，尚能言及源流始末。稱此碶自乾道年間前政判府趙閣學，以每畝均錢六十文足，委慈溪鄉官率畝頭錢買辦物料，欲援舊比以行。當準鈞判：本府既爲民間辦此一事，錢不須科之都保，本府一切自辦，以了一方悠久無窮之利。工役之人不若祇用軍兵，日增支錢一貫五百文、米三升，庶可鈐束。

練木碶

鄞塘鄉之田多濱江，甽澮惟江流是仰。練木碶東接它山，南通大江，歲久碶壞，鄉民嘗畝率斗穀，簡葩爲壩，迄弗及碶。寶祐五年六月，民户闔詞乞諭，里中王其姓者，倡斯役，大使丞相吴公遂下之水利官勸諭，首以千券、十斛助費。已而鄉民見義不勇，訟牒紛如，助者僅五千餘緡，力綿而役大，委之民，曷潰于成。公乃一力捐金穀爲之，以明年正月二十八日經始。碶當江湖之衝，慮其損碶臂也，增新碶爲四眼，殺其勢。閲三月而碶成。凡給錢四萬四千六百二十八貫九百文，米一百六十八碩五斗四升。力役於伍籍，費取於公帑，民無毫髮擾，持羊酒以勞役夫者，日絡繹於道也。

黄泥埭

埭在慈溪縣鳴鶴鄉，與越之餘姚上林諸鄉鄰，潦則上林諸水注而成壑，有埭所以泄水於海也。然決易而塞難，鄉人欲立石閘以便啓閉，率以費巨輟。浙東提舉季鏞捐二千緡助鄉民爲之，涉歲弗績。寶祐五年秋，大使丞相吴公委縣丞羅鎮竟其役。丞欲援例計畝斂於民，鈞判：一堰所費，不知幾何，若科畝頭錢，必因而騷擾。送縣丞，限一日具所費申。及申到數目，特撥助五千貫，仍趣歲前畢工，不許科之下户。兹閘遷延數年，一旦辦集，成終之功大矣。

新堰

慈溪縣之東德門鄉有新堰，捍江潮而護河流者也，堰以圮告。寶祐五年八月，大使丞相吴公給錢下縣，鼎新修築，甃石以甃江岸二十餘丈，堰下水步一所，址益豐而堤益壯，水自此東達慈溪、定海，兩邑之田無斥鹵浸淫之害，風帆浪楫、往來下上者，胥利焉。合橋亭、江道頭之費，共爲錢二萬三千六百一十貫八百文、米一百一十三碩四斗。橋亭見於别目。所謂江道頭者，在堰之東，異時堰無道頭，行者步嚙而堰潰於穴。今重甃以石，而堰復藉道頭以完固，蓋兩便之。

西渡堰

堰東距望京門二十里，西入慈溪江，舳艫相銜下上堰無虚日，蓋明、越往來者必經由之地。淳祐間稍加葺治，未幾堰復壞。寶祐六年八月，大使丞相吴公給錢五千七百三十九貫五百文，委司法趙良坦同副吏許樞監莅修築，伐石輦材，費一出於公，所濟博矣。

北津堰

北津堰，舊圖經曰北清，在鄞縣西北二里。堰多歷年所，外受江潮之衝，木者朽而石者頽，上之穹然高者今窪然下矣。秋潦至，則鹵灌於河，農以爲懼，舟楫之往來者亦病之。寶祐六年二月，大使丞相吴公命司法趙良坦同副吏許樞相視興工，因其舊而增高焉，内分兩傍，各甃砌堰臂七層，鼎新造車屋四間。又堰之東有小徑，由鄭公渡之江北，可達定海灖浦、里溪、文溪等處，崎嶇不便於行者，輦石并修治之，遂爲坦途。蓋一舉而兼水陸之利云。凡爲費一萬五百四十一貫文。

林家堰

鄞縣東五里手界鄉曰林家堰者，十餘年間補苴罅漏，不足以爲江湖之蔽障。每巨濤澎湃，則斥鹵浸淫，積潦久之，則又滲漏於外，不獨爲民田害，抑亦不利於舟楫。先是，提舉常平嘗捐三千券下之邑，俾議修築，官若吏憚費夥，弗祇服厥事。大使丞相吴公因民之請，更以石爲之，培其高，浚其深，視舊址舒以長，添甃石墈，修蓋車屋，補築土塘。自是民田有灌漑之益，舟楫無險阻之虞，里之任役者亦免歲時修治築塞之勞。以寶祐五年十二月，給錢三萬四千一十七貫七百文，命司法趙良坦、都吏王松監視，□□年□月畢工。

黄家堰

黄家堰在慈溪縣德門西嶼。先是，本府浚青林河，鄉民有請，以爲河在堰頭，淘浚深廣至徐家港，接顔公渠，并新浚監堰河、里溪、横港及定海鸕鶿、澥浦、香山、杜郭、德門、西嶼、茅針閘，周圍三四百里，脉絡貫通，請以顔家堰南岸置堰，庶幾不候潮汛，徑取城西北兩門而往來，免風濤盗賊之虞。既而夷考此地元名黄家舊堰，司法趙良坦親莅其事，廣諏衆議，遂於舊堰興築，與里溪堰對峙，北郭、西門，通濟無礙，勢若曹娥、梁湖，往來便之。董役者正將鄭瓊、僧祖倫、吏王松，始寶祐五年冬十二月，不一月竣事，費止二千緡，利博矣。

支浦閘

開慶元年五月二十六日，大使丞相鈞判：『近日雨水過多，低田可慮。内慈溪縣已差統領吴雄前去開放倪家、刁家兩堰，通泄積水。因訪利病，本縣惟東鄉一帶和尚莊、清水湖、趙家洋、顔家莊等處，兩堰之利，不若建閘一所，惟支浦最爲利便。可差林枝前往抱子閘移拆無用舊閘，前去支浦江岸創碶閘一座，庶幾東鄉闊遠田地永無水患之虞。仍委權縣提督，務在速辦。』既而因公札之請，復委司法躬親契勘的實，利病既得其詳，則以七月十一日興工，里人沈國諭樂助米三十碩，陸日宣樂助五千貫。公雖不之拒，然謂當使抵郡以來，凡爲民間興利之事，皆係本府自辦錢米，今除此二項外，不可更類科配，以失自來美意。若尚闕用，更當添撥。閘分三眼，址堅勢固，一方自此蒙利矣。凡費錢一萬五千六百貫，米六十碩。

江東道頭

靈橋門之東，大江横截，於是造舟爲梁，民賴以濟。卒遇大風雨，舟壞，則往來病涉，不得已於其側撑舟以渡，行者走泥淖中，褰裳就舟，則沾體塗足，尤匪便。大使丞相一日出鈞旨，命裨校於東西岸置木叠石，立兩道頭以便絶江登舟者。因扁曰『濟川』焉。浮梁以濟舟楫之所不及，渡頭又以濟浮梁之所不及。萬口誦之。

永豐碶

它山林村之水南來數十里，而入郡郛，縈紆回環，由西北隅出而始注諸江，霖潦洩弗及，城西偏皆冒没。淳祐間立保豐碶，俾由城西徑入江，當時詑以爲水利之大者，然人力不至，閘不過兩眼，廣不過丈餘，隘而溢，始益病。開慶元年夏，大使丞相爰究爰度，得水勢徑直之地，於其右創爲永豐碶，五柱四門，闊三丈六尺，深四尺餘，堅密雄偉，雖湍流至此，亦不見其爲搏躍也。役成，民始知公之規模迥異矣。凡費錢四萬七千九百一十六貫、米一百三十七碩四斗。

開慶碶

碶舊名鵲巢，在鄞縣手界鄉鎮甲，舊志所書，已廢爲田。開慶元年夏，大使丞相興水利者，遍乎四境，因思是碶濱江，不復則曷其福江以東之民？乃撥錢四萬五千八百貫、米一百二十四碩，委官創爲之。既成，河流不復滲江，潮不復入矣。遂名曰『開慶碶』。公之命是名也，意蓋不止斯役而已。東錢湖八十里而茭葑半塞焉，寶慶間史衛王當國，以僧牒米斛助浚之，人服王之不私豪右也。今不浚者又三十年，公方將有事於東方，則斯役特其發軔耳。因并及公之心云。

鄭家堰

鄭家堰即俗呼鄭十八郎堰也，在城南半里。江行欲入河者，舟自堰而上，或由甬水門入城，或道城西南諸鄉，皆喉襟乎此，壞久無葺之者。公命統領吳雄，督工重造樁石。支役之費爲錢二萬五千緡、米一百碩，皆成於開慶改元之七月六日〔一〕。

〔一〕日：此字原無，據文意補。

管山河

大江由丈亭分派四十五里，至慈溪之夾田橋，橋南五里民田阻之，江流不得直達，乃迂出其旁。旱歲無沾丐利，潦則泛濫，墟落苦之。寶祐五年七月，大使丞相以錢一千五百三十一貫四百一十五文市民田，墾河五里，長七百丈有奇，闊三丈六尺，深一丈六尺，凡支軍兵日券六千四百九十貫。水由是達茅針碶，慈、定、鄞三邑皆蒙利焉。

諸縣浚河

大使丞相寶祐五年冬，以水利局命法曹掾趙良坦董其事，是歲諸邑淤河、淺港悉浚深之，昔之涸可待者，今維水泱泱矣。因條於左。（略。諸縣疏浚河港共五十處）

雙河堰

雙河舊有碶閘在慈溪之鳴鶴，與越之餘姚上林鄉接境。上林居西而地勢高，鳴鶴居東而地勢下，久雨，上林之水東注，鄰壤爲壑。置閘以限之，然舟行則閘啓，而水之患如故。近歲鄉人曹氏於閘之左爲雙河堰，以便車船，意亦善矣，而舍堰而趨閘者，則不可遏也。鄉人病之。開慶元年五月請於郡，大使丞相委制幹趙若𡐾莅其事，俾塞雙河閘爲實地。給錢一千貫，於雙河堰之傍立屋兩間四挾，擇巨木爲車柱，埋石備纜，悉如諸大堰之制。已塞閘基之上，則爲屋三間，以處堰丁。曹進士且措置撥租餘五十碩以供打造索纜之費焉。規模一定，自此永無侵冒之禍矣。

《開慶四明續志》卷三

興復省并酒庫

《周官》設酒正，掌酒之政令，以式法授酒材。逮漢則令官作酒，以二千五百碩爲一均，率開一盧以賣，榷酤之利，國實賴焉。鄞爲郡瘠，賦之入者約，費之出者廣，於是操其贏以濟其乏，酤之賴維多，甚非其得已也。城内外諸縣庫務、坊場，曰醅酒東庫、曰香泉八庫、曰江東慈福庫、曰下莊務，則舊管者也；曰醅酒西庫、曰江東贍軍庫、曰鮚埼（崎）庫、曰東門庫、曰寶溪子庫，則大使丞相吴公新創者也；曰林村庫、曰小溪子庫，則昔敗闕而今興復者也。曰省務、曰犒賞庫、曰江東庫，則又今廢罷者也。或官給本錢，或聽民抱息，或官吏監臨，或軍將措置，或兼令外庫管紹趁辦，或以所廢庫本錢并歸他庫。拘解日額凡皆酌地里之均，計公私之便，究興廢之宜，以爲分合，酌重輕之則，以課盈虧。公之處此鑒焉其明，衡焉其平，官有所裨益，而民亦安之。外有五鄉碶、奉化、慈溪、象山、江口、南渡、東溪、東吴、大小榭、郭宅、瀾浦、松林、翁山、大嵩等務場，隸經總制司。具在别目。

經總制司

范蜀公嘗言，密院主兵，三司主財，則有各不相知之弊。至和間遂請密院、三司通知兵財，制爲國用，蓋欲兵財脉絡貫通也。上而朝廷，次而制閫，同一理耳。軍餉之權，容可貳乎？沿海新舊水軍凡六千人，若衣若糧皆給於府，獨券錢府給二千人，餘四千則通判東廳以經總制司錢給之。歲久而弊，倅廳官若吏問以餉軍之錢，資泛用，豐私橐，而軍額率虧數，苟且循習非一日。吁！兵統於制閫而財給於郡佐，事權不一，宜其弊至此也。大使丞相吴公，熟錢穀、甲兵之問於廟堂久矣，寶祐四年來開大閫，報政之五月，數軍實，考貨源，亟請於朝，以經總制司歸之制府，自催自給，且得旨，創大使司物斛官一員拘確之，理順勢便，故招刺皆驍勇，而尺籍不至空虚，給餉易辦集，而朝廷不煩科降。今以未撥歸制司以前考之，寶祐四年十月，分月幫水軍官兵券三千三百六十五人，錢會紐計十七界一十六萬一十六貫二百四十文，米計二千八百六十五碩三斗一升。自撥歸制府後，開慶元年四月，分月幫軍兵券三千八百六十五人，錢計十七界一十七萬七千八百八十一貫五百七文，米計三千三百七十六碩九斗五升二合五勺。以今比昔，則添刺軍兵五百人，一歲增幫錢二十一萬四千三百八十三貫四百文，增幫米六千一百三十九碩七斗一升，及添造五百人七事軍裝，通支錢一萬二千一百八十四貫六百二十文。軍政修明，兵食充裕，成效昭然，視在倅廳時大有間矣。

興復經總制諸酒務坊場

一、奉化酒務，元係本府給米麯本，於内歲解經總制司額錢，後改爲萬户，徑取净息生煮酒，年取二千三百貫有奇。寶祐六年六月以白札子陳請，酒司與行頭均敷酒息，重爲民擾，乞仍舊貫立官務，遂給八千貫起造務屋，仍撥本錢四萬貫并造麯用夫工飯米三十碩，興復措置，每月發錢二百三十貫九百八十文十八界〔一〕。

一、象山酒務，寶祐五年三月據象山知縣札子，乞本府差官措置本縣酒政，遂撥錢二萬貫，委官下縣措置，全年息錢七萬貫，候解到，年撥二萬貫下廣惠院。

一、翁山酒坊管下子坊一十五所，元係民户抱納通判東廳額錢，嘉熙四年因府第攘奪，白泉子坊遂改坊爲萬户，任從民間醖造，却將額錢攤抑一縣有物力之家，續額錢無歸，民户被害，遂有『坊場改萬户，貧富齊受苦』之謡，詞訟紛紛。制司曾申户部，久而未復。寶祐四年沈修武等曾進狀，乞抱坊備本酤賣，續又經制府陳乞借本興復，年納净息三十萬貫。蒙大

〔一〕發：據上下文用例當爲『撥』字。

使丞相吴公申省照應，仍於經總制司借撥十萬貫，其所抱三十萬貫與減六萬貫，分作十二個月起解。五年四月申省，奉聖旨特依，續將收到息錢每年支撥下郡庠，充養士厨食錢、水軍制領將佐供給錢、新創諸屯水軍及出海巡逴探望把港軍士生券、本府六局衙番鹽菜錢。

蠲放一分酒錢

開慶元年五月二十二日奉鈞判批銀牌：兩司見行祈請〔一〕，今有寬恤事件數，内制司與復常平酒坊，應人户抱納額錢，成年課利，并與十分減免一分。其抱坊人亦合於拍户遞減，以示優恤。

廣惠院

皇朝以仁立國，凡惸獨廢疾皆有養。大使丞相吴公，九更藩閫，所至必創廣惠院以活窮民。寶祐四年秋九月，繇舊弼來判軍府事，越明年春正月，即省務舊址創院屋一百五間，合城内外六厢瘝寡孤獨、瘖聾跛躃者廩於斯，額以三百人，視年之老稚爲給之多寡，請於朝，撥

〔一〕請：原作『晴』，當誤。

淘湖米千碩。郡又增置田租，且歲撥錢四萬緡充費，錢爲緡餘七萬八千，米爲斛餘二千二百，若梟若牟，悉具此歲所入之凡也，於綱解常賦無與。是歲冬十一月，準省札奉御批，令天下諸州建慈幼局，必使道路無啼飢之童，務要民被實惠。公前所行，蓋與聖心默契矣。規式井然，載諸碣石可考。

兩獄

大使丞相判是邦也，古鏡燭天，奸宄削迹，庭無留訟，獄無滯囚，故囹圄時空虚。然聞左右院不葺者數十年，廳户老朽頽仆，開慶元年六月亟命修之，易其老且朽者，植其頽且仆者，疏湫閉，補罅漏，俾縲絏者可免疾疫矣。兩院總費錢一萬八千四百八十九貫一百五十文、米四十四碩六斗九升。

廂院

本府舊無廂院，附之牢城。然牢城古之圜土，因有濱死而獲宥者，則縶於是，不得與齊民齒。齊民有訟於有司，兩造未備，無親若故可保識，則寄之廂，以防竄逸，乃與城旦之囚伍雜處穢污，間斃於疫，豈國家愛民意哉？寶祐四年九月，大使丞相吴公始至，惻然矜之，委僚吏即醋庫舊址，創建厢院，爲屋凡□□楹，外植垣墻，内列户牖，男女異室，如民居然。且擇老成吏卒，廪以粟，俾幾其出入云。

兵馬司

開慶元年七月，大使丞相既修兩獄，因念牢城損圮尤甚，乃撥錢四千五百七十五貫二百文、米八碩六斗八升，并爲葺治，囚者便焉。

架閣庫樓

樓在設廳之東西廡，案牘充棟山積，歲久弗葺，淋炙日甚。大使丞相謂兩司文書，官藉以考舊，比委之頹檐敗閣，以便去籍者之奸，可乎？開慶元年七月，更而新之，總二十有六間，其擇材巨，其用工精，書庋上分吏舍，下列自今，插架整整，圖籍之儲，得其所矣。凡費錢三萬一百一十一貫三百文、米七十碩一斗。

《開慶四明續志》卷四

新建諸寨

夜飛山永平寨

介明粤之間有山曰夜飛，東距慈溪，西接餘姚，舟行之衝也。大江派分一支，繇慈溪至丈亭四十五里，江面狹而居民稠。丈亭十五里而蜀山，又五里而夜飛山，又十里而咸池，則闃無聚落，蒲葦之儔，於焉出没，輔以逋藪，過者病焉。先是鄉民告於郡，欲自大江之北、慈溪西亭浚横涇運河，迂道夜飛山後，出餘姚之桐下湖，以避江行。大府俾制幕趙若𡎺莅其事，且咨之里父老，相厥宜以度土功〔一〕。至則淤沙斷港，知必爲畚鍤費，且曲折迂迴，亦匪利涉。既而得淳熙間慈溪尉趙汝明墨刻，載制帥、參政范公成大嘗於其地置邏舍十所，籍丁壯四百、舟六十，舍以三人直夜邏。然更迭煩擾，久竟廢。於是制置大使丞相吴公，精思熟籌，惟民是便。市地創寨爲屋二十餘楹，遣戍置屯爲軍五十輩，統以偏校，餉以生券，給以軍艦，漁户之瀕江者有籍，漁舟之助巡者有番，守衛專而行旅無敓攘之虞，規模定而里社無煩苛之擾。一洗前人簡陋之弊，可以爲悠久無窮之利矣。

〔一〕土：原作「上」，當誤。光緒《慈溪縣志》卷一三引作「土」。

向頭寨

中興駐蹕錢塘，恃險爲衛。然所以爲衛者，不於天，於其人。於是平江有許浦水軍，嘉興有澉浦水軍，慶元有定海水軍，皆創自先朝者也。大使丞相吴公守嘉興日，又創金山水軍，爲澉浦外拓。今以舊弼建大閫於鄞，綢繆牖户，益既乃心，謂定海水軍防制倭麗則有餘，屏蔽京師則不足。周爰咨詢，有地名曰向頭，近在定海之裏，其面勢與金山相直，南抵錢塘，東接温台，西通蘇秀，北達青齊，海舟胥此焉出。聞於上，即其地置屯。又謂鳴鶴巡檢司，距海二十里，於警捕非宜，并移戍其傍，聯絡聲援，京師左右、前後之衛始益密矣。乃委本司屬官趙若垟、水軍統制邢子政，踏逐地段，起造兩寨，共三百三十六間，經始於寶祐六年之二月，竣事於八月。續因軍民之請，以向頭三面鯨波，有泥塗二三里，南與渭河接，自渭河三四里，始通外河。居焉者陸運薪米以給日用，勞且費，今新寨成，生聚益衆，不宜使之負戴於道路。復札統領吴雄浚新河八百九十丈，築東西海塘自石人頭山至瓜誓山九百七十四丈，自贍軍庫至龍尾山四百八十丈，堰猪有規，原防有町，舟楫流通，咸便之。凡一竹木之直，一夫役之費，尺地寸土之市易，連營列灶之遷移，官給錢，各有差：工匠雜色錢六萬二千五百六十二貫七百八十文、米四百一十石五斗九升二合五酌，雇夫輦運竹木錢七千貫，水軍寨兵般家錢一萬五百一十貫，兩寨基地交易錢一千三百一十貫，浚河築塘錢九千八百貫。

九寨巡檢

沿海九寨，曰結埼（崎）、大嵩、管界、海内、白峰、岱山、三姑、岑江、螺頭，寨官舊差軍班部吏任子，軍無政，直棘門、霸上之兒戲耳，脱有緩急，俾壯聲援可乎？寶祐五年七月大使丞相請於朝，以九寨隸制司，許從選辟。紀律整嚴，脉絡融貫，實軍政之一助。

指揮本末

寶祐六年秋九月準樞密院札子勘會：邊聲日急，賊謀窺伺海道，意向叵測，所合嚴行措置，已火速札諳練海道主兵官，相視險要，把截水路，嚴密關防。并札許浦、澉浦、金山於本軍地分，晝夜往來巡逴。仍自金山以至徘徊頭，創立烽燧，接連澉浦聲勢，并札本司行下定海水軍，一體措置，聯絡聲援。遂專委官同統制，按視險要，均布地界，置立烽燧，分爲三路，皆發軔於招寶山：其在海洋者，自招寶山至海道壁下山，共十二鋪；其抵向頭者，自招寶山至沿海向頭寨，共九鋪；其達府城者，自招寶山至沿江本府看教亭，共五鋪。鋪用兵五名，合干人一名，往來照管巡轄。及招寶山一鋪，增差合干人一名。沿海以至向頭、沿江，以至府城，亦如之。鋪兵口券，每半月一番支給。每夜發更時，自看教亭賫號火平安牌至帳前傳入押教報覆。蓋法當於奉國軍樓置立一鋪相映，以内郡耳目易駭，遂從看教亭密傳一牌，竟達轅帳，而沿江、沿海號火疾馳，觀者竦慴。惟海洋十二鋪，脱遇雲霧四塞，日不堪舉旗，夜不堪舉火，則以響砲爲號。

探望

定海水軍舊例月差軍兵出洋，其目有三：曰三洋巡逴，曰北事探望，曰港口守把。異時差卒不多，率應故事，不支口券，俾就食本身月請，居者需贍給，行者仰資糧，皇皇無所訴，諉曰港口守把者，去寨近，更番歸哺，不過勞勩而已。若巡逴，則自烈港轉蘇州大洋，遠至許浦。若探望，則自神前等處，遠至海驢礁。脱阻風，迴程不可期，糧且乏絶，何暇悉心國事？大使丞相分閫以來，各項差兵倍撥人數，且不問遠邇，每兵令項月給生券錢七貫、米七斗，三項凡三百七十六人，歲支錢三萬一千五百八十四貫文、米三千一百五十八碩四斗，皆於措置酒息錢及外郡糴到米内支撥。士飽而歌，人百其勇，竭勞巡核，奸慝汛清，三年之間，滄溟晏然，蒲葦不驚，其利弘矣。

三郡隘船

明爲左馮翊，而州瀕於海，鰐波吐吞，渺無津涯，商舶之往來於日本、高麗，虜舟之出没於山東、淮北，撑表拓裏，此爲重鎮。嘉熙間制置使司調明、温、台三郡民船防定海，戍淮東、京口，歲以爲常，而船之在籍者，垂二十年，或爲風濤所壞，或爲盗賊所得，名存實亡，每按籍科調，吏并緣不恤有無，民苦之。寶祐五年七月，大使丞相吴公慨然曰：『人心固，則天險固，根本動揺，奚恃無恐？』乃立爲義船法，白於朝，下之三郡：令所部縣邑，各選鄉之有材力者以主團結，如一都歲調三舟，而有舟者五六十家，則衆辦六舟，半以應命，半以自食，其利有餘貲，俾蓄以備來歲用。凡丈尺有則，印烙有文，調用有時，井然著爲成式，且添置幹辦公事三員，分莅其事。三郡之民，無科抑不均之害，忻然以從。船自一丈以上，共三千八百三十三隻，以下一萬五千四百五十四隻。又下而不堪充軍需者，或謂飄忽去來於滄溟汗漫之中，呼儔嘯侣，亦得以貽吾憂，并爲之印籍，陰寓防閑。公先事而慮，銷患未形，至是無遺算矣。

出戍

祖宗時，内而三衙、外而諸指揮皆禁旅也。南渡初，新置江上諸都統，内不充三衙之數，外不損諸指揮之額，於是禁軍之在諸郡，豢養驕侈，坐縻厚稍，而三衙乃間有出戍者。大使丞相吴公深病之，故凡出鎮藩閫，每欲昭明此意，及制置沿海三年，無日不申儆之。至寶祐六年密院調遣之初，諸郡至有相顧愕眙者，獨慶元曾不移時如漢合節，翕然報應，了無稽違。迨其還歸，終始就律，遂爲諸郡之冠。蓋公信義素著，恩威兼行，固有不疾而速、不行而至者。於今邊戍未撤，甲兵之問，日至廟堂，是不可不詳紀以詔來者。

水閲

舟師，東南長技，自紹興二年沿海置司以來，蒐練之術甚疏，然用之慴伏海盜，尚足爲當道之老熊也。淳祐間始遣戍上流，而兵備分，於是委棲艓艘艎廢而不理，而主兵者方日以掊剋苞苴爲事。大使丞相加意團結瀕海諸郡，既藉以增壯，遂於三江合兵民船共閲之。蛟龍在淵，網罟不施，東盡遼海，一目無際，公之意遠矣。

寶祐六年十月十二日奉大使判府、大觀文丞相、樞使國公批牌鈞判：朝廷日嚴海道之防，但調遣兵船猶不暇給，内地豈容空虚？又準朝旨，一面團結温台、明越巨舟，以助官司之所不及。今差人抄札到：自來商販上户之家，出等大船二十二隻，送專行司，衹今差官拘點，每船以五十人爲率，每名本府月支錢五十貫、米一石二斗。上項船專留江下，不時輪番下海巡逴，以鎮壓鼠狗之盗。限一日條具合行事件申。未及奉行，而船户莫不響應，各以保護鄉井爲心，競出大舟，分泊府岸。於是得大料船共二十四隻，分爲兩部。又招募到駕船水手一千二百人，給口券養之，自十月朔爲始，至明年三月晦終焉，首尾五月，總支錢二十五萬貫文。自團結以至放散，其間不時激犒，約十萬貫，共用錢三十五萬貫文、米六千石。其錢本司自行撙節措辦，惟米無所從出。竊考前權郡余通判元借朝廷義倉米七千石，見行拘監填補，遂申尚書省，乞就以此米應副水手支用。十月二十九日三省同奉聖旨：特依。遂差本司計議官洪易簡充提督，帳前水軍統領充錢糧官，并各支撥官錢，鼎造軍器、旗號及水手軍裝，亦用錢十餘萬緡。繼檄定海統制邢子政選駕軍船一十隻，并赴府港，赤馬、白鷁在焉，以十二月三日，大使丞相就下卸門外江館按視教閲。先一日雨徹旦，翌曉晴霽，迨午風起雲揚，潮勢增壯，舟船上下，旗幟精明，砲擊檣衝，觀者如堵，以爲自有沿海制司所未見也。復就委邢統制統率上項軍民船，於次日出海，上至澉浦，下至神前、石衕，迤邐出放大洋巡逴。至二十三日，自海回府，仍擺府岸，環海聞之肅慑。已申密院照會。續以邊報未靖，至四月中方行放散。水手頭目以下，等第支犒約三萬緡，其民船二十三隻，并令從便。惟王紹祖一船，面闊三丈五尺，元係獻助防海，嘗申朝廷，奉省札行下拘樁本司，聽候聖旨差撥。

作院

除戎器，戒不虞，聚而有防也。大使丞相吴公既建武藏以藏兵，敹乃甲胄，敿乃干，無敢不吊。遂以慶元府甲仗庫、帳前庫，應管軍器，并改隸制置大使司。院十有三作，曰大爐作、曰小爐作、曰穿聯作、曰磨鋥作、曰磨擦結裹作、曰頭魁作、曰熟皮作、曰頭魁衣子作、曰弓弩作、曰箭作、曰漆作、曰木弩樁作、曰木槍作。日役軍民匠□□□人，軍匠日支錢三百文、米二升、酒一升，民匠一貫五百文，諸軍子弟匠五百文，米酒視軍匠之數。以民匠勞逸不均，則下定海、奉化、鄞縣，照籍輪差，每四十日一替，起程錢各五貫，回程十貫，繇是人皆樂赴其役。軍需物料，官給直，無取於民。院有受給庫，而又有子庫以受日造之物。凡創造到諸色軍器、衣裝等物，總十一萬九千五百件，繕修者不與焉。鶴膝犀渠，武庫森列，蓋百年之所未見。孟明之言曰『鄭有備矣』，其斯之謂與？訓工程作於寶祐六年之十月，迄開慶元年五月。

武藏

武藏即甲仗庫也。先是置於設廳前二廡之閣，上下視爲文具，歷三十年無一器一甲之增。暇日閱之，矢無鏃，槍無鋩，鼠穴蟲蠹，積塵幾尺，蓋作院之政不修，悠悠汩汩，狃於宴安。其號爲修治者，又不過困於科斂兵食，諉其事於水軍而已。大使丞相九開藩閫，所至繕甲治兵，其來鄞也，日討而申儆之。未幾，所積既富，日贍月衍，遂度地酒庫之北，教場之南，東阻郡圃，西抵子城，爲樓屋二十四間，大門七間，隨廊十間，并棧之以閣，櫺窗疏明，半板半簟，風日迥透，而蒸醭不侵。分爲六庫，庫各有目，榜之曰『武藏』。藏之爲言藏也。蓋公以文事必有武備，又不欲暴之群目睽睽之所，故欲人不得其門而入，而藏諸此。且世之玩愒時日，懵不知修車馬、備器械者，固不足道，至有經意於此者，率皆表襮誇詡，視古人藏武不用者，則又有逕庭。公之備也豫，而公之藏也密，吁，旨哉！武藏大扁乃公所自題，而所藏兵器，舊既無管，今具載作院新造之目云。

小教場

小教場舊志書射亭，在九經堂後，而限桃源洞於北，每習射，無以遏憧憧往來。開慶改元春，庶政咸理，乃遷舊圃於府堂後，而取蒼雲堂之北爲小教場，然後自府堂而郡圃，自郡圃而教場，各適其便。教場門不易舊而取徑以達，則大人堂，門在徑之東，新桃源門在徑之西。自大人堂接閱武廳，爲屋十三間，以處士卒，而前爲廊廡，名類箭所。教場之内，東爲閱武廳三間，軒峙其下，後居以室，屏刻《師》卦，西爲霸王臺，前栖鵠焉。武藏之門實居其南。教場東西相距五十五丈，墻高一丈九尺，視舊觀開廣明敞矣。時帳前多江淮將校，步驟其中，意若矜壯焉。

帳前撥發壕寨官舍

撥發以授師律，壕寨以飭頓舍，所在制府必先之，蓋所以重元戎也。沿海設垣左馮，承平時議不及兵，凡軍政皆相安，簡陋而已。大使丞相建閫以來，中權振厲，武備修明，部曲秩然，分隸戲下，乃即儀門外之東西創添撥發、壕寨以次官舍十有八間，凡器具無一不備。於是油幢氣象，益嚴肅焉。

《開慶四明續志》卷六

排役

差役法肇於唐武德，本朝因之，以九等定役，上四等則充，下五等則免，祖宗優恤下户之意，概可見矣。自義役創於處之松陽，天下多仿行之。初意甚善，歲久弊滋，富民因以售利己害人之奸，此朱文公四弊之奏，亦歸之役首收田租、排名次之不公也。大使丞相吴公入相出藩，凡田閭利病，民情隱微，不啻燭照龜卜。判慶元之明年，目擊六邑義役之弊，其間有使細民執充一日半日，而田連阡陌者反得免。公謂非祖宗意，昭揭曉示，分委僚屬，核物力之高下，定征役之遠近，或置莊率田，或裒金鳩穀，或雇募代役，或隨月輪充，一界七年，周而復始，守之堅如金石，行之信如四時，富者不得以不義害弱者，遂爲邦民悠久無窮之利。役籍藏於郡邑，詳且明，此不復書。

樓店務地

寶祐六年十二月有告於郡者，以爲本府樓店務地，自來有租賃官司地段全不納官錢，而私以轉賃於人，白收賃錢者，有止納些少賃錢而影射者，有十餘丈地而歲納官錢不能十數文者，有坐據要鬧之地三數十丈而分文不納者，有連甍接棟、跨巷涉里號爲府第之地而不敢過而問者，遂使貧者日償賃錢，而富者白享厚利。遂監樓店務吏，取索自來納錢底籍及所管等則，并無稽考，不得已行下諸廂抄具，及會紹興府例，給由發下府西、甬東兩廂挨究，總計二萬四千四百六十四丈六尺一分四厘，比紹興經界實虧五千四百六十五丈六尺四寸八分六厘。然紹興經界初不具府西、甬東二廂也，今除府西、甬東所得之數，比紹興經界實虧一萬三千二百十七丈一尺二寸九分六厘。形勢之家隱瞞，胥吏相爲芘匿，百年之間虧折如許。方欲行之見底，則謗議所積如山。經曰：『普天之下，莫非王土。』又曰：『有土此有財，有財此有用。』既居王土，必輸王賦，此法也，亦理也，爲有司者不過奉法循理而已。今天下州郡王土有二：一曰稅地。稅地有和買、役錢，有本色、折變，有科敷、差役。一曰樓店務地。并不輸納諸色官物，亦無差科、敷役等事，止納一項官地錢而已，比之稅地實爲優輕，若又隱匿規避，則不復有人心矣。大使丞相深燭其奸，復寬其事，大要欲使人知居王土則當輸王賦，非藉是以圖增衍也。今據抄到地數，較之紹興年間虧折甚矣，姑以鄰郡等則給由輸租，每年共得錢一萬三千七百三十八貫九百一十一文，元係省錢。續準鈞判節文，竊恐人户欺官匿賦之久，不以本府爲奉法循理，而以爲加賦苛征，特從優恤：自上等以至末等，其合納官省錢并與作十八界輸官，以官會而代輸見錢。公之仁心仁聞至矣。民始信公非欲增課羨，直欲正紀綱耳。見錢折納官會，於官實虧十二萬二百一十五貫四百九文十七界。

府倉斗斛

按《周禮》：㮚氏爲量，必先改煎金錫，不耗然後權之，準之，量之，以爲鬴。鄭康成註謂四升曰豆，四豆曰區，四區曰鬴。鬴，六斗四升也。鄭蓋祖晏子論陳氏豆、區、釜、鍾之説耳。至班孟堅始有十龠爲合，十合爲升，十斗爲斛，然則斛即鬴也。一謂六斗四升，一謂十斗，或者今世所謂省斗、足斗之異歟。然嘉量之銘曰：『時文思索，允臻其極。』蓋謂爲民立法者作此，以至於道之中也。後世所在郡國，取盈斛面，雖曰聽民自概，而加耗之數，率是斗級簸弄手法，以求羡餘，嘉量之意，不復有存矣。大使丞相吴公平昔踐履《大學》絜矩、均齊、平一之義，嚴揭榜示，悉蠲倉廒苛取之弊，不仰出剩，不許兜撮，如罰籌加點舊例，一切禁截。因舊斛脱壞不可用，俾都吏、攬户、軍頭同共監造新斛□□隻，一依文思舊製，且令人户自行概盪斗級等，不得高下其手。至如職田一項，於晚增米内，每碩蠲減一斗，仍更不别添下數，抹單錢九百文，亦與除減四百。此則寶祐四年十月之榜也。

蠲放官賦

按《四明志》，曰正税，曰和買，曰折帛，曰折麥、折鹽，實催絹四萬四千三百七十九匹，紬五千六百五十九匹，綿七萬六千六百九十三兩，各有奇。曰苗米、曰折糯、曰折鹽，實催九萬八千餘碩。先是郡計不贍，莫有寬之一分者，大使丞相吴公建閫於寶祐四年之九月，吏以元年後八料税色呈催。公曰：『嘻，豈以是朘吾民也哉！』乃首蠲鄞、定、象、奉、慈五縣元年二料，二年夏料共五十八萬七千七百三十二貫四百八十文。明年以季商肆眚有日，除二年秋料，三年折帛已陸續放免。又先期住催六縣三年夏秋綿絹、役錢、苗米、湖田、職田諸色價錢共四十萬九千六百七十六貫五百一十二文。九月以本任攢剩到一百四十七萬三千八百五十五貫文爲六縣官民預期代輸六年折帛，明年復住催五縣四年二税等錢二十四萬六千六百八十四貫四百一十九文，開慶元年四縣欠五年夏税錢八萬五千七百八十二貫九百四十四文并從倚閣。蓋自公來鎮於鄞，弛以予民者無虚歲，家至户到，靡不被其澤。《益》之彖曰：『損上益下，民説無疆。』吴公有焉。奏上，璽書褒嘉，恭録於左。

褒詔

粵從分牧，恪奉寬條。既屢蠲往歲之逋租，復代納來年之常賦。廉，然後能無取；公，爾可見忘私。良用嘆嘉，所請宜允。

《開慶四明續志》卷七

蠲放砂岸

砂岸者，瀕海細民業漁之地也。浦嶼窮民無常産，操網罟資以卒歲，巨室輸租於官，則即其地龍斷而徵之，或興，或廢。寶祐四年秋，大使丞相吴公之開閫也，人謂砂岸廢而民無統，寇職以肆。公因民之欲而奏復之。越一年，人又謂主砂者苛徵而相吞噬者，則滋訟。公知其擾民也，亟奏寢之。或止或行，悉因民欲，民亦知公之心無他也。舊所收砂租錢，初以供郡庠養士貼厨，水軍將佐供給，新創諸屯及出海巡逴、探望、把港軍士生券，本府六局衙番鹽菜錢之費。今砂租既蠲，則以興復翁山十五坊所收息錢補之。

蠲免抽博倭金

倭人冒鯨波之險，舳艫相銜，以其物來售，市舶務實司之。然藉抽博之入，以裨國計，硫黄、板木而已，金非所利也。倭金懷袖所携，銖兩幾何，而官吏之虐取，牙儈之控扼，卒使之乾没焉，非朝廷懷遠意。大使丞相吴公力陳於上，請弛其禁勿徵，願代輸之。上可其奏。取歲額之酌中者爲準，制司歲抱解三萬六百五十六貫文，於歲收市舶司回稅錢内支撥，就牒赴市舶司交管起發。自寶祐六年始，公又念倭人之流離於海上者多阻飢，并請就本司人各日給米二升，舶司日支錢一貫五百文，候次年歸國日止。朝廷從之。世未必有知公用意之深者。

收養麗人

公既請於朝收養倭人之流離者矣。寶祐六年十一月水軍申石衕山有麗船一隻，麗人六名，飄流海岸。公命帳前將校取之來，詰其所以。張小斤三則，麗之李樞密藏用家奴也，金光正、金安成、金萬甫、盧善才，則麗之萬户土軍也，金惠和則麗之還俗僧也。各因本國遷發把隘，駕船往白陵縣收買木植，是年十月十三日在海遭風，不知所向，飄流至石衕山……公以其事上聞，且從本司日支六名米各二升、錢各一貫，及歸國則又給回程錢六百貫、米一十二碩。公於懷遠禦外，周且密矣。

收刺麗國送還人

開慶元年四月綱首范彦華至自高麗，賫其國禮賓省牒，發遣被虜人升甫、馬兒、智就三名回國。制司引問，馬兒者年二十六，揚州灣頭岸北裏解三也。十二歲隨父業農，秋時爲韃掠去，至韃酋蒙哥叔宴耻達大王所，撥隸鶻辣海部下牧馬，剃作三搭髮，取名馬兒。年十五時又見虜至一人，即今升甫也。升甫年二十四，本姓馮名時，臨安府人。生七歲，父以莊田在淮安州鹽城，往居焉。淳祐九年爲韃所掠，亦隸鶻辣海。智就者，年三十八，德安府人黄二也。家市縑帛，有莊在城外之西羅村。十四歲金國投拜人楊太尉仕于德安，陰結李全妻小姐姐，貳於韃以叛，黄遂爲韃所虜，韃主第三兄使往沙沱河牧羊，凡三年，冀(異)州種田凡十二年，咸平府運糧凡六年。寶祐五年七月，頭目人車辣大領貳萬人出軍，馮時、解三皆以牧馬從，凡兩月至麗界，首東路，屯於和尚城，麗師不出。及十一月久雨，馬多凍死，人且餒。馮、解謀逸歸本朝，匿深山中。師退，麗人取以歸寘島上。六年正月入麗京，拜國主，月給米養之旬餘。黄二亦至，皆在漢語都監所，宿食三月，發入范彦華船。又逾年三月，船始歸。

制司即備申朝廷，以各人本貫并無親屬，欲收刺厢軍。續準省札，從所申收刺，解三取名解福，馮時取名馮德，黄二取名黄恩，并收刺崇節指揮，專充看養省馬著役。

賑濟

富韓公鎮青州，廩民之老弱病瘠者，活五十餘萬人，人到於今稱之。大使丞相以韓公之心爲心，凡鰥寡孤獨困窮，振貸無倦色。寶祐四年九月至鎮，十月濟一萬七千六百九口，支錢四萬七千五百四十五貫、米一千四百九十八碩八斗，五年十二月濟二萬三十四口，支錢三萬四千二百六十二貫文、米一千七百一十三碩一斗，六年二月濟糶一萬七千六百五十口，支米二千二百一十三碩，開慶元年四月濟二萬四百三十九口，支錢七萬二千五百五十八貫文、米一千六百五十九碩九斗。公有實德於鄞，歌之者曰：『膏雨吾土，襦袴吾人。』其惟吴公乎？

祈禱

寶祐五年夏六月不雨，大使丞相焦勞精禱，靡所不至。乃延廣仁院白衣大士若靈應廟、神祠山、城隍諸像列公堂而祈焉。一日亭午，驕陽如焚，公方露香禱於庭，俄密雲起南方，有黑龍見，蜿蜒飛動，萬目駭視，雨隨下如注，四郊沾足，歲事獨稔於旁郡。六年三月，種未入土，彌月旱亢，人情皇皇。公齋心禱祈如前，望日迎天井山蜥蜴神，雖間霢霂，卒未大應。公謂民命近止，雨少緩則不及事，即齋宿真隱觀，設碧玉醮，以告於帝。時夜半焚章，雷雨沛然，徹旦未休。黎明公還府，夾道呼『相公雨』，歡聲如雷，河流洋溢，農皆荷鍤，乃亦有秋。民不乏絶者，公之力也。開慶元年五月，苦淫潦不止，低田凡三莳，秧淹没而偃，民搏手無策，禱禳無所不用其極。公曰：『虛文非所以格天也。』乃命僚佐，決府縣三獄訟，出繫囚，盡蠲五年以上苗税，減放諸酒庫一分息，著爲額。令下，百姓鼓舞，陰雲解駁，天日清明。公又慮積水之害禾也，委官周行田野，遍啓諸閘，有碶堰所不能泄者，則決之。水既疏，苗之仆者興焉。越兩月，雨復愆期。公禱輒霽，歲卒大熟。蓋三年之間，常暘苦雨，無歲無之。公一忱所格，如響斯應，民雖至迫切，亦恃公以無恐。公詩有云『數莖半黑半絲髮，一片憂晴憂雨心』，念慮未嘗不在畎畝間也。傳曰：『閔雨者，有志乎民者也；喜雨者，有志乎民者也。』其公之謂乎！

瑞麥

淳熙三年皇子魏王判明州時，象山縣麥穗兩岐，王聞於上，刻石鄮山堂可考。大使吴公以舊弼判慶元府，開慶改元四月，奉化縣聖姑亭山産三穗麥，視昔過之。異瑞休符，驚耀群目，意者視飢由己，天以是荅，今之后稷歟？公雖偃藩，每以四方水旱、盗賊爲隱憂，不言祥瑞，蓋古大臣用心云。

《開慶四明續志》卷八

劉黻

郡守

吴潛以寶祐四年四月二十三日奉御筆：『依舊觀文殿大學士、沿海制置大使、判慶元軍府。』已於九月初九日到任，交割兩司職事。至五年正月初六日奉御筆：『吴潛特轉一官，職任依舊。』當年四月空日，蒙恩予告還里，當月十五日起離，至閏月二十六日備奉聖旨指揮：

『比以海閫重地，付吴潛彈壓，威惠所浹，鯨波晏然。今已及假滿之期，所合申趣還之。』命，可。令寧國府守臣，宣諭就道，具起發日時聞奏。』已於五月初三日祇拜恩命，及承守臣趙采到家宣諭指揮，即已遵奉聖旨，涓五月十二日起離寧國府，迤邐回任。至當月二十一日抵慶元府，交領兩司牌印。續於寶祐六年九月初三日備奉御筆：『吴潛分閫四明，已書再考，郡綱振飭，海道肅清，可特轉一官，令再任。』累辭不獲，於當月十七日望闕祇受誥命。至開慶元年八月十七日再疏，乞歸田里。奉御筆：『吴潛三年海閫備竭勤勞，累疏丐歸，高節可尚。可依舊觀文殿大學士、判寧國府、特進、封崇國公。令學士院日下降制。』於當月二十八日離任。

《寶慶四明志》卷一增補

郭應祥

漁家傲　用履齋韵贈邵惜惜

自古餘杭多俊俏，風流不獨誇蘇小。又見尊前人窈窕。花枝裊，貪看忘却朱顔老。

曲巷横街深更杳，追歡買笑須年少。悔不從前相識早。心灰了，逢場落得掀髯笑。

《笑笑詞》

曹彦約

秘閣修撰吴勝之墓志銘

勝之修撰葬有日，墓當立碑，真希元直院已諾執筆，柴與之秘監又狀其事矣。二公號大手筆，一代端慤不數人，其言足以信天下後世，而壙中之銘尚以見屬，雖荼然病餘，廢兹事且久，得附名三賢，足以自幸，且不忍辭也。請叙其略：

勝之，諱柔勝，家本姑蘇，八世祖徙宣城。以儒爲業，嘉祐中有諱華者，與同郡梅公堯臣友善，嘗屬梅公置京師一監書，崇觀中有諱時者，應制舉，爲宗忠簡公澤所深識。後徙建康之溧水，至之始擢淳熙辛丑進士第，稍訪故里。調寧國府宣城尉，以外艱不赴。再調南康軍都昌簿，亦阻内艱。又調岳州巴陵簿，改監秀州華亭下砂鹽場，堂差秀州教授。以臺評，改部闕，爲贛縣東尉。秩滿，辟浙西提刑司幹辦公事，請祠，監潭州南岳廟。擢差主管刑、工部架閣文字，遷國子正，太學博士，司農寺丞。選知隨州，除京西提刑，仍領州事，以疾求閑。改知池州，又改湖北運判兼知鄂州，求歸，徙知太平州。未滿歲，求去益力，乃以直秘閣主管亳州明道宫。進直華文閣，以工部郎召，不赴。進秘閣修撰，歷階至朝奉大夫而歿。特旨轉朝散大夫。此其出處之大略也。

舊下砂鹽額不登，官通賄以優富户，縱彼侵漁，使貧者失其常課，至是盡革宿弊，上下均一。又以塲去海遠，水味益薄，鳩千人浚其浦，引海注之，借本錢以給空乏，增鐵盤以助煎鬻。宿瘠既洗，課以最聞，部使者羅致幕下，頒其術以示諸塲，悉獲其利。贛當二廣走集之會，仕族出嶺者，貧悴於此，循至流落。乃引趙清獻守此邦日置百艘護送故事，縱臾當路，築廣惠之館，躬任其勞，居者有食，行者有贐，陸輿水楫，悉爲辦集。至於創造弓手寨屋，閲習武藝，猶是常職。捕盜，法當改秩，弃之不顧，乃其素志。

兩學厄於黨論，師儒失職，教導本旨，無復介意。甫至則甄别有志，與講明修身行己之要、利害毫厘之辨，隨其分量，各使有得。會太廟鴟尾壞，時當輪對，歷數《春秋》書太室屋壞之戒，與晋安帝時震太廟鴟尾、唐明皇時太廟四室壞之證，纚纚昌言，無所回互。又言人才之在天下，視上意嚮：上以表暴爲能，則下有炫鬻以希用；上以奉行爲能，則下有迎合以自見；上以發擿爲能，則下有賣值以求名；上以財計爲能，則下有聚斂以邀功。此其機括所繫，在人主操縱之間，苟取舍之際意嚮少偏，輕鋭者獲進，浮躁者得志，將以集事，未必不敗事也。

隨州迫近敵境，當兵火焚蕩之後，勸賞未明，咨訪不及。下車之初，許士民得白事，皆言丙寅之戰，韓通死節未録。和議再講，畏敵太過，邊界相犯，一切歸罪省民，死以非辜，冤者莫訴。郡欠城壁，人無固志，兵少不支，無以取重。即爲韓通立廟，請額於太常，爲文吊祭，厚恤其家。隨人大悦，無不思奮。郡有梁皋等七人獄，按舊比皆死，訪其顛末，則敵有盜其馬者，交矢相拒，此直彼曲。立破械縱之，具以報敵，敵亦語塞。經理郡郛，又且并及棗陽，板築具舉，浚其濠塹。招徠亡命，得精兵千人，别立一軍，號曰忠勇。防城之具，纖悉不遺，教養之方，委曲備至。土豪孟宗政，有保護鄉井功，縱所部自肆，輕視官府。檄來款接，勉以忠義，宗政感悟，遂爲良將。信陽屯戍將官康孝先，以疑附人獻諸敵境，安陸人陸桂，僞命得官，乃注選闕，以部使者發其奸，皆得竄逐。

當塗地方千里，户口十萬，强各江東道院〔二〕，實有弛政。爲之剖决訟牒，終日據案，招補禁卒，又招補叉鑹手，溝通市河，民無疫癘。奏免城下税徵，商旅無壅。若乃拯民艱厄，尤所

〔二〕各：當爲『名』字之誤。

留意。初待次秀州學官，出而任浙右救荒事，芒屩杖策，躬履窮陋，捐金散粟，用及私槖，佐使者美意，蠲一道賦入，以寬百姓。作尉於贛，又以使者檄視旱旁郡，具以實告，得所未聞。鄂渚旱蝗四起，田無遺粒，預講荒政，乞糴於湖南熟郡，置場損值，分旬濟給。又闢官寺、僧居作饘粥，以活行路，病有藥餌，不幸而死有棺衾，屬部十五郡，體而行之，皆有著效。此其臨政之大略也。

事親以孝聞，事兄以弟聞，事寡嫂如事其兄，處甥侄如處其子弟。少嗇於財，每以仕不逮親爲憾，異時把麾持節，遇公宴必動色，往往對盛饌泣下。大郡故事有迓錢，則却而不受，宴設有不盡，錢則歸之公帑。考其緡數，不下二萬餘。未入朝時，課其子以修身爲本，取《大學》之義，榜其堂曰『壹是』。後得歸故里，家宣城西門，有地二十畝，爲樓三楹，矯首遐觀，千里在目，榜曰『得要』。蓋徜徉七年乃始屬纊。

生於紹興甲戌，卒於嘉定甲申，享年七十有一。登仕版者四十有四年，而生平游宦處，僅有贛尉三考，守隨與鄂皆不滿二歲。下砂以見忌銜替，校官、幕官以煩言改缺，鄂渚有實惠及物，乃或以干譽好名目之。其尊德樂義、中懷誠實：不必與賢士大夫盡接，而脉絡交貫自無間斷；不必與非其人相惡，而枘鑿方圓自不相入。至於鹽筴以最聞，而强以虧額坐替；救荒已著效，而虛以好名得謗。人之反常害正，一至是哉！

曾大父諱奭，妣胡氏，大父諱殊，妣王氏、周氏。考諱丕承，竹坡周公紫芝甥也，再試禮部不偶，贈朝奉郎，妣劉氏。娶石氏、沈氏、曹氏，皆贈安人，臧氏又受安人封。男女五人：源待補太學生，泳三試禮部入太學，奉補迪功郎、湖州武康主簿，女適進士林公榮。皆早世。淵賜甲戌進士第，今爲從政郎、淮東制置司幹辦公事，潛丁丑唱名第一，今爲奉議郎、通判廣德軍。二子將以十一月二十三日葬於宣城縣石港之原，書來謁銘。余解后與勝之爲同年進士，識面臨安邸中，論世事輒契合。後十七八年復會，則黨論已起，諸言學問者，皆咋舌不復道，獨勝之鯁鯁如前日，無所沮撓。又十年，余守漢陽，會更化，詔許薦士，余取選調中不苟合者三人以進，勝之居其一。至其相與莫逆、度越於形迹之外者，不可毛舉，欲辭銘得乎？請銘之曰：

謂勝之爲道不遇耶？玉立周行，孰闢厥路？風寒倚重，孰識厥素？予節兩道，外無窘步。郎宿論譔，其選益遽。謂勝之爲志得行耶？眇焉鬻海，不使終更。冷官采芹，莫獲問程。幕府何爲，亦至屏營。有惠活人，胡云近名？時乎道耶，天乎人耶？時有否泰，道無屈信。彼衆勝天，我守其真。人死萬殊，之死一律。惟有直道，可繼可述。勝之稜稜，視彼教忠。壹是修身，旁無附庸。儉府仁言，漢廷大策。其敵益勍，其守愈力。清風時雨，萬古一陶。咨爾盲怪，無爲怒號。有狀有碑，詞正而麗。我作壙銘，以示來世。

《昌谷集》卷二〇

釋居簡

吴提幹之官浙東時狀元赴闕

叔季振華裾，晶晶照上都。對床風送雨，隔岸越分吴。池草冰澌暖，庭萱玉色腴。彩帆飛曉鏡，拂拭賀家湖。

吴狀元赴闕屬陳兼僉催送行語

細把前朝聖政推，要教龍首到黄扉。自南渡後從頭數，比舊京時過眼稀。磊砢固當爲世用，雲風端不與人違。采薇祇在丁山下，亟佇青鸞入翠微。

《北磵詩集》卷六

劉宰

送王深道歸黄岩雲霞居并簡李微之周子靖吴毅夫蔣良貴

可憐之子雲霞居，地隔千萬山。三年三過我，一見一開顔。袖出西游編，字字破天慳。東門享，不及海上閑。後會不可期，天步方艱難。贈別可無言，烏倦宜知還。白髮暮倚閭，山空水潺潺。道逢兩倫魁，風采照人寰。出處各有適，爲問二者間。李周兩太史，筆削凛二班。爲問静中得，何方濟時艱？老我疾病餘，癙憂涕空潸。回雁可寄書，勿諉殆且煩。

《漫塘集》卷三

戴復古

平江呈毅夫侍郎

龍墀射策三千字，未抵胸中十萬兵。遠大無過爲將相，文章争似立功名。當今天下幾豪杰，獨數君家兩弟兄。世事從横人事左，未知何以措升平？

《石屏詩集》卷六

許應龍

朝請大夫寶謨閣待制提舉隆興府玉隆萬壽宫吴潛辭免除户部侍郎淮東總領兼知鎮江府恩命不允詔

翔而後集，固欲全進退之宜；用之則行，毋固執謙冲之意。載惟京口，允謂要衝，至若軍儲，尤爲急務。疇咨已試，無以逾卿，盍疾其驅，往服厥職。胡上封囊之奏，尚懷投杼之疑？推善政以得民，不加賦而足用，使餉饋不絶，而閭里相安，皆卿所優爲者。亟圖績效，以寬顧憂。所辭宜不允。

《東澗集》卷一

右文殿修撰吴潛除權兵部侍郎兼檢正制

甘泉侍從之班，必資重望；省闥經綸之任，尤賴通材。儻匪其人，曷兼兹職？具官某：學該流略，名擅魁倫。素節剛方，有是父，有是子；紫荷輝映，難爲弟，難爲兄。入則增重於朝廷，出則馳聲於麾節。非榮進素定，曷膺大任之隆？况才德俱高，詎可久勞於外。擢升武庫，仍冠都司。其殫論思獻納之忠，以基輔贊彌縫之業。祗服休命，永肩一心。

《東澗集》卷四

吴潛改知平江府制

涣汗其號，正升法從之穹班；我圖爾居，無若姑蘇之巨屏。欲示優賢之意，肆疏易鎮之恩。具官某：名冠群英，身兼數器。總餉則不加賦而足用，典藩則有善政以得民。振戎事於兵曹，贊廟謨於省闥。方罄朝夕論思之益，姑循内外更迭之規。以寵其行，俾即真於起部；不遠伊邇，庶蒙潤於京師。矧屢試以有功，當不勞而自治。佇聞善最，嗣沐殊休。

《東澗集》卷六

洪咨夔

第三次辭免（翰林學士知制誥）申省狀

……況今文詞之長不無其人，趙汝談之古潔，吴泳之典麗，真德秀無恙時甚推賞之。內之陳耆卿、應𠍾，外之吴潛、李劉、陳塤，參合輿論，皆可次第而當妙選。

《平齋文集》卷一二

答吴總卿書

某方抱嫠緯之憂，寶墨以奏議來，熏薌莊誦，灑然醒，霍然汗下而愈。其論起於好勝，遂至以國爲戲，士無定見，又相與慫慂之，汹汹如海濤之方生，勢不容禦。朝廷處以王述遺意，幸未大決。忠忱體國，議論回天，以守爲實，以和爲形，以戰爲應，孰謂峨其冠者皆不知兵哉！末引高廟語孝廟勝負存亡之判，最爲切當。若曰主上他日臨朝，有『無一人爲朕言』之嘆，却恐有所見略同者，未可謂盡無也。淮襄爲藩籬，江面是門户，玉麟主人目今作如何措置守禦？徹桑未雨，莫待臨期出打樁之策，幸甚。折衝樽俎，何必臨邊？拂天旌旆之來，區區之望〔二〕。

《平齋文集》卷一三

江西路轉運副使吴潜除太常少卿制

敕具官某：禮樂根於心，著於日用，達於天地之化，百物之産，隆古聖人重之，故分命夷夔，以治其精。後世文勝實衰，一奉常掌其粗，足矣。矧卿不常命，惟貳之置。爾以倫魁之望，發名父之傳，事親從兄，仁義充於一性，而禮以節之，樂以樂之，無非實理。出揚濡轡之光華，入總容臺之制作，孰非實用哉？世教之防範不立，人心之情僞益滋，借鋤取帚，拔劍擊柱，綱常幾少隳矣。爾其思辨上下，和神人之道，以暢所學。可。

《平齋文集》卷二三

〔二〕之：此字據影宋本補。

答吴總卿札子

某九年擯去，玄都之樹已空；一日唤回，少林之壁忽倒。若有相者，夫豈偶然。某官：功名鼎盛之秋，意氣相期之素。謂荃蕙化爲茅久矣，尚復何言；而桃李自成蹊有之，不須多慮。每對酒而憶太白，必裹飯而問子桑。更加牙頰之春，欲起頭顱之暮。昔耕今獲，彼竭此盈。竊自考其平生，曾不滿乎一笑。方趨郎舍，忽被郵籤。論復如前，固待以唐質肅之舉；節難保晚，正恐如韓忠獻之言。倚須公歸，共論此事。伏丏丙照。

《平齋文集》卷二六

魏了翁

奏和不可信常爲寇至之備正月十一日

臣今月二日得淮西制置尤焴書，聞虜酋已斃，賊勢漸退。臣雖未敢深信，且幸其有此，急具奏聞，以寬顧憂。今十三日得焴公狀私書，則又聞韃騎再犯隨、信，亦有哨馬復至黄陂管下舊關一帶抄掠，而息州又有哨馬再來近城。吴潜示臣以孟珙所報，則僞太子雖不曾見，然儕盞尚在……

《鶴山先生大全文集》卷二八

奏并力援襄及令參謀官吴潜留幕府正月十一日

……至采石，吴潜謁臣，則知已被受參謀之命。潜雖領郡，而行府尚缺元僚，兼照得目前江面偶幸平安，臣欲選官暫攝太平州事，挈潜與俱。若自此江淮清晏，則潜遂可少留幕府；如淮甸未寧，即令速回本州，措置防江。庶幾上不失朝廷委付之實意，下亦不失督府求助之初心。合具奏知，伏乞睿旨，更賜處分。

《鶴山先生大全文集》卷二八

與左丞相

比得吴集撰書，以鈞翰趣令之郡，既領郡事，而督府亦趣令入莫，進退維谷。已與之面議，令且將郡事暫付權官，却相隨至前路，如江淮清晏，則可以少留，或江面告警，則速還本任。雖已具聞奏，萬一施行稍緩，則賓主皆費區處，再此禀議，欲且一面挈之與俱，更乞鈞慮，速從所乞施行，或旬月便還，亦無不可。

《鶴山先生大全文集》卷三一

與吴侍郎潛丙申

大抵起家爲郡，出處本無難議，祇有過關二節，爲人所側目。初辭且平過，正欲於再辭，言疾病之餘不能入。且其詞雖似易碍，然言之亦有道理，而或謂再辭，便及過關，恐傷於早，須三牘後言之。若遵來諭，則入見而無所陳，此説最好，第未見前輩的例，恐久不見君而徒手以入，似欠缺。如韓公之不與聞邊事，此是二府奏事，韓公不肯與，却非全無奏事耳。今欲力辭守郡，侯必不可，然後乞免過缺；又不可，則作一短札，但言臣本任三兩事，仍及不敢與聞時事之意。不知可否？

《鶴山先生大全文集》卷三七

唐多令　别吴毅夫趙仲權史敏叔朱擇善

朔雪上征衣，春風送客歸。萬楊華、數點榴枝。春事無多天不管，教爛熳，任離披。

開謝本同機，榮枯自一時。算天公、不遣春知。但得溶溶生意在，隨冷暖，鎮芳菲。

《鶴山先生大全文集》卷九六

吴泳

送毅夫總領淮西

莫沽金陵酒，莫折金城柳。但觀二十四橋月，夜夜凄凉照淮口。孤墉不下兵轉飢，河水淺狹紅賊窺。就今秋高不飲馬，安得會有休兵時？赤雲燒空秋岸闊，雨少潮低運溝涸。莫從局外鑒全勝，緊向棋心尋活着。昨夜歸來聞好語，大兒踏歌小兒舞。喜言邊敵歸故巢，且省沿邊轉般苦。邊民之苦自古然，其媪荷鋤翁戍邊。老翁無力助王國，但願主聖群公賢。

上卿奉使亦奇事，肯爲邊氓勞撫字。酒酣拂劍歌皇華，舵樓紅濕汀蓼花。

《鶴林集》卷二

吴潜授秘閣修撰兼江西路計度運副制

敕具官某：朕愛護人才，如植嘉木，息之以夜氣，潤之以膏雨，皆所以養其根而俟其實也。爾頃使江東，蔚有治狀，一從家食，朕每念之，今復以江西漕餉起家矣。兵盜之餘，民食爲急。輯疲氓，戢貪吏，使西人如飢之望歲，亦猶東人之去後見思，則汝之此行，始爲稱指。可。

《鶴林集》卷八

吴潜落秘閣修撰制

敕：朕惟祖宗舊典，舉進士第一，必歷三司鹽鐵使，王、蔡諸人，尤其顯者。雖榮貴素定，而必煩之以財賦之任，蓋所以老其才也。爾以倫魁之彦，出都賦輿，當軍餉急迫中，乃能捐民租至八十餘萬，可以爲難矣。朕方擢承密旨，以旌其勞，而言者謂汝違道干譽，朕亦安得庇汝耶？雖然，往蹇所以來碩，習坎所以來亨。爾其再思，以俟復用。可。

《鶴林集》卷九

與汪尚中書

……近毅夫看《論語》，嘗寄序引來，煞好，惟命名曰《衍究》，却又似好奇。《鶴林集》卷三〇

答吴毅夫書

某自祖王人之車於紅船翠蓼邊，曾一再書矣。都爲人作活計，不能輸此衷曲，耿耿懷思，但隨落月照鍾山也。世謂以儒名科者不應煩之生計，噫，誤矣！《大學》曰：『生財有大道。生之者衆，食之者寡，爲之者疾，用之者舒，則財恒足矣。』是善理財者，莫如曾子。孟子曰：『無政事，則財用不足。』是善豐財者，莫如孟子。蓋自吾孔氏以來，未有不以此發身者。而況狀元及第，必歷三司使，國朝自有典彝在也。大卿孤騫翰墨之林，拔脚風塵之外，心事犖犖，直與文墨偏長、以議論爲功業者，迥不相同。此某所以始而疑、終而信、終而敬且服也。微之去國，言事者絶少。館中惟黄成父頗相好，他時風力擔當不在諸賢之下。本仲亦早晚赴闕矣。屋矮，暑蒸如甑。曷日良晤，煮茗談棋，歌文公之詞，使人和之？

又

某比答槧誨，匆遽甚矣。就使不匆遽，亦不能盡所懷也。鳳山之下，林深樹密，花落鳥啼，溪洞活泉滮滮從松間流，時有一二道士，能鼓虞舜南風之絃，彈伯牙高山流水之操，其幽幽可以適體，其黝黝可以觀妙。若有買田築屋之資，便可從老農圃種田藝瓜，作終焉之計。而兹事卒未能也。毅夫竟肯來説半日話否？每得小兒書，聞以某去爲身憂，固荷朋友之誼，但恐行止有命，弗能强人之從。袁尊固訪山間，説陳計議者，就湖州賣己新屋，置丁氏之屋，豈方伯耶？若爾，則就往僦居何如？或得富彦國、司馬君實諸公垂念堯夫，直以園契、宅契、户莊契相示，則尤爲之望也。付之一笑。道夫過金陵，省季永之病於鳳臺，勞問極至，『凡今之人，莫如兄弟』，旨哉，詩人之言！兒子亦不欲令久留都城，或欲拜見，丐謂之進。

又

某頃承回槧，極感相於之意。山間久居，動輒成趣：林水静深，絶無暑氣，與琴宜；松月高朗，清風徐來，與鶴宜；雲亭雨觀，户悄人疏，與棋宜；河柳不種自生，水花不植自富，與詩宜。却緣兒輩時有書來，未免薄惱懷抱。鄒樞胡爲勇去？直翁胡爲請告欲歸？稽山胡爲召？寶慶間借君臣大義以鞭辟善類者，胡爲復見之論奏？火胡爲屢作不止？兵胡爲誶語未寧？貴要之家胡爲搬動行李？以爲民望，此何景也！須是别作規模，唤幾個人歸來，降心商量方可。龜山故事，便可推廣。此事望毅夫力贊廟謨之決。某輩只因多言掇禍，今又不能自禁，輒與宗文及之，丐勿廣。

又

某比者使人之還，嘗飭一箋，以答謙施，計必上徹穹覽。宣歙間大雪浹旬，深者丈餘，淺者盈尺，川陸爲之路斷，米不入市，薪芻價益高，師人多寒，細民艱食，爲之邦侯者，祇得痛自剋責，發倉廩粟，支歲寒錢，米以千計，錢以萬計，甫得濟活。幸至無事，隨分燈夕，又與之作好春矣。詩牌云：『半空霽月天公眼，一點華燈太守心。』此其志也。設廳下又有四句：『鵲岸雪消金柝静，鼇峰春到彩燈繁。時人不解邦侯意，將謂痴呆作狀元。』此其興也。燕同官及尚中兩詞，就録請教，幸賜標月之指。道夫近相聞，和《賀新郎》《水調歌》，筆力稍壯。舍弟自去秋過此，痼疾乍作乍輟，比因風雪，冷氣衝搏，疾逾甚，人豈知果真病耶？毅夫近按吏，鄉人之好事者，又謂曾經商量，冤哉！某已四上祠稟，期於必去。草此占叙悃悰。願言順理三陽，珍馭氣，以略新渥。

又

某一年不嗣音，思心彌結，以某懷毅夫，想毅夫亦拳拳於某也。客有自雙溪來者，竊知尊兄觀書，静閲群動，晏晏守道，不以榮辱欣戚嬰懷，狂士豪徒，亦少接納，此自可清心省事。想學問如大川之增，如長日之益，而莫能禦也。某閑居寡儔，以一日之力分爲十，八分讀聖賢書，一二分應酬朋友所干文字，率以爲常，儘有樂處。第西州士大夫以官爲家，罷則無所於歸，『瞻烏爰止，于誰之屋』，斯世又未有如韓魏公爲石守道買田莊、司馬温公爲邵堯夫出屋契者，只得力學守貧，柴立於其中，而任運也。久欲相聞，以病瘖瘧數月，入冬方有起色。拜此草草。願言冲輔氣機，以斯文斯道自愛。

又

某問者不遺，枉賜書教，辭豐誼渥，愛逾骨肉。以某之懷毅夫，知毅之亦拳拳於某也。進退出處，大略相同，更不欲深爲毅夫道。似聞《論語衍究》久已板行，頃蒙教序引，極爲平正。友朋有自四方來者，略舉數條，却未詳其義。想深居窮理，必有精到，曷不綴一編以開警未悟耶？某考訂《書》傳，六年於兹矣。前乎望刊定之聖人而不可見，後乎顧習傳之學者而未有得，兀兀於殘蒲朽竹間，而欲窺姚姒、殷周、周公、仲尼之藴，亦已難矣。蓋《書》最難看，又難全解：闕文當考，分章斷句當考，今文與古文當考，小序與大序當考，帝王之辭與史氏之辭當考。注疏有直見理者，有極害義者，諸家解有造平易者，有傷太巧者，當考。其如天文地理，歲月日時，又不可不細考也。林少穎解衹到《洛誥》而終，吕伯恭衹自《洛誥》而始，朱文公解衹有《虞書》三篇、《周書》三篇。今人解《書》，盈箱滿笥，此某之所深懼也。所以歷年滋久，而稿未脱，用心益勞，而功弗就。安得一簡而釋此千古之疑哉！歲月易來，佳朋難得，石酒伴書相聞，姑見遠意。餘祈以斯文珍毖。

《鶴林集》卷三一

清平樂　壽吴毅夫

梅霖未歇，直透菖華節。茘子纔丹梔子白，抬貼誕，彌嘉月。　峨冠蟬尾翛翛，整衣鶴骨飄飄。聞道彩雲深處，新添弄玉吹簫。

滿江紅　和吴毅夫

伶俐聰明，都不似、阿奴碌碌。漸欲買、青山路隱，白雲同宿。半醉儘教烏幘墮，熟眠休管屏風觸。算人生、能有幾時閑，金烏速。　粗粗飯，天倉粟。濁濁酒，天家禄。更釣鮮采薇，有何不足？君不見當年金谷事，緑珠弄笛椒塗屋。到而今、富貴一場空，終非福。

滿江紅　和吴毅夫送行

倦客無家，且隨寓、瞻烏爰止。浪占得、清溪一曲，水鮮山美。菡萏香浮几案上，芙蓉月落吟窗裏。縱結廬、雖不是吾廬，聊復爾。　人似玉，神如水。歌古調，傳新意。問老龐何日，携家來此？後着豈無棋對待，前鋒自有詩當底。若新秋、京口酒船來，仍命寄。

《鶴林集》卷四〇

鄭霖

賀吴參政兼同知啓

恭審入踐政塗，參持樞筦。知公爲蒼生起，方誦明道先生之詩；遮道請相公留，嘉聽元祐聖朝之詔。已卜太平之象，允符先見之龜。股肱惟人，朝廷交慶。恭惟某官：人物宗主，朝著典刑。用之行，舍之藏，合時中之仕止；出則輕，入則重，關天下之安危。上思中原柱石臣，命以天子湯沐邑。密邇冕旒之眷，式遄袞舄之歸。如趙忠簡之帥會稽，召登台鉉；如虞雍公之位政府，兼運斗樞。厥今否泰消長之機，正在乾坤轉旋之力。此關世運，允屬我公。身黄扉者四人，豈較决科之貴；壽洪鈞之一氣，坐收宅揆之功。某聳聲公歸，敬爲國賀。上天章之對，方將立致於升平；草景德之麻，何得復求於夢卜。登龍迹阻，賀燕情深。

《翰苑新書續集》卷三

謝吴履齋京狀合尖

一世龍門，無階可謁；九霄鶚表，有路徑通。非左右親密之言，借其揄揚；無期功强近之親，資其聲援。端由豁達，許遂依歸。當於古人中求之，信乎一代能幾也。竊以人物之公舉，嗟乎賢者之良難。幕府之著王文公，韓魏國目若無睹；貳車之有周夫子，趙清獻耳初未聞。而况雲泥居地之弗齊，日月覆盆之不照。安得未修樠具，如素識面；甫扣角聲，不待論心。直下品題，增百倍價；暗中摸索，似十分真。此豈俗眼所能，意者禪燈獨續。如某者，學期有用，才實非長。皇皇欲安之，姑安職守；耿耿而不寐，徒共人憂。坐氈愧甚空餐，入幕慚無贊畫。斥鷃卑飛，不離叢棘；跛驢窘步，安望修塗？善始非難，固多推轂；成終有待，欠一合尖。尺書之墨未乾，大鈞之公曲就。蒙恩殊異，撫己曷勝？恭惟某官：負時顯名，膺國重任。所志者大，何施不宜？一臺振綱，萬物吐氣。武侯資共助非一，豈但爲轉漕之規；魏成薦可師者三，時受薦者三人。已足窺相國之量。夫包荒不遐遺者，吾道之泰；然遁世而無悶者，君子之常。人誰無欲進之心，患知音之罕值；公獨得周詢之實，不待挾而有求。使部使者皆有此風，則聖天子何憂難治？某喜有所遇，肯報以私。奉常入則禮儀，幸蒙汲引；許相進登輔弼，或備使令。立義精專，陳詞膚淺。

《翰苑新書續集》卷二九

程公許

沁園春　用履齋多景樓韵

萬里飄萍，送江入海，過古潤州。正羈懷無奈，憑高縱覽；濛濛烟雨，簇簇漁舟。南北區分，江山形勝，憂憤令人扶上樓。沉凝久，任斜飛雪片，急灑貂裘。　英風追想孫劉，似黑白兩奩棋未收。把烟霞饒與，坡仙米老；丹青難覓，摩詰營邱。斗野號風，海門殘照，長與人間管領愁。憑誰問，借天河一挽，洗甲兵休。

《陽春白雪》外集

王遂

宛陵道院成用吴尚書韵

其一

儷然位望亞陪京，大作山川小作城。堡障百年寬北顧，耕桑千里慶西成。和風温若生庭户，明月飛來入棟楹。道院依然無一事，祇須空洞養心誠。

其二

傳街軋軋度車聲，夾道翩翩共雁行。色養正須誇獨樂，真廉何得似雙清。便當坐進傳吾道，何必求爲身後名。大字已煩呵妙手，一犁依舊作勝氓。

《詩淵》册三頁一五九四

袁甫

吴潛除知隆興府制

敕具官某：孔子曰：君子疾没世而名不稱。又曰：君子之道暗然而日章。夫名不稱己疾之；名顯矣人疾之，惟有暗然日章之德，則己尊而人不忌。爾之名高矣，揚歷中外，能聲益振。更化之始，首還班列，未幾持節江右，暫攝閫寄，威行惠洽，政平俗安，朕甚嘉之。列卿高選，連帥真除，所以詳試政事而養爾日章之德。欽哉，行且召卿矣。

《蒙齋集》卷八

岳珂

三塔寺寒光亭張于湖書詞寺柱吴毅夫命名後軒二首

竹裹逢僧院，殘碑不記年。雁題三峚堵，龍化兩魁躔。寶正號應紀，元豐墨尚鮮。寒光定何似，誰放五湖船。

雲烟千嶂遠，風月四時新。笠澤昔魯望，鏡明今季真。何時脱塵絆，來此寄垂綸。一艇葦間宿，寒光長是鄰。

《玉楮集》卷七

哲宗皇帝御書魏野詩聯帖

右哲宗欽文皇帝御書處士魏野詩聯真迹一卷。元祐在宥，時登太平，惟帝富於春秋，元臣巨儒，日陪執經，詞畹墨卿，時寓游藝，用以尊德性而道問學。是帖蓋清燕之餘閑，御宸藻以爲當時臣下之賜者也，臣懷，不知其爲何人。紹定戊子歲三月，有高平范氏必成持以求售，本忠宣公純仁傳家之藏，臣疑未能别其真贋，因書以示秘書省正字臣吴潛。潛方直道山，因報書爲臣言：比因曝書，閲秘閣列聖宸章，嘗見帝筆法，云無毫髮差殊。又云：閣上見存一扇面及幅紙，亦各書此聯，蓋以賜任婆婆者，皆帝肆筆。意此聯之佳，偶動天賞，故屢入於奎文漢章之黼黻。臣以是知故家文獻真有足徵者，慨想盛世，式揚天芬。

《寶真齋法書贊》卷一

釋慧開

賀吴丞相生日

大地春回是誕辰，松篁難改四時青。壽星不老福無盡，常在中天伴月明。

吴履齋以脚蹈日影索偈

圓陀陀，光爍爍。明眼人，蹈不着。蹈得着，更買草鞋去行脚。

履齋樞相鈞容贊

湘水之清，昆玉之潔。和氣如春，忠心如鐵。儲風月之精，禀松篁之節。真廊廟楷模，行佛祖途轍。裴李蘇黄總不如，柱石明堂渠迥别。

《無門開和尚語録》卷下

劉克莊

賜參知政事吴潛再上奏乞解罷機政不允詔

敕吴潛：卿以重望毗大政，朕所深眷，人無間言。游覽封章，以慨時病、懼物論爲辭，求解機務，有大臣之風矣。朕政以時病爲憂，早朝晏罷，思與卿等圖之，卿而引去，則所謂助明時、行善事者，卿當屬之誰耶？賈誼有言，『醫能治之，而上不使』〔一〕，至今識者爲漢道恨。

〔一〕上：原作『工』，據《漢書·賈誼傳》引文改。

卿任崇輔弼，朕方以卿爲活國之鍼艾，求時之盧扁也。其安厥位，勿費乎辭。

擬進參知政事吴潜乞解機政不允褒詔

朕累詔留行，卿疏可以止矣。復援錢若水勇退爲言，朕惟若水適值平世，得遂其志，今爲何時？中外喁喁望治，位參廊廟，以身徇國可也，豈得但以退爲高乎？卿既立初節，又欲保晚節，朕謂體群臣，孰若禮大臣？其悉至懷，益肩忠報。

《後村先生大全集》卷五五

吴潜兵部尚書制

文昌八座之聯，從昔所貴；司馬九伐之任，於今爲難。采民譽而延登，訓國人而申儆。具官某：積倫魁之偉望，襲名父之嫡傳。其智略足以圖回，其力量足以負荷。舉朝趨附，但知有偃月之堂；中野彷徨，不忍廢履霜之操。往嗟予瑟之膠柱，今喜汝琴之成聲。馳驛予環，起家拜爵。蓋秋防之事方急，矧夏官之長久虚？器械備，軍馬修，既未底周家之盛；干戈朽，斧鉞鈍，豈能無唐季之憂？必簡稽於伍符，必激勵於士氣。噫，朕有名臣文武欲盡之嘆，不倦招延；卿當賢哲馳騖不足之時，益思感奮。庶建嘉績，以酬殊知。可。

《後村先生大全集》卷六〇

太學生列札薦奚㴩申省狀

某等今將奚㴩繳到文字一册點對，内上趙與簒、吴潛二書。方與簒之尹京，潛之作翰林學士也，其門如市，士争趨之，以售其諂。㴩於與簒有瓜葛，且與之厚，乃能訊其牟利叢謗，勸其早退；於潛爲桑梓，乃能規其輕脱，策其必敗。此二書固已有先見之明矣。

《後村先生大全集》卷八一

進故事壬戌三月初三日

……百執事常如吴潛聚議移蹕時。及兹閑暇，相與迅掃朝廷，綢繆牖户，以續藝祖開基之運，以保光堯壽皇中天之業。臣崦嵫餘景，歸老田里，尚能作爲頌詩，歌舞太平。臣不勝惓惓。

《後村先生大全集》卷八七

直寶章閣羅公墓志銘

……履齋吴公嘗與公書云：『先正肅公得公於不卑小官之日，丞聞於朝，今三十年矣。

某中間繼聞於朝，今二十年矣。自是悄不相聞，每惜朝廷用公未盡。』壬子當國，起知汀州，移書勉爲千里一出。

《後村先生大全集》卷一六二

釋廣聞

上履齋吴丞相

合從龍首便黄扉，盡謂登庸十載遲。自是袖中霖雨手，肯令勛業頌臯夔？一新更化改絃初，人語歡聲藹道途。僧自深禪湖上寺，不知身世在唐虞。

《偃溪廣聞禪師語録》卷下

陳起

履齋先生下頒參附往體以謝

有客號奚毒，西來自赤水。外負炎炎氣，内存温粹美。當年楊天惠，誇大不絶齒。解后段氏子，即之殊可喜。却邪乃素心，調中古無比。世仰大醫王，民瘼咨朝市。二子願托身，赴湯任驅使。興憐維摩老，遣前護衰毁。病魔亟退舍，怡然得安壘。緬想蓄牛溲，陋哉子韓子。既非瞑眩劑，厥疾無瘳理。一念衛生恩，百拜額加指。

《芸居乙稿》

吴淵

沁園春　壽弟相國

喜我新歸，逢戎初度，關情更深。正晝掩柴扉，我尋隱遁；曉舒槐府，戎正經綸。白石清泉，紫樞黄閣，同氣何妨出處分。休嘲笑，儘弟爲宰相，兄作閑人。　南園借我登臨，都不怕近前丞相瞋。但曳履扶筇，堪憐獨步；携壺載酒，每嘆孤斟。七帙開顔，六旬屈指，風雨對床頻上心。殷勤祝，道何時回首，及早抽身。

《兩宋名賢小集·退庵遺集》

滿江紅　烏衣園

投老未歸，太倉粟、尚教蠶食。家山夢、秋江漁唱，晚峰牛笛。别墅流風慚莫繼，新亭老淚空成滴。笑當年、君作主人翁，今爲客。　紫燕泊，猶如昔。青鬢改，難重覓。記携手、同游此處，恍如前日。且更開懷窮樂事，可憐過眼成陳迹。把憂邊、憂國許多愁，權抛擲。

满江红　雨花臺再用弟履齋烏衣園韵

秋後鍾山，蒼翠色、可供餐食。登臨處、怨桃舊曲，催梅新笛。江近蘋風隨汛落，峰高松露和雲滴。嘆頭童、齒豁已成翁，猶爲客。　老懷抱，非疇昔。歡意思，須尋覓。人間世、假饒百歲，苦無多日。已没風雲豪志氣，祇思烟水閑踪迹。問何年、同老轉溪濱，漁鈎擲。

《景定建康志》卷二二

王淮

满江红　用二吴韵

踏遍江南，予豈爲、解衣推食。謾贏得、烟波短棹，月樓長笛。看劍功名心已死，積薪涕淚今誰滴？想中原、一望一傷情，英雄客。　形勢地，還如昔。談笑裏，封侯覔。豈有於前代，無於今日？龍豹莫藏韜略手，犬羊快掃腥羶迹。看諸公、事業卜臯盧，何勞擲。

《景定建康志》卷二二

俞文豹

吴履齋帥越

紹興戊辰，王佐爲狀元，慶元丙辰諒陰榜，莫子純以省魁爲狀元，皆越人。嘉定丁丑狀元吴履齋潛，淳祐辛丑狀元徐公望儼夫。至己酉年履齋帥越，徐在别榻，會鹿鳴宴，僚屬作樂語皆不愜意，履齋乃自草之，末云：『對丁丑辛丑之狀元，座中盛事；繼戊辰丙辰之舉首，鄉曲美談。』

吴履齋次鄭安晚贊

吴履齋次鄭安晚贊《思無邪》韵曰：『誠曷云思，防心之慝。思曷云近，根心之德。觀斯須頃，驗顛沛時。一而勿二，淵乎其微。厥止既欽，厥躬斯飭。四體稟令，群動受職。猶虞奔軼，差在毫厘。凡百君子，毋或遁思。』又《無不敬贊》：『盈天地間，事事物物。大而昭著，微而眇忽。惟吾中處，以身任焉。持敬以往，猶懼有遷。而況傲情，先據其室。雜則不精，離則不一。執盈捧漏，曾靡其他。爲之主者，豈非心邪？』此固履齋素學也。淳祐庚戌帥越甫期月召還，累年滯訟，决遣殆盡，此則才敏也，非學所能。歐公曰：『文學止於潤身，政事可以及物。』

《吹劍録外集》

起舊相吴履齋

開慶元年，丁相大全當國，江鄂二郡守創例，每一漁船日輸五千，漁人不堪命，遂渡北兵入寇鄂渚。八月，起舊相吴履齋宅左揆，直院洪魯齋芹草麻制，中間云：『予方重宵衣之憂，汝不以晝錦爲樂。入趨延英之召，亟奉天章之咨。惟事務之孔殷，顧弊源之滋甚。邪不可以干正，而君子小人之限界未明；夷不可以亂華，而内夏外夷之名分未肅。士氣抑鬱而弗振，民力殫弱而莫紓。在廷狃於意見之偏，在邊玩於守備之弛。當饋以嘆，濟川其誰？遺大投艱，孰念敉寧之計；任重致遠，實維弘毅之賢。』云云。『於戲！《詩》有《天保》《采薇》，當厲修政攘夷狄之志；道在《中庸》《大學》，尚明治國平天下之經。予欲祈永命，汝迪；予欲康庶事，汝爲。惟至忱足以感動神明，惟大公足以信服中外。繄我耇俊，毋煩訓詞。』

陶宗儀《説郛》卷三八上引《清夜録》

曹邍

南徐懷古呈吴履齋

匹馬來逢塞草秋，淮雲一片隔神州。黄昏燈火西津渡，白晝風烟北固樓。猶有斷碑和晉宋〔一〕，誰將遺石問孫劉？天荒地老英雄盡，落日長江萬古愁。

《詩家鼎臠》卷上

〔一〕和：《宋詩紀事》引作『知』。

李曾伯

賀吴僉書

升華書殿，晋位樞庭。賚良弼其代予言，甫新王度；有常德以立武事，爰贊廟謨。天相斯文，國有元氣。竊者昭陵之盛際，每推宥府之得人。命范暨韓，士夫喜而酌酒；以弼副衍，儒者爲之獻歌。用能寬西北之顧憂，措中外於寧謐。兹時并拜，再見前修。恭惟某官：第一流英賢，五百歲間氣。自鼂、董、公孫之對，人已知爲經濟之才；在皋、朔、吾邱之間，上允待以弼諧之寄。根源世德，土苴民庸。以涣乎風水之文，豈屯此雲雷之澤。狂瀾砥柱，野渡横舟。士每以深源之出處卜安危，公不以子文之仕已形喜愠。股肱寄重，喉舌歸班。日月論思，載視禁扉之草；夙夜宥密，遂聯公府之槐。蓋當邊柝之風寒，尚軫宸旒之旰食。彼後將軍十二便，將施行之；非小老子百萬兵，孰主張是。斯至兩地，已遲十年。子房用而漢業興，司馬相則遼人戒。利害在俯仰，請借前箸籌之；道德成安强，則可高枕卧矣。伫登道揆，宏濟興功。某素辱殊知，欣聆異用。何幸見東山之相業，祗憐在北部之黨人。迹侣魚蝦，心陪燕雀。昔吴公治河南而嘗薦，豈敢弭忘；今李廣老霸陵以何爲，所祈加芘。

《可齋雜稿》卷五

謝吴侍郎舉監司科

位隆漢橐，俶覩推轂之公；職佐淮藩，誤許從軺之選。是雖事先生於兹有年矣，今得負天下之望爲前焉。好語過褒，慚顔祇厚。竊謂薦士雖由於公道，知人必在於平時。元城從温國之游，以無書而見取；伯長本晋公之推，因不揖而致銜。此安於分義者略同，而取之故舊者則異。乃知先達拳拳於汲引，不待後進切切於攀躋。升沉付之，遇否間耳。孰謂雅道凌夷之後，尚存昔賢篤厚之風。必推其人，可副此舉。如某者，少有遠志，壯無奇稱。屢折翅於文場，幾埋頭於吏鞅。周旋四塞，弓刀之役是親；浪漫一官，筆硯之事盡廢。風霜剥落，歲月消磨。髮種種兮奚爲，心耿耿者徒在。孤雲念母，匹馬傍人。其間機會輒交臂而失之，未有介紹爲舉手而援者。偶緣捧檄，何意彈冠。雖昔在於岷峨，嘗首瞻於泰華。尋梅載酒，對月登樓。孰聞帷幄之雋談，已識岩廊之雅量。嵇紹不孤矣，徒深著於丹衷；范叔無恙乎，詎必期於青眼？豈謂念蓋帷之敝質，垂車笠之高情。録之少常伯薦舉之科，期以部刺史選掄之備。昌言十六，嘉奬再三。隹鼠璞以兼金，飾犧尊於朽木。幾年執御，僅窺夫子之墻；一旦傳衣，遂得祖師之派。恭惟某官：補天大手，修月良工。父子兄弟之賢，世無與儷；輔弼疑丞之望，上素簡知。方右平左城之論思，暨西掖北門之潤色，將雍容於衮舄，顧收拾於履簪。如河南之於賈生，求能俾於治體；若武陵之於杜牧，尤樂取於詞人。惟遠風流紹於華宗，無片善不歸於洪造。致令樗散，亦被甄收。某敢不一飯毋忘，瓣香必祝。進馬周於逆旅，倘益借於齒牙；依坡翁於平生，誓不寒於肝膽。

《可齋雜稿》一一

沁園春　丙午登多景樓和吴履齋韵

天下奇觀，江浮兩山，地雄一州。對晴烟抹翠，怒濤翻雪；離離塞草，拍拍風舟。春去春來，潮生潮落，幾度斜陽人倚樓。堪憐處，悵英雄白髮，空敝貂裘。　淮頭，虜尚虔劉，誰爲把中原一戰收？問祇今人物，豈無安石；且容老子，還訪浮丘。鷗鷺眠沙，漁樵唱晚，不管人間半點愁。危欄外，渺滄波無極，去去歸休。

《可齋雜稿》卷三二

方岳

宿多景樓奉簡吴總侍

客懷孤倚夕陽樓，烟老平蕪岸岸秋。往事六朝南北史，晴江一片古今愁。慨其嘆矣山吞吐，何以酬之酒拍浮。此意政須諸老共，容分蘆雨寄漁舟。

《秋崖集》卷六。方岳與吴潛詩、詞、文交往很多，特别是嘉熙初吴潛在鎮江任職、方岳任職揚州時。其時前後吴潛之兄吴淵也曾在鎮江任職，且職官有與吴潛相同者。這裏收録的方岳作品雖在信息上有所甄别，但二吴之間可能有混淆。

陪吴總侍集研山用趙端明送行韵

烟波畫出暮江天，着我蘆花明月船。官滿祇稱前進士，路貧休問小行年。一歸已後陶元亮，衆論寧無班孟堅。不負登臨重九約，過江猶及菊花前。

《秋崖集》卷八

次韵吴侍郎同集硯山

晚寒閑袖揮毫手，曲角欄干倚斷雲。丘壑儘容詩獨步，江淮相望月平分。艱難鬢葆成霜茁，冷落梅花帶雪芬。酒不能平詩磊磈，杯行到手已醺醺。

《秋崖集》卷九

答吴尚書

今夕復何夕，翠籠蒲艾香。明朝做端午，節物追楚鄉。客從何方來，寄我錦雲章。江山渺何許，宛然挹清揚。忽憶老先生，方上千歲觴。北園竹萬個，想見清簟凉。安得子列子，御我蘚古傍。劇談坐抵掌，一吐冰雪腸。當時寫巴曲，本擬書數行。筆閣不得下，聊與歌慨慷。乃今亦復爾，歌短意則長。

《秋崖集》卷一二

用王深造韵觀射寄呈吴門吴侍郎

吴苑雲酣歌舞地，平時灞上真兒戲。府公槌鼓入轅門，盤馬彎弓士增氣。玉虬夜吼雙寶刀，曉霜冷透宮花袍。君王有意敵天驕，霹靂勁弦吾與操。滿月猶嫌無腕力，三軍鳴金齊破的。莫將雹鏃驚飛翼，請射檄書青草磧。參旗井鉞光相摩，帳前萬叠轟靈鼉。呼韓要通作編户，勿遣喘從榆塞過。雁沙枯葉改凱歌，安得壯士翻銀河。三邊農桑俱偃武，將軍懶射南山虎。不須土訓喻遠人，天地中間悉臣主。文章四海吴狀元，那肯軍裝遽如許？

《秋崖集》卷一五

水調歌頭　九日多景樓用吴侍郎韵

醉我一壺玉，了此十分秋。江濤還此，當日擊楫渡中流。問訊重陽烟雨，俯仰人間今古，此意渺滄洲。天地幾今夕，舉白與君浮。　舊黄花，新白髮，笑重游。滿船明月猶在，何日大刀頭？誰跨揚州鶴去，已怨故山猿老，借箸欲前籌。莫倚欄干北，天際是神州。

水調歌頭　壽吴尚書

明日又重午，攙指玉蒲香。勸君且盡杯酒，聽我試平章。時事艱難甚矣，人物眇然如此，騷意滿瀟湘。醉問屈原子，烟水正微茫。　溯層巒，浮叠嶂，碧雲鄉。眼中猶有公在，吾意亦差强。胸次甲兵百萬，筆底天人三策，堪補舜衣裳。要及黑頭耳，霖雨趁梅黄。

木蘭花慢　吴尚書宴客漣滄觀即席用韵

慨清江渺渺，乘風下、倚滄浪。問許大乾坤，金焦兩點，曾幾興亡？平章古人安在，但青山、烟水共微茫。不道鷺嘲鷗笑，歸來鬢已蒼蒼。　垂楊，舞盡斜陽。雙燕語、儘渠忙。黯柔情不管，花深傳漏，羽急飛觴。思量人間如夢，放半分佯醉半佯狂。明日海棠猶舊，春風未老秋娘。

賀新凉　别吴侍郎

吴時閑居，數夕前夢枯梅成林，一枝獨秀。

霜月寒如洗，問梅花、經年何事，尚迷烟水？夢着翠霞尋好句，新雪欄干獨倚。見竹外、一枝横蕊。已占百花頭上了，料詩情、不但江山耳。春已逗，有佳思。　一香吹動人間世，奈何地、叢篁低碧，巧相虧蔽。儘讓春風凡草木，便做雲根澗底。但留取，微酸滋味。除却林逋無人識，算歲寒、只是天知己。休弄玉，怨遲暮。

賀新凉　寄兩吴尚書

雁向愁邊落。渺汀洲、孤雲細雨，暮天寒角。有美人兮山翠外，誰共霜橋月壑？想朋友、春猿秋鶴。竹屋一燈棋未了，問人間、局面如何着？風雨夜，更商略。六州鐵鑄從頭錯。笑歸來、冰鱸堪鱠，雪螯堪嚼。莫遣孤舟横浦溆，也怕浪狂風惡。且容把、釣綸收却。雲外空山知何似，料清寒、只與梅花約。逋老句，底須作？

《秋崖集》卷一六

謝吴總侍

伏以身落邊城，久已思鱸之夢；名聯故府，居然騎鶴之游。所憂負臨賀之知，敢曰失邯鄲之步。亦云幸甚，請具陳之。伏念某起山林憔悴之餘，極場屋摧頽之久。抱璞而泣，莫我知兮；鼓瑟雖工，其誰好者？倘不遇天下第一人之杰，將復有平時日五色之迷。蓋刑賞忠厚之文，前輩猶疑其門下士，而置之次；惟有物混成之賦，識者始覘爲公輔器，而擢之魁。故雖試别闈，而主司喜韓愈之奇；然至對殿廬，則當路斥子由之直。方抖擻田間之襏襫，竟低回塞上之兜鍪。所賴王人，實維座主。謂夜半既傳於衣鉢，豈春風不置於襟懷。逢人而説項斯，何惜牙齒之潤；下車而薦文舉，相期羽翼之成。夫何俗駕之勒回，大負公車之剡進。乃典司於金耀，仍晝諾於玉垣。芍藥揚州，嘆已老三生之杜牧；桃花春觀，笑重來前度之劉郎。第懷此恩，欲報無所。兹蓋恭遇興禮樂如諸葛亮，而無其短；陳天人如董仲舒，而無其迂。以《皇極》受人材，蓋將爲他日股肱之備；以《論語》治天下，豈惟滋後生口耳之傳。用能得士於履屐之間，每亦觀人於筆墨之外。遂還去馬，毋弃前魚。某敢不銘而書紳，行矣襆被。所考試士，踵爲宰相，當不愧權德輿之知；問無恙外，賀得主人，幸自致李中丞之側。永言稱塞，惟有好修。

《秋崖集》卷一九

通吴總卿

子爲天之正，日極南躔之景；雷在地中復，春連北斗之魁。喜緹室之律回，覺總臺之雲麗。某官：天人三策，禮樂百年。方排閶闔，呈琅玕之奇，鵷鷺集九霄之曉；乃羞昆侖，薄蓬萊而去，貔貅飽萬灶之烟。要不爲紙上已陳之言，姑將試胸中有用之學。鼯鼠盡消於陰慝，聿逢剛長之休；鳳凰端覽於陽暉，式對亨嘉之會。某遥瞻卿月，丕戴使天。吹鄒律以破寒，覬放梅梢之暖；朝漢宫而迎至，倚飛芝宇之香。其若頌言，莫殫襟抱。

回吴總侍年書

風轉青旗，肇布王春之令；天開紫橐，誕敷帝皞之仁。適有蕃厘，介兹茂德。某官：星避南斗，筆回東風。才名當世之少雙，上虚伫之久矣；江山天下之第一，民歌舞者再焉。及此端辰，聿來異數。盍簪而喧櫪馬，想欣奉於潘輿；飛墨而落詔鴉，伫趣歸於漢殿。某又逢穀旦，載頌椒盤。北固樓臺，正隔清江之雪；東皇宇宙，幸連淮海之雲。願言節宣，昭受涣渥。惟精調於鼎食，惟亟尉於岩瞻。

《秋崖集》卷二〇

賀吴尚書

伏審峻陟文昌，并提戎律。統六師平邦國，已折佛貍窺江之萌；方千里曰王畿，要有虎豹在山之勢。兹惟上意，允屬我公。某嘉與薦紳，誦傳綸綍。今日之功成於一儒者，豈但羞武夫之顔；長江之險可敵十萬人，自足破遠人之膽。言觀王佐，式濟時艱。

賀吴總侍

伏審虎節建臺，龜符視籀。大小馮之相代，豈惟圖盛事於衣冠；東西總之迭爲，兹用分顧憂於旒扆？有美江山之第一，共嘉國士之無雙。波神胥舞於鷁舟，春氣肇開於鵲印。歌謡載道，想續劇常棣之碑；香火滿城，當封寫凌烟之像。斯民樂只，於帝念哉。某朋友同倫，兄弟異姓。願言思伯，訪戴之興勃然；豈無他人，依劉之志遂矣。式徯鏘瓊之珮，晤言浮玉之山。追數平生，莫逾此喜。

《秋崖集》卷二一

代賀吴尚書

伏審峻躋武部，肇建戎旃。制梱號小朝廷，密拱王畿之近；政職曰大司馬，用提軍律之嚴。海道江防，國門鼎重。恭惟器能如諸葛亮，而無其短；賢良如董仲舒，而無其迂。權則知變，經則知常，略具天人之三策；元難爲兄，季難爲弟，共推宇宙之兩吴。故處之於上下流之間，殆不啻如左右手之視。蓋自古豈無於外患，而當今尤務於内寧。乃睠北辰之居，實據東南之會。統六師以平邦國，豈但交鄰；潤九里而及京師，莫先尊主。乃開大梱，以鎮近纖。式遄竹帛之暉，入覲宸旒之邃。某手足何異，唇齒相依。念有德進而朝廷愈尊，常恐追鋒之召；今真儒用而天下無敵，願聞解甲之期。宏濟多艱，厥在兹舉。

《秋崖集》卷二二

與吴尚書

暑鬱如惔，山意自爽，清泉白石，涵泳詩書。恭惟嘉遁於聖真之涯，超燕於世味之外，身退而道進，心恬而體胖，天實生之，景福有僕。某辱門下士，於今有年，惟薄命數奇，遭家不造，先人無禄下世，顛沛來歸，至則無所於居，僑處寄食者三閲歲。去春掌故之命，僅僅五十六日而罷，於是掃影滅迹，幾若自弃於門墻，岧岧仰高，敢不夙夜。事會無極，從古固然，如某何知，但得安雨外之鋤，足矣。間從里老語，知貳政岧邑者，乃吾東閣郎君，推家學以仁斯民，真所謂人皆一天，我獨二天也。敢因掌訝，輙布其私，竿牘常談，先生之所厭聞者。某謹略。伏想閑居多暇，著書以垂無窮者，傳在後學。獨某家窮山之底，所與過從者，不過芸夫蕘子，未之有聞。願先生幸教之。暑律尚袢，惟金玉體府，以待天者之定。

與吴尚書

某自先生初罷國太之變，敢問氣體何如，於今又八閱月矣。音郵隔闊，未有甚於此時。伏想讀禮端憂，天相純孝，哀慕之至，視履支持。惟天生賢，將以用斯世也。方時之剥，五陰在内，一陽在外，於是乎北山之北、南山之南，君子固無所置疑於天也。及時之復，群陰伏而微陽升矣，小人以退，君子以進，而乃斬然在衰絰之中，不得與烝徒共濟於泛泛其流之際，天之意果安在？此某之所甚不解也。某愚不肖，出入故府者八年於兹矣，頑鈍無耻，殆是三入承明，顧瞻徘徊，素髮颯以垂領。嗟卑嘆老，非所以黷先生，惟台慈貰之。

與吴履齋

某門墻老生也。當先生端憂讀禮之時，罔極奈何之日，謂當時問啓處體力何如，而姓名不至几格者，幾何月矣。三年牛下，日夜望先生爲蒼生起，引衆君子而聚之，奈之何卦氣爲剥，一小人足以爲間，所謂吾末如之何者。今伏戎于莽，天下之憂方未歇也。夬之爲卦，以五君子決一小人，其勢甚易，乃不曰小人道消，而曰小人道憂，何也？其意蓋曰：苟非上下交而志同如泰之時，適足以使小人憂而已。夫其憂之，必將圖之。圖則無所不至矣。中外之議以爲能折其圖者，非先生莫可，乃儼然在衰絰之中，天意竟何如也？某起流落，爲掌故吏，殆是三入承明，嘆老嗟卑，亦非雅志，故具論中外之所不滿者如此，惟先生教之。

與吴尚書

某惟人子之事親，雖亘天地無終窮罔極之哀，豈以國太之年開八秩，兩先生之位登兩地，一門孫曾，置笏滿床爲足，以無憾耶？獨念先生此身，天下國家之身也。庶民之孝與卿大夫之孝，固自有在，敢願先生爲天下國家節順，以愛不貲之身。某在門墻，則子姓也，謂當匍匐奔赴執事左右，而形影單隻，欲往不能，遥以瓣香，敬致門下士之慟。瞻望東北，無任凄斷。

《秋崖集》卷二四

與吴參政

某治郡無狀，蒙恩易麾即日，解印綬歸，以臘之八抵牛下，乃聞先生誕膺顯册，再秉事樞，海隅蒼生，日夜望此久矣。堯言鼓舞，不獨一老門生也。息肩方始，未能治筆墨以賀，在門墻豈欠一通啓事，而以此爲恭慢哉！某敬略。某兩易之命，初亦不知所以然，泛泛丐祠，未準行下。已乃聞爲秋壑所劾，亦已具録本末，乞罷斥矣。去郡之日，幸無得罪於士民，呱泣之聲，填街溢衢，兒戲彩旗，所至以千百數，皆謝遣之。獨有一旗，遣之不肯去，曰不願得錢，願一過目。試取觀之，則云：『秋崖秋壑兩般秋，湖廣江東各不侔。直至南康尋體統，江西自隔兩三州。』亦可發一笑也。獨山家南康其侄司户君所目擊，先生嘗試舉似之。惟某摧頹不振之踪，每費造化，前所賜鈞翰所謂極吾力所之者，今可以自用吾力矣。或謂冬享之日嘗有進擬，應先生以爲未可，乃爾中止。某自受知於應先生不薄，嘗於辭免詞掖稱引而薦之，督參告詞蓋特筆也。所謂大筆鴻文，當不在韓愈氏下。某雖非其人，然時時持以自矜，於是同幕怒生瘿矣。審如所傳，則又是讒忌之入也。天之所以命我者如此，某其何尤？

與吴總卿

某適讀邸報，切知召還嚴近，三節在塗[一]，正人登朝，吾道幸甚。恭惟聖天子厲精之始，獨運睿謨，乾端坤倪，軒豁呈露，如一元之氣，閉藏磅礴，剥極而復，明陽以升。將使玉藻瓊敷，在帝左右，精神聚會，謨明弼諧，以復端拱、咸平之盛烈，此上意也。某至不肖，亦知從

[一] 塗：原作『涂』，當誤。

臾，故其身雖草土不能測識，然切以爲天運神化，固已在風飛雷厲中，而所以持之者定力耳。某私有以卜所爲上言者。

與吳集撰

某昨侍制橐坐，切知先生實主會盟，將以區區姓名列剡，聞於上山公啓事，則又大手筆親爲之。伏惟一世膺門，少所許可；某復何者，乃辱題評？敬取以觀其間，無一字敢當者。謹再拜，以祇佩樂育之盛心，而告於涓隸曰：筆削之間，盍少貶焉，庶幾聞之朝廷，誦之朋友，傳之子孫，先生無愧辭，某無愧色，不亦可乎？

又

某欲丐一岳麓祠官而去，此興已久，人若肯爲山林長往計打包便行可也，何必繚繞如此？獨念制橐知遇不薄，其去不可不委曲。不圖轉以呈似，又勞訓飭，讀所與制橐書，大增敝帚之重，然適以堅其繫匏之意也。如此則區區之請，不知者以爲邀利，知之者以爲邀名，徒負不韙耳。

《秋崖集》卷二五

與吴相公

某自至廬山，每見五老之雲，三峽之雪，未嘗不喟然太息，以爲蘇李不作，二三百年無有以筆墨之奇氣發山川之英靈者，安得吾履齋翁酒酣興逸，一吐出胸中之磊砢而使老門生得以地主梯青壁而鑱之，猶可張吾軍、傳後世也。思而不可見，則奉晦翁之藏書，與其遺墨之在山巔水涯者，上之燕几，而諗於左右御者曰：吾先生寧一水一石無不可意，而愉愉怡怡乎？將一寢一飯不吾暇遑，而戚戚咨咨乎？寧太虚爲室，與往古之人神交於冲漠之機乎？將大川作舟，與當今之世心兢於風波之險乎？寧舍者争席、煬者争竈，而天地萬物之莫我知乎？將飢者求食、寒者求衣，而形骸爾汝之猶我譏乎？老先生必有見於此矣。

《秋崖集》卷二五

回吴參贊

某伏以維暮之春，霽景韶秀：共惟某官，卷懷高退，冲想自怡，篤棐有嚴，台候動止萬福。某夜籌軍書，率漏下十數刻，比明則策馬箠馳四郊矣，以故聲問闕然者移時。忽奉書函，發我深省，不規而頌，抑非所望？向某聞李牧守雁門，匈奴不敢近趙邊者十數年，蓋老熊當道之勢如此。今茲誰實顓閫，而淮流上下，草木震驚，西援淝河，所謂奉漏瓮沃焦釜不足以喻其急。敵騎宵遁，亦將士三軍之勞耳，書何力之有焉。帝有恩言，授以大司寇印綬，已上免櫝，期必得請而後已。勤勤慶問，某惟避之三舍。古今言禦戎者，必曰戰守和，然則和固非所諱也。使日壺觴，春風棋局，自謝康樂以來，纔有此遇也。試嘗登敬亭之山，溯江而北，亦慨然念南岳耕夫，衣裾化戈甲之腥，夢寐驚羽書之忙，而竟與噲等伍乎！亦憮然悲竹西歌吹，非復杜牧十里之珠簾，隋家九曲之迷樓，而二十四橋明月，今亦莫知處所乎！塵埃迷人，江山愁予，倚筆臨風，可爲太息。事會無極，未知竟何如也？今春築一小圃，與民樂之，大谷之梨，小山之桂，東籬之菊，江南之梅，亦略略具。非是苦中作樂，要欲使景象不至葦然，而揚人之游者，亦足以少解其一日之顔耳。某嘗有惡詩云：化工不解時人意，江北江南總一般。蓋是時道夫有蔬茹過江之禁，戲以爲化工不解其意，何爲亦遣春風到此也。試與毅夫言之，想見一笑絶倒。迅筆情話，惟毋責以世俗竿牘之恭，則幸甚。

《秋崖集》卷二六

答吴尚書

某自平童子來，得所惠翰，乃知詩書之澤，流潤演迤，外家童烏亦得其記問之一二。圜橋觀聽，啨啨嘉嘆，不知江之發岷山也。某賴如天之福，四月當脱選，隨手丐一賚倅去，數日以待先生之出，特未知堪爲用否？『雨露之所濡，甘苦齊結實』，造化固無弃物。揫斂僻左處以須春陽，此某丐倅意也。士方未脱場屋，望一第如登天，今顧不滿於倅耶？敢私布之。

《秋崖集》卷二七

趙孟堅

賀嘉興倅吴履齋就除守啓

擢自屏星，牧茲藩土。二千石良吏，民知慈母之臨；十五載掄魁，士有淹才之嘆。獨欣知己，式撫鄉邦，歷具激昂，少陳贊躍。恭惟某官：丰標玉立，襟度冰清。森羅星宿於胸中，縱横禮樂於筆下。天人大對，世謂鼂、董之後身；性學微言，派傳伊、洛之直下。便合立從香案，小却躋之玉堂。爲國光華，乃君本分。曩胡謙抑，每欲退藏。然劍埋豐城，則光射天；而水遇瞿塘，則聲撼谷。果興思於丹扆，俄接武於清班。滴露研硃，芸閣幾勞於讎校；菁莪在沚，蘭宫多藉以作成。爲重外庸，又煩更試。眷茲輔郡，藉以監州。風烟入懷，每見成章；山水可樂，若甘吏隱。人皆汲汲，我獨于于。民喻志而已乎，事不勞而自理。休聞翕上，簡心益深。謂半刺若是其聲光，則承流可占其政化。聿表除目，高建崇牙。笑領魚符，想規模之素定；香凝燕寢，焕風采之一新。花鳥亦皆欣然，山川莫不寧止。即長史而爲并都督，故事已符；以刺史而拜漢三公，盛典行舉。孟堅迂疏末學，雕篆微工。嘗升堂以親色詞，抑過門而呈伎倆。未蒙捐弃，少辱矜知。目新快於衆班，情實同於異擢。滕壥願受，已歡顔厦屋之中；狄籠兼收，或效力牛馬之走。

《彝齋文編》卷四

邵復□

存悔齋十二箴碑跋

右存悔齋十二箴，履齋先生吴公製以銘座右者也。

皇上即位二十六年冬，先生奉命帥越，始入學，升堂講禮，招諸生誨之曰：『此今天子毓聖之邦，恩典視古南陽，盍勉旃！』既而頒示朱、吕二先生學規，又出所自爲齋箴，以勵後學。

衆相顧□□曰：『先生以倫魁秉大政，中邊瑩徹，碧玉無瑕，四方善類，仰爲標準。而存悔有箴，辭嚴義密，凛乎畏懼，豈固欲然示天下哉！』吾應之曰：『先生以履名齋者也，履者禮也，自上天下澤之象立而禮制行，正心誠意其本也，修身齊家、治國平天下其用也。天理人欲，限界易迷，别嫌明微，莫重於禮。禮苟不持，何以能悔？悔苟不存，何以爲箴？故悔一而義二。警□於遷善改過之端，覺悟於今是昨非之證，則是悔也，進德之機也。《震》无咎者，存乎悔是也。顛冥於進退存亡之鄉，昏亂於□遲鶂尬之境，則是悔也，憂虞之象也。□近相取而悔吝生是也。先生之學，以忠孝爲大節，以誠敬爲實務，切切於理欲之辨，義利之分，是其心鏡内融，禮輿外馭，固不至於有悔，而猶存悔以自警，則始於寡，終於無。克己復禮，即顔子「不遠復」之時也。以禮自防，即衛武公「聽用我謀」之日也。大册涣庭，行攄素藴，□□天下，先生其履而泰者乎？《易》曰：「視履考祥，其旋元吉。」先生以之。』衆皆曰：『□。』因鋟諸石，與學規并傳，俾同志者有考焉。淳祐己酉季冬望日，郡博士邵復口謹識。

《兩浙金石志》卷一二

吴文英

浣溪沙　仲冬望後出迓履翁，舟中即興

新夢游仙駕紫鴻，數家燈火灞陵東。吹簫樓外凍雲重。　石瘦溪根船宿處，月斜梅影曉寒中。玉人無力倚東風。

絳都春　題蓬萊閣燈屏，履翁帥越

螺屏暖翠。正霧卷暮色，星河浮霽。路幕遞香，街馬衝塵東風細。梅槎凌海横鼇背。倩穩載、蓬萊雲氣。寶階斜轉，冰娥素影，夜清如水。　應記。千秋化鶴，舊華表、認得山川猶是。暗解綉囊，争擲金錢游人醉。笙歌曉度晴霞外。又上苑、春生一葦。便教接宴鶯花，萬紅鏡裏。

金縷歌　陪履齋先生滄浪看梅

喬木生雲氣。訪中興、英雄陳迹，暗追前事。戰艦東風慳借便，夢斷神州故里。旋小築、吴宫閑地。華表月明歸夜鶴，嘆當時、花竹今如此。枝上露，濺清淚。　遨頭小簇行春隊。步蒼苔、尋幽別塢，問梅開未？重唱梅邊新度曲，催發寒梢凍蕊。此心與、東君同意。後不如今今非昔，兩無言、相對滄浪水。懷此恨，寄殘醉。

《夢窗詞》

張渠

沁園春　代人上吴履齋集賢壽

緑野歸來，筇杖角巾，豈不快哉。有清泉白石，東西岩岫；翠陰紅影，高下樓臺。況是蕤賓，槐庭暑薄，照眼葵榴次第開。輕熏裏，翦香蒲爲壽，一笑傳杯。　栽培多少英材，更霖雨看看遍九垓。算支撐厦屋，正資梁棟；調和鈞鼎，須用鹽梅。旒冕興思，搢紳顒望，應有天邊丹詔催。依還是，爲蒼生一起，重位元台。

《芸窗詞》

高斯得

答客問

客有問於高子曰：『昔揚子雲爲官，拓落而取嘲於人，韓退之投閑置散，而貽笑於士，皆爲文以解之。今子坐廢八年，憔悴頓踣，甚於二子，無一言自解，不已拙乎？』高子莞然笑曰：『若何言之陋！二子慕君不得，熱中有言，世稱其文之奇，予獨憐其志之卑也。子爲我願之乎？自古不得志者莫若孔孟，直道取困，死而無悔，其言曰：「天之將喪斯文也，後死者不得與於斯文也。」曰：「夫欲平治天下，當今之世，舍我其誰也？」以天自斷，而未嘗以説人，孔孟之不師而揚韓之慕，若何言之陋也？』客曰：『非此之謂也。自東方先生以來，文人才士落落於時，未有不因筆墨以自見，非特揚韓爲然。今子不足於文，姑自托於聖賢，爲大言以欺我，高則高矣，而終未免於拙之誚也。』高子曰：『嘻，客之要我若是，予何愛於言？

然非耻於拙而動於激，特欲客知予平生之所遇也。自嘉熙以來，予用於時者四，絀於時者六：用我者曰文清李公、曰清獻杜公、曰丞相吴公、曰丞相董公，絀我者曰周坦、曰蕭泰來、曰朱熠、曰沈炎、曰章鑒、曰何夢然。十人者其爲人賢不肖，皆非予所能知也。夫用於時則榮，絀於時則辱，天下之常理也。而好事者評予之用舍，乃皆以爲榮，予甚惑焉。求其説而不得，則强以意揣之曰：豈用我者法當惟其人，絀我者法當反其類，而今皆應法矣乎？夫使用我者而出於開慶之大臣，絀我者而出於端平之御史，則予之所懼也。嗚呼，繼自今以往，其復有知我如二清、吴、董之倫矣乎，予不得而知也；其復有厄我如坦、泰之徒矣乎，予亦不得而知也。使無二清，予則已矣，若猶有之，予雖老矣，安知其終不遇哉，如之何其勇於自絶而急於自解也？《中庸》曰：「在下位不援，上不怨天，不尤人。」孟子曰：「行有不得者，反求諸己而已矣。」予將循念往愆，益求其所未至，以聽天之所處焉。苟徒嗟卑嘆老，哀窮訴屈，以自見於筆墨之間，此特文人所爲，而非聖賢用舍行藏之大法也。予非惟不能，亦不暇。』客矍然曰：『吾以語言文字望子，而子以聖賢所爲自期，乃今日知所進矣。』長揖而退。

自叙六十韵

……淳祐更化瑟，弓旌羅八纏。例叨赤車使，收召湘江壖。南宫甫逾月，遂玷蓬萊仙。仍侍玉皇案，兼操金匱篇。主恩海岳比，每欲輸塵涓。謝吴對持鉉，國勢如舟偏。薰蕕共一器，兩黨操戈鋋。予與趙徐輩，放逐紛聯翩。吴公亦去相，國事堪潸然。荏苒兵難作，擾攘紛戈鋋。吴公再秉鈞，首議賈生篇。諸梁尚當路，原注：沈炎。公願竟以愆。亡何事大異，萊國竄南遷。國忠亂天經，黨禍何連延。傷哉淳祐士，蕭艾化蘭荃。

《耻堂存稿》卷六

周應合

圩租

景定二年，準省札坐下江東轉運司，括到吴府圩田租數，隸建康府上元、溧水兩縣者，歲計租米一萬三千七百七十八石八斗八升四合五勺、租麥一千四石五斗九升五合，并文思院斛撥入淮西總領所，理充支遣。此條亦見《至大金陵新志》卷七《田賦志》，并有小注云：『吴參政淵、丞相潜得罪黜罷所没之田。』

《景定建康志》卷四一

黄震

與葉制使西澗書

……某少長居鄉時，區區見聞，仰恃眷知，輒用并申，海岳涓埃，庶幾萬一。某每觀先朝大臣出判藩府，必有興利除害，卓卓顯效，可耀青史，非尋常二千石僅能行其力之所至者比也。遠事不敢泛引，如鄉邦之事，所謂父老共望者，蓋可一二數。方皇子魏王之判是邦也，進奉兩宫用家人禮，率異疇曩惟正之供，綱解上供，縣官不敢過而問，亦率殫於邸第騶從之費。未幾，進奉之創例者難絶，而綱解之積壓者頓催。明之事力，幾於一困。時則有若石湖先生范大參爲之代，一一剖析本末，爲百姓祈命於朝，明以復蘇。更六十年，而吴履齋亦以舊輔出守。履齋固亦近世人豪也，惜不以細心情寬恤民力，乃以大力量整齊郡計，六縣自一孔以上皆歸之制司，而責經總司如初。縣若不生事取之民，世豈有鬻田宅、賣妻子、毁家助國之官吏乎？求赢之弊，甚至深山僻嶠，盆盎旗簾，冀毫髮之息以活其父母妻子者，亦無不增賦，雖使盡其本息，不足以了納官。監繫死亡，禍及鄰族，叫號愁嘆，殆不忍聞。明之爲郡幾年矣，不知一旦何苦而行此哉……

《黄氏日抄》卷八四

陳著

陳次賈墓志銘

當世大老……世學如尤公焴，忠孝如趙公葵，器量如二吴公淵、潛，相從二十年……

《本堂集》卷九一

姚勉

上丞相吴履齋啓庚申

温詔起家，誤忝校讎之新渥；俞音從欲，仍還考正之初班。妙轉大鈞，曲全小物。愛人以德，合義之宜。嘗謂荆公除官而每辭，不辭掌制；晦翁侍講而不受，願受説書。觀其進退之間，居然真僞之辨。然而養培後進之器質，源流前輩之典刑。洊及相門，文正深惜於師德；徑躋翰苑，忠獻不願於子瞻。豈圖斯今，復見先正！某忍窮如鐵，抱鈍非錐。昔者將朝，亦欲正天下之字；吾之不遇，乃未拔眼中之釘。方秦鹿之肆欺，何魯魚之訂舛？肥遁之利，苦節而甘。生不願登京、檜如市之門，身何幸逢文、富并朝之日。然君子載質，惡其道之不由；苟虞人以旌，非其招而敢往？請安於分，隨獲所求。胡瑆之初去是官，自甘東、澈之累；籍溪之肯趨此召，直爲張、劉而來。輒企前修，幸符鄙志。兹蓋恭遇大宰相樞使國公先生：忠良麟鳳，廊廟蓍龜。周公受人之徽言，伊尹乃天之先覺。翕受敷施，九德咸事。俊乂在官，兼收并蓄。一藝必庸，短長惟器。采此葑菲，種之蕙蘭。某敢不盡職鉛丹，厲心精白。雖幸冰山之久圮，尚憂天步之多艱。深恐議《春秋》而廢防秋，不敢泥亥豕而忘封豕。止戈爲武，遹觀戢兵禁暴之功；鼕鼓作歌，尚頌復古攘夷之美。編摩辭淺，皈嚮意深。

《雪坡舍人集》卷二二

上丞相吴履齋書庚申三月十日

某等竊觀大丞相再秉鈞軸以來，聚衆賢，闢言路，遂使天下之勢，震撼者漸定，危棘者向安。非大宰相扶持公道之力，不至此，某等所以深幸善類之得所依也。昨者伏見國子博士而下數人，以上書言事不遂，相率去國，此恐非明時所宜有。大宰相平日爲善類宗主，而可聽其若此乎？諸學官之所指者五人，其甚蓋董宋臣也。一閹不去，而諸學官去，此事可書史册否乎？今雖委司業留之，然一閹未去，决無可留之理，大宰相何可不爲天下去之乎？此宰相職也。責軍令狀以警史志聰，宰相文潞公也；押空頭敕以去任守忠，宰相韓魏公也；馮益招劉豫之侮，其罪當斬，特以曖昧未明，與外祠而黜遠之，宰相趙忠簡公也。大宰相立心豈在先正諸公下？此事可遜不爲乎？此閹去，則諸學官自留矣。大宰相如曰：『吾欲除去之，但恐上以爲外庭有黨。』是避嫌也。今豈避嫌日乎？大宰相欲收召前此諸賢，則曰：『吾欲避主嘩競朋比之嫌。』今又曰：『黨之嫌當避。』是進賢退不肖之職，皆不得行也，可乎哉？學官去則諸生必皆爲師儒而去，朝行間亦必有爲善類而去，失人心，虧國體，所繫不細。若歷年不能拔之疽根，一旦而拔於大宰相之手，民心悦而天意得，内患去而外難消，乃必然之理。此宗社無疆之福也，亦永有令聞，大宰相亟圖利之！

《雪坡舍人集》卷二九

答安撫徐矩山書庚申

伏自三月四日，洊領尊賜翰墨，嘗附便遞拜答。比者恭審出命中宸，予環外服，大則踐政塗之地，小則歸從槖之班。綸綍一頒，搢紳交賀，况於門人弟子，六載間闊，誨侍自此，乃日快厥心，長有摳趨之便，其喜實倍等倫。方欲馳牘以賀，而又荷軫念，再捧教饋，饋以賙其貧，書以發其陋，感激交并。有如先生，時之正人，朝之重望，與西澗葉先生在履齋更化之初，蓋天下擬其爲第一番召客矣。拂鬱公論，以至於今。今右相還朝，無日不委曲爲諸賢地。於是當召者始召，而先生與西澗先生首在弓旌之招矣。前日公論之鬱者，至是而始舒，朝野蓋共爲之慶愜也。抑齋、意一二先生還，已就治否？但所慮者，抑齋老先生未肯便出耳。愚意謂不如歸此二大老於朝，細氈廣厦、珍閑之館以佚之，别命時賢爲先生及西澗先生之代，然後爲得。但未知愚説得行與否耳？履齋此番再相，聲譽頗減於前，不甚惡丁之黨，而善類曾仕於謝之時者，每以爲謝之黨。某一日勸其召外間諸賢，答以外間今無賢可召。某試枚舉未召者，且及於福建路監司四人，履齋至謂葉先生爲謝之黨。某力辨其不然，而終不以某之言爲是也。今右相則不然，内無私人，外無雜客，進擬必詢於衆，必出於公，除目日有快人意者。若得政事一出於中書，使得以盡展布，天下庶乎有瘳。但今有『用忠樸謹實之人，不得用嘩訐取名之士』之戒飭，使所用果皆忠樸謹實，忱國之福，但恐緘默取容者，便謂之忠樸謹實，切直敢言者，便謂之嘩訐取名，則不可耳。今庸齋已不來，西澗又未至，在朝幸有王修齋、江古心、劉朔齋及洪恕齋數公耳。而楊平舟已召，可繫天下之望。更得先生與西澗先生早入，氣脉必漸完復也。某待罪於兹，家鄉不堪回首，直是無況味。所願武備修舉，今秋虜人不敢再渡，所在殘破州郡，漸漸修復，鄉里亦稍得如其舊，故山可栖，則汰斥而去甘矣。浙西初有缺雨之患，今已沾足，自江西來者亦云然。一稔在望，亦可少遂憂國之願。想治境亦更氣象佳好，所望如此也。區區有懷，侍日并謝。

答提刑李後林書

前者嘗附吴尉之便，拜書籤室。自後叠捧教墨，嘗奉一箋，托鄱陽同年趙書記稟復。兹於志夫處，又得近所賜書，敢因志夫之歸，率爾具答。秋壑先生歸相，甚加意人才，如庸齋先生之得温陵，陳千峰之帥廣右，平舟、西澗、矩山三先生之有召命，皆委曲爲諸賢地也。趙德夫之爲秘書，歐陽巽齋之爲檢閲，陳和平之爲架閣，又專以恬退而加旌録。近時後村復以秘書監召。日閲除目，多是快活條貫。使天福宗社，政本盡由中書，太平日月可冀。但有不能不遇巷納牖處耳，此更看天意。秋壑安則諸賢有望，否則覆出者不知幾人矣？履齋之初治，原不曾浄潔，至於今倍覺費力。敵國外患之稍紓，法家拂士之未有。忱如尊誨，秋壑先生未入國門前兩日之除授，既正相位後，戒嘩訐取名之指揮，近者初四日元非貶謫之天筆，皆使人凛凛也。『九十日春晴霽少，三千年内亂離多。』吟哦此語，每切浩嘆。所願今年秋風高時，無去年虜哨之事。秋壑先生祇在廟堂，久之須有回斡機軸，否則裴度復出視師，氣象便又非今所觀矣。此間非可久處之地，家鄉又殘破，無可歸，賤累又衆，其若之何！先生丐祠，今廟堂却恐决然未許，且是修齋、古心二先生，相與扶護甚至，集賢亦甚相知，决無履齋末路之危疑也……

與知軍王南可書

某不拜儀範者十年，不奉訶候者亦三載，可謂取疏外於大君子之門矣。然屈指當世人物，則必曰執事，念賢仰德，此心實未嘗疏外也。去年冬，伏聞把麾横浦，清標勁節，與庾嶺梅花相映照，宜以一書賀。然某謂履齋新更大化，與先生長者非不相知，要之則當待之柄烏臺，清之則當使之望粉省，不當淮陽、汲黯、平原望之也。不惟未愜公論，亦未愜愚意，故不敢以爲執事賀。履齋此行，可爲而不得盡爲，又竟成去。去之日，庸人孺子，小夫賤隸，皆咨嗟嘆息滿道。履齋身計則得矣，如國何所幸？秋壑來歸，人望猶有繫屬。前者賢之未聚，自今猶庶幾此乎聚之，執事行且召矣。江上肅清，一舟一騎不留，實爲大慶，吾國永世之福、吾相蓋世之功也……

回提幹陳志升書

……二月十二日供賤職時，已有所聞，知尊契兄以兵與虜戰，得馬及虜首級上之宣閫，其事甚偉，與今之擁重兵不敢出戰者，萬萬不侔。見履齋相君時，即以白之，履齋亦甚稱賞，云：『待得實，當旌以官。』惜宣制二司不肯申上。某三月十八日得家信，得田教授信，方携往見東閣，見都司，欲爲申述，不旬日履齋又去矣。履齋初欲使某歸仕經理，某以掣肘者未去，力辭之。幸而不來，來者又進退維谷也。

《雪坡舍人集》卷三一

答太守陳監簿書

……某區區狷愚，雖蒙君相眷知，而忌嫉者衆，加以時復妄發，積忤於人，此言者指其爲履齋私人，黨援履齋，欲摇局面，鎸秩放罷。天子不加誅，宰相不見斥，罪大罰小，亦可謂甚幸矣。日俟威震，未斧躓，未嶺海之前，皆明府爲之二天也，敢不稽首……

通提刑鄭南谷書

某山栖淵潛，本不當拜諸公貴人書，然在門墻爲子弟，又不敢以此論，仰祈矜照。某昨者局柴正緊，咬菜甚甘，忍脚不牢，輕於一出，且方心硬喙，豈朝班人物？雖無蛾眉之可嫉，而衆女之謡諑猖興，指其爲履齋私人，斥之使去。芰製荷衣，退修初服，甚宜也，無所怨尤……

《雪坡舍人集》卷三二

許月卿

答吴丞相潜書

鈞慈天如，五雲冉冉，自天而下，興懷錫類，許賜韓銘，二親有靈，當冥目於九京矣。月卿嘗謂銘墓非古也，自東漢以來始有之，前此所未有也。然孝子慈孫之心，舍是將何所托？故夫子有取焉。蔡伯喈銘墓之誚，不能免於劉叉之狂。考亭無人西山死，白鶴去爲天上星，當今之世，舍履翁其誰？人子於其親，苟有以榮之，則一死可見之於地下。先生亦人子也，推己及人，無忠做恕不成，伏惟先生念之。猶有鬼神，其寧無感？月卿人耳，誓以死報。

《先天集》卷八

馬廷鸞

除校書郎謝吴丞相啓

四年去國，甘負耒於西疇；一旦起家，忽紬書於東觀。天啓清明之日，地回凝沍之春。拜手知歸，委心露謝。伏念某萎蕤末學，坎壈孤踪。早緣俊造之科，濫躋宏達之列。群飛肅肅，鷺於下以有輝；獨行畟畟，虱其間而何補？愆尤所積，擯斥是宜。遮西日以望長安，惆悵釣竿之手；乘天風而去蓬島，飄零槁葉之身。塵痕自拂於萊衣，歡意孰謀於義檄？詎期拉拭，遂許躋攀。昔憐唐士之稚狂，敢言明字；今愧漢京之大雅，而理秘文。入則有辭，以白其大人；出則幽衡，自齒於下士。所慚短淺，莫報洪深。兹盖伏遇某官：柄國元臣，經邦魁宰。妙手藥膏肓之疾，横身支宇宙之危。地老天荒，哀衆芳之憔悴；乾旋坤轉，提獨筆以陶鎔。載惟小草之微，一出大鈞之造。爨桐焦尾，初辱賞音；籠鶴剪翎，又煩刷翼。縱匪錐囊之穎出，要爲篋櫝之舊藏。如恐失之，亟其取耳。范公軒鑒之下，誰毁誰譽；和氏衣鉢之傳，不進不止。逮處中，無兩月之久；首將上，在幾人之間？試觀知己於尋常，誰有我公之一二。某慨懷恩遇，鋭激懦衷。念國士搶攘之秋，養人材暇豫之地。青藜夜炯，稍窺前哲之藩；翠袖天寒，欲驗後凋之節。其爲銜戢，罔既編摩。

《碧梧玩芳集》卷一〇

祭亡弟總幹文

……辛酉再薦，我列朝紳。便嬖曰林，以吠犬狺。請誅履齋，欲媒其身。我對延和，細爲上陳。本朝家法，不殺大臣。無滑此手，以傷吾仁。一言蹇蹇，萬目睽睽。愛我者我奇，怒我者我麾。

《碧梧玩芳集》卷二〇

馮坦

呈吴履齋

飄風驚日月，落葉滿乾坤。

《桐江集》卷一《馮伯田詩集序》引

謝枋得

薦寫神黄鑒堂

某聞諸吴履齋，其父吴正肅公題門榜曰：『寛著胸襟行好事，大開庭户納春風。』履齋强爲善，有大庇天下寒士心，固無愧家學。出正肅之門如徐意一者，好賢樂善，慈惠恢廓之風猶有傳也。

《疊山集》卷二

王惲

江村訪友圖其一

江東宰相説風流，賈嗣吴潛果孰優？今日國亡公道出，時須來訂晋陽秋。

《秋澗先生大全文集》卷二七

方回

乙亥前上書本末

上書乞誅(賈)似道,數其罪有十可斬……六曰驕……天厚其惡,盡攘吴潛、向士璧、趙葵犄角之功……九曰忍。祖宗以忠厚得人心……似道柄國,斫喪殆盡,一是申、韓、鞅、斯之術,以溺殺大全,以鴆殺戴慶炣,以劉宗申殺吴潛,以李雷應殺皮龍榮。僉謂大全致寇,可殺也,慶炣内窺相位,謀出似道視師九江,則何必殺? 龍榮進不以正,有入相意,不爲無罪,然不至殺。如潛之殺,則天下冤之。十六年無理作自陳詞,而一挂刑籍者,難於改正,五更大理赦,兩更非次赦,而永墮瘴鄉者,終不量移。

《桐江集》卷六

場圃處士吴公墓志銘

公諱豫，字正甫……公之先仕姑蘇，十世祖徙歙州歙縣，於今爲徽州。其季徙宣城者，爲履齋丞相潛家。

《桐江集》卷八

汪夢斗

南園歌傷吴履齋舊景

寂寞南園今如此，主人一斥循州死。南園如此未足悲，宗周隨歌黍離離。丞相當年坐黄閣，正是北兵渡荆鄂。不知宣閫有何功，却以鈞軸遜狡童。丞相身謀固已失，坐此謀失亡人國。梅花嶺外羈魂哀，薊門降王亦再來。南園池館不似舊，百花憔悴竹樹瘦。不堪回首望錢塘，宫闕傾頹禁苑荒。鄙夫奸人如王蔡，又無惠卿才可愛。丞相有見非不長，而乃升之中書堂。我行南園淚雨下，不免寒心怒欲駡。不特要寫平泉詩，更復要草連宫辭。嗚呼吴丞相，手提雙筆岩廊上。藝皇有訓垂日星，非讀書人毋用相。博飲好色不肖子，可以公台作邊賞？履翁之計早出此，老骨不死椒花瘴。西湖一碧無片塵，南園花草千年春。

右履翁再相，力言奸邪誤國數事，請必行之，理皇竟不能平。會似道以江上肅清之報徑達禁中，上遂罷潛相，明日乃以似道奏付外。然則似道之相豈履翁意哉？余所聞如此，因書於此。

《北游集》卷上

陳允平

瑞龍吟　壽吴丞相

雙溪墅。重見種玉鋤雲，采花研露。遥知緑野芳濃，錦堂燕子，迎門共舞。近前語。還問去年山館，舊經行處。西風千里鶩鴻，水邊上苑，梅英乍吐。幾度月昏霜曉，望馳天北，驛傳湘渚。冷艷暗香春寒，剗地清苦。看看翠幄，青子江頭路。纔收盡、蠻烟瘴雨，初回輕暑。便憶南園趣。唤人况有，多情杜宇。此計非遲暮。都付與、和羹功成歸去。海榴院落，長逢重午。

《日湖漁唱》

周密

劉長卿詞

劉震孫長卿，號朔齋，知宛陵日，吴毅夫潛丞相方閑居，劉日陪午橋之游，奉之亦甚至。嘗携具開宴，自撰樂語一聯云：『入則孔明，出則元亮，副平生自許之心；兄爲東坡，弟爲欒城，無晚歲相違之恨。』毅夫大爲擊節。劉後以召還，吴餞之郊外，劉賦《摸魚兒》一詞爲别，末云：『怕緑野堂邊，劉郎去後，誰伴老裴度。』毅夫爲之揮淚。繼遣一价，追和此詞，并以小奩侑之，送數十里外。啓之，精金百星也。前輩憐才賞音如此，近世所無。

《齊東野語》卷二〇

魏子之謗

魏峻字叔高，號方泉，娶趙氏，乃穆陵親姊四郡主也。理宗第六，福王第八。庚午歲得男，小字關孫，自幼育於紹興之甥館，實慈憲全夫人之愛甥也。慈憲每於禁中言其可喜，且爲求官。穆陵以慈憲之故，欲一見而官之，遂俾召至皇城。法凡異姓入宫門，必縣牌於腰乃可，惟宗子則免，此一時權宜，遂令假名孟關以入見焉。時度宗亦與之同入宫，故其後遂倡爲魏太子之説。既而外庭傳聞浸廣，於是王伯大、吴毅夫得其事遂形奏疏，而四方遂有魏紫姚黄之傳。其實則不然也。關孫後溺死於滎邸瑶圃池中，魏洪則自他族繼關孫之後焉。當吴毅夫爲相日，穆陵將建儲，吴不然之，欲别立汗邸，承宣專任方甫以通殷勤。吴以弗罪去國，紹陵既爲皇子，嘗遣人俟於汗邸，欲殺之。方知之，乃自後門逃去，後爲謝堂捕之，送兵馬司，自刎而死。此事福王親聞之穆陵云。

向氏書畫

吴興向氏……名畫千種，各有籍，記所收源流甚詳。長城人劉瑄，字囦道，多能而狡獪，初游吴毅夫兄弟間，後遂登賈師憲之門。聞其家多珍玩，因結交，首有重遺。向喜過望，大設席以宴之，所陳莫非奇品。酒酣，劉索觀書畫，則出畫目二大籍示之。劉喜甚，因假之歸，盡録其副。言之賈公，賈大喜，因遣劉誘以利禄，遂按圖索駿，凡百餘品，皆六朝神品。

《癸辛雜識》後集

秦九韶

秦九韶……與吴履齋交尤稔。吴有地在湖州西門外，地名曾上，正當苕水所經入城，面勢浩蕩，乃以術攫取之……時吴履齋在鄞，亟往投之。吴時將入相，使之先行，曰：『當思所處。』秦復追隨之。吴旋得謫，賈當國，徐摭秦事，竄之梅州。

《癸辛雜識》續集下

陳憍如尊者

王臞軒清舉到省，道經建陽，謁夢蓋竹廟。夢至王者居，有五百人列坐，而虚其四。臞軒未至，有呼者曰：『官人位在此。』王既坐，舉首見席端乃一僧，王負氣怒甚，左右曰：『此陳憍如尊者。』遂寤。及廷唱，大魁乃吴潛也。

《癸辛雜識》别集上

佚名

開慶元年

秋九月，韃靼國憲宗皇帝親帥大軍入蜀，勢欲順流東下。一軍自大理國斡腹南來，歷邕桂之境，南至静江府，廣帥李曾伯閉門自守。一軍渡江圍鄂州。時相匿報，若罔聞知。吴潜涕泣入奏。上以賈似道爲宣撫，視師江上……十月丁大全罷，吴潜入相……韃兵破江州、瑞州、衡州，圍潭州，邊報轉急，都城團結義勇，招募新兵，築平江、紹興、慶元城壁，議遷都。軍器大監兼左司何子舉言於丞相吴潜曰：『若上行幸時，則京城百萬生靈何所依賴？必不可。』遂與俱入見，面陳剴切，謝皇后亦請留蹕，以安人心。上乃止。

景定元年

七月貶吴潜建昌軍，尋徙潮州。潛爲人豪俊，其弟兄亦無不附麗。有讒於上者曰：『外間童謡云：「大蜈蚣，小蜈蚣，盡是人間業毒蟲。夤緣攀附有百尺，若使飛天能食龍。」』此語既聞，惑不可解，而用之不堅，亦以此也。

景定二年

七月……吴潛責授化州團練使，循州安置。

景定三年

五月……吴潛卒。潛初入相，以方甫、胡易簡爲腹心。易簡方。上議立度宗爲太子，樞密承旨何子舉曰：『儲君未愜衆望，建立之議，固當詳審。』潛欲緩其事，上不悦。北兵退，即罷政，而似道入相，諷臺臣劾其罪，貶循州。先是詔似道移司黄州，黄在鄂下流〔一〕，中間乃北騎往來之衝要，似道聞命，以足頓地曰：『吴潛殺我矣！』疑移司出潛意，故深憾之，遣武人劉宗申爲循守，以毒潛。潛鑿井卧榻下，自作井銘，毒無從入。一日宗申開宴，以私忌辭。再開宴，又辭。不數日移庖，不得辭，遂得疾。以五月卒於循州。似道遣宗申毒潛，潛死即歸罪於宗申，貶死以塞外議。

《宋季三朝政要》卷三

〔一〕此處叙事與《錢塘遺事》卷四『吴潛入相』條後半多同，『下』原作『上』，據改。

劉一清

北兵渡江

開慶己未秋九月，北朝憲宗皇帝視率大軍入蜀，勢欲順流東下。一軍自大理國斡腹南來[一]，歷邕桂之境以至静江府。廣帥李曾伯閉門自守，北兵遂至潭州。一軍渡江，自隨、黄圍鄂州。陷漣水軍，揚州大震。時相匿報，朝廷若罔聞。吴潛涕泣入告。理宗皇帝以賈似道爲荆湖宣撫策應大使，進兵援鄂州。尋自軍中拜右相。

吴潛入相

丁大全罷，吴潛代之。潛爲人豪俊，其弟兄亦無不附麗[二]。有讒於上者曰：『外間童謡

[一] 此條叙事與《宋季三朝政要》卷三『開慶元年』條多同，『國』原作『因』，據改。
[二] 此條叙事與《宋季三朝政要》卷三『景定元年』條似，『不』原作『所』，據改。

曰「大蜈蚣，小蜈蚣，盡是人間業毒蟲。貪緣攀附有百尺，若使飛天能食龍。」此語既聞，惑不可解，而用之不堅，亦以此也。庚申七月謫建昌，尋徙潮州。辛酉四月安置循州，壬戌五月十八日卒。捐館之夕作詩云：『伶仃七十翁，間關四千里。縱非烟瘴窟，自無逃生理。去年三伏中，葉舟溯梅水。燥風扇烈日，熱喘乘毒氣。盤回七二灘，顛頓常驚悸。肌體若分裂，肝腸如搗碎。支持達循州，荒凉一墟市。托迹貢士闈，古屋已頹圮。地濕暗流泉，風雨上不庇。蛇鼠相交羅，螻蟈聲怪異。短垣逼閭閻，檐楹接尺咫。凡民多死喪，哭聲常四起。妻或哭其夫，父或哭其子。爾哭我傷懷，傷懷那可止。悲愁復悲愁，憔悴更憔悴。陰陽寇乘之，不覺入腠理。雙足先蹣跚，兩股更重膇。擁腫大如椽，何止患蹠盭。淫邪復入腹，喘促妨卧寐。脾神與食仇，入口即嘔噦。膏肓勢日危，和扁何爲計。人生固有終，蓋棺亦旋已。長兒在道塗，不及見吾斃。老妻對我啼，數僕環雪涕。綿蕞斂形骸，安能備喪禮。孤柩倚中堂，几筵聊復爾。骨肉遠不知，鄰里各相慰。相慰亦何言，眼眼自相視。龍川水泱泱，敖山雲委委。雲飛何處歸，水流何處止。悠悠旅中魂，雲水兩迢遞。朝廷有至仁，歸骨或可覬。魂兮早還家，毋作異鄉鬼。』又自銘其棺云：『生於霅川，死於龍水。大帶深衣，緇冠素履。藉以紙衾，覆以布被。一物不將，斂形而已。其人伊誰，履齋居士。』翁嘗好老莊，喜延方外友，與客談及死生事曰：『某衹消一個倏然而逝。』時但以爲戲言，及至循，枋國者所遣人迫翁已甚，翁處之裕如。作詩及銘之夕，忽空中雷聲轟然，翁形在而神去矣。先是，吴潛入相，以方甫、胡易簡爲腹心，二人輕儇，人嘲之曰：『易簡方。』上議立度宗爲太子，公意不欲，緩其事。上不悦。北軍退，即罷政，而似道由軍中入相，諷臺臣劾公罪，貶循州。先是，詔似道移師黄州，黄在鄂下流，中間乃北騎往來之衝要。似道聞命，以足頓地曰：『吴潛殺我！』疑移司出潛意，故深憾之，遣武人劉宗申爲循守，欲毒潛。潛鑿井卧榻下，自作井記，毒無從入。一日，宗申開宴，以私忌辭。又宴又辭。又次日移庖，不得辭，遂得疾而卒。

《錢塘遺事》卷四

襄陽受圍

咸淳戊辰，北兵圍襄陽。攻襄陽，劉整之計也。整，宋驍將，號鐵胡孫。己未，大兵渡江，止遷蹕之議者，丞相吴潛也。盡守臣之力者，帥臣向士璧也。奏斷橋之功者，曹世雄其一，而整次之。似道功賞不明，殺潛、殺士璧、殺世雄，整守瀘州，懼禍及己，遂叛。

《錢塘遺事》卷六

佚名

京師童謡

何執中居相位時，京師童謡曰：『殺了穜蒿割了菜，吃了羔兒荷葉在。』説者謂指童貫、蔡京、高俅及執中也。賈似道當國，京師亦有童謡云：『滿頭青，都是假。這回來，不作耍。』蓋時京妝競尚假玉，以假爲賈，喻似道之專權，而丙子之事非復庚申之役矣。因記似道貶時有人題壁：『去年秋，今年秋，湖上人家樂復愁。西湖依舊流。吴循州，履齋之貶，似道擠之。賈循州，十五年間一轉頭。人生放下休。』比之雷州寇司户之句，勸儆尤多。

《東南紀聞》卷一

劉辰翁

山心記

羅君斗雷，自號山心，以書抵余曰：『昔者吾嘗游矩堂、履齋間，未嘗不朝夕見也，未嘗不爲余記也。當其相時，則有所不暇也。及其歸也，則又有所不暇也。今以屬之子矣。』矩堂董丞相槐，履齋吴丞相潛也。嗟乎，二公者，非不暇爲子之山記也，意者亦欲爲子之山而不可得也。嘗試言之：方矩堂爲北衙所逐，載車匆匆，如晁錯過市。其平時非無東山之志，而狼跋其胡，晼晚至此，林慚而磵愧之矣。如履齋海上，復何可勝道哉！比贊皇牢頭之恨，雖無《窮愁》之作，而英爽逼人，懷之流涕，殆夢寐不忘平泉木石也。當二公柄國，豈其有一日鐘鼎之樂，而晚節末路，陷世大僇，丁沉賈踣，江斷國亡，而後姑孰之濱，敬亭之墅，争二公爲重。然反其所自生，皆不能無老潁之憾。則二公之於山也，非無心也，雖謂之無山可也。子亦知之乎？子之山也，子之樂也，此矩堂、履齋昔者有之而不能得者也。雖然，客翹林，觀東閣，雖無中書考，無尺一責，然日暮而白雲飛，夜中而啼鵑血，盛年撫劍，浮沉賓主，欲隱則不能，欲决絶則不可，於其時，老是鄉也，得乎？吾今與子莽蒼四顧，豈惟矩堂、履齋之不作，而薇歌不任，掩面道窮，欲去是山也，得乎？是山之心不心，係乎時之我不我，概謂之無心焉，可也。雖然，山無心，今之不可得而疏者，即昔之不可得而親者也。子隱几而觀之，青青者亦有語乎？天地之氣，百年而一爲人，數百年而一爲公相，其爲丁、爲賈也幸而不出乎我，而爲董、爲吴者亦幸而不至乎子也。則夫山者，非今世之貧賤交乎？則其莫逆而不可解也，决矣……

《須溪集》卷五

鞠華岩墓志銘

去年春，客有自東來者，以取得書籍相問遺，中有《華岩講義》一編，視其篇，質而辨，攻其理，法而不争，考其人，鞠氏，本吾鄉人也。予於是心識之矣。居數月，豫章鞠昇孫求銘其先人甚懇，余固昧其由來，取行狀讀之，華岩也，前客殆非適爲之地耶？然昇孫橐其遺文，乃無《講義》者，而客并隊其吟稿數篇，因得信其壯游至老，與所嘗贄謁知己，異哉！

鞠氏多吉人。永豐有華岩，諱岩，字驤父，永豐西門里人也，去吉留洪，少慕師友，母死葬洪，爲洪人，倚墓築廬，種鞠繞岩，曰：『吾姓，吾味也，號鞠花岩，俾岩我如呼名。』異日，履齋吴丞相字之，然學者喜稱華岩。逮事包宏齋之先人克堂，而宏齋又謂其從象山之子薦堂久，説經極自得，而不爲新巧以亂至當，故愈近不厭。程訥齋嘗稱其律己嚴，事親孝。二三公非往往諛布衣者，至吴丞相尤厚，嘗受白金買木，即以嫁葛氏孤女二。官之校尉，以覔舉，幾得而失者四。暨吴丞相當國，始得舉，亦不第。繇其所弃，以得舉若第者，不必其報。晚得山地百畝而食之，高松萬株，耕雲種雨，自謂樵蘇、織紝、盤飣粗備，門徑鬱盤，栽花補空，家臨孔道，飯芻送日，山人夫婦豁如也。

《須溪集》卷七

文天祥

題黄岡寺次吴履齋韵名潜，丞相

長江幾千里，萬折必歸東。南浦驚新雁，廬山隔晚風。人行荒樹外，秋在斷蕪中。何日洗兵馬，車書四海同？

《文山先生全集》卷一

賀吴提舉西林己未

……某來，上下以鄂，鄂故爲之澒洞，聞諸闔雲集，而敵正不多，以此爲不足慮。獨賜教時，則衡陽之事，明公蓋已及之，而中外未之信。某以十月晦至修門，則聞聚毒已并，流波浸漫，秣陵荷擔之事，蓋凜凜已兩月，中間新相至，則又得月十日定帖耳。然我之緩急，往往視敵之起息爲之，則定帖者，未可保也……今事莫如袁、吉之急。袁以改畀明公。而鄉里又得平林爲重。時有明公，諸人必能一心同力，以障潰堤之衝，藉此無恐，惟内間則病根未去。履翁掣肘尚多，雖言路大開，而奸諛熏注之深，搢紳多不能自拔。徒聞應詔投匭，則學校與布衣而已。世變至此，可爲慨嘆！某不量其愚，輒上書論其事，區區以爲宗社有故，死亡亦在旦夕，不若犯危一言，有及於今日之難。其得禍與否，不計也！

回吴直閣履齋之子

某少之時，聞東南二石笋，玉立九霄。陵陽蒼實，爲緑野、午橋佳處，鸞鶴神清，縹緲何許。老成遠矣，尚有典刑。仰惟某官：揚休山立之韵，日光玉潔之襟，文獻堂堂，代有英妙。未既見只，神爽一方。某卧青原山中，驅馳良倦，上恩俾郡，越在鳴珂。循走彷徨，連符趨赴，不量此來，未知所以淑後。喬木婆娑，五雲絢畫，尚祈蕤誨，俾就玉成。某遠奉瑶音，緘䝉駢錦，先施倒置，曾是爲容。既什襲巾衍，輒鐘鼎以歸太乙之府。望履非遥，臨風罣罣。

《文山先生全集》卷五

繳奏稿上中書札子時吴履齋當國

某惟軍國萬微日至黄閣，不敢爲竿櫝，區區懼瀆威峻，惟鈞宥是祈。某頃罹人子之厄，曾拜仁人親親之恩，感激榮光，永矢無斁；不自意今春伏遇先生袞綉來歸，爲國柱石，遂得密邇陶鈞，以庶幾一日履屐之役，幸甚莫大。先生當國以來，上迎聖主悔悟之機，下慰蒼生蘇息之望，所謂垂紳不動聲色，而措天下於泰山之安，先生有焉。乃一日伏讀明詔，許中外臣庶得實封言事，皇心光明，言路軒豁，恭惟啓沃至深也。某私念今事變至此，衝决横潰，使宗社有不測之憂者，誰實爲之？病根在内，膠結不去，終不可以爲國，是以積忱具書，先陳其愚慮之一，而痛哭流涕終之。人非不知愛身，何苦如此冒死？今日之事急矣，懼其至於一旦，則亦不免於死也。惟是言輶如毛，懼不足以感悟天聽，尚賴先生徇通國之心，出回天之力，以措世道於清夷光晏之域。某九殞無悔，謹繳奏稿具申。伏惟鈞慈，附賜鑒察。

《文山先生全集》卷六

謝吴丞相

涣號揚庭，方慶昭文之命；蒙恩詣闕，適修進士之恭。喜當風雲際會之秋，得囿天日照臨之下。輒陳短淺，爰叩高明。伏念某才不逾人，學未聞道。雖家庭唯諾之教，動欲行其本心；然山林朴野之資，知無補於當世。頃得備地官之貢，遂及登天子之庭。一第策名，既有慚於負乘；三年讀禮，幾無意於驅馳。宸命光華，自天而下；聖恩廣大，如海斯涵。遂令參京兆之謀，仍許奉團司之表。靖循僥冒，端出庇存。載册戒行，將下天威之拜；彈冠稱慶，遽傳公袞之歸。重惟柳氏之碑，曾辱燕公之筆。讀聖主偏親之語，佩教方新；仰先生長者之風，銘恩莫報。矧復更新於弦轍，自今密邇於鈞陶。喜如其辭，有莫能贊。兹蓋恭遇某官：兩朝舊德，一代偉人。金鼎調元，曾接沂公之轍；玉龍擎重，再持忠憲之鈞。屬逢當軸之初，與有得輿之慶。某敢不勉攄素學，圖報明時。仰台宿之麗天，既近輝光之照；占赤雲而赴幕，尚依覆燾之仁。

《文山先生全集》卷七。文後注『先生之父革齋先生墓志銘乃江古心撰、履齋題蓋、道體堂書』。

紀年録己未宋理宗開慶元年

九月入京，時江上有變。吴丞相潛再相。初入都，知董宋臣主遷幸議，京師洶洶。予門謝訖，即上疏乞斬董宋臣，以一人心，以安社稷，建明仿方鎮建守，就團結抽兵，破資格用人數事。書奏，不報。

《文山先生全集》卷一七附録

文及翁

故侍讀尚書方公墓志銘

公自乙卯弃官歸，杜門却掃，潛心於《易》，召之不赴。開慶元年己未，大全罷逐，相位無肯當者，内地洶洶。上以海闆强起履齋吴公潛〔一〕，逾月入相，收召善類，以著作郎召，明年權

〔一〕强：原为『疆』，誤。

尚左郎官。是時丁黨雖黜，六賊尚存，國博徐庚金等相繼上書，乞誅六賊以謝天下。時上外迫邊警，内蔽六賊，宣諭吴相不當汲引庚金等，議論紛紜。吴相榻前抗疏，其略有曰：『强敵入我堂奥，奸黨猶在衽席，外庭紛紛，蓋爲社稷。陛下若以正人不當收召，則是君子不足恃，六經不足信，而孔孟之道可廢。萬一宗社傾揺，恐天下後世書之曰：亡國自臣潛作相始。』上爲之歛容，隙由此開。先是鄂渚危急，似道提師江陵，密奏欲請下流兵權，上以問宰相，潛奏：『鄂以上既屬似道，鄂以下宜屬趙葵。』上不從，徑以下流兵權，并聽似道節制。時上與賈密往復，外廷不得預聞，以宰相不知邊報爲潛罪〔一〕，夜半片紙忽從中出：『吴潛除職與郡。』中外惴惴，謂必有後命。公上疏略曰：『臣聞聖人之好惡是非，與天下爲公，不宜與天下立異。好惡是非者心也，聖人之心本與人同，豈有與天下異者？然一人雖至眇，而九重至尊也，萬鈞至重也。天下雖至衆，實則至微也，至賤也，以至微至賤之好惡是非，而反有時與聖人異焉，以常情觀之，萬鈞之重、九重之尊，豈不能與之立異，而自爲好惡是非以與天下角一勝哉？而聖人則曰：「不敢咈百民以從己之欲〔二〕。」明目達聰，詢謀咨岳，進善有旌，敢

〔一〕本書同卷附録黄溍《蛟峰先生阡表》述此事基本與本文同。多：『及臺臣奏忠王之立，人心所屬，潛獨不然，奸謀叵測。潛遂罷相。』

〔二〕己：原作『已』，當誤。

諫有鼓，誹謗有木，衢室有問，總章有訪，謀之卿士庶民，謀之邦君御事，《盤庚》之懇惻，《多方》《多士》之委曲，凡一政一事之取舍，斷斷焉不敢自決，必需民之肯而後爲之。聖人豈畏天下而徇之者？蓋天下之所同好而我獨惡之，天下之所同非而我獨是之，則爲人上者其好惡亦難知矣！大抵上易知則下親，上難知則下畏，下親上則上安，下畏上則上孤。故主道莫惡乎難知，莫危乎使天下之畏已。』又曰：『窘急而求之，一緩而遣之。號呼而進之，一唯而退之。旁觀沮縮，何以作人任事之氣？』上問爲誰？公捧疏敷奏，言辭懇惻。又奏：『臣疏不敢直指，惟陛下曲回天怒，以安中外。』上首肯，至再下殿納副，縉紳六館莫不傳送，而榻前款密之言，外廷無聞知者。嗚呼，曲江公不留，而天寶之亂起；司馬公不存，而元祐之治衰。正人君子之出處，國家社稷之存亡繫焉。公此疏蓋有見於此矣。

《蛟峰文集·外集》卷三附録

陳杰

聞履齋丞相再論貶

江濤如此得離難，禍本蕭墻兩巨奸。仲舉能無推席起，茂弘正有角巾還。救時豈料免三窟，去國纔知虎九關。賣論取官方翕翕，吾詩未敢落人間。

《自堂存稿》卷三

劉塤

陳文定公詩句

『謹爾内，毋飾乎外。衆慧爾愚，難乎群隊。且埽地焚香，觀自在。』此千峰先生陳文定公自贊也……公名宗禮，字立之……其爲廣東提刑也駐司韶州，州之皇岡有虞帝廟，嘗題詩云：『南國熏風入帝歌，至今遺廟只嵯峨。一天曉色懷明哲，四野春光想太和。存古尚瞻虞衮冕，撫時幾换禹山河。海濱樂可忘天下，解寫靈明是老軻。』蓋景定初也。時鄂圍初解，江淮甫定，賈師憲挾勛入相，有虞慮者爲監察御史，摘『幾换山河』之語箋注，『幾』字作平聲，上疏劾公謗訕。又吴丞相潛爲師憲所嫉，貶之循州，公行部過循與吴賡和，有曰『山川半爲蠻烟累，人物多因謫籍香』，慮并訐其詩。師憲怒，爲取旨，鎸其官，責居永州。逾年而後放便。

《隱居通議》卷九

袁桷

僧智愚傳

智愚少游方後，得法於運庵，爲偈頌，善出新意，辯説鋒湊，叢林推之。主育王，吴丞相潛判慶元，極尊敬，問曰：『師語録願序引，以傳不朽。』愚謝之歸，語人：『吴潛晚歲如病風人，禍將至，吾豈願其文邪？』語聞於吴，吴大怒，械於獄，以他罪杖之。未幾，吴敗貶死。愚時年八十，詔主徑山。

《延祐四明志》卷一六

跋吴丞相檄京湖帥賻陳清敏帖

嘉定十一年先越公與清敏公同在殿廬〔一〕，實得吴毅甫丞相爲第一。清敏之薨，丞相深德之，爲作書閫帥。於時賈相年未四十，方折節慕名，丞相書至，詎敢靳嗇，清敏子孫又安得以不家於喪爲辭？故事：大臣薨，有旨州郡治喪葬。深恐後人不知，以清敏公家爲有請，故表其本末若是。

《清容居士集》卷五〇

戴表元

寒光亭記

寒光亭，在溧陽州西五十里梁城湖上。亭之下爲寺曰白龍，歲月湮漫，不知興創之所

〔一〕嘉定十一年：衍「一」字，應爲嘉定十年。

由。始宋元豐間重修，塔記稱父老相傳已七百載，則沿而至今，可知其久也。東閩、浙西、淮襄，宦客、游人之所必至，至必有歌詩咏嘆，以發寒光之美，無虚覽者。張安國、趙南仲、吴毅父雄詞健墨，最爲人所推重。

《剡源文集》卷一

劉子澄

過金陵總卿吴履齋以詩贈别用謝

六朝三百有餘期，不滿詩人一皺眉。祇有燕迷新巷陌，更無鳳集古臺基。兵於史傳多陳迹，酒與江山是己知。僕指長淮又西去，輿圖向後更誰披？

《江湖後集》卷二

楊至質

代賀淮東總領兼鎮江吴侍郎

某恭審抗旜領饟，持橐專城。印何叠叠，王人跨諸侯之序；鄂不韡韡，兄弟繼馮君之歌。臺府鼎新，衣冠甚盛。恭惟某：紫垣魁宿，薄海俊人。有天地，有君臣，造《大學》《中庸》之道；言文章，言政事，登承明侍從之班。妙年歷歷於清華，敏手恢恢於繁劇。天當平治，帝曰疇咨。二千石朱兩轓，豈薄江東之道院；三十鍾致一斛，適多塞上之軍屯。心燈相續於大蘇，烽火不驚於細柳。以無雙之材氣，壓第一之江山。兵食足，民信之，刀劍盡還於牛犢；戎狄和，國福也，干戈伫裹以虎皮。遄歸紫橐之聯，徑陟黄扉之拜。某輩芻無補，蠹粟滋慚。曾游北固之樓臺，自笑東華之塵土。聳聞異數，敢叙同寅。天下稱吴，竊睎踪於循吏；軍中有范，仍拭目於膚公。贊抃俱深，敷刊罔究。

《勿齋先生文集》卷下

潘從大

疏齋用前韵記響山之游依韵奉答

空山在昔森萬松，兩賢曾此登虬龍，流風餘韵無時終。我來寒栖鬢成翁，人生出處何心同。夢破邯鄲幾富貴，戰退蠻觸相長雄，静定要與山争功。綉衣光華照岩壑，豁然納我雲夢胸。群峰飛翠匏樽中，仙源還有漁舟通。須臾烟霏散空濛，樓觀隱約孤城東。感慨千古思無窮，嘯歌抵掌生英風。黄金易求此樂少，野人何計簞瓢空。

《宛陵群英集》卷三

蔣子正

吴履齋開慶再入相

吴履齋開慶之變再入相，四明士子上詩：『來則非邪抑是邪，緣堤何必更行沙。瑟當調處難膠柱，棋到危時見作家。公論有誰能着脚，事機至此轉聱牙。不如叠嶂雙溪下，行對青山坐看花。』言者附賈似道描畫彈劾，貶循州而殂。饒州士熊某嘲之云：『近來西北又干戈，獨立斜陽感慨多。雷爲元城驅劫火，天胡丁謂活鯨波。九原誰起先生死，萬世其如公論何？道過雕峰休插竹，想逢宗老續長歌。』菊岩季苾祭以文曰：『潞公不能不疏，温公不能不毁。趙忠簡不能不遷，寇萊公不能不死。爾民無福，豈天奪之；我士無禄，豈天厭之。嗚呼，後世而無先生者乎，孰能志之？後世而有先生者乎，孰能待之？』

姚橘洲尹臨安

姚橘洲尹臨安，時吴履齋拜相。姚語諸客作啓賀之，商量起句。彭晋叟云：『轉鴻鈞，運紫極，萬化一新；自龍首，到黄扉，百年幾見？』

吴相循州安置

庚申，履齋吴相循州安置，以賈似道私憾之故。未幾，除承節郎劉宗申知循州。劉，江湖士，專以口舌嚇迫當路要人，貨賄官爵，士大夫畏其口，姑厚饋彌縫之。其得官亦由此。守循之除，似道欲其殺吴相。宗申至郡，所以捃摭履齋者無所不至，隨行吏僕以次病亡。或謂置毒所居井中，故飲水者皆患足軟而死，履齋亦不免。似道後亦遭鄭虎臣之辱。其時趙介如守漳，賈門下客也，宴虎臣於公舍。介如欲客似道，似道不可，以讓虎臣，口口稱天使惟謹。虎臣不讓，似道遂坐於下。介如察其有殺賈意，命館人啓鄭，且以辭挑之。於時似道衣服飲食皆爲鄭減抑，介如作錦衣等饋之，見其行李輜重，令截寄其處，伺得命放回日就取之。其館人語鄭云：『天使今日押練使至此，度必無生理，曷若令速殞，免受許多苦惱。』鄭即云：『便是這物事受得這苦，欲死而不死。』未幾，遂殞。趙往哭，鄭不許，趙固争，鄭怒云：『汝欲檢我邪？』趙云：『汝也宜得一檢。』然末如之何。趙經紀棺斂，且致祭。其辭云：『嗚呼，履齋死循，死於宗申。先生死閩，死於虎臣。嗚呼！』云云，衹此四句，然哀激之悃，無往不復之微意，悉寓其中。季一山閒爲郡學正，爲予道之。

《山房隨筆》

張師愚

登響山

晨游吴相圃，登陟稱幽情。荒徑何盤紆，連岡抗嵚崟。覽觀興未已，遂上雲烟岑。曠野望原隰，碧潭瞰淵深。舉觴愜清賞，分籌對高吟。征鴻翔寥廓，倦鳥集故林。俯仰久延佇，感慨激幽襟。

《宛陵群英集》卷一

吴師道

答陳衆仲問《吹劍録》

承問俞文豹《吹劍録》，舊在宣城吴子彦家閲其先丞相履齋公藏書，見之，中載楊巨源誅吴曦事，爲安丙媢忌殺之，讀之使人憤痛。

《禮部集》卷一八

陳世隆

吴潛小傳

吴潛，字毅夫，宣州寧國人，嘉定十年舉進士第一。出入朝省不常，兩知慶元府兼沿海制置使，勛德最著，浙東人士至今誦之。爲人剛直敢言，其所疏奏及與宰相論辯，忠憤激烈，皆人所不敢聞者。先以忤時相罷，奉祠。既而賈似道銜之不已，安置循州，乃除其私人劉宗申知循州，屬以黄祖之事，百計殺之。潛預知死日，語人曰：『吾將逝矣，夜必風雷大作。』已而果然。四鼓開霽，撰表作詩頌，端坐而逝。循人咨嗟悲慟焉。

《兩宋名賢小集》卷三四九《四明吟稿》

釋大訢

寧國路宣城縣瑯琅山法雲禪寺記

宣城之西七十里有山曰瑯琅，以其蒼潤如玉也，或謂山之遠引旁折，若屋之行廓然。晋宋間有異僧杯度者居之，建寺曰興雲，相傳梁寶公偕武帝嘗幸侍臣蕭將軍，至今祀之，爲伽藍神云。宋治平中敕改法雲禪院。宋季丞相吴潛利山可葬，因請歸第，穴墓寺側。國初有旨，凡寺之产奪於豪者復之。吴氏徙墓去。

《蒲室集》卷九

解縉等

陳宗禮安置

景定中，陳宗禮以提點廣南刑獄，巡按所至，皆唐宋名賢謫所。會聞吴潛安置循州，宗禮賦詩曰：『六絲不枉行千里，多少流人謫籍香。』語聞亦坐貶。

吴潛安置

吴潛字毅夫，宋開慶己未十月再相，居左席。明年庚申改元景定，潛以江上有大敵，先請下罪己詔。丁大全雖罷相，而朱熠之徒在樞府，密請遷都。潛嘗折之曰：『是無國也。』上欲議建儲，潛請少緩。學校上書排斥丁大全、董宋臣，潛奏令大全致其事，宋臣送安吉州居止。又上八根之疏，所以規切人主，病根深矣。殿中侍御史沈炎知理宗不悦於潛，即入疏劾潛罷政。御批有謂『吴潛力庇大全，力摇國本，力主遷幸』，以此罪之。會賈似道自江上歸爲右揆，而小人又間諜云：『斷橋之役，諸將知有趙葵，不知有公。盖吴左相以公上流懸隔，賈公必死久矣。幸而公亟至齊安，始行右丞相事，號召諸將，遂成大功。』由是似道有愠色。理宗語輔臣及經筵官以『吴潛乘時驚朕，因其去也，朕之疾十減七八』。或者謂奉天之平，追仇陸贄盡言，無以異此。炎等屢入奏劾潛，因及大全，自是黜謫潛必與大全并命。楊棟謂江萬里曰：『吴毅夫得罪於陛下，不得罪於天下；大全得罪於天下，不得罪於陛下。』萬里然之，遂宣言於衆，萬里坐罷政。宗正少卿劉震孫在似道坐中，起曰：『吴毅夫南行，公當救止，不然無以自白於天下。』似道勃然，明日震孫罷去。潛由建昌軍再責授潮州節度副使、循州安置，景定三年十一月也。潛居貢院，郡守劉宗申覘望，廩肉常不繼，夜遣卒擊柝傳呼，其所以侵辱者至矣，衛士莫不唾駡宗申而嘆息於潛也。景定末，潛有詩曰：『生在霅川烏墩鎮，死在循江貢院中。這塲雜劇真好笑，來時無物去時空。』遂擲筆而逝，年七十。宗申走書至行在，揚言吴潛之死實有功，責報甚至。尋以臺疏重責，公論快之。咸淳五年春，度宗夜夢潛白衣伏於殿下，遂有復少保、仍舊許國公、謚莊愍之命，賈似道謂出命太重，封還之，僅復紫金光禄大夫而已。

《永樂大典》卷一三四九五引《元一统志》

李東陽

題宋理宗御筆後

宋理宗御筆七言律詩一首，後有『賜吳潛』三字，又有『庚戌』二字印，蓋淳熙十年履齋公爲參政時所賜也。明年公入相，又明年遂罷。開慶元年再相，明年復罷。方其嚮用之時，恩禮優渥，至以文事相與，以治效相顧，不旋踵而疏斥廢弃，若未始有者。君子之難合而易退固如此，故苟非道交義合，乃徒以言辭禮貌爲輕重，其可恃也哉？吾鄉先達學士劉先生題是卷，慨君子小人之并用。蓋公紹定間爲郎官時，上疏有云『毋并用君子小人以爲包荒，毋兼容邪説正論以爲皇極』，其於理宗固窺之深矣。今閱世累代，迹其故實猶以爲朝廷之盛事，不亦重可慨哉！先生之題爲公裔孫學正原頤〔一〕，原頤之孫爲今行人宗周，持卷視予，紙墨圖印完好如故，自其家觀之，其文與獻亦足徵矣。因贅於末簡而歸之。

《懷麓堂集》卷七四

〔一〕頤：原作『熙』，誤，據梅鼎祚《衮綉堂四集序》改。下『頤』并據改。

朱希召

吴潛傳

潛幼與兄金陵侯淵同讀書，忽一道士來訪，言能墨戲，以棕帚濡墨，刷一小壁，出銅鎞劃之，引二吴觀其中有五色雲覆以寶殿，屏上金裝『狀元吴潛』字，隨掩而去。

《宋歷科狀元録》卷七

董傑

吴許國公年譜序

君子用舍與道化關，而國家隆替攸繫不偶然也，余於先正履齋吴許公之出處深有感焉。其在當時適正學禁嚴之秋，親承厥考正肅、兄莊敏，授受於文公先生之門，所學者孔孟之真傳，所養者天地之正氣，所願設施者伊周之事業，故方嘉定丁丑而舉狀元，聲名已滿天下。及其入仕由郎官七十餘轉，而至公相，以奏□□□□疏而罷貶斥。中間歷典名藩，幾登館閣，凡區處條畫、章疏謀議，無不當天理而合人心。觀其於民既屢蠲往歲之逋租，又代輸來年之常賦，浚溉河而□□□□□以活飢民，興利除弊，惟恐不及。於君則欲其□□□□□□寧通，辨君子小人以新治理。知無不言，言無不盡。至於國家，知忠王不足以屬國，因有阻立之疏，以□孫遷幸之非計，則堅止蹕之議。籍海寇而爲編民，拒達兵而請自將。任官授吏，必惟得人；□將出師，謹授方略。無非以身任國，爲天下而忘家也。蓋其以正心誠意之學，發而爲堯舜君民之政者，類若此，其詳亦不可得而盡述也。使理宗能挈國柄而畢予之，若齊桓之於仲父，不爲浮言摇奪，而賢能彙徵，教養兼舉，中原不患其不復，狄難不患其不除，炎宋之祚不患其不挽回而爲雍熙太平之盛。惜乎，入相僅兩年，秉政不逾七月，上不見知於君，下爲權臣似道所制，疏斥屏死，相業卒不獲大顯於天下。彼似道者益無復畏忌，師臣恣横，群小翕從，而崖山之役成矣。是非先生之不幸也，氣數詘信之常也。在《易》之泰内陽而外陰，聖人繫之曰：『小往大來，吉，亨。』於否，而外陽内陰，則曰：『不利君子貞，大往小來。』蓋以陽爲君子，陰爲小人。泰之陰往居外，陽來居内，是君子得位，小人在下，天下道泰之時也，故□以行真。□陰來居内，陽往在外，小人用□，君子□否，天下無□死生惜□，曰：『不利君子貞。』然則君子小人之進退，豈細故哉？下之無口，君子每以此而占天下之安危，正以此也。先生治耶。則是譜而史與其家乘，今又幸有口口口口口口口口口口口口口口。先生師程之志爲之。口口口口口口事通，辨君子小人口口口孫之用心也。後之覽不盡至將不爲先生口不足以屬國，宋室之不能用先生，自口敗亡，豈不重可惜哉？傑愚口口口，揣序此篇端，以俟後之口者。

時明正德六年歲次辛未春三月中浣之吉，賜進士出身、奉敕巡撫江西都察院、右副都御史、涇川董傑序。

高淳《南塘吴氏宗譜》卷一一

王環

吴許國公奏議跋

余讀《宋史》，知許國公行履之詳，未嘗不鬱鬱於公。間讀所爲奏牘，又未嘗不爲公幸也。嗟乎，人臣功見當時，遇也。功既不見，又言之不立，謂後世何！賈生治安之策不試，後世誦之不衰，何論功也！當宋陵夷，天下不無事矣，公独蒿目而欲去其疾苦，奏牘累十万言，顧憾者當事雍閼不行，功之不見。始願雖違，臣節明矣，資不逢世，謂許國何！賈生卒發憤以殞生，公雖客居嶺表，猶然吟咏而逝，視賈生爲賢矣。

今上六年十一世孫鰲潭公領郡汝陽時，嘗携是編以隨，則公之緒餘在子姓，不朽之業在成書，芳名滿青史，公可無遺恨矣，今日鋟梓之意有以也。太原王環頓首撰。

《許國公奏議》卷首

吴宗周

許國公年譜引

先君履齋先生行實，家藏舊有門人袁炎猋狀、曾大父城南先生譜，但袁公既失之略，曾大父作於國學投老之年，亦不免淆亂遺闕之恨，每愧不及校詳。弘治丁巳以來，不肖孤叨職大行人司，恪恭遺命之餘，無他剸領，謹遵晦翁朱先生年譜，考諸家乘、詩文集，暨《宋史》本傳、《□一統志》諸書，蒐羅先生而□□、居官、政務、章草、誥敕、□□□屬。自宋寧宗慶元元年乙卯爲先生降誕之辰，至理宗景定三年壬戌爲先生歸全之年。□□□□□□□年，各以其年□事，附見其年之下方。先事□□□□□□□□日貫連，事不紊，編次成帙，厘爲上下兩卷。時都御史安□□□□奉敕巡撫江南，巡按則濟陽邢公義，繼以莆陽邱公□□，知府則光州劉公庭瓚，知縣則蒙陰李公夢龍，□□□□長垣王公璠，各體都憲公表□之意，效協助壽梓，題曰《吴許公年譜》。較之《文公年譜》雖時出小異，其視疇曩家乘，稍覺詳明而便於觀覽。

嗚呼，先君家學，親承正肅授受於晦庵先生之門，識見造詣，上承洙泗、關閩、濂洛之緒，品行事業，亦無非伊吕、周召、堯舜君民之德。惜當宋室壞亂之極，大拜垂十年，當軸不滿一載，少見知於穆陵，又爲權臣似道所制，相業卒不得與伊吕諸公并稱。然其歷典藩司，幾登府館，章疏治行，炳然與日星玉雪争光潔。至於流離困踣，始終不失其正，而歸全之日，風雷大變，要亦大風拔木、洪水□□之浩氣也。是譜之傳，使展玩者因其遺踪而想見其丰采，宛然先生之在目，能不動其高山景行之心耶？都憲諸公鋟梓之功豈小補哉！

時明弘治十三年歲次庚申冬十二月之吉，八世孫宗周拜手稽首謹跋。

高淳《南塘吴氏宗譜》卷一一

陳霆

吴履齋潛，字毅夫，宋狀元及第。初，其父柔勝仕行朝，晚寓予里，履齋實生焉。曩予作《仙潭志》，求其制作不可見，近偶獲其《滿江紅》一詞……『抖擻一春塵土債，悲凉萬古英雄迹』……史稱履齋爲人豪邁，不肯附權要，然則固剛腸者，而『抖擻』『悲凉』等句，似亦類其爲人。

《渚山堂詞話》卷一

陳絳

王氏《揮塵録》：太宗朝天下混一，每歲放榜所得率江南之秀。其後又别立分數考校五路舉子，以北人拙於詞令，故優取。及南渡後，北路陷没於金、齊，入選士惟江浙、閩蜀，於是吴潛又建議請分路取士，以收淮襄之人物，亦祖宗遺意也。按本朝分南、北、中三卷取士，議實昉此。

《金罍子》中篇卷一〇

梅守德　貢安國

吴潜書目

《鴉塗集》《履齋詩餘》《論語士説》《論語衍究》《晁文元五書撮要》《諸子書》《陶白邵三子詩集》，并吴潜著。今存詩若干篇，餘并逸。

吴許公年譜

世孫宗周編，董中丞傑序。萬曆中孫國子生禮卿重刻，汪中丞尚寧、梅参政守德并有序。

萬曆《寧國府志·藝文志》

汪尚寧

吴許公年譜序

詩曰『高山仰止，景行行止』，是尚友也，宜哉。予時切磋於吴子立之，間語次先許國遺行，曰：『先君子何可當也。』予特謂君子賢賢之情然爾。予學也慵，探往史亦僅僅耳。兹復閲年譜編，嘆曰：士之尚友也，古之人有在今人中，天下士即在一鄉中，豈其必遠慕哉！要在厚於取善云爾。

略舉有宋相業：趙、張、薛、向，肇運之相也；吕、李、王、司馬，保治之相也；寇、韓、范、富，濟艱之相也。國勢孱微，天步艱阨，綿延綫存，固諸公力也。其口庭口階，雖善莫何，則諸人爲可恨爾。竊窺公戢亂之口，靖安之猷，弘遠之謨，真社稷臣也。而直心正氣，無意私恤，遠脱澳涊，百折不回，卒遠竄以没，殆接比天民風采。公自疏：『先臣正肅公所師朱文公，所交彭龜年、楊簡等，皆一時君子大老。若得罪於君子，他日何以見先臣？』家學源流，百世之下，想見心神。公由郎官至公相，歷七十餘轉，奏札存者，三百餘首，皆因事納誨，隨疾投療。前輩董公以『正心誠意之學，發爲堯舜君民之政』，言大非侈，此之謂也。惜時蠱已甚，當季運，入相甫二年，秉政僅七月，爲似道抑扼，天實靳之，公曷故焉？予嘗歷關中華州，於古刹中見寇萊公遺像，肅下拜，慨懷凄然。萊公與公俱以同列讒擠，去相位，身殞嶺表，迹亦偶相類。萊公子姓，今散海内，及有顯者，俱不可知，而公家故里，子姓雲仍，賢英輩出，能步公之武者比比，名賢之澤，何光遠矣！予，里人也，閲是編，挹聲聞益詳。羽翼當時，風傳後世，先生爲不朽矣。烏同彼須臾赫奕、草木同腐哉！《語》云『文獻足徵』，年譜，文之詳者，賢胤祚後先編纂之，勤來學，承嘉惠矣，家乘云已哉！

吴子立之，名禮卿，公十世孫，文行志節，於公蔚然有光，會際昌期，吕、李、王、司馬保治之運也，是歲應貢上京師，速予牟其端，敬忘不佞，以復。通議大夫、提督軍務兼巡撫江西右副都御史汪尚寧撰。

萬曆《寧國府志·藝文志》

凌迪知

胡崇

胡崇，黟人，與兄嵩同登淳祐四年進士第。初授句容簿，制置使吴潛辟爲閫幕，委行經界法於溧陽，不履畝而人無敢欺。

《萬姓統譜》卷一一

雷宜中

雷宜中，字宜叔，豐城人，淳祐七年進士第三人。由賈似道記室，以不合去。經略廣東，北還，奏復吴潛官及濟邸封爵。

《萬姓統譜》卷一六

姚勉

姚勉，字成一，新昌人……理宗寶祐中狀元，當時儒臣謂其洋洋萬言，得奏對體。議論本於學識，憂愛發於忠忱……吴潜入相，召爲校書郎兼太子舍人。上過東宫，勉講否卦，因指斥權奸，無所顧避，忤賈似道，諷孫附鳳劾爲吴潜黨，免歸。

《萬姓統譜》卷二九

張汴

張汴，字朝宗，少客丞相吴潜兄弟門，出入荆闔歷年，明習韜略。潜兄弟既失勢，廢斥者十餘年，度宗時文天祥起兵，辟爲秘閣修撰，領廣東提舉、督府參謀……空坑兵敗，爲亂兵所殺。

《萬姓統譜》卷三九

王持扆

王持扆，字載仲，樂清人。在太學，曾率六館叩閽論史嵩之，士論推重。登淳祐第，入浙西帥幕，從官薦丁大全，而持𡉏謂其内懷奸詐，外示狂率，使其得志必爲國家憂……後以著作兼左曹郎，吴潛罷相，持𡉏輪對，言於理宗曰：『宰相進退人材，當進賢退不肖，不當以用舍快恩讎。』潛貶，争之力，罷歸。賈似道怨潛，甚疑持𡉏黨潛，并惡之……似道敗，始除大理少卿，未上卒。

《萬姓統譜》卷四四

吴禮卿

吴許公年譜跋

《許公年譜》，吾祖履齋公相宋時實紀也。家藏傳遠，中經至正間兵燹，稍稍散□。五世祖國博城南公載蒐輯完帙，大父臨江郡守石岡先生編校成梓，距今纔五十祀，板遂殘缺有半，藏本亦蝕蠹不可讀。不肖禮懼久且湮也，過不自度，搜逸訂訛，而謀續其殘缺者以傳。或乃曰：世道理亂繫相業亡論，自□以上，即宋盛時，如韓范諸君子相慶曆間，雖未臻郅理，然亦能北攘西却，保有宋祚無□。許公之相寶祐，忱賢也，何安危□宋而慶曆其治耶？則是譜而傳，無若駢枝已乎！禮唯士等心口口祀口子口口師穆口口，一時萬世，永賴休哉！

邈（下闕）

高淳《南塘吴氏宗譜》卷一一

吴詔相

吴許國公奏議序

嗟乎，人臣之進言也，豈故卑世眇俗、好持議論而取榮名哉？夫惟自盡其款款之愚耳。要之，功見言信，則非有天幸，不可必也。宋自高宗而南，逮建炎、紹興之世，地僅僅彈丸耳，時岌岌爝火耳，而如其主理宗者，則又委瑣握齱、循誦習傳所謂中材云耳，陰陽互進，瑜瑕相掩，而先臣許國公於其時也，發家鼎元，歷階鈞軸，所言天下事甚衆，具在奏議中。

奏議凡六十餘種，余伏讀之，而竊以宋之人臣日夜焦神極能，矢與接踵而死者惟一虜而已。顧虜入我圉，烽舉燧燔，小入小挫，大入大衄，鄂州之危禍，幾不振。若言邊備，招信、濠梁，屯戍合肥，褫魂奪魄，埤威生氣，斯南仲之謀也。饋餉屈乏，進有後憂，夫烏獲猛奚，使梠腹而操束薪，且弗勝也，况捧千鈞。若言邊儲，淮西收糴，東閫兼總，酌盈濟虚，以飽待飢，斯充國之請也。汴州之役，兆於輕敵，由輕得敗，由敗得畏，由畏得和，時事日非，國論靡止。若言虜情，以和爲名，以戰爲實，獎猛訓良，策駑磨鈍，斯孔明之略也。他如白濟王之冤，則焦茅之解衣；拒忠王之立，則子孟之引璽；而曰天怒不知，人怨不察，則又汲長孺之逆鱗。夫至言實也，苦言藥也，奈何得之千慮失之一訐[一]，夫豈其言者罪哉！吾以似道止於棘者也，訑訑焉，而日攻其損；理宗築於道者也，斤斤焉，而奉其故常；而公也别黑白所以異陰陽者，廪廪乎，霜雪之寒，已持方柄，於内圓鑿，其能入乎？議之輒興而輒格者，此也。而公之遘此時也，不可謂幸矣。入相不二年，秉政不七月，卒之長沙之行傅[二]，淮陽之出守，公亦不免而投循州没也。風雷一夕，天地爲慘，此與感雷陽之竹者何異？公之無一事而不爲古人也如此。嗟嗟，天與公以全材，感公以正氣，而又嗇公以時之遇。公之所能者天也，而所不能者亦天也。萬曆壬午如月，十一世孫詔相頓首撰。

《許國公奏議》卷首

[一] 訐：原作『詰』，當誤。

[二] 傅：原作『傳』，當誤。

沈懋學

吴許國公奏議叙

此宋左丞相吴許國公所獻納疏也。蓋嘉定丁丑，公以進士一人起家，是吾宛之先哲云。吴氏故有公年譜，以其五世孫明國博公詮次之，臨江公業已屬之副墨之子矣，歲遠且蠹，孝廉君葺焉。奏議者，則又汝州君類梓者也。余受而卒業，且徵之序。

汝州君之言曰：『太史公以異時而履其榮名，不肖子若孫以數世而掇其緒言。是役也，若戎行之有選鋒也，先人遲以及公，公無辭矣。』夫冠帶之倫，指世陳政，言成文章，昔人所難，若是者無幾。即賈誼一疏治安，鼂錯四上邊事，炳炳乎，井井乎，蓍蔡具矣。其言售也，即以終漢世利可也。言不一售於帝，而利不終歸於漢，兩人者，且淪没耳，夫豈獨公總之？至德不和於俗，至言不理於衆，即以絳灌之勛庸，袁盎之激直，猶甘心焉，而於似道何難哉！

嗟嗟，遇之幸不幸非公之心而術。公所指畫則省若栝轉，若樞斷，若析薪[一]，料敵形若觀火，津乎其言之也，言若斯，詎無所本乎？夫誠，百家之宗也，不二，萬事之紀也，君子而有所建白，無務於聲色，無變於頺北，兢兢屹屹，奉以終生，然後稱於世而列於不朽之塗矣。公也，無知不言，無言不盡，直節素志，隱隱溢毫素間，自不容掩也。卒之，再遘貶，鄰鬼魅，雜侏駃，無幾微恚望之氣，而啓衾一疏，卷戀彌勤。嗟乎，此非所謂誠邪，不二邪？諸所建白，非無本已。詩有之『高山仰止，景行行止』，夫漢之年少智囊，其人與骨皆已朽矣，獨其言在耳，千載而下，誦其書，余雖爲之執鞭所欣慕焉，矧以同邑產而爲其子若孫者而失之乎！言之可用者，無古今一也，不佞與吴之諸君子勉矣。汝州君曰：『唯唯。』公諱潛，字毅夫，行事具在年譜中。萬曆壬午吉旦凝虚沈懋學頓首拜撰。

《許國公奏議》卷首

[一] 析：原作『折』，當誤。

徐㶿

宋丞相吴潜墓[一]

一抔黄土傍精蓝，莫嘆孤臣葬嶺南。秋壑更無埋骨處，鬼車啼出木棉庵。

過嘉祐寺故址同麗甫賦[二]

廢寺荒蕪有故基，滿山芳草緑離離。居人壘石爲階磴，猶是先朝半折碑。

《鰲峰集》卷二五

[一] 嘉靖《惠州府志》卷十六載惠州歸善縣有宋丞相吴潜墓，小注云：「在嘉祐寺南嶺。」蓋權厝之地。

[二] 原書此詩與前詩相連。

梅鼎祚

衮綉堂四集序

宣城吴氏，當宋季有金陵侯淵、許國公潛，兄弟也，先後爲相。許國則起家鼎元，柄國稍久。至明興而有博士原頤，代挺聞人，以及汝州守詔相之數公者。惟博士有《城南集》，他皆散佚。鼎小子私輯二相之集僅存者，授汝州子伯敬與仲子敷，而伯敬復輯其父詩文存者爲《汝州集》。是所謂《衮綉堂四集》也。衮綉本穆陵御書以賜金陵者。吴，周之宗國也，河圖、天球具在是。許公撰著頗富，工填詞，其婉麗不減秦黄，而激亮鴻肆，有眉山、稼軒之風。兹備在集中。才猶長奏對，别有奏議行於世。金陵以文飾其吏，博士以德掩其言，汝州簡於吏，篤於言，而善繼人之志。所爲四集者如此。

余既略爲之論次，因系以感曰：余回環吴氏四集，而得世道升降之由焉。蓋宋始忠厚立國，其究而南也，因循抏頓，精采不流，神氣不振，彼一代之人主類能禮賢士大夫，而辨之不聰，用之不盡，即金陵以建事爲羅織，許國以伐謀爲近訐，故卒不能畢收其功，而坐承其敝。我聖祖鼓舞一世之豪杰於股掌之上，即博士雍容都雅，出典文衡，入司讎校，必杖國之年而始縣車。汝州一試守，悉除大盗，法一無内行舉人，今擾政而敗類者，此曹子也。蓋當是時適我上初踐祚，嚴核吏治，故雖州郡之牧，亦得以盡展其四體，而申其三尺大校。宋歷嘉定、淳祐間，則日之將遷而夷地中，若我洪、永之際，隆、萬之交，則明之兩作而照天下。時有升降，道有隆污，幸不幸則遇，固繫之焉。孰謂文章不關氣運哉？嗟夫，考循州之行，覘謝世之頌，而益知明德遠矣。

吴許公年譜序代[一]

《吴許國年譜》二卷，肇厥八世孫臨江公子旦氏銓次，業已就梓，藏於家，閲六紀，寖成漫漶。今嗣孫孝廉君立之葺刻以傳，謂某[二]，里人也，徵序焉。孝廉博雅淑姿，繩武不匱，有足尚者。

序曰：余讀《宋史》至許公列傳，雖述叙潦略，評騭依違，猶輒黯然低回者久之。逮考世

〔一〕此文乃作者代其父梅守德作，見萬曆《寧國府志·藝文志》，文末署『萬曆甲戌冬月梅守德純父撰』。

〔二〕某：《寧國府志》作『守德』。

于今，則爽然自失矣，蓋其始悲棘蠅之遇，而終定志乎塞馬之幾焉。公發家鼎元，歷階鈞軸，殖材鴻朗，畜德淵渟。剴直擬於中壘，通達方之太傅。即寶祐間，厄丁陽九，運兆退飛，假令夷吾江左，安必亡還古社之望、灑北轅之耻乎？而事謬不然，投魑魅以爲鄰，放江潭而憔悴，竟蒙腹刃，莫遂首丘。致命之夕，中孚應天，風雷荅響。嗟夫，豈天之所授命者博，顧敓其鑒而謀適不用耶？抑果美好者不祥，而長筭卒詘於短造耶？間嘗手其貽詞，則托逍遥於曳杖，慎臨履以啓衾，殆亦齊殤彭之殊化，鏡天人之大端，諸所建樹，非無本矣。兹溯公之世三百祀有贏，宋屋以墟，而彼奇詆蜈蚣、深讎鴆羽者，志士且惡稱道之，乃公山岳之瞻亦崇，往古龜貂之慶弗替。方今是譜也，覆有所以闡幽光而恢懿烈者焉。語曰：福與禍并，吊與慶仍。余味其言，故用以爽然自失也。而竊定志於塞馬者，與公才長奏對，先後凡若干疏具譜中，其允矣。經國者之蓍蔡哉！吴之俊髦多且彬彬，行將試焉，勉矣。

刻周少隱存集序

……歲戊子，余在金陵，得宋詩餘百家，悉録本，則少隱之《竹坡老人詞》、吴丞相《履齋詞》儼然存也。是冬歸而益裒兩公前所堇存者各爲集，丞相集以授其孫伯敬……

《鹿裘石室集·文集》卷二

讀史傷吴丞相潛丞相以忤賈似道死循州，有風雷之變

瘴江收骨日，葛嶺賞心時。指鹿群趨和，瞻烏獨起悲。風雷能答響，丘壑偶違期。蕭瑟千秋意，臨文感鬢絲。

《鹿裘石室集·詩集》卷九

朱國禎

巢谷袁炎焱

巢谷字元修，徒步省二蘇於海上，因得立傳垂名。後百六十年有袁炎焱〔一〕，嘗學於吴潛，潛謫循州往從之。有力阻者，嘆曰：『豈可使巢谷專美於前哉？』潛亦爲立傳。

《涌幢小品》卷三

〔一〕袁炎焱：原作『袁炎炎』，下一『炎』爲『焱』之誤。此事亦載《明一統志》卷八〇《惠州流寓》，作『袁炎焱』。

董其昌

書目

《吴許國公年譜》《吴(胡)許公奏議》《履齋遺集》《履齋詩餘》。

《玄賞齋書目》

趙琦美

書目

《吴許公年譜》二本。《吴許國公奏議》一本。

《脉望館書目》

祁承㸁

書目

《吴許公奏議》四册四卷。《衮綉堂遺集》吴潛、吴淵，吴許國《履齋（庵）集》四卷、吴莊敏（肅）《退庵集》二卷。

《澹生堂藏書目》

佚名

書目

《履齋遺集》。

《近古堂書目》

馮夢龍

義船

先是制置使司歲調明、温、台三郡民船防定海，戍淮東、京口，船在籍者率多損失。每按籍科調，吏并緣爲奸，民甚苦之。吴潛至，立義船法，令三郡部縣各選鄉之有材力者，以主團結。如一都歲調三舟，而有舟者五六十家，則衆辦六舟，半以應命，半以自食其利，有餘貲，俾蓄以備來歲用。凡丈尺有則，印烙有文，調用有時，著爲成式。其船專留江滸，不時輪番下海巡踔(綽)。船户各欲保護鄉井，競出大舟以聽調發，且日於三江合兵民船閲之，環海肅然。設永平寨於夜飛山，統以偏校，餉以生券，給以軍艦，使漁户有籍而行旅無虞。設向頭寨，外防倭、麗，内蔽京師。又立烽燧，分爲三路，皆發軔於招寶山，一達大洋壁下山，一達向頭寨，一達本府看教亭。從亭密傳一牌，竟達轅帳，而沿江沿海，號火疾馳，觀者悚惕。海上如此聯絡布置，使鯨波蛟穴之地如在几席，呼吸相通，何寇之敢乘？

《智囊補・明智部》卷八

吴伯與

吴潜傳

吴伯與曰：余治杭，得盡覽兩浙志，載公及民政澤無地不流，無地不刻石誦功，余雖欲述祖德，無所置口，惟述《宋史》兩語，以略盡大概。其曰：吴潜公，忠亮剛直，度宗之立，謀議及之，潜以正對，人臣懷顧望爲子孫地者，能爲斯言哉？又曰：潜以竄死，且有遺表，可謂死諫乎？宋末狀元，得一文山，冠絶千古，潜可以爲次矣。噫，鞠躬盡瘁，無愧科名，至今死猶生也。再考季苾祭公以文曰：『潞公不能不疏，温公不能不毁，趙忠簡不能不遷，寇萊公不能不死。爾民無福，豈天奪之？我士無禄，豈天厭之？嗚呼，後世而無先生者乎，孰能志之？後世而有先生者乎，孰能待之？』此語何等擬重也。再考鄭虎臣辱似道於貶所，其時趙介如守漳，賈門下客也，趙經理棺殮，且致祭其辭云：『嗚呼，履齋死循，死於宗申。先生死閩，死於虎臣。』祇此四句而止，其無往不復之微意，描寫已盡。公之正氣，足令人哀慕無已也，足可概見。

《宰相守令合宙·宋朝宰相》卷一一

吳柔勝傳略

公徙知太平州，多惠政。後人於學宫建仰高祠，祀唐李白、宋牟子才[一]、趙汝愚，洎公與江萬里。又於子城東南獨建一祠，題曰吳正肅公祠，以二子淵、潛配享云。自公自太平引疾丐閑之後，二子淵、潛相繼來守是邦，時人榮之。進朝散大夫、工部郎中[二]、秘閣修撰，再乞致政。罷歸里第，復居南城，取《大學》修身之義，額其堂曰『壹是』，築樓曰『得要』，言盡覽敬亭、雙溪之勝。名在『僞學』，詳見三史。有《行實》十卷。在秘閣，門人徐意一輩，皆爲時名卿。

吳潛傳略

潛以父正肅教以踐履爲先，故以額其齋，遂以爲號。癸未六月，衛國夫人平氏薨，公幼

[一] 宋：原無，承上『唐』字補。

[二] 郎中：原無，據《宋史·吳柔勝傳》補。

嘗侍父正肅公館於夫人家，平公見而異之，以夫人妻焉。故公感平公之知己，夫人既薨，不復娶，亦不畜婢妾。嘉熙丁酉《鴉塗集》成，己亥《詩餘》成，庚子《論語士説》成，淳祐（熙）辛丑《論語衍究》成，甲辰《五書撮要》成，己酉《節諸子書》成。庚戌正月上聖壽，御筆賜詩。年五十九，里居，於響山潭西種竹築堂，額曰『萬竹』，西作亭曰『覽翠』，築臺曰『華塔』，咏眺自適。庚申御書賜『衮綉堂』三大字。初，理宗追讎諫阻忠王之立、勸爲濟王立後，有『大蜈蚣』『小蜈蚣』之童謡，盡賈似道、沈炎等所爲也。

《宛雅·初編》卷一道光本增補

華塔臺

華塔臺，宋丞相潛公寶祐年間所築，幾易主矣，起而復之，作臺其上，以扁舊名。歌末云：『華塔幾爲他家有，千年仍以屬其後。呼園以名澆以酒，瞪眼且看風前柳。』哀告也，亦志幸也。

《宛雅·三編》卷二三道光本《詩話》引《宣城事函》

錢謙益

書目

《履齋（庵）遺集》《吴許公奏議》。

《絳雲樓書目》

王夫之

度宗

理宗無子，謀立之於吴潛，潛曰：『臣無彌遠之才，忠王無陛下之福。』夫豈言之無擇而鹵戇若斯哉？度宗之不任爲君而足以亡宋者，臣民具知之矣。出自庶支，名位未正，非有不可廢者存也。選於太祖之裔孫，豈無俞者，而必此是與？則理宗晚多内寵，宦寺内熒，奸臣外擁，度宗以柔選無骨，貌似仁孝，宵小以此惑上，幸其得立，而居門生天子之功也。故吴潛以爲不可者，正似道之所深可。一立乎位而屈膝無慚，江萬里莫能掖止，果以遂小人之顧欲，其所以得立者，可知已。河山虚擲，廟祀邱墟，豈似道之所置諸懷抱者乎？則甚矣，理宗之愚以召亡也！

夫選賢以建元良，謀之大臣以致慎也，而決之於獨斷者，大臣不敢尸焉。故與聞定策以相翼戴，雖優以恩禮，而必不可懷之以爲私恩，非是，則權柄下移而禍必中於家國。故昭子不賞竪牛而叔孫氏以安，漢文之於周勃，漢宣之於霍光，雖曰寡恩，亦宰制綱維之大義不可徇矣。天子者極乎尊而無上者也，有提之携之以致之上者，則德可市，功可居，而更臨其上，故小人樂以其身任廢立之大權，而貪立菲才以唯己之志欲，亂之所繇生，莫可救藥，必然之券也……吴潛曰『臣無彌遠之才』，非無其才也，無其市天位以擅大权之奸謀也。

《宋論》卷一五

黄虞稷

書目

《履齋遺集》四卷。《履齋詩餘》三卷。

《千頃堂書目》

錢曾

書目

《吴履齋年譜》二卷。吴潛毅夫《履齋集》四卷。吴潛《履齋詞》一卷。

《述古堂書目》

張大鼎

題時亭

履齋相公官四明，赤心白髮爲蒼生。百廢具舉周且密，盡力水利有提衡。桃源探本量鑒曲，獨揣水面無不平。伐石臨湖鐫平字，牐之啓閉此爲程。堂皇相距無幾許，朝夕可以驗雨晴。更結一亭在橋側，按時蓄泄以時名。吾家㰐寮稱契好，蒼雲□額托管城。猶想桃源一勺水，寄詩曾願分餘清。敝廬今傍時亭左，思賢念祖感慨并。自從改正崇祠位，畏壘留棠復薦蘅。

張兆林大鼎子

題時亭追和

似水臣心當日明，波瀾遠近千秋生。轉移調燮陰陽手，來爲澤國司權衡。淺淺深深盡徹底，水到亭時處處平。後之厥職罔在念，蓄泄安能循法程？相公神功合造化，朝斯憂雨暮憂晴。猶幸先子慨宋史，聿新廟貌同正名。家在桃源支派遠，衹今帶水流江城。一自百川會亭下，長留風雨鑒湖清。時亭時亭翼然敞，讀吾父詩涕淚并。秋靄翠山不可望，爲尋祖兆擷芳蘅。

康熙《鄞縣志》卷二三

季振宜

書目

宋吴潜《履齋集》四卷。

《季滄葦藏書目》

徐乾學

書目

《履齋遺集》四卷。

《傳是樓書目》

吴焯

書目

《吴丞相奏議》六卷，宋特進左丞相許國公吴潛毅夫著，明憲副十二世孫伯與編刻，萬曆壬午沈懋學及十一世孫詔相并序。

《綉谷亭薰習録》集部一

杭世駿

《開慶四明續志》跋

寶祐四年九月吴丞相潛以觀文殿大學士，出判慶元軍府事。越三年，門生迪功郎、慶元府學教授梅應發，奉議郎、添差沿海制置大使主管幾宜文字、新添差通判鎮江府劉錫，采掇其民政、兵防、士習、軍食，以續胡仲方之志。書成時開慶改元八月也。其書卷祇十二，而吟稿、詩餘居其四，似潛一人之私集，於地志之例不合。至稱其禱雨龍見，瑞麥繪圖，不免貢諛之辭。然潛帥明時，建『平水則』以興水利，政績頗有可觀。其詩亦多憫時憂國之語，其得傳於後，不爲幸也。因綜論其概，而以其書歸之谷林氏。

《道古堂全集》文集卷二七

全祖望

湖語

……要其竭誠盡思，莫若吳公。洪水筑而泛濫治，新河啓而痼滯融。洪水三壩最有功。吳公自言留心四明水利，至洪水之役而盡。新河則吳公以爲能使四明産文人者也。其他修舉廢墜，罔不庇之工焉。於是水則是平，時亭是崇。刻篙志步，見水則碑。昕夕之車騎，觸目儆心。或蓄或泄，斟酌從容。是以湖之水勿匱，湖之利長充。政成民樂，半黑半絲之髮，憂晴憂雨之心，觴咏其中。即吳公湖上詩。甘棠之蔽芾，其誰與同？春猿秋鶴，宜禋祀之攸宗。

《鮚埼亭集》卷四

吴丞相水則碑陰

吾鄉水利阻山控海，淫潦則山水爲患，潮汐則海水爲患，而其地勢有崇庳，故必資碶閘之屬以司啓閉。由孔内史來牧守之賢者，大率以治碶閘爲先務，而經畫盡善，靡往不周，莫如宋寶祐丞相判府吴公。其所創、所修，詳載圖志，水則乃其最後所立也。丞相嘗遍度城外水勢，刻篙志之，歸而驗諸城中四明橋下，勒石爲準，榜之，大書『平』字。水苟没字，則亟遣人啓四鄉之閘，不待塘長輩申報，以稽時日。不然，則仍閉之。而築時亭於橋上，丞相朝夕車騎過之，即見焉。居民因呼四明橋爲平橋，且立廟以志丞相之德。其後水則之旁皆作社學，碑爲屋障，不可見，而時亭亦廢，亦無有以此爲意者。蓋自元大德中都水使者到路嘗重治之，直至國朝順治中，海道王爾禄求之，則碑已没入瓦礫中，乃爬梳而出之，然時亭左右之屋，卒莫之能撤也。

嗚呼！吾讀丞相碑記，以爲碶閘者，四明水利之命脉，而時其啓閉者，四明碶閘之精神。美哉言乎，夫水利之命脉，卽斯民之命脉，而碶閘之精神，乃牧守所注之精神也。今牧守之精神，其與斯民之命脉漠不相關，無惑乎碶閘日荒而水利日減。考四明之水則有三，其一在它山堰旁之迴沙閘，其一在城東大石碶橋下，皆前守陳塏所爲，陳亦四明牧守之最講水利者也。然其規制不同，迴沙必以石之没水爲準，大石乃以入水三尺爲準，故丞相不取大石之式，而用迴沙之式。但丞相所立之精在於盡度城外水勢而攝其準於城中，不勞遍驗而足以遥制，斯又陳之所未逮也。

嗚呼，觀丞相江湖諸碶閘，其功偉矣！清容夙有憾於吴氏，蓋以其祖越公爲史氏之私人，丞相曾糾之，故志中於其一切善政略而不及，反謂江水入餘姚三十里〔二〕，與四明山水接更十里，潮已没，舊以堰限之，丞相忌吾鄉公相之多，徙堰於上虞，潮至舊堰不數尺，舟楫蔽沙岸，雖驛舟不可發。以此爲丞相之過。丞相之惓惓吾鄉水利爲何如？方且據形法家之言，開新河以助文運，而乃有是哉，甚矣，清容之謬也！予游湖上，摩挲水則舊碑，丞相記文剥落已盡，乃爲重鎸而附記其陰。清容又言育王浮圖智（知）愚有高行，丞相求序其語録，智（知）愚以爲丞相晚節如病風，不許，丞相怒而杖之。爲斯言者，真顛倒是非如病風，而浮圖之妄亦可知矣。因序水則事而并及之。

《鮚埼亭集·外編》卷一五

〔二〕十：原作「千」，誤，據《延祐四明志》卷七改。

跋四明寶慶開慶二志

胡尚書椝《寶慶四明志》二十一卷、吴丞相潛《開慶續志》十二卷，皆宋槧也，予得之同里陸參政懋龍書庫。《寶慶志》先以郡志十一卷列於首，分爲叙郡、叙山、叙水、叙産、叙賦、叙兵、叙人、叙祠、叙遺九例，而接以六縣志十卷；《續志》則不分郡邑，專紀丞相莅明之事及其詩文而已。吾鄉志乘以《乾道圖經》與此二志最古，實爲文獻之祖，可寶也。雍正庚戌，予以拔萃入太學，是書爲人篡去，質於富人之手，仁和趙五兄谷林以白金四十錠贖歸，仍鈔一副本歸予，予作長歌謝之。尚書之志見於陳振孫《書録》、鄱陽馬氏《通考》暨明焦氏《經籍志》，胡志成於參軍羅濬之手，焦氏誤爲羅濬。而吴志則藏書家未有及者。前此臨川李侍郎穆堂、江都馬上舍嶰谷皆嘗向予借鈔，逡巡未寄，兹并屬谷林鈔以貽之，牙籤厄塞，歷五百年而始流布於時，殆亦有數存其間哉！古者著述雖佳，非人不重，尚書立朝與薛極輩附史相彌遠，稱『四木』，當時有『草頭古，天下苦』之謡，其與丞相之書并列，有慚德焉。故予前所作詩於胡志頗略然，未嘗不自笑其迂也。

再跋四明寶慶開慶二志

吴丞相《開慶志》皆記其莅明善政，其自九卷而下則其吟稿也，吾友杭君堇浦頗疑其非志體。予謂丞相莅吾鄉最有惠政，即此志可備見其實心實政之及民者，而以其餘閑春容詩酒，又想見當日刑清政簡之風，原不必以志乘之體例求之也。况丞相遺集不傳，則是志之存可不謂有功歟！獨《寶慶志》則多訛謬，如元豐之舒亶，中興之王次翁，皆爲作皇皇大傳，而高憲敏傳不載其受楊文靖之學，又不載其拒秦檜請婚之事，何歟？史忠定傳謂其仲父簽樞罷官在秦檜死後，則并國史宰執年表未之考也。袁正獻公附入遠祖轂傳，後亦寥寥。羅濬謂是書成於一百五日，固宜其有所舛戾也夫。

三跋四明寶慶開慶二志

《寶慶志》中有載及胡尚書以後事者，予初甚疑之，既而知是書嘗爲劉制使黻所增加也。第一卷牧守自尚書以後凡二十人，而至吴丞相又十人，而至制使皆附列之，則爲制使所增加可知矣。及讀第二卷《經籍志》，有《四明續志》三百三十幅，大使吴丞相置；四十五幅，制使劉公置。吾鄉志乘自吴丞相而後直至延祐方有續本，未聞有劉志，乃知四十五幅即散入《寶慶志》中所增加者。然劉制使之莅吾鄉在咸淳，自淳熙四先生而後，吾鄉人物之當表章者不可勝舉，制使一無所增，而增其事之小者，抑末矣。

《延祐四明志》跋

《延祐四明志》二十卷，袁學士清容所修也。是志流傳甚寡，儲藏家皆無之，即在吾鄉亦但有二本，其一在天一閣范氏，其一在陸高士春明家，然皆失去第九卷、第十卷、第十一卷，蓋無從覓其足本矣。清容文章大家，而志頗有是非失實之憾，如謝昌元、趙孟傳皆立佳傳，而袁鏞之忠反見遺，蓋清容之父亦降臣也。又累於吴丞相履齋有貶詞，殆以其大父越公之怨，非直筆也。

再跋《延祐四明志》

浮屠結習，喜作大言，强半『孔子吾師弟子』之故態也，至有謬妄之至者，如《延祐四明志》有育王住持《智愚傳》〔一〕，初無他善，但言：吴丞相履齋判慶元極尊禮之，問曰：『師之語

〔一〕智愚：原作『知愚』，《延祐四明志》卷一六作『智愚』，據改。

録願序引，以傳不朽。』愚固謝之，退語人曰：『吴潛晚歲如病風，禍將至，吾豈願其文？』語聞於吴，大怒，繫之獄，杖之。未幾，吴果貶死。夫丞相立身有學術，立朝有節概，其莅吾鄉有惠政，死於賈似道之手，非其罪也，何物愚僧至擯其文而不屑乎？蓋必以他事被杖而爲此説以自掩也。清容紀之，殊不可曉。

《鮚埼亭集·外編》卷三五

永瑢等

《開慶四明續志》提要

《續志》十二卷，則開慶元年慶元府學教授梅應發、添差通判鎮江府劉錫所撰，共分子目三十有七。其自序稱：《續志》之作，所以志大使丞相履齋先生吴公三年治鄞之政績，其已作而述者不復志。故所述多吴潛在官事實，而山川、疆域已詳於舊志者，則概未之及，是因一人而別修一郡之志，名爲輿圖，實則家傳，於著作之體殊乖。然案《宋史·吴潛傳》載，潛以右丞相罷爲觀文殿大學士，尋授沿海制置大使、判慶元府，至官條具軍民久遠之計告於政府，奏皆行之。又積錢百十七萬三千八百有奇，代民輸帛，前後所蠲五百四十九萬一千七百有奇。是潛莅鄞以後，宦績頗有可觀，二人所述，尚不盡出於諛頌。至潛所著文集，世久無傳，後人掇拾叢殘，編爲遺稿，亦殊傷闕略。此志載潛《吟稿》二卷，共古今體詩二百九首，《詩餘》二卷，共詞一百三十首，皆世所未睹。雖其詞不必盡工，而名臣著作藉以獲存，固亦足資援據。

《四庫全書總目》卷六八

《履齋遺集》提要

《履齋遺集》四卷，宋吴潛撰。潛字毅夫，宣州寧國人，嘉定十年進士第一。官至參知政事、右丞相兼樞密使，進左丞相，封許國公。後謫化州團練使，安置循州，卒。事迹具《宋史》本傳。是集爲明末宣城梅鼎祚所編，凡詩一卷、詩餘一卷、雜文二卷。蓋裒輯而成，非其原本，如詩餘中有和吕居仁侍郎一首，居仁即吕本中字，吕好問之子也，爲江西派中舊人，在南北宋之間，寶祐四年潛論鄂渚被兵事稱年將七十，則其生當在孝宗之末，何由見本中而和之？則捃拾殘剩，不免濫入他人之作。本傳載潛紹定四年有論京城大火疏〔一〕，又有豫畜人材疏，端平元年有陳九事疏，爲江西轉運副使時有奏造斗斛等十五事疏，知太平州時有論急救襄陽疏，請分路取士疏，知鎮江府時有言邊儲防禦十五事疏，爲浙西制置使時有申論防禦江海疏〔二〕，爲吏部尚書時有乞遴選近族疏，爲左丞相時有令朝臣各陳所見疏，論鄂州被兵疏，劾丁大全等疏，今皆不見集中，則其散佚者尚多。又如題金陵烏衣園《滿江紅》詞「天一笑，滿園羅綺，滿城簫笛」句，乃用杜甫「每逢天一笑，復似物皆春」語，甫則用《神異經》「玉女投壺，天爲之笑」事，本非僻書，而鼎祚乃注「天」疑作「添」，則其校讎亦多妄改。然潛原集既佚，則收拾放佚〔三〕，以存梗概，鼎祚亦不爲無功矣。潛詩頗平衍，兼多拙句，求如《送何錫汝》五言律詩之通體渾成者，殆不多見。其詩餘則激昂、凄勁，兼而有之，在南宋不失爲佳手〔四〕。雜文雖所存不多，其中如與史彌遠諸書，論辨明晰，猶想見岳岳不撓之概。是固不但其人品足重矣。

《四庫全書總目》卷一六三

〔一〕《四庫全書》著録本書卷首附提要此句作「本傳載潛尚右郎官時上都城大火疏」。

〔二〕禦：卷首提要作「拓」，本傳同。

〔三〕佚：卷首提要作「失」。

〔四〕此句卷首提要作「在南宋最爲高手。」

錢大昕

跋《開慶四明續志》

四明志乘見於《宋史》者惟張津《四明圖經》十二卷，今略存於《四明文獻》中，已非足本。若胡榘之《四明志》廿一卷、吴潛之《四明續志》十二卷，史家俱失書，蓋《宋志》於地理一門采摭多不備也。《續志》成於開慶元年，出慶元府學教授梅應發、沿海制置司主管機宜文字劉錫二人之手，前八卷皆述吴潛在任政績，而以《吟稿》二卷、《詩餘》一卷附焉，蓋吴氏一家之書，非志乘之體矣。予所見者鄞縣盧氏抱經樓所藏宋槧本。

《潛研堂文集》卷二九

吴潛傳考異

字毅夫，宣州寧國人。

按《中興館閣續録》：潛，字毅父，建康府溧水人。《四明續志》潛自署金陵吴潛毅父，與

《館閣録》合。

授承事郎、簽鎮東軍節度判官。

按南宋諸臣列傳於寄禄官皆略而不書，此傳云授承事郎、轉朝散郎、轉中大夫，與他傳異，蓋史臣不諳官制，芟削有未盡也。戈宙襄云：《楊簡傳》中載寄禄官亦甚詳。

端平元年詔求直言，潛所陳九事。

按《景定建康志》：潛自淮西總領端平元年四月二十七日準省札除密閣修撰、樞密都承旨，五月六日離任。此應詔言事必在入朝以後，傳失書除樞密承旨一節。

以久任丐祠，且累章乞歸田里，進封慶國公。

按《四明續志》：寶祐四年九月，大使丞相吴公出鎮，開慶元年八月十七日，再疏乞歸田里，奉御筆：吴潛三年海閫備竭勤勞，屢疏丐歸，高節可尚，可依舊觀文殿大學士、判寧國府，特進封崇國公。史作慶國，則與下文進封慶國重出，當依《四明續志》改正。

屬將立度宗爲太子，潛密奏云：『臣無彌遠之材，忠王無陛下之福。』帝怒。

按《劉應龍傳》亦云：理宗久無子，以弟福王與芮之子爲皇子，宰相吴潛有異論。今以時事考之，殊不近情。蓋潛於端平初奏事已有植國本之語，其後又有請養宗子以係國本之奏，其後又有遴選近族，以係人望之奏。豈容皇子既立之後，更有異議？且立度宗爲皇子在寶祐元年，其時潛固未在朝，若復相之後，皇子名分久定，豈有彌遠更立之嫌，尤爲擬不於倫矣。推原其故，特以鄂圍未解，潛有遷幸之議，爲帝積銜，姑似道之譖易入，乃贊成建立東宫，授意臺諫，謂其不樂建儲耳。

《廿二史考異》卷八一《宋史》一五

周中孚

《開慶四明續志》跋

《開慶續志》十二卷，寫本，宋梅應發、劉錫同撰，《四庫全書》著録……宋志諸書皆不載，凡分三十七目，前有開慶元年梅氏等自序……蓋前八卷録事迹，後四卷載詩詞，皆爲吴潛而作。潛罷右丞相後，授沿海制置大使，判慶元府，頗有惠政。故梅氏等爲是編以紀之。其後四卷，全似别集，核以郡志體例，殊爲有乖。然其雖紀一人之事，而以補《寶慶志》之所未載，故應以類相附焉。

《鄭堂讀書記補逸》卷一二

阮元

存悔齋十二箴碑跋

右碑在紹興府學明倫堂……額題篆書《履齋先生存悔齋十二箴》……吴潛……爲人鯁直，立朝屢有論列，不顧忌諱。此十二箴是其治越州時所作，辭嚴義正，如見其人。

《兩浙金石志》卷一二

王端履

《許國公奏議》

戊戌仲秋，從杭賈購得吴履齋潛《奏議》四卷，前有其十一世孫詔相原序，又有十二世孫伯與序〔一〕，稱是刻汝州公類梓之，與續爲六卷。汝州公即指詔相，似此本爲伯與重葺，非復詔相之舊，且尚有續刻二卷。然按詔相原序，稱疏凡六十餘種，與此本篇數相符，且始於紹定四年論都城火灾，迄於臨没謝表，首尾完具，即《宋史》列傳所稱諸疏，亦全載此本中，并無闕失，不知伯與等所續又是何疏，今不可得而見矣。

《重論文齋筆録》卷一

葉廷琯

《吴許公奏議》

宋南渡後宰輔不乏賢者，如吴履齋生平尤爲純白無疵，惜末路厄於賈似道，貶謫循州以殁，論者惜之。仁和胡心耘珽示我鈔本《吴許公奏議》四卷，凡六十三篇，始紹定四年，終景定三年，卷末有臨終《謝表》，故以公卒年爲斷，首尾三十五年，不出理宗一朝，所言皆中外大計，反復

〔一〕明刻本有沈懋學序而無吴伯與序，參見吴焯《綉谷亭薰習録》。

詳明，可見公愛君憂國、謇諤不阿風概。按公有《履齋遺集》四卷，爲明末宣城梅鼎祚所輯詩詞雜文，四庫館已著録。《提要》謂：『《宋史》本傳所載諸疏，不見集中，已多散佚。』今觀此書，諸疏具在。卷首序文二篇，不著撰人名氏，據所言知前序爲公鄉人，後序爲公後裔。又知此書在國初時曾經裔孫所謂汝州君者付梓，詳前序中。第四卷尾《謝表》一篇，即從梅氏所編《遺集》録載，目録《謝表》下注明。乃當日四庫館開，無人采進，何歟？或者汝州雖梓，而未能廣布，以此仍湮没不彰耳。此本即從汝州刻本傳鈔，爲金陵朱述之司馬緒曾所藏，心耘借歸録副屬校，爲言：『司馬白下故廬毁於癸丑二月之變，藏書十餘萬卷，悉成灰燼，此書獨留杭州行篋，幸而得存，豈非公忠直之氣，鬱久必伸，天爲愛惜護持，以待後來之傳播哉！』

《吹網録》卷四

瞿鏞

《許國公奏議》跋

《宋特進左丞相許國公奏議》四卷，鈔本，宋吴潛撰。案公有《履齋遺集》四卷，宣城梅氏所編，已著録《四庫全書提要》。此書傳本絶稀，惟見《澹生堂書目》。前有二序，一爲里人，一爲後裔，皆不著姓名。奏議凡六十三篇，始紹定四年，終景定三年，《宋史》本傳所載諸疏悉在其中。

《鐵琴銅劍樓藏書目録》卷一〇

《開慶四明續志》跋

《寶慶四明續志》十二卷，鈔本。是書簡端有序，題：開慶元年迪功郎、慶元府學教授梅應發，奉議郎、添差沿海制置大使司主管幾宜文字、新添差通判鎮江府劉錫百拜謹書。蓋二人同纂之書也。書成於開慶而題曰寶慶者，承前志而言，專紀吴丞相潛判慶元府時政事。

後附《吟稿》二卷、《詩餘》二卷，爲志乘創體，履齋著作，借是以傳。是書向來與《寶慶志》藏書家皆未見。自謝山全氏得宋槧本於陸參政懋龍家，後歸趙谷林録副以傳。

《鐵琴銅劍樓藏書目録》卷一一

管庭芬

水則亭

二十四日，晴，氣甚蒸燠。偶步城中，平橋湖心有水則亭，係宋寶祐間丞相吴潜治郡時所築。亭立巨碑，大書一『平』字於石，視字之出没爲啓閉潴泄之準。民甚德之，即立祠於側。舊碑已廢，今邑人所新樹者。

《越游小録》

徐紹乾

《宋特進丞相許國公奏議》跋

此書元鈔，已經葉調笙、江彤甫數校，是正處頗多。今年夏，心耘丈復録是本，屬爲校讎，因爲對閱一過。葉、江兩君所校者，仍録於上方，間參以臆見，然并無他本可證，知金銀花車尚不免也〔一〕。戊午夏日，元和徐紹乾校畢識於琳琅秘室。

《鐵琴銅劍樓藏書題跋集録》卷二

〔一〕銀：當「根」之誤。

丁丙

《許國公奏議》跋

《宋特進左丞相許國公奏議》四卷，鈔本，裔孫斗祥、男開楨開模同輯。

右宋丞相吴潛奏議。潛字毅夫，寧國人，淵弟，嘉定十年進士第一，淳祐中官至特進、左丞相，封許國公，以沈炎論劾，謫化州團練使，循州安置。有《履齋集》，乃梅鼎祚輯，挂漏殊多。《四庫提要》謂《宋史》所載各疏皆不見集中。是本輯自裔孫斗祥等，凡奏議六十三篇，核以《宋史》本傳所載……凡二十篇，全文及上疏年月皆在其中。上元朱緒曾從溧水吴氏後裔傳録之，洵可冠於梅輯《遺集》之前矣。

《善本書室藏書志》卷八

《履齋詩餘》跋

《履齋先生詩餘》一卷……毅夫忠讜之節，炳著百世。《遺集》原本已佚，後梅鼎祚編其集爲四卷，此舊鈔詩餘一卷，亦前明録本也。集中有與辛稼軒、吴夢窗、張仲宗諸詞人唱和之作。毅夫詞格亦與夢窗、仲宗爲近，在南宋詞家當爲巨擘，與夢窗、白石無多讓焉，而明以來不甚傳誦，殆爲功業所掩耳。

《善本書室藏書志》卷四〇

周贇

題吴許公故宅

揆席休論定策功，荒凉故宅宛溪東。生當名世文山亞，死壯風雷武穆同。丞相祠前槐樹緑，狀元樓外杏花紅。游人莫上千秋嶺，魂斷皋亭落照中。

民國《寧國縣志》卷一二

俞樾

撫恤遭風難夷

宋吴潛《許國公奏議》有奏給遭風倭商錢米……按此奏在宋理宗寶祐四年，今撫恤遭風難夷，實始於此。

《茶香室叢鈔》三鈔卷一一

陸心源

《履齋遺集》跋

《履齋遺集》四卷，宋吴潛撰，《宋史·藝文志》、明《文淵閣書目》皆未著録，故《永樂大典》亦無其書。履齋爲奸臣所陷，薨於循州，未幾而宋亦亡，當時想無刊本，明梅鼎祚始輯爲此集。查《開慶四明志》載其詩文甚多……此外，尚有《許國公奏議》四卷，前明溧水吴氏祠堂有版[一]，凡《宋史》所載諸奏議皆在其中，余已刊入《十萬卷樓叢書》，合而輯之，可增於此集三倍……

《儀顧堂題跋》卷一二

《許國公奏議》跋

《宋特進左丞相許國公奏議》四卷，題曰裔孫斗祥，男開楨、開模同輯。蓋宋丞相吴履齋先生奏議，其後人所輯也。案丞相著述不見於《宋史·藝文志》，《四庫》著録《履齋遺集》四卷，乃明人梅鼎祚所輯，挂漏甚多。《提要》謂《宋史》本傳所載各疏，皆不見集中，良然。是本案年編次，凡奏議六十三篇，《宋史》本傳所載……凡二十篇，全篇皆在其中，且有上疏年月。各家書目均未著録。先師朱述之太守從溧水吴氏後裔傳録，遂傳於世。忠義所感，殆有鬼神爲之呵護歟！斗祥不知何時人，丞相没於宋季，題曰裔孫，則非宋人可知。近時藏書家競誇四庫未收書，然觀阮文達所進、張月霄所藏不下數百部，卓然可傳者不過數十種。

[一] 溧水：原作『溧陽』，誤，據下篇跋改。

是編忠言讜論，日月争光，當時惜未得見。宋世奏議傳世甚希，《四庫》所收得此而六，尤當亟爲表章也。丞相原籍德清，爲吾鄉先哲，《四明續志》所録丞相詩文，多遺集所未收，他日當重輯刊行，以志景仰。惟人事擾擾，歲月逾邁，未知能償此願否？書此以當息壤。

《儀顧堂題跋》卷一六

繆荃孫

《履齋先生遺集》跋

《履齋先生遺集》四卷，傳鈔明刊本，宋吴潛撰。明梅鼎祚編校，十二代孫吴伯敬閲梓。此書履齋著述未全，而近來亦罕覯，當以《開慶四明續志》詩文、《許國奏議》補之。

《藝風藏書續記》卷六

朱孝臧

《履齋先生詩餘》跋

《履齋先生詩餘》一卷、《續集》一卷，吾鄉姚氏邃雅堂藏舊鈔本。《别集》二卷，南匯江韵秋茂才校録宋本《開慶四明志》而改題者也。南昌彭氏知聖道齋《南詞》本與此同，而《續集》六首不分卷。梅禹金編《履齋遺集》次序略異，末多《水調歌頭·聞子規》一首，注云見《吴氏家譜》，亦不分卷。梅本題下注『遺集』者，即此本《續集》之六首，知遺集之名，不始於禹金，特重爲編定耳。吴伯宛又見舊鈔《履齋遺集》，首有『十二代孫吴伯敬閲梓』一行，禹金之輯當是應吴氏族裔所求而不述所據何本。然與彭本同爲正續合卷，决出此本後矣。《四明志》所載乃丙辰至己未先生守慶元時所作，原析二卷，其重見姚氏諸本者衹《滿江紅（擬卜三椽）》一首。今據梅本及《至元嘉禾志》補《水調歌頭》二首，據《景定建康志》補《滿江紅》二首，附入《續集》，而以彭氏、梅氏兩本校姚本。《别集》乃江韵秋録於甬上，韵秋意校若干字，皆確然無疑者，并録於右。惜原書佚一葉，闕詞二首，不免俄空之嘆矣。辛酉二月社日朱孝臧跋於禮霜堂。

《彊村叢書》

傅增湘

《履齋先生遺集》

《履齋先生遺集》四卷，明刊本，題宋左丞相許國公宣城吴潛撰、明同邑後學梅鼎祚編校，十二代孫吴伯敬閱梓。前有《宋史》本傳，卷一詩，卷二詩餘，卷三文記墓志銘贊跋，卷四表書詞，又續附文三篇。

《藏園群書經眼録》卷一四

綏禄堂吴氏

吴淵傳

諱淵，字道夫，號退庵，學士正肅公之第三子。幼端重寡言，苦志力學。五歲喪母魯國夫人沈氏，哭泣哀慕如成人。宋寧宗嘉定甲戌年二十四擢進士第，授建德主簿，丞相史彌遠館留之[一]，語竟日，大悦，謂公曰：『君，國器也，今開化新置尉，即日可上，欲以此處君。』[二]公對曰：『甫得一官，何敢躁進？况家有嚴君，所當禀命。』彌遠爲之改容，不復强。至官，就辟令，江東九郡之寃訟於諸使者，皆迄送公。嘉定辛巳年改差浙江江西制置司幹辦公事[三]。嘉定壬午年添差浙東提舉茶鹽司幹辦公事。嘉定甲申年丁父憂，寶慶二年詔以前職

[一] 館：原誤作『舖』，據《宋史·吴淵傳》改。
[二] 君：原誤作『居』，據《宋史·吴淵傳》改。
[三] 此句洐兩『江』字，『西』作『東』，見《宋史·吴淵傳》。

起復〔一〕，力辭弗許，再辭，且貽書政府，有曰：『人道莫大於事親，事親莫大於送死。苟冒哀求榮，則平生大節已失，他日何以事君？』時丞相史嵩之方起復，或曰：『得無礙時宰乎？』公弗顧。詔從之。

服闋，知武陵縣，改知楊子縣，兼淮東轉運司。紹定元年除真州通判，入爲樞密編修。三年除刑部郎官，遷秘書丞，四年除焕章閣待制、知平江府，兼節制許浦軍、提點浙西刑獄。會衢嚴盜起，調遣將士，招捕之，殲厥渠魁，散其支黨。以功授樞密院兼國史編修。端平二年除右文殿樞密副都承旨〔二〕，三年適政府欲用兵中原〔三〕，以據關守河爲説，公力陳其不可，丞相鄭清之不樂，而罷，出知江州，改江淮荆浙福建廣南都大提點，御史王定劾公，罷。未幾，邊事果如公言，清之致書引咎。嘉熙元年知鎮江府，定防江軍之擾〔四〕，遷太府少卿，三年除集英殿修撰兼工部侍郎，四年除兵部侍郎，奏論九事，加寶章閣待制。淳祐二年除寶章學士、知太平州、兼江東轉運使。時兩淮之民流徙入境者四十餘萬，公亟加撫慰，境内肅然。

〔一〕此句《宋史·吴淵傳》無『寶慶二年』四字，是。
〔二〕此事在紹定五年，見《宋史·吴淵傳》，參《吴潛年譜新編》。
〔三〕此事在端平元年，見《宋史·吴淵傳》，參《吴潛年譜新編》。
〔四〕防：原闕，據《宋史·吴淵傳》補。

以功加華文閣學士兼沿海制置使。淳祐三年，除工部尚書知隆興府兼江西安撫使，兼知江州。被荒之民，得活者七十八萬九千餘人。湖南寇蔓入江右，公命將調兵，生擒巨魁，以功改知潭州安撫使，加敷文閣學士。四年除太平興國宫。

丁繼母憂，六年服闋，除龍圖閣學士，七年遷兵部尚書知平江府，兼浙江、兩淮等處發運使，救荒，民得活者四十二萬三千五百餘人。八年除端明殿學士兼江東沿海安撫使知建康府，修劉珙所建明道書院，理宗親書額焉。十二年拜資政殿學士。寶祐元年特封金陵侯，進爵爲公，賜『錦繡堂』〔一〕『忠勤樓』大字。兼建平安撫使〔二〕、知寧國府。三年知江陵府，帥兵二萬往援川蜀之兵，與元將汪惟正力戰於白河等，皆敗之。五年召拜參知政事，未至而薨。是歲秋九月二日詔開府第於宣城，曰吴大資府，置官屬高郢等，以分領府事。以秉義郎辟差幹辦丞劉卞等督工，而總領監作則宦侍董宋臣也。

公爲人有材略，尚氣節，所至必著能名，然政尚嚴明，籍入豪横，故時有『蜈蚣』之謡與羅織之語。嘗著《尚書解》《易解》《退庵文集》。贈銀青光禄大夫加太師，謚莊敏。詳見三史本

〔一〕錦：原作『衮』，據《宋史·吴淵傳》改。
〔二〕建平安撫使：南宋無此建置，《宋史·吴淵傳》作『福建安撫使，改知平江府』。

傳。生於宋光宗紹熙辛亥年，薨於理宗寶祐丁巳年，享六十有七。朝廷賻銀絹五百計，葬碣山之原。娶趙氏，湖州帝裔，贈吉國夫人，生卒葬失考。與公合墓。生三子：琚、環、瑋。

民國九年綏禄堂《宣城吴府族譜》卷八

吴潛傳

諱潛，字毅夫，號履齋，學士正肅公之四子。以父正肅教以士以踐履爲先，故以扁其齋，遂以爲號。方二歲，喪母魯國夫人沈氏。既長，侍父苦志讀書，甫十歲，善屬文。宋寧宗嘉定元年戊辰，選補州學生。三年庚午，年十六，以書學領鄉舉。嘉定九年丙子〔一〕，年二十二，再領鄉舉。十年丁丑〔二〕，年二十三，賜進士第一。八月七日特授承事郎，簽鎮東軍節度判官，誥詞略曰：『爾以名父之子，奉大對於廷，占奏詳明，褒爲舉首。』尋以臺臣盛章論罷，奉祠里居。六年辛巳，年二十七，降授承務郎，壬午，降授承事郎〔三〕，主管華州雲臺觀。尋授揚州簽判。未幾，以制臣鄭損論罷，奉祠。復轉宣教郎，差遣如故。尋以寶璽恩轉奉議郎，授

〔一〕嘉定九年：原誤爲『祐元九年』。

〔二〕十：原誤作『二』。

〔三〕此句《年譜》作『叙復承事郎』，『郎』原闕，據補。

廣德軍簽判，不赴，里居。癸未，衛國夫人平氏薨。公幼嘗侍父正肅公館於夫人父家，父見而異之，以夫人妻焉。故公感平公之知己，夫人既薨，不復娶，亦不畜婢妾。甲申，父太師魏國正肅公薨，居喪里第。理宗寶慶元年乙酉，憂居。

二年丙戌，解服，召赴行在，特授秘書省正字。紹定元年轉承議郎，己丑，特授校書郎，尋添差通判嘉興府。紹定四年辛卯，轉朝散郎，差遣如故，特授尚書金部員外郎。都城火災，奏論乞修省。又奏論重地要區，當豫畜人材以備邊患。火後復上史相彌遠書，條君臣修德政六事。特授直寶章閣、浙東提舉，復授吏部員外郎兼國史院編修。壬辰，特授朝奉大夫、行尚書吏部員外郎，兼領如故。端平元年甲午，除太府卿兼權沿江制置、知建康府、江東安撫留守司。到任即將諸軍州見欠綱米一十萬有奇，并見行監繫押綱官户與被攤人户數十百人，并行蠲釋，以廣朝廷養愛元元之意。

又應詔上封事，條陳國家大體治道大務凡九事，除秘院都承。乙未，除宗人、朝散大夫、秘閣修撰、江南西路計度轉運副使、太常少卿，尋兼隆興府、主管江西安撫司。十一月除右文殿修撰，尋除集英殿編修、樞密都承旨、督府參謀官，兼知太平州。奏論和戰成敗大計。丙申，奏乞選養宗子以繫國本，以正人心。嘉熙元年丁酉，除權兵部侍郎。是歲《鴉塗集》成。五月都民遺火，將延及朝天門，嘗率所從，親臨指授方略，隨即撲滅。上賜金杯等物。

八月除試工部侍郎、知慶元府，兼沿海制置。改知平江府。屢有增置軍兵、船米、堤防之政。戊戌年，以與漕臣王埜互論，除職奉祠。五月除寶謨閣待制、提舉江州太平興國宫。八月除試户部侍郎、淮東總領，兼知鎮江府。繼母楚國夫人臧氏疾，乞祠不允。嘉熙三年己亥，《詩餘集》成。以明堂大禮特進封溧水縣開國男，食邑三百户。屢有籌丁壯、船米、防江之利。五月除寶謨閣直學士、兼浙西都大提舉。四年庚子，召赴行在，以親老辭，不允。是歲《論語士説》成。三月除試工部尚書兼知臨安府、浙西安撫使，兼檢點行在、贍軍激賞酒庫所。五月轉中奉大夫、工部尚書、兼吏部尚書，六月兼侍讀經筵。奏論救楮之策，所關係者莫重於公私之糴。七月奏乞免知臨安府，出國門待命，被旨宣押再，兩奏乞祠甚力，不允。八月以臺臣徐榮叟、彭方論，除職。十一月除寶謨閣學士、知紹興府、浙東安撫使。辭，不赴。尋除提舉南京鴻慶宫。淳祐元年辛丑，《論語衍究》成，奉旨宣取，具表以進。乞守本官致仕。二年壬寅，里居。二月除華文閣學士知建寧府，辭，不赴。三年癸卯，里居。四年甲辰，《晁文元公五書撮要》成。五月以明堂大禮進封溧水縣開國子，加食邑三百户。七月丁母夫人臧氏憂。五年乙巳，憂居。

六年丙午，九月解服。除試兵部尚書，封賜如故。淳祐七年丁未〔一〕，知省闈貢舉。轉大中大夫，復除翰林學士、知制誥兼侍讀。五月除端明殿學士、同簽書樞密院同提舉編修《經武要略》。進封金陵郡開國侯，食邑一千户，食實封一百户。六月以亢旱，三上奏乞罷免，不允。尋以臺臣周坦論，御筆與郡，里居。八年戊申，除資政殿學士、提舉臨安府洞霄宫。復除知福州兼本路安撫使，辭，不赴。己酉，里居。四月以明堂大禮加食邑三百户。是歲《節諸子書》成。十二月除同知樞密院兼參知政事、同提舉編修敕令、《經武要略》〔二〕，加食邑四百户、食實封二百户。十年庚戌，春正月，上聖壽開宴，御筆賜詩云：『菲德承休帝命申，青陽闓動御昌辰。慶貽鴻渚嘉祥衍，春滿鰲山景色新。鎬燕頒恩勤側勸，虞韶協奏喜横陳。在朝從此薰和氣，要使歡心萬宇均。』十一月以雷發非時，乞解機政，不允。辛亥十一年，進封金陵郡公，加食邑四百户，食實封一百户。五月御書賜『履齋』二字。六月轉通議大夫，加食邑四百户、食實封一百户。十月以明堂大禮加食邑五百户、食實封二百户。閏十月奏乞解罷機政歸田里，奏不允。十一月除宣奉大夫、右丞相兼樞密院，加食邑一千户、食實封四

〔一〕淳祐七年：原誤爲『宗元元年』。
〔二〕略：原誤作『舉』。

百户。壬子年，以諸郡水灾，乞解罷機政，五奏不允。是歲夏四月，詔開府於宣城[一]，曰吴府，置官屬[二]，劉茂等以綜理府事，督工則尚書賀惟正，而統集役夫則宣州鈐轄席啓言也。

時上多子而不育，以弟嗣榮王與芮之子育於宫中，改名孜，又改名禥，爲太子，封忠王，賜名䄉。屬將建儲，公密奏，其略云：『臣無彌遠之才，忠王無陛下之福。』帝怒[三]，十一月以臺臣蕭泰來『動摇國本』之異論奉祠，十二月除觀文殿大學士、提舉臨安府洞霄宫。寶祐元年癸丑，五十九，里居，於響山潭種竹、築堂，扁曰『萬竹』。又於堂西作亭曰『覽翠』，臺曰『華塔』，咏眺自適，若將終身。二年甲寅六十，居里。是歲，《陶白邵三子詩集》成。十一月以明堂大禮加食邑五百户、食實封二百户。三年乙卯，六十一，里居。秋七月，因皇子進封忠王，具奏録進舊來所得聖語，乞付史館。此遵依朝廷故事也。

四年丙辰六十二，除沿海制置大使，判慶元府。行義船以革民船之弊，諭海寇以爲良民。禁私置團場，以培本弭盜。并省庫務，以寬郡力。給遭風倭商錢米，以廣朝廷柔遠之恩。創養濟院，以存鰥寡孤獨之民。院成，作《養濟院記》。五年丁巳，年六十三，春正月，聞

[一] 開府事《年譜》記於去年。
[二] 置：原誤作『直』。
[三] 以上建儲事在景定元年，此爲誤植。

兄大參訃音，丐祠歸治葬事，凡屢請。夏四月，止予告〔一〕，尋命守臣趙采勉諭。五月單騎復往。轉光禄大夫，加食邑四百户、食實封一百户。免細民房屋賃金，以廣朝廷憫恤元元之意。嗣以變生同氣、身歿異鄉爲憂，具奏乞祠，不允。御筆賜『萬竹堂』三大字。秋七月，申省蠲放民間二税共五百四十九萬一千七十七貫六十文，代六縣百姓輸納寶祐六年戊午折帛錢一次，以副聖主惠養黎元之意。二十日奉御筆：『覽吴潛奏：粤從分牧〔二〕，恪奉寬條。既屢蠲往歲之逋租，復代納來年之常賦。廉然後能無取，公爾可見忘私〔三〕。良用嘉嘆，所陳宜允。』二十二日以明堂大禮加食邑五百户、食實封二百户。二十六日再奏乞休，不允。十月初六日復申省乞休致，不允。戊午年六十四，奏按象山縣宰孫逢辰不放民間房錢。八月初一日以兩考具在，奏乞休致，不允。創向頭、鳴鶴兩軍寨屋，防拓海面衝要。十七日具奏及申省乞休致，皆不允。九月初四日除銀青光禄大夫、加食邑五百户、食實封二百户。開慶元年己未，年六十五。三月具奏，乞歸田里。罷慈溪、奉化兩縣税務，以免擾民之害。西門外

〔一〕予：原誤作『與』。
〔二〕牧：原誤作『收』。
〔三〕忘：原誤作『忌』。

重建高橋，以旌中興虎臣張俊第一戰功〔一〕。又於慈溪縣東五里開浚管山河，以通水利，鄞、慈、定皆賴之。四月初九日復具奏乞祠，八月再具奏乞祠。罷倭商抽博漏没之禁，以示朝廷懷遠之恩。忠節廟成，作記。除判寧國府，進封崇國公，加食邑五百户、食實封二百户。辭，不受。九月初八日還里第。十五日以醴泉觀使兼侍讀召，二十九日至都下。十月初一日内引奏論四事，初二日除金紫光禄大夫、特進、左丞相兼樞密院使，同提舉編修敕令、同提舉編修《經武要略》，進封慶國公，加食邑一千户、食實封四百户。十二月十三日改封許國公。

景定元年庚申，年六十六。春三月初一日，奏論奸臣憸士，創爲虚議，迷國誤朝，何以祈天永命？御書賜『衮綉堂』三大字。又奏論國家安危治亂之源與君子小人之界限〔二〕。尋論章鑒劾高斯得之非。十四日具奏論士大夫當純意國事〔三〕，極論宰相不得銓選諫官而天子自置之弊。同日具奏四事。御筆云：『覽所奏，具悉來意，已依所擬施行。前日之判，莫不嘆服也。十四日酉時。』十五日復奏，悉已施行。夏四月一日，以侍御史沈炎劾『忠王之立，人心所屬，潛獨不然。章汝鈞乞爲濟王立後，潛樂聞其論，授汝鈞正字，奸謀叵測。請速召賈

〔一〕俊：原誤作『浚』。
〔二〕界：原誤作『我』。
〔三〕事：原誤作『士』。

似道正位鼎軸』。帝從之，奉御筆：『除職與祠。』命下，中書舍人洪芹等奏：『吴潛有功王室，今兹去位，當以大藩閫處之。』遂繳還詞頭，不報。秋七月，以臺臣何夢然論，褫職罷祠，謫居建昌軍。八月初六日離鄉里，九月十三日至建昌，寓居貢院。十日以臺臣桂錫孫論，再遷潮州。十一月十六日自建昌起行。二年辛酉，六十七。春正月十三日至潮州，寓趙氏廨宇。夏四月以臺臣孫附鳳論，遷循州，六月十六日自潮州起行，秋七月初四日至循州，寓居貢院。二十一日以臺臣劉應龍論，責授化州團練使，循州安置。有袁炎焱者，嘗學於公，至是往從之。人或止其行。炎焱曰：『豈可使巢谷專美於前哉?』遂徒跣而往。似道必欲殺公，使武臣劉宗申守循以毒之。三年壬戌年六十八，夏五月十二日被毒浮腫而薨。先是撰遺表以謝天子，焚青詞以告天〔一〕。爲詩曰：『夫子曳杖逍遥，曾子易簀兢戰。聖賢樂天畏天，吴子中通一綫。』又曰：『大帶深衣，緇冠素履。藉以紙衾，覆以布被。一物不將，斂形而已。其人伊何，履齋居士。』又曰：『生在湖州新市鎮，死在循州貢院中。一場雜劇也好笑，來時無物去時空。』且命以深衣斂。甫畢，召循之父老謂之曰：『吾將逝矣，夜必風雷大作。汝循人，聞之勿懼。』已而果然，端坐而逝。循人深冤之，咨嗟悲慟。郡以遺表上，六月七日

〔一〕青：原誤作『請』。

頒歸葬之旨。子琳扶護，逾嶺以歸。柩車所過，士民吊祭，莫不悲傷。而似道亦引嫌貶宗申以事白。少帝德祐元年乙亥，追復原官，仍還執政恩數。明年以太府卿柳岳請謚，特贈太師。然有司終忌於似道，亦未敢議謚也。

以宋慶元乙卯年五月初四日生於湖州新市鎮，景定壬戌年五月十二日薨於循州，有《謝世吟》曰『生在湖州新市鎮，死在循州貢院中』，撰遺表、謝朝廷及告天詞，享年六十有八。郡以遺表上，詔復原官，歸葬於宣義鄉四十八都柿木鋪山。

娶平氏，溧水世家，贈衛國夫人。公幼嘗侍父館於夫人父家，父見而奇之，以夫人妻焉。夫人以嘉定癸未年六月二十七日殁，公時年二十九，因感平公之知己，遂不復娶，并不畜婢妾。夫人墓雲山寶頂寺之側。生三子：璞、琳、玠。

民國九年綏禄堂《宣城吴府族譜》卷九

附録四

許國公年譜目録

宋特進左丞相許國公年譜目録

公姓吳氏諱潛字毅夫

自號履齋

曾大父諱洙官學諭累贈太師滕國公

大父諱丕承嘗兩領鄉薦上禮部不及仕累贈太師越

國公

考諱柔勝少師朱文公孝宗淳熙辛丑黄由榜擢進士

第仕終祕閣修撰贈觀文殿大學士太師魏國公謚正

肅

寧宗慶元元年

夏五月初四日戊子公生于安吉州新市鎮之寓舍

二年丙辰　年二歲

夏四月一日魯國夫人沈氏薨葬于宣城之蔣山

三年丁巳　年三歲

四年戊午　年四歲

五年己未　年五歲

六年庚申　年六歲

嘉泰元年辛酉　年七歲

二年壬戌　年八歲

三年癸亥　年九歲

四年甲子　年十歲

開禧元年乙丑　年一十有一歲

二年丙寅　年一十有二歲

三年丁卯　年一十有三歲

嘉定元年戊辰　年一十有四歲

入州學

二年己巳　年一十有五歲

三年庚午　年一十有六歲

秋八月領鄉舉

四年辛未　年一十有七歲

五年壬申　年二十有八歲

六年癸酉　年二十有九歲

春三月娶夫人平氏　平氏溧水世家

七年甲戌　年三十歲

八年乙亥　年三十有一歲

九年丙子　年三十有二歲

春三月子璞生

秋再領鄉薦

十年丁丑　年三十有三歲

賜進士第一

秋八月七日特授承事郎簽書鎮東節度判官

誥詞

某月日以臺臣盛章論罰奉祠

十一年戊寅年二十有四歲里居

十二年己卯年二十有五歲里居

十三年庚辰年二十有六歲里居

十四年辛巳年二十有七歲里居

春正月子琳生

夏五月二十二日降授承務郎

誥詞

三

十五年壬午年二十有八歲里居

春二月十一日叙復承事郎主管華州雲臺觀某月日授揚州簽判

某月日以制臣鄭損論奉祠

三月十五日轉宣教郎差遣如故

夏四月二十四日以寶璽恩轉奉議郎

誥詞

某月日授廣德軍簽判不赴

十六年癸未年二十有九歲里居

夏五月子玠生

六月二十七日衛國夫人平氏薨　葬于崑山鄉黎
橋寶頂寺之側
十七年甲申　年三十歲
夏五月二十一日正肅公薨
冬十一月乙酉奉柩葬于長安鄉宋山石岡之原
理宗寶慶元年乙酉憂居
二年丙戌　年三十有二歲　憂居
秋七月解服
某月日召赴行在
冬十二月初五日特授祕書省正字

誥詞

三年丁亥年三十有三歲

紹定元年戊子年三十有四歲

秋八月初二日轉承議郎行祕書省正字

二年己丑年三十有五歲

春正月初十日特授行祕書省校書郎

誥詞

某月日授添差通判嘉興府

三年庚寅年三十有六歲

夏三月十五日特授權發遣嘉興府事申省辭免繼

闕

闕

郎兼院編修實録院檢討

誥詞

秋七月某日除太府少卿總領淮西屢辭不允八月

六日轉朝散大夫

誥詞

六年癸巳 年三十有九歲

上廟堂白劄論用兵恢復河南不可輕易事

端平元年甲午 年四十歲

春三月十七日除太府卿兼權沿江制置知建康府

江東安撫司兼留守辭免不允

誥詞

奏以趲剩事例并諸司問遣例册錢代納江東一路

折帛事

論金鞑興亡本末甲午和戰非宜事

奏論今日進取有甚難者三事

應詔上封事條陳國家大體治道要務凡九事秋八

月三日除祕撰都承

某月以臺臣王定論主管紹興府千秋鴻禧觀

二年乙未年四十有一歲

春二月十九日除祕閣修撰權江西轉運副使誥詞

某月兼知隆興府主管江西安撫司

公劄申省乞徃免貼納仍舊錢會中半

秋七月六日除太常少卿

誥詞

奏以造熟鐵斛斗發下諸郡納苗使用寛入恤戸事

奏乞廢隆興府進賢縣土坊鎮以免抑納酒稅害民

之擾

奏江右諸郡兵荒已將興慶府紹定六年以前官物

住催乞行下本路一體蠲閣

八月轉朝請大夫

七

奏論計畝官會一貫九害

第二次計畝納錢

第三次計畝納錢

第四次論計畝納錢

冬十一月六日除右文殿修撰

誥詞

某月日除集英殿修撰權發遣參知政事兼…

知大平州五辭不允

奏論和戰成敗大計襄宜急救備不可闕

上兩相劄子論京西既失當招收京淮丁壯爲精兵

以保江

三年丙申 年四十有二歲

某月日除權工部侍郎知江州辭不赴

奏乞選養宗子以繫國本以鎮人心

嘉熙元年丁酉 年四十有三歲

春正月二十五日除權兵部侍郎兼檢正

誥詞

奏論士大夫私意之弊

履齋鴉塗集成

旻賜

奏論制國之事不懼則輕徒懼則沮

奏乞分路取仕以收淮襄之人物守淮襄之土地

夏六月以臺臣蔣峴論與郡

秋八月二十九日除試工部侍郎知慶元府兼沿海

制置改知平江府辭免不允

誥詞

申省條具所改財計凋弊本末

申省乞科撥顧還增兵錢米

申省乞截撥錢米贍許浦寄招之軍

申奏條畫兵備及論平江形勢數事

申乞截福建民船錢米招精兵千人以防江海衝要

上密院臺諫主盟兵備

申密院條具防江利便

申奏乞置横江一軍防授内外

奏申論安豐軍諸將功賞

某月日除工部侍郎兼浙西提舉

二年戊戌年四十有四歲

春正月以與漕臣王埜互論除職奉祠

夏五月十二日除實謨閣待制提舉江州太平興國

宫

秋八月二十四日除試戸部侍郎淮東總領兼知鎮

江府辭免不允

誥詞

奏乞選兵救合肥

奏論江防五利

奏乞重濠深招信戍守

申乞科降錢米以助調度

奏已差軍勦遂韃賊

奏論儀貞存亡關係江西

申論團結淮民當就用淮士曉練者任責

奏論本所團到流民丁壯攻刼韃寨屢捷置制司忌
嫉興謗苛事
申論本所綱運多被截撥
奏乞賞功以興起人心
奏乞令東閫兼領總司以足兵食
論招拱衛軍駐劄之地不可在平江城内者有三
白劄子論浙西諸屯水軍及民舡分散外境乞並行
點集以防緩急
論倭船住泊抽解乞依舊制在嘉興嚴禁銅錢走漏
之弊以功秤提

申省論圍田米難催乞免招拱衛未定之軍并以母

病乞祠

冬十二月初十日轉朝議大夫差遣如故

誥詞

三年已亥年四十有五歲

屐齋詩餘集成

春三月十三日以明堂大禮特進封溧水縣開國男

食邑三百户

誥詞

夏五月二十三日除寶謨閣直學士兼浙西都大提

舉辭免繼三奏乞祠俱不允

誥詞

申論本司無别軍可調乞罷都大提舉虛名

六月十三日除權兵部尚書浙西制置辭免不允

誥詞

申論督府所統郡縣戎司

申乞從江閫浙西之請以一事權

申論防拓江海團結民舡

奏乞增兵萬人分屯瓜洲平江諸處防拓内外

奏乞撥付沙上丁壯以助江浙防拓

申論防拓措置四事乞督府應接

論浙右爲王都所宅乞召還戍兵以重守倫

申論京口爲行都之門戶乞增軍額

申論和糴之數乞給降銅斛以平出納

申論區處流民要法

奏條畫上流守備要事

奏論平江可以爲臨幸之備

申論和糴後再令任責收糴有三不可

申乞免續行和糴轉

四年庚子　年四十有六歲

春三月二十八日召赴行在以親老辭免不允論語
士說成
某日除工部尚書改吏部尚書兼知臨安府浙西安
撫使兼點檢行在贍軍激賞酒庫所屢辭不允
夏五月九日轉中奉大夫試工部尚書兼吏部尚書
屢辭不允
誥詞
內引第一劄奏論難屯蹇困之時非反身修德則無
以求亨通之理
內引第二劄奏乞遴選近族以近屬人心而俟太子

之生
內引第三劄奏論尹京三事非其所能
六月一日
誥詞
初八日兼侍讀辭免不允
誥詞
經筵奏論救楮之策所關係者莫重于公私之糴奏
論國朝庚子辛丑氣數八事
奏乞遵舊法収士子監漕試
奏尹京事併乞速歸田里

十二

秋七月日奏乞免知臨安府出國待命被旨宣押再

兩奏乞辭不允

八月以臺臣徐榮叟彭方論除職與郡

冬十一月十九日除寶謨閣學士知紹興府浙東安

撫使辭不允

誥詞

某月日除提舉南京鴻慶宫

淳祐元年辛丑年四十有七歲

冬十一月十五日論語衍宪成奉

旨宣取具表以進

奏乞守本官致仕

二年壬寅　年四十有八歲

春二月十日除華文閣學士知建寧府辭不赴

誥詞

三年癸卯　年四十有九歲　里居

四年甲辰　年五十歲　里居

晁文元公五書撮要成

夏五月二十三日以明堂大禮進封溧水縣開國子

加食邑三百戶

誥詞

秋七月十三日丁繼母楚國夫人臧氏憂

五年乙巳　年五十有一歲　憂居

六年丙午　年五十有二歲　憂居

秋七月解服

冬十一月十七日除試兵部尚書封賜如故再辭不允

誥詞

三十日轉中大夫封賜如故

誥詞

十一月二十五日兼侍讀封賜如故辭免不允

誥詞

奏論天地之復與人之復

七年丁未　年五十有三歲

春正月知省闈貢舉

三月十五日轉太中大夫依前兵部尚書兼侍讀

誥詞

二十四日除翰林學士知制誥兼侍讀三辭不允

誥詞

夏五月五日除端明殿學士同簽書樞密院同提舉

編修經武要畧進封金陵郡開國侯食邑一千戸食

實封一百戸再辭不允

誥詞

六月以亢旱三奏乞罷不允

六月以臺臣周坦論奥郡

八年戊申年五十有四歲里居

春正月三日除資政殿學士提舉臨安府洞霄宫三

辭不允

誥詞

同日除知福州兼本路安撫使辭不允

誥詞

九年己酉　年五十有五歲　里居
夏四月六日以明堂大禮加食邑三百戶
誥詞
節諸子書成
秋九月二十日除知紹興府浙東安撫使三辭不允
誥詞
冬十二月十九日除同知樞密院兼參知政事同提舉編修勅令同提舉編修經武要畧加食邑四百戶
食實封一百戶三辭不允
誥詞

內引第一劄論今日處時之難治功不可以易視及
論大學治國平天下之道
第二劄論國變故畧與晋同西北之夷狄固當防而
東南之盗賊尤不可忽
十年庚戌年五十有六歲
春正月聖壽開晏御筆賜詩
冬十一月二十四日以雷發非時三奏乞解機攻不
允
十一年辛亥年五十有七歲
春二月十三日辭免進書轉四官凡奏輿轉一官餘

回授復辭不允

夏四月二日除參知政事同提舉編修勑令同提舉

編修經武要畧進封金陵郡公加食邑四百戸食實

封一百戸

誥詞

初五日轉通議大夫進封金陵郡開國公加食邑四

百戸食實封一百戸

誥詞

十九日奏乞進勑令轉兩官不允奏四上奉旨轉一

官

五月御筆賜履齋二大字

六月十五日轉通奉大夫加食邑四百戶食實封一百戶

誥詞

冬十月十日以明堂大禮加食邑五百戶食實封二百戶

誥詞

閏十月六日奏乞解罷機政歸田里五奏不允十一月二十八日除宣奉大夫右丞相兼樞密使加食邑一千戶食實封四百戶三上表辭不允

誥詞

開府

十二年壬子　年五十有八歲

秋七月二十一日奏以諸郡水災乞辭罷機政五奏

不允

建儲之對

冬十一月以臺臣蕭太來論奉祠

十二月十三日除觀文殿大學士提舉臨安府洞霄

宫四辭不允

誥詞

寶祐元年癸丑年五十有九歲里居

作南墅

二年甲寅年六十歲

陶白邵三子詩集成

冬十一月十五日以明堂大禮加食邑百百戶食實

封二百戶

諾詞

三年乙卯年六十有一歲里居

夏六月退菴赴鎮荆南有五言四十韻餞行

秋七月因皇子進封忠王遵故事具奏録進舊來所

得聖語乞付史舘

録白王知省 [[1]]奉旨宣諭

録白謝丞相劄子

録白徐知院劄子

録白董叅政槧板

某月得蔡樞密 杭書以有觀勉再出之意乃答書

四年丙辰 年六十有二歲

夏五月三日除沿海制置大使判慶元府屡辭不允

誥詞

秋八月二十一日離鄉里

九月八日抵慶元

咨位禀目

冬十月申省條具本司軍民久遠之計

奏行周𤏡義船之策以葺防江民船之弊乞補本人

文資以任責

奏曉諭海寇復爲良民及關防海道事宜

奏禁私置團塲以培植本根消弭盜賊

十一月申省條具本府所當併省庫務以寬郡力

奏論海道內外二洋利害去處防貴周密

奏給遣風倭商錢米以廣朝廷柔遠之恩亦於海防

畣有關係

奏創養濟院以存養鰥孤獨之民

五年丁巳年六十有三歳

春正月十七日聞兄金陵侯薨丐祠歸治葬事凡屢

請

夏四月止予告十五日離慶元二十六日至里第冊

上辭請不允且命守臣趙采勉諭

五月十一日單騎復之慶元任

二十三日轉光祿大夫加食邑四百户食實封一百

户

諮詞

申尚書省論私置團場關係海道利害二乞仍舊収稅

申省論催牙契錢以爲塡補水軍闕額之計

某月日申論減免細民房屋賃金以廣朝廷憫恤元元之至意

與公劄宰執臺諫給舍都司論本府積弊別立規模整治

公劄條畫朝廷財計之可以科降者乞施行以助本司防海急闕之用

已上兩項欲爲制司措置海道之用

已上一項欲爲本府目下急闕之用

一紹興初創立水軍屯駐定海專爲行都後戸之防

未嘗輕調

一兵遠戍

三月十二日以變生同氣爲憂具奏丐祠不允四月

二十三日再具奏丐祠不允

秋七月申尚書省御史臺諫院具所蠲放二税之數

奏乞休致及蠲放官賦攤錢見在錢米增積之數

秋九月申省以遣到錢物代　六縣百姓輸納折帛

一次

九月二十日奉

御筆覽吳潛所奏粤從分収恪奉寛條既屡蠲徃歲之逋錢復代納來年之常賦廉㷳後能無取公爾可見忘私良用嘆嘉所陳宜允

二十二日以明堂大禮加食邑五百戸食實封二百戸

誥詞

二十六日再具奏乞休致不允

冬十月一日廣惠養濟院成

十月六日復申省乞休致
六年戊午　年六十有四歲
奏按象山宰不放民間房
奏乞就淮西管下歲糴以繼軍食之闕
秋八月初一日以兩考具奏乞休致不允
八月申審院以新創向頭鳴鶴兩軍寨屋防拓海面衝要
十七日再具奏乞休致
復申省乞休致
九月四日除銀青光祿大夫加食邑五百戶食實封

二百户累辭乞歸田里不允

誥詞

開慶元年己未　年六十有五歲

春正月申密院諭海道大洋外洋之緊要乞免調遣

兵船别戍

申乞買没官田以贍廣惠養濟院

申省獻助和糴錢一百萬貫

三月初五日具奏乞歸田里

二十三日再具奏乞歸田里

申省乞罷慈溪奉化兩縣稅場以酒息代納免擾民

之害

申省重建高橋以旌中興虎臣張俊第一戰功浚管

山河以通水利

夏四月初九日復具奏乞祠

秋八月初一日具奏乞祠

十三日再具奏乞歸

申尚書省乞罷倭商抽博漏泄之禁以示朝廷懷遠

之恩

忠節廟成作記

十九日除判寧國府進封榮國公加食邑五百戸食

實邑三百户辭不受[illegible]

誥詞

二十五日離慶元

九月初八日還里第

十五日以醴泉觀使兼侍讀召辭免不允

誥詞

二十六日離鄉里

二十九日至都下

賜萬竹堂三大字

冬十月一日内引奏劄論夷狄恃力中國恃理四事

二日除金紫光祿大夫特進左丞相兼樞密使進封

慶國公加食邑一千戶食實封四百戶三辭不允

誥詞

請將兵

止遷蹕之議

冬十一月日以韃寇深入具奏乞令在朝文武官各

陳所見以决處置之宜

十二月十三日改封許國公

景定元年庚申年六有六歲

春三月一日奏論韃賊深入乞充前日之悔悟以祈

天永命消彌狄難事

奏論國家安危理亂之源與君子小人之界限十四

日具奏論士大夫當純意國事

同日具奏四事

夏四月一日以臺臣沈炎論奉御筆除職予祠是日

起離行在初五日至里第

秋七月以臺臣何夢然奏論褫職罷祠退授銀青光

祿大夫謫居建昌軍

八月初六日離鄉里門人袁炎焱從之行

九月十三日至建昌寓居貢院

冬十月以臺臣桂錫孫論再遷潮
十一月十六日自建昌起行
二年辛酉年六十有七歲
春正月十三日至潮州寓趙氏廨宇
夏四月以臺臣孫附鳳論遷循州
六月六日自潮州起行
秋七月四日至循州寓居貢院
二十一日以臺臣劉應龍論責授化州團練副使循
州安置
三年壬戌年六十有八歲

五月十二日疾暴作[illegible]

[illegible]

後　記

我在很早以前就開始了《吴潜全集》的整理。一九八三年的秋天，業師宛敏灝先生交給我一個任務，囑我對吴潜詞作編年校注。我接受了该項任務，同時想到要對吴潜其他作品也進行整理，之後不久，向安徽省古籍整理出版規劃委員會申報了《吴潜集》整理項目，得到了批准。項目的整理目標我設定爲：一、彙集吴潜現存的詩、詞、文專集；二、輯録專集外的佚散之作；三、修訂宛敏灝先生的《吴潜年譜》（這也是宛先生交給我的任務）；四、撰寫出一篇對吴潜生平功業、文學成就進行全面評介的文章。第一項目標比較容易實現，其他三項就很困難，需要廣泛查詢文獻，當時的文獻查詢條件和我的工作環境，很難做到這些。那時又是我的職業生涯的『爬坡』階段，職稱的晉升要憑學術成果，而古籍整理按當時的規定不算學術成果，《吴潜集》的項目就成了不急之務了。雖然我還不時留心吴潜，不時留心吴潜資料的搜集，也還指導過學生寫過有關吴潜的學位論文，但是這個項目何時完成，心中無數。《吴潜集》的全面整理就這樣延宕了三十多年。

退休前後的十餘年，我忙於《全宋詩輯補》，二〇一四年在該書大體就緒後，我便重新開始《吴潛集》的整理工作。將吴潛的詩、詞、文編於一集，雖然前期作了不少準備，大半也已完成，但既然先已有《全宋詞》，後來《全宋詩》《全宋文》又都出版，我的這些勞績特别是輯佚所得大多被冲銷，當然也有超出諸書的輯佚所得和整理所得。

此次整理我的主要工作是校勘。經過廣泛訪查，有幸獲睹吴潛所有傳世的最早的善本，以諸善本對校『三全本』，很大程度上恢復了吴潛詩、詞、文早期的文字面貌。還訪得吴潛其他各種傳本和相關文獻，寫出校記五百多條，補足殘文六篇，新輯詩九首一句、文十八篇。還糾正了《全宋詩》輯詩的訛誤、《全宋文》編文的不當。此次整理編詩四卷、詞三卷、文八卷，共十五卷，是存世的吴潛詩、詞、文第一次完好彙集。

長期以來，關於吴潛生平事迹、文學成就的整理研究成果都相當缺乏，業師宛敏灝先生是二十世紀吴潛研究的唯一專家，六十年初他就發表了《吴潛年譜》（《合肥師范學院學報》一九六三年第一期）和《爲吴潛辯誣》（《江淮論壇》一九六二年第二期）兩篇力作。我對吴潛的整理研究就是在宛先生引導、啓發下開展的。本書附録《吴潛評傳》（原爲前言，因篇幅過長，論述過廣，改題作附録）是我多年研習的心得，也吸收了宛先生某些高明的見解。《吴潛年譜新編》原打算在宛先生《吴潛年譜》的基礎上進行箋證，後因變動、補充的文字太多，就改成了現在的題名。《吴潛資料彙編》是我多年爬梳所得。這些所得庶幾可涉吴潛研究之堂除。是宛先生引領我進入研究吴潛的學術道路，并取得相應的學術成績。宛先生已辭世二十多年了，這裏謹向他表示崇高的敬意和深切的懷念。

這裏還要特别感謝宣城市寧國學友、文化學者高生元先生，他無私地向我提供了幾年前發現的失傳四百年的《許國公年譜》節本《許國公年譜目録》，促成了我的《吴潛年譜新編》的完稿。《許國公年譜》在明代經過吴潛幾代後裔的編刻、保存，入清後失傳，幾年前高先生在他的家鄉吴建華處訪得清道光丙申（十六年）《寧東茭笋塘吴氏宗譜》，發現其中附刻有《許國公年譜目録》，發來照片讓我參考。我細加檢視，見所記吴潛生平出處與史傳、地志、家乘所載十分吻合，又與吴宗周《許國公年譜引》所言體例一致，且中縫有《宋丞相年譜》書名，遂斷爲《許國公年譜》的節本。《許國公年譜》二卷，此書一卷，所謂『目録』，當即綱目，删略了一些細節，特别是删略了原譜所列奏札、誥敕、書函引文，於徵文考獻雖有闕憾，但還是載録了吴潛一生大量的爲傳世文獻所未見的資料，十分寶貴。高生元先生還在宣城、寧國、高淳等地訪得吴氏族譜多種，較爲信實的有民國九年綏禄堂《宣城吴府族譜》（石巍提供），其中吴潛的傳記資料多可與《許國公年譜目録》相印證。高淳《南塘吴氏宗譜》是部殘本（吴生輝提供），其中殘存有三篇《許國公年譜》的序跋。高先生也把這些資料提供給了我，令我感動。高先生曾利用《許國公年譜目録》編撰了《左丞相許國公吴潛年譜》，收載於他的《古邑寧國》（中國文史出版社，二〇一四年四月）一書中。爲了保存文獻，也爲了給本書增輝，徵得他的同意，這次也將他提供的《許國公年譜目録》照片影印，作爲本書附録之四。另於扉頁影印的吴潛像，亦是采自高生元先生所尋訪的《寧東茭笋塘吴氏宗譜》。

在吴潛相關文獻的查詢中還得到西南大學文學院劉明華教授、天津圖書館歷史文獻部王國香女士，以及在山西工作的我的學生成少波的幫助。他們在千里之外以微信傳遞有關文本，省却了我長途跋涉之勞。在本書編校過程中，得到了安徽大學圖書館古籍閲覽室的大力支持和安徽大學文學院青年教師唐宸博士有關電子文獻檢索的協助。在此一并向他們表示衷心的感謝。

湯華泉

二〇一七年八月於安徽大學